KB268984

내 사랑 내 곁에

리사 클레이파스 한혜연 옮김

 큰나무

한 혜 연
서강대학교 영어영문학과 졸업. 한국 브리태니커 근무.
역서로 『사랑의 침입자』 등이 있으며 현재 전문 번역가로 활동중이다.

내 사랑 내 곁에

초판 인쇄 | 2003년 2월 15일
초판 발행 | 2003년 2월 20일

지은이 | 리사 클레이파스
옮긴이 | 한혜연
펴낸이 | 한익수
펴낸곳 | 도서출판 큰나무

등록 | 1993년 11월 30일(제5-396호)
주소 | 120-837 서울시 서대문구 충정로 3가 3-95 2층
전화 | 02) 365-1845 · 1846 팩스 | 02) 365-1847
e-mail | btreepub@chollian.net
홈페이지 | www.bigtreepub.co.kr

값 9,000원

ISBN 89-7891-154-4 03840

작가 노트

랠프 왈도 에머슨의 집은 이 작품의 시간적 배경으로부터 3년 뒤인 1872년 화재로 불탔다. 에머슨 본인의 말에 따르면 그의 책과 원고는 서까래가 무너질 위험에도 불구하고 그의 작품을 빼내기 위해 연기로 가득 찬 집에 뛰어들었던 콩코드 주민들에 의해 남김없이 무사할 수 있었다고 한다. 딸과 외국 여행을 한 에머슨이 콩코드로 돌아왔을 때 친구들은 이미 그를 위해 예전 상태 그대로 다시 집을 복원해 놓은 뒤였다.

<보스턴 이그재미너> 지는 1872년 보스턴 지역에 창간된 <보스턴 글로브>를 모델로 한 허구상의 신문이다. <보스턴 글로브>는 젊은 C. H. 테일러의 혁신적 주도 아래 진보적인 성향으로 유명한 신문이 되어 현대 저널리즘의 발전에 기여했으며 유구한 역사를 자랑하던 <보스턴 헤럴드>의 아성에 훗날 도전장을 낼 정도가 되었다.

남북전쟁 이래 재건 시대의 종말은 일반적으로 1876년 러더퍼드 B. 헤이스 대통령의 선출과 남부에서 마지막 군대가 퇴각한 때를 기준으로 한다.

　루이자 메이 올컷의 《작은 아씨들》을 보신 독자분들은 많으실 겁니다. 쾌활한 '뉴잉글랜드풍' 연인들의 모습을 보였던 조와 로리며 허영심이 많지만 어여쁜 에이미. 그들이 살았던 미국 뉴잉글랜드 지방의 소도시 콩코드가 바로 리사 클레이파스의 이번 소설의 남녀 주인공이 활약하는 무대입니다.

　정도를 넘지 않고 파격적인 것을 추구하지 않으면서도 끊임없이 독자를 끌어들이는 흡인력을 재생산하는 리사 클레이파스의 작품답게 이 소설에는 우리에게 낯설지 않은 요소들이 군데군데 보입니다. 이 책의 상당 부분을 차지하는 미국 남북전쟁 전후 상황을 눈여겨보다 보면 당연히 《바람과 함께 사라지다》를 떠올리지 않을 수 없습니다.

　작가는 로맨스의 기본 틀을 갖춘 고전 《바람과 함께 사라지다》에 더욱 로맨스적인 요소를 뒤섞어 그녀의 작품답게 술술 읽히면서도 눈을 뗄 수 없는 소설을 창조해냈습니다.

　뭐든지 능하고 잘생겼으며 여주인공을 놀리고 자극하는 남주인공 히스 레인은 리사 클레이파스 판 레트 버틀러라 해도 과언이 아니며 여주인공 루시의 전 약혼자였던 세련된 대니얼은 애슐리 윌크스를 좀더 세속적이고 비열하게 다듬은 인물로 보아도 무방합니다. 특히 여주인공 루시야말로

스칼렛의 귀여운 면과 멜라니의 선량하고 도덕적인 면을 적당히 뒤섞어 로맨스 소설의 여주인공답게 가공해낸 인물이지요. 히스가 레트와 결정적으로 다른 점은 밀수 대신 로맨스의 남주인공답게 멋지고도 떳떳하게 신문으로 자수성가했다는 것 정도일까요.

이 책은 특히 역사적 실존인물인 철학자 랠프 왈도 에머슨, 루이자 메이 올컷의 아버지인 교육자 브론슨 올컷도 카메오인양 잠깐잠깐 등장시키며 당시 남북의 시대상을 로맨스 소설의 규칙을 깨뜨리지 않는 한도 내에서 흥미롭게 엮어내고 있습니다. 그리고 리사 클레이파스의 작품답게 우정이란 이름으로 여주인공을 묵묵히 지켜주지만 실상 한 꺼풀을 들춰보면 사랑으로 번민하는 멋진 남자조연 역시 잊지 않고 나타납니다. 유감스럽게도 작가는 데이먼을 주인공으로 장편을 쓰지는 않았지만 보스턴 상류사회의 부부를 주인공으로 한 크리스마스 특집 단편이 하나 있다고 하니 그 주인공이 데이먼이 아닐지 기대해 봅니다.

정말로 오래간만에 찾아온 리사 클레이파스의 작품이 오랜 겨울 끝에 찾아오는 새봄처럼 여러분에게 신선하게 다가가기를 바랍니다.

한 혜 연

1

히스는 칼바람이 얼음장처럼 목덜미를 스치고 지나가자 이를 뿌드득 갈며 외투의 깃을 세웠다. 이 지방에서 맞는 첫 겨울이었고 그는 뉴잉글랜드가 엉뚱하게 흘러 들어온 남부 사람들에게는 관대하지 않다는 사실을 깨닫고 있는 참이었다. 장화 발이 요사이 꽤나 여러 번 불어닥친 눈보라로 인해 두껍게 층층이 쌓인 눈을 와드득 밟았다. 툭하면 눈이 내렸다 얼었다 하는 바람에 이제는 6월이나 되어야 눈이 완전히 녹지 않을까 의심이 드는 판이었다.

그는 이곳 북동부 태생 사람들처럼 두꺼운 모직옷을 걸쳤지만 누가 봐도 이곳에 온 지 얼마 안 되었다는 점이 역력히 드러났다. 가무잡잡한 그의 피부는 남부의 태양이 발산하는 열기에 익숙해진 사람답게 빛 바랠 일 없는 청동색이었다. 몸집은 육 척 장신으로 켄터키나 버지니아에서는 그다지 특출날 것도 없는 키였다. 하지만 대다수 주민들이 몸이 가늘고 실팍한 이곳에서는 훌쩍한 키였고 그가 푸른 눈으로 정면에서 응시하면 사람들은 불편해하는 것만 같았다. 고향에서는 낯선 사람들이라도 거리에서 마주치면 서로서로 인사를 나누었지만 이곳에서는 상대의 눈을 똑바로 쳐다보는 것은 일가붙이나 오랜 친구, 사업상의 지인에게만 주어지는 특권인 모양이었다. 매사추세츠 사람들은 자기들이 괴상하다는 것을 왜 깨닫지 못하는 걸까? 그는 궁금했다. 이곳 사람들이 왜 이다지도 뻣뻣하고 차가운지, 어쩌다가 이렇게도 괴상망측한 유머감각을 갖게 되었는지 도통 모를 일이었다. 아마 날씨의 영향 탓인지도.

그는 그런 생각을 하다가 미소지었다. 헨리코 군의 모든 여자들의 마음을 일시에 들뜨게 만들던 따스하고도 순간적인 미소였다. 그는 장갑 낀 손으로 도끼 손잡이를 강하게 움켜쥔 채 장작을 더 패러 나섰다. 지난 봄에 샀던 작은 집의 실내 온도를 유지하려다 보니 장작과 석탄이 다 떨어지고 말았다. 바깥 날씨가 너무 쌀쌀해서 휘파람조차 쉬 불 수 없었지만 그는 걸어가면서 전쟁 노래 가운데 가장 인기 있던 곡으로 손꼽히는 '오늘밤 포토맥 강가는 사방이 조용하네'를 그럭저럭 부는 데 정신을 쏟을 수 있었다.

그의 발걸음이 천천히 정지했고 휘파람도 멎었다. 강 쪽에서 분명치 않은 소리가 조금씩 들려왔던 것이다. 그는 강변에서도 지대가 높은 곳에 살고 있었고 그 나지막한 소리는 끊임없이 불어오는 바람에 실려 저 아래쪽에서 아련히 올라와 나뭇가지 사이로 퍼졌기 때문에 듣기가 힘들었다. 하지만 어찌 들으면 여자의 목소리 같기도 했다.

그녀가 지금 이런 식으로, 이런 곳에서 정말로 죽게 되다니 이럴 수는 없었다. 다리까지 넉넉잡아 몇 백 미터가 될 길을 돌아가지 않고 얼어붙은 강을 건너다니 무모한 짓이었지만 그렇다고 그녀가 이런 일을 당해야 할 이유는 없었다. 어느 누구라 해도 마찬가지였다. 루시는 처음 물에 빠졌을 때는 충격을 받았지만 주위에서 떠도는 얼음 덩어리와 파편을 헤치며 격렬하게 몸부림치고 양팔을 휘젓다가 구멍 가장자리를 잡을 수 있었다. 살을 에이는 듯한 차가운 물이 옷을 뚫고 맨살에 닿아 뼛속까지 스며드는 데는 5초도 채 걸리지 않았다.

이 모든 일이 너무나 순식간에, 심장고동이 미처 한 박자 뛰기도 전에 일어나고 말았다. 폐부 깊숙한 곳에서 진저리를 치며 숨을 뿜어낸 그녀는 물에서 빠져나가려고 용을 썼지만 캐시미어 토시는 계속, 또 계속해서 얼음에 미끄러졌다. 매번 미끄러질 때마다 몸이 거의 입까지 물에 잠겼다.

“누가 좀 살려줘요! 누, 누가…….”

목소리가 갈라져 나왔다. 그녀는 휘날리는 눈발 탓에 잘 보이지 않는 강둑 쪽을 쳐다보았다. 근처 몇몇 인가의 굴뚝에서 뿜어나오는 연기가 강조점처럼 보였다. 비명을 지르면 힘이 점점 빠진다는 것을 알았지만 어쩔 수가 없었다. 그녀는 울음소리와 뒤섞여 끊어지는 목소리로 외쳐 불렀다.

“무…… 물에…… 빠졌어요…… 누가 좀…… 도와줘요…….”

필시 누군가가 그녀의 목소리를 들었으리라. 누군가가 도와줄 것이다.

이런 일이 그녀에게 일어날 리가 없었다. 평생 안전하게 보호받던 루시 콜드웰에게. 그녀는 공포의 도가니 속에서도 겨우겨우 토시를 벗어 얼음물을 미친 듯 휘저었다가 물을 먹고 기침을 했다. 치마와 페티코트가 납처럼 몸을 끌어내렸고 한순간 그녀는 머리끝까지 완전히 물에 잠기는 공포를 맛보았다. 싸늘한 어둠에 사방이 에워싸인 채 그녀는 자신을 더욱 깊이 끌어내리려는 무게에 저항해 싸웠다. 수면을, 공기를 찾아 손을 내밀던 그녀는 어찌어찌 다시 위로 솟아올랐고 숨도 막히지 않았다. 그녀는 힘없이 흐느껴 울며 얼음 구멍의 가장자리를 움켜쥐고 그 위에 뺨을 댔다. 더 이상 움직일 수가 없어 힘을 소비하지 않을 작정이었다.

눈을 감은 루시는 맨살이 드러난 손으로 얼음 가장자리를 자국이 날 정도로 세차게 쥐었다. 어느 누구도 그녀가 여기에 있다는 것을 모른다. 아버지는 그녀가 아직 코네티컷에서 엘리자베스와 조사이어 숙부 내외분과 함께 지내는 줄로만 알고 계시고…… 그녀는 일찍 돌아온다는 말을 대니얼에게 전하지도 않았다, 지난번 말다툼을 했기 때문에. 그녀가 괜히 말다툼이 하고 싶어 근질근질했기 때문에 그를 몰아붙인 탓이었다.

‘너무 미안해요.’

그녀는 생각했다. 더 이상은 뺨을 타고 흐르는 눈물조차 느낄 수 없었다.

‘당신은 항상 나 때문에 말다툼만 했죠…… 대니얼…….’

점점 물의 냉기가 바싹 마른 화상인양 느껴졌고 공포가 사라지며 마비 상태로 바뀌는 가운데 그녀는 옴짝달싹도 하지 않고 둥둥 떠 있었다. 강물이 말을 걸어오는 것 같았고 그 고요한 목소리는 집요하면서도 달래듯 그녀의 뇌리로 파고들었다.

아주 오래 전 옛날에 어떤 아가씨가 여기에서 빠져 죽은 적이 있다. 강물은 그 아가씨 역시 이렇게 쉽사리, 조용히 쓸어가 버렸을까? 그 아가씨 역시 꿈처럼 몽롱하게 느꼈을까?

전부 그냥 사라지게 놔두렴, 암흑이 채근했다.

햇살, 봄날, 대니얼…… 사랑…… 전부 다 꿈…… 전부가 무.

갑자기 한쪽 손목이 가차없이 붙잡혔고 그 인정사정 없는 손길 앞에 고통이 마비된 감각을 뚫고 전해졌다. 그녀는 몸부림치며 저항했다. 눈꺼풀이 펄럭거리며 뜨였다. 젖은 머리칼 사이로 한 남자가 가까이에 엎드려 있는 모습이 보였다. 이 세상의 것 같지 않은 푸른 눈이 가면처럼 창백한 그녀의 얼굴을 훑어보더니 그는 그녀를 붙든 가차없는 손아귀에 더욱 힘을 넣어 강에서 끌어내기 시작했다. 그녀의 입술이 말을 하려고 오므라들었지만 낼 수 있는 것은 희미하게 숨 넘어가는 소리뿐이었다.

그가 뭐라고 말을 거는 것 같았지만 뚜렷하지 않았다. 그가 팔을 더욱 세차게 끌어당기는 것이 느껴졌고 다음 순간 갑작스럽게 그녀는 암흑 속으로 가라앉고 말았다.

그녀는 숲 속으로 옮겨졌다. 머리는 모직물로 감싸인 어깨에 받쳐져 있고 이마는 남자의 목덜미 안쪽에 친밀하게 자리잡았다. 그녀를 안아 나르는 남자는 휘날리는 눈발 속을 터덕터덕 걷고 있었다. 짐수레 말처럼 흔들리지 않고 믿음직한 걸음걸이였다. 그녀가 의식을 되찾은 것을 알고 그는 남부식 억양으로 나직이 말을 걸었다.

"장작을 마련하러 나가는데 당신 목소리가 들렸소. 허니, 그런 강물에 발을 들이다니 분별이 있었어야지. 강물이 안전하게 꽁꽁 얼어붙었다고 장담할 수 있소?"

입을 열려고 했지만 마치 녹슨 쇳덩이를 서로 떼어내려는 것처럼 힘들었다. 루시는 뭔가 말을 하려 했지만 우습게도 덜덜 떠는 소리만이 들려올 뿐이었다. 너무 추워서 말을 할 수가 없었다. 너무 추워서 생각조차 할 수가 없었다.

"걱정 말아요. 괜찮을 거요."

그는 가볍게 말했다. 비참함과 충격의 도가니 속에서 그녀에게 그의 목소리는 절대적으로 냉담하게 들렸다. 무겁고 얼음처럼 차가운 옷이 그녀의 몸에 달라붙어 손발이 아려왔다. 여태껏 평생 그녀는 상처를 입거나 병이 들면 충분한 동정과 함께 즉시 치료를 받았다. 완전히 진을 빼내면서 사방에서 가차없이 달려드는 이런 통증을 느꼈던 적은 한번도 없었다. 이것은 진정한 고통이었고 자신에게는 이런 상황을 참아낼 정도의 인내심이 없다는 사실을 그녀는 이제야 발견했다. 그녀가 맥없이 울기 시작하자 히스는 나직이 욕설을 중얼거리며 그녀의 고개가 자신의 어깨에 더욱 굳건하게 자리잡도록 더욱 높이 안아들었다. 그의 입술이 그녀의 귀 바로 옆에 있었다. 그는 그녀에게 조용히 속삭였다.

"조막만한 귀가 완전 얼음장이군. 내 말 들어요, 허니. 오래지 않아 다 괜찮아질 테니까. 지금 뜨끈뜨끈한 불이 있는 깨끗하고 따뜻한 방으로 가고 있는 거요. 거의 다 왔소. 울지 말아. 아주 잠깐만 참고 있어요. 그러고 나서 당신 몸에서 한기를 어떻게 몰아낼지 생각해 보자고."

그는 기가 찰 정도로 거만하게 마치 어린 계집아이 다루듯 말을 걸었건만 그 달래는 말이 그녀를 위로해 주었다. 거의 다 왔다는 그의 자신 있는 말에도 불구하고 목적지인 작고 불이 환한 방에 닿기까지는 몇 시간 정도나 걸린 것만 같았다. 루시는 목 아래쪽으로는 아무 감각도 느낄 수 없음을 깨닫고 공포로 거의 제정신을 잃을 정도가 되었다. 극심한 공포가 머릿속을 휘달렸다. 몸이 마비되어 버린 것일까? 손가락이나 발가락을 잃어버린 것일까? 낯선 남자에게 안겨 집 안으로 옮겨지는 동안 그녀는 공포로 인해 침묵했다. 크게 휘몰아치는 바람을 뒤로 하고 문을 닫은 뒤 히스는 그녀를 소파 위에 조심스럽게 내려놓았다. 물을 흠뻑 먹은 그녀의 옷과 머리카락이 가구를 적셔도 전혀 상관없다는 듯한 태도로, 벽난로에서 기세 좋게 타오르는 장작으로 인해 방 안은 환했다. 루시는 온기를 볼 수는 있었지만 느낄 수가 없었다. 소리가 날 정도로 이가 떨리면서 기운차게 탁탁 튀는 불길 소리에 더욱 힘을 실었다.

"금세 몸이 따뜻해질 거요."

히스는 장작을 더 넣어 불길을 살렸다.

"저, 절대, 아니에요."

그녀는 격하게 떨면서 겨우겨우 말문을 텄다.

그는 살짝 미소짓고 가까이 있는 의자에 누비이불을 한아름 내려놓았다.

"아니, 따뜻해진다니까. 내 조금만 있으면 당신이 부채와 아이스티를 찾을 정도로 덥게 해주지."

"아, 아무, 것도, 느껴지지 않아요."

새삼스레 눈물이 샘솟았다. 그는 소파 옆에 무릎을 꿇고 흠뻑 젖은 머리다발을 그녀의 얼굴에서 걷어올렸다.

"울지 말라고 했잖소…… 루신다 콜드웰 양. 이게 당신 이름이지, 안 그렇소?"

그녀는 발작하듯 진저리를 치며 끄덕였다.

"당신 아버지의 가게에서 일하던 모습을 본 적이 있소."

그는 그녀의 목에 감긴 채 축 늘어져 물을 뚝뚝 떨어뜨리는 캐시미어 스카프를 풀면서 말을 이었다.

"내 이름은 히스 레인이오…… 그리고 당신도 알아둬야 하지만, 루신다, 오래 전부터 난 당신을 만날 계획을 갖고 있었소. 내가 생각하던 대로의 상황은 아니지만 최대한 활용은 해봐야겠지."

그는 그녀의 외투 단추를 신속하고도 감정 없는 손놀림으로 시원스레 풀었다. 그러자 그녀는 토끼눈이 되었고 이는 더욱 세차게 맞부딪쳤다.

"루신다. 꼬마 달팽이처럼 완전히 움츠러들었군. 당신 쪽에서 날 도와줘야만 해. 이쪽으로 등을 돌리자구."

"아, 안 돼요……."

"나쁜 짓은 하지 않겠소. 난 도우려는 거요. 좀더 쉬워지게 말이오, 루시.

그러니 돌아앉아요. 그래, 바로 그렇게…….”

그의 손가락이 물을 흠뻑 먹은 그녀의 외출용 드레스 웃옷으로 잽싸게 올라와 여밈을 풀고 앞섶을 풀어헤쳤다. 그녀는 그가 무슨 짓을 하려는지 깨닫고 그의 손을 피해 움츠렸다. 어떤 남자도 그녀의 옷을 벗겼던 적은 없었다. 하지만 지금은 옷을 벗어야만 했고 그녀 혼자 힘으로는 그럴 수가 없었다. 그녀는 그에게 저항하고 싶은 본능을 힘겹게 억눌렀다.

“물살이 약했던 게 다행이었소.”

그는 멋대가리 하나 없는 어조로 담담하게 말했다.

“그렇지 않았다면 이 페티코트 뭉치에다 이 수많은…… 주름 때문에 금세 가라앉고 말았을 거요.”

루시는 눈을 감았다. 눈물이 여전히 관자놀이를 타고 흘러내리고 있었지만 그가 누비이불 자락으로 닦아줄 때까지 의식하지도 못했었다. 그녀의 드레스와 최신 유행에 맞춘 허리받이, 조립식 크리놀린, 페티코트가 전부 솜씨 좋게 벗겨졌다. 그녀의 장화 단추 몇 개가 퉁겨 떨어져나가 마룻바닥 위를 데굴데굴 구르자 히스는 나직이 욕설을 퍼부었다. 코르셋 끈은 푹 젖어 풀기가 거의 불가능했다.

그는 험악하게 인상을 쓰며 끝날이 짧게 잘린 길다란 사냥용 칼을 조끼에서 꺼내 끈을 잘라냈다. 뼈대가 떨어져나가면서 코르셋이 활짝 부풀자 루시는 칼날이 옆구리를 에이는 듯한 고통에 맥없이 숨 넘어가는 소리를 내고 말았다. 히스는 아주 찰나 사이를 두더니 물방울이 뚝뚝 떨어지는 민소매 속옷의 어깨끈 아래에 손가락을 걸었다. 안 그래도 경직되어 있던 그녀의 몸이 한계를 뛰어넘듯 더욱 꼿꼿이 굳어졌다. 악몽임이 분명했다. 지금 그녀에게 일어나는 일을 설명할 길이라고는 그것밖에 없었다.

“미안하오.”

그는 속삭이며 얇디얇은 민소매 속옷과 속바지를 벗겨냈다. 그녀는 나직이 숨을 들이키는 소리가 들렸다고 생각했지만 그가 그녀를 이불로 감싸주느라 천이 마찰되는 소리일 수도 있었다. 그는 머리 말고는 아무것도 보이지 않을 정도로 그녀의 몸을 고치처럼 이불로 꽁꽁 둘러쳤다. 뼈마디에 스며드는 냉기 때문에 그녀는 고통의 신음을 내뱉으며 방어하기 위해 무릎과 팔꿈치에 힘을 주었다. 히스는 포대기에 파묻힌 그녀의 몸을 손쉽게 들어 올려 단단히 안더니 난롯가의 의자에 앉았다. 담요가 사이를 막고 있는데도 그녀는 바위처럼 굳건한 그의 팔 힘을 느낄 수 있었다.

"대니얼. 대니얼과 있고 싶어요"

눈물이 고드름처럼 뺨을 구르는 가운데 그녀가 말했다. 대니얼이 누구인지 이 남자가 모른다는 점은 잊은 상태였다.

"내가 도와주겠소"

큼직하고 따스한 손이 그녀의 이마를 덮더니 헝클어진 머리칼을 젖히고 따끔거리는 뺨을 부드러운 손바닥으로 쓸어주었다.

"다, 다리가 아파요. 무릎이 욱신거리고……."

"알고 있소. 나도 전에 똑같은 경우를 겪었지."

"이, 이렇지는 않았을 거……."

"지옥이 따로 없었지."

그는 그녀를 내려다보며 미소지었다.

"하지만 지금껏 살아서 그 얘기를 하고 있잖소. 그러니 아직 당신도 희망은 있어."

"언제요……?"

"64년, 리치먼드 포위 때였소. 일급 사수들의 총격을 피하던 중 얼음으로 덮인 연못에 뛰어들었지. 지옥은 전혀 뜨거운 곳이 아니더군, 허니. 아주, 아주 차가웠소"

"당신은 우리들의…… 반대편에서 싸웠군요."

속눈썹을 들어올린 그녀는 자신을 뚫어져라 쳐다보는 그의 모습을 보았다. 깜짝 놀랄 정도로 푸른 그의 눈은 연민과 그녀가 이해하지 못할 그 무엇으로 가득 차 있었다.

"그래, 난 버지니아에서 왔소"

"왜 이곳에…… 왔나요?"

그는 아무 말도 하지 않고 단지 그녀에게서 불길 쪽으로 시선을 돌렸다.

그녀의 떨리는 몸을 감싼 그의 팔에 힘이 들어가면서 고정시켜 주었다. 루시는 상황이 조금만 덜 비참했다면 아마 충격으로 죽어버렸을 것이라고 생각했다. 여태껏 다른 사람의 품에 안겨본 것은 둘째치고 남부인과는 손끝 하나 마주쳤던 적이 없었다. 하지만 그가 누구이고 어떤 사람이건 간에 이렇게 힘차게 안겨 의지할 수 있고 냉기로부터 보호받는 것은 기분이 좋았다.

"좀 나아졌소?"

그가 마침내 물었다.

"아뇨. 몸이…… 뼛속까지…… 얼어붙었어요……."

히스는 그녀를 살짝 고쳐 안더니 조끼 안춤으로 손을 넣어 우그러진 은제 병을 하나 꺼냈다. 병은 난로 불빛을 받아 희미하게 빛났다.

"이게 좀 도움이 되겠지."

"그게 뭔데요?"

그가 병마개를 돌려 열자 그녀는 즉시 톡 쏘듯 덮쳐오는 강한 술 냄새를 맡을 수 있었다.

"40도라고 들어는 봤소?"

"안 돼요!"

그녀의 눈이 공포로 휘둥그레졌다. 그녀는 음주는 죄악이며 모든 종류의 비도덕적인 행동의 근원이라고, 특히 여자들에게는 더더욱 그렇다고 엄격한 가르침을 받으며 자라왔다. 그녀의 아버지와 제1교구 교회의 목사님인 그린달 레널즈 씨가 항상 그렇게 말씀하셨던 것이다.

"당신 뼛속까지 직통으로 기운이 퍼질 거요, 루신다. 입을 벌려요."

"싫어요, 하지 말아요!"

담요가 너무나 꽁꽁 둘러쳐 있던 탓에 그녀는 그에게서 벗어날 수 없었다. 그는 쉽사리 병 주둥이를 그녀의 입술 사이에 끼워 넣고 병을 기울여 독한 위스키를 입 안에 와락 부어넣었다. 그녀는 꿀꺽 삼키고 숨이 막혔다가 다시 꿀꺽 삼키기를 되풀이해 결국은 명치끝이 위스키 기운으로 활활 불탈 지경이 되었다. 그는 병을 떼어냈다. 기침을 하고 제대로 숨결을 고르려고 애쓰면서 루시는 그를 노려보았다. 진정되자마자 그녀는 뭔가 말을 하려고 입을 열었지만 그새 병 주둥이가 다시 입술 사이로 밀려들어왔다. 이번에는 한결 넘기기 쉬웠고 그녀는 그의 강한 팔에 고개를 붙들린 채 하릴없이 마셨다. 그가 병을 빼자마자 그녀는 당혹스럽다는 듯한 신음을 내며 그의 어깨에 얼굴을 파묻었다. 어느 누구도 여태껏 그녀를 이렇게 무례하게 다룬 적은 없었다. 할 수만 있게 된다면 당장 아버지에게 이 이야기를 해야지! 히스는 그녀의 생각을 완전히 꿰뚫고 있는 게 분명했다. 갑자기 빙그레 웃었던 것이다. 그는 그녀의 뺨을 내려다보고 위스키가 조금 흐른 자국이 눈에 들어오자 늘씬한 손가락 끝으로 닦아주었다.

"부끄러운 줄 알라구, 귀염둥이…… 고급 남부산 옥수수술을 깔보다니. 여기서들 마시는 술에 비하면 정말 훨씬……."

"하지 말아요"

그녀는 그의 손길에서 벗어나 몸을 움츠렸다. 놀랍게도 그는 그녀의 거부반응에 불쾌해하거나 당황하지 않았다. 그저 나직이 웃음을 터뜨릴 뿐이었다.

"당신 마음이 편해지게끔 해주지…… 아니야, 난 당신의 무력한 상태를 악용하지는 않을 거요 당신이 벌레 귓바퀴처럼 귀엽다 해도 말이지."

"난 안 귀여워요"

그녀는 흐늘흐늘 반박했다.

"난 그저…… 당신이 강에서 끌어낸…… 그 모습 바로 그대로인…… 사람이에요."

"당신은 내가 이 품에 안아본 중에 최고로 앙증맞은 존재요 날 믿지 않는 걸 훤히 알 수 있군. 날 신뢰할 수는 없겠소?"

"당신은 남부인인 걸요"

루시는 꽉 잠긴 목소리로 말했다. 위스키 때문에 머리가 핑핑 돌았다. 후끈한 기운이 몸 속 깊은 곳에서 활활 타올랐다.

"전쟁 발발 전에 분명 난 남부연합 지지자였소 분명 이러면 내가 좀더 매력적으로 보이겠지. 그렇지 않소?"

"아뇨"

그는 술기운이 거나한 그녀의 상태와 볼에 돌아온 혈색을 보고 미소지었다.

"당신은 앙증맞고 귀여워. 가엾은 꼬마 양키 같으니."

그녀는 그의 부드럽고 느릿느릿한 말투에 짜증이 나면서도 동시에 매혹되었다. 마치 자신이 응석받이에 금지옥엽이 된 듯한 느낌이었다. 루시는 남자에게서 이렇게 열 받을 정도로 아이 취급을 받아본 적이 없었고 대니얼에게선 꿈도 꾸지 못할 일이었다. 그녀는 방 안 가득 일렁거리는 불빛을 막기 위해 눈을 감고 지친 듯 히스의 목에다 한숨을 토해냈다. 두통은 이제 견딜 만한 상태였으며 감질날 만큼씩이나마 가시고 있었다.

"날 곧장 집으로 데려가요."

그녀는 그에게 축 늘어져 기댄 채 중얼거렸다.

"자라구, 허니. 내가 보살펴주겠소."

녹초가 되어 잠든 루시는 혼란스러운 영상과 뒤죽박죽된 꿈에 시달렸다. 대니얼과 함께 자라난 추억, 처음에는 견원지간이었지만 우정으로 발전한 관계, 그 우정이 한결 깊은 애정으로 변한 사연, 전쟁터로 간 대니얼. 붉은 가장자리를 두른 남색 군복 차림의 지적이고 날카로우면서도 깔끔한 모습, 빛나는 갈색 눈과 가지런한 반달 모양 콧수염이 매력적으로 자리잡은 얼굴. 대니얼…… 그녀의 사랑이지만 아직 깊은 관계는 아닌 애인.

남부가 항복한 뒤 대니얼이 귀향하던 때를 그녀는 기억하고 있었다. 환희의 도가니 속에서도 그녀는 그가 피곤하고 한결 늙어버린 것 같다고 눈치챘다. 그의 눈길은 그윽하고 따스했지만 더 이상 빛나지는 않았다.

"대니얼!"

그녀는 그가 기차에서 내리자 그의 이름을 열렬히 외쳤다. 그녀는 아이가 숭배하듯 그를 오래 전부터 사랑했었지만 이제는 열일곱이었고 성인 여자답게 따스하면서도 정열적인 심정으로 그를 원했다. 그의 가족과 친구들 모두가 그를 맞이하러 나와 있었음에도 그는 맨 먼저 그녀 쪽으로 돌아섰다.

"루시, 정말 당신이야?"

그는 양팔을 벌리며 물었고 그녀는 행복이 넘쳐흐르는 미소를 지으며 그에게로 달려갔다.

"내 편지 받았어요? 읽었어요? 또⋯⋯."

"하나하나 다 읽었어."

그는 고개를 숙여 그녀에게 재빨리 입맞췄다.

"그 하나하나를 전부 다 간직했다구."

그녀는 청혼하던 때의 대니얼을 기억했다. 따스하고 굳건하게 그녀를 감싸안은 그의 팔을, 그녀의 입술에 와닿던 그의 부드러운 입술을 기억했다.

"지금 당장은 안 될 거야."

그는 말했다.

"내가 철도 회사에서 기반을 잡을 동안 일이 년은 기다려야 해."

"하지만 난 지금 당장 당신을 원해요⋯⋯."

"당신에게 주고 싶은 게 너무 많아. 기다려 줘, 루시. 다른 사람에게 당신을 빼앗기는 일이 없을 거라고 내게 약속해 줘."

"영원히 기다리겠어요."

그녀는 개암 빛깔의 눈에 눈물을 그렁거리며 말했다.

"당신은 절대 날 잃는 일이 없을 거예요. 난 당신이 원하는 한 언제까지나 당신 것이에요⋯⋯ 당신이 날 사랑하는 한은."

3년, 임자가 있으면서도 동시에 없는 좌절의 3년이었다. 그는 아직까지 그녀와 결혼할 준비를 갖추지 못했고 조만간 이루어질 조짐도 없었다. 그동안 그녀는 그가 원하는 것이라면 죄다 줄 태세였지만 그들은 결코 사랑을 나눈 적이 없었다. 뼛속 깊이 신사인 그는 결혼 첫날밤 전에는 그녀의 몸을 차지하려 들지 않을 터였다. 그는 명예를 중시하는 남자였고 명예는 정열보다도 더욱 그를 강하게 옥죄고 있었다. 초조하고 심란해진 그녀는 그에게 매달려 애원했다.

"대니얼, 사랑한다고 말해 줘요. 오늘밤엔 가지 말아요⋯⋯ 있어 줘요."

그는 그녀의 이마에 따스한 키스를 살짝 연거푸 해주었다. 그의 입술이 그녀의 관자놀이를 지그시 누르고 뺨과 눈 아래쪽의 연약한 피부를 애무했다. 그녀는 그의 따스한 육체에 조용히 기대 한숨을 쉬었다.
　"쉬잇……."
　그는 루시의 머리를 조심스레 끌어안고 자신의 어깨에 지그시 갖다댔다.
　"자라구…… 자도록 해……."

　히스의 터키석 같은 눈이 그녀의 이목구비를 천천히 훑어내렸다. 그의 품안에서 꾸벅꾸벅 졸고 있는 루신다 콜드웰을. 그는 경이롭다는 듯 고개를 저었다. 그가 여태껏 공들여 짰던 그 모든 계획은 운명의 장난으로 인해 불필요하게 되고 말았다. 그녀가 이렇게 손쉽게 그의 손아귀에 떨어질 줄이야 그 누가 생각이라도 했을까? 그는 그녀의 무기력한 몸을 받쳐 안고 팔에 느껴지는 그녀의 감촉을 시험해 보았다. 그녀는 완벽하게 들어맞았다. 너무나 작았다. 앙증맞을 정도로 작았으며 놀라울 정도로 육감적이었다.
　그녀를 이렇게 가까이에서 보면 어떤 모습일지 상상해 본 적이 있었다. 그녀의 살결이 어떨지, 눈썹이 어떤 모양일지, 속눈썹이 얼마나 길지. 이제 그 대답이 바로 그의 코앞에 있었고 그의 호기심은 충족된 것 이상이었다. 히스는 그녀를 전에도 본 적이 있었으므로 그녀의 미소가 명랑 쾌활하고 매력이 흠뻑 넘친다는 점을, 거리를 가로지르는 그녀의 발걸음이 활기차다는 사실을 충분할 정도로 잘 알고 있었다. 이제 그는 어느 누구도 지금껏 눈치채는 특권을 누리지 못했으리라 여겨지는 사소한 점들까지 알게 되었다. 그녀의 타고난 몸 선, 매끄럽고 완벽하면서도 창백한 피부색, 왼쪽 가슴에 난 주근깨까지.
　눈물 자국이 남은 볼과 아기처럼 보드라운 피부 때문에 그녀는 기막힐 정도로 어려 보였다. 그녀의 입술은 끌어당기듯 유혹적이었지만 그럼에도 불구하고 너무나 풍만하고 너무나 단호하게 다물려 있었다. 검은 양 눈썹은 끝이 처져 있었다. 그 뚜렷한 이목구비에 둥근 얼굴형이 한데 합쳐져 그녀에게 고집 센 아이 같은 모습을 부여했다. 히스는 그녀를 바라볼수록 더욱더 매혹되었다. 어느 남자가 연약하고 상냥하며 대비가 뚜렷한 이 얼굴에 끌리지 않을 수 있을까?

뒤척이며 신음하던 루시는 눈을 뜨려고 애쓴 순간 끔찍한 두통을 느꼈다. 그녀는 실눈을 뜨고 굳게 닫힌 커튼 때문에 어슴푸레한 침실 안을 바라보았다. 한 줄기 햇살이 커튼 틈새를 비집고 들어와 아침이라는 사실을 알려주었다.
"아버지?"
그녀는 잠긴 목소리로 불렀다. 누군가 방으로 들어오는 기척이 느껴졌다.
"제가……."
들어온 사람이 아버지가 아니라는 것을 깨닫고 그녀의 목소리는 잦아들었으며 전날 벌어졌던 일이 기억났다. 그녀의 얼굴이 파리하게 질렸다.
"어머나! 당신은…… 그……."
"히스 레인."
그는 대답하며 발걸음도 가볍게 침대로 다가왔다. 그녀는 즉시 그를 피해 몸을 웅크리고 턱 밑까지 이불을 높이 끌어올렸다. 엄청나게 분노한 처녀를 희화화시킨 듯한 그 모습에 히스의 입꼬리가 움찔거렸다.
"날 신뢰하지 않는다는 말은 마시지, 루신다. 지난밤 내가 발휘했던 고결한 절제심으로 미루어보자면 난 의심이 아니라 메달을 받아야 마땅하오."
그녀가 미처 움직이거나 항변할 틈도 주지 않고 그의 손이 그녀의 이마를 짚었다. 열을 재는 그의 손은 그녀의 두개골을 거의 뒤덮어 감쌀 정도로 컸다. 그가 손을 떼기 전에 엄지손가락 끝이 맥박이 펄떡대는 그녀의 관자놀이를 살짝 스쳤다. 그녀는 마치 자기 것이라는 양 그녀에게 손을 대는 그의 방식이 영 못마땅했다.
"열이 있군. 어제 그 소동을 생각해 보면 놀랄 일도 아니지만."
그는 손발이 늘씬한 몸을 가까이 있는 의자에 편히 앉혔다.
그녀가 잡념을 쫓고 정신을 집중시키는 데에는 몇 분이 족히 걸렸다.
"당신이 날 강물에서 건져주고……."
"맞소."

“난…… 그런데 난 감사 인사조차 안 했군요.”

“당신처럼 한 주먹도 안 되는 사람을 끌어내는 게 뭐 대수라고.”

“하지만 당신은 남부인이잖아요. 그리고 난…….”

그는 짐짓 곤란하다는 표정으로 그녀를 보았다.

“그리고 당신은 남부인은 도움이 필요한 사람에게 절대 손도 내밀지 않을 거라고 생각하지. 그 사람이 양키라면 말이오.”

“저기…….”

“대답할 것도 없소.”

그는 쓴웃음을 지었다.

“내 이것 하나 말해 두지, 루신다. 당신이 물고기 밥이 되기엔 너무나 귀엽고 소중한 존재라는 건 북부의 몹쓸 적이라 해도 똑똑히 알 수 있는 사실이오.”

그녀는 그가 놀리고 있다는 것을 머리로는 알고 있었지만 무슨 대답을 해야 할지 난감했다. 모르는 사람이 마치 전부터 아는 사이인양 그녀에게 이렇게 친근하고 허물없이 대한다니 놀라웠다. 그가 그녀에게 베풀어준 행위와 어젯밤 보여준 자제력이 아무리 엄청나다 해도 그녀는 그가 불편했다.

“이제 집에 가고 싶어요.”

그녀는 웅얼거렸다.

“당신이 뭘 하고 싶은지야 알고 있소 루신다, 안됐지만 당신은 열이 있고 당신을 이렇게 보내느니 그 강물 속에 다시 갖다 넣어버리고 말겠소. 그리고 또 우리 둘 다 어디든지 한 발짝도 옮기기란 불가능하오 아직도 눈이 오거든. 당신네 지방의 그 유명한 눈보라가 진득하니 본때를 보여주기로 작정한 모양이야.”

“어머나, 안 돼요 여기에서 묵을 수는 없어요 안 된다구요!”

“누구 당신을 찾아 나설 사람이라도 있소? 당신 아버지라도?”

“아니에요. 아버지는 내가 아직도 코네티컷의 숙부 내외분 댁에 있으리라 알고 계실 거예요 내가 이틀 일찍 돌아오기로 결정했다는 건 모르세요 난 기차로 와서 역에서부터 걸어서 돌아가려고…….”

"그러다 강 한가운데에 빠져버렸다 이거지. 허니, 누구 당신을 찾으러 나설 사람은 없는 거요?"

"우리 아버지요. 그리고 내 약혼자 대니얼 콜리어가 있죠. 그리고 두 사람 다 당신이 날 그런…… 그런 이름으로 부르는 걸 안다면 마땅치 않게 생각할 거예요……."

"하지만 당신에게 어울리는 걸, 허니."

그는 그녀의 짜증을 돋우려는 듯 말에 힘을 주었고 나른한 미소를 보이는 푸른 눈은 반짝였다.

"당신이 내 침대에서 지냈다는 사실도 알면 기뻐하지 않겠군."

"어느 누구도 이런 일에 대해서는 눈곱만큼도 알게 될 리가 없어요. 난 가야 해요. 분명 방법이 있을 거라구요……."

"어제 있었던 일을 비밀로 묻어둘 수 있다고 믿다니 진심이오?"

"그래야 해요. 아니었다간 난 아버지와…… 대니얼에게 엄청나게 곤란해져요. 대니얼은 당신과 엄청난 싸움을 벌일 거라고요!"

"그 친구가 날 이길 거라 생각하오?"

히스는 신중한 태도로 물었다.

의심스럽기는 했다. 하지만 그녀가 인정할 만한 성질의 것이 아니었다.

"그이가 이긴다는 걸 난 알아요. 그이는 전쟁 영웅이고 명사수였던데다 장롱 한가득 메달을 탔다고요."

"아하."

그는 신중하게 사이를 두었다.

"흐음, 생각해 보니 이번 일을 죄다 비밀로 묻어둘 수도 있겠군."

"당신은 내 평판에 대해서는 전혀 걱정하지 않는군요. 그저 자기 목숨만 아까울 뿐이에요!"

"그런 것 같소. 난 지난 몇 년 동안 내 목숨 하나 부지하느라 전전긍긍했으니까."

히스는 양팔을 치켜들고 천천히 살펴보더니 다음 순간 루시를 향해 입꼬리를 일그러뜨렸다. 그녀는 머뭇거리며 미소로 응답했고 그때서야 처음으로 그를 자세히 보았다. 그녀가 여태껏 익숙했던 남자들과는 얼마나 다른 남자인지! 그는 잘생겼지만 그녀가 늘상 보았던 잘생긴 것과는 다른 종류였다. 그에게는 진솔하면서도 억제되지 않은 뭔가가 감돌았고 그건 그의 옷이 완벽하게 만들어진 비싼 것이라는 사실과는 상관없는 종류의 특성이었다. 또 이렇게 체구가 큰 사람을 만난 적은 별로 없었다. 끝마무리가 섬세한 흰색 셔츠 아래로 그의 어깨는 널찍했다. 단을 접은 부분도, 주름도 하나 없는 회색 바지는 날씬한 허리에 딱 맞았다. 의자에 수그리고 앉아 다리를 살짝 벌린 그의 허벅지는 단단한 근육질이었다.

루시는 죄라도 지은 양 얼굴을 붉히며 그의 허벅지에서 잽싸게 시선을 떼고 단추 달린 바지 앞섶이며 가슴, 어깨를 더듬어 올라와 얼굴을 바라보았다. 실망스럽게도 그는 그녀에게 미소를 지었다. 그녀가 적절한 교육을 받은 젊은 여자로서 응당 하지 말아야 될 방식으로 그의 몸을 보고 있었음을 안다는 미소였다. 적어도 그렇게 무분별하게 보아서는 안 되는 일이었다.

터키석 같은 그의 눈은 햇살에 검게 그을린 피부와 대조되어 너무나도 푸르고 생생해 보였다. 가느다란 한줄기 상처가 눈가에 닿을 정도로 관자놀이를 길게 가로질러 나 있었다. 그 상처의 끝은 웃을 때면 늘어나는 잔주름의 자취 속으로 사라지고 없었다. 방탕한 느낌을 주는 그 상처는 그의 잘생긴 외모에 특징을 부여하며 도박사 같은 분위기를 더욱 강조했다. 루시는 그를 외면하고 자세를 편하게 잡으려고 거위 깃털 매트리스 위에서 들썩거렸다. 히스가 그 즉시 일어나더니 그녀의 몸 너머 침대 저쪽 편에 있는 베개로 손을 쑥 내밀었다.

"여기 있소. 내가 등을 받쳐주지."

"아니에요. 내가 할 수 있……."

"당신이 손가락 하나라도 까딱하지 않았으면 하오. 듣고 있소?"

그는 그녀의 어깨에 팔을 두르고 살짝 일으켜 베개를 제자리에 받쳐주었다. 일순 루시는 그의 몸에서 풍기는 힘을, 그는 그녀의 몸무게를 우스꽝스러울 정도로 쉽게 떠받칠 수 있다는 사실만을 의식할 수 있었다. 그의 피부와 옷에서는 매혹적인 내음이 떠돌았다. 청결하고 건강하고 생명력이 넘치는 향기였다. 그녀가 평생 맡았던 중에 최고로 좋은 냄새였다. 물론 대니얼만큼 좋은 냄새는 아니지, 그녀는 의리를 지키기 위해 속으로 정정했다. 대니얼은 뉴욕산 고급 향수를 쓰지 않던가.

히스가 그녀를 편히 앉힌 뒤 다시 자리에 앉았을 때 그녀는 문득 그가 북부 사람들과 어떤 점에서 그렇게 다른지를 깨달았다. 그는 수염을 말끔하게 깎은 얼굴이었다. 그녀는 내내 구레나룻과 턱수염, 콧수염을 기른 남자들만을 보았던 것이다. 대니얼 같은 반달형 콧수염이나 양끝이 위로 굽고 밀랍으로 굳힌 길다란 콧수염, 혹은 대부분의 군인들이 그렇듯 깔끔하게 손질한 군대식 콧수염을. 하지만 이 남자의 턱 선은 놀랄 정도로 깔끔했고 일자를 그린 입매 역시 마찬가지였다. 쾌씸한 한순간 그녀는 간지러운 콧수염이 없는 남자와 키스하면 어떤 기분일지를 그려보았다.

'부끄러운 줄 알아야 해, 루시 콜드웰!'

그녀는 즉시 자신을 꾸짖었다.

"뭐 특별히 좋아하는 거라도 있소?"

히스가 나른한 어조로 캐물었다.

갑자기 그녀는 그가 더 이상 두렵지 않았다.

"남부인들은 보통 몸집이 지나치게 크던데 당신도 다를 바 없는 것 같군요. 내가 보기로는요."

"당신네들 뉴잉글랜드 땅꼬마들은 너무 집에만 콕 박혀 사는데다 먹는 것도 그다지……."

"우리들은 다들 든든히 먹는다고요!"

"생선에 조개를 든든히 먹는다고 하겠소? 버지니아에서는 진짜 맛있는 음식이 접시가 모자랄 정도로 그득그득 넘친단 말이오 당신들이 식사라고 부르는 울긋불긋한 반죽덩어리 따위가 아니지. 이것도 조금, 저것도 조금…… 남자들이 그렇게 먹으면 죽지는 않겠지만 배 두드릴 일은 없소"

"이 지방에 온 지 얼마나 됐죠?"

"거의 일 년."

"당신 모습으로 봐서는 이 지방의 식사 때문에 아주 고통받은 것 같지는 않네요. 우리가 복숭아 파이나 닭튀김을 그다지 자주 먹지 않는다 해도…….”

“닭튀김이라.”

그는 아쉽다는 듯 말했다.

“또 훈제 고급 햄도 흰 콩에 베이컨…… 버터 바른 고구마…….”

루시는 미소를 억누를 수가 없었다. 그는 저항하기 어려운 꾸밈없는 매력을 지니고 있었다. 갑자기 그녀는 콘비프에 양배추, 럼과 당밀로 맛을 내서 찜통에 하나 가득 쪄낸 옥수수 호밀빵, 후식으로는 사과파이 등등 푸짐한 저녁식사를 그에게 차려주고 싶어졌다. 대체 남부 사람들이 뭘 먹건 간에 어쨌든 북부의 요리도 못지 않게 만족스러울 수 있다는 것을 그에게 보여주게 될 것 아닌가.

“왜 콩코드로 이사왔나요?”

그녀가 묻자 그의 터키석 눈에서 돌연 광채가 자취를 감췄다.

“좀 이해가 안 가서요. 이제 전쟁은 끝났고 재건운동이…….”

“재건이라. 대다수 이곳 사람들과 마찬가지로 당신 역시 그 참뜻을 알지 못하고 있소.”

“아니, 알아요. 남부인들이 자립할 수 있도록 도와주는…….”

“그리고 말뿐인 목발을 들려주는 거지. 난 전혀 이해할 수가 없소. 왜 이곳 사람들은 우리가 고마워하기를 바라는 걸까? 우리들의 신문사와 투표권을 몰수했으면서, 우리에게 한마디할 기회조차 주기를 거부하면서…….”

“남부가 제 모습대로 복구되는데에는 분명 어느 정도 시간이 필요하겠죠.”

루시는 위엄어린 태도로 맞받아쳤다.

“하지만 결국은…….”

“결국은? 절대 불가능하오.”

“무슨 뜻이죠? 복구되는 게 당연하잖아요.”

그는 심란해질 정도로 빤히 바라보며 부드럽게 읊었다.

“… 그대의 삶은 얼마나 뒤바뀌었소. 여름날에 감미롭게 미소짓던 그대

의 얼굴 역시 표정이 달라졌구려. 그때 그 나날들은 사라졌다오…… 병사
들이 사랑스런 그대에게 남긴 것은 과거와 고독뿐.”

그녀는 리듬 있는 그 음성에 매혹되어 그를 응시했다. 미묘한 가락이 그
녀의 귓전에 너무나도 부드럽게 내리깔렸다.

“나, 난 이해가 안 가요…….”

“물론 그렇겠지. 당신이 무슨 수로 이해할 수 있겠소?”

그는 일어나더니 그녀에게 무심한 미소를 보냈다.

“극히 지긋지긋한 전쟁의 외중에서 쓰여진 편지의 한 구절이었소 사실
은 남부인의 글이지. 배고프지 않소?”

“배고파요. 하지만 당신에게 설명을 하고 싶은…….”

“먹고 죽지 않을 버터밀크 비스킷을 만들 실력은 있소”

“왜 당신은…….”

“그리고 커피도”

“아아, 좋아요! 더 이상 아무 질문도 하지 않겠어요”

“당신은 질문하기를 아주 좋아하는군. 그렇지 않소?”

“사실…… 묻고 싶은 건 한 가지예요”

“그래? 뭐요?”

루시는 점점 더 발그스름한 홍조를 얼굴에 띠고서 누비이불을 내려다보
며 망설였다. 몇 초 더 생각을 모은 뒤에야 질문을 입 밖에 낼 수 있었다.

“난, 나한테 필요한 건…… 여기에 화장실이 있나요, 아니면…….”

“물론 있소 당신에게 맞을 로브는 없지만. 내 셔츠를 입어도 괜찮겠소?”

“그래요, 상관없어요…… 고마워요”

다행히도 그는 그녀의 굴욕감을 눈치 빠르게 알아차려 철두철미하게 실
질적인 태도를 보여주었다. 아니면 단지 5년간의 전쟁을 겪은 뒤라 인체의
어떤 기능이 대다수 사람들에게는 당혹감을 심어주기도 한다는 점을 잊은
것일까?

서랍장 쪽으로 성큼성큼 다가가는 그를 지켜보며 루시는 이불 밑으로
입고 있는 것이 코르셋 커버와 속바지뿐이라는 사실을 의식하고 더욱 얼굴

을 붉혔다. 어젯밤에 옷이 다 마르자 그가 다시 입혀준 것이 분명했다. 괴로운 생각이었다. 그가 여태껏 그녀의 알몸을 본 유일한 남자라니. 20년 전 그녀의 출생을 지켜본 밀러 의사 선생만이 예외일 뿐. 즉시 물리쳐야만 마땅할 온갖 상념이 들이닥쳤지만 그녀는 히스가 그녀의 외모를 어떻게 생각했을지 궁금증을 억누를 수가 없었다. 현재의 이상형과는 정반대로 그녀는 검은머리에 체구는 아담했고 쉴새없이 재잘대는 혀에 몸의 다른 부분은 좇아가지 못할 정도로 잰걸음의 소유자였다. 열여섯 살 이래 그녀의 몸에는 넉넉하게 곡선이 생겨 실제 키보다 약간 작아 보였다. 오랫동안 루시는 키가 크고 날씬하고 우아한 모습이 되기를 소원했다. 하지만 생김새가 보기 좋다는 말도 종종 듣기는 했다. 히스 레인도 똑같은 생각일까?

히스는 침착한 태도로 부드러운 흰 셔츠와 모직 양말 한 켤레를 그녀의 무릎 위에 올려놓더니 돌아섰다. 자리를 뜨려는 것으로 보이지는 않았기에 그녀는 완전 홍당무가 되어 기록적인 속도로 옷을 입었다. 비단처럼 부드러운 옷에 팔을 꿰던 루시는 그에게서 느꼈던 것과 똑같은 향기를 알아챘다. 청결하고 싱그러운 내음. 셔츠는 어쩔 도리가 없을 정도로 너무 컸다. 소매를 몇 번이나 걷어올리고 나서야 겨우 손목이 드러났으며 일어서자 아랫단은 무릎까지 내려왔다. 그녀는 흠씬 두들겨 맞아 멍이 든 듯한 느낌에 움찔하며 이불 속에서 다리를 빼내 양말을 신기 시작했지만 양말 역시 발뒤꿈치가 위쪽으로 껑충 올라왔다. 큰맘 먹고 시선을 흘끗 들어올린 루시는 히스가 짙은 금발머리를 옆으로 돌린 모습을 발견했다. 곁눈질로 그녀를 힐끔거리기에는 충분한 각도였다. 즉시 그는 다시 벽 쪽을 바라보더니 살짝 어깻짓을 했다. 엉큼하게 훔쳐보는 그의 행동에 머리끝까지 화가 나야 옳았지만, 그가 두렵고 불신감을 품어야 마땅했지만, 묘하게도 그녀의 본능은 그렇지 않다고 알려주고 있었다.

"레인 씨."

그녀는 카랑카랑한 어조로 말했다.

"신사다운 행동이 아니군요."

"콜드웰 양."

그는 고개만 돌려 대답했다.

"오래 전 난 신사가 되려는 청운의 꿈을 품었지요. 신사가 되도록 교육받았고 불행하게도 요 몇 년 사이의 대사건들로 인해 신사로 남을 것이냐, 살아남을 것이냐는 선택의 기로에 억지로 서야 했지만……. 전쟁은 신사들을 결딴내는 데 즉효약이라오. 전쟁에서 용케 살아남는 신사란 극소수지. 하지만 그 반대로 무뢰한은……."

"아아, 그만해요!"

그녀는 공포와 혼란으로 뒤범벅되어 그를 응시했다. 이 남자의 말이 정말로 진심인가?

"농담을 해서는 안 될 말도 있는 거예요"

"동감이오. 나 역시 전쟁이 농담거리라고는 생각하지 않소"

그녀는 그를 어떻게 생각해야 할지 알 수 없었다. 그녀는 이층 욕실까지 그를 따라가면서 실수로라도 그의 몸에 닿는 일이 없도록 조심을 거듭해 경계했다. 주석 도금을 한 장방형의 철제 욕조는 윤이 날 정도로 깨끗했다. 구석에는 화장실이 부동자세의 보초병처럼 세워져 있었다. 작지만 얼마나 정교하고 현대적인 욕실인지!

"목욕을 하고 싶어요"

루시는 유혹하듯 번쩍거리는 놋쇠 수도꼭지를 곁눈질했다.

"열이 있을 동안엔 안 돼."

"집 안은 따뜻하고 몸 상태도 괜찮은 느낌……."

"당신은 5분도 안 돼서 갓난아기처럼 축 늘어질 거요. 그리고 내가 여기에서 익사 직전의 당신을 구해내야 하는 입장에 처한다면 당신이 과연 좋아할지…… 뭐 나야 욕조에서 당신을 구해낸다 해서 전혀 불쾌할 건 없지만……."

"목욕 안 해요"

루시는 새침하게 말하고 그의 면전에서 문을 쾅 닫았다. 수치도 모르고 덩치만 큰 건달 같으니. 조금 전처럼 그녀를 놀린 것은 점잖지 못한 짓이었다. 어젯밤 그녀의 옷을 벗긴 것보다 한층 더 괘씸한 행위였다. 사실 그는 그녀가 폐렴에 걸리지 않게 하려고 옷을 벗긴 것이지만 지금 그녀를 놀리는 것은 단지…… 단지 짓궂은 심술쟁이이기 때문이다!

한층 급한 욕구를 해결한 뒤 그녀는 얼굴을 물로 축이고 헝클어진 긴 머리를 손으로 빗질했다. 히스의 말이 옳다는 것을 깨달을 때까지는 오랜 시간이 걸리지 않았다. 녹초가 되고 말았던 것이다. 그녀가 문을 열자 그는 즉시 복도에 출현했다. 번득이는 푸른 눈이 그녀를 쓰윽 훑으며 헐렁한 양말에 감싸인 작은 발, 레이스가 달린 속바짓단, 우스울 정도로 껑충한 그의 셔츠를 입은 모습을 눈에 담았다.

"그런 눈으로 보지 말아줘요."

루시가 중얼거렸다.

"내 꼴이 볼 만하다는 건 알아요."

"음, 당신을 만나기 전에는 그저 당신이 이 도시에서 가장 아리따운 아가씨라는 소문만 들었소. 내가 여태껏 만난 가운데 가장 아름다운 여자 중에 손꼽힐 줄이야 상상도 못했지."

부끄러워져서 그녀는 눈을 내리깔았다. 말뿐인 그의 공치사가 싫었다.

"당신은 새빨간 거짓말쟁이예요."

대니얼 같으면 그 말에 얼어버렸을 터였다. 차갑게 침묵을 지켰을 것이다. 히스 레인은 빙그레 웃기만 할 뿐이었다.

"난 어떨 때는 약간 허풍을 떨지도 모르지, 맞소. 하지만 당신에 관해서는 아니오."

그는 보폭이 큰 걸음으로 그녀의 뒤를 따라 침실로 터덜터덜 들어왔다. 그녀는 등에 꽂히는 시선을 느낄 수 있었고 그 때문에 걸음을 빨리 했다.

"이제 자야겠어요……."

"당신이 무얼 좀 먹기 전까지는 안 돼."

"배고프지 않아요."

"침대 옆에 책이 몇 권 있으니 내가 아침을 차리는 동안 훑어봐도 좋을 거요."

그와 입씨름을 벌일 힘이 없었다. 체념한 루시는 침대에 누워 가슴 앞에 팔짱을 끼고서 자신에게 이불을 꼭꼭 덮어주는 그의 모습을 동그란 개암빛 눈으로 응시했다.

"고맙지만 그럴 필요 없……."

"어떨 때 당신을 보면 버지니아에서 많이 보던 여자들이 떠오른다오."

히스는 터키석 같은 눈을 재미있다는 듯 반짝였다.

"귀엽지. 그리고 아마 조금은 응석받이에…… 아주 얌전하단 말이야. 당신은 시늉뿐만 아니라 정말로 새침하고 예의바른 아가씨요?"

그녀는 그의 실례되는 질문에 하도 기가 막혀 할 말이 떠오르지 않았다. 대답이 생각나지 않자 그녀는 기죽이듯 그를 노려보는 것으로 해결했다. 그는 그녀의 경멸에도 전혀 끄떡하지 않고 혼자웃음을 웃더니 방을 나갔다.

낮 동안 푹 자자 열은 흔적도 없이 사라졌지만 아직도 히스는 그녀를 침대에서 꼼짝 못하게 했다. 그는 저녁 식사로 수프와 빵을 가져왔다. 그는 그녀가 식사를 하는 동안 침대 옆 의자에 근육질의 다리를 포개고 앉아 자신이 신은 뭉툭한 장화코의 닳은 부분을 가만히 살펴보았다.

"이틀 일찍 돌아왔다고 했던가?"

"그래요."

루시는 입에서 살살 녹는 묽은 수프를 떠먹는 사이사이 대답했다.

"하지만 아버지는 모르고 계세요. 내가 모레나 되어야 올 거라고 알고 계시죠."

"잘됐군. 어쨌든 그때까지는 기차도 끊길 테니까. 내가 집까지 데려다주겠소. 당신이 기차역에서 집으로 걸어서 돌아오던 도중 날 만나서 타고 왔다고 말하면 되겠지…… 그런데 당신 짐은?"

"가방은 내가…… 물에 빠졌을 때 잃어버렸어요. 기차에다 두고 내렸다고 얘기를 지어내죠 뭐."

그녀는 풀이 죽어 한숨을 폭 내쉬었다.

"지금은 강바닥에 있겠죠."

"그렇게 얼굴을 찡그리지 말라구, 허니. 왜 이곳 사람들은 여자들에게 좀더 자주 웃도록 가르치지 않는 걸까?”

“우린 경제적으로 행동하도록 교육받고 자랐거든요.”

그녀는 눈을 빛내며 까르르 웃어댔다.

“우린 어떤 일에도 미소를 낭비하지 않아요.”

“어느 누구에게도.”

히스는 그녀를 빤히 응시하며 이렇게 덧붙였다. 다시금 식사 쟁반으로 머리를 숙이고 열심히 먹는 그녀의 모습에 매혹된 듯했다.

“왜 일찍 돌아오기로 결정했소?”

루시는 한 입 가득 문 채로 그를 잽싸게 올려다보았다. 아주 짧은 찰나였지만 그의 분위기가 바뀌었던 것이다. 그의 질문은 자연스러웠지만 눈매에 깃든 관심은 그렇지 않았고 새로운 깨달음에 그녀는 침을 삼키기조차 어려웠다. 자칫하다가는 그가 이 상황 자체를 아주 힘들게 만들어버릴 방법이 몇 가지 있었다. 그녀는 그가 상황을 악용하는 부류의 남자가 아니기를 빌 뿐이었다.

“사과해야 할 사람이 있었어요.”

그녀는 쌀쌀맞게 대답했다.

“대니얼 콜리어?”

“그래요. 그 사람과 말다툼을 한 뒤에 난 화해하지도 않고 코네티컷의 친척분들 댁으로 여행을 가버렸거든요.”

참으로 묘했다. 그녀는 며칠이나 끊임없이 대니얼을 생각했으면서도 요 한두 시간 동안은 그를 그야말로 까맣게 잊고 있었던 것이다.

“말다툼을 벌여서 미안하다고 그이한테 말해야만 했어요. 그래서 그냥 기다릴 수가 없었어요.”

“싸움은 어디 혼자서만 하나. 왜 그 사람이 먼저 사과할 때까지 기다리지 않소?”

“아아, 하지만 내가 먼저 사과하는 게 공평해요. 항상 내가 싸움을 시작하는 쪽이거든요. 우리가 어렸을 때부터 쭉 그랬어요.”

“아하, 내가 왜 진작 눈치를 못 챘을까.”

히스는 빙그레 웃으며 말했다.

"흐음, 어떤 일이라도 그 사람이 당신을 용서하는데는 그다지 오래 걸리지 않을 것 같군. 그 커다란 갈색 눈을 제대로 활용하기만 한다면 말이지."

"며칠은 걸려요."

루시는 무거운 어조로 말했다.

"그이는 아주 진지한 사람이에요. 모든 게 그이에게는 의미가 크죠. 하지만 서로 얘기를 나누고 내가 잘못했다고 말하면 우린 이해하게 돼요. 그이가 손을 잡아주면 난 용서받았다는 걸 알게 되죠. 그리고 하루 이틀이면 그이는 모든 걸 다 잊고……."

"손을 잡는다고?"

그는 얼이 빠지게 놀란 표정이었다.

"그런 종류의 화해를 하려면 뭐 하러 애를 써서 말다툼을 벌이겠소. 당신들 둘이 싸운 이유가 대관절 뭐길래?"

"그건 당신하고 상관없는 일이에요."

루시는 대니얼과 그녀의 관계를 헐뜯는 그의 말에 모욕을 느꼈다.

"당신도 대니얼을 만나면 그이가 고결하다는 걸 이해하게 될 거예요. 그이는 과묵하고 신중해요. 그건 곧 목소리만 크고 자기 속내를 사방팔방 떠들고 다니는 누구보다는 훨씬 마음 씀씀이가 깊다는 소리예요."

"그래, 그래, 알았소…… 고요한 물은 속에 뭐가 들었는지 알 수가 없지. 말해 봐요, 당신들은 곧 결혼할 계획이오?"

"그래요. 조만간요. 아직 날을 잡지는 않았지만 약혼한 지 삼 년이 됐고 이제 때가 됐다고 둘 다 동의했……."

"삼 년? 전쟁이 끝난 뒤에 약혼한 거요?"

"내 말을 일일이 되풀이할 필요 없잖아요!"

"믿을 수가 없군."

히스는 중얼거렸다.

"한 가지만 말합시다. 당신들 북부인들은 정말이지 다른 세계의 족속이군. 그렇게 오랫동안 기다리고 싶어하는 그 사람과 거리낌 없이 기다리겠다는 당신 중 어느 쪽이 더 나쁜지 모르겠소”

“우린 대니얼이 근사한 집을 사고 가족을 부양할 형편이 충분히 될 때까지 기다리고 있어요 그이는 매사를 운에 맡기기를 좋아하지 않아요 내게 최상의 것을 해주고 싶어하죠”

“그 사람은 다른 남자가 나타나 당신을 낚아챌 걱정은 하지 않소?”

“어떤 남자도 그럴 수 없어요”

그녀의 목소리에는 진심이 가득했다.

“어느 누구도 날 대니얼로부터 빼앗을 수 없다구요”

“당신들이 그렇게 믿는 건 확실하군…… 하지만 확률이 그다지 높아 보이지는 않소 특히 두 사람이 삼 년 동안이나 질질 끌었다면…….”

“수프 다 먹었어요”

루시는 날카로운 어조로 말하며 쟁반을 그에게 건넸다.

“이제 가져가도 좋겠네요”

그는 입을 다물고 쟁반을 받았지만 눈에는 웃음기가 찰랑거렸다. 방을 나가기 직전 그는 흘끔 쳐다보며 윙크했고 루시는 자신이 그에게 엄청난 놀림감이었다는 것을 깨닫고 씁쓸해졌다. 그는 그녀의 뻣뻣한 자존심을 두고 놀리며 비웃었던 것이다.

다음날 창 밖을 내다본 루시는 날이 화창한 것을 보고 안도했다.

“잘 잤소?”

휙 돌아선 그녀는 히스에게 미소를 지었다. 그는 문간에 기대서서 그녀의 날씬한 발목과 맨발에 이르기까지 온몸을 눈으로 훑어내렸다. 그러더니 음울하고도 초조한 눈길을 던졌고 순간 그녀는 그가 인상을 쓰고 있을 때조차도 잘생겼다는 사실을 발견했다.

“잘 잤어요?”

“이런 경칠, 대체 발에 아무것도 안 걸친 채로 침대에서 나오다니 뭐 하는 거요?”

허둥지둥 침대로 돌아간 그녀는 모직 양말을 찾아 발에 꿰었다.

“나한테 그런 말을 쓸 필요는 없잖아요”

"앓아 누우려고 기를 쓰는 거요?"

그녀는 그의 신경질적인 태도를 무시하고 미소지었다.

"앓아 눕긴요. 내 건강은 완벽해요. 그리고 내일이면 집으로 갈 거고요. 바깥 날씨나 보라구요."

"그래서 그렇게 기쁜 거로군. 빨리 돌아가서 약혼자에게 사과하고 싶어 근질근질한 건가. 굴욕의 맛은 어떻소, 루신다…… 달콤한가 아니면 시큼한가?"

"좀 감수한다 해서 해가 될 건 하나도 없어요."

그는 머뭇머뭇 미소로 화답했다.

"아마 그럴지도 모르지."

"그리고 제대로 된 목욕을 오래오래 해도."

루시는 희망에 차서 말을 이었다.

"하나도 몸에 나쁘지 않을 거예요."

"아마 그 말도 맞을지 모르지."

그는 그녀에게 새 셔츠를 건네주었지만 서로 손이 닿지 않게끔 눈에 띄게 조심하는 태도였다.

"생각해 봐요."

루시는 쾌활하게 말했다.

"내일 밤이면 당신은 이제 다시는 거실에서 잘 필요가 없어요. 다시 침실을 차지하게 된다구요."

"하지만 당신이 내 침대에서 잔다고 해서 나쁠 건 없는데."

꾸짖듯 흘끔 노려본 그녀는 시치미를 떼며 웃는 그를 외면하고 방을 나갔다. 히스는 아래층으로 내려와 불을 피우고 방이 한결 따스한지 확인했으며 그 동안 루시는 피부와 머리카락에 비누질을 신나게 해가며 욕조에서 호사스런 목욕을 즐겼다. 그녀가 온몸이 발갛게 분홍색으로 물들어 젖은 채 거실로 나타나자 그는 지나가는 눈길 한번 주지 않고 그녀를 난롯가의 의자에 앉혀 누비이불을 칭칭 둘러주는 데에만 열중했다. 방 안은 환했고 유별나게도 우호적인 분위기가 넘실거렸다.

루시는 마르기 시작한 밤색 머리채를 손으로 대충 정리한 다음 빗질을 했고 그 동안 히스는 너덜너덜한 신문 뭉치를 찬찬히 읽고 있었다.

루시는 그의 밝고 푸른 눈이 자신에게 얼마나 자주 향하는지 눈치채지 못했다. 히스는 남몰래 그녀를 뜯어보았다. 머리칼을 늘어뜨린 모습과 햇살에 반짝반짝 윤기가 나는 피부는 그 자체로도 그림이었다. 그녀는 그에게 손톱만큼도 유혹하는 기색을 보이지 않았으며 그는 여태껏 수많은 여자들과 알고 지냈지만 이렇게까지 귀엽고 연약하면서도 그 점을 자각하지 못하는 루시 콜드웰 같은 여자는 한 명도 없었다. 그녀는 귀여움과 강인함이 묘하게 혼합된 존재였고 그 순진함이 그를 매혹시키면서도 동시에 물리쳤다. 그녀는 꿈을 하나도 잃지 않은 사람이었다. 그리고 그는 남아 있는 꿈조차도 주위에 산산이 부서져 널려 있는 상태였다.

그 꿈은 그가 간직해 두었던 낡은 신문의 단어와 문구 속에 담겨 있었다. 그는 그 꿈을 기억하기 위해 이따금 신문을 읽었다. 그는 지난 5년이 주었던 교훈을 절대 잊지 않을 터였다. 똑같은 실수를 다시금 저지르는 일은 두 번 다시 허용하지 않을 것이다.

"뭘 읽고 있어요?"

루시의 호기심 어린 목소리가 상념을 방해했고 그는 곧장 대답했다.

"옛날에 나왔던 <애틀랜타 인텔리전서> 지요. 애틀랜타 함락에 대한 기사가 있지."

"대체 왜 그런 걸 읽고 싶어하죠?"

히스는 쓴웃음을 지었다.

"실수 때문이지. 예를 들어 존스턴이 채터후치 강을 건너 후퇴한 데 대한 기사 말이오. 기사는 군대가 질서정연하게 퇴각했다고 적혀 있소"

그는 고개를 저으며 콧김을 뿜었다.

"난 그곳에 있었소 존스턴 군대에서 복무했거든. 우린 질서정연하게 퇴각한 게 아니오. 지옥에서 도망치듯 달아났지. 살겠다고 서로를 가릴 것 없이 짓밟으며 말이오"

"당신이 존스턴 군대에 있었다고요? 어머나, 대니얼도 셔먼 장군과 함께 그 전투에서 싸웠어요!”

“우린 아마 맞닥뜨렸을지도 모르오. 사실 그 사람이 정예부대원 중 하나였다는 데 내기를 걸어도 좋소. 측면을 파고들어 우리를 묵사발낸 부대 말이오.”

“그런데 실수 때문에 그 신문을 읽는다니, 왜죠?”

“신문을 유심히 살펴보는 게 내 취미라오. 기자들이 그 사건을 어떻게 썼는지, 편집 정책이 어땠는지를 알기 위해서지. 대부분 우리들은 잘했을 때보다는 잘못했을 경우에 정보나 교훈을 얻는 경우가 더 많소. 그리고 전쟁중 많은 잘못이 저질러졌다는 것은 우리 모두 신문을 통해 알고 있소. 남북 양측 모두의 잘못 말이오.”

그는 난로 앞 깔개에 자리잡고 앉아 신문을 그녀에게 건네주었다.

“어느 부분을 보더라도 과장된 미사여구요. 사실보다는 미사여구란 말이오. 만약 내가 편집자였다면…….”

“그래서요?”

루시는 그가 말을 잇지 않자 재촉했다.

“당신이 신문 담당자라면 어떻게 고칠 건가요? 처음에는 나름대로 소신을 갖고 시작하겠죠. 하지만 늦던 빠르던 당신은 아마 정치인들에게 굽실거리게 될 거예요. 정치인들이 쓰라는 대로 기사를 쓰기 시작하겠죠. 그리고…….”

“아주 신랄하군.”

히스는 갑자기 재미있다는 듯 눈을 빛내며 대꾸했다.

“전혀 그렇지 않아요…… 매사추세츠에선 다들 그렇게 하니까요.”

그는 고개를 젖히고 너털웃음을 터뜨렸다.

“난 다르오. 다른 사람들이 어떻게 하든 상관없소. 내가 신문사의 책임자가 된다면 어느 누구의 꼭두각시 역할도 맡지 않고 유행만 뒤쫓는 대신 내 나름대로 밀고 나갈 거요. 대부분의 편집자는 어느 누가 자기 신문을 조종해도 상관 않고 내버려두지. 특히 정치인들에게 관대하더군. 이 지방 신문도 다른 곳과 마찬가지로 형편없소. 너무 물러 터졌고 맹목적으로 편만

드는데다 너무나…… 소심하오. 성역 따위 없이 강단 있게 구는 신문도,
완화한답시고 뜬구름 잡는 말만 늘어놓지 않고 진실을 찍어내는 신문도 거
의 없소”

“하지만 당신이 편집자가 된다면 항상 진실만 싣겠어요? 설령 당신 마
음에 들지 않는 진실이라도요?”

“벼락 맞더라도 해야지.”

“내 생각은 달라요. 아마 처음에는 그렇게 하겠지만 결국은 당신이 진실
이라 생각하는 방향으로 쓰고 말 거예요. 다른 편집자들이 모두 그러는 것
처럼요.”

“호오. 하지만 난 그들 어느 누구와도 다른데.”

그는 그녀의 생기발랄한 표정을 보고 미소지었다.

“난 독자들에게 사탕발림만 늘어놓느라 바빠서 검은 것을 검다고 말 못
하는 그런 사람은 되지 않소. 난 편견도 없고…….”

“당신이 북부인을 아주 싫어한다는 사실만 빼면요.”

“아하, 그건 좀 그럴듯하군. 진지하게 직설적으로 묻는 거라면, 난 싫어
하지 않소. 사실 몇몇 사람은 꽤 좋아질 것 같다오.”

그는 그녀가 새삼스레 불길을 열심히 들여다보자 쿡쿡 웃었다.

“말해 봐요.”

그녀는 여전히 그를 바라보지 않은 채 말했다.

“당신은 신문사에서 일했었나요? 내가 보기엔 그런 것 같아요.”

“난 전쟁 기간중 <모바일 레지스터>의 기자였소. 다른 신문에도 기고를
했었지. 난 자주 직장을 바꾸는 편이었는데 주로 편집장들이 고압적으로
나올 경우에 그랬소. 절반으로 뚝 난도질당한 자기 기사를 보는 것만큼 기
자들을 돌게 만드는 건 없지.”

“하지만 분명 편집장이 당신 기사를 자른 덴 충분한 이유가 있었을 거예
요.”

히스는 나지막이 소리내어 웃었다. 고개를 젓는 그 모습은 이 세상이 말도
안 되는 엉터리고 그 이유를 찾으려고 애쓰는 사람은 죄다 바보라는 듯했다.

"그렇겠지. 기자라면 대중의 사기가 꺾이지 않도록 계속 노력해야 한다는 게 편집장들의 생각이었으니까. 편집장들은 내 종군 기사를 좋아하지 않았소. 내가 트집만 잡고 음울하다는 거요. 사물의 밝은 면을 보지 않는다고 했지. 문제는 내가 전쟁터의 한가운데에서 낙천적인 면을 보아야 할 이유를 아무래도 찾을 수 없었던 거요. 특히 우리 편이 지고 있는 때는 더더욱."

그가 다시금 미소지었고 루시는 호기심에 사로잡혀 그를 가만히 쳐다보았지만 그처럼 재미있어할 수는 없었다. 불빛이 그의 머리칼을 눈부신 구릿빛이 도는 금발로 비추며 짙은 속눈썹에 드리워져 볕에 탄 그의 뺨에 길다란 그림자를 만들었다. 그는 마치 가혹한 전쟁이나 포화 따위는 전혀 모른다는 듯 너무나도 태평하고 늠름해 보였다. 의심할 여지없이 그 모든 공포와 피바다를 목격했을 사람이 어째서 이렇게 미소지으며 쉽사리 전쟁 이야기를 입에 담을 수 있는지 그녀는 이해할 수 없었다. 루시는 눈살을 살짝 찌푸리며 화제를 다른 쪽으로 돌리려고 궁리했다.

"<모바일 레지스터>란 대형 신문사죠, 그렇겠죠? 분명 당신 기사도 자주 활자화되었겠군요."

"꽤 자주 나왔지."

"당신이 썼던 기사 중 갖고 있는 것 있나요?"

"사실 하나도 없소."

"안됐네요. 당신 기사를 좀 읽고 싶었는데요. 머릿글자를 필명으로 썼나요, 아니면……."

"레벨(반역자). 그게 내 필명이었소. 머릿글자를 쓸 수는 없었지. 난 때때로 인기가 없는 논지를 취했으니까. 내…… 동료들은…… 내가 전쟁터 위를 날아다니는 천사와 황금 깃발을 결코 볼 수 없었다는 사실을 탐탁지 않게 생각했소. 내가 볼 수 있었던 것이라고는 부상과 잃어버린 존엄성뿐이었지. 심지어 우리가 이긴 전투에서도 내 눈에는 승리 대신 그 비참함밖에 보이지 않았소. 아마도 내 상상력이 부족했던 것일지도 모르지."

그녀는 충격받은 표정으로 그를 빤히 쳐다보았다.

"당신 필명이 진짜로 레벨이었던 건 아니죠? 그렇죠?"

“마음에 들지 않소?”

“그게 아니에요 내 말은…… 난 당신 기사를 읽은 적이 있어요 이곳 신문에서도 당신 기사를 낸 적이 있어요 당신이 썼던 애틀랜타 함락 기사는 어느 누구보다도…….”

“흐음, 내가 썼던 기사가 양키들 신문에 나왔다면 난 정말로 중도파였군.”

“그렇게 경시하지 말아요 난…… 피난민들과 거리의 아이들, 탈영병에 대해서 레벨…… 당신이 쓴 기사를 읽고읽고 또 읽었어요 당신, 날 놀리는 건 아니죠, 그렇죠? 만약 그 얘기가 진실이 아니라면 난 당신을 절대 결코 용서하지 않을…….”

“당신을 놀리는 게 아니오, 루시.”

갑자기 히스의 얼굴이 엄숙하게 굳어졌다.

“당신은 전쟁이 끝난 뒤 전쟁 관련 서적도 하나 썼죠 아니면 적어도 레벨이란 이름으로 누군가 쓴 책일지도…….”

“내가 쓴 거요”

“누구나 그 책을 읽었어요…… 저기, 난 아직 안 읽었지만…… 앞으로 읽을 거예요”

“부디 그래 주시오. 요즘은 인세도 점점 줄고 있으니까.”

루시는 웃지 않았다. 그 자리에 앉아 아무 말 없이 손에 든 신문을 내려다보기만 했다. 애틀랜타 함락에 대한 기사는 전쟁에 관해 몇 안 되는 그녀의 기억 중 가장 생생했다. 콩코드는 실제 전선에서 꽤나 멀리 떨어져 있었으므로 그녀는 전쟁과 완전히 격리된 느낌으로 살았으며 대니얼의 부재를 실감할 때 외에는 참전 용사 구호 부인회에 참여할 때나 전쟁을 기억하곤 했다. 그러던 중 레벨이란 이름의 기자가 조지아의 전쟁에 대해, 마차로 도망치는 사람들의 이야기를, 애틀랜타 포위 때의 피로감과 절망을 기사로 썼던 것이다. 그의 기사는 너무나도 음울하고 절망적이었으므로 결국 그녀는 자신들의 세계가 갈가리 찢어지는 광경을 목격한 그 사람들의 공포를 조금이나마 이해하게 되었다. 눈앞의 이 남자가 그 기자라는 것을 믿기란 어려운 일이었다.

"우린 다들 당신이 쓴 기사를 더 찾아보았어요. 당신이 항복에 대해 쓴 기사가 실렸을 줄 알았어요. 하지만 없더군요."

"난 항복했을 때 그 자리에 없었소. 부상을 당했지."

"당신이 죽지 않아서 너무 기뻐요."

루시는 울지 않으려는 의지에도 불구하고 눈가를 촉촉이 적시며 말했다. 그는 그녀의 흔들리는 어조에 놀라 고개를 들었지만 다음 순간 씁쓰레한 웃음을 지으며 고개를 저었다.

"당신은 너무 마음이 여리다니까, 아가씨."

"나도 알아요. 대니얼은 내가 너무 잘 운다면서 그래서는 안 된댔어요. 하지만 때로는 나……."

"또 대니얼이군. 내가 잘 알지도 못하는 사람을 한번 본 적도 없이 이렇게 싫어하게 되다니 믿어지지가 않소."

그녀는 그 말에 쿡쿡 웃으며 차오르는 눈물을 꿀꺽 삼켰다.

그의 손이 그녀의 손으로 슬쩍 다가와 강하면서도 따스하게 손가락을 감쌌다. 그러자 그녀의 맥박은 어렴풋이 속도를 높였고 거의 상쾌할 정도의 흥분이 휘몰아쳤다. 그녀는 천천히 손을 움직여 그와 손바닥을 맞댔고 그들의 손가락이 한데 얽혔다. 묘하면서도 낯선 감미로움이 몸 안을 둥둥 떠다니는 기분이었다.

'손을 잡는 건 나쁜 행동이 아니야.'

그녀는 변명하듯 자신을 타일렀다. 하지만 다른 남자의 손길에서 이런 즐거움을 느낀다니 왠지 대니얼을 배신하는 듯했다. 손끼리의 부드러운 포옹은 잠시 거세졌지만 다음 순간 히스는 물러났고 루시는 상실감을 느꼈다.

"장작을 더 패와야겠소."

그녀는 그의 말에 고개만 끄덕이고는 침묵을 지켰다. 갑자기 마음속이 복잡해지면서 그와 거리를 두고 싶어졌지만 한편 그를 보내기가 망설여졌다.

2

강물 세례로 피해를 입은 쪽은 루시보다는 루시의 외출복이었다. 군데군데 우그러들고 보기 싫게 뒤틀린 곳도 있었다. 그녀는 바깥 치맛단의 양옆을 감싸는 벨벳 주름을 어떻게든 손질하려고 수선을 피웠지만 헛수고였다. 갈색 공단 리본을 몇 번이나 다시 매보았지만 흉진 부분을 위장하기란 불가능했다. 나중에 몰래 옷을 손볼 방법을 찾기 전까지는 외투로 전부 가리면 될 테니 다행이었다. 아버지는 가게에 대해서라면 낱낱이 꿰고 있었지만 딸과 관련된 대부분의 문제에 대해서는 무심했으므로 옷가지 몇 개가 없다 하더라도 절대 눈치채지 못할 것이다.

오늘 아침 루시와 히스 사이에는 신중한 침묵이 감돌았다. 전날 그들이 나눈 대화의 가볍고 편한 분위기를 흐리는 침묵이었다. 그는 회색과 검정 얼룩 수말이 이끄는 작은 사륜마차로 그녀를 읍내까지 태워다주었다. 콩코드에 가까워지자 말의 발걸음이 느려지는 것 같았다.

"거의 다 왔네요."

루시는 지난 이틀간의 기묘한 모험이 종말에 가까워졌다는 것을 깨닫고 머뭇거리며 말했다. 갑자기 그와 아직 하지 못한 얘기가, 꼭 해둬야만 하는 얘기가 있다는 것이 생각났다.

"히스, 잠깐만요. 마차를 세울 수 있나요?"

아침 햇살에 차가운 녹청색으로 빛나는 눈을 슬쩍 그녀 쪽으로 향하며 그는 고삐를 당겨 말을 우뚝 세웠다.

"우리가 정해 둬야 할 게 있어요"

루시는 억누른 목소리로 말을 이었다.

"다른 사람들 앞에서 만나게 될 때 어떻게 행동할지에 대해서예요. 난 당신을 영 낯선 사람으로 취급하고 싶지는 않아요. 당신이 내게 해준 게 있으니까요…… 하지만 당신을 아는 티를 낼 수는 없어요!"

그는 멍한 얼굴이 되었다.

"내가 남군 병사였기 때문에?"

"아니, 아니에요. 물론 아니죠. 그건 우리가 서로 소개받은 사이가 아니라서예요…… 난 결코 당신에게 그날 밤처럼 말을 걸어서는 안 돼요. 앞으로도 절대요. 난 약혼했어요. 그리고 당신은 약혼한 여자가 친하게 지낼 수 있는 그런 부류의 남자가 아니에요. 어느 누구도 이해하지 못할 거예요. 특히 대니얼은 더더구나."

"대니얼은 물론 그러시겠지."

히스는 말했다. 그 나지막한 목소리에 그녀는 다소 안심했다. 그는 이해한 것이다. 그녀는 눈을 그의 얼굴로 들었다. 그녀의 시선이 그의 황갈색 얼굴과 색채가 풍부한 금발에 내려앉았다. 이 눈과 얼음장 같은 대기 한가운데에서 그는 너무나 생뚱맞게 보였다. 그는 햇살이 더욱 풍요롭고 녹음이 우거진 고장에서 살도록 태어난 사람이었다. 그의 나른한 미소와 이방인처럼 끄는 발음은 이곳에서는 결코 받아들여지지 않을 것이다. 왜 그는 고향에서 이토록 떨어진 곳에 정착하기로 결심했을까? 그녀는 궁금했다. 대체 무슨 이유가 있어서 그런 것일까? 차마 그에게 물을 수는 없었다. 처음으로 그녀는 그의 목덜미에도 하마터면 몰라볼 뻔한 상처가 가늘게 나 있음을 깨달았다. 상처의 끝은 셔츠 칼라 속까지 이어져 있었다. 대체 어디까지 나 있는 걸까? 어쩌다 저렇게 됐을까? 관자놀이에 난 상처와 비슷해 보이는 흉터였다.

그녀는 그가 어떤 종류의 사람인지 궁금했다. 그녀가 알아낸 사실은 단지 그가 어느 누구도 이해할 수 없는 감정을 속에만 가둬놓고 있는 사람이라는 것뿐이었다. 대니얼이나 그녀가 아는 다른 사람들은 기본적으로 복잡하지 않은 성품이었건만 히스 레인은 너무나도 복잡다단하고 너무나도…… 겉보기만으로는 종잡을 수 없었다. 그녀는 그가 베풀어준 모든 것에 감사했지만 그들 사이에 우정이 싹틀 만한 근거가 조금이라도 있다는 착각을 하지는 않았다. 그들은 전혀 공통점이 없었다. 둘의 세계는 완전히 동떨어져 있다.

"당신이 내게 베풀어준 은혜는 절대 잊지 않을 거예요."

루시는 엄숙하게 말했다.

"그 무엇으로도 갚을 수는 없겠지만……."

"영원히 감사하기를 원하지는 않소."

말허리를 자르는 그의 얼굴에 쓴웃음이 천천히 퍼져 나갔다.

"그렇게 구슬픈 표정 하지 말아요, 허니. 이걸로 영영 이별은 아니니까."

"이별이에요. 내가 당신에게 하려던 말이 바로 그거라구요."

"아아, 알겠소. 날 용서하시오. 단지 버지니아에서는 이별의 인사법이 달라서 말이지."

그의 푸른 눈에 장난기가 춤추고 있었다. 루시는 미소지으며 그에게서 얼굴을 돌렸다.

"놀리지 말아요."

그녀는 요염한 태도로 말했다. 지금 그가 방자하게도 그녀를 꾀고 있다는 것은 알고 있었다. 그리고 자신이 분명 거절하리라는 것도 그가 아무리 끈질기게 설득해도 상관없었다. 그녀는 약혼한 몸이었다.

"놀리는 게 아니오. 이건 진지한 얘기요. 적어도 키스 한 번쯤은 빚이 있다고 생각하지 않소? 당신도 좀전에 막 지적했듯 난 당신 목숨을 구했소. 당신을 구해 준 남자에게 키스 한 번쯤 양보했다 해서 대니얼이 아까워할까? 대니얼이 알기라도 할까? 내가 절대 그 사람에게 말 안 한다는 건 하늘도 알고 계시오. 키스 한 번쯤은 부탁 축에도 들지 않잖소, 루시.”

“난 대니얼 말고는 어느 누구에게도 키스해 본 적이 없어요.”

그녀는 새침하니 말했다. 이제 보니 그와 다소 희롱을 주고받는 것은 못 견디게 즐거웠다.

“그렇겠지. 하지만 내기를 걸어도 좋지만 대니얼은 당신에게 몽고반점이 어디 있는지도 모를걸.”

히스는 그녀가 얼굴을 붉히자 미소지었다.

“미안하오, 허니. 당신이 전에 했던 말이 맞소 난 그다지 신사가 못 된다고. 그렇지 않소?”

“맞아요. 당신은 신사가 아니에요.”

“대니얼 외에는 어느 누구와도 키스하지 않았다는 말이 사실이오?”

둘이서 나누는 대화치고는 참! 그녀는 두 뺨이 활활 불타는 것을 느끼며 그의 시선을 피했다.

“근본적으로는 사실이에요. 약혼 전에는…… 남자들 한두 명과 키스해 봤지만…… 대니얼의 키스와는 달리 그건 진짜 키스가 아니었어요.”

“진짜 키스라.”

그는 곰곰이 생각하는 양 되풀이했다.

“진짜 말고 다른 키스도 있었다니 처음 듣는 소리군.”

“내 말뜻을 잘 알 텐데요 아무 의미 없는 키스도 있잖아요 하지만 진짜 키스는 뭔가 의미가 담겨 있어요.”

“아니. 난 그런 흥미로운 차이점에 관해서는 까막눈이라오 날 봐요, 루시.”

당혹감과 흥분이 뒤섞인 심정을 의식하며 그녀는 이해할 수 없는 이유에 의해 복종했다. 그래, 그는 키스하려는 것이다. 그리고 그녀는 허용해서는 안 된다. 하지만 도무지 그에게 그 말을 할 수 없었다. 그는 일부러 그녀의 눈에서 시선을 떼지 않은 채 장갑을 벗었다. 다음 순간 그의 갈색 손이 그녀의 뒷목을 받쳐 들었고 그의 손가락이 밤색머리 속으로 헤집고 들어왔다. 다른 손이 그녀의 잘록한 허리 곡선을 가볍게 움켜쥐었다. 그의 손길은 대니얼의 강요하지 않는 포옹과는 사뭇 달랐다.

"이 키스가 진짜인지 아닌지 말해 보라구, 루시."

그의 고개가 그녀 쪽으로 내려왔고 그녀는 가쁘게 숨을 들이키며 눈을 감았다. 처음 와닿았을 때 그의 입술은 메마르고 따스하면서도 다그치는 것 같았고 무엇을 주어야 할지 모르는 그녀에게서 뭔가를 요구하고 있었다. 그녀는 좌석 가장자리를 움켜쥐고 조심스레 그에게 입술을 내밀었다. 한참 뒤 그녀는 그가 멈추리라 생각했다. 하지만 그의 입술은 아직도 그녀의 입술을 내리누르고 있었다. 다음 순간 그 입술은 각도를 바꾸어 더욱 깊이 파고 들어와 그녀의 입술을 벌리려 들었다. 그녀는 숨을 헐떡이며 그의 가슴을 밀어내려 했다. 그녀의 손바닥이 널찍한 몸에 납작 달라붙었다. 이제 뜨겁고 깊어진 촉촉한 키스로 인해 반감과 쾌락이 묘하게 뒤섞이면서 그녀의 몸이 떨려왔다. 그의 혀가 벨벳처럼 부드럽게 자신의 혀를 어루만지는 것을 느끼고 그녀는 당혹감과 경악을 체험했다. 그는 꿈에서도 상상한 적 없는 방법으로 그녀를 맛보고 있었다. 그의 입술은 굶주린 듯 격렬했다. 그에게는 그녀의 감각을 마구 휘젓고 섬세하게 자극하는 마력이 감돌고 있었다. 그녀는 그에게 처음으로 안겼을 때처럼 부르르 떨었다. 단지 이번에는 추위가 아니라 몸 속 깊은 곳에서 타오르는 열기 때문이었다.

숨죽인 신음소리와 더불어 히스는 키스를 끝냈고 그의 얼굴에는 동요된 표정이 어려 있었다. 그녀는 멍하니 아찔한 기분으로 그의 눈을 마주 보았다. 심장이 쿵쿵거렸고 뱃속이 요동쳤다. 그는 방금 전 그녀의 입 속을 맛보았다. 그런 짓을 하고 싶어하는 사람이 있다니 그 생각만으로도 극히 경악스러웠다. 하지만…… 불쾌하지는 않았다.

"약혼자에겐 그러지 말라구."

히스는 말했다.

"어디에서 배웠냐고 캐물을 테니 말이오."

황급히 그에게서 떨어져 나간 루시는 시트 한쪽 구석으로 스윽 비켜 앉아 그를 외면했다. 입술에 힘이 없고 부어오른 느낌이었으며 서로의 혀를 부드럽게 비벼대던 감촉을 아직도 떠올릴 수 있었다. 그 생각을 할 때마다 사지에 힘이 빠지면서 떨려왔다. 어떻게 그가 그런 짓을 하도록 내버려둘 수 있었을까? 그녀는 죄의식을 느끼며 대니얼을 떠올렸다. 대니얼은 결코 이랬던 적이 없었다. 그녀와 대니얼은 아마 입술을 벌리는 키스를 결코 하지 않을 테고 결혼한 뒤라도 마찬가지일지도 모른다. 대니얼의 말에 따르면 남자들이 안는 여자란 욕망을 위한 여자와 사랑을 위한 여자 두 종류가 있으며 그녀는 사랑을 위해 안겨야 하는 여자라고 했다.

"당신 의견에 따르면 이건 진짜 키스에 속하오?"

히스는 루시가 그를 보지 않으려 들자 쓴웃음을 지었다.

"좋소, 허니…… 이제 집으로 데려다주지."

저녁 때 대니얼이 찾아왔다. 편리하게도 그의 집에서 메인스트리트의 잡화점까지는 걸어서 금방이었다. 루시와 아버지는 어머니 앤이 오래 전 결핵으로 세상을 뜬 이래 가게 이층에서 살고 있었다.

"재고 정리를 하러 아래층으로 가겠다."

루카스 콜드웰은 새하얀 콧수염 끝이 말끔하게 꼬였는지 무심히 확인하며 말했다. 루시는 대니얼과 단둘이 지낼 시간을 주기 위한 아버지의 배려를 알기에 고맙다는 듯 미소지었고 흠 하나 잡을 데 없이 깔끔한 모습의 아버지가 조심스럽게 문을 꼭 닫는 모습을 끝까지 지켜보았다. 그러고 나서야 그녀는 대니얼의 품으로 날 듯이 달려갔다. 그들 둘은 완벽할 정도로 꼭 들어맞는 사이였다. 그의 키는 그녀에게 보호받는 느낌은 주지만 위압감은 주지 않을 만큼 아주 적당했다. 그들은 마치 서로 맞잡은 두 손처럼 너무나도 편안하게 서로 들어맞았다. 심지어 서로 사고방식도 비슷했다. 대니얼은 그녀의 가장 절친한 친구였고 그녀는 그 점이 언제까지나 변치 않으리라는 것을 알고 있었다. 설령 그가 그녀의 남편이 된 뒤라도 언제까지나.

"아아, 당신이 너무나 그리웠어요."

루시는 열렬하게 고백하며 그의 키스를 받기 위해 입술을 들었다. 낯익은 콧수염의 감촉이 그녀의 윗입술을 살짝 스쳤다. 불가사의하게도 새로운 충동이 휘몰아치는 바람에 루시는 그의 입술을 더욱더 받아들이고 싶어져 입술을 살짝 벌렸다. 그를 맛보고 싶었다. 그에게서 더욱 거센 키스를, 그날 오후 받았던 그런 키스를 받고 싶었다. 아마 지금까지 대니얼이 그런 행위를 그녀에게 하기를 꺼린 것은 그녀가 화를 낼까 봐 걱정해서일지도 모른다. 하지만 그녀의 입술이 열망으로 나긋나긋해졌는데도 그는 그녀에게서 고개를 들었다.

"나도 당신이 그리웠어."

대니얼은 갈색 눈에 애정을 담고 그녀의 얼굴을 훑어보았다.

"당신이 떠나기 전에 우리가 했던 얘기를 생각해 봤는데……."

"나도 생각을 좀 했어요. 당신을 그렇게 심하게 몰아붙였던 것 정말 미안해요."

"물론 당신은 결혼을 몹시도 바라고 있겠지. 나도 이해해, 귀여운 사람…… 나도 당신 못지 않게 결혼하고 싶어. 조만간 날을 잡게 될 거야. 내 약속할게."

"하지만 그 말은 지난 3년 동안 당신이 했던 말과 똑같잖아요."

"내가 당신에게 충분히 어울릴 만큼 자리를 잡을 때까지는 결혼할 수 없어……."

"작은 집 정도는 충분히 마련할 수 있잖아요. 난 대저택을 원하는 게 아니에요. 단지 둘이 함께 있고 싶다고요. 우리 아버지와 이 집에서 살거나 당신 가족들과 함께 살아도 되는데 당신이 왜 고려조차 하지 않는 건지 알 수가 없어요. 단지 우리 집을 마련할 정도의 돈을 모을 때까지만 그러자는 거잖아요."

"자존심의 문제야. 그게 내 최종적인……."

"잠시라도 자존심은 접어두고 내 말을 들어줄 수 없나요? 다른 사람들은 본가나 처가에 얹혀살기도 하잖아요. 처음엔 작은 집에서 시작했다가 나중에 크게 집을 짓는 사람도 있고요. 더 이상 이런 식으로 질질 끌고 싶지 않아요."

나직이 덧붙이는 마지막 말은 목 메인 소리였다.

"난 외로워요."

그의 엄격하고도 늠름한 얼굴에 놀란 빛이 스쳐 지나갔고 그의 양손이 그녀의 어깨에 내려앉았다.

"어떻게 당신이 외로울 수가 있어? 당신은 내내 사람들에게 둘러싸여 있잖아. 그리고 난 매일 당신을 만나고 때로는 하루에 몇 번도 보는걸. 무도회나 강연회에 가기도 하고……."

"사람은 타인들에게 둘러싸여도 외로울 수 있는 거예요. 어느 누구도 날 필요로 하지 않는 기분이에요. 난 어느 누구에게도 속해 있지 않아요"

"당신 아버지가……."

"아버지에겐 가게가 있어요. 그게 아버지에게는 최고로 소중해요. 가게와 손님만이 아버지의 세계 전부이고 아버지가 원하시는 전부예요. 아아, 아버지가 날 사랑하신다는 건 알지만 똑같지는 않아요. 그리고 당신에겐 가족이 있잖아요. 다 세기도 벅찰 정도로 형제자매가 많은 대가족 말이에요. 당신들 가족은 모두 너무나 친밀하고 서로에게 의지하죠. 다들 그 가족에 속해 있는 거예요"

"하지만 당신도 우리 가족에……."

"난 남이에요"

그녀는 완고하게 주장했다.

"그리고 나 역시 가족이 필요해요. 난 여자고 당신에게 주고 싶은 것도 너무 많아요. 너무나 많지만 당신은 내게서 받으려 하지 않아요. 난……."

그녀는 망설이다 서둘러 말을 쏟아버렸다.

"난 당신과 친밀해지고 싶고 한 여자가 남편을 사랑하는 방식으로 당신을 사랑하고 싶어요. 현관에서 나누는 키스나 아무도 보지 않을 때 손이나 잡는 따위에는 신물이 나요"

그녀가 무슨 말을 하는지 알아들은 대니얼의 귀가 붉어졌다.

"루시, 쉬잇. 당신은 제대로 뜻도 모르면서 청하고 있는 거야."

"난 당신 것이 되고 싶어요. 다른 누구에게는 절대 줄 수 없는 것을 당신에게 주고 싶어요. 더 이상 기다리고 싶지 않아요. 만약 결혼을 또 몇 년 연기해야만 한다면……."

“맙소사.”

대니얼은 그녀를 놓아주고 신경질적으로 웃음을 터뜨렸다.

“당신이 그런 생각을 할 줄은 전혀 짐작도 못했어, 루시.”

“당연히 하죠. 여자라면 모두 그럴 거예요. 입으로는 다른 말을 해도 말이죠.”

“하지만 우린 그럴 수 없어. 난 첫날밤까지 당신을 때 묻지 않은 상태로 두고 싶어. 신부란 모름지기 그래야만 해.”

“당신은 항상 그런 규범에 전전긍긍하죠.”

루시는 힘없는 목소리로 말했다. 정열과 절박감이 그녀의 눈 속에서 꺼져가고 있었다.

“규범이 아니라 자연스러운 흐름은 안 중요해요? 내가 느끼는 감정은 안 중요하냐고요?”

“이제는 오랫동안 기다릴 필요가 없어. 날을 잡을 테니까…….”

“조만간이겠죠. 나도 그건 알아요.”

“내 약속할게.”

그는 고개를 숙여 그녀의 이마에 입 맞췄다. 돌연 루시는 그의 목에 팔을 감고 입술을 세게 밀어붙였다. 그녀의 젊고 열정적인 육체가 그의 몸에 찰싹 달라붙었다. 그는 놀라서 얼어붙었지만 다음 순간 그녀의 몸에 팔을 두르고 열렬한 키스에 반응을 보이기 시작했다.

루시는 승리감에 몸을 떨며 고개를 뒤로 젖히고 그의 몸에 자신을 더욱 세차게 밀착시켰다. 운동으로 탄탄하게 다져진 그의 남자다운 몸이 그녀의 몸에 맞닿아 굳어지는 것이 느껴졌다. 그녀의 복부에 밀착된 부분이 밀어내듯 솟아오르면서 꿈틀거렸다. 그녀를 갈구하는 그의 욕망을 육체적으로 증명하는 증거임을 그녀는 알아챘다.

대니얼은 그 즉시 허리를 떼어냈다. 붉게 달아오른 그의 얼굴은 불편한 기색이었다.

“지금은 안 돼.”

그는 갈라진 목소리로 말했다.

"말했잖아, 루시. 우린 기다릴 거야."

마음속 한 구석에서는 자신이 그에게 이토록 강한 영향을 끼쳤다는 사실에 환희가 일었다. 적어도 이제는 욕구불만에 시달리는 것이 그녀 혼자만은 아니라는 사실을 알 수 있었다. 하지만 다른 한 구석에서는 실망감이 무겁게 자리잡았다. 대니얼은 일단 결정을 내리면 하늘이 무너져도 그대로 밀고 나가는 사람이었다.

"좋아요."

그녀는 바닥을 내려다보며 중얼거렸다. 그의 꾸짖는 마음이 전해져 오면서 수치심이 밀려들기 시작했다.

"당신, 그렇게 충동적으로 굴지 않는 법을 배워야겠어. 그런 순간이 오면 당신의 무방비 상태를 악용하지 않기가 너무나 어렵단 말이야. 하지만 난 당신을 존경해, 루시. 그리고 결국 당신도 그 점을 기쁘게 생각할 거야."

"그렇겠죠."

"물론 그럴 거야."

2월의 눈보라로 쌓였던 눈이 다소 녹았다. 메인스트리트에 줄지어 늘어선 앙상한 느릅나무들 주위로 단단히 쌓인 눈은 빙판이 되었다. 루시는 아버지를 도와 가게에서 일했다. 커피와 차에서부터 양초와 가루비누에 이르기까지 눈보라로 갇혀 있던 동안 소모해버린 일상용품을 다시 사 쟁이려는 손님들 때문에 유독 바빴다. 히스 레인이며 그녀가 남몰래 이틀을 지냈던 강 건너편의 작은 집에 관해 생각할 시간은 거의 없었다. 하지만 가끔씩 낯선 남부인에 관해 사소한 기억이 떠올랐다. 이국적인 터키석 빛깔의 눈이며 '허니'라고 부르던 그의 말투, 때로는 적나라하고 때로는 기발하던 그의 유머감각이 생각날 때마다 루시는 문득 손길을 멈추곤 했다. 때로는 난감하게도 대니얼이 근처에 있을 때 히스 생각이 나기도 했으므로 그럴 때면 자신의 붉어진 얼굴이나 적어진 말수에 대해 온갖 핑계를 꾸며내야만 했다.

토요일 아침 대니얼과 그의 친구들은 언제나 그렇듯 상점 안의 난로 주위에 모여 그랜트 장군이 유행시킨 시가를 피워 물며 그들이 겪은 전쟁 경험담을 늘어놓고 있었다. 루카스 콜드웰은 유리장을 윤나게 닦고 있었으며 그 동안 루시는 일상복 옷감을 고르려는 브룩스 부인에게 조언을 해주고 있었다. 브룩스 부인이 나가면서 입구 위에 달아놓은 종이 경쾌하게 흔들리더니 다른 손님이 들어왔다. 루시는 리넨 천을 개고 있었으므로 새로 들어온 손님에게 주의를 쏟지 못하고 있다가 대니얼과 그 친구들이 묘하게 조용해진 것을 뒤늦게야 알아챘다. 문간으로 흘끗 시선을 든 그녀는 금빛이 반짝반짝 감도는 머리와 햇볕에 잘 익은 윤나는 피부를 보고 카운터로 급히 시선을 떨어뜨렸다. 리넨 천을 들어 다른 옷감더미 위에 쌓아놓는 그녀의 손이 떨렸다.

"안녕하십니까, 레인 씨."

루카스 콜드웰은 선선히 인사를 던졌다.

"주문품을 받으러 오셨습니까? 어제 도착했지요."

"그 김에 우편물도 가지러 왔지요."

사투리가 뚜렷한 대답이 날아들었다. 기억에 남아 있는 그대로 따스하고 느릿느릿한 목소리가 루시의 등골에 비단결 같은 전율을 가져왔다. 그녀의 양손이 자신의 아이리시 포플린 드레스의 허리띠로 가만가만 옮겨가 등의 커다란 나비 리본을 바로잡고 끈을 반듯이 고쳐 검소하고 평범한 바깥 치마와 줄무늬진 안쪽 치마 위에 똑바로 늘어뜨렸다.

"루시, 좀 맡아주겠느냐?"

아버지가 불렀다.

"안녕하십니까, 콜드웰 양."

억지로 그와 시선을 마주친 그녀는 그의 그윽한 녹청색 눈 안쪽에서 웃음기를 보았다. 그가 허리띠를 바로잡는 모습을 본 것일까? 만약 그랬다면 자기에게 잘 보이려는 행동이라고 생각하는 걸까? 뻐기기나 하는 건달!

"레인 씨."

그녀는 차갑게 인사했다. 손가락이 영 말을 듣지 않았지만 앞문 옆의 유리 칸막이 상자를 용케 뒤적일 수 있었다. 그에게 온 편지는 두 장이었는데 하나는 여자의 필체였다. 그녀는 더 자세히 들여다보고 싶은 충동을 떨쳐내고 그에게 건네주었다. 그들의 눈이 다시금 마주쳤으며 그녀의 심장고동이 속도를 높였다. 그가 거기에 있다는 사실 때문에, 그들이 함께 보낸 이틀이 꿈이 아니었다는 것 때문에, 그와 그녀와 대니얼이 같은 장소에 있다는 사실 때문에.

"감사합니다, 콜드웰 양."

"레인 씨는."

대니얼이 갑자기 말을 걸었다. 평소와 사뭇 다른 목소리였다. 순간적으로 루시가 누구의 목소리인지 못 알아들을 지경으로 경멸감이 뚝뚝 묻어나고 있었다.

"우리들의 이웃이고 남부연합 지지자야, 루시."

"약혼자인 대니얼 콜리어예요."

루시는 히스에게 말했다. 그는 흥미롭다는 시선을 대니얼에게 못박더니 다음 순간 다시 그녀를 바라보았다.

"그렇군요."

히스는 메마른 어조로 중얼거렸다. 루시는 입가에 감돌려는 미소를 참는 것이 고작이었다. 그가 대니얼을 어떻게 생각하는지 똑똑히 알 수 있었던 것이다. 마치 자신과 히스만이 아는 은밀한 장난을 친 기분이었다. 하지만 대니얼이 다가와 옆에 나란히 서자 재미있어하던 그녀의 표정은 돌연 자취를 감췄다.

"잘 보라고, 루시."

빈정대는 미소로 그의 입꼬리가 일그러졌다.

"당신은 전쟁과 우리가 맞서 싸운 반역자들에 대해 항상 궁금해했잖아. 이 작자가 그 무리의 일원이야. 우리의 그 수많던 친구를 상처 입히고 죽인 데다 조니 셰필드처럼 어린아이까지 지저분한 감옥에 가둬 천연두로 죽게 만든 녀석들 말이야."

"대니얼!"

루시는 깜짝 놀라 그를 쳐다보았다. 설마 이 사람이 그녀의 다정하고 예의바른 대니얼일 리 없었다. 말다툼을 몹시 싫어하는 그가 시비를 걸다니!

부드러움뿐이던 그의 갈색 눈은 싹 달라진 상태였고 너무나도 차갑고 분노한 그 얼굴은 그녀가 본능적으로 뒷걸음질을 칠 정도였다. 그녀의 어깨에 살짝 스친 그의 어깨는 강철처럼 딱딱하게 굳어진 채였다.

"남부인이 자기 주문품을 손수 찾으러 올 줄은 생각도 못했소만."

대니얼은 히스를 뚫어져라 노려보았다.

"당신들이 부리는 깜둥이한테 시키지 그랬소?"

"난 원래부터 노예제에는 찬성하지 않았으니까요."

히스는 나긋나긋하게 대꾸했다.

난롯가에 편히 앉아 있던 남자들 중 둘이 잽싸게 일어났다.

"지껄이기야 쉽겠지."

한 남자가 긴장된 어조로 말했다.

"하지만 당신은 노예제 고수를 위해 싸웠지. 안 그렇소? 당신은 노예제에 찬성한 나머지 수천 명의 선량한 사람들을 살육한 거야."

"참전했던 데에는 내 나름의 이유가 있었소."

북부 지방의 단조로운 음성과는 날카롭게 대비되는 버지니아 사투리가 한결 뚜렷해졌다.

"대부분의 경우 난 양키들이 내게 이래라저래라 명령해대는 꼴이 마음에 들지 않으니까요. 그 작자들이 뭣도 하나 모르면서……."

"루시, 레인 씨께서 주문하신 창유리가 아래층에 있으니 안내해 드리지 않으련?"

루카스 콜드웰이 권유했다. 그의 굳어진 얼굴은 그곳에 모여 소란을 피워대는 청년들에게 나중에 따끔하게 한마디하겠다는 의도를 내비치고 있었다. 무엇보다도 먼저 상인인 그로서는 자신의 가게에서 이런 종류의 소란이 벌어지는 상황을 결코 방관할 수 없었다. 가게에서는 다들 루카스의 말에 귀를 기울이고 경의를 표해야 했다. 루카스는 콩코드에서 신뢰받고 인망도 있는 사람이었으며 거의 모두가 그에게 한두 가지 정도는 빚이 있었다. 그리고 필요하다면 그는 그 점을 사람들에게 깨우치는 걸 싫어하지 않았다. 아버지의 눈에서 그 의도를 읽어낸 루시는 살짝 고개를 끄덕였다.

“어디든 루시를 반역자와 단둘이 보내고 싶지 않습니다.”

대니얼이 우겼다.

“내 딸은 그분과 있으면 극히 안전할 걸로 믿네. 안 그렇습니까, 레인 씨?”

“그렇습니다.”

“그럼 그분과 가거라, 루시.”

루시는 히스를 가게 뒤편으로 안내해 좁은 계단을 내려갔다. 그때 아버지의 목소리가 들려왔다.

“자아, 자네들. 내 가게에서 손님은 대접을 받아야 해. 그 손님이 북부인이건 남부인이건 프랑스인이건 에스키모건 말이야. 그리고 자네들이 내 경영 방식을 못마땅하게 여긴다면…….”

지하실로 내려간 두 사람은 종이 꾸러미로 가득 들어찬 목제 선반 앞에서 멈춰 섰다. 열 받은 나머지 씩씩대느라 루시의 콧구멍이 벌름거렸다.

“미안해요. 대니얼 대신…… 그 사람들 전부를 대신해서 사과할게요. 대니얼은 평소 그런 사람이 아닌데 오늘은…… 그게…….”

“머리 굳은 멍청이처럼 거만을 떤다 이거요?”

그는 정중하게 거들었다.

“다들 내가 어릴 때부터 알고 지낸 사람들이에요. 일 대 일의 상황이었다면 어느 누구도 당신에게 그런 말을 하지 않았을 거예요. 하지만 무리 지어 있으니까…….”

“나도 알고 있소. 그리고 그 사람들 중 하나가 남부에서 이런 상황에 처한다면 똑같은 일을 당하지 않을 거라고 장담하지도 않겠소. 아마 남부에서였다면 대꾸를 하기도 전에 몰매를 맞겠지.”

그녀는 그를 올려다보았다. 분노가 어느 정도 사그라졌다. 분명 히스는 화나지 않았다. 심지어 위층에서 그런 상황을 겪었건만 당황하지도 않은 듯했다. 오히려 당황한 것은 그녀 쪽이었다. 그녀는 심호흡을 하면서 침착을 찾으려고 애썼다. 자신이 대니얼과 대립하는 남자의 편을 드는 것은 적절치 못했다. 특히 그 상대 남자가 낯선 사람일 경우에는 더더욱.

“어떻게 지냈소?”

"잘 지내요. 감기 한 번 앓지 않았거든요. 그때 이후…… 당신도 아는 그때 이후 말이에요."

그는 그녀가 강가에서 벌어졌던 재난을 막연하게 암시하자 미소지었다.

"잘됐군. 대니얼이 무슨 낌새라도 채기를 원치는 않겠지."

"그래요."

"말다툼의 원인이 뭐였는지는 모르지만 해결을 봤소?"

"그게…… 사실 못 봤어요."

"저런."

"그러지 말아요."

루시는 까르르 웃기 시작했다.

"너무나 큰 동정을 받으면 난 감동하고 만다구요."

"하나는 인정하겠소. 그 사람은 내 예상대로더군. 하지만 약혼자의 콧수염에 대해서는 입도 뻥긋하지 않았잖소."

"아주 눈에 띄죠, 안 그래요?"

"아마 나도 길러야 하려나."

"안 돼요!"

루시는 실로 진심어린 얼굴로 즉시 대답했지만 다음 순간 그가 웃자 얼굴이 빨개졌다.

"그럼 당신은 콧수염을 딱히 좋아하는 건 아니고……."

"대니얼의 경우는 예외예요."

"대니얼이 당신에게 단단히 마법을 걸었군. 안 그렇소? 아니면 단지 그 사람에겐 시간이 있었던 것뿐인가? 어쩌면…… 조금만 시간을 들이면…… 다른 사람도 당신에게 그만큼 호감을 살 수 있을지도 모르겠군."

"절대 안 그래요. 대니얼과 난 여태까지도 그랬고 앞으로도 영원히 함께예요. 우린 전부터…… 저기, 우린 함께 자라났어요. 그런 종류의 유대감은 그 무엇으로도 끊지 못해요."

"그 무엇으로도 끊지 못한다고? 내가 요 몇 년 동안 배운 게 하나 있다면 말이오, 허니, 그건 바로 세상엔 그 무엇도 확신할 수 있는 게 없다는 거요."

그녀는 의미심장한 눈으로 오랫동안 그를 곁눈질했다. 대화가 지나치게 개인적인 쪽으로 흐르고 있다는 경고의 눈길이었다.

"당신이 날 더 이상 그렇게 부르지 않았으면 해요."

그는 그녀에게 빙긋이 웃어 보였다.

"어떤 것이 내 꾸러미인지 과감히 지적해 주시겠습니까, 콜드웰 양?"

그녀는 말없이 선반으로 돌아서서 까치발을 하고 맨 끝에 있는 묶음 중 하나로 손을 내밀었다. 그녀는 모서리를 붙들고 물건을 내리기 시작했다. 그는 뒤에서 손을 내밀어 그녀의 손을 거의 덮다시피 하면서 흔들리는 그녀의 손아귀에서 포장된 창유리를 빼내 들어올렸다. 마음이 천 갈래 만 갈래로 흩어지는 한순간, 그녀는 등에 밀착되는 그의 단단하고 늘씬한 몸을 느끼고 그 즉시 확 돌아섰다.

"하지 말아요."

그녀는 격렬하게 쏘아붙였다.

"날 내버려둬요. 알았어요?"

"의도적인 게 아니었소. 내가 거의 한 달 전에 주문했던 창유리를 들고 발돋움을 한 채 비틀거리는 당신 모습을 보자니 인내심이 한계를 넘더군."

"누가 비틀거렸다고 그래요!"

"난 봤소. 당신이야 내가 당신 매력에 넋이 나가서 편리한 핑계를 써먹었다는 식으로 생각하고 싶겠지만……."

"아니에요. 그렇지 않아요! 난…… 아아, 여기에서 나가요!"

그는 조롱과 동시에 공손함이 담긴 태도로 계단 쪽을 가리켰다. 그의 눈이 재미있다는 듯 반짝였다.

"숙녀 먼저, 콜드웰 양."

그녀는 당당하게 앞장을 서서 가게의 앞쪽으로 돌아가 평소의 자기 자리인 카운터 뒤에서 멈춰 섰다. 그의 돈을 세지도 않고 받아든 루시는 현금을 두는 서랍 쪽으로 향했다.

"조금만 더 기다리셔도 괜찮다면,"

루카스 콜드웰이 히스에게 말했다.

"영수증을 써드리겠습니다만……."

"기다리는 거야 상관없지만 영수증은 필요하지 않습니다."

훤칠한 남부인이 입구로 성큼성큼 향하는 모습을 모두가 침묵 속에 지켜보았다. 열혈 청년 조지 피버디가 안전한 구석 쪽에서 한마디하고픈 충동을 참지 못하고 나직이 욕설을 중얼거렸다.

히스는 멈춰 서서 돌아서더니 재보듯 그를 슬쩍 쳐다보았다. 하지만 히스가 뭐라 대꾸할 틈도 없이 루시가 청년을 매섭게 꾸짖었다.

"조지 피버디, 입 단속 못 하겠어!"

"그 친구는 우선 바지부터 단속해야 할 것 같군요."

히스는 이렇게 말하고는 루시에게 인사하듯 모자챙에 손을 대더니 태연하게 나가버렸다.

모두가 기계적으로 조지의 바지를 바라보았고 정말로 단추 하나가 풀려 있음을 발견했다. 긴장이 풀리면서 모두가 킥킥 웃었고 얼굴이 빨개진 청년은 상처 입은 위엄을 회복하기 위해 휙 돌아섰다. 대니얼조차 미소지을 수밖에 없었다.

"건방진 반역자."

그는 씁쓰레한 어조로 말했고 어느 누구도 그 말에 이의를 제기하지 않았다.

최근 콩코드에서 연달아 각 가정의 거실에서 열리는 지식인 모임의 목적은 재건운동을 객관적으로, 현명하게, 그리고 편견 없이 토론해 보자는 데 있었다. 하지만 모두의 예상대로 모임은 객관적인 것과는 거리가 멀었고 편견 그 자체였다. 극히 열띤 분위기의 토론은 참석자 수도 많았고 흥미진진했다. 거실은 온전히 남자들만의 점령지였고 참석을 원하는 여자들은 방 양쪽 구석에 말없이 죽 늘어앉아 귀를 기울이게 되어 있었다. 기나긴 연설을 논리정연하게 늘어놓는 브론슨 올컷이나 예리한 직관의 소유자 랠프 왈도 에머슨 같은 남자들이 전쟁과 재건운동에 관한 소견을 마을 사람들과 주고받았다. 오늘의 모임은 콜드웰가의 거실에서 열리고 있었지만 크지 않은 곳이라 이번 주에 모여든 인원을 수용하기에는 벅찼다.

루시는 모임이 진행되는 동안 부엌을 살펴보았다. 그녀는 번쩍번쩍 빛나는 무쇠 화덕 위에 물을 가득 채운 주전자를 올려놓아 건조한 실내에 습기가 퍼지도록 한 다음 나중에 거실로 가져갈 다과용 케이크 쟁반으로 눈길을 던졌다. 모든 것이 준비 완료였으므로 만족한 그녀는 모슬린과 레이스로 된 앞치마식 드레스의 앞부분을 쓸어내리고 목소리가 들려오는 쪽으로 살금살금 다가갔다. 마침 브론슨 올컷이 둘러앉은 사람들 앞에 서 있었다. 어깨에 닿는 회색 머리칼을 흩날리면서 커다란 두 손으로 적절한 손짓을 섞어가며 열변을 토하는 그의 태도는 웅변술을 애호하는 사람다웠다.

루시는 조심조심 어두컴컴한 문간에 서서 방 안을 둘러보았다. 뒤쪽에 계신 아버지가 회중시계를 보고 있는 것은 분명 다과를 언제 내오면 좋을지 궁리중이기 때문이리라. 죽 둘러앉은 무리의 가장 안쪽에 있는 대니얼은 다리를 포개고 두 손을 한쪽 무릎 위에 얹은 채로 홀린 듯 연설자를 응시하고 있었다. 방 반대쪽에는 히스 레인이 어둠 속에 우두커니 앉아 있었다. 그림자 때문에 그의 머리색이 한풀 죽어 차분한 밀빛으로 보였다. 한쪽 발목을 반대쪽 무릎 위에 올려놓고 가슴 앞에서 자연스럽게 팔짱을 낀 그의 모습은 지루함을 표현하는 완벽한 그림 그 자체였지만 루시는 그가 모든 말 한 마디 한 마디에 귀를 세운 채 듣고 있다는 것을 어쩐지 알 수 있었다.

유일한 남부 지지자인 그가 왜 재건운동에 관한 토론회에 오고 싶어하는지 그녀는 궁금했다. 사실 콩코드 주민들은 재건운동에 관해서는 때때로 친남부 성향을 보이곤 했지만 어쨌든 히스 레인은 이곳에서 아웃사이더였다. 그와 다른 사람들 모두가 그 사실을 알고 있었다. 그의 존재 때문에 초반의 몇몇 토론회에서 자유로운 의사 개진이 이루어지지 못한 것은 두말할 것 없었다. 모두가 그를 계속 쳐다보면서 혹시 그가 도중에 불쑥 일어나 반역자의 구호를 외치며 싸움을 벌이는 게 아닐까 생각했다. 하지만 그는 여태까지 모든 토론회에서 기특할 정도로 내내 조용했다. 이제 그들은 그가 토론회에 있다는 사실 자체를 거의 잊다시피 했다. 토론회에 출석한 그는 그에게 다가갈 용기가 있는 사람들과 잠시 기분 좋게 대화를 나눈 뒤 강연을 조용히 들은 다음 자리를 떴다. 마치 무심한 제3자이고 참전 경력 따위는 전혀 없다는 듯했다. 루시는 그의 행동을 전혀 이해할 수 없었다. 하지만 히스 레인 외에는 그렇게 구는 사람이 없다는 사실이 그녀에게는 위안이었다.

여태껏 셀 수도 없을 정도로 연설을 들었던 루시는 괘씸하게도 터져나오려는 하품을 억지로 참아야 했다. 그녀는 남몰래 손으로 입을 가리고 하품을 틀어막는 동시에 지루함을 떨쳐버리기 위해 눈을 깜박였다. 히스를 다시금 곁눈질한 그녀는 이번에는 그의 푸른 눈이 자신에게 흔들리지 않고 고정되어 있는 것을 보았다. 그녀는 오랫동안 그와 서로 마주 보고 있었다. 눈길을 돌릴 수가 없었다. 그의 입꼬리에 더 없이 희미한 미소가 깃들자 그녀는 자신의 입술에도 역시 똑같은 표정이 서리는 것을 느꼈다. 이어서 에머슨 씨가 방금 했던 연설에 말을 덧붙였다. 그의 회녹색 눈이 짙게 번쩍였다. 언제나 그렇듯 그의 말은 실내에 있는 모두의 주의를 끌었다.

"남부인들에게 자비를 베푼다는 것은 있어서는 안 되고 있을 수도 없는 일입니다. 전쟁의 숭고한 목적을 잃고 싶지 않거든 말입니다. 반역자들은 호되게 짓밟아야 하며 그들을 평화 협상의 대상으로 삼아서는 안 됩니다. 결국은 우리의 소망을 이룩하고 싶다면 말이오. 전쟁은 놀이가 아닙니다. 반대파들에게는 자비를 베풀지 말아야 합니다. 도덕적인 영감을 얻은 참전자라면 말입니다."

"자비를 베풀지 말자고요?"

루카스 콜드웰이 겸손하게 끼어들었다.

"하지만 우리는……."

"인간은 전쟁으로 정화되는 겁니다. 간계와 타락으로 인해 시련을 겪는 거지요."

에머슨은 무미건조한 말투로 계속했다.

"어떤 면에서 전쟁은 인간에게 좋은 약입니다. 그것이, 그리고 우리의 올바른 믿음이야말로 내가 우리의 젊은이들에게 싸울 것을 당부하는 이유입니다."

갑자기 새로운 목소리가 짐짓 부드러운 척하며 좌중을 갈랐다.

"당신 말은 틀렸습니다…… 선생. 인간은 전쟁으로 인해 유린당합니다. 인간다움을 잃는 거지요."

모두의 눈이 구석으로 향했다. 그곳에는 히스 레인이 짐짓 나른하다는 분위기를 온몸에서 뚝뚝 떨구며 앉아 있었다. 치켜 올라간 그의 한 쪽 입꼬리가 평소의 미소에 조소하는 기운을 더하고 있었다.

"쉽지요."

그는 한층 더 나긋나긋한 어조로 말을 이었다.

"당신 같은 사람이 젊은이들에게 싸우라고 말로 하기야 쉽습니다. 당신이야 너무 늙어서 소총 하나 멜 수도 없고 당신 아들은 아직 어린애니까요. 애국심이라면 무엇이든 맹신하는 젊은이들을 사자굴에 던지기야 쉬운 일이지요."

첫 충격이 사그라지자 낮게 웅성거리는 목소리가 점점 커져갔다. 루시는 앞치마 속에서 양손을 쥐어짜고 치맛자락을 움켜쥐며 히스를 응시했다. 그녀의 마음속은 그를 위한 동정심과 엄청난 공포로 하나 가득이었다. 그녀는 그가 왜 더 이상 잠자코 있을 수 없었는지는 이해했지만 방금 그의 행동으로 골칫거리가 배로 부풀려졌다. 에머슨에게, 콩코드에서 가장 존경과 사랑을 받는 사람에게 당신이 틀렸다고 감히 말하는 사람은 없었다. 그리고 그 누구도, 특히 남부인이 에머슨에게 겁쟁이라는 야유를 은근히 퍼부을 수는 없었다. 아아, 당신 자신에게 무슨 짓을 해버린 거죠? 그녀는 속으로 울부짖었다. 될 수만 있다면 시간을 되돌려서 저 옹고집쟁이 남부연합 지지자의 입에서 말이 나오기 전에 손수건으로 재갈을 콱 물려주고 싶었다.

"전쟁은 인간의 고결성을 시험한다네."

연륜이 새겨진 에머슨의 얼굴은 분노 때문인지 아니면 당혹감 때문인지 창백했다.

"수양 기간이라고도 할 수 있지. 반역자들을 진압함으로써 북부는 도덕적으로 고결함을 증명했다네. 우리 사람들을 잃을 가치가 있는 일이었어. 그들 모두를 잃는다 하더라도 말일세."

"맞는 말씀이오, 레인 씨."

대니얼이 소란을 뚫고 불쑥 말했다. 그는 콧수염을 거의 까딱하지도 않고 딱딱하게 말했다.

"남부의 오만 때문에 죽은 선량한 사람들이야말로 자기들 손으로 사우스캐롤라이나의 연방 탈퇴를 저지르는 무덤을 판 겁니다. 그리고 일사천리로……."

"사우스캐롤라이나가 탈퇴한 것은,"

히스가 중간에 끼어들었다.

"당신네들이 선을 살짝 넘어놓고 우리더러 넘어와 보라고 싸움을 걸었기 때문이지요."

"내 말했지만,"

대니얼은 반쯤 미소지으며 말허리를 잘랐다.

"남부의 오만이라니까요. 사실 사우스캐롤라이나야말로 나머지 자기들 편의 전폭적인 지지에 힘입어 그 선을 대놓고 넘었지요. 그렇게 하면 어떤 사태가 벌어질지 모두가 뻔히 알면서도 말이오. 그리고 지금 우리들의 선량한 북부인들은 무덤 속에 누워 있고……."

"그렇소. 그리고 남부인들의 무덤은 두 곱절……."

무례한 대꾸가 잽싸게 날아들었다.

"교양 없는 반역자들의 무덤이오. 에머슨 씨가 아까도 말씀하셨듯 사우스캐롤라이나 주 전체보다도 하버드 출신 한 명의 죽음이 더 아깝소."

대니얼은 비아냥대더니 다음 순간 침묵을 지켰다.

히스의 얼굴이 파랗게 질렸다. 그의 눈에는 자존심이 가득 차 있었다. 그 자존심이야말로 남부 사람들이 자신들의 대의를 잃고 만 뒤에도 오랫동안 그 뜻을 위해 싸우면서 간직했던 것이었다. 하지만 조금 전까지만 해도 불끈 쥐고 있었던 그의 두 주먹은 스르르 펼쳐졌다.

"사우스캐롤라이나에는 선량한 사람들이 많지요."

그렇게 말하고 히스는 다음 순간 묘한 미소를 지었다.

"또 하버드 출신도 있답니다…… 콜리어 씨."

그 말을 남기고 그는 시끌벅적 소란스러운 그곳을 떠났다. 질서정연하던 토론은 서로 자기 말을 들어보라고 외치는 고함 소리로 일변했다. 부엌을 지나 집의 뒷문으로 달려나간 루시는 길가를 건너다가 하마터면 시멘트 받침대 블록에 걸려 넘어질 뻔했다.

"히스…… 거기 서요. 기다려요, 제발……."

그는 멈춰 서서 그녀를 천천히 마주 보았다. 감정이 싹 사라진 표정이었다. 헐벗은 느릅나무 가지가 그의 얼굴에 그림자를 줄줄이 드리웠다.

"당신 말이 맞아요."

루시는 혼란으로 빛이 짙어진 눈망울을 한 채 숨가쁘게 말했다.

"당신이 한 말 중 많은 부분이 맞아요. 하지만 말을 좀 조심해야 해요. 당신도 여기 사람들이 전쟁에 대해 어떻게 생각하는지, 에머슨 씨를 어떻게 여기고 있는지 알잖아요. 어느 누구도 에머슨 씨의 말을 정면에서 틀렸다고 반박하지는 않아요."

"누군가 해야 할 필요가 있소."

"당신은 오늘밤 그분의 일면만을 본 거예요. 당신은 그분이 얼마나 선량하고 친절한 분인지 몰라요. 그분이 어린아이들에게 말을 걸려고 일부러 발걸음을 멈추시는 모습이나 도움이 필요할 때면 얼마나 열심히 손길을 베푸시는지를, 우리 도시에 도움이 되는 일을 얼마나 많이 하시는지 당신도 봐야 해요. 그분은 친절하고 자비로우시며 더할 나위 없이 충직하신……."

"제발."

히스는 변명하듯 양손을 들어 보이며 쏘아붙였다.

"그 사람에 대한 설교는 그만 하시오."

"요점은, 그분은 콩코드에서 최고로 사랑받는 시민이시라는 거예요. 세상에, 당신이 만약 이 도시에서 쫓겨나고 싶었다면 몇 시간 동안 궁리해도 그보다 더 즉효인 방법을 찾지는 못했을 거예요. 대니얼과 그 친구들이……."

"만약 그 친구들이 날 쫓아낸다 해도 당신하고는 상관없잖소, 허니."

가볍고 무심한 목소리였지만 턱은 굳어져 있었다. 갑자기 그의 모습이 너무나 외롭고 끔찍할 정도로 고독해 보였으므로 루시는 참을 수 없을 정도로 날카롭게 가슴을 에이는 듯한 동정심을 느꼈다. 그녀는 작은 손을 내밀어 달래듯 그의 팔뚝을 살짝 잡았다. 매끄러우면서도 강철처럼 단단하게 손끝에 와닿는 근육질의 팔은 그에게서 뿜어 나오는 힘으로 미약하게 떨리고 있었다.

"왜 이곳에 있는 거죠?"

그녀는 다정하게 말했다. 밤의 정적 속으로 그 말소리가 감미로운 콧노래처럼 울렸다.

"당신이 속해 있는 곳과 너무나도 떨어진 이곳에 뭐 하러 왔나요? 당신은 가족과 함께 있어야 해요. 당신을 사랑해 주는 사람들과 함께……."

"아니오."

그는 불쑥 말허리를 자르며 그녀의 손길에서 빠져나갔다. 그의 목구멍에 너털웃음이 걸렸다.

"입 발린 소리 할 것 없소, 신다. 도움도 안 되니까."

"입 발린 소리가 아니에요. 당신은 한번 날 도와줬잖아요. 나도 당신을 도울 수 있었으면 좋겠어요."

그녀는 걱정스럽다는 듯 머뭇머뭇 그를 올려다보았다. 그녀의 하이얀 얼굴이 차가운 달빛에 투명하게 비쳐 보였다. 갑자기 히스는 부드러움이나 친근한 장난기가 배제된 새로운 눈으로 그녀를 쳐다보았다. 루시가 경험했던 한정된 세계에서는 어느 누구도 이렇게 쉽게 분위기를 바꾸지 못했다. 나른하고 웃음 많던 이방인은 사뭇 다른 사람으로 변해버렸다. 표정은 격렬했고 눈매도 날카로웠다. 그녀는 당황해서 그의 팔에서 손을 떨궜다.

"도울 수 있소."

그는 거칠게 말했다.

"엄청 도울 수 있지."

그는 날랜 몸짓으로 그녀의 손목을 쥐고 건물 두 채 사이의 겁날 정도로 캄캄한 공간으로 끌어들였다. 평화롭고 낯익은 거리가 자취를 감춘 것만 같은 느낌에 그녀는 공포로 굳어지고 말았다.

"하지 말아요!"

그의 팔이 그녀를 단단히 끌어안았고 목에 와닿는 그의 숨결은 뜨거웠다.

"계속해 보시지."

그는 중얼거렸다.

"소리를 지르고 발길질을 해보라구. 그럼 콩코드 사람들 전부를 여기로 불러모을 수 있겠지. 안 그렇소? 하지만 난 눈곱만큼도 상관하지 않아, 허니. 신경 쓰지 않는다구. 전혀……."

그의 입술이 사납고도 탐욕스럽게 그녀의 입술을 덮쳤다. 너무나 세찬 동작에 루시는 고통스러워하며 거칠게 반항했다. 밤이 휘몰아쳐 다가오는 벨벳처럼 그들을 감쌌고 루시는 암흑에 숨이 막히는 것만 같았다. 필사적인 그녀의 손에 머리칼이 한 움큼 쥐어졌고 그녀는 그의 목덜미 뒤쪽에 빽빽이 난 짧은 머리털을 움켜쥐었다. 다음 순간 그의 키스가 부드러워졌다. 아플 정도로 내리누르던 입술이 동작을 바꿔 그녀의 기억 속에 남아 있는 따스하고 감미로운 탐색을 시작했다. 그가 상처의 고통을 달래기 위해 그녀를 도구로 이용하고 있다는 사실을 깨닫고 그녀는 점차로 저항을 멈췄으며 헐떡이는 숨소리도 뜨문뜨문 이어지는 흐느낌으로 바뀌었다.

그녀는 동작을 멈추고 점점 그에게 기대기 시작했다. 동정심 때문이었다. 그래, 동정심 외에는 아무런 이유도 없었다. 다음 순간 그의 팔에 힘이 풀리면서 마치 그녀를 보호하고 지켜주는 것처럼 사뭇 다른 포옹이 이어졌다. 그는 고개를 더욱 깊이 숙였고 그의 입술은 능숙하게 그녀의 입술 위에서 노닐기 시작했다. 그의 혀의 모든 움직임과 애무에 반응한 루시는 깊은 곳에서 신음을 뽑아내며 쾌락에 굴복했다. 머릿속이 텅 비면서 그녀는 자기 자신에게 완전 낯선 사람이 되어갔다. 그녀의 양손이 비단결 같은 머리카락 속에서 주먹으로 변했고 그의 머리칼이 그녀의 손가락에 감겼다. 부드럽게, 아아, 너무나 부드럽게 그는 그녀의 허리를 더욱 뒤로 젖혔고 그의 따스한 손이 그녀의 목덜미를 애무하며 쓸어 내리더니 엉덩이 위쪽 곡선에서 멈췄다.

두 사람의 몸은 마치 서로를 위해 만들어진 것처럼 딱 맞아들었다. 그녀의 젖가슴은 그의 가슴에 밀어붙여져 있었다. 그녀의 골반은 그의 골반에 은밀할 정도로 밀착되어 있었다. 너무나 밀착된 나머지 그녀는 힘차게 솟아오른 그의 흥분의 증거를 느낄 수 있을 정도였다. 그는 그녀를 더욱 거세게 품에 끌어안았고 그의 분노는 순수한 욕망으로 변한 상태였다.

"이건 온당치 못⋯⋯."

그의 입술이 떨어지더니 그녀의 가녀린 목선을 타고 내려오자 그녀는 숨넘어가는 소리를 냈다. 그녀는 고개를 뒤로 젖혀 어깨로 떨어지는 그의 입술을 내버려두었다. 그의 입술이 연약한 목덜미 피부와 턱 밑의 움푹 파인 부분을 공략하자 그녀는 자신이 의식도 못하고 있던 부분에 대해 그가 빠삭하게 꿰뚫고 있음을 점점 깨닫게 되었다. 그는 그녀가 여태껏 알지도 못했던 느낌을 불러일으키는 방법을 알고 있었다. 그는 그녀에게 이런 짓을 할 권리가 없었다. 그녀가 그의 행위를 부추길 권리가 없듯이.

"그만 해요"

그녀는 속삭였다. 그녀의 콧전에는 그의 내음이 하나 가득이었고 그녀의 몸은 그가 원하는 행위를 무엇이든 하게 내버려두고 싶어 아우성이었다. 그의 입술이 다시 그녀의 입술로 돌아왔으며 그는 양손으로 그녀의 고개를 감싸쥔 채 마지막으로 집어삼킬 듯 키스를 퍼부었다. 다음 순간 고르지 못한 한숨으로 가슴을 들썩이더니 그녀를 놓아주었다.

"내 잘못이 아니오."

히스는 중얼거렸고 그 동안 루시는 등이 건물 벽에 닿을 때까지 뒷걸음질을 쳤다. 심장고동 소리가 거의 들릴 정도로 쾅쾅거렸다. 잠긴데다 묵직한 그의 목소리가 어둠 속에서 그녀의 주위에 휘감겨 들었다.

"더 이상 진행되면 난 당신보다도 더 어쩔 도리가 없소 그러니 다시는 날 따라오지 마시오. 안 그랬다간 어떤 일이 벌어질지 알게 될 거요"

그녀는 날뛰는 심장을 손바닥으로 꾹 누른 채 꼼짝도 하지 않고 그 자리에 서 있었다.

"아버지에게로 돌아가요."

그는 모질게 말했다.

"그리고 대니얼에게로 가라구."

비틀거리며 다시 거리로 나간 그녀는 점점 걸음을 빨리 해 안전을 찾아

도망쳤다.

루시는 히스 레인에게 은밀히 매료된 자신의 심정을 이해할 수도, 떨쳐 버릴 수도 없었다. 그는 이제 마을 사람들에게 대놓고 '남부연합 지지자'로 알려진 상태였다. 그녀가 그를 못 보게 될수록 그에 대한 생각과 궁금증은 더욱 늘어만 갔다. 그녀는 그가 일부러 자신을 피하고 있다고 생각했다. 그럴 것이 히스는 그녀가 아버지를 도와 일하는 시간에는 절대 가게에 모습을 보이지 않았고 혹 둘이 한 자리에 있게 될 때조차 그녀를 보려 들지 않았던 것이다. 아마 그 편이 나을지도 몰랐다.

그에 대한 소문은 콩코드 안에 들불처럼 퍼졌다. 히스 레인에 대한 이야기는 끊임없는 관심의 온상이었던 것이다. 친구를 사귀는 그의 솜씨가 빠르고 뛰어나다는 말도 퍼졌다. 브룩스 부인 말로는 부부 동반으로 보스턴에 갔을 때 그 남부인이 훌륭한 옷차림을 한 어떤 여자를 에스코트하는 모습을 보았다고 했다. 또 콩코드의 남자들 중 다소 젊은 혈기가 뻗치는 어린 청년들은 그와 함께 로웰의 무도회장에 갔다가 술과 싸구려 향수내를 잔뜩 묻히고 돌아왔다고도 했다. 히스 레인이야말로 북부에 문제를 일으키러 온 성질 급한 말썽꾸러기라는 것이 일반적인 의견이었다. 하지만 어느 누구도 그와 관련된 가장 중요한 두 가지 질문에 대해서는 대답을 알지 못했다. 그는 누구이고 무슨 일로 먹고사는 것일까? 그는 특정 직업에 종사하는 것으로 보이지는 않았지만 돈은 웬만큼 있어 보였다. 항상 차림새가 사치스러웠고 돈에도 여유로웠던 것이다.

그러더니 히스에 관한 말들이 한동안 쑥 들어갔다. 그가 밝혀지지 않은 목적 때문에 보스턴에서 두 달을 넘게 묵었다는 단순한 이유 때문이었다. 몇 주가 천천히 흐르는 동안 그에 대한 소문은 이야깃거리 부족으로 사그라졌다. 하지만 그의 회색 말이 시내의 삯말집에 맡겨져 있다는 것은 히스가 돌아온다는 분명한 증표였다. 루시는 그를 다시는 못 보게 되는 것은 아닌가 하는 생각을 슬슬 하게 되었다. 하지만 그녀는 그의 생각을 마음속에서 몰아내고 루카스 콜드웰의 딸과 대니얼의 약혼녀로서 의무를 다하는 데에만 매진했다. 루시는 숙녀들의 화요일 클럽과 콩코드 여성 자선회 일 외에도 독서 모임과 회합으로 바쁘게 지냈다. 거의 매주 주최측이 바뀌어가며 무도회가 열렸으므로 대니얼은 시간이 되면 그때마다 그녀를 무도회에 데려갔다.

자선회는 가난한 사람들과 극빈층을 위한 기금 조성의 일환으로 연례 무도회를 후원하고 있었다. 그들은 참석자 모두에게 10센트씩을 받았고 일가가 모두 오면 25센트로 해주었다. 무도회 준비 팀으로 뽑힌 루시는 기획 모임 때문에 많은 시간을 빼앗겼다. 무도회는 공회당에서 열리기로 되어 있었고 주제는 당연히 다가올 봄이었다. 준비 팀의 다른 여자들과 함께 이 층과 널찍한 발코니, 중앙 계단을 장식하다 보니 토요일 하루가 후딱 지나 갔다.

여자들은 탈의실에서 서로 준비를 거들어주었고 루시는 조심스레 가져 온 상자에서 드레스를 꺼내며 즐거운 흥분으로 뱃속이 따끔거리는 것을 느꼈다. 한 번도 입어보지 않은 새 드레스였다. 대니얼은 이 드레스를 입은 그녀를 보고 깜짝 놀랄 것이다. 아마 오늘밤에는 그도 너무나 마음을 빼앗겨 결혼식 날짜를 잡고 싶어할지도 모르는 일이다.

"내 허리를 좀더 졸라줘."

그녀는 숨가쁜 소리로 샐리 허드슨에게 부탁했다. 샐리는 열아홉 살의 쾌활한 아가씨로 어릴 적부터 루시의 절친한 친구였다. 루시가 처음부터 대니얼과 알콩달콩한 사이라 남자 문제에 있어서는 샐리와 절대 경쟁할 일이 없었다는 것이 주된 이유였다.

"19인치?"

샐리는 끈을 주먹에 감고 단단히 잡아당기며 물었다.

"18인치는 돼야 해. 드레스 때문에…… 이걸 입어야 하거든……."

루시는 숨넘어가는 소리를 내며 호흡을 참고 눈을 감았다.

"될 것 같지 않은데."

샐리는 더욱 세게 잡아당겼다.

"왜 드레스 허리를 18인치로 맞췄니? 넌 19인치 아래로 내려가는 드레스는 절대 입은 적이 없…….”

“살이…… 좀 빠질 거라고 생각했거든.”

한 번 세게 당긴 뒤 샐리는 끈을 묶고 자신의 작업을 경탄하며 살폈다.

“18인치 반…… 은 되겠구나. 완벽한 모래시계야.”

그녀는 곰곰이 생각하듯 금발머리를 갸웃했다.

“하지만 다음번에도 이렇게 허리를 줄이고 싶으면 스완빌 제품을 입어
봐. 네가 지금 입는 건 어디 제품이니?”

“톰슨의 글러브피팅 코르셋이야. 새 것이고…….”

“아아, 그래. <고디> 잡지에 실린 광고를 본 적 있어. 하지만 난 스완빌
제품이 아니면 쓰지 않아. 훨씬 더 딱딱하거든.”

루시는 부지런히 속옷과 페티코트를 차려입었고 이어 두 팔을 들자 샐
리가 새 드레스를 머리에서부터 씌워 입혀주었다. 옷을 제대로 입자 탈의
실 사방에서 경탄의 한숨이 들려왔다. 갓 내린 눈송이처럼 순수한 흰색으
로 빛나는 하얀 비단 드레스였다. 치마에는 층층이 잡은 비단 주름 장식과
얇은 비단 망사로 커다랗게 부풀린 장식이 달려 있었으며 허리에는 팬지꽃
과 잎사귀가 깔끔하게 장식되었다. 아슬아슬하게 체면치레할 정도로 낮은
보디스의 목선에는 비단 장미꽃이 줄줄이 붙어 있었으며 부풀린 소매에는
장미꽃 장식이 더욱 즐비했다. 샐리는 드레스를 여며준 다음 부럽다는 듯
루시를 빤히 바라보았다.

“앞으로 다시는 나한테 아는 체도 하지 마, 루시 콜드웰.”

샐리는 손거울을 들어 보여주며 그 너머에서 짐짓 인상을 썼다.

“고디 잡지의 판화 그림하고 똑같아 보이는구나.”

루시는 미소지으며 거울을 보고 머리 모양을 점검했다. 밤색 머리채는
곱슬거리게 지져서 빗어 넘겼다. 늘어뜨린 곱슬머리 몇 가닥이 목 뒤편에
서 유혹적으로 찰랑거렸다. 공작석 귀고리와 목걸이는 그녀의 개암빛 눈망
울에 녹색 기운을 더했으며 볼은 기대감으로 붉게 빛났다. 자신이 이보다
더 매력적으로 보였던 적은 없다는 것을 그녀는 확신했다.

“대니얼이 뭐라고 말할지 궁금해.”

그녀는 궁금증을 입 밖으로 냈다.

"그 사람은 벌써 널 미칠 듯이 사랑하고 있잖니. 아마 무릎을 꿇고 네 미모에 대한 시라도 낭송하는 게 고작 아닐까 싶구나."

샐리는 짓궂은 미소를 씩 날렸다.

"루시, 내가 너였다면 대니얼이 아래층의 빈 사무실로 끌고 가려 들까봐 조심할 거야."

그런 골치 아픈 상황이 일어나면 얼마나 좋겠니, 루시는 속으로만 생각하며 침울한 표정으로 입꼬리를 일그러뜨렸다.

"그저 그이가 댄스에 너무 늦지 않기를 바랄 뿐이야."

그녀는 비단 장미꽃잎을 매만져 부풀리며 말했다.

"늦는다고?"

샐리는 멍하니 물었다.

"왜? 다른 변호사들과 회합이 있다니?"

"그럴 거야."

"네가 어떻게 참고 견디는지 정말 모르겠다. 대니얼이 내내 그렇게 바쁘면……."

"난 그이가 아주 자랑스러워. 대니얼은 보스턴과 로웰에서 일하는 철도 변호사들 가운데 제일 젊고 그렇게 되기 위해서는 수많은 나날을 힘들게 일해야만 했어. 이제 전쟁도 끝났고 새로운 계획이 갖가지로 진행되고 있으니 그 말은 곧 그이가 더욱 열심히 일해야만 한다는……."

"아아, 그래."

샐리는 지겹다는 표정으로 말을 잘랐다.

"너라면 어떤 일에도 적응해 나갈 수 있을 거라 생각해. 심지어 대니얼이 금요일에 주구장창 회합을 해야만 하는 것에도 말이야. 내 말은, 적어도 넌 약혼자가 있다는 거야. 거기엔 말 이상의 의미가 있어. 남자가 부족하니 내겐 이제 옛날과 달리 선택의 여지가 점점 줄어들고 있어. 생각 좀 해봐. 난 벌써 스무 살이고 아직 약혼도……."

"무슨 노처녀 같은 얘기야."

루시는 까르르 웃어댔다.

"아니야. 노처녀가 되는 것만은 절대 사양이야."

샐리는 딱 부러지게 선언했다.

"서른셋에 키스 한 번 못 해본 대니얼의 누나 애비게일처럼 되다니 참을 수가 없어. 어머나, 애, 애비게일이 이쪽으로 오는구나."

루시는 애비게일을 붙임성 있는 미소로 응대했다. 애비게일은 새침한 표정에 입매는 딱딱했으며 성격도 엄격해 유머라고는 약에 쓸래야 찾아볼 수도 없었다. 애비게일은 한 번이라도 키스하고 싶었던 적이 있었을까? 아마 없었을 것 같았다. 저 정도로 접근하기 힘든 외모는 흔치 않을 정도였다. 눈은 진갈색으로 대니얼과 똑같았으며 얼굴은 무슨 생각을 하는지 도통 속내를 드러내는 적이 없었다. 애비게일도 다른 가족들과 마찬가지로 대니얼을 유난히 귀여워했다. 사실 콜리어 집안 사람들은 대니얼을 너무나 귀여워했고 루시는 어떤 면에서는 그들 가족이 그녀를 대니얼에게 충분한 짝으로 여기지 않는다는 느낌을 남몰래 받았다.

"안녕, 루시."

애비게일은 예의를 차려 인사했다.

"아까 대니얼에게서 연락이 있었기에 알려주고 싶어서. 오늘 저녁 늦게까지 로웰에 있을 거라고 전해 달라던데."

"설마 대니얼이 오지 못한다는 말은……."

"바로 그거지."

애비게일의 날카로운 눈은 감히 투덜대겠느냐고 으르는 것과 거의 다를 바 없었다.

"루시도 대니얼의 일이 얼마나 중요한지 알잖아. 겨우 시시한 댄스 때문에 일에서 뒤쳐질 수는 없는 일이지."

"물론이죠."

루시는 얼굴을 붉히며 대답했지만 속으로는 심장이 쿵 내려앉았다. 실망감이 너무나 날카롭고 즉각적이었으므로 놀랍게도 눈물이 글썽해졌다. 감히 울다니 어림없어! 그녀는 스스로를 다그치며 간신히 눈물을 참았다. 애비게일은 서릿발 같은 눈으로 샐리와 서로 노려보더니 그 자리를 떴다.

"치사한 수법이지 뭐니."

샐리가 분개해서 말했다.

"네가 옷을 다 차려입고 준비를 끝낼 때까지 일부러 말하지 않은 거야. 대니얼이 여기 없으면……."

"사람들 모두가 내 인생은 대니얼을 중심으로 돌아야 한다고 생각하나 봐."

루시는 낮은 목소리로 말했다.

"아마 이제 난 집에 돌아가야 하는 거겠지. 아니면 여기에서 풀 죽은 모습을 보이면서 대니얼이 옆에 있지 않아 외롭다는 표정을 지어야 하거나. 흥, 절대 그러지 않을 테야. 재미있게 놀고 다른 남자들과 춤도 출 거야. 그리고…… 그리고 즐겁게 웃으면서…… 아마 남자들에게 수작을 좀 걸어볼지도 모르지!"

"루시!"

샐리는 충격을 받은 동시에 기뻐하는 표정이었다.

"그럴 수는 없어. 다른 사람들이 다들 뭐라고 하겠니?"

"난 대니얼의 소유물이 아니야…… 아직까지는 말야. 그러니 내가 벽의 꽃이 될 이유는 없어. 우린 약혼했지만 아직 결혼 날짜조차 잡지 않았다구. 난 젊고 미혼의 몸이야. 그러니 오늘밤 즐기고 싶어."

루시는 마음을 단단히 먹고 턱을 치켜든 다음 비단 부채를 마치 손도끼라도 되는 양 움켜쥐고 탈의실에서 성큼성큼 나갔다. 스스로의 말대로 그녀는 한 남자에게만 묶이지 않고 생기발랄한 태도로 잡담을 주고받으며 거리낄 것 없이 춤을 추면서 저녁 시간을 보냈다.

루시는 자신의 행동이 평소와는 다르다는 것을 알고 있었고 서글서글한 웃음소리와 방종한 태도로 많은 시선을 끌고 있다는 것도 알았다. 잘됐지 뭐야, 그녀는 꽁해서 생각하며 눈길이 닿는 남자라면 가리지 않고 찬란한 미소를 던졌다. 대니얼이 이 얘기를 듣는다면 나하고 같이 있는 대신 그렇게 많은 시간을 일에만 투자하려는 열정을 좀 줄이지 않을까. 아마 그는 화를 내며 그녀에게 설명을 요구할 수도 있다. 아니면 앞으로는 다른 남자에게 말도 걸지 말라고 주장할지도 모른다. 그녀로서는 그에게서 어떤 관심이라도 얻을 수 있다면 기쁘게 환영이었다. 꾸중하듯 흘끔거리는 아버지의 시선을 무시한 루시는 파트너를 바꿔가며 무도회장을 빙빙 돌았다. 음악이 방 안에 흘러넘치고 시원한 공기를 들이기 위해 창문이 군데군데 열리자 단단한 매듭처럼 뭉쳐져 있던 욕구불만도 그녀의 내면에서 점점 풀어졌다.

"대니얼은 오늘밤 당신 모습을 못 본 걸 유감으로 생각할 거요"

그녀와 춤을 추던 데이비드 프레이저가 요즘 유행하는 새 곡에 맞춰 왈츠를 추며 말했다. 루시는 기뻐서 그를 올려다보며 활짝 웃었다. 그 말이야말로 바로 그녀가 진정 듣고 싶었던 말이었다.

"정말 그렇게 생각해요?"

그러자 데이비드가 미사여구를 연달아 늘어놓았고 루시는 주체를 못하고 키득거렸다. 하지만 몇 초 지나지 않아 그의 어깨너머로 다과상 주위에 둘러선 남자들 몇몇의 무리가 눈에 들어왔을 때 그녀의 웃음소리는 돌연 멈췄다. 히스가 그곳에 있었다. 그가 무슨 말을 하자 그의 대화 상대들이 쿡쿡 웃었고 미소짓는 그의 치아는 그을린 피부에 대비되어 놀랄 정도로 하얗게 보였다.

그가 돌아왔던 것이다.

3

　루시는 히스를 응시하다가 살짝 비틀거렸다. 데이비드 프레이저는 춤의 속도를 늦췄다. 그녀의 시선이 향한 방향을 따라가던 그는 그 목적지를 눈치챘다.

　"히스 레인이군요. 남부연합 지지자에……."

　"나도 누군지는 알아요."

　루시는 간신히 히스에게서 시선을 떼어내고 미소지으며 데이비드를 올려다보았다.

　"그저 저 사람 옆에 여럿이 떼지어 있는 모습을 보고 놀랐을 뿐이에요. 난 모두가 저 사람을 싫어한다고 생각했거든요."

　그녀는 가볍게 말했다.

　"모두 그런 건 아니지요. 저 남자는 좋고 싫은 사람이 딱 갈리는 부류랍니다. 그리고 저 남자의 맵시는 이곳 사람들이 따라하고 싶을 만큼의 뭔가가 있으니까요."

　"맵시라…… 옷맵시를 말하는 건가요?"

　"그것도 그렇지만 다른 모든 것도…… 저 사람의 행동 방식이랄까?"

데이비드는 쓴웃음을 지었다.

"그런 부류의 사람들이 있지요. 설명하기가 어려운데, 나도 저 사람이 왜 경탄의 대상이 되는지는 똑똑히 이해할 수 없어요. 저 사람은 겨우 삼 년 전만 해도 우리와 서로 총을 겨누던 사이였으니까요."

"뭐 서로 총을 겨눴던 상대 생각 따위는 모두들 그만두고 서로서로 화합의 첫걸음을 떼어야 할 때가 오겠죠."

루시는 멍하니 대꾸하고는 천천히 원을 돌면서 데이비드의 어깨너머를 다시금 힐끔거렸다.

콩코드에서 히스처럼 세련된 차림새를 한 남자를 보기란 드물었다. 요즘 같은 때 저런 옷을 입을 여력이 되는 사람이 있을까? 골무늬진 그의 하얀색 조끼는 멋들어지게 딱 맞았고 허리선은 검은 바지 위로 깡충했다. 모두가 입는 헐렁한 코트와는 달리 그의 옷은 더 잘 맞았고 소매도 한결 기름했으며 손목 통은 좁았다. 요즘 들어 슬슬 유행에 뒤쳐지는 굵은 리본 달린 셔츠 대용 앞받이 대신 히스는 빳빳하면서도 간소하고 산뜻한 셔츠와 가늘고 하얀 넥타이 차림이었다. 햇볕에 군데군데 색이 바랜 머리칼은 짙은 색으로 윤기가 흘렀고 관자놀이와 뒷덜미를 짧게 깎은 그의 참신한 스타일에 비하면 얼굴 양옆에 곱슬 수염을 풍성하게 기른 다른 남자들은 촌스럽게 보일 정도였다. 덩치만 큰 사치스런 공작이야, 루시는 그에게 시선을 주는 여자가 자기뿐이 아니라는 사실에 짜증이 나서 그렇게 생각했다. 그는 무도회장의 모든 여자가 자신을 힐끗힐끗 훔쳐본다는 사실을 알고 있었고…… 그 점을 즐기는 것이 분명해 보였다! 그에게는 일말의 수치심이나 겸손함도 없었다.

그녀는 이제 교태를 부리고픈 기분은 싹 사라졌고 춤동작도 완전 기계적이 되었다. 몇 분 뒤 그녀는 다과 테이블 쪽을 한 번 더 잽싸게 쳐다보았지만 히스는 거기에 없었다. 그녀의 눈은 방 안을 샅샅이 훑었고 다음 순간 그가 하필이면 다른 사람도 아닌 샐리와 춤을 추고 있음을 깨달았다. 샐리는 남부연합 지지자와 왈츠를 춤으로써 좌중의 이목을 끈다는 사실이 자못 즐거운 듯 얼굴이 빨개져서 키득거렸고 히스는 조용하면서도 밋밋한 얼굴로 그녀를 가만히 내려다보며 입가에 살짝 미소를 머금고 있었다. 사람들은 혀를 쯧쯧 차고 못마땅한 얼굴로 그 둘을 지켜보았고 샐리의 어머니는 구석에서 불안한 듯 조바심을 쳤다. 루시는 둘이 금발머리를 가까이 맞대고 얘기를 나누는 모습을 보았다. 샐리와 히스가 무슨 말을 한 것인지 궁금했다.

"너무 더워지네요. 안 그래요?"

그녀는 데이비드에게 중얼거렸다. 오늘밤의 휘황찬란함과 화려한 분위기가 갑자기 빛을 잃고 말았다. 그는 그녀의 말뜻을 즉시 알아들었다.

"춤을 그만 끝내고 싶은가요?"

"그래요."

그는 세심하게 그녀를 방 한쪽으로 데려갔고 루시는 여성용 탈의실로 즉시 도망쳤다. 축축하게 땀이 솟은 이마와 볼을 손수건으로 훔치면서 그녀는 침착을 되찾으려고 애썼다. 거울 앞에 선 그녀는 핀에서 빠져나와 축 늘어진 머리칼을 다시 매만진 다음 초조한 기색의 개암빛 눈망울을 빤히 들여다보았다.

"대체 오늘밤엔 내가 어찌 된 거지?"

그녀는 속삭이며 거울을 휙 내려놓았다. 천성적으로 정직한 그녀의 성품은 진실을 인정하라고 내몰았다. 그녀야말로 히스 레인과 춤을 추고 싶었던 것이다. 그녀는 샐리를 질투하고 있었다.

뭐야, 그럴 수는 없어. 루시는 경악해서 자신을 타일렀다. 내겐 대니얼이 있잖아. 한 남자를 사랑하면서 다른 남자 때문에 질투를 느끼다니 절대 그럴 수는 없는 법이야. 대체 내가 왜 이러는 거지?

대니얼이 여기에 없기 때문이다, 그 이유가 다였다. 그리고 또 그 남부인에 대한 그녀의 혼란스러운 감정을 떨쳐버리기란 불가능해 보였다. 그녀와 히스 레인 사이에는 비밀이 있는 것이다. 그의 따스하고 편안한 집에서 단둘이 이틀을 지낸 것, 둘만이 나누었던 대화 그리고 그 키스 하지만 그렇다고 그녀가 그에게 어떤 권리를, 그의 관심을 끌 권리를 갖고 있다는 것은 아니다. 설마, 그런 권리 따위는 전혀 원치 않아! 루시는 한숨을 쉬며 부풀린 소매를 바로잡고 다시 무도회장으로 나가 다과 테이블 쪽으로 향했다. 펀치를 한 잔 마시면 좀 시원해질 것이다.

그녀는 반쯤 빈 그릇에서 국자를 집어들고 분홍빛 음료를 한 잔 따르려 했다.

"내가…… 해주겠소."

국자가 펀치 그릇에 쨍강 부딪혔고 루시는 국자를 놓친 자기 자신을 저주했다. 그녀는 고개를 들고 장난기가 마구 춤추는 히스의 터키석 눈을 마주 보았다. 그는 그녀에게서 잔을 받아들고 펀치를 조금 담았다. 가득 채우면 아주 조심하지 않을 경우 드레스에 펀치를 흘릴 수도 있음을 알고 있다는 소리였다. 그는 그런 일들에, 여자를 다루는 복잡하고 세세한 일들에 유달리 민감했다.

"보스턴에 갔던 일은 즐거웠나요?"

루시는 그를 보지 않은 채 펀치를 받아들며 새침하니 물었다.

"고맙소 즐거웠다오."

그는 그녀를 머리부터 발끝까지 천천히 훑어보며 놀리듯 정중하게 대꾸했다. 그는 오늘밤 그녀의 모습을 보고 묘하게 마음이 움직인 상태였다. 너무나 젊고 반항하듯 생기발랄하면서도 왠지 쓸쓸해 보이는 그녀의 모습에 그는 그녀를 한 번 안아보기 위해서라면 지옥에라도 뛰어들 작정이었다.

"사업 때문에 갔던 건가요?"

루시는 지나친 호기심을 드러내지 않으려고 애썼지만 완전 실패하고 말았다.

"휴가라고는 할 수 없었소 별로 볼 것도 없더군."

"물론이죠. 겨울철의 보스턴은 그다지……."

"난 보스턴 얘기가 아니었소 양키 여자들 얘기였지."

그는 살짝 얼굴을 찡그리더니 다음 순간 그녀의 분개한 표정을 보고 빙그레 미소지었다.

"대체 뭐가 잘못됐다고 생각하는데요? 양키…… 그러니까 여기 여자들이 어떤데요?"

그녀는 인상을 쓰며 따져 물었다.

"당신 같은 여자는 한 명도 없더군."

그녀는 그의 장난기어린 눈과 한쪽 입꼬리에 깃든 짓궂은 미소를 보고 까르르 웃어버렸다.

"당신은 무뢰한이에요."

"그리고 당신은 여전히 내가 본 가운데 가장 아름다운 여인이고."

그는 진지함이라곤 완전 배제된 시원스런 태도로 말했다. 하지만 루시는 아플 정도로 밀려드는 기쁨을 느꼈고 동시에 자신에게 격노했다. 그런 확신의 말이 대체 얼마나 필요했으면 이렇게 미끼에 달려드는 물고기처럼 무의미한 찬사에 덥석 기뻐할 정도란 말인가?

"사실 당신이야말로 내가 이곳에 돌아온 이유요. 계속 당신 생각이 나더군. 대개 당신을 잊고 싶다는 마음이 제일 간절할 때마다."

"당신이 돌아온 건 말을 삯말집에 맡겨놓고 갔기 때문이잖아요."

그녀는 퉁명스레 대꾸했다.

"파나마를? 아아, 그렇지. 그 녀석을 이곳에 두고 간 것도 당신 때문이오."

"나 때문에…… 무슨 뜻이죠?"

"언젠가 난 당신을 그 녀석의 말등에 억지로 태워 서부로 가버릴 거요……. 그럼 당신은 양철 주전자를 불에 올려 커피 끓이는 법을 배울 테고 우린 포장마차 속에서 별들을 바라보며 잠이 드는 거지……."

이런 뻔뻔스런 말을 함부로 해대다니 그는 그녀를 어떤 여자라고 생각하는 걸까? 그녀는 어떤 반응을 보여야 할지 몰랐다. 까르르 웃는다면 그는 신이 나서 더욱 놀려대 당혹감을 안겨줄 것이다. 하지만 화를 낸다면 아마 그는 그냥 웃을지도 모른다. 그녀는 온화한 위협 쪽으로 마음을 굳혔다.

"그렇게 하면 내 약혼자가 할 말이 있을 텐데요."

"정말로? 그 사람 어디 있소?"

히스는 시치미를 떼며 물었다.

"찾으면 그 사람이 보일 것처럼 둘러보는 짓 따윈 그만둬요. 당신도 그

이가 여기에 없다는 걸 잘 알 텐데요. 안 그랬으면 어디 감히 내게 다가오
기라도 했겠어요?"

"난 당신에 관련된 일이라면 엄청난 위험을 감수하곤 한다오 기억날 텐
데요, 콜드웰 양."

지난 번 일을 깨우쳐줄 만큼 그의 낯짝이 두껍다니 그녀는 믿을 수가 없
었다. 그때 그는 금발을 그녀 쪽으로 수그렸고 그의 입술은 떨고 있던 그녀
를 마치 부숴버릴 듯 너무나도 뜨겁게 다가들었다. 그 추억이 그의 놀리는
말에 더럽혀진 것만 같았다. 어떻게 그는 그렇게 가볍게 치부해버릴 수 있
을까? 그녀는 돌연 분노를 느꼈고 재미있던 분위기는 일시에 날아가 버렸
다. 루시는 볼을 새빨갛게 물들이며 그를 외면했다.

"당신은 교양은 물론이고 예의도 없어요……. 나한테서 떨어져요."

그녀가 중얼거리자 그는 나직이 웃어댔다.

"참으로 성미가 급하시군, 허니. 대니얼도 알고 있소?"

"그래요……. 아뇨, 그이는……. 아아, 날 좀 내버려둬요!"

"당신과 춤을 춘 뒤에. 아니면 당신이 무도회장 한복판에서 내게 계속
던지던 열망의 눈길은 내 오해였던가?"

"날 내버려둬요. 안 그러면 소란을 피우겠어요!"

"계속하시지. 난 아무 상관없으니까. 내 평판이야 이미 갈 데까지 가지
않았소. 하지만 당신은…… 글쎄, 오늘밤 당신의 행동으로 보아 이후로는
당신 평판을 끝장내는 데도 그다지 오래 가지 않겠는데. 그러니 펀치 잔을
내려놓으시지, 신다. 내 팔을 잡아요."

그녀는 그의 허세를 벗겨버릴 능력이 없음을 아쉬워하며 머뭇머뭇 그의
팔을 잡았다. 하지만 본심은 그녀도 그와 춤을 추고 싶어했고 그 이유는 확
신할 수 없었다. 그러나 대니얼이 금지한 무언가를 한다는 생각에 기분이
좋은 것만은 확실했다.

"모두가 보고 있어요."

그녀는 속삭이면서도 그에게 이끌려 왈츠를 추는 무도회장의 한가운데
로 나아갔다. 몇몇이 자리를 비켜 그들에게 충분한 공간을 내주었다.

"오늘밤엔 모두가 당신을 보고 있었소."

그는 씁쓸한 어조로 말했다.

"특히 나부터가."

그의 눈길이 목선이 깊게 파인 그녀의 보디스로 슬그머니 내려와 풍요로운 곡선을 그린 가슴을 애무하듯 쳐다보더니 다시 그녀의 얼굴로 올라갔다. 루시는 대담하게 감상하는 그의 눈길 앞에서 명치끝에 따끔따끔한 통증을 느꼈다. 그는 대니얼이나 그녀가 함께 자라난 다른 남자들과 나이가 같았지만 그들보다 훨씬 연상으로 보였고 완벽할 정도로 자신만만했다. 묘하게도 그녀는 그를 신뢰했지만 동시에 그로 인해 약간의 두려움을 품기도 했다. 세상에, 남자 하나 때문에 이렇게 갈팡질팡하다니 그녀로서는 영 못마땅했다.

그들은 왈츠를 추기 시작했다. 긴장이 풀리면서 춤을 즐기게 되자 루시의 걱정거리로 사라졌다. 그의 팔이 다시 그녀의 몸에 감겼고 그 팔은 기억 속에서와 마찬가지로 단단하면서도 굳게 떠받쳐주었다. 그와 춤을 추는 것은 순수한 쾌락이었다. 그들의 스텝은 근사할 정도로 호흡이 딱 맞았으며 그의 탄탄한 팔은 그녀의 허리에 아늑하게 자리잡았다. 그는 흔들림 없는 원숙한 기량으로 그녀를 플로어에서 돌렸다. 루시는 그가 어느 부분에서 리드할지, 자신이 어느 부분에서 따라가야 할지 딱딱 알고 있었다. 공중을 나는 것만 같은 기분이었지만 동시에 막연하게나마 지배받는 느낌이기도 했다. 그녀의 마음에 드는 느낌은 아니었다.

"왜 날 그렇게 보는 거죠?"

그녀는 그의 터키석 눈망울이 참을 수 없을 정도로 빤히 그녀의 얼굴에 못 박혀 있음을 의식하고 따져 물었다. 그가 미소짓자 다시금 그 나태한 장난꾸러기 모습이 되살아났다. 그 변화 앞에 그녀는 긴장을 풀었다.

"대니얼 콜리어가 바보라는 생각 때문에."

"대니얼은 딴 사람들과 다른 것뿐이에요."

루시는 어느 정도 자신감을 되찾으며 꾸짖었다.

"그이는 대부분의 시간을 바쳐서 일에 매진하고 다른 사람들에게 도움을……."

"수많은 시간 동안 당신을 혼자 내버려두고 온갖 종류의 풍기문란한 영향력 앞에 당신을 무방비 상태로 방치하는 거지."

"당신이 그 한 예인가요?"

"바로 그렇소."

히스는 그녀의 가치를 따지듯 눈여겨보았다.

"자아, 오늘밤 당신이 자기 패를 내놓는 솜씨로 판단해 보건대 대니얼은 당신이 얼마나 고집불통인지를 알았을 경우 채찍질로 그 괘씸한 버릇을 몰아내야 할 거요. 적어도 그게 당신이 바라는 바야. 하지만 난 그 사람이 그러지 않으리라는 데 내기를 걸겠소. 아니, 대니얼은 며칠에 걸쳐 당신이 사과하는 동안 투덜대고 인상을 쓰겠지. 그러고 나서 결국은 마음이 약해져서 당신의 그 자그마한 손을 용서하듯 잡고……."

"대체 무슨 근거로 나나 대니얼에 대해 충분히 안다고 생각하게 됐나요?"

루시는 위엄 있게 등줄기를 곧게 펴고 캐물었다.

"나나 대니얼이 원하는 바를, 우리 사이가 어떻게 될지를 지레짐작으로 넘겨짚다니 이 거만하고 무례한……."

"그 작자가 당신에게 손가락 하나 대지 않는다는 데 내기라도 걸지."

히스는 사실을 설명하듯 담담한 어조로 말했다.

"당신에게 손을 대야 할 때에도 대니얼이 응당 갖췄어야 할 남자다움의 반이라도 갖췄다면 손을 대고도 남았겠지만 말이오."

"어떻게 내게 그런 말을 할 수가 있죠? 신사라면 절대 그런……."

"아하…… 화내지 마시오, 신다."

그는 애원조로 말했다.

"나야 그렇게 자라났는걸. 단지 더 나은 방법을 모를 뿐이라오."

"왜 날 그렇게 부르는 거죠?"

"신다라고? 왜냐하면 어느 누구도 그렇게 부르지 않으니까."

루시는 그에게 인상을 썼지만 속으로는 나머지 춤을 추는 동안 그가 그녀의 기분을 풀어주려고 갖은 노력을 다해 매력을 발산하리라는 사실을 알고 있었다. 그리고 아마 자신이 저항할 수 없으리라는 것도.

　　루시의 예상과는 정반대로 무도회 이야기를 들은 대니얼의 반응은 분노가 아니라 그보다 한결 더 고약했다. 다음날 오후 그녀를 찾아온 그의 눈은 당혹감과 상처로 가득했던 것이다. 두 사람은 양손을 꼭 맞잡고 거실에 앉아 있었다. 루시는 죄의식 때문에 너무나 괴로웠다. 그녀는 열성적으로 그를 안심시켜야만 했다.
　　"나하고 약혼해서 불행한 거야?"
　　대니얼은 엄지손가락으로 그녀의 손등을 어루만지며 조용히 물었다.
　　"누구 마음에 두고 있는 다른 사람이……."
　　"아아, 아니에요……. 아니에요, 대니얼."
　　루시는 서둘러 말했다. 패배한 듯 축 처진 그의 어깨를 보자 가슴이 빠개질 것만 같았다. 그의 태도가 너무나도 침착하고 심각했으므로 지난밤에 별 생각 없이 발휘했던 그녀의 반항기는 새로운 중대성을 띠게 되었다. 그런 식으로 그를 되찾으려 들었다니 얼마나 그릇된 방식이었던가! 그녀는 그가 이렇게까지 상처받으리라고는 생각지도 못했다. 그녀는 자신의 행동이 너무나도 유치하게 여겨졌다. 사실 수치심도 모르고 교태를 떨며 요란하게 웃어댔던 자신의 행동을 떠올릴수록 그녀는 점점 더 당혹스러웠다.
　　"난 앞으로도 당신만을 원하고 사랑할 거예요."
　　그녀는 절박하게 그의 양손을 잡았다.
　　"난 당신이 거기에 없어서 그저 실망이 컸던 것뿐이에요."
　　"그 얘기는 전에도 했잖아, 루시. 우리 결혼식을 하루빨리 앞당기기 위해서는 내가 열심히 일해야만 해. 가능한 한 빨리 결혼하고 싶다고 당신 입으로도 종종 말했잖아. 하지만 끊임없이 무도회나 파티에 참석하느라 중요한 일을 자꾸 방해받는다면 빠른 결혼은 불가능해. 잠잘 시간도 없으면서 낮에는 일하고 주말에는 사교 모임을 가질 수는 없어. 사람이란 틈틈이 수면이 필요하다구!"

“나도 알아요, 안다구요.”

그녀의 눈에서 눈물이 빛났다.

“가끔 난 너무나 이기적이에요. 하지만 그건 그냥 내가 당신을 너무나 좋아해서…….”

“울지 마, 루시. 당신은 너무 자주 울어. 그건 애들이나 하는 짓이지. 루시, 그만 울라구.”

그는 잡고 있던 손을 놓더니 손수건을 찾아 주머니를 뒤졌다. 그녀는 입술을 깨물며 손을 눈으로 가져갔다.

“미안해요.”

그녀는 훌쩍이며 땅이 꺼져라 한숨을 내쉬었다. 대니얼은 마침내 손수건을 찾아내 그녀에게 건넸지만 정작 루시가 숙녀답지 못하게 코를 팽 풀자 움찔하고 말았다.

“당신에게 다시 상처 주는 일이 한 번이라도 있다면 난 죽어버리겠어요.”

그녀는 잠긴 목소리로 말했다.

“나에게도 당신의 힘과 인내심이 있다면 얼마나 좋을까요.”

“이해해. 여자들이란 인내심이 그리 많은 피조물이 아니니까.”

대니얼은 그녀의 등을 토닥이며 어깨를 다정하게 문질러주었다.

“여자들에게는 없는 성격이지.”

루시는 손수건에 대고 나직이 쓴웃음을 지었다. 하지만 그 점을 반박하는 대신 다시 코를 풀었다.

“흠, 확실히 내 성격에는 없어요. 하지만 노력할 거예요. 이제부터 난 더할 나위 없이 완벽한…….”

“당신은 이미 완벽해.”

대니얼이 그녀를 끌어안고 뺨을 그녀의 머리칼에 맞대며 말을 잘랐다.

“당신은 내게 완벽하다구.”

그녀는 그의 아늑한 품에 더욱 달라붙으며 안도의 한숨을 내쉬었다. 이런 안전함을 느끼고 안심할 수 있는 것은 대니얼과 함께 있을 때뿐이었다.

“난 가끔 당신이 날 어떻게 참고 견디는지 알 수가 없어요.”

그녀는 그를 더욱 꼭 끌어안았다.

"오래 전부터 그랬으니까. 이제 와서 그만두지는 않을 거야."

그를 너무나 오래 전부터 알고 지냈던 루시는 이제 와서 다른 누구에게서 사랑과 위안을 찾는다는 것을 상상도 할 수 없었다. 그녀는 다정하게 그의 가슴에 얼굴을 지그시 갖다댔다.

"난 평생 당신을 숭배했어요."

그녀는 젊은이다운 열렬한 감정을 한껏 담아 속삭였다.

"태어났을 때부터 내내요."

"루시."

그의 팔에 힘이 들어갔고 그녀는 그가 머리칼에 입 맞추는 것을 느꼈다.

"당신 부탁을 계속 내치는 건 더 이상 견딜 수 없어. 좋아. 9월에 날을 잡도록 하자구. 돌아오는 가을에 결혼하는 거야."

콩코드 사람들은 거의 모든 집마다 옛 석조 다리나 새 석조 다리 중 어느 하나의 옆에 자기 보트를 보관하고 있었으며 날씨가 따뜻해지면 강에 보트를 띄우는 놀이야말로 제일 인기 있는 운동이었다. 메인스트리트 옆을 나란히 흐르는 서드베리 강의 지류를 따라가다 보면 꼭 친구들 몇몇과 스쳐 지나가곤 했다. 7월 4일이라는 이 특별한 날이면 강은 특히 붐볐다. 루시를 배에 태운 대니얼은 강둑에 죽 늘어선 보트 창고를 지나 노를 저었으며 루시는 까르르 웃으며 여러 친구들의 이름을 소리쳐 불렀다. 그녀와 대니얼은 올드노스 다리 쪽으로 흔들흔들 떠내려가는 카누와 보트의 커다란 무리 한가운데에 있었다.

"너무나 근사해요."

루시는 한쪽 손으로는 하늘하늘한 양산의 상아색 손잡이를 잡은 채 반대편 손끝을 차가운 물에 담가 주욱 훑어내렸다. 날씨는 무더웠으며 모두가 나른하고 만족해하는 분위기였다. 그들 모두가 공회당에서 7월 4일의 연설을 들었고 지금은 피크닉을 위해 저마다 좋아하는 장소로 향하는 중이었다. 밤에는 카니발이 열릴 것이고 특히 하늘에서 불꽃놀이가 펼쳐지는 가운데 강물에는 특별히 장식한 보트를 띄울 터였다.

"언젠가 그 모자를 쓴 당신 모습을 초상화로 남기고 싶어."

대니얼이 말하자 그녀는 미소지었다. 그녀의 머리 앞쪽에 애교 부리듯 올라앉은 앙증맞은 모자였다. 세로 주름이 잡힌 밀짚 챙 위에 하늘하늘 늘어진 산호색 꽃가지가 그녀의 관자놀이에 닿을 정도로 내려와 밤색 곱슬머리와 뒤섞였다.

"저기, 내가 이 모자를 샀을 때는 이상한 것 같다고 했잖아요."

"그랬었나? 흐음, 그건 별로 실용적이지 못하다는 거였지……. 하지만 그래도 매력적이야."

"내가요, 아니면 모자가요?"

"내 대답은 알고 있잖아."

대니얼은 노를 끌어당기며 저편의 강물을 바라보았다.

루시는 그가 수고스럽더라도 확답을 해주었으면 좋았을 거라고 아쉬워했다. 그녀는 물에서 손을 빼고 털었다. 그녀의 검은 눈썹 사이에 작은 주름이 잡혔다. 최근 들어 그녀는 전에는 한 번도 심각하게 여기지 않았던 것들을 점점 의식하게 되었다. 대니얼이 종종 그녀를 까다로운 어린애 취급한다는 사실 역시 거기에 포함되었다. 그의 말을 빌리자면 '실용적이지는 못하지만 아주 매력적이다'라고 했던가. 그녀가 보기엔 다른 남자들처럼 그도 여자의 머리란 모자를 올려놓는 것만이 주된 용도가 아닌가 생각하는 것 같았다. 그는 일정한 화제에 있어서만은 그녀와 겉핥기식 얘기 이상으로는 논하려 들지 않았다. 예를 들면 두 사람 사이에서 정치가 화제가 되는 적은 절대 없었다. 그리고 그녀가 생각이나 질문이 있어서 그에게 다가가면 그는 반쯤은 건성으로 들었고 전혀 받아들일 여지를 보이지 않았다. 엘리자베드 캐디 스탠턴이 전미 여성 참정권 협회의 차기 의장으로 선출되었다는 이야기가 나왔을 때도 마찬가지였다.

"이런 얘기는 다 시간 낭비야."

그는 마치 얘기가 이걸로 여기에서 끝나야 한다는 듯 딱 잘라 말했다.

"하지만 난 의견을 내고 남의 의견에 귀 기울이는 건 시간 낭비라고 생각지 않아요.”

루시는 주장했다.

“다음 주에 강연이 있을 예정이라 난 가볼…….”

“여자들에게 투표권은 주어지지 않을 거야. 우선 투표권 자체가 필요 없으니까. 여자들의 역할은 남편과 아이들을 돌보면서 가정을 편안한 휴식처이자 안식처로 가꾸는 거야. 그리고 두 번째로, 남자는 자기 혼자만이 아니라 가족 전체의 의견을 대변해서 투표하는 거지. 그러니 여자들의 목소리 역시 투표에 충분히 반영되는 셈이야.”

“하지만 만약…….”

“루시, 시간 낭비라니까.”

그녀는 나이가 들면 대니얼이 자신의 의견을 한층 존중해 줄 것인지 궁금해졌다. 그렇다고 그가 그녀의 생각에 관심이 없는 것은 아니었다. 단지 그는 남자들의 일이라고 생각했던 영역에 여자들이 어떻게 생각하는지 인내심을 갖고 들어주는 것을 크면서 배우지 못했을 뿐이었다. 하긴 대다수 남자들은 어느 정도 다 비슷비슷했다. 유일하게 다른 점은 좀더 낫고 나쁘고의 차이일 뿐이다. 그녀가 떠올릴 수 있는 유일한 예외라면 히스 레인뿐이었다. 그녀는 몇몇 사교 모임과 무도회에서 그와 나누었던 잠시 동안의 대화를 생각했다. 대개가 남몰래 이루어진 대화였다. 평판을 지키기 위해 그녀는 그에게 말을 거는 광경을 어느 누구도 눈치 채지 않도록 조심해야 했다. 하지만 그에게 매혹되는 마음만은 막을 수가 없었다.

대니얼은 항상 모든 것에 대해 절대적인 의견을 갖고 있었지만 반면 히스는 그 무엇에도 절대성을 확신하는 적이 드문 것 같았다. 그는 언제나 그녀의 말에 주의를 쏟았으며 때로는 그녀와 말다툼을 하거나 그녀의 말을 비비꼬아 화나게 만드는 것을 좋아했지만 한편 그녀의 생각이나 행동이 어리석다는 말은 절대 한 적이 없었다.

“당신은 내가 만난 중에서 최고로 엄청나게 교활한 모사꾼이에요.”

그녀는 다른 무도회에서 그가 그녀의 성미를 자극해 왈츠를 같이 추었을 때 그렇게 말했다. 그녀는 춤 신청을 받아들이고 싶지 않았다. 그날 밤도 대니얼은 일을 했으며 다음날이면 소문을 들을 것이 분명했기 때문이었다. 하지만 히스는 어떻게든 그녀를 희롱해 자기가 원하는 대로 시키는 법을 알고 있었으며 그녀가 나중에 생각해 보면 때로는 짜증이 날 정도였죠.

"내가? 당신을 속여 조종하려 한다고?"

히스의 푸른 눈은 진실함 그 자체였다.

"내가 기분이 좋을 때마다 당신은 열 받을 정도로 성질을 돋우죠. 그리고 결국 내가 화를 내면 미사여구를 한아름 갖다 바치면서 죄다 무마시켜요. 내가 나 자신에게 흐뭇해하고 있으면 당신은 내 허영심을 자극하고, 또 내가 이미 빠져나올 구멍도 없이 난처한 지경에 처해 있으면 당신은 날 어떻게든 구슬려서 더할 나위 없이 충격적인 행동이나 말을 하게 만들죠. 그리고 항상, 항상 당신은 자기 뜻대로……."

"잠깐 기다려요, 허니. 당신은 보잘 것 없는 꼭두각시 인형이 아니오 내가 어떻게 하건 간에 당신의 행동과 말을 결정하는 사람은 당신 자신이오. 그리고 설령 내가 당신을 궁지로 몰아넣어 무슨 일을 시켰다 한들, 예를 들어 나와 춤을 추면 당신은 다음날 호되게 벼락을 맞을 텐데 그럴 경우 난 항상 당신에게 빠져나갈 여지를 주고 있소 신다, 사실 당신 자신이 원치 않는 일이라면 아무것도 할 필요가 없는 거요"

"아니, 할 필요가 있어요 결국은 모두가 마찬가지예요 당신조차도요 내 말뜻은, 당신은 전쟁에서 싸우고 싶지 않았지만 싸워야 하기 때문에 입대했어요 왜냐하면……."

"왜 내가 참전하고 싶어하지 않았다는 생각을 했소?"

"하지만……."

그녀는 갑자기 당황해서 말을 더듬었다.

"전쟁은 인간다움을 박탈한다고 당신이 말했잖아요"

"그렇소 궁극적으로는 그렇지. 하지만 아무리 인정하기 싫다 해도 에머슨의 말 중 한 가지는 맞았소 전쟁에는 사물을 정화하는 면도 있소 전쟁은 실생활을 맥 빠질 정도로 따분하게 보이게 하지. 전쟁터에서는 인간이 경험할 수 있는 최고의 장엄한 극한을 맛보게 되거든. 죽음, 용기, 비겁함,

영웅주의……. 당신이 상상할 수 있는 그 무엇보다도 한결 생생하다오. 난 세상에 존재하는 모든 감정을 경험한 건 물론이고 상상했던 한계보다 더욱 절실하게, 강하게 느꼈다오."

다음 순간 사색적인 분위기는 순식간에 사라졌고 그는 부추기듯 빙그레 미소지으며 그녀를 내려다보았다.

"사랑만 빼고 말이지."

"딱 맞는 여자를 만나지 못한 거예요."

"그거야 모르지."

"어쩌면 열심히 찾아보지 않은 것뿐일지도 모르죠."

"아아, 계속 찾고는 있소."

보트가 강 위를 나아가는 지금 루시는 그 생각을 하면서 천천히 미소를 머금었다.

"무슨 생각을 하고 있지?"

대니얼이 묻자 그녀는 어깨를 으쓱했다.

"별 것 아니에요."

"당신은 요 몇 달 동안 혼자서 웃는 적이 아주 많이 늘었어."

"뭐 나쁠 것 있나요? 종종 미소는 그 사람이 행복하다는 증거가 되잖아요."

"그래, 나도 싫지는 않아."

하지만 그는 다소 당황한 모습이었다.

"루시!"

흥분에 가득 찬 날카로운 목소리가 수많은 보트와 카누가 정박해 있던 강둑에서 들려왔다. 샐리였다. 영광스러운 오늘에 맞춰서 흰색과 빨강, 파랑 무늬 옷을 입고 있었다.

"이런 식으로 소리를 질러서 시선 끄는 일 없도록 나중에 샐리에게 타일러. 망신스럽잖아."

대니얼이 나직이 말했다.

"대니얼, 아무도 신경 쓰지 않아요. 여기 있는 사람들 모두가 우리 친구잖아요."

"루시, 우리들 국기 색깔하고 똑같이 입기로 합의보지 않았니?"

샐리가 외쳤다.

"약속을 어기다니, 이 매국노!"

"애국심이 없어서 그런 게 아니야."

루시는 웃음을 터뜨릴 것 같은 목소리로 되받아 외쳤다.

"단지 너보다 옷장이 빈약해서 그런 거란다."

"괜찮아. 대니얼한테 이쪽으로 배를 몰아달라고 말하기나 해."

"난 여자에게 이래라저래라 지시받는 게 싫어."

대니얼이 음험한 어조로 중얼거렸으므로 루시는 킥킥 웃어버렸다.

"가엾어라, 달링. 날 위해서라도 기분 좋게 있으려고 노력해 봐요. 샐리는 제일 친한 친구고 난 그 애한테 오늘 피크닉에서 나란히 앉겠다고 약속했다고요."

"매년 그래야겠지. 그래야 샐리가 우리 피크닉 바구니의 덕을 볼 수 있을 테니까. 샐리가 요리를 못한다는 건 누구나 알고 있어. 이번에는 누구와 함께 온 거지? 그 무지렁이 농부, 아니면 프레드 로스퍼드? 그도 아니라면 그 버벅대는……."

"몰라요. 하지만 확신하는데 누구든 간에……."

샐리의 옆쪽 나무 등걸에 무심히 기대선 훤칠한 몸집이 눈에 들어온 순간 루시의 말꼬리가 목구멍 어딘가에서 자취를 감췄다.

"맙소사."

대니얼이 씩씩댔다.

"샐리의 동행이 저자라고? 저 남부연합 지지자와 함께 식사를 해야 한다는 말은 하지도 말라구!"

"대니얼."

겨우 속삭이는 소리를 낼 뿐인데 왜 이다지도 안간힘을 써야 할까, 루시는 마음속 어딘가에서 의문을 가졌다.

"제발 날 곤란하게 하지 말아요 우리 둘 다 곤란하게 만들지 말아줘요

한 시간 동안은 참고 저 사람에게 예의를 차릴 수 있잖아요. 친하게 굴 필
요까지도 없고 그냥 싸움만 걸지 말아요.”
　“만약 싸움을 걸어온다면 저 녀석이 원하는 대로 퍼부어주겠어!”
　“저 사람은 싸움을 원치 않아요. 확신해요. 그저 피크닉을 즐기러 온 것
뿐이에요. 당신하고 똑같잖아요.”
　“우리 둘을 비교하지 말라구.”
　대니얼은 모진 어조로 말했다.
　“난 저 작자와 전혀 달라.”
　“동감이에요.”
　루시는 진심으로 말하며 양산을 접고 자비를 구하는 기도를 속으로 잽
싸게 올렸다. 지금 이 순간은 악몽이었다.
　대니얼이 보트를 대고 내리는 것을 도와주자 그녀는 치맛자락을 들고
약간 경사진 땅을 혼자서 올라갔다. 피크닉 바구니를 찾아 배 안을 뒤지던
대니얼은 내키지 않는 임무를 목전에 둔 사람답게 머뭇머뭇 시간을 끌며
꾸물거렸다. 샐리와 히스는 피크닉용 담요를 깔아둔 공터의 가장자리에서
루시를 맞이했다.
　“두 사람은 안면이 있으니 소개는 필요 없겠죠.”
　샐리의 목소리가 불필요한 장광설처럼 뒤쪽에서 들려오는 가운데 루시
는 주술을 거는 듯한 푸른 눈을 가만히 들여다보았고 그에 따라 자신의 맥
박이 놀랄 정도로 속도를 높이는 것을 느꼈다.
　“콜드웰 양.”
　히스는 정중하게 인사했다.
　“이 웬 기대하지 않았던 즐거움입니까?”
　“정말로 ‘기대하지 않았던 즐거움’인가요?”
　루시는 샐리가 대니얼을 도우러 보트 쪽으로 다가가자 질문을 던졌다.
　“아니오, 그리고 그렇소.”
　“무슨 뜻이죠?”
　“기대하지 않았다는 말은 아니오. 그리고 기쁨이란 건 맞소.”

내 사랑 내 곁에　91

"당신이 꾸민 일이군요. 샐리와 내가 친하다는 걸 알고 당신은 샐리와 함께라면 피크닉을 하는 동안 대니얼과 내 옆에 앉을 수 있을지도 모른다고 생각한 거예요."

"꽤나 겸손하군요. 당신이 형편없는 샌드위치나 씹어먹는 모습을 지켜보기 위해 내가 그렇게 부정한 방법을 쓰리라고, 그렇게까지 공을 들였을 거라고 생각한단 말이오?"

루시는 그의 가벼운 조롱에 당황한데다 자신의 말이 얼마나 잘난 척하는 것처럼 들렸을까 의식하고는 얼굴을 붉혔다.

"아뇨, 정말이지 그렇게는 생각하지 않았어요."

"흐음, 하지만 어쩌면 당신 생각이 맞을지도 모르지."

그녀는 그의 미소가 상냥한 장난기로 가득 찬 것을 보았다. 그녀는 화답하려는 미소를 조금도 비치지 않도록 엄하게 눌러 참았다. 반가움과 초조함, 흥분이 뒤섞여 밀려든 탓에 마음이 어수선했다. 그가 말을 할 때면 그의 음성이 그녀 내면의 뭔가를 건드렸다. 마치 빈틈없이 조율된 현을 그의 손가락이 어루만지는 것만 같았다.

"레인 씨, 우리 뉴잉글랜드 지방의 무더운 기후가 피크닉 기분을 망치지 않았으면 좋겠군요."

그녀는 간신히 입을 열었다.

"전혀 그렇지 않습니다, 콜드웰 양. 난 더 무더운 기후에도 익숙하니까요."

"오늘 같은 날에는 편하겠네요."

그녀는 그의 눈길이 그녀의 머리부터 발끝까지를 재빨리 왕복으로 훑어내렸다는 사실을 의식하고 있었다. 가진 것 중에 제일 예쁜 옷을 골라 입고 나온 것이 기뻤다. 윤기가 흐르는 복숭아색 모슬린으로 된 옷은 허리께에 띠가 달려 있었으며 산호색 조가비 안에 진주가 하나씩 엿보이는 단추가 앞에 죽 달려 있었다. 대니얼이 뒤로 다가왔을 때 루시는 단추 중 하나를 쉴새없이 만지작거리며 히스에게 조심스러운 눈초리를 보냈다.

"안녕하십니까, 레인 씨."

대니얼은 극도로 싫어하는 사람에게 예의를 차려야만 한다는 짜증 때문에 콧수염을 움찔대며 엄격한 어조로 인사했다.

"안녕하십니까, 콜리어 씨."

루시는 히스의 얼굴에 일단은 비웃음이 없어서 고맙게 생각했다. 두 남자를 번갈아 바라보던 그녀는 대니얼이 얼마나 완고하고 침착해 보이는지 깨닫고 놀랐다. 딱딱한 칼라에 격자무늬 조끼와 바지 차림의 사랑스러운 대니얼은 너무나도 믿음직하고 고상해 보였으며…… 멋쟁이 남부인과는 완전히 하늘과 땅 차이였다. 대니얼은 언제까지나 그녀를 보살펴줄 것이고 어떤 사람과는 달리 저돌적이고 자극적인 성격은 아닐지언정 순금처럼 견실했다. 하지만 반대로 히스는 착실한 점을 찾으려면 차라리 수은이 낫지 않을까 싶을 정도였다.

루시와 샐리는 식사 도중 명랑한 대화가 지속되도록 한 시간을 간신히 버텼으며 콩코드에서 다들 함께 겪은 유년 시절의 이야기로 히스를 즐겁게 했다. 대니얼조차 몇몇 이야기에는 미소지을 수밖에 없었고 특히 그들이 친구들과 함께 공연했던 아마추어 연극 이야기는 한층 더 웃음을 자아냈다.

"우리가 했던 연극 중에 최고는,"

샐리는 발작처럼 터져나오려는 웃음을 참으며 말했다.

"'견공 나리 운수 튼 날'이란 제목으로 처음부터 끝까지 온통 실수 연발 코미디였죠. 루시가 거둬 길렀던 잡종개를 위해서 썼던 연극이었어요"

히스는 미소지었다.

"뛰어난 개였음이 분명하군요"

"할 줄 아는 거라곤 요만큼도 없었어요"

루시는 눈에 웃음을 가득 담고 말했다.

"버릇도 물론 없었고요. 녀석은 작가의 원래 의도와 자기 역할을 전혀 해석하지 못했거든요"

"작가가 누구였기에?"

"물론 루시였죠"

샐리는 말했다.

"어렸을 때 루시는 항상 희곡과 소설을 썼어요. 몇몇은 단연 대박이었죠"

"대박?"
대니얼은 익숙지 않은 그 단어를 못마땅하다는 듯 되풀이했다.
"엄청나게 훌륭했다는 뜻이에요."
샐리는 뜻을 풀어주고 키득거렸다.
히스는 따스하면서도 생각에 잠긴 눈으로 루시를 쳐다보았다.
"당신은 글쓰기를 좋아하는군. 몰랐소."
"당신이 알아야 할 이유라도 있습니까?"
대니얼이 퉁명스레 끼어들었다.
히스는 무표정한 눈으로 그를 유심히 지켜보았다.
"전혀 없지요."
"대체 그 개는 어떻게 됐니?"
샐리가 루시에게 질문을 던져 황급히 대화의 맥을 끊었다.
"넌 절대 나한테 말해 주지 않았잖아. 어느 해 여름 친척들을 방문하고 돌아와 봤더니 녀석이 사라지고 없었지."
"그때는 차마 말할 수가 없었어."
루시는 회고하며 미소지었다.
"녀석에게 움직이는 게 있으면 뭐든지 짖어대면서 큰길로 달려가는 버릇이 있던 것 기억하니? 그러다 짐마차 바퀴에 빨려 들어가고 말았어."
"어머나, 끔찍해라."
"으응, 난 그때 충격에서 회복되는 데 몇 주나 걸렸단다."
루시는 가볍게 대답했다.
"우습지. 그런 털북숭이 강아지에게 그렇게 애정을 느꼈다니 말야. 별로 잘생긴 개도 아니었는데."
"못생긴 놈이었지."
대니얼이 정정했다.
"그 말이 맞을 거예요."
루시가 시인했다.
"가엾은 녀석. 물방아 둑에서 내가 처음 발견했을 때는 한줌 크기도 안 되는 녀석이었어요. 누군가 한배에서 난 강아지를 한꺼번에 버렸는데 그때까지 살아 있던 건 그 녀석뿐이었죠. 아버지는 내가 강아지를 집으로 데려오자 깜짝 놀라셨지만 말리지는 않으셨어요. 그 개는 엄청난 골칫덩이였고 언제나 호기심이 넘쳤어요. 하지만 녀석이 얼마나 착했는지는 상상도 못할 거예요. 난 그 뒤로 애완동물을 한 번도 키우지 않았어요.”

갑자기 눈가가 젖어들었으므로 그녀는 손수건을 찾으며 어색하게 까르르 웃었다.

“미안해요. 어쩌다가 이런 얘기까지 나왔담.”

“우리 루시는 완전 울보라니까.”

샐리는 애정어린 미소를 지으며 친구의 등을 토닥였다.

“그건 고쳐야 할 버릇이야.”

대니얼은 눈가를 훔치는 루시를 지켜보며 당혹스럽고 짜증난다는 표정을 지었다.

“벌써 오래 전에 죽은 개 때문에 그렇게 감정을 남발하는 사람은 없어!”

루시는 꾸중을 듣자 얼굴을 붉히며 어디다 시선을 두어야 할지 망설였다. 일이 초 정도 침묵이 흘렀다.

“저기 말입니다.”

히스가 부드럽게 말했다.

“여자가 여린 마음을 가진 게 뭐가 나쁜지 모르겠군요.”

“여자란 자기 아이들에게 본보기가 될 의무가 있지요.”

대니얼이 반박했다.

“자기 감정을 다스리는 법을 배우지 못한다면 그 아이들도 나약한 응석받이가 되어 엄마처럼 툭하면 울음보를 터뜨릴 겁니다.”

히스는 아무 말도 않고 분홍빛이 되어버린 루시의 얼굴을 슬쩍 건너다보았다. 깊이를 알 수 없는 그의 눈길이 분노로 번득이고 있었다. 그녀가 대니얼에게 반박하지 않는 이유를 그가 궁금해한다는 것은 루시도 알고 있었다. 하지만 그녀와 대니얼 사이의 관계를 히스에게 이해시킬 방법은 없었다. 대니얼의 꾸중을 막아줄 방패 따윈 필요 없어요, 그녀는 히스에게 소리치고 싶었다. 특히 당신의 도움 따윈 더더욱요! 그녀는 '문제 일으키지 말아요'라는 표정을 그에게 던지는 것으로 만족해야만 했다. 히스는 강가로 눈길을 돌렸다. 날카롭고 깔끔한 그의 턱 가장자리 선은 이를 악문 것 때문에 완강한 빗금을 이루고 있었다.

"누구 아몬드 케이크 더 드실 분?"

루시가 물었다.

"적어도 열두 조각은 먹어야겠어."

화제가 바뀐 것에 감사해하며 샐리가 대답했다. 하지만 두 남자는 마치 한 마디도 듣지 못했다는 듯 묘한 침묵을 지켰다.

점심식사가 끝나고 히스와 대니얼이 흩어져 각자 다른 무리에 끼러 가자 루시와 샐리는 나란히 앉아 안도감을 공유하며 이야기를 나누었다.

"저 둘을 한자리에 앉혀놓으면 문제가 일어날 줄은 꿈에도 몰랐어."

샐리는 놀랍다는 듯 고개를 휘휘 저었다.

"대니얼은 언제나 그렇게도…… 그렇게도 상냥하고 어느 누구에게나 서글서글하고 신사답잖니. 그리고 레인 씨는…… 난 저렇게 매력적인 남자는 여태껏 처음 봐. 설령 배신자에다 반역자라도 말야."

"전쟁이 끝난 지 얼마 되지 않아서 대니얼은 남부인과 친하게 지내기가 힘든 거야."

루시는 차분히 설명했다.

"그는 남부연합 지지자들이 자기 친구들에게 무슨 짓을 했는지 잊지를 못해. 아무리 히…… 레인 씨가 대니얼 개인에게 무슨 짓을 한 게 아니라 해도 사실 두 사람은 각자 반대편에서 싸웠고 둘 다 그 점을 잊을 수 없으니까."

"난 전부터 남부연합 패거리들은 야비하고 난폭하다고만 생각했단다."

샐리는 생각에 잠겨 말했다.

"저 사람은 그렇게 보이지 않……."

"물론이지. 저 사람은 대니얼이나 우리의 다른 친구들과 똑같은 사람일 뿐이야."

"아니, 난 그 말을 하려는 게 아니야."

샐리는 입을 열었지만 다음 순간 일제히 소총을 쏘아대는 소리와 남자들의 환호성 소리가 피크닉 장소에서 뚝 떨어진 저쪽 초원에서 들려와 말허리를 잘랐다.

"사격 경기구나."

샐리는 신바람이 나서 새된 목소리로 외쳤다.

"대니얼과 그 친구들이 또 실력을 겨루고 있는 거야."

"남자들이 커서 저런 놀이를 안 하게 되면 참 기쁠 텐데."

루시는 일어나서 드레스를 매만진 다음 샐리와 함께 공터로 향했다. 그들이 걸어가던 중 마주친 몇몇 남녀와 모여 있던 무리들은 좀전까지만 해도 평화로웠던 피크닉이 소란스러워졌다면서 불평을 해댔다. 아이들은 폭죽을 쏘아 올리고 남자들은 소총으로 깡통을 맞혀대며 아가씨들은 서로 모여 시끌벅적 킥킥거린다는 불평이었다. 하지만 그 어느 것도 진심으로 하는 말은 아니었다. 다들 7월 4일에는 그런 일들을 당연한 수순이라고 알고 있기 때문이었다.

루시와 샐리는 소문을 주고받고 깔깔대는 가운데 작은 공터를 지나 남자들이 있는 초원으로 향했다. 그들은 망설이지 않고 사격 경기라는 내밀한 행사를 침해했다. 남자들은 항상 여자 관중들이 구경하고 찬사를 던지는 것을 좋아했기 때문이었다. 루시는 경기에 임하는 대니얼의 모습을 보고 무한한 자부심과 기쁨을 느꼈다. 그는 콩코드 제일의 1급 사수였다. 아마 매사추세츠 최고일지도 몰랐다. 전쟁 때 저격수는 높은 평가를 받았다. 대니얼은 전쟁 때 수많은 메달과 상당한 표창을 받았고 콩코드 사람들은 절대 그 사실을 잊지 않았다.

초원 끄트머리에서 데이비드 프레이저가 그루터기 둘 사이에 쓰러진 통나무를 걸쳐놓은 자리에서 150미터쯤 떨어진 곳에 서 있었다. 스펜서 라이플을 든 그는 통나무 위에 늘어선 일곱 개의 양철깡통 중 하나에 시간을 들여 조준했다. 그가 발사하자 탄피가 땅으로 떨어졌다. 그 뒤에도 깡통 일곱 개가 여전히 완벽하게 줄을 맞춰 얌전하게 놓여 있자 남자들 몇몇이 쿡쿡 웃어대며 데이비드를 슬쩍 놀렸다.

"내가 졌네. 자네 차례야."

데이비드가 말하자 대니얼은 웃으며 라이플을 들었다.

빈 약실을 채우느라 약간 지체한 다음 대니얼은 루시 쪽을 곁눈질했고 큰 바위 위에 앉아 있는 두 젊은 여인을 보았다. 장난꾸러기처럼 손을 흔든 루시는 치맛자락을 매만져 납작한 바위 위에 좀더 편하게 앉았다.

"넌 세상에서 최고로 운이 좋은 여자야."

샐리가 속삭였다.

"대니얼은 널 숭배해. 그리고 저렇게 신사답고 늠름하니……."

"그래, 그렇지."

루시는 대니얼의 검은머리와 꼿꼿이 야윈 몸매를 바라보며 대답했다. 그는 철학자처럼 여위고 늘씬한 몸집을 갖고 있었으며 라이플을 쥐고 들어올리는 손은 아름답고도 섬세했다. 그가 부드럽게 방아쇠를 당겼다. 한 발에 첫 양철깡통이 통나무에서 튕겨 떨어졌다. 둘, 셋, 넷……. 다음 깡통이 재빠른 속도로 이어서 맞았다. 다섯, 여섯, 일곱. 대니얼은 전부를 완전무결하게 맞혔다. 모두가 환호성을 올리며 휘파람을 불어대는 사이 대니얼은 겸손하게 미소짓더니 루시 쪽을 건너다보았다. 그녀는 환하게 밝아진 얼굴로 박수를 쳐댔다.

"이제 나도 해보고 싶어요!"

담황색 머리칼을 한 열일곱 살짜리 소년 하이램 데이먼이 나서자 몰려 있던 사람들은 너그러운 웃음소리를 흘렸다. 하이램은 너무 어려서 참전할 수가 없었고 그는 그 점을 언제까지나 슬퍼하고 있었다.

"좋아, 하이램. 그럼 이제 기회를 주지."

대니얼은 말하며 라이플 장전 과정을 감독했다. 소년은 서툴게 새로 약실을 채웠다.

"하나도 못 맞힌다는 데 25센트 걸지."

누군가 말했다.

"난 이 애가 할 수 있다는 데 걸지요."

대니얼은 하이램의 등을 굳세게 토닥여주며 대답했다.

"약간 왼쪽으로 쏠리게 겨냥해라, 하이램. 그리고 서두르지 마."

"대니얼은 좋은 아버지가 될 거야. 아이들에게 워낙 잘하잖니."

샐리가 속삭였다.

힘들여 겨냥하더니 발사한 하이램은 겨우겨우 두 개를 맞혔다. 샐리와 루시는 크게 환호성을 올렸고 심지어는 숙녀답지 못하게 휘파람 비슷한 소리까지 냈다.

"누구 또 해보실 분?"

대니얼이 물었다.

"내 쪽에서 불리한 조건으로 겨룰 수도 있습니다. 내가 뒤로 더 물러서거나, 아니면……."

"대니얼의 눈을 가려요."

샐리가 제안하자 모두가 갈채를 보냈다.

"난 오늘 운이 좋을 것 같은 느낌이야."

데이비드 프레이저가 시끌벅적한 웃음소리를 뚫고 말했다.

"대니얼, 나는 이 자리에서 쏘고 자네가 200미터 뒤에서 쏜다면 해보지."

"누구든지 대니얼을 이기는 사람에게 25센트를 주겠어요!"

샐리는 크게 선언했다.

"그럼 당신은 뭘 내걸겠어, 루시?"

대니얼은 콧수염의 한쪽 끝을 들어올리며 그녀에게 미소를 보냈다.

"승자에게 키스를 하겠어요."

그녀의 말에 모여 있던 모든 사람들이 왁자하니 웃어댔다. 대니얼이 언제나 이긴다는 것을 그들 모두가 알고 있기 때문이었다.

"그거 아주 흥미로운 제안이로군요."

새로운 목소리가 대화에 끼어들었다. 모두가 오른쪽을 바라보았다. 히스 레인이 비스듬한 바위에 반쯤 기대 서 있었다. 그의 느린 말은 발음이 부드러웠지만 단호했다.

"이 경기는 누구나 참여가 가능한 거지요?"

루시는 볼의 온기가 싹 식는 것을 느꼈다. 그녀는 양손을 내려다보며 손가락을 쥐어짰고 샐리는 중얼거렸다.

"저 남부인이 대니얼에게 도전하는구나."

"헛수고하지 않는 게 좋을 겁니다, 레인 씨."

뻣뻣한 어조로 말하는 대니얼의 표정엔 따스한 기운이 싹 사라져 있었다.

"난 일급 사수였소. 한꺼번에 남군 병사 몇 명을 상대할 수 있는 실력 이상이라는 거지요."

히스의 번득이는 눈이 등뒤의 황금빛 초원을 배경으로 깜짝 놀랄 만큼 돋보였다. 그는 비웃음에도 아랑곳하지 않는 듯 미소지었다.

"좋습니다. 난 그냥 지켜보지요. 당신을 방해하지 않겠습니다."

하지만 그는 이미 이 즐거운 오후 시간을 방해한 셈이었고 모두가 그 사실을 알고 있었다. 좀전까지만 해도 쾌활하고 재미있었던 사격 경기가 이제는 전쟁터 같은 분위기를 띠었다.

"아니, 같이 하지요 부디."

히스에게 참가를 권유하며 반감이 가득한 표정으로 얼굴을 일그러뜨리는 대니얼의 모습은 루시에게 완전히 낯선 것이었다.

"안 돼요 하지 말아요."

루시는 데이비드가 대니얼에게 총을 넘겨주고 정중하게 물러날 때까지도 이렇게 속삭였다. 그렇게 시끌벅적하고 즐거워했던 남자들이 이제 모두 조용해져 긴장감을 띤 채 열심히 지켜보고 있었다. 루시는 자기가 언제 샐리의 팔을 잡았는지, 자신의 손가락이 그 팔에 손자국을 낼 정도로 힘을 주었다는 것을 모르고 있다가 샐리가 새된 소리를 지르며 책망하듯 바라보자 그제야 깨달았다. 하얗게 질린 루시는 눈앞의 광경에 완전히 정신을 빼앗겨 사과조차 하지 않았다. 히스가 대니얼에게 이렇게 대담하게 도전하다니, 그리고 대니얼이 그 도전을 받아들이기로 결정하다니 그녀는 믿을 수가 없었다.

"먼저 연습으로 몇 발 쏴보시겠소?"

대니얼은 짐짓 정중한 척 물었다.

"아니, 됐습니다."

깡통이 제자리에 놓이는 동안 대니얼은 라이플을 장전하며 히스를 흘끔 넘겨다보았다.

"스펜서 라이플 사용법은 아시지요? 당신들 남부 병사들이 쓰던 전장총(前裝銃)과는 아주 다릅니다."

"어떻게든 되겠지요"

히스는 몸을 일으켜 사격 장소로 다가가더니 눈을 가늘게 뜨고 줄줄이 놓여 있는 양철깡통에 초점을 맞추었다.

"200미터 뒤로 물러나는 게 어떻습니까?"

그의 제안에 모두가 수군댔다. 이 남부연합 지지자의 평판이 아무리 어떻다 한들 뱃심 하나만은 부족함이 없었다.

나지막한 탄성과 함께 구경꾼들은 몇 발짝 뒤로 물러났고 그 덕에 루시와 샐리는 군중의 거의 한가운데에 자리잡은 형국이 되었다. 몇몇 남자들은 바위에 손을 얹고 기대서서 시합을 지켜보았다. 대니얼이 라이플을 들어 조준하는 동안 루시는 전신의 근육을 긴장시킨 채 앉아 있었다. 꼿꼿한 등을 딱딱하게 굳힌 채 그는 방아쇠를 당겼다. 그는 하나하나씩 깡통을 맞혀 통나무 위에서 죄다 깨끗이 넘어뜨렸다. 다 끝내자 모두가 숨을 토해냈고 그의 실력에 놀라며 진심어린 축하를 보냈다.

루시는 대니얼의 능력에 대한 자부심과 히스에 대한 동정심 사이에서 갈팡질팡했다. 대니얼만큼 사격 솜씨가 훌륭한 사람은 어디에도 없건만 히스는 많은 사람들 앞에서 바보꼴이 될 짓을 자초했다. 이 자리에 없다면 저 광경을 보지 않아도 좋았을 거라고 그녀는 아쉽게 생각했다. 히스가 총을 재장전하고 총신의 뒤쪽을 가볍게 어루만지는 모습을 지켜보고 있자니 보호 본능이 루시에게 와락 밀려들었다. 왜 그는 세상 모두를 적으로 돌려야 직성이 풀리는 것일까?

그는 발을 살짝 벌리고 왼쪽 어깨를 쓰러진 통나무 쪽으로 향한 채 라이플을 들었다. 루시는 그 엉성한 자세에 놀랐다. 그에게는 이 경기가 전혀 진지하지 않은 것처럼 보였다. 그녀는 첫 발이 발사되는 소리를 듣고 깜짝 놀랐다. 그는 조준에 거의 시간을 들이지 않았다! 라이플의 날카로운 탕탕 소리가 너무나 금방금방 들려왔기 때문에 루시는 총의 성능이 그의 발사 속도를 제대로 따라갈까 의구심조차 들었다. 일곱 번째 총알을 쏜 다음 히스는 고개를 돌려 루시를 바라보았고 그들의 시선이 뒤엉키자 번개처럼 뜨거운 불길이 일었다.

"하느님 맙소사."

루시는 누군가가 속삭이는 음성을 듣고 애써 시선을 돌려 통나무 쪽을 바라보았다. 깡통이 모두 쓰러진 상태였다. 초원에 죽음과도 같은 침묵이 흘렀다.

"동점이로군요."

루시가 말했다. 믿어지지 않는 광경에 동요된 나머지 목소리가 떨렸다. 히스의 눈은 그녀의 얼굴에서 떨어지지 않았다.

"그럼 우리 둘 다 키스를 받는 겁니까?"

그는 흥미롭다는 듯 물었다. 뭘 믿고 저렇게 뻔뻔할까, 루시는 생각했다.

"둘 다 못 받는 거죠."

그녀는 그를 호되게 꾸짖었다. 그리고 자신과 대니얼이 이 사태를 벗어 날 수 있다면 하고 간절히 아쉬워했다.

"승부는 끝나지 않은 거요."

대니얼이 쌀쌀맞게 쏘아붙였다.

"225미터 밖에서 쏩시다. 먼저 빗맞히는 쪽이 지는 거요."

이후 잠시 동안은 상당히 분주했다. 찌그러진 깡통이 다시 제자리에 늘어섰고 총에도 탄환이 재장전되었다. 대니얼은 다시금 모든 깡통을 맞혀 쓰러뜨렸다. 그의 갈색 눈은 차가운 만족감으로 빛났다.

다음 차례는 히스였다. 그는 가공스러울 만큼 신속한 사격으로 깡통을 죄다 통나무에서 떨어뜨렸다. 그래, 그의 솜씨는 훌륭했다. 모두가 그 사실을 알고 있었지만 히스만큼 잘 알고 있는 사람은 없었다. 사격이 계속됨에 따라 그는 슬그머니 미소를 머금었고 그의 태연한 자세는 이 모든 것이 그에게는 어이없을 정도로 식은 죽 먹기라는 점을 똑똑히 보여주었다.

반대로 대니얼은 인내심의 한계에 달해 초조해했다. 그는 한 차례씩 승부가 끝날 때마다 더더욱 긴장하는 모습이었다. 루시가 침묵 속에 고뇌하며 지켜보는 가운데 대니얼의 얼굴이 붉어지더니 땀방울이 맺혔다. 이렇게 화난 그의 모습을 여태껏 본 적이 없었던 그녀는 히스에 대해, 그리고 자신의 즐거움을 위해 남을 이용하는 그의 방식에 대해 속으로 저주를 퍼부었다. 또한 그녀는 아까 그를 가엾다고 생각했던 자신에게도 저주를 퍼부었다. 그는 자신의 실력을 이용해 모두를 조소하고 있었으며 사람들이 그에게 감탄하는 대신 더욱 싫어하게 되리라는 사실을 당연히 알 수밖에 없으면서도 게임을 계속 끌고 있었다.

루시는 히스의 널따란 등을 노려보다가 다음 순간 대니얼을 보았다. 그는 남자로서의 자존심이 뭉개질까 봐 분투하고 있었다. 그녀의 눈길이 걱정으로 부드러워졌다. 대니얼은 지금껏 사격 승부에서 어느 누구에게도 진 적이 없었으므로 만약 이번에 지게 된다면 엄청나게 기분 상해할 터였다.

그리고 왠지 그들 모두는 대니얼이 지게 되리라는 것을 알고 있었다.

그녀는 자기에게 와닿는 히스의 눈길을 느꼈다. 그녀는 근심과 들끓는 분노를 거두지 못한 눈길로 그를 마주 쳐다보았다. 퍼붓고 싶지만 묻어두어야만 하는 말 때문에 그녀의 입술이 떨렸다. 순간, 히스의 얼굴에 어려 있던 잔인한 만족감이 갑자기 자취를 감추더니 그는 헝클어져 있던 숱 많은 머리칼을 손으로 헤집었다. 라이플을 든 그는 이번에는 한결 조심스럽게 총을 만졌고 동작도 느렸다. 그는 루시 쪽을 잽싸게 힐끔 곁눈질하더니 다음 순간 표적 쪽으로 눈길을 돌렸다. 하나, 둘, 셋…… 넷, 다섯…… 여섯. 순간적인 망설임이 있은 뒤 그는 마지막 총알을 쏘았다.

일곱 번째 깡통은 그 자리에 서 있었다.

샐리는 비명을 꺄악 질러대며 바위에서 뛰어내려 대니얼에게로 달려갔다. 모여 있던 사람들은 커다란 환호성을 질러대더니 대니얼의 주위를 가득 에워싸고 등을 툭툭 쳐주며 신이 나서 축하의 말을 던졌다. 루시는 그 자리에 앉은 채로 그녀의 약혼자에게 건방진 경례를 던지는 히스의 모습을 응시했다. 대니얼은 냉담하게 끄덕이더니 다음 순간 돌아서서 빙그레 웃었고 그의 친구들은 귀가 멍멍할 정도의 갈채를 보냈다.

히스는 루시 쪽으로 걸어왔다. 수염을 깨끗이 깎은 갈색 얼굴의 표정은 조각상처럼 불가사의했다. 미소는 없었고 관자놀이의 상처는 평소보다 더욱 두드러져 보였다. 그녀는 그 흉터를 손끝으로 더듬고 그의 볼을 만져주며 위로하고 싶었다. 하지만 그런 심정도 그가 무슨 짓을 했는지에 대해 문득 생각이 미치자마자 꼬리를 감췄다. 아무도 눈치채지 못했겠지만 그는 일부러 대니얼이 이기도록 손을 쓴 것이었다! 마지막 한 발이 빗나간 것은 그들에 대한 경멸감, 그들에게는 너무나 의미가 크고 그에게는 아무것도 아닌 그 게임에 대한 경멸감의 표현이었다. 그녀는 그가 그녀 역시 경멸하고 있을지 궁금해졌다.

"일부러 그런 거죠?"

그녀는 낮은 목소리로 물었다. 히스는 눈길에서 굶주린 기색을 굳이 지우지도 않은 채 그녀를 빤히 바라보았다.

"당신을 위해서 그랬소."

그는 쉰 목소리로 대답했다.

"시인해야 한다는 건 빌어먹게 열 받는 일이지만."

그의 목소리에는 자조적인 기운이 묻어났다.

"당신은 내 약점이 되고 만 것 같소."

"내가 당신에게 빚을 조금이라도 졌다고 생각한다면 어림없어요!"

그녀는 황급히 외면한 다음 바위 옆쪽으로 뛰어내렸다. 그는 그녀의 팔꿈치를 잡고 내려오는 것을 도와주었으며 맨살이 드러난 팔에 그의 손이 닿은 것뿐인데도 뭔가 느낌이 오자 그녀는 충격을 받았다. 다른 사람들이 전부 가까이에 있고 대니얼도 바로 몇 미터 떨어진 곳에 있는데도 그녀는 자신의 의지와는 달리 히스 레인에게 안기고 싶었다. 격정적인 한순간 그녀는 그에게 매달리고 싶은 충동을 느꼈다. 그의 구릿빛 피부에 얼굴을 묻고 그의 내음을 들이마시고 싶었다. 그녀는 열망에 맞서서 싸우기는 했지만 그에게 그녀를 지배할 힘이, 대니얼이나 그 외의 어떤 사람도 갖지 못했던 능력이 있다는 사실을 부인할 수는 없었다. 그 절대적인 확실성이 그녀에게 공포를 불러일으켰다. 그의 손아귀에서 억지로 빠져나온 그녀는 대니얼을 둘러싼 사람들의 무리를 향해 앞도 보지 않고 달려갔으며 대니얼의 옆에 도달할 때까지 마구 길을 뚫고 나아갔다. 바위 쪽을 바라보았을 때 히스는 더 이상 그곳에 없었다.

“그 사람한테 무슨 말을 했지?”
“별 것 없어요. 기억이 안 나요.”
중얼거린 루시는 기차 양옆에 햇살이 눈부시게 반사되자 눈을 가늘게 떴다. 그들은 교외의 농부가 마지막으로 남은 제품을 화물칸에 쌓아 올리는 우유 수송칸 옆을 걷고 있었다. 루시와 함께 객실칸까지 걷는 동안 대니얼의 얼굴은 돌덩이처럼 무표정했다. 족히 15분 동안을 어르고 달래본 끝에 마침내 그녀는 보스턴으로 떠나는 대니얼을 전송하러 나오겠다고 말했던 것을 진심으로 후회했다.
“철도 회의는 몇 시예요? 기차가 제 시간에 닿았으면 좋겠네요.”
“샐리 말로는 당신과 그 작자가 사격 경기중에 서로를 쳐다보고 있었다던데.”
“난 당신을 보고 있었던 거예요!”
“더 이상 당신이 그 작자와 얘기를 안 했으면 좋겠어. 다시는 한 마디도 말야. 내가 그 자리에 없는 한은 싫어.”
“대니얼, 말도 안 되는 소리예요. 만약 길거리에서 마주치면 어쩌라고요? 그 사람을 그냥 무시해야 하나요? 그건 예의에 어긋나는 짓이에요!”
그녀의 반박은 그의 분노를 열 곱절은 더 키워버린 것 같았다.
“루시, 이 일에 관해 더 이상의 입씨름은 용인하지 않겠어. 만약 우리가 결혼을 하려거든, 그리고 만약 남편과 아내가 되려면…….”
“무슨 소리죠? 만약이라니!”
“그럼 우린 서로를 이해해야 해. 당신은 요 몇 달 동안 여태까지 내가 알던 당신보다 한층 까다롭게 굴었어. 방종하고 대꾸도 서슴지 않고 날 한계까지 밀어붙이려고 굴었단 말이야. 더 이상은 안 돼. 당신이 그…… 그 남부인과 더 이상 말을 하지 않았으면 좋겠어. 샐리와도 소원해지는 게 좋겠지. 아마 샐리가 당신에게 나쁜 영향을 주고 있는지도 몰라. 나 없이는 사교 모임이나 회합에 가지 않았으면 좋겠어. 당신 아버지가 당신을 제대로 감독하지 않으시는 건 분명하니 말야."

"난 감독을 받아야 하는 어린애가 아니에요!"

"내 아내가 되고 싶거든 앞으로 익혀둬야만 할 규칙이 있어."

"대니얼……."

루시는 좌절감으로 떨었고 볼도 새빨개졌다. 며칠 전 있었던 사격 경기 이후로 그는 호리호리한 외모에 너무나도 딱 들어맞는 금욕적이고도 혼란스런 표정을 달고 살았으며 조만간 변화가 있을 조짐 따위도 보이지 않았다. 진갈색 눈은 차가웠으며 완전무결하게 손질한 콧수염 아래의 입술은 딱딱하게 닫혀 있었다.

"기차가 곧 떠날 거야."

그는 그녀를 거의 보지도 않은 채 말했다.

"차에 타야겠어. 얘기는 오늘 저녁에 더 하자구."

루시는 가슴 앞에 팔짱을 끼고 턱을 반항적으로 굳힌 채 그가 기차에 오르는 모습을 지켜보았다. 대니얼은 그녀가 변해버렸다고 생각하고 있다. 하지만 그 역시 변해버렸다는 데 대해 그녀는 추호의 의심도 품지 않았다!

기차가 힘겹게 역 구내를 빠져나가면서 철로를 달리기 시작했다. 루시는 육중한 차체가 요란한 소리와 함께 저 멀리 작은 점으로 사라질 때까지 지켜보고 서 있다가 침울한 한숨을 내쉬면서 집으로 가기 위해 돌아섰다.

"둘의 대화가 참으로 흥미롭군."

퍼뜩 놀란 그녀는 목소리가 들려온 방향으로 고개를 들었다. 히스 레인의 늠름하고도 악당 같은 미소를 보자 그녀의 눈이 가늘어졌다.

"날 염탐하고 있었나요?"

그녀는 퉁명스럽게 물으며 근처에 누가 엿듣는 사람이 없는지 둘러보고 확인했다. 히스는 어깨를 으쓱하며 양손을 바지 주머니에 찔러 넣었다. 그 덕에 꼭 맞는 바지가 점잖지 못하게 팽팽해지면서 힘찬 허벅지 선이 고스란히 드러났다. 루시는 그의 그런 모습 따위나 눈치채는 자신을 질책했다. 하지만 그에게는 여느 남자들에게서 찾아보기 힘든 기운이, 진정한 남자다움과 자신감이 풍겼다. 하지만 그녀는 그런 점에 눈을 질끈 감아야만 했다.

"아니, 염탐한 게 아니오."

그의 여유로운 입술 양끝이 미처 억누르지 못한 미소로 들려 올라갔다.

"시내에 몇 가지 볼일이 있어 나왔는데 그 매력적인 모자가 언뜻 눈에 뜨이더군."

그녀는 변명이라도 하듯 앙증맞고 얌전한 하얀 모자를 바로 썼다. 황새 깃털과 진주알로 된 다발에 진주로 된 나비가 장식된 모자였다.

"만지지 말아요. 완벽하기만 한데."

그의 솔직하게 찬탄을 드러낸 시선 앞에 그녀의 눈길은 아래로 떨어졌다.

"당신이 무슨 말이라도 들었다면……."

"들었소."

"우린 사적인 문제를 의논하고 있던 참……."

"알고 있소."

대니얼이 그녀에게 부여한 규칙의 목록을 하나하나 나열하는 히스의 모습은 꽤나 즐거워 보였다.

"샐리와 친하게 지내지 말 것, 나와 같이 있는 모습을 보이지 말 것, 대니얼이 딱 붙어 있지 않는 한 모임이나 무도회에 가지 말 것이지. 설령 결혼한 뒤라도 그 사람은 어떻게 해라, 얘기는 누구하고만 해라, 이런 식으로 잔소리를 해댈……."

"그건 남편의 권리예요. 안 그런가요?"

"그럴까?"

순리대로라면 대답은 단순한 긍정이 되리라. 루시는 잠시 침묵을 지켰다. 적당한 대답을 찾는 동안 입술이 몇 번이나 달싹거렸지만 결국은 전혀 생각해낼 수 없었다.

"결혼하면 상황은 바뀌게 돼요."

그녀는 마침내 말했지만 히스보다는 자기 자신에게 하는 말이었다.

“사람도 변하고요.”

“그렇소. 하지만 좋은 쪽으로 변하는 적은 별로 없지.”

“당신이 어떻게 알죠? 말이 나왔으니 말인데 당신이 결혼에 대해……아니면 나에 대해 권위자라도 되나요? 당신 행동은 대니얼과 똑같아요. 무엇이 나를 위해 제일 좋은 일인지 다 안다는 것처럼요. 홍, 아마 내 스스로가 무엇을 원하는지 슬슬 결정을 내려야 할지도 모르죠!”

그의 눈이 고양이처럼 번득였다.

“아마 그래야 할 거요. 그래서 당신은 뭘 원하지?”

그녀는 대니얼을 원했다. 하지만 정확히 말해 지금과는 다른 대니얼을.

“당신하고는 상관없는 일이죠.”

“상관이 있소. 난 이미 당신에게 상당한 투자를 했다고 보거든.”

“무슨 투자를요? 상당하다니 뭐가요?”

“상당한 걱정과 고민이지, 허니.”

말과는 달리 그의 어조는 태연했다.

“대니얼이 당신을 뜯어고치려고 용을 쓴다는 사실 때문에 말이오. 대니얼은 당신에게 바람직한 남자가 아니야.”

“집어치워요. 난 듣지 않아요.”

“대니얼은 당신을 자기 비위에 맞는 순종적이고 겸손한 여인으로 뜯어고치려 하고 있고 그 결과 당신은 비참해질 거요. 그건 대니얼 자체가 그런 사람이기 때문이지. 당신과 모든 면에서 정반대란 말이오.”

“그 반대예요! 웃음이 나오는군요. 어이가 없어요. 난 대니얼처럼 나와 똑같은 사람을 여태껏 만난 적이 없어요. 그이와 나는 같은 종류의 사람이라고요.”

“당신은 자기 자신을 그렇게 생각하고 있소?”

그가 따져 물었다. 갑자기 그의 미간에 고랑이 깊게 파였다.

“남편의 손에 의해 남편의 그림자가 되는 데에서 기쁨을 느끼는 그런 종류의 여자라고? 당신은 정말로 그렇게 믿는…….”

그는 말을 끊고 그녀를 보았다. 그의 눈에서 광채가 사라졌고 얼굴에서도 표정이 지워져 차분하면서도 알 수 없는 모습이 되었다.

"이 귀여운 옹고집쟁이. 내가 무슨 말을 할 때마다 당신은 더욱 안간힘을 써서 반항하는군. 그렇지 않소? 뭐 당신이 결정을 내리기 위해 날 이용하려 해도 난 말려들지 않겠소 대니얼을 원한다면 당신 스스로 결정하도록 해요 난 더 이상 쓸데없이 말을 거들지 않을 테니까."

"하지만…… 하지만 우리 얘기는 아직 다 안 끝났잖아요 당신이 무슨 말을 하려던 거였는지 알고 싶어요"

"다른 얘기를 하는 게 좋겠소"

"하지만 히스, 그냥 말만 해주면……."

"싫소"

다른 사람이 그녀에게 한마디로 딱 자르는 이런 식의 말투를 썼던 적은 기억도 가물가물할 정도였다. 노골적인 거절. 마치 그가 그녀의 면전에서 문을 탁 닫아버린 것처럼 불쾌했다.

"왜 안 되는 거죠?"

그녀는 가라앉은 목소리로 물었다. 인정하기는 싫었지만 다소 삐친 것처럼 들렸다.

"왜냐하면 당신은 말다툼을 망쳐버리지만 난 아니기 때문이지. 그리고 이런 얘기는 대니얼과 해야 하오. 내가 나타나기를 기다리는 대신 5분 전에 대니얼과 언쟁을 벌였어야 했단 말이오."

"난 기다린 게 아니에요 아아, 더 이상 이런 얘기는 하고 싶지 않아요 당신 때문에 내 기분은……."

"기분이 어떻기에?"

그는 잽싸게 틈을 노려 질문했다.

"어린 시절 아버지의 화를 돋울 만한 짓을 했을 경우…… 내가 무슨 변명을 하기도 전에 이미 아버지는 내가 왜 그런 짓을 했는지 나름대로 이유를 다 결정해버리시곤 했어요 그럴 경우엔 어떻게 싸울 방법이 없죠 부당한 처사예요!"

히스는 안쓰럽다는 듯 고개를 저으며 껄껄 웃었다.

"그래, 부당하지. 하지만 당신 같은 딸을 두셨으니 당신 아버지께서 그런 전술을 채택하신 건 놀랄 일이 아니오. 대부분의 경우 당신이 손가락만 까딱해도 아버지는 오냐오냐 넘어가셨겠지. 그리고 그분과 모두가 그 사실을 알았을 테고."

"아버지는 좋은 분이세요. 착실하고 직선적인 성격이시죠. 스스로 원하는 바를 정확히 파악하고……."

"그렇군. 당신은 어머니를 닮은 게 틀림없어."

그녀는 부드럽게 놀리는 그 말에 머뭇머뭇 미소지었다.

"사실은 몰라요. 너무 어렸기 때문에 어머니 기억이 잘 나지 않거든요. 하지만 아주 아름다운 분이셨다는 건 알아요."

"분명 그러셨을 거요."

그는 그녀의 뒤통수로 늘어져 있는 곱슬머리칼을 놀리듯 잡아당겼다. 너무나도 친밀한 행동이었지만 그녀는 워낙 생각에 몰두해 있어서 눈치채지도, 그를 꾸짖지도 못했다.

"아버지는 어머니에 대해 한마디도 하신 적이 없어요. 하지만 모건 부인은…… 나하고 같은 모임과 클럽에서 활동하시는 분인데, 그분 말씀으로 우리 어머니는 숙녀들의 자선클럽이나 사교적 모임에서 연설하기를 좋아하셨대요. 한 번은 시의회 진행중에 뛰어들어서 15분 동안이나 학교에서 여학생들을 더 높은 학년으로 진급시켜야 한다고 연설하셨대요. 당신도 알겠지만 학교에서는 남학생들 때문에 자리가 부족하면 여자애들을 그냥 졸업시키거든요. 내 생각에 우리 아버지는 어머니가 목소리를 높이지 못하게끔 막느라 애를 쓰셨을 거예요."

"충분히 신빙성 있는 얘기군."

"당신이 자랐던 버지니아에서도 여자들이 그랬나요?"

"연설을 했냐고? 꼭 그런 건 아니지."

"당신 어머니는……."

"아니오, 허니. 우리 어머니는 내가 어릴 때 세상을 떠나셨지."

루시는 그 고백에 놀라 얼이 빠졌고 갑자기 그에 대해 더 알고 싶어졌다.

“당신 아버지는요? 그분은……”

“아버지는 전쟁 때 돌아가셨소.”

히스의 선선하던 분위기는 욕조에서 물이 빠져나가듯 싹 사라져버렸다. 그가 개인적인 질문에 대답하기를 좋아하지 않는 것은 분명했다.

“가족은 전혀 없나요?”

“이복여동생, 이복형…… 그리고 의붓어머니가 계시지. 당신이 여태껏 들었던 의붓어머니의 모든 특징을 한데 뭉쳐놓은 듯한 분이오.”

“그분들은 그럼……”

“하늘을 보라구…… 비가 오겠군. 지금 집에 돌아가지 않으면 모자가 망가져버릴 거요. 내가 포장마차에 태워다줘도 괜찮겠소?”

“어머나, 하지만 사람들이 볼 거예요.”

“그렇지. 당신은 대니얼의 명령을 글자 하나하나까지 따라야 하지. 잊고 있었소.”

“걸어가겠어요. 멀지 않으니까요.”

루시는 단호하게 대꾸했다. 그는 빙그레 웃더니 그녀의 손을 잡고 관절 아래 부드러운 피부에 살짝 입술을 문질렀다. 그의 입술이 피부에 아주 살짝 와닿은 것뿐인데도 묘하고도 은밀한 느낌이 들자 그녀는 퍼뜩 굳어졌다.

“즐거웠소, 루신다.”

그는 중얼거리더니 눈에 띄게 나른한 걸음걸이로 멀어져 갔다. 마치 세상의 모든 시간이 다 자기 것이라는 태도였다.

4

　제1교구 교회의 종이 울리고 있었다.

　다리에 휘감겨 있던 레이스 달린 시트를 휙 걷어내고 비틀거리며 일어난 루시는 창가로 다가가 미처 덜 깬 상태에서 바깥을 내다보았다. 하늘에는 짙은 구름이 낮게 깔려 아직 잠에 취해 있는 마을 상공에 은은한 안개를 피워 올리고 있었다. 비가 올 것 같은데도 불구하고 구름은 흐리게 붉었으며 특히 콩코드 시내의 렉싱턴 로드 부근이 더했다.

　붉은 구름이라, 이렇게 생각한 다음 순간 그녀는 눈을 휘둥그레 떴다. 거리가 사람과 탈 것, 말들로 가득 차기 시작했다. 습기와 따스한 기류를 머금고 불어드는 바람에는 희미한 연기 냄새가 실려 있었다. 그녀는 옷장으로 달려가 제일 낡은 드레스 중 하나를 꺼냈다. 아직 잠기운이 남아 있는데다 서두르는 바람에 동작이 굼떴다. 화재가 발생하면 모두가 현장으로 가서 도왔다. 여자나 약간 나이가 든 아이들이라도 할 수 있는 일이 있었던 것이다.

　루시는 수놓인 의자에 걸쳐둔 코르셋은 무시한 채 얇은 청회색 드레스에 간신히 몸을 꿰고 서둘러 단추를 채웠다. 코르셋을 입으면 옷이 훨씬 더 잘 맞겠지만 낭비할 시간이 없었다. 그녀는 머리를 질끈 동여매고 소리가 거의 나지 않는 낡은 신발을 신은 다음 아래층으로 급히 내려갔다.

루카스 콜드웰은 이미 아래층에서 노끈을 둘둘 감고 있었다. 그는 노끈을 예전에 소방단에 있을 때 사용하던 양동이에 챙겨 넣었다. 보수를 받는 직업 소방사나 증기펌프 엔진이 생겨난 것은 그리 오래 되지 않은 일이었다. 그의 흰머리와 백설 같은 콧수염은 평소 같았으면 깔끔하게 손질되어 있었겠지만 지금은 우스울 정도로 까치집이 된 상태였다.

"아버지, 준비 다 됐어요."

루시는 숨 가쁘게 말했다. 산란했던 마음은 아버지의 침착한 모습을 대하자 가라앉았다. 아버지는 항상 실질적이었으며 어떤 일을 당해도, 심지어 재앙이 눈앞에 닥쳐와도 인내심을 발휘했다.

"호즈머 가문의 포장마차가 밖에서 기다리고 있다. 그 사람들과 함께 가는 거야."

아버지는 딸의 어깨를 잠시 토닥여주었고 두 사람은 현관으로 향했다.

"아버지, 오늘밤엔 위험을 무릅쓰지 마세요. 아버지는 항상 위험한 일을 손수 떠맡으시잖아요! 잊지 마세요. 아버지야말로 저의 모든 것이에요. 만약 아버지께 무슨 일이 생긴다면……."

"난 필요한 일을 할 뿐이다. 그게 다야."

아버지는 딸을 안심시켰다.

"영웅심리 때문이 아니란다. 콜드웰 가문 사람이라면 절대 자신의 의무를 회피하지 않아, 루시."

"네, 저도 알아요."

그녀는 대답하며 아버지를 흘끗 바라보았다. 처음으로 그녀는 아버지가 얼마나 급속히 노년에 접어들었는지 깨달았다. 주름살은 뺨에 깊고도 촘촘히 파고든 것도 모자라 목까지 뻗어내린 상태였으며 연갈색 검버섯도 점점이 돋아 있었다. 생각하기조차 싫은 사실이었지만 아버지는 금방이라도 부서질 것만 같았다.

"제발 조심하세요."

그녀는 부드럽지만 급박하게 되풀이해 당부했다. 루카스는 멍하니 고개를 끄덕였다. 그의 주의는 저 멀리 짙어지는 구름에 못 박혀 있었다. 불길을 억누르거나 꺼뜨릴 정도로 충분한 비는 내리지 않을 것 같았다.

불이 난 곳은 에머슨의 집이었다. 지붕과 이층은 이미 타버렸고 불길은 매 순간순간 맹렬해져 구름까지 닿을 것만 같았다. 수많은 사람들이 마당에서 우왕좌왕했고 몇 명은 용감하게도 잠깐이나마 일층으로 들어가 가구와 옷가지들을 건져냈다. 소방수들은 불길을 잡으려고 고군분투하고 있었지만 너무 늦어서 별 효과를 거두지 못하는 것 같았다. 집 앞에는 증기 펌프 엔진을 끌고 온 거대한 백마들이 초조한 듯 발을 굴러대고 있었다. 엔진의 검은 보일러에서 거대한 연기가 솟구치면서 물을 열심히 펌프질해 굵은 흡입관으로 밀어보냈으며 반짝이는 놋쇠 동체와 금색 줄이 간 바퀴에 물방울이 떨어졌다. 포장마차는 집 안에서 들고 나온 개인적인 사물이며 서류가 사방팔방 흩어진 앞마당에 천천히 멈춰 섰다.

"가엾으신 분."

호즈머 부인이 중얼거렸다. 이제 백발이 섞이기 시작한 붉은머리의 그녀는 50년 동안 고된 삶을 살아왔음에도 아직까지 날카로운 푸른 눈에 커다란 목소리의 소유자였고 성격은 친절했다. 그녀의 시선을 따라간 루시의 눈에 불타는 집 앞에 서 있는 에머슨 씨의 모습이 보였다. 백발이 뺨에 축 늘어져 있고 구부정한 어깨에는 흠뻑 젖은 외투가 덮여 있었다.

"저분은 자기 방식을 고집하는 분이지. 모든 게 제자리에 있는 걸 좋아하는 분이야. 다른 무엇보다도 그런 점에서 가장 힘드시겠지."

"저분에겐 친구들도 많지 않습니까."

루카스는 마차에서 내리는 루시를 도우며 온화한 어조로 거들었다.

"에머슨 가문은 이번 우환도 거뜬히 견뎌낼 겁니다."

"그러길 빌어요."

루시는 아버지에게 재빠르게 키스한 다음 여자와 아이들이 늘어서 있는 일층의 창문 쪽으로 쏜살같이 달려갔다. 그들은 집에서 꺼내온 옷가지며 도자기 무더기를 안전한 줄 끝까지 손에서 손으로 옮기고 있었다. 남자들은 믿어지지 않을 만큼 뜨거운 열기로 땀을 흘리면서도 제일 귀중한 가구들을 바깥으로 꺼내느라 바빴다.

"누가 에머슨 씨의 서류상자 봤어요?"

대니얼의 누나 애비게일이 에머슨 가문 사람들이 모여 있는 곳에서 다가오며 큰소리로 물었다.

"서재에 있는 상자래요. 보증서나 계약서 같은 중요한 서류를 넣어둔 거라던데."

그들은 모두 마당을 잽싸게 뒤졌지만 상자는 발견되지 않았다. 순간 침묵과 망설이는 기색이 흘렀으며 이 사람 저 사람의 얼굴을 바라보던 루시는 모두가 집 안으로 들어가기를 두려워한다는 것을 깨달았다.

"내가 꺼내올게요."

그녀는 머리 끈이 단단히 묶여 있는지 다시 한 번 확인하며 졸라맸다.

"하지만 위험한데……."

"아직은 괜찮아요. 아직 아래층까지 불이 번지지는 않았어요."

루시는 누가 더 말리기 전에 반쯤 열린 창문을 향해 쏜살같이 달려가 창틀을 넘어 기어 들어갔다. 그녀는 서재처럼 보이는 방 안으로 깊숙이 들어갔다. 너무 뜨겁고 연기가 심해서 제대로 앞이 보이지 않았다.

문 손잡이는 아직 상당히 서늘한 편이었다. 그녀는 조심조심 문을 열고 복도로 나섰다. 남자들이 귀중품을 건지려고 마지막 힘을 다해 이리저리 뛰고 있었다. 복도가 하도 정신없이 어수선하고 붐비는 나머지 어느 누구도 그녀의 존재를 눈치챈 것 같지 않았다. 그녀는 벽을 따라 옆방 문으로 다가갔다. 살펴보자 그곳이 바로 서재였으므로 그녀는 안도감을 느끼며 안으로 들어갔다. 연기 때문에 눈이 아프고 콧속도 타는 듯했다. 기침을 하면서도 거대하고 육중한 탁자 옆으로 돌아가던 루시는 의자에 부딪혀서 뭔가를 바닥에 떨어뜨렸다. 가슴속에서 돌연 솟구치는 승리감을 느끼며 그녀는 네모진 금속 물체를 가만히 눈여겨보았다. 서류상자였다.

그녀는 벌써 뜨뜻해진 상자를 주워들어 옆구리에 낀 다음 힘차게 복도로 나섰다. 조심하라고 고함치는 소리와 부딪히는 소리에 귀가 멍멍할 정도였다. 너무나 세찬 기침이 터져서 루시는 숨을 제대로 쉴 수가 없었다. 육중한 의자를 나르던 소년과 실수로 충돌하는 바람에 그녀는 벽에 부딪혀 비틀거렸다. 갑자기 천장에서 불붙은 목재 하나가 간발의 차로 그녀를 피해 떨어졌고 충격을 받은 그녀는 쪼개져 불타는 나무토막을 응시했다. 천장이 무너지려 하고 있다!

경솔하게 솟아올랐던 루시의 용기는 순식간에 사라져버렸고 진짜 공포가 닥치자 얼굴색도 파랗게 질렸다. 맥박이 번개처럼 빠른 속도로 날뛰었다. 당치 않게도 맨 처음 떠오른 생각은 구석으로 가서 숨어야 한다는 것이었다. 그보다는 여기에서 나가야 했다! 치마에 불이 붙을까 두려워하며 그녀는 목재를 피해 조심조심 돌아 나가기 시작했다. 바로 그 순간 장화발이 나무토막을 뻥 차서 옆으로 치웠고 이어 그녀는 잔인할 정도로 세찬 손아귀에 어깨를 잡힌 나머지 서류 상자를 떨어뜨리고 말았다.

"대체 여기서 뭘 하는 거요?"

거친 남자 목소리가 따져 물었다. 그녀는 눈길을 들어 히스 레인의 준엄한 눈을 바라보았다. 그녀는 사나울 정도로 잡아채는 그의 손아귀와 노발대발한 모습에 너무나 대경실색한 나머지 목숨을 구해 준 데 대해서는 한마디도 할 수 없었다. 그의 구릿빛 피부는 번들대는 땀과 검댕 얼룩으로 더러웠고 가늘게 뜬 눈은 연기 때문에 핏발이 서려 있었다. 걷어올린 셔츠 소매 아래로 드러난 튼실한 근육은 젖은 리넨 천에 팽팽하게 감싸여 있었다. 풀어헤친 셔츠 앞섶 속으로 빨래판처럼 울퉁불퉁하고도 탄탄한 가슴 아래가 훤히 보였다. 그는 너무나 화가 나 보여 지금이라도 당장 한 대 칠 것 같았고 아주 순간적으로 그녀는 맞는 게 아닐까 싶어 두려웠다.

"그 작은 엉덩이를 더 이상 여기에서 뭉개지 마시오!"

그가 쏘아붙였다.

"당신 아버지와 그 잘난 약혼자는 왜 당신을 제대로 지켜보지 못하는 거요? 그 둘 중 어느 누구도 이 일로 당신 볼기를 때려주지 않는다면 곧 죽어도 내가 때려주고 말겠어!"

"내가 여기 온 건 중요한 이유가 있어서예요!"

분개해서 그의 말에 끼어든 루시는 아프게 잡고 있는 그의 손아귀에서 몸부림을 쳐 빠져나갔다. 그녀는 상체를 숙여 상자를 집어들려다가 발작처럼 터져나온 기침 때문에 정신없이 콜록거렸다.

히스는 욕지거리를 뇌까리더니 그녀가 허리를 펴자마자 그 손에서 무거운 상자를 빼앗아 들었다. 그리고는 그녀의 허리를 감아 안더니 질질 끌기도 하고 들어올리기도 하면서 복도를 잽싸게 빠져나갔다. 불꽃이 길다랗게 넘실대는 저 너머에 현관문이 있었다. 루시는 그가 몸으로 그녀를 감싸주며 밖으로 데리고 나가자 저항을 멈췄다. 그녀는 몸에 감긴 그의 팔에서 잔인하면서도 한계를 모르는 힘을 느꼈다. 사자의 입 못지 않게 위험하고 가차없는 팔이었다. 겁이 없는 그의 모습을 보자 그녀는 자신이 평소 가장 경멸하던 종류의 여자가, 강한 남자가 있으면 짐짓 연약한 척 매달리는 부류의 여자가 된 느낌이었다. 그녀는 심호흡을 하며 정신을 차리고 그의 어깨에서 고개를 들었다. 입구를 빠져나가자마자 그녀는 그에게서 떨어지려 했다. 그는 그녀를 현관 앞에 내려놓고 똑바로 세운 다음 상자를 건네주었다. 아까보다 훨씬 무거운 것 같았으므로 그녀는 떨리는 팔로 간신히 받아들었다.

"처음에는 빠져 죽을 뻔하더니 이번에는 거의 숯이 되었군."

히스는 그녀를 돌려세운 후 계단 쪽으로 단호하게 밀쳤다. 여전히 화난 목소리였지만 그래도 아까보다는 한풀 꺾인 기색이었다.

"당신이 앞으로 또 무슨 일을 겪을지는 하늘만이 아시겠지."

"당신이 없어도 난 얼마든지 무사하다구요!"

"잘도 그렇겠군. 이제 여기에서 떨어져 피해 있어요."

그녀는 감히 말대꾸를 하지 않고 다시금 현관 안으로 사라지는 그의 널따란 어깨를 지켜보았다. 마당에 쌓여 있는 가구 쪽으로 가기 위해 계단을 내려오다 보니 놀랍게도 다리가 솜방망이인 상태였다. 서류상자를 소파 위에 조심스레 내려놓은 다음 그녀는 남자들이 집 안에서 마지막 가구를 내오는 모습을 지켜보았다. 이제 누구도 다시 들어갈 수는 없었다. 이층을 죄다 태운 불은 이제 아래층으로 번지고 있었다.

그녀는 에머슨 가문 사람들 옆에 서서 화마를 지켜보고 있는 아버지 쪽으로 다가갔다. 에머슨 씨는 충격으로 고통스러워하는 기색이 역력했다. 탁탁 튀는 불꽃을 천천히 훑어보는 그의 눈은 실상 아무것도 제대로 보지 못하는 듯했다. 루시는 동정심이 밀려들어 시선을 피했다. 깊은 고뇌가 숨김없이 드러난 얼굴을 차마 볼 수가 없었다. 몇 미터 떨어진 곳에서 그녀는 대니얼의 호리호리한 모습을 발견했다. 다른 사람들과 함께 어떤 물건을 건져냈는지 목록을 점검해 보고 있었다. 그녀는 대니얼 생각은커녕 그의 안위를 걱정조차 하지 않았다는 것을 깨닫고 죄의식을 느꼈다. 루시는 양손을 움켜쥐며 상황이 조금만 정리되면 대니얼에게 가보자고 마음을 굳혔다.

"내 원고."

에머슨이 갑자기 입을 열었지만 처음에는 너무 나직한 목소리라 알아듣기가 어려웠다.

"내가 마지막으로 쓴 원고. 집 안에 둔 원본 딱 하나뿐인데. 내 원고!"

"걱정 마세요, 에머슨 씨."

누군가가 달랬다.

"분명 이미 갖고 나왔을⋯⋯."

"누가? 어디에 있나?"

에머슨은 새삼 힘을 얻어 그 말에 매달렸으며 감정이 격해져서 목소리가 커졌다.

"서재의 하얀 상자 안에 놓아두었다네. 어디 있나?"

다들 서류를 찾으려 드는 통에 마당 주위가 잠시 소란스러워졌다. 하지만 원고는 나타나지 않았다.

"내 원고."

에머슨의 목소리가 떨렸다. 얼굴이 백짓장처럼 새하얘진 그는 주위에 몰려들어 위로하려는 사람들을 떨치고 비틀비틀 걸어갔다. 그는 하마터면 지친 자세로 무릎에 팔뚝을 괴고 땅바닥에 앉아 있던 히스에게 걸려 넘어질 뻔했다. 히스는 푸른 눈을 가늘게 뜨며 고개를 들고 상대를 올려다보았다. 그들의 세계는 너무나도 달랐다. 한 사람은 늙고 허약하며 평생의 경험으로 얻은 지식의 집합체인 반면 다른 한 명은 강인하고 너무나 젊으며 아직

앞길이 창창한 사람이었다. 또 한 명은 북부인, 한 명은 남부인이었다. 하지만 그들 사이에 유사점도 있었다. 다른 것은 몰라도 그들은 서적의 지식에 관해 두드러지게 존경심을 품고 있었으며 히스는 원고를 잃는 것이 노인에게 어떤 의미일지를 정확하게 이해하고 있었다. 말없이 서로 바라보고 있던 중 히스는 자리에서 일어나더니 노골적인 욕설을 중얼거리며 집 안으로 향했다.

루시는 그 자리에 멍하니 서서 그가 바닥에서 젖은 누비이불을 낚아채들고 현관 계단을 성큼성큼 오르는 모습을 지켜보았다. 어느 누구도 그를 제지하려고 나서지 않았다.

"안 돼."

그녀의 목소리는 너무 낮아 그에게 들리지 않았다. 그가 화염 구덩이로 더욱 가까이 다가가자 그녀는 공포에 질려 외쳤다.

"가지 말아요!"

히스가 그 말을 들었을지도 모르지만 그는 그냥 불길이 넘실대는 집 안으로 사라졌다. 그녀는 한 걸음 나서려 했지만 아버지가 붙들더니 모두가 보고 있다고 속삭였다. 루시는 숨이 턱에 닿을 듯했고 심장이 아플 정도로 쿵쾅거렸다. 그녀는 강철처럼 뻣뻣이 근육을 굳힌 채 조각상처럼 우뚝 서서 입구에 눈을 못박고 있었다. 집 안 어디에선가 뭔가가 부딪히는 우레 같은 소리가 들려왔다. 지붕의 다른 쪽이 무너지는 소리였다. 아버지의 손이 팔에 와닿자 루시는 움찔하며 물러섰다. 그녀는 문간을 노려보고만 있으면 히스가 나타나기라도 할 것처럼 그 자세를 유지했다. 몇 시간이나 흐른 것 같았지만 여전히 그가 나타날 기적은 없었다.

"루시, 무슨 일 있어?"

그녀는 대니얼의 목소리를 듣고 그에게로 고개를 돌렸다. 한숨을 쉬며 어깨 운동을 하는 그의 모습은 피곤해 보였다.

"그게, 저…… 레인 씨가 안에 있잖아요."

그녀는 긴장된 어조로 말했다.

"당신은 걱정도 되지 않나요?"

“걱정?”

대니얼은 그녀의 팔꿈치를 붙들고 얼굴을 찬찬히 들여다보았다. 혼란에 뒤이어 짜증스런 표정이 그의 진갈색 눈에 떠올랐다.

“우리 모두 걱정이야 하지. 하지만 아무도 당신처럼 유별나게 걱정하지는 않아. 왜 그러는 거야, 루시?”

“그 사람도 인간이라고요! 무슨 일이 일어나고 있는지 아무도 신경조차 안 쓰는 것 같아요. 왜죠? 왜 아무도 알아주지 않냐고요?”

대답하는 대니얼의 목소리는 날카롭고 차분했다.

“당신은 전쟁이 벌어지는 동안 겨우 어린애였어. 알아주지 않는 건 당신 쪽이야. 그 작자 같은 인간들은 우리를 살리느니 총질을 해댈 거라구. 맙소사, 당신은 남부놈들이 전쟁 때 우리에게 어떻게 했는지 알아? 개중 몇 놈은 인디언과 매한가지였어. 북군 병사들의 머릿가죽을 벗겼어, 산 채로 가죽을 벗겼다구! 놈들이 그 시궁창 같은 감옥에다 우리를 가둬놓고 무슨 짓을 했는지도 알아? 우리를 가축 취급하고 먹을 것과 약이 부족해서 죽어가는데도 방치했단 말이야. 아아, 그래. 난 잊지 않을 거야. 그리고 용서도 하지 않아. 특히 저 남부연합 지지자 놈은…… 녀석은 소름끼치게 잘생기고 매력적일지도 모르지만 뱃속은 동료놈들과 마찬가지로 시커멓게 썩었을 거야. 그런 녀석은 걱정해 줄 가치가 없어.”

“하지만 그쪽만 그런 건 아니었어요. 난 북군 병사들이 남부 사람들에게 무슨 짓을 했는지 들었다고요.”

루시는 뺨에 흘러내리는 눈물을 닦으며 말했다.

“그 사람들의 집과 토지를 불태웠다고 들었어요. 그리고 여자들에게 무슨 짓을 했는지도…….”

대니얼은 뻣뻣이 굳어졌다.

“무슨 말을 하는 거야?”

사나운 표정에 꿰뚫을 듯한 눈을 하고 그가 따져 물었다.

“난 선악이 뚜렷이 구분되어 있다고 생각하지 않아요…….”

“당신은 흥분한 나머지 머릿속이 심란해진 거야.”

그는 차갑게 말허리를 잘랐다.

"그러니 난 지금 이 대화를 잊어버리겠어. 당신의 이해 능력을 벗어나는 일에 관해서는 생각하려 들지 마, 루시. 당신이 전쟁터에 있었다면 남부놈들이 어떤 족속들인지 알게 되었을 테지. 그놈들을 증오할 만큼 충분히 알게 되었을 거야. 그리고 내가 당신이라면 당신의 그 소중한 쓰레기 남부놈을 더 이상 걱정하지 않겠어. 왜냐하면 저 집에서 녀석을 끌어낼 수 있는 유일한 방법은 기적뿐일 테니까."

루시가 입술을 깨무는 동안 대니얼은 성큼성큼 자리를 떴다. 왜 갑자기 모두가 그녀에게 낯선 사람처럼 느껴지는 것일까? 대니얼, 아버지, 마을 사람들…… 마치 여태껏 전혀 모르던 사람들 같았다. 무대 가장자리에 서서 그녀가 이해하지 못하는 뭔가를 연기하는 그들을 지켜보는 느낌이었다. 그녀가 아는 사실이라고는 히스가 불타는 집 안 어딘가에 있다는 것과 그에게 무슨 일이 생길까 봐 그녀가 걱정하고 있다는 것, 절박할 정도로 걱정하고 있다는 것이었다. 그가 어떤 사람이고 과거에 무슨 짓을 했다 하더라도 그녀는 그가 죽기를 원치 않았다.

그녀는 격심한 두통을 누그러뜨리기 위해 양손으로 관자놀이를 누르면서 눈이 부셔서 보이지 않을 때까지 불길을 빤히 응시했다.

그때, 문간에서 뭔가가 움직였다. 히스가 비틀거리며 나오더니 누비이불을 떨어뜨렸다. 하얀 상자를 든 채였다. 노란 불길을 배경으로 한 그의 그림자가 한 번에 두 단씩 계단을 뛰어 내려왔고 그 순간 지붕과 이층의 벽이 안쪽에서 와르르 허물어졌다. 군중은 아무 말 없이 그를 응시했고 그가 지나쳐 가자 몇몇 사람들은 뒤로 물러나기까지 했다.

그의 얼굴과 가슴과 팔은 숯검댕 투성이였다. 원래 흰색이던 셔츠는 회색으로 변한데다 눌기까지 했고 훤히 벌어진 옷깃 사이로는 햇볕에 그을린 몸과 번쩍이는 땀이 내다보였다. 그 속으로 오래 전에 입은 상처의 흉터가 십자무늬로 나 있는 것도 보였다. 그는 약간 다리를 절고 있었지만 그것 때문에 무시무시한 모습이 한 풀 꺾이기는커녕 더욱 위협적으로 느껴졌다. 부상당한 짐승이 자기방어를 위해 언제라도 뛰쳐 오를 준비가 되어 있는 모습 같기도 했다. 그는 모두를 경계하듯 눈여겨보며 에머슨 씨에게로 다가가더니 원고를 넘겨주었다.

"고맙소."

에머슨은 고개를 숙이고 아이를 끌어안는 부모인양 부드러운 손길로 상자를 받아들었다.

"당신에게 빚을 졌군요……."

"그러지 마십시오. 이런다고 당신이나 당신의 정치적 견해가 좋아지는 건 아니니까요."

히스는 퉁명스레 말한 다음 절뚝거리며 집 뒤편의 숲으로 향했다. 루시는 감정을 숨기기 위해 땅만을 내려다보았다. 너무나 큰 안도감이 밀려들어 구역질까지 날 지경이었다.

아침이 밝아오자 주민들은 다들 마당에 늘어놓은 물건들을 분류하고 정리하는 한편 바람에 날려 잔디밭에 흩어진 서류, 편지, 메모를 쫓아다니며 주워 모았다. 마침내 불은 꺼졌고 남은 것이라고는 시커멓게 변한 벽이며 돌 부스러기, 숯덩어리뿐이었다. 루시는 히스가 사라진 방향을 남몰래 슬쩍 곁눈질하며 아무도 보지 않는 틈을 타 그의 뒤를 따라갔다.

그녀는 아버지나 대니얼 옆에 붙어 있어야 한다는 것을 알고 있었지만 그 남부인을 찾아야 한다는 충동에 사로잡혀 버렸다.

히스는 해묵은 흰색 자작나무 등걸에 등을 댄 채 길고 납작한 바위 위에 앉아 있었다. 무릎을 세워 그 위에 팔꿈치를 얹고 고개는 양손에 파묻은 채였다. 그는 땅바닥에 자욱하게 깔린 솔잎과 낙엽을 밟는 그녀의 발소리가 들리는데도 움직이지 않았다.

"그런 짓을 해서는 안 되는 거였어요."

루시는 강한 어조로 말하며 그에게 물이 든 국자를 건넸다. 그는 받아들더니 목마른 듯 꿀꺽꿀꺽 마셨다. 감미롭고 시원한 물이 그의 가슴과 셔츠로 흘러내렸다. 그녀는 그의 옆에 웅크리고 앉아 마당의 옷가지 더미에서 찾아낸 젖은 손수건을 꺼내 접은 다음 아주 잠시 망설이다가 그의 턱에서 먼지를 닦아주었다. 히스는 나무 등걸에 고개를 기댄 채로 경계하듯 그녀를 지켜보았다.

"서류 묶음 하나에 당신의 인생을 걸 가치는 없어요"

루시는 여전히 입술에 힘을 준 채로 말을 이었다.

"그 어떤 내용이 쓰여 있다 해도 말이에요"

"반론을 제기하는 사람도 있을 거요……."

갈라진 목소리였고 다음 순간 그는 기침을 하기 시작했다.

"우습군요"

그녀는 개암빛 눈망울을 번득이며 날카롭게 쏘아붙였다. 루시는 점점 자신감을 갖고 그의 얼굴을 훔쳐주었다. 우두머리인양 젠체하는 그녀의 모습은 히스가 이렇게 기진맥진한 상태만 아니었다면 미소를 지어주었을 정도였다. 이렇게 앉아 먼지로 뒤덮인 그의 뺨을 닦아주고 있는 그녀의 모습이 얼마나 어울려 보이는지 그녀 자신은 알까? 그는 궁금했다.

"이런 대접을 받아본 건 오랜만이오"

그는 쉰 목소리로 말했다.

"얼마나 오랜만인데요?"

"한 20년 됐나. 우리 어머니는 얼굴 가죽이 벗겨질 정도로 박박 문질러주셨지."

그녀는 손놀림을 잠시 멈췄다.

"눈 감아요"

그녀는 나직이 말하고는 그의 눈 주위에 두껍게 내려앉은 검댕을 대부분 닦아냈다.

"당신은 집에 있어야 할 때에 왜 이곳에서 목숨을 걸고 있는 거죠?"

그녀가 묻자 그는 커다란 손으로 그녀의 손목을 잡았다.

"이제 충분하오"

손수건 얘기가 아니라는 것을 두 사람 다 알고 있었다. 하지만 그녀는 천을 내려놓고 그가 손목을 풀어줄 때까지 저항하지 않은 채 가만히 있었다.

"왜 당신에 관해서는 모든 게 다 수수께끼여야만 할까요?"

"그렇지 않소……."

"당신은 자신에 대해서는 내게 아무것도 말해 주지 않을 작정이잖아요."

"뭘 알고 싶소?"

그는 조급하게 눈살을 찌푸리며 물었다.

즉시 둘 다 조용해졌다. 루시는 자신이 금단의 영역에 들어서는 중이라는 사실을 알고 있었다. 그에 대해 더 알고 싶어해서는 안 된다. 어떤 질문도 해서는 안 된다. 심지어 그와 함께 있는 것도 안 될 일이었다. 하지만 이런 기회는 앞으로 두 번 다시 그녀에게 오지 않을 터였다.

"대체 당신이 있던 곳은 버지니아의 어디인가요? 그리고 당신 아버지는 무슨 일을 하셨죠?"

"난 리치먼드에서 왔소. 우리 아버지는 변호사셨지. 하지만 나중에는 그 일을 그만두고 헨리코 군에서 가족 농장을 경영하셔야 했소."

"농장? 하지만 당신 말로는 노예를 부린 적이 없다고……."

"내겐 노예가 없었으니까."

"하지만 레인 가문에 농장이 있었다면 대체 무슨 수로……."

"아니, 레인 가문이 아니었소."

히스는 무표정한 얼굴로 그녀를 바라보았다.

"프라이스요. 우리 아버지의 이름은 헤이든 프라이스였지. 난 프라이스 가문의 농장에서 단 하루도 살았던 적이 없소. 리치먼드의 한 호텔에서 어머니 손에 자라났지. 어머니 이름이 엘리자베스 레인이었다오."

"당신 부모님은 그러면…… 부부 사이가 아니셨어요?"

루시는 귀까지 새빨개지는 것을 느꼈다. 그가 이렇게 가까이에서 쳐다보지 않는다면 좋을 것 같았다.

"그렇소. 두 분은 먼 친척간이었는데 어머니는 친척집에 놀러 왔다가 아버지와 만나셨지. 아버지는 이미 결혼한 몸이었소. 아버지는 어머니의 임신 사실을 알게 되자 리치먼드에 어머니의 보금자리를 마련해 주셨지. 당연히 그 집안에서는 어느 누구도 우리와 관련을 맺고 싶어하지 않았소."

루시는 어린 소년인 그가 그런 상황을 어떻게 받아들였을지 궁금했다. 호텔에서 자라났고 자기 잘못이 아닌데도 오명을 뒤집어쓰다니.

“아버지는 당신을 보러 오셨나요?”

“가끔. 아버지는 내가 제대로 된 옷차림을 하고 좋은 교육을 받는지 감독하셨소 자기 적출에게 하는 것보다 더할 것도 덜할 것도 없는 배려였지. 난 열여덟 때 외국으로 나갔지만 돌아온 지 한 달만에 사우스캐롤라이나가 연방 탈퇴를 선언했소 그리고…… 뭐 나머지 얘기는 당신도 알겠지.”

“그럼 전쟁이 끝난 뒤에는요……?”

“난 천하의 바보마냥 농장으로 갔지. 혹시 가족들이 농장 일에 일손이라도 더 필요하지 않을까 생각했거든. 필요한 건 맞더군. 하지만 내 일손은 필요로 하지 않았소”

집 없는 사람. 가족도 없는 사람. 루시는 돌아갈 집이 없는 그에게 눈치도 없이 집에 관해 물었다고 생각하니 울고 싶은 기분이었다.

“그분은…… 어떻게 돌아가셨나요?”

그는 대답을 거부하고 말없이 고개를 젓더니 피로해 보이는 눈길로 다그치듯 그녀를 바라보았다.

“그럼 당신은 왜 이곳에 왔나요?”

“그건 말할 수 없소”

“왜요? 당신도 모르기 때문인가요?”

“당신에게 말하고 싶지 않기 때문이오.”

그녀는 문득 미소를 머금었다.

“그건 당신이 꽤나 고집쟁이라서 그런 거예요.”

그는 긴장을 풀며 눈을 감았다.

“맞는 말 같기도 하군.”

“아까 당신이 집 안으로 들어갔을 때 난 기절할 정도로 무서웠다구요”

그녀는 꾸짖었다.

“왜 그랬어요? 뭐라도 증명할 생각이었나요?”

“후학을 위해 에머슨의 옥고를 길이길이 보존하기 위해서였다오”

히스가 브론슨 올컷의 장황한 말투를 너무나 완벽하게 재현했으므로 그녀는 하마터면 까르르 웃어버릴 뻔했다.

“아이, 시시해라.”

“그리고 난 불이 두렵지 않소. 하지만 다른 사람들은 원고를 찾아 불 속으로 들어가기를 두려워하는 기색이 역력하더군.”

“당신은 왜 불을 두려워하지 않죠?”

“최악의 사태를 겪어보면 더 이상은 아무것도 무섭지 않다오.”

너무나 실질적인 어조로 내뱉은 그 말은 그녀의 가슴에 콱 들이박혔다. 루시는 연기 냄새가 나는 헝클어진 머리칼을 그의 이마에서 걷어 올려주고 픈 심정을 억누를 수가 없었다. 그는 그녀의 부드러운 손길에 아무 반응도 보이지 않았다.

“최악이라고요? 당신에게 일어난 최악의 사태가 뭐였는데요?”

“십대 시절에 호텔에 불이 났소. 난 그날 늦게 돌아왔었지. 그 전날 밤을…… 아아, 뭐라고 해야 할까? 그…… 신사답지 못한 행동으로 지새웠다고 할까. 돌아오는 도중 몇 킬로미터 밖에서도 연기가 보이더군. 우리 어머니는 이층에서 주무시고 계셨지. 너무 늦어서 그 누구도 어머니를 구할 수가 없었소.”

그녀는 알아들을 수 없는 말을 부드럽게 중얼거렸다. 그녀의 손끝이 그의 금발을 계속해서 가볍게 어루만지며 빗질했다.

“신다?”

그는 한참 뒤에 입을 열었다. 피곤함과 그녀의 손길이 빚어내는 효과 때문에 나른해진 목소리였다.

“네에?”

“난 당신이 그 염병할 집에 들어간 것을 호되게 혼내줄 생각을 아직도 버리지 않았소.”

“내가 원한다면 운을 시험해 볼 수 있는 거예요. 당신도 그랬잖아요.”

“그건 달라.”

그녀를 바라보는 그의 검은 눈썹이 치켜 올라갔다. 그녀는 화상을 입기라도 한 듯 황급히 손을 떼었다.

“스스로를 돌보고 챙기는 일이라면 내 쪽이 훨씬 경험이 많단 말이오.”

그녀는 혼란스럽다는 듯 이마를 접고 인상을 썼다.

"히스…… 내가 어린애라고 생각해요?"

"아니오. 차라리 그랬다면 빌어먹게 좋지."

"왜요?"

"어린애에게 이런 식의 감정을 느끼지는 않을 테니까."

그는 손을 뻗어 곡선을 그린 그녀의 목덜미를 손끝으로 어루만졌다. 그는 입매를 부드럽게 누그러뜨리며 그녀를 바라보았다. 그의 눈길이 너무나도 농밀하고도 그윽했으므로 그녀는 까딱할 수도 없었다. 그가 일어나서 그녀의 뒷덜미를 한 손으로 감쌌을 때도 마찬가지였다. 정신을 차려보니 그녀는 그의 가슴에 기댄 채 맨살 내음에 둘러싸여 있었다.

"신다, 당신은 여기 와서는 안 되는 거였어."

"당신이 무사한지 알아야만 했어요."

"그래서는 안 되는 거였어."

그녀가 이렇게 세심하고도 소유욕이 넘치는 포옹을 받아본 적이 언제였던가? 그는 자기에게 닿는 그녀의 감촉을 소중히 여기는 것 같았다. 이런 식으로 상대의 욕망을 불러일으킨다는 것은 아찔한 느낌이었다. 그의 손길은 달랐고 특별했으며 자포자기한 일순간 그녀는 대니얼과는 왜 이럴 수가 없는지 궁금해졌다. 대니얼의 포옹은 친숙하고 편안했지만 여름날의 열기 같은 이런 감미로운 환희를 그녀의 몸에 불러일으킨 적은 절대 없었다.

그녀가 히스를 원한 것은 그가 금지된 남자이기 때문일까? 그가 남부인이기 때문에? 그녀의 손이 너덜거리는 셔츠에서 성한 부분을 움켜쥐며 주먹으로 변했다.

"내가 어떻게 된 거죠?"

그녀는 속삭였다.

"아무것도 아니오. 당신은 여자고…… 남자가 필요로 하는 존재가 되고 싶은 거지."

그는 살짝 미소지었다.

"그리고 남자가 원하는 존재가 될 필요가 있고."

“하지만 대니얼도 내게 그런 감정을 느낀다고요.”

“그럼 대니얼은 당신에게 최선인 것들을 왜 그렇게 바꾸려고 아우성이지?”

“최선이라고요?”

그녀는 믿어지지 않아 되물었다.

“당신은 내 발끈하는 성격을…….”

“난 당신 성격이 좋던데.”

“그리고 난 울보고…….”

“당신 마음이 상냥해서 그렇지.”

“쓸데없이 백일몽이나 꾸고…….”

“상상력이겠지.”

그는 부드러운 말투로 정정해 주었다.

“난 그 어느 하나도 바꾸지 않을 거요. 한 가지만 빼놓고, 당신은 충분한 사랑을 받고 있는 얼굴이 아니야, 루시…… 만족해 보이지 않는다구.”

그녀는 의기소침해져서 그를 외면했다.

“더 이상 말하지 말아요. 당신 말이 옳아요. 당신을 찾으러 오는 게 아니었어요…….”

“하지만 왔잖소. 그리고 우리 둘 다 그 이유를 알고 있지. 당신은 다시금 구원받고 싶었던 거야.”

그녀는 그의 말에 화들짝 놀랐다.

“뭐, 뭐라고요?”

“당신이 내 것인양 자신을 속여보고 싶었던 거지.”

그는 그녀를 감싸안으며 추궁했다.

“잠시만이라도 나 말고는 아무도 없다고, 당신이 장래를 약속한 사람이 바로 나라고 자신을 속이려는 거지. 날 위해서 그렇게 해봐요…… 앞으로는 절대 이런 부탁을 하지 않겠소.”

그 상상은 그녀 혼자만의 내밀한 환상이었다. 그가 어떻게 알아챘을까? 그는 그녀가 거절할 수 없으리라 여겨지는 바로 그때 유혹의 손길을 뻗을 만큼 그녀에 대해 충분히 알고 있었다. 그녀는 대니얼 생각을 떠올리려 했지만 그의 영상은 그녀의 뇌리에서 슬그머니 사라져버렸고 그녀가 제어할 수 없는 무언가가 그녀를 몰아붙여 고개를 뒤로 젖히고 그의 입술에 굴복하게끔 만들었다.

히스가 뜨거운 키스를 천천히 퍼붓자 나머지 세상은 희미하게 사라져버리는 것만 같았다. 그는 너무나도 따스하고 다정했다. 그녀는 자기가 그에게 속한 몸이 아니라는 사실을 잊어버렸다. 그를 원하는 이 심정이 그릇된 것이라는 사실도 잊어버렸다. 마법 같은 그의 키스에 취한 나머지 그녀는 현실 감각이 손가락 사이로 빠져나가는데도 그냥 방치하고 말았다.

히스는 팔로 그녀의 뒷덜미를 받치고 그녀를 판판한 바위 위에 눕힌 다음 몸을 겹쳐왔다. 동이 트면서 밝아지기 시작한 하늘 한 구석이 그녀의 눈에 언뜻 들어왔다. 그를 말리지 않는다면, 빠져나가기 위해 몸부림치지 않으면 이런 접촉이 어떤 결과를 낳을지 그녀는 의식하고 있었다.

"그러지 마, 괜찮소. 두려워하지 마."

그는 그녀의 목에 대고 중얼거리며 입술에 와닿는 그녀의 연약한 살결을 음미했다. 그의 몸이 그녀의 몸 위에서 살짝 움직였고 그의 입술이 그녀가 하려던 말을 봉쇄해 버렸다. 그녀는 그의 허벅지가 그녀의 허벅지 사이로 비집고 들어와 그녀의 연약하고 부드러운 부분에 올라타는 것을 옷 너머로 느꼈다. 이렇게 그의 몸에 딱 붙어 있는 것은 놀라울 정도로 자연스러운 느낌이었다. 루시는 그의 셔츠 속으로 손을 넣어 널따란 등을 어루만지며 비단 같은 살결 위를 탐색하다가 사선으로 길게 난 상처와 맞닥뜨렸다. 그녀는 그의 입술에서 입술을 떼고 천천히 손을 들어 이번에는 그의 관자놀이에 난 상처를 어루만졌다. 그녀를 내려다보는 히스의 눈에서는 푸른 불꽃이 타오르고 있었다.

"어디에서?"

그녀는 숨 가쁜 소리로 물었다.

"어디에서 이랬나요?"

"전쟁 때요."

"전부 다?"

"그렇소. 거슬리오?"

"아뇨, 난…… 누군가 당신을 상처입히려 했다고 생각하니 싫어요."

그는 살짝 미소를 머금었다.

"나도 뭐 상처를 입고 싶어서 안달했던 건 아니었지."

"히스, 놔줘요."

그는 그렇게 할 수 없었다. 그의 의지력은 이미 사라진 뒤였다.

"조금만. 정말로 조금만 더."

그녀는 그가 목덜미에 입 맞추자 눈을 감고 전율했다. 그의 입술이 가장 민감한 부위를 찾아내 그 위에서 맴돌았다.

"왜 북부로 이사왔나요?"

그녀는 그의 주의를 분산시키기 위해 물었다. 그녀의 양손이 그의 가슴을 떠밀었다.

"당신이 여기 있기 때문이지."

그녀는 불안정한 웃음소리를 냈다.

"아니에요. 그런 이유가 아니에요. 그런…… 아아, 히스……."

그의 입술이 그녀의 가슴에서 가장 높은 정상에 닿았고 그녀는 그의 손가락이 짧은 웃옷의 단추를 푸는 것을 느낌으로 알아챘다.

"제발, 이래서는 안 돼요……."

"그저 키스하려는 것뿐이오."

"아니에요, 싫어요……."

하지만 그의 입술은 이미 한 치 한 치 내려오고 있었으며 다음 순간 부드러운 봉오리 위에 도달했다. 그녀는 젖꼭지가 그의 입 속에서 깃털처럼 휘감겨드는 혀에 반응해 빳빳해지는 것을 느끼고 목구멍 깊은 곳에서 신음을 토했다. 엄청난 갈등이 그녀의 내면에서 들끓었다. 이건 그릇된 짓이야, 히스를 부추겨서는 안 돼……. 하지만 그의 행위는 너무나 느낌이 좋았으므로 지금 당장은 방해하고 싶지 않았다. 그의 손이 그녀의 보디스 표면을 가볍게 어루만지는 것을 깨닫고 그녀의 손가락이 그의 머리칼 속으로 파고

들어가 꼭 움켜쥐었다. 그의 손이 드레스 안쪽으로 대담하게 미끄러져 들어오더니 그녀의 가슴을 감싸쥐고 그 끝을 엄지손가락으로 어루만졌다.

위에서 내리누르는 그의 체중, 그의 입술에서 그녀의 피부로 전해지는 따가운 열기, 그녀를 압도하는 한편 너무나도 부드럽게 구속하는 탄탄하고도 힘찬 근육, 그의 낮고 고르지 못한 숨결, 너무나도 격렬하게 고동치는 맥박이 따스한 소낙비처럼 그녀에게 쏟아졌고 그녀는 그 느낌 속에 녹아들어갔다.

"이런 기분이라오."

그는 쉰 목소리로 말했다.

"한 남자가 당신을 원하게 만드는 건 이거요, 신. 당신을 그 무엇보다도 원하고…… 당신을 차지하기 위해서라면 죽음도 불사하는……."

"멈춰야 해요……."

"아직은 아니야."

그는 불타는 듯한 키스로 그녀의 입술을 차지했고 루시는 아찔한 가운데에서도 이 키스만 끝나면 그를 말려야겠다고 생각했다. 키스 한 번만 더하고 나서. 그녀의 갸름한 손이 그의 어깨를 스치며 휘감아 포옹했고 히스는 고개를 숙여 그녀의 이름을 속삭였다.

"루시, 나의 루시…… 맙소사, 내가 얼마나 당신을 원하는지……."

그의 손이 그녀의 가슴을 다시금 덮치고 부드럽게 문질렀다. 명치끝이 오그라드는 느낌과 함께 온몸이 낙지처럼 흐물흐물해지면서 그녀는 그의 몸 아래에 축 늘어져 그의 이름을 신음처럼 내질렀다. 그녀의 심장은 이 순간을 영원히 지속시켜 달라고 말없이 애원했다. 하지만 그에게 더욱 가까이 가기 위해 몸부림을 친 바로 그 순간, 그녀는 여자의 날카로운 비명 소리를 들었다.

몽롱한 쾌락 속에서 퍼뜩 놀란 루시는 눈을 떴다. 붉게 부어오른 입술을 한 채 그녀는 소리가 들려온 옆쪽을 맥없이 바라보았다. 겨우 몇 미터 떨어진 곳에 대니얼과 샐리가 하얗게 질린 얼굴로 서 있었다.

히스는 험한 욕설을 중얼거리며 일어나 앉아 잽싸게 루시를 자기 몸으로 가렸다.

"우린…… 우린 널 찾고 있었어…… 루시."

샐리는 중얼거렸다. 그녀의 두 손이 입으로 올라갔고 다음 순간 그녀는 휙 돌아서서 뛰어가 버렸다. 낙엽을 밟는 발소리가 시끄럽게 울렸다.

대니얼은 아무 말도 않고 두 사람을 바라보기만 했다. 표정에 어려 있던 충격은 점점 증오로 바뀌었다. 숲은 낙엽이 바스락대는 소리 외에는 정적에 잠겨 있었다. 심한 적의를 품은 그의 갈색 눈이 조소를 담은 푸른 눈과 마주쳤고 다음 순간 대니얼은 희미한 미소를 지었다.

"네놈 미간 한가운데에 총알을 박아 넣을 수도 있어."

그는 가느다란 목소리로 말했다.

"하지만 네놈에겐 그런 수고를 들일 가치도 없다."

루시는 양손에 얼굴을 파묻고서, 자리를 뜨는 대니얼의 기척을 들었다. 정열의 열기는 잦아들어 그녀의 몸에서 사라졌고 남은 것은 차가운 욕지기뿐이었다.

루시는 그 비참했던 귀갓길을 언제까지나 결코 잊을 수 없었다. 호즈머 가문 사람들 모두가 아무 말 없이 그녀를 빤히 바라보고 있었다. 호즈머 부인은 막내아들을 옆으로 바싹 끌어당겨 앉히더니 마치 루시가 자기 가족의 건전한 도덕성에 위협적인 존재라도 된다는 것처럼 적의 섞인 눈으로 노려보았다. 마차에서 내린 뒤 루시는 집 거실에 홀로 앉아 있었고 그동안 아버지는 아래층에서 가게 일을 보았다. 그녀는 제대로 생각을 할 수가 없었다. 그저 벽을 멍하니 응시하면서 조금 전에 일어났던 사건의 단편들을 계속, 또 계속 이어 맞춰보았다. 그녀는 끊임없이 흐르는 눈물을 훔치면서 기계적으로 점심을 짓고 식탁을 차렸다. 계단을 올라오는 루카스 콜드웰의 발소리는 평소와는 달리 가벼웠다. 마치 딸 못지않게 그 역시 부녀간에 얼굴을 맞대기가 두렵다는 듯했다.

"가게 매상은 어때요?"

루시는 흔들리는 목소리로 물었다. 상황 전체가 비현실적이라는 느낌이었다. 그녀의 인생 자체가 완전 뒤집히고 말았는데 어떻게 이런 시시한 이야기나 할 수 있단 말인가?

"별로구나."

아버지는 대답하더니 한숨을 길게 쉬며 식탁에 앉았다. 자기 몫으로 담은 음식을 건드리기만 해도 구토가 나리라는 것을 알고 있었으므로 그녀는 아버지가 식사하시는 모습을 지켜보기만 했다. 마침내 루카스는 포크를 내려놓고 단호한 눈길로 딸의 부어오른 눈을 마주 보았다.

"네가 대니얼을 어떻게 생각하고 있는지 아는 나로서는 다른 누구도 아닌 네가 그런 짓을 했다니 믿을 수가 없구나. 그뿐만이 아니라……."

아버지는 당혹감과 극도의 혼란에 빠진 표정이었다.

"그런 짓을 콩코드 전 주민의 바로 옆에서 저지르다니 말이다."

루시는 고개를 끄덕이며 떨리는 손을 미간으로 가져갔다. 더 이상 아버지의 눈을 마주 볼 수가 없었다.

"난 그 남자의 행동이 아니라 네 행동에 놀랐단다."

아버지는 견디기 어려울 정도로 지친 목소리로 말을 이었다.

"남부인들이 북부 여자를 어찌 생각하는지는 모두가 알고 있단다. 그 남자는 조금이라도 기회가 있다면 물론 널 이용하려 들었을 게야. 그는 남부인치고는 나쁜 사람이 아니지만 자기 고향 사람들과 마찬가지로 똑같은 결점을 지니고 있어."

"왜 그 사람 얘기를 하시는 거예요?"

루시는 신경이 끊어질 지경이 되어 따져 물었다.

"곤란하게 된 건 저인데……."

"내 얘기하마."

루카스는 딸의 말허리를 잘랐다. 음성은 여전히 차분했지만 표정은 엄해진 상태였다. 그녀는 금세 기가 죽어 접시를 물끄러미 내려다보며 양팔로 가슴을 감싸 안았다.

"브룩스 씨가 오늘 아침 가게에 들렀단다. 그분은 네가 카운터를 보는 한 자기 아내와 어린 딸이 여기로 물건을 사러 오지 않을 거라고 했지. 네가 그 둘에게 끼칠지도 모르는 영향 때문이라더구나. 다른 사람들도 같은 생각이란다, 루시…….”

“그럼 더 이상 가게에서 일하지 않으면 되겠네요.”

“그래도 사람들은 여전히 날 적대할 게야. 네가 결혼해서 다시금 어엿한 평판을 사지 않는 한 매상은 곤두박질을 치겠지.”

“그 사람들에게 절 품평할 권리는 없어요!”

“사실이야. 하지만 그 사람들은 그렇게 할 테고 그 점은 변함없지. 그리고 루시, 네가 한 짓은 나와 우리 가게에 큰 타격을 입혔단다. 네 평판이 입은 것과 다름없는 타격을 말이야.”

“이제 아버지도 절 증오하시겠군요.”

그녀는 중얼거렸다. 다시 어린아이가 될 수 있다면, 아버지가 그녀의 곤란한 상황을 해결해 줄 수 있었던 그때로 돌아갈 수 있다면 얼마나 좋을까. 아아, 그녀의 고민이 그저 몇 마디 조언이나 1달러 지폐, 혹은 캔디 하나로 사라질 수 있었던 그때가 그리웠다.

“널 증오하는 게 아니란다. 너에게 실망한 거지. 그리고 무엇보다도 난 네가 이제 어떻게 될지 걱정이란다. 대니얼이 여전히 널 원하고 있다 해도 그 가족들은 절대 받아들이지 않을 거야. 평판을 극도로 중시하는 가문 아니냐.”

“좋아요.”

루시는 생기 없는 어조로 말했다.

“애비게일 콜리어처럼 노처녀로 늙을래요. 그냥 여기에서 아버지와 살죠 뭐.”

“루시.”

순간 아버지는 무슨 말을 해야 할지 갈피를 못 잡는 것처럼 보이더니 이어서 나직이 헛기침을 했다.

“네가 여기에서 나와 계속 산다면 가게 사정은 더욱 나빠진단다. 난 그런 손해를 감수할 여력이 없어.”

“진담이세요?”

그녀는 새삼스레 솟구친 힘으로 자리에서 퉁겨 일어나며 화난 듯 눈물을 닦았다.

"제가 그렇게 나쁜 짓을 저지른 건가요? 그렇게 끔찍한 짓이에요?"

아버지는 아무 말도 하지 않았다. 마음의 문을 닫은 표정이었다. 입가와 콧등에 주름이 깊게 패여 있었다. 루시는 천천히 앉았다. 얼굴이 마치 돌에서 끌로 깎아낸 것처럼 뻣뻣해지며 생기를 잃었다. 아버지는 가게를 핑계로 내세우고 있었다. 딸이 마음에 들지 않고 더 이상 같이 있고 싶지 않다는 것이다. 아버지는 평판이 더럽혀진 딸의 존재를 참고 견디기를 원치 않았다. 그녀는 평생 이렇게 외로웠던 적이 없었다.

"제가 여기에서 아버지와 살 수 없다고 하시는 거군요."

그녀는 천천히 말했다.

"그럼 어디로…… 어떻게…… 앞으로 전 어떻게 해야 해요?"

"네 외가 쪽, 뉴욕에 널 맡아줄 사람이 있는지 알아봐야지. 하지만 별로 희망적은 아닐 것 같구나. 네 어머니는 사촌이 아니라 날 결혼 상대로 택해 집안과 의절했으니까. 아니면 코네티컷의 숙부 댁에 가서 살아도 되겠지."

"아아, 싫어요."

루시는 도리질을 치며 숨 가쁘게 대꾸했다.

"그 집은 너무 좁고 그분들에겐 여유가 없어요. 아아, 안 될 거예요. 그리고 전 그분들을 좋아하긴 하지만 그분들은 너무나…… 엄격해요……."

그녀는 아버지가 유감스러운 눈초리로 바라보자 말꼬리를 흐렸다.

"넌 더 엄격한 가정교육을 받아야만 했어. 난 널 응석받이로 키우고 말았다. 이젠 그 점을 알겠어. 하지만 넌 내 외동딸이고 네 어머니를 봐서라도 네 존재를 부인하고 싶지는 않다……."

"제발 어머니 얘기는 하지 마세요."

목이 메인 루시는 아버지에게 등을 돌리고 손수건에 얼굴을 묻었다.

"방법이 한 가지 더 있다."

루카스는 오랫동안 머뭇거리더니 말을 이었다.

"레인 씨와 결혼할 수도 있지."

루시는 경악한 나머지 홱 돌아앉아 아버지를 응시했다.

"뭐라고 하셨어요?"

"그 사람이 찾아와 널 아내로 맞겠다고 청한 지 두 시간도 안 되었단다."

"아버지는, 아버지는 절 남부연합 지지자에게 시집보낼 생각이세요?"

"그 사람 말로는 널 남부럽지 않게 보살펴주겠다고 하더구나. 난 그 사람 말을 믿는다."

그녀의 몸에서 숨이 죄다 빠져나갔다. 풍요로운 약속이, 대니얼 콜리어의 아내가 된다는 행복한 기대감이 순간적으로 한꺼번에 그녀의 눈앞을 맴돌았다. 대니얼과 그녀는 마을에서 가장 미남미녀 부부가 될 것이고 인기와 존경을 한몸에 받으며 보스턴에서 외식을 하거나 연극 구경을 갈 수 있을 정도로 풍요롭게 살았을 것이다. 최고의 파티에 초대받고 콩코드에서 가장 유서 깊고도 존경받는 계층에 진입했을 것이다. 그 모든 행복이 이제는 결코 그녀의 것이 될 수 없었다. 그리고 히스 레인의 아내라고? 사람들은 그녀를 경멸할 것이고 샐리 또한 꽤나 동정하며 가엾게 여길 것이다. 남부인에게 몸을 더럽힌 그녀의 죄는 앞으로도 오랜 세월 동안 있는 듯 없는 듯 죽어지내야 겨우 용서받을 수 있으리라.

"아니, 결혼 안 해요."

그녀는 거의 공포에 질려 외쳤다.

"절 그 사람한테 시집보내실 수는 없어요. 저한테 억지로 강요하실 수는 없다구요……."

"물론 강요하진 않는단다."

"그럼 그 사람에게 거절하세요. 다시는 그와 얘기도 하고 싶지 않아요. 그 사람 아내가 되고 싶어하지 않는다고 전해주세요. 앞으로 절대……."

"며칠 뒤에 대답을 하겠다고 말했단다. 기다리렴, 루시. 그리고 어떻게 할지 생각해 보거라. 앞으로 만사가 어떻게 돌아갈지 넌 아무래도 깨닫지 못한 것 같구나."

소식이 마을 전체에 퍼지는 데에는 열두 시간도 채 걸리지 않았다. 친한 친구라는 사실과는 상관없이 어쨌든 샐리는 가만히 입을 다물고 있을 수 없었던 모양이었다. 루시는 집에 숨어 있었다. 용기를 내서 밖으로 나가려고 할 때마다 차가운 눈길이나 호기심으로 들끓는 시선과 맞닥뜨렸던 것이다. 하지만 그 중에서 제일 나쁜 것은 차갑게 동정하는 시선이었다. 하도 여러 차례 그런 냉대를 당하다 보니 이제는 놀라기는커녕 오히려 당연한 것으로 받아들이게 되었다. 그녀가 평생 알고 지냈던 사람들과 항상 친하게 지냈던 사람들, 그녀에게 친절했던 사람들이 이제 그녀를 마치 끔찍한 범죄자인양 싹 무시했다. 이런 끔찍한 사태는 꿈에서도 상상하지 못했던 일이었다.

대니얼에게서는 아무런 연락도 없었고 루시는 그가 자기를 어떻게 생각하고 있을지 고뇌하며 고통스러운 여러 밤을 지샜다. 그가 그녀에게 아무 감정도 없다는 건 불가능하다고 그녀는 스스로에게 타일렀다. 그녀를 그렇게 사랑했었는데 아무 감정도 없을 리가 없다. 아마 다른 사람들은 진실을 알고픈 생각이 없는 것 같았지만 대니얼이라면 그녀의 설득으로 이해하게 될지도 모른다. 그녀가 아직 더럽혀지지 않았다는 사실을 말이다. 하지만 추문이 돈 것은 정말 그것 때문일까? 이후 며칠 동안 그녀는 깨닫게 되었다. 사람들은 그녀가 아직 순결한지의 여부를 놓고 수군대는 것이 아니었다. 그녀가 남부 출신의 남자와 함께 있는 장면을 들켰다는 것이 중요했다. 감히 어느 누구도 대놓고 말하지는 않았지만 다들 루시를 배신자라고 생각했고 그들이 그녀를 이렇게 취급하는 것도 다 그 때문이었다.

거의 일주일이나 지난 뒤 아버지는 결정을 하라고 그녀에게 기나긴 훈계를 퍼부었다. 계절에 어울리지 않게 서늘한 밤이었지만 루시는 광기에 사로잡힌 듯 창백한 얼굴로 보닛이나 숄도 없이 집에서 뛰쳐나왔다. 자신이 무슨 짓을 하고 있는지 미처 생각도 하기 전에 그녀는 콜리어 가문의 현관 앞에 서 있었다.

밝은 녹색 눈에 검은머리를 한 아일랜드 태생의 하녀 낸시가 문을 열고 거실로 안내했다. 장중한 마호가니 가구가 즐비한 거실은 아무도 없이 조용했다. 루시의 눈은 닫힌 문에 못 박혀 있었다. 문 건너편에서 콜리어 가문 사람들이 소리 죽여 중얼거리는 말소리가 루시의 귀에 들려왔다. 마침 내 대니얼이 들어와 문을 꼭 닫았다. 그녀 못지 않게 그 역시 창백하고 긴장한 모습이라는 사실이 루시에게는 어느 정도 위안이 되었다. 그렇게도 다정하고 친숙하던 그의 갈색 눈동자는 어둡고 불투명했다.

"여기 와야만 했어요."

그녀는 떨리는 목소리로 말했다.

"당신하고 얘기를 해야만 했어요."

그는 딱딱하게 굳어진 채 소파의 반대편 끝쪽에 앉았다.

"당신은 옛날부터 날 너무나 잘 알고 있었지."

그는 중얼거렸다.

"내가 이 모든 사태에 어떤 느낌일지 당신도 알고 있을 거라 생각해."

"대니얼."

그녀는 공포심으로 굳어져서 속삭였다.

"자기 한 몸 편할 때야 사람을 사랑하기가 쉬운 거잖아요. 만사가 제대로 돌아가고 아무 문제없을 때야…… 하지만 진정한 사랑은, 난 우리가 진정으로 사랑한다고 생각했어요…… 진정한 사랑은 당신이 정말로 필요로할 때 그 자리에 있어 주는 거예요. 모든 것이 너무나…… 끔찍하고……."

갑자기 그녀는 말을 끊고 울음을 와락 터뜨렸다. 대니얼은 까딱도 하지 않았다.

"제발 날 더 이상 단죄하지 말아요."

그녀는 울부짖었다.

"끔찍한 실수였어요. 내가 한 짓에 대해서는 너무 미안하게 생각해요. 당신 말대로, 당신이 무슨 말을 하든 그대로 뭐든지 할게요. 남은 평생 동안…… 아아, 세상에, 난 당신이 너무나 필요해요. 당신이 날 잡아줘야만해요…… 부탁이에요, 제발 날 용서해 줘요……."

그녀는 그의 손길이 어깨에 느껴질 때까지 자기 귀에도 생소할 정도로 갈라진 목소리로 애원했다. 그의 손길에 그녀는 넋 나갈 정도의 안도감에 사로잡혀 흐느끼며 그에게 동그마니 안기려 했다. 하지만 그의 팔이 가로 막았고 그는 그녀를 자신의 몸에서 떼어놓았다.

"당신에 대해 유감스럽게 생각해."

대니얼의 시선에는 무감각한 뭔가가 서려 있었다. 목소리도 무시무시하게 냉정했다.

"당신이 우리에게 저지른 짓에 대해, 그리고 당신 자신에게 한 짓에 대해 유감스럽게 생각해. 하지만 동정심 때문에 당신과 결혼할 수만은 없어. 그리고 지금 당신에게 느끼는 내 감정은 동정이 다야. 전에는 당신을 원했지. 당신이 내가 생각하는…… 그런 종류의 사람이라고 여겼을 때는……. 하지만 지금 당신의 모습 같은 여자는 원하지 않아. 유감이야."

고뇌 속에서도 그녀는 그의 어조 속에서 이걸로 끝이라는 의도를 들을 수 있었다. 더 이상은 설득할 여지도 없으리라. 용서도 없을 것이다. 루시는 그에게서 천천히 물러나 떨리는 다리로 우뚝 섰다. 그 역시 일어나면서 그녀가 비틀거리자 자동적으로 손을 내밀었다.

"만지지 말아요."

둘 다 그녀의 가늘고 사나운 목소리에 충격을 받았다.

"동정일랑 접어둬요. 필요 없으니까."

그녀는 흔들리는 걸음걸이로 그에게서 물러났고 다음 순간 악령에라도 사로잡힌 듯 그 집을 뛰쳐나왔다. 이제 갈 곳은 한 군데밖에 없었다. 머릿속이 열에 들뜬 듯 소리 없는 아우성으로 윙윙거리는 가운데 그녀는 목적지로 가는 데에만 온 정신을 쏟았다.

그녀가 아버지에게서 오래 전에 선물 받은 작은 암말 대퍼를 타고 나타났을 때 히스는 작은 집의 현관에 서 있었다. 그는 그녀가 왔다는 사실에 눈곱만큼도 놀란 기색을 보이지 않았고 그녀 혼자 왔다는 사실을 두고도 전혀 한마디하지 않았다. 타락한 여자에게는 일종의 자유가 있다는 것을 루시는 깨달았다. 이제는 그녀가 어떤 짓을 하더라도 사람들의 눈썹은 이미 올라갈 데까지 올라간 뒤이니 소문이 도는 속도도 예전만은 못할 것이다. 집으로 들어가 난롯가의 의자에 앉는 동안 그녀의 절박하던 심정은 사라졌으며 대신 무감각하면서도 차가운 상태가 닥쳐와 이 일주일 동안 끈질기게 타오르던 수치심과 고문 같은 괴로움에 고마운 찬물의 역할을 했다. 히스는 아무 말 없이 그녀의 맞은편에 앉았다. 그녀는 가늠하듯 바라보는 침착한 시선을 느끼고 시비조로 고개를 치켜들었다.

겨우 일주일이었건만 그녀의 내면에는 엄청난 변화가 일어난 뒤였다. 그를 만나지 않았더라면 평생 겪고도 남았을 변화보다도 더욱 커다란 변화였다. 몸무게도 줄었으며 부드러운 곡선을 그리던 풍만한 몸매는 날렵하게 호리호리해진 상태였다. 얼굴도 울어서 부어오르긴 했지만 눈에 띌 정도로 홀쭉해졌다. 토실토실하던 볼은 사라지고 단호한 턱선이 더욱 두드러졌으며 광대뼈도 불거져 나왔다. 개암빛 눈망울은 예전의 연약하던 인상과는 천양지차로 냉담하게 번득였고 단호한 느낌을 주던 비스듬한 눈썹은 전보다 더욱 인상이 강해졌다. 동안은 영원히 그녀에게서 사라져버렸고 그 대신 한결 이목을 끄는 얼굴이 되어 있었다.

"뭐라도 마시고 싶어요"

그녀는 자기 목소리가 더 이상 목 메이고 긴장된 음성이 아니라는 것을 어렴풋이나마 깨달았다. 마치 여기에 온 덕에 여태껏 부족했던 자제력을 찾게 된 것처럼 기분이 훨씬 나아졌다. 그녀가 어떤 종류의 음료를 마시고 싶어하는지를 정확히 꿰뚫은 히스는 일어나더니 위스키 한 모금 정도를 가지고 금세 돌아왔다. 살짝 마신 루시는 술기운이 뱃속을 지지며 내려가는 동안 잔을 꼭 움켜쥐었다. 묘했다. 내면에 맺힌 얼음이 아직 녹지도 않았는데 불타는 기운을 느낄 수 있을 줄이야.

"난 이번 주 내내 마을 사람 전부에게서 차갑게 배척당해 얼어붙은 상태였어요"

그녀는 비통한 어조로 말하며 한 모금을 더 마시고 독한 나머지 기침을 했다.

"내가 아는 사람들 모두가 이런저런 방법으로 용케 관계를 끊더군요. 아버지는 나하고 더 이상 살 수 없다고 하셨어요. 장사 때문에…… 당신도 이해하겠죠"

그녀는 대니얼 얘기는 하지 않았다. 그녀가 이곳에 있다는 것 자체가 대니얼과 어떻게 되었는지를 극명하게 보여주는 증거였다.

"전에 당신은 지옥이 추운 곳이라고 말했었죠. 당신 말이 맞아요."

히스는 여전히 침묵을 지키며 꼬챙이를 들더니 난로 속의 통나무를 뒤적거려 불길을 더욱 아늑하게 일으켰다. 그의 한쪽 얼굴은 불빛을 환하게 받았지만 흉터가 있는 다른 쪽은 어둠 속에 묻혀 있었다. 그는 자신의 생각을 그녀에게 드러내고 싶지 않았기에 무표정 상태를 고수했다. 그는 루시의 기죽은 외관 아래 어딘가에는 거대한 분노가 한 짐 얹혀 있으리라는 사실을 알고 있었다. 아마 그 가운데 히스 본인에게 향하는 분노는 결코 작지 않을 것이다. 그렇다면 그녀에게 있어 그의 제안을 받아들여야만 하는 이 상황은 극히 쓰라릴 터였다. 하지만 둘을 포함한 모든 사람들은 그만이 그녀에게 남겨진 유일한 해결책이라는 사실을 알고 있었다. 그녀가 고향과 아는 사람들을, 그녀 자신의 생활 전부를 등진 채 떠나고 싶어하지 않는 한은 그랬다. 그리고 그는 그것이 얼마나 가혹한 일인지를 경험으로 알고 있었다. 그는 그녀를 너무나도 원했었지만 이런 식으로는 아니었다. 증오를 품은 그녀를 원치는 않았다. 언젠가는 그녀도 감사의 마음과 의무감을 가지게 될지도 모르지만 그는 그런 그녀를 원하는 것이 아니었다. 히스는 마른침을 꿀꺽 삼키며, 조금이라도 모진 맛을 보지 않고서는 원하는 바를 결코 얻지 못하는 자신의 팔자를 인정하기가 어렵다는 것을 깨달았다.

"당신 청혼 얘기를 곰곰이 생각해 봤어요."

루시의 귀에는 자신의 목소리가 마치 다른 사람의 말처럼 들렸다.

"우습죠. 안 그래요? 당신이 이 마을에서 내게 남은 마지막 체면을 건져줄 수 있는 유일한 사람이라니 말이에요. 당신이야말로 바로 내 체면을 망쳐버리는 데 그렇게도 일조한 사람이잖아요. 만약 청혼이 아직도 유효하다면 받아들이죠. 안 그러면 코네티컷으로 가서 숙부님 내외와 살아야 해요. 사실 뭐 어느 쪽도 상관은 없어요. 그러니 나 때문에 순교자 놀이를 할 필요는……."

"아니. 듣고 보니 당신이야말로 이미 순교자 놀이를 충분히 하고 있잖소."

루시는 그의 부드러운 야유에 반응하지 않기로 작정했다.

"그럼 아직도 끝까지 진행시킬 마음이 있나요?"

그는 잠시 사이를 두었고 그녀가 그의 말을 듣기까지는 영원과도 같은 시간이 흘렀다.

"당신이 하얀 웨딩드레스를 입는다는 조건이라면."

"아아, 입을 생각이에요."

그녀는 냉혹한 어조로 말했다.

"그거야 내 권리죠…… 차라리 붉은 핏빛이 어울린다고 마을 사람들 전부가 아무리 떠들어도 말이에요."

"신다……."

그는 뭔가 찾는 듯한 눈길로 천천히 말했다.

"당신은 당신을 파멸시킨 남자에게 스스로를 바치는 거요."

"당신이 다 뒤집어쓸 일은 아니에요."

루시는 한참 동안 망설인 끝에 말하더니 위스키를 다 마셔버렸다. 목에 묵직하니 걸려 있던 뭔가가 그 덕에 조금 부드러워졌고 그녀는 차갑게 덧붙였다.

"솔직히 말해 내 쪽에서 반항을 했던 것도 아니었으니까요. 안 그래요? 그건 내가 져야 할 짐이죠…… 당신은 나머지만 지면 되겠네요."

"난 평생 져야 할 짐이나 순교자의 운명 따위가 존재한다고는 믿지 않소."

히스의 눈이 조롱기로 번득였다.

"하지만 당신이 그런 처지가 되었으니 내 존재가 당신에게 충분히 막대한 고행이 되기를 바라오."

루시는 불편한 기분이 들어 뜨끔했다. 그녀는 빈 잔의 바닥을 물끄러미 바라보았다. 그럼 그는 그녀가 스스로를 단죄하기 위해 그와 결혼한다는 사실을 아는 것이다. 그녀는 그가 왜 이런 사태에 굳이 끼어들려 하는지 궁금했다. 그의 표정에는 동정심이 없었다. 그저 재미있다는 일말의 기색과 어쩌면 이해심일지도 모르는 손톱만큼의 내색뿐이었다. 그녀는 그와 함께 하는 미래를, 평생 탈출구가 없는 삶을 그려보려 했다. 하지만 흐릿한 어둠 외에는 아무것도 볼 수 없었다. 다음 순간 그녀는 미래가 더 이상 중요하지 않다고 스스로에게 타일렀다.

"한 잔 더 마시고 싶어요."

"아니야, 허니. 이제 당신을 집으로 데려가겠소. 당신이 고주망태가 되면 우리가 나눈 말을 기억하지 못할 테니까."

"난 어엿한 성인 여자예요. 하고 싶은 일과 하기 싫은 일을 결정할 수 있는 나이라구요. 그리고 당신이 그런 아내를 원치 않는다면 오늘밤 우리가 했던 말은 그냥 잊어요. 이젠 이래라저래라 명령 듣기가 지긋지긋해요……."

"쉬잇."

그는 그녀에게서 잔을 받아들고 일으켜 세웠다. 그의 손길은 가벼우면서도 묘하게 안심시켜 주는 힘이 있었다. 그녀는 그가 지금 그녀의 마음속을 한 치 오차 없이 꿰뚫고 있다는 더할 나위 없이 묘한 느낌을 받았다.

"규범을 한꺼번에 죄다 내팽개치지는 마, 허니. 차근차근 하라고. 우리가 결혼하면 그때부터는 하늘이 뒤집히건 말건 하고 싶은 대로 죄다 할 수 있어. 하지만 지금은 일단 집에 데려다주겠소."

"내가 가고 싶어서 가는 거예요."

그녀는 몽롱한 가운데에서도 그의 말을 정정했다. 이제는 완전히 녹초 상태였다.

"당신이 가라고 해서 가는 게 아니라구요."

"그래, 알고 있소."

그는 다정하게 말하며 그녀를 현관으로 데려갔다. 그녀는 비위 맞추지 말라고 말할 수도 있었지만 지금 이렇게 상대가 비위를 맞춰주고 도와주며 부드럽게 말을 걸어주니 기분이 좋았다. 히스는 이 세상에서 그녀를 날카로운 비난의 눈으로 보지 않는 유일한 사람이었다. 그녀의 타락을 놓고 실실 웃거나 고소해하지 않는 유일한 사람이었다. 설령 그가 이 사태의 원인 제공자라 해도 지금 이 순간만은 상관없었다. 누군가 그녀를 믿어주는 사람이 있다는 것은 위안이 되었다.

"아아, 맙소사……."

루시는 지친 듯 중얼거리며 도리질을 쳤다.

"난 남부연합 지지자의 아내가 되는 거예요. 앞으로 콜드웰 가문에서 완전히 내놓은 자식 취급당할 거라고요."

"허니."

히스는 나직이 말하고는 하얀 치아를 내보이며 쓴웃음을 지었다.

"양키와 결혼하는 내 처지 앞에서 명함 내밀지 말라구."

"당신 설마 고향에 돌아갈 생각은 없겠죠, 그렇죠? 난 거기 안 가요. 내가 당신과 결혼하는 이유 중 하나는 이곳에서 계속 살 수 있기 때문이에요. 당신도 똑똑히 알아두는 편이 좋을 거예요."

"그래, 절대 돌아가지 않아."

그의 손이 잔인하리만치 거세게 그녀의 팔을 움켜쥐었다.

"그 약속은 결코 깨지 않을 거요."

"아프잖아요."

그녀가 팔을 잡아 빼려 하자 그는 즉시 놓아주었다. 루시는 아픈 곳을 문지르며 거의 코앞에 있는 그의 어깨를 바라보았다. 갑자기 그녀는 그 어깨에서 유혹하듯 풍겨나오는 힘에 몸을 맡긴 채 쉬고 싶어졌다. 아마 좀더 눈물을 흘려도 될지 모른다. 규칙 바른 심장고동 소리에 뺨을 맡기고 세상의 이목을 피해 그의 품에 숨을 수도 있으리라. 하지만 마음속 어딘가에서 단단하게 자리잡은 자존심은 그에게서 위안을 찾도록 허락하지 않았다. 그녀는 그 자존심에 절박하게 매달렸고 그 덕에 지탱할 힘을 찾았다. 그녀는 항상 다른 사람들의 도움이 필요하다고 생각했지만 실상은 그 절반만큼도 필요 없다는 사실을 이제야 서서히 이해하게 되었다.

5

루시가 대니얼과 결혼할 때 입으려 생각했던 드레스는 아직 절반밖에 짓지 못한 상태였다. 그녀는 재봉사를 찾아가 미완성인 드레스를 애석한 눈길로 살펴보았다. 원래 루시와 재봉사의 계획은 제1교구 교회에서 결혼하는 신부들 중 누구보다도 아름다운 모습이 되도록 만들겠다는 것이었다. 하지만 완벽한 웨딩드레스에 대한 루시의 꿈은 이제 그저 과거의 가능성으로만 남게 되었다. 아아, 정말 가슴이 벅찰 정도로 아름다웠을 텐데. 그리고 콩코드 사람들 전부가 경탄하며 부러워했을 텐데!

하지만 남부인과 결혼하는 주제에 그런 드레스를 입는다면 사람들은 비웃음과 함께 그녀의 더럽혀진 평판을 들먹이고 순결한 처녀인양 꾸미고 나오다니 기가 차다면서 더욱 말들이 많을 터였다. 재봉사와 마주 앉아 시간이 걸리지 않고 손도 많이 가지 않을 새 디자인을 궁리해야 하는 것은 루시에게는 쓰라린 경험이었다. 하지만 입던 드레스를 자기 결혼식에 입어야 한다면 차라리 죽는 편이 나았다. 결혼 상대가 누구라 한들 아직은 그녀에게도 자존심이 남아 있었던 것이다.

그들은 마침내 기본 옷본대로만 만든 하얀 공단 드레스로 정했다. 이미 바느질은 해두었고 분홍색 견크레이프와 하얀 깔때기 모양의 나팔꽃을 마무리 장식으로 달기로 했다. 루시가 보기에는 그냥 나팔꽃이 아니라 장송 나팔꽃이라는 편이 어울렸지만 그런 생각은 속에만 묻어두었다. 가능한 한 빠른 시일 내에 식을 올리자는 아버지의 주장 때문에 드레스는 일주일 안에 완성되어 딱 시간에 맞게 그녀에게 배달되었다.

모든 것이 눈 깜짝할 사이에 진행되었으므로 루시는 차분히 앉아서 매사를 생각해 볼 시간이 없었다. 짐도 싸야 했고 간소하나마 혼수품도 다소 주문해야 했으며 사야 할 물건들도 있었다. 그녀는 샐리와 예전의 친구들이 우정을 회복시키려는 일환으로 조심스럽게 의사를 타진해 온 것을 고집스럽게 거절하고 아무 도움 없이 혼자서 해치웠다. 이 모든 상황을 끝까지 넘길 유일한 방법은 혈혈단신으로 세상에 맞서 싸우는 것뿐이라는 느낌이었다. 그녀는 소문을 퍼뜨린 샐리를, 그녀를 냉대한 다른 사람들을 용서할 마음이 들지 않았다. 그래, 차라리 원망을 간직하고 한동안 잘근잘근 곱씹는 편이 훨씬 더 흡족했다.

여태껏 자라난 집에서 보내는 마지막 날 루시는 하릴없이 이 방 저 방을 돌아다니며 그 무엇보다도 친숙하고 소중한 물건들을 눈에 담았다. 가져갈 것들은 대부분 이미 트렁크와 상자에 넣어두었고 지금쯤 그녀의 아버지 손에 의해 히스의 집에 도착했을 터였다. 그녀의 장신구와 소지품이 여기저기 눈에 띄지 않는 방은 텅 비어 보였다. 아버지도 그 점을 알아주실까? 아버지는 설령 딸이 없는 집 안이 얼마나 황량한지 알아챘다 한들 절대 말로 표현할 사람이 아니었다. 그런 말을 입에 담는 것은 아버지의 천성이 아니었다.

그녀는 벽난로 위 선반 앞에 멈춰 서서 죽 늘어선 잡동사니들을 바라보았다. 그 중 작은 도자기 인형이 마치 지금이라도 넘어질 듯 가장자리에 위태위태하게 서 있었다. 색이 바랜 그 인형은 허리선이 높은 고풍스러운 옷차림의 여인상으로 신발과 허리띠의 금색이 세월과 손때 때문에 거의 다 벗겨진 상태였다. 그 물건은 원래 어머니의 것이었다. 루시는 어머니의 물건 중 자신이 가지고 있는 것이 하나도 없다는 것을 깨달았다. 그녀는 머뭇

머뭇 손을 내밀어 불안한 균형을 잡고 있는 그 인형을 들어내 작은 주먹에 꼭 움켜쥐었다. 가질 권리가 없는 물건을 훔치는 듯한 느낌을 저버리지 못한 채 루시는 인형을 손수건에 싸서 핸드백에 넣었다. 앤 콜드웰이라면 이 상황에 관해 어떻게 생각했을까? 딸이 남부인과 결혼한다고 가슴 아파했을까? 아닐 수도 있었다. 앤은 가족과 의절하고 그들이 못마땅해하는 남자와 결혼하지 않았던가. 아마 어머니는 이해해 주었을 것이다.

결혼식 날 오후, 루시는 분홍색과 흰색으로 된 드레스 차림으로 거울 앞에 서서 몸을 틀며 온갖 각도에서 모습을 점검했다. 그녀는 아침 내내 옷을 입고 머리를 매만지느라 시간을 들였지만 아무리 볼을 꼬집어도 파리한 얼굴에 혈색이 돌지는 않았다. 심장이 무감각해지고 전신이 크나큰 불안과 공포로 가득 찬 이 마당에 무슨 수를 써도 눈부시게 행복한 모습으로 변신할 수는 없었다. 그녀는 아버지의 노크 소리를 들었다. 아버지는 옛날부터 한 손가락만을 써서 조심스럽게 노크하곤 했다.

"들어오세요."

그녀는 잔뜩 굳어져서 대답했다. 신경은 이미 천 갈래 만 갈래로 끊어진 상태였다.

"아주 매력적이구나."

"신부보다는 오히려 들러리 같잖아요?"

아버지는 루시의 날카로운 어조에도 별 말을 하지 않고 천천히 딸의 모습을 둘러보며 한 번 더 찬탄하는 시선을 주었다.

"베일은 쓸 거냐?"

"안 쓰기로 했어요."

지금에 와서는 몹시 후회가 되었다. 얼굴을 가리면 사람들이 자기 모습을 못 본다는 사실에 안심하며 그들을 마음껏 내다볼 수 있었을 테니 좋았을 것 아닌가.

"안 쓰는 게 더 낫구나."

루카스는 딸의 말에 온화하게 맞장구치며 돌아서서 방을 나가려 했다.

"오 분만 있으면 출발해야 한단다."

“좋아요. 준비 다 됐어요.”

그녀는 이렇게 말하는 자신의 음성을 들었지만 머릿속에서는 작은 목소리가 집요하게 울려 퍼지고 있었다. 난 준비가 안 됐어요! 안 됐다구요!

그녀는 덫에 걸린 상태였다. 스스로가 정해놓은 길을 얌전히 따라가는 것 외에는 떠오르는 묘안이 없었다. 하지만 다른 사람들도 이렇게 하지 않던가. 사랑하지 않더라도 결혼하는 사람들이 분명 있으며 그녀는 대니얼이 아니라면 상대가 누구든 상관없었다.

작은 사륜마차를 타고 교회로 가던 도중 루카스는 목청을 가다듬더니 그답지 않게 어색한 목소리로 말했다.

“루시…… 아가씨가 결혼을 할 때면 그…… 결혼 생활에 대한 지침을 주는 것은 어머니나 여자 친척으로 정해져 있단다. 아마 네게 이미…… 경험이 있다 하더라도 새색시가 꼭 알아둬야 할 것들이 있지. 네게 궁금한 점이 있었다면 내 충고대로 목사님께 뭐든지 물어봤으리라 믿는다.”

루시는 아버지가 딸보다도 더욱 홍당무가 된 것을 눈치챘다.

“난 분명 목사님께 사전에 말씀드려 두었단다.”

아버지의 말에 그녀는 손에 든 작은 부케로 눈길을 떨어뜨렸다.

“목사님은 제가 읽어야 할 성경의 인용구절을 뽑아주셨어요. 어젯밤에 그 목록을 보았으니…… 그러니까 전 다 알고 있다고 생각해요…… 대부분은요.”

“잘됐구나.”

아버지는 안도한 기색이 역력했다.

루시는 꽃을 내려다보며 눈살을 찌푸렸다. 성경을 읽으면 눈이 뜨일 거라던 목사님의 말씀은 기대에 미치지 못했다. ‘성실하라’는 말은 물론이고 ‘순종하라’든가 ‘자손을 번성시키라’는 조언이야 차고 넘치게 많았지만 정작 그녀가 알고 싶어하는 구체적인 사항은 아쉽게도 누락되어 있었다.

그녀는 나름의 경험과 상식, 여성지 <고디>에서 주워 모은 정보에 의거해서 결혼에 관해 어떤 결론을 이미 내린 뒤였다. 결혼 생활을 엿볼 수 있는 힌트는 책자의 ‘세상살이’ 부분과 패션 컬럼 사이의 곳곳에 들어 있었다. 예를 들어 '필로미나의 고민'의 스릴 넘치는 대목에서 영웅인 남주인공은 열정적이고도 격렬하게 필로미나에게 입맞추고 '그녀를 가슴에 품은' 다음 '필로미나에게 진정한 여성을 깨닫게 해주었다'고 했다. 루시는 영웅이 필로미나를 가슴에 품은 이후 그녀가 어떻게 되었을지 상당히 짐작이 갔다. 사실 여자가 오랫동안 밀착되어 안겨 있을 경우 남자들의 몸이 어떻게 되는지 숨기기란 불가능했다. 그리고 그녀는 히스 레인 덕분에 결혼 첫날밤의 시작에 대해서는 의심의 여지없이 빠삭했다. 설령 중반이나 결말까지는 모르지만 말이다. 단둘이서만 그의 침대에 있는 모습을 그려보려니 그녀의 뱃속이 요동을 쳐댔다.

목사님과 미소를 얼굴에 펴바른 듯한 통통한 몸집의 부인, 그리고 어린 딸은 히스와 함께 교회 입구 바로 안쪽에서 기다리고 있었다. 루시는 아버지 뒤를 따라 들어가다가 남편이 될 사람 앞에서 멈춰 서서 당황한 눈으로 그를 올려다보았다. 다른 옷들과 마찬가지로 말도 못하게 비싼 엷은 황갈색 리넨 정장 차림의 그는 꽤나 늠름했다. 선이 깔끔한 정장은 맵시 있게 들어맞았다. 플랫 칼라에 소매에는 커프스가 없어서 세련되어 보였다. 짙은 금발에서부터 옆쪽에 단추가 달린 윤나는 구두에 이르기까지 모든 것이 완벽했다. 완전무결한 그의 모습보다도 더욱 울화통 터지게 만드는 것은 긴장 따윈 모른다는 듯한 태도였다. 이거야 마치 피크닉이라도 온 것처럼 태연한 기색 아닌가! 그녀를 바라보는 그의 태도는 그녀가 얼마나 불안해하는지 알고 있다는 듯했고 또한 어디 할 수 있을 테면 결혼식이 끝날 때까지 견뎌보라고 무언중에 도전하는 것 같기도 했다. 내기라도 걸겠어, 저 사람은 내가 겁쟁이처럼 꽁무니를 뺄 거라고 믿는 거야. 그녀는 턱에 굳게 힘을 주었다.

히스 외에는 모두가 신경이 곤두서 있다는 것은 텅 빈 교회의 안쪽으로 들어가 자리를 잡는 동안 더욱 확실해졌다. 수백 번이나 이런 일을 치러본 레널즈 목사님조차도 안경을 벗어서 알에 서린 김을 닦아야만 했던 것이다.

"뭐 잘못된 거라도 있습니까, 목사님?"

히스가 정중하게 질문했다.

“그게…… 남부인을 결혼시켜 본 적은 한 번도 없어서요”

사과조의 답변이 날아오자 루시는 돌연 발끈했다. 세상에, 그녀가 아예 종이 다른 인간과 결혼이라도 하는 것처럼 왜 모두가 계속 ‘남부인’이란 말을 입에 담는 걸까?

“괜찮아요, 목사님.”

루시는 신랄하게 대꾸했다.

“제 생각엔 남부인들도 우리와 똑같은 결혼 서약을 할 거예요 아무리 그 사람들이 발음을 제대로 못한다 해도 말이죠”

이후 얼마 동안 루시는 짜증을 내는 편이 지금 상황에서 주의를 분산시키는 데 도움이 된다는 것을 깨닫고 계속 그 상태를 유지했다. 휘황찬란했던 웨딩드레스가 훨씬 간소하고 얌전한 수준으로 축소되었듯이 그녀의 호화로운 결혼식 역시 짧고 사무적인 예식으로 축소되어버렸다. 서약을 하고 난 뒤에는 목사 부인이 오르간을 부서져라 연주하는 가운데 반지 교환이 있었다. 비싼 금반지가 제대로 손에 익숙해지기도 전에 루시는 히스의 손이 자신의 턱을 받치더니 고개를 들어올리는 것을 느꼈다. 그는 그녀에게 살짝 입맞췄다.

그게 다였다. 모두 끝났다. 대니얼과 함께 하리라던 그녀의 꿈은 영원히 사라져버렸다. 그녀의 서약 상대는 다른 남자였으며 그녀는 낯선 사람의 것이 되었다. 히스가 목사의 축하 인사를 받는 동안 루카스 콜드웰은 마차를 준비시키려고 교회에서 나갔다. 루시는 허리를 숙여 레널즈 목사의 어린 딸에게 부케를 주었다. 일어선 그녀의 눈에 레널즈 부인의 모습이 들어왔다. 루시의 눈에 서린 표정을 보고 그녀의 둥근 얼굴에 다정한 동정심이 감돌았다.

“신부는 그렇게 미간을 찌푸리는 게 아니야.”

그녀는 친절하게 속삭여주었다.

“루시한테 잘해 줄 좋은 분 같은데 뭘.”

루시는 무뚝뚝하게 끄덕였지만 상대 여인이 말을 계속함에 따라 비참한 나머지 속에서 뭔가 치받는 느낌이었다.

“인생이란 항상 우리가 기대한 것과는 다르게······.”

“저도 이해해요. 감사합니다, 레널즈 부인.”

루시는 그럴 마음은 없었는데도 말허리를 거칠게 잘랐고 그 무례한 행동에 상대 여인은 얼어붙은 듯 침묵했다. 갑자기 루시는 히스의 손이 경고하듯 그녀의 팔뚝을 잡고 쥐어뜯을 듯 펜치처럼 조이는 것을 느꼈다. 그녀는 다소 움찔하며 따지듯 그를 흘끔 올려다보았지만 그는 레널즈 부인에게 매력적인 미소를 보내는 중이었다.

“저희 둘 다 오늘 오후 저희들에게 베풀어주신 친절에 감사드립니다, 부인.”

그는 그 특유의 짐짓 질질 끄는 어조로 인사해 노부인의 발끈했던 성미를 다독여주었다. 루시는 그가 무엇 때문에 굳이 그런 수고를 하는지 이해할 수가 없었다. 어차피 레널즈 부인의 생각이 어떻건 간에 그와는 절대 상관없지 않은가?

“부인 덕에 이 예식은 언제까지나 소중하게 간직하고 절대 잊지 못할 아름다운 추억이 되었습니다.”

“아니에요, 레인 씨.”

목사 부인은 우쭐하면서도 즐거운 표정으로 허둥지둥 부인했다.

“나야 그저 찬송가를 연주하고 예식의 증인을 섰을 뿐인데······.”

“부인께서 참석해 주신 것만으로도 저희에겐 축복입니다.”

히스는 감사의 미소를 천천히 머금었고 그 덕에 레널즈 부인의 하해와 같은 가슴에 좋은 감정이 산처럼 쌓인 것은 자명한 이치였다. 그러더니 그는 루시의 손목을 잡은 채 돌아서서 그녀를 통로로 끌고 나갔다.

“당신 때문에 내 팔에 멍들겠어요!”

그녀는 나직이 식식대며 그의 손이 느슨해질 때까지 팔을 비틀어댔다. 그러나 그는 전혀 걸음을 멈추지 않고 그녀를 교회 밖으로 끌어냈다.

“당신이 성질을 죽이지 않는다면 팔의 멍으로 끝내지 않을 거야. 당신이 나나 대니얼이나 당신 아버지한테 따따부따할 말이 있다면 그건 별 문제지만 친절한 노부인에게 그렇게 해댈 필요는 없지 않소. 당신 기분을 위로해 주려고 애쓰는 분에게……."

"따따부따?"

그녀는 경멸하듯 되물었다.

"따질 말이 있다는 소리겠죠."

"당신네 양키들이야 따진다고 할지 모르지만 메이슨-딕슨선(미국 남부와 북부의 경계선) 남부에서는 그렇게들 말하지."

"지금 우리가 메이슨-딕슨선 남쪽에 있나요?"

그들은 마차 앞에서 멈춰 섰고 푸른 눈이 신경을 갉아먹는 듯한 한순간 갈색 눈과 마주쳤다. 루시의 시선이 점점 아래로 떨어졌다.

"이제 집에 가는 건가요?"

그녀는 낮은 목소리로 물었다.

"웨이사이드 여인숙으로 저녁 식사를 하러 가는 게 제일 나을 것 같더군."

"배고프지 않아요."

히스는 한숨을 쉬었다. 그의 인내심은 바닥을 보일락 말락했다. 그가 금발을 손으로 헤집자 머리칼이 이마 위로 흩어져 한층 매력적인 모습이 되었다.

"신다…… 오늘은 아마 우리 평생 단 한 번 있을 결혼식 날이니 최고의 날이 되도록 노력하자구. 웨이사이드에서 와인 한두 잔으로 기분을 풀면서 저녁을 들고 난 다음 돌아오면 짐도 다 정리되어 있을 테고……."

"정리는 누가 하는데요?"

"콜린과 몰리 플래너리라는 모녀가 있소. 그 둘에게 일주일에 몇 번 세탁과 요리를 부탁하고 품삯을 주고 있거든. 내일이면 그 둘을 만나게 될 거요."

천천히 고개를 끄덕인 그녀는 그의 도움을 거부하지 않은 채 마차에 올라탔다. 이제 결혼식이 끝나자 피로감과 긴장감이 몰려오면서 아침보다 더욱 신경이 곤두섰다. 그녀는 최선을 다해 대화를 이어가려 했지만 잠시 후 두 사람 다 할말이 없어지고 말았다. 그 뒤의 저녁 시간은 흐리멍덩한 속에서 흘러갔으며 음식 주문이나 소금을 달라는 등의 꼭 필요한 말 외에는 식사가 끝날 때까지 침묵만이 이어졌다. 하지만 와인을 두 잔째 마시자 루시의 말문도 계속 마음에 걸리던 질문을 던질 정도로 트이게 되었다.

"또 다른 책을 쓰고 있나요?"

"계획은 없소. 왜 묻지?"

"그게…… 우리 생활비 때문이죠. 내 말은, 당신 처녀작이 언제까지나 돈을 벌어다줄 리는 없고 내 생각에 돈을 더 벌려면 당신이……."

"아하."

그의 터키석 눈이 문득 재미있다는 듯 번쩍였다.

"신, 작가로 먹고살겠다는 남자는 하루 세끼 식사라는 사치를 누릴 생각을 말아야 하오."

"하지만 당신 책은 성공을 거뒀고……."

"그렇소. 하지만 그 책으로 번 수익의 총액은 우리 둘의 일주일 생활비도 안 될걸."

그녀의 입이 경악으로 딱 벌어졌다. 아버지는 히스가 그녀를 남부럽지 않게 보살펴줄 거라고 말하지 않았던가! 그녀는 그 점을 추호도 의심하지 않았다. 히스의 차림새는 그 정도로 번듯하고 언제나 표정에서 근심걱정 따위를 찾아볼 수 없었던 것이다.

"하지만 난 항상 생각하길…… 그럼 당신은 뭘로 먹고사나요?"

"전쟁이 끝난 뒤에 아버지가 남겨주신 토지의 상당 부분을 팔아서 투자를 좀 했소. 한 건이 특히 이윤을 많이 남겨서 안락한 생활을 유지할 정도로는 충분하지. 냉장수송 기차에 대해서 들어본 적 있소?"

"아뇨."

그녀는 갑자기 안심해서 긴장을 풀었다. 토지. 투자. 그 말은 곧 돈이 있다는 소리다.

"냉장수송은 사업 규모를 열 배로 확장시킬 수 있는 방법이오. 과일이나 채소를 저온차량에 실어 규모가 큰 소매상으로 보낼 수 있지. 그 과정에서 중소상인들은 소외당하지만……."

"하지만 그럼 수많은 사람들이 일을 잃게 되잖아요?"

"그렇소. 하지만 어쩔 수 없지…… 특히 그들이 발전에 걸림돌이 될 때는 더더욱 말이오."

"무정한 소리도 다 있군요! 당신은 죄의식도 없어요? 당신이 일을 빼앗은 그 사람들에게 책임감도 못 느끼냐고요!"

"당신이 도덕 운운할 줄 진작에 알았어야 했는데."

히스는 잔잔한 미소를 머금었다. 하지만 그녀가 반쯤은 질렸다는 태도로 계속 빤히 쳐다보자 그 미소는 사라졌고 즉시 냉담하면서도 무자비한 표정으로 변했다. 완벽한 냉혈한이군, 루시는 깨달았다. 아주 짧은 찰나 그녀는 하마터면 그가 무서워질 뻔했다. 그는 어떤 일이건 간에 거리낌없이 해치워버리지 않을까?

"아니, 죄의식은 없소. 나도 사람들을 일터에서 내몰기는 싫지만 난 제대로 된 집에서 잠자기를 좋아하는 별난 취미가 있어서 말이야."

"하지만 그 사람들은……."

"그건 전쟁의 결과요. 기존 질서가 뒤흔들리는 거지. 우리 중 몇몇은 위쪽으로 부상하고 나머지는 아래로 떨어지는 거요. 아래로 떨어지지 않기 위해 무슨 짓이든 해야만 한다 해도 그 편이 빠져죽는 것보단 낫지."

"고결한 성품을 잃느니 차라리 빠져죽고 말겠다는 사람도 있을 거예요."
루시의 목소리에는 심한 비난의 기색이 짙게 깔려 있었다.

히스의 푸른 눈은 그녀의 등골이 오싹할 정도로 얼어붙었다.

"레인 부인, 당신은 자신이 남자와 그들의 고결함에 대해서 얼마나 무지한지 알게 되면 놀라고 말 거요. 전쟁중 당신의 사랑스러운 대니얼이 살아남기 위해서 무슨 짓을 했는지 알게 되면 당신은 아마 욕지기를 하고 말걸."

"누가 대니얼 얘기를 했다고 그래요!"

그녀는 격하게 외쳤지만 두 사람 다 그녀가 대니얼 생각을 했다는 걸 알고 있었다.

"난 당신의 여러 가지 결점을 참아주겠지만,"

히스는 그녀를 무심한 태도로 내려다보았다.

"당신이 고상한 척 날 당신 잣대로 재거나 비교하는 짓 따위는 내버려두지 않겠어."

그 뒤 그들은 한마디도 하지 않았으며 차갑고 무엇으로도 깰 수 없는 이 새로운 침묵은 좀전보다도 훨씬 더 끔찍했다.

저녁식사가 끝난 뒤 그들은 밤늦게 집으로 돌아왔다. 루시는 침대에 들기 전 얼마 동안 혼자 있게 되었다. 그녀는 조심스럽게 드레스를 벗어 치웠다. 그녀의 모든 동작이 마치 꿈속에서처럼 느렸다. 더듬더듬 코르셋을 푼 그녀는 폐부 깊숙이 공기가 밀려들자 약간 휘청했으므로 침대 기둥을 끌어안고 뺨을 갖다댄 채 현기증이 사라질 때까지 눈을 감고 있었다.
"신다?"
그녀는 히스의 목소리에 깜짝 놀라 눈을 번쩍 떴다.
"괜찮소?"
그는 문간에서 침대로 다가왔다. 잘생긴 얼굴은 걱정으로 흐려져 있었다. 그녀는 침대 기둥에서 떨어져 한두 발짝 뒷걸음질쳤다. 맨발이 푹신한 양탄자에 파묻혔다.
"괜찮아요."
그녀는 떨리는 양팔로 허리선을 감싸안고 변명조로 말했다. 자신이 속바지와 구겨진 민소매 속옷 바람인데 비해 그는 여전히 옷을 죄다 입고 있다는 사실이 그녀의 뇌리에 견딜 수 없을 만큼 뚜렷이 각인되었다.
"당신이 이렇게 일찍 들어올 줄은 몰랐어요 시간이 촉박해서 미처……준비를 끝내지 못했거든요."
"당신에게 그렇게 많은 시간이 필요할 줄은 몰랐는걸."
"저기."
그녀는 불편한 기색으로 말했다.
"잠깐 나가서 몇 분 뒤에 들어오지 않을래요? 그럼 그때까지는 내 잠옷도 찾아놓고……."
"그냥 있으면 안 될까?"
그는 나직이 제안하며 이미 코트를 부스럭부스럭 벗고 있었다. 그녀는 그가 신발을 벗는 동안 홀린 듯 지켜보기만 했다.

"그 쪽이 더 편할 거야, 신. 굳이 번잡스럽게 굴 것 없으니까."

"난…… 아무래도 태연할…… 수가 없어요."

"그렇게 흠칫거릴 필요 없어. 잊지 말라구. 난 당신 옷차림이 지금보다 더 빈약했던 모습도 본 적 있다구."

그가 계속해서 옷을 벗자 루시는 고개를 돌리고 외면했다. 그녀의 두 손이 속옷의 어깨끈으로 올라갔지만 다음 순간 그녀는 그 자리에 얼어붙고 말았다. 아니다, 그의 앞에서 옷을 벗을 수는 없었다. 그는 그녀가 지금 당장 완전 알몸이 되기를 고대하고 있을까? 그가 지켜보는 앞에서? 아니면 이쪽이 더 최악이지만, 그는 지금 당장 벌거벗을 참일까? 만약 그렇다면 그녀는 눈을 어디다 두고 무슨 말을 해야 할까? 상상했던 것보다 백 배는 더 고약한 사태였다. 아아, 왜, 대체 왜 이럴 때는 어떻게 해야 한다고 아무도 말해 주지 않은 것일까? 아마도 적절하게 상황을 풀어나갈 방법이 분명 있을 텐데 이렇게 끔찍하고도 어색한 상황이 벌어질 것이라고 경고해 준 사람은 누구 하나 없었다. 그녀는 말문이 막힌 채 그 자리에 얼어붙어 부들부들 떨었고 그 동안 머릿속으로는 미친 듯이 행동 방침을 짜냈다.

아아, 아직 머리에서 핀을 빼기 전이었다. 그 덕에 시간을 조금이나마 벌 수 있으리라. 머리채를 정수리에 고정시켰던 핀을 더듬더듬 빼내는 와중에 핀 두세 개가 바닥에 떨어지는 소리가 들렸고 그와 동시에 히스의 맨발이 다가오는 기척도 들려왔다.

"여기 있소. 내가 해주지."

그의 손가락이 자기 것이라는 양 길다란 밤색 머리채 속으로 서슴없이 파고 들어와 비단결 같은 머리카락을 쓸어내리면서 천천히 핀을 빼냈다. 루시는 머뭇거리며 그에게로 얼굴을 돌렸다. 다행히 바지는 아직 입고 있었지만 웃통은 벗은 채라 예상했던 것보다 훨씬 더 듬직하고도 위협적으로 보였다. 그녀는 이렇게 많은 맨살을 한꺼번에 본 적이 없었다. 그의 몸에는 군데군데 수많은 상처가 보였다. 잘록한 허리선은 위쪽으로 올라갈수록 넓어져 탄탄한 가슴과 어깨로 이어졌다. 그녀를 내려다보는 그의 한쪽 입꼬리가 반쯤 미소를 지을락말락 치켜 올라갔다.

즐겨 신던 굽 높은 슬리퍼를 벗으니 루시의 키는 겨우 그의 어깨까지밖에 닿지 않았다. 그녀는 그의 앞에서 난쟁이처럼 보이는 것도, 고개를 한껏 뒤로 젖혀야만 그의 눈을 마주 볼 수 있다는 것도 싫었다. 히스가 대니얼과 비슷한 키라면 좋았겠다는 생각이 들었다. 아아, 키다리 남자와 땅꼬마 여자라니 참 잘도 어울리는 짝이군! 지금 히스가 대니얼처럼 그녀를 끌어안는다면 그녀의 코는 그의 가슴 한가운데에 납작 찌부러질 참이었다. 그의 큼직한 손이 어깨에 얹히더니 엄지손가락이 쇄골선을 어루만졌다. 루시는 그의 목줄기 아래쪽에 눈길을 못박은 채 꼼짝 말라고 자신을 억지로 다잡았지만 가까이 있는 그의 존재 때문에 답답했다. 그의 손을 떨쳐버리고 그에게서 떨어져 나가고 싶었다. 도망가고 싶었다. 긴장감이 커진 나머지 커다란 덩어리로 뭉쳐져 숨을 막는 것만 같았으며 점점 참기가 힘들어지고 있었다. 그의 두 손이 그녀의 허리로 내려오자 숨 넘어가는 소리를 지르며 그의 손에서 몸을 뺀 그녀는 휙 돌아서서 양손에 얼굴을 파묻었다. 그녀의 전신은 그의 손길이 제대로 닿기도 전에 움츠러들고 말았다.

"안 돼요."

그녀는 비참한 심정으로 말했다.

"참고 견뎌낼 수가 없어요. 지금은 안 돼요…… 부탁이에요. 며칠, 아니, 한두 주 정도 매사에 익숙해질 시간이 필요해요. 날 그냥 내버려둬요! 당신이 만지는 걸 원치 않아요. 당신과 결혼하는 게 아니었어요. 난 당신에 대해 알지도 못해요. 결혼하는 게 아니었는데 미처 생각을……."

중간에 말을 끊은 그녀는 자제력을 찾으려고 힘겹게 헐떡거렸다.

침묵을 깬 히스의 목소리는 아주 낮고 조용했다.

"아아, 신."

그는 한숨을 쉬었다.

"우린 둘 다 배워야 할 게 많아. 이리 오라구."

그녀는 시선을 바닥에 딱 고정시킨 채 한 걸음 한 걸음 그에게로 돌아갔지만 그가 손을 내밀자 기계적으로 움찔했다. 그는 그녀를 꼭 끌어안았다. 그의 몸이 그녀의 얼음장 같은 몸에 놀랄 만큼 따스하게 느껴졌다. 무슨 수를 써도 루시의 떨림은 멈추지 않을 것 같았다. 그는 뻣뻣하고 비협조적인 그녀에게 놀란 동물을 달래듯 나직이 중얼거렸다.

"긴장 풀어, 풀라구. 괜찮아, 귀여운 아가씨…… 두려워할 건 아무것도 없어."

그는 그녀를 끌어안고만 있을 뿐이었지만 그녀는 그의 온기가 피부에 스며들면서 전신에 느릿느릿 흘러들자 점점 긴장을 풀었다. 그에게 기대 탄탄한 맨가슴에 손바닥을 얹고 볼을 지그시 갖다댔다. 그녀의 얼굴에 그의 규칙적인 심장고동이 전해졌다. 그의 입술이 그녀의 머리칼을 스치는 느낌이 들었다. 그의 품에 폭 안겨 있으니 기분 좋았다.

"당신이 그 동안 얼마나 힘들었을지 알아."

그는 길다란 밤색 머리칼 아래로 그녀의 등을 어루만졌다.

"하지만 최악의 사태는 이제 끝났어."

"아니, 안 그래요."

그녀는 잠긴 목소리로 말했다.

"당신에겐 그럴지 몰라도 내겐 아니에요."

"무엇보다도 당신에게 겁이나 상처를 주려는 생각은 전혀……."

"그럼 시간을 줘요. 일주일, 아니면 한 달 정도면……."

"한 달 동안 기다리면 좀 편해질 거라고 생각해?"

그가 부드럽게 물었다.

"그랬다간 하루하루 더 두려워질 텐데."

그녀는 혼란 속에서 그에게 매달리는 모순된 행동을 취했다. 히스는 기다렸지만 그녀가 대답하지 않을 것이 확실해지자 팔에 힘을 뺐다. 그는 그녀의 속옷 아랫단으로 손을 내리더니 저항할 틈도 주지 않은 채 단번에 속옷을 머리 위로 올려 홱 벗겨냈다.

"불빛이……."

그녀는 드러난 맨 가슴에 하나 가득 쏟아지는 황금색 불빛을 극도로 의식했다.

"당신 모습을 보고 싶어."

그의 녹청색 눈이 갑자기 뜨겁게 타올랐다.

"그리고 당신도 내 모습을 보았으면 좋겠어."

히스는 한쪽 무릎을 침대에 괴고 그녀를 비스듬히 눕혔다. 그의 손가락이 활짝 펼쳐진 채 그녀의 가슴 아래쪽에 햇살처럼 가볍게 와닿았다. 입술이 그녀의 입술을 건드렸다. 처음에는 극히 짧디 짧은 애무에 불과했지만 다음 순간 더욱 단호하게 자리잡더니 그녀의 입술을 살며시 벌렸다. 그의 입술 맛이 그녀의 감각을 가득 채웠다. 루시는 그의 혀가 자신의 혀를 육감적으로 천천히 어루만지는 것을 느꼈다. 순수한 육체적 감각을 배출시킬 반가운 탈출구를 찾아서 그의 목을 끌어안았다. 그의 손가락이 그녀의 속바지 허리춤을 움켜쥐더니 서둘러 엉덩이와 다리 아래로 끌어내렸다.

그녀의 머릿속은 기분 좋게 희뿌연해진 상태로 그의 입술과 손에만 초점이 맞춰져 있었다. 히스는 서두르지 않고 끈기 있게 입맞췄으며 그녀가 더욱 강한 접촉을 원하며 열렬해질수록 그의 몸짓은 더욱 나른해졌다. 그래서 그녀는 적극적으로 움직이며 그의 감칠나는 입맞춤을 갈구하다가 마침내 욕구불만으로 부르르 떨며 그의 고개를 한곳에 고정시키기 위해 머리칼을 움켜쥐었다. 히스는 나직이 혼자웃음을 지으며 길고도 완벽한 키스로 그녀의 노력에 보답했다. 그의 혀가 입 속을 깊숙이 헤집었다. 루시의 뇌리 저 깊은 곳 어딘가에 자신이 그의 키스가 지속되기를 원하고 있을 뿐만 아니라 그의 손길에도 굶주린 상태라는 놀라운 깨달음이 자리잡았다. 그가 전에도 해주었던 그 행위들을 그녀는 다시금 원했다. 루시는 그를 다시금 원했다.

히스는 머뭇거리며 그녀에게서 떨어져 나갔지만 그것은 나머지 옷을 벗어버리기 위해서였다. 루시는 얼굴을 붉히며 침대 발치의 가벼운 누비이불을 끌어당겼다. 알몸을 가리고 싶은 본능 때문이었다. 그녀는 바지가 바닥에 떨어지는 소리를 들었고 그가 침대로 올라와 다가오자 눈을 질끈 감았다. 그의 목소리가 그녀의 귓전 바로 옆에서 들렸다.

"신…… 날 봐. 조금도 흥미가 없는 건가?"

그녀는 길다란 속눈썹을 팔랑거리며 짓궂고도 재미있다는 듯 번쩍이는 그의 눈을 마주 보았다.

"정말로 없어요. 없다구요."

그는 갑자기 빙그레 웃음지었다.

"있을걸. 당신은 단지 너무 황소고집이라 시인하지 못할 뿐이야."

"황소고집이라고요? 난……."

"그렇게 노려보지 말라구, 허니…… 그런 눈은 남자의 기분을 꺾는 데
얼음물보다도 더 효과만점이거든."

"잘됐네요!"

그녀는 그에게서 벗어나려고 몸을 뒤틀었다. 꿈처럼 포근한 분위기를 깨
버리는 그의 태도에 화가 났다.

"그리고 나한테 그렇게 실실대는 것도 그만둬요. 우스울 건 아무것도 없
으니까요!"

"가만 있어."

그는 그녀를 그 자리에 내리누르고 코에 입맞춤했다. 미소는 지워졌지만
그의 눈은 여전히 광채를 내뿜고 있었다.

그는 그녀의 양쪽 입꼬리에 각각 입맞춘 다음 귓불과 그 뒤편의 오목한
부분을 잘근거렸다. 그가 너무나 나직이 속삭이는 바람에 그녀는 그 말을
띄엄띄엄 알아들을 수밖에 없었다. 그녀가 아름답다고, 그녀를 원한다고
속삭였으며 그 다정한 감언이설 덕에 루시의 울분은 즉시 누그러졌다. 그
녀는 그 다정한 태도에 홀려서 그에게 동그마니 달라붙었다. 히스는 그녀
의 가슴을 감싸쥐고 가볍게 어루만졌다. 그의 손끝이 단단해진 봉오리를
장난감삼아 건드리기 시작했다. 쾌락이 그의 손에서부터 그녀의 전신으로
흘러드는 것만 같았다. 너무나 아찔하게 밀어닥치는 쾌락 속에서 그녀는
둥둥 떠다녔다.

히스는 그녀의 목줄기에 대고 웅얼거렸다.

"손이 너무나 아름다워…… 내 몸에 당신 손길을 느끼고 싶어."

"어디에요?"

그녀는 그의 어깨를 머뭇머뭇 매만지며 숨가쁘게 물었다.

“어디든 다.”

“난 방법을 몰라요…….”

“당신이 하고 싶은 대로 뭐든지 해.”

그는 급박한 정열을 엄청난 노력으로 옥죄며 그녀를 구슬렸다. 힘차게 뻗어나온 그녀의 손길이 그의 가슴에서 아래로 내려가 등으로 돌아갔다. 그녀의 손가락은 그의 근육이 좌우대칭으로 균형 잡힌 모습을 기억에 새겨 넣었다. 근육은 나사로 쥔 강철처럼 견고했으며 등골은 길게 곡선을 그리며 섬세하게 움푹 파여 있었다. 그녀는 그의 잘록한 골반에 닿자 불안감과 불확실의 경계에서 얼굴을 붉히며 손길을 멈췄다. 히스는 격려의 말을 웅얼거리면서 그녀의 손에 자신의 손을 겹쳐 잡았다.

“히스…….”

“피하지 마.”

“할 수 없어요…….”

“우리 사이엔 어떤 장벽도 없어. 이 방에서는 어떤 벽도 없는 거야…… 금기사항도, 두려워할 것도, 숨길 것도…… 잃을 것도 전혀 없어.”

자신의 심장고동 소리가 해변에 밀려드는 파도인양 그녀의 귀에 굉음처럼 들려왔다. 그녀는 전율하면서 손을 아래로 끌어가는 그에게 모든 것을 맡겼다. 처음에는 손끝에 무성한 털이 스쳐 지나갔고 다음 순간 믿어지지 않을 정도로 뜨겁고 단단한 그의 일부가 손바닥에 다가왔다. 히스는 숨을 죽이고 멈추더니 다음 순간 짤막한 한숨을 토했다. 그녀의 늘씬한 손가락이 길다란 그의 상징 위에서 방황하며 섬세한 탐색을 계속했다. 그녀는 자신이 그의 몸 안에 세차게 불러일으킨 불길과 격정을 감지했으며 어색함과 수줍음이 호기심에 자리를 양보하자 동작을 더욱 천천히 재개했다. 그녀는 이런 식으로 그를 애무하는 것이 싫지 않음을 깨닫고 막연하게나마 놀랐다. 낯설지만 은밀하고도 묘하게 흥분되는 행위였다. 그녀는 더욱 대담하게 그를 어루만졌다.

“내가 제대로 하고 있나요?”

그녀가 그의 목에 따스한 숨결을 내뿜자 그는 부르르 떨었다.

"맙소사, 그래."

그의 웃음소리는 목구멍에서 김이 새는 소리로밖에 들리지 않았다.

"당신은 내가 양키 여자들에 관해 들었던 모든 얘기를 무색하게 만드는군."

그는 그녀의 손목을 잡더니 계속 탐색을 시도하는 손가락을 작열하는 그의 욕망의 근원에서 떼어냈다.

"잠시만."

그는 여전히 그녀의 손을 움켜쥔 채 헉헉대며 똑바로 누웠다.

"뭐가 잘못됐나요?"

히스는 그녀의 손을 들어 관절 하나하나에 입맞췄다.

"전혀. 하지만 당신이 계속 그러면 오늘밤은 내 계획보다 훨씬 일찍 끝나버릴 거야."

그녀는 한쪽 팔꿈치를 세우고 그를 내려다보았다. 거리낌이 재빠른 속도로 사라지는 가운데 그녀는 따스하게 응시하는 그의 시선을 몸 전체에 느꼈다. 그의 부드러운 손길이 그녀의 피폐해진 감정을 고약처럼 치유해 주었다.

"무슨 뜻이에요?"

"당신에게 감싸여 있으면 난 자제심을 잃어. 바닥까지 남김없이 말이지."

"그건…… 그건 바람직한 일 아닌가요? 그렇죠?"

"아아, 그렇게 웃지 말라구."

그는 신음했다.

"당신 때문에 더 힘들어지잖아."

예기치 않았던 잽싼 동작으로 그는 그녀를 끌어안고 기지개를 켜는 고양이처럼 옆으로 굴렀다. 히스의 다리가 그녀의 다리 사이에 자리잡았고 그는 두 팔로 그녀의 양옆을 괴었다. 루시는 그의 남성이 자신의 몸을 너무나도 은밀하게 지분대는 느낌에 숨 넘어가는 소리를 냈다. 그녀는 육중하고도 저돌적인 남성의 힘을 느낄 수 있었다. 루시는 불편한 듯 꼼지락거려 그에게서 떨어지려 했지만 그의 몸무게에 영락없이 눌려 그 자리에 못 박히는 바람에 매트리스에 더욱 깊이 파묻힐 수밖에 없었다.

그의 팔이 그녀의 등뒤로 미끄러져 들어와 세차게 들어올리자 그녀의 가슴이 위로 쑥 들려 올라왔다. 그녀의 육체는 그의 쾌락 앞에 무방비 상태가 되었다. 히스는 따스한 그녀의 가슴 아래쪽을 콧등으로 문질렀고 그의 입술이 위쪽으로 올라오자 그녀의 젖꼭지는 열렬한 기대감으로 딱딱해졌다. 그의 혀가 조여든 살덩이를 어루만지며 분홍빛 가장자리를 따라 움직였다.

무의식중에 그녀는 그의 머리칼을 어루만지며 멈추지 말라고 무언에 애원을 했다. 그녀의 중지 끝부분이 그의 관자놀이에 난 흉터를 찾아내 부드럽게 쓸어내렸다. 하지만 다음 순간 그녀의 손바닥이 무심결에 그녀 자신의 가슴을 스쳤다. 생명력으로 약동하는 탱탱하고 따스한 가슴이었다. 그녀는 마치 불에 데기라도 한 듯 황급히 손을 치웠다. 히스는 고개를 들고 이글거리는 터키석빛 눈으로 물끄러미 바라보았다.

"왜 그래?"

그는 목쉰 소리로 물었다.

"당신이 자기 몸을 만진다 해도 난 싫지 않아."

그녀는 당혹감으로 새빨갛게 얼굴을 붉혔다. 욕망이 삽시간에 꺼져갔다.

"그럴 생각이 아니었어요. 실수였어요…… 아아, 그런 눈으로 쳐다보지 말아요!"

그는 씨익 웃기 시작했다.

"당신이 지금 한 짓은 잘못된 게 아니야."

그는 그녀의 손을 잡았고 그녀가 빼내려 하자 더욱 힘을 주어 놓지 않았다.

"아아, 그 얘기는 제발이지 그만둬요!"

"아직은 안 돼. 우선 당신에게 뭔가 보여주고 싶어."

"뭘요?"

그는 그녀의 불안해하는 목소리에 빙그레 웃지 않을 수 없었다.

히스는 루시의 손을 그녀의 가슴으로 가져가 아래쪽에서부터 감싸게 하더니 위쪽으로 밀어올렸다. 당황해서 얼굴이 붉어진 루시는 손을 빼내려 했지만 그는 놓아주지 않았다. 히스는 고개를 숙여 그녀의 젖꼭지를 살짝 물었다.

"자기 몸을 부끄러워하는 당신 태도를 계속 방치한다면,"

그는 잠시 사이를 두고 따스한 입으로 그녀의 맛을 음미했다.

"당신은 내 몸도 부끄러워하게 될 테지…… 난 그렇게 되기를 원치 않아."

그는 저항하는 그녀의 손을 억지로 아래쪽으로 끌어내려 그녀의 납작한 배며 털이 부드럽게 물결치는 부분으로 가져갔다. 루시는 충격으로 빳빳이 굳어졌다. 그녀의 손가락이 그녀 자신의 다리 사이에 있었다. 뜨겁고 촉촉한 그 부분은 살짝 떨리고 있었다.

"느낌이 얼마나 좋은지 알겠어? 그게 바로 당신 육체의 신비야."

루시는 숨죽인 비명을 지르며 그에게서 빠져나왔다. 가슴이 격하게 오르내렸다. 손등을 머리 옆 베개 위에 피신시킨 그녀는 축축해진 손가락에 차가운 공기가 와닿자 전율했다.

"어떻게 그럴 수가 있어요?"

그녀는 속삭였다. 묘하게 뒤섞인 갖가지 감정에 압도된 나머지 거의 생각을 할 수가 없었다.

"금지된 것은 아무것도 없어."

그는 다시금 일깨우더니 마치 자기 말을 증명하려는 듯 입술로 그녀의 손가락을 하나하나 핥았다.

"하지만 당신은…… 그런 짓을 해서는 안 되는 거예요."

그녀는 눈을 휘둥그렇게 뜨고 더듬더듬 말했다.

"당신 같은 초보가 어떻게 알지?"

히스는 부드럽게 놀리는 목소리로 물었다.

"남편들은 아마 모두 아내에게 이렇게 할 거야."

아니. 그녀는 대니얼이라면 이런 은밀한 행위를 절대 그녀에게 하고 싶어하지 않으리라는 것을 본능적으로 알았다. 대니얼이라면 그녀가 원치 않는 짓을 시킨다는 것은 꿈에서도 상상해 본 적이 없으리라. 대니얼은 낭만적인 경험이 되게끔 배려할 것이다. 대니얼과 함께 한다면 위엄과 부드러움이 가득 찬 행위가 되었을 테고 그는 그녀의 남편처럼 이교도의 의식 같은 욕정 넘치는 짓거리 따위는 절대 시키지 않을 것이다.

히스의 얼굴에서 미소가 싹 사라지면서 얼어붙었다. 바보가 아니고서야 그녀의 생각을, 그녀가 지금 누구를 생각하고 있는지를 읽어내지 못할 리가 없었다. 그리고 그 상대는 그가 아니었다. 얼마나 오래 걸릴까? 히스는 황량한 심정으로 생각했다. 얼마나 오랜 시간이 지나야 그는 그녀가 그토록 오래 전부터 원했던 남자의 그림자에 맞설 수 있게 될까?

"귀여운 새침데기."

히스는 부드럽게 말했다.

"차라리 냉정한 뉴잉글랜드인과 함께 눕고 싶다는 거로군. 안 그래? 멋으로 똘똘 뭉친 남자를…… 당신 속옷을 꽤나 경애하듯 걷어올리고 하나하나 움직일 때마다 당신 허락을 구하는……."

"그런 식으로 말하지 말아요."

"인정하라구. 당신은 지금 내가 대니얼 콜리어였다면 무엇이든 주었을 거야. 그 작자와 함께 침대에 누울 수만 있다면 영혼이라도 팔았을 거라구. 하지만 현실은 감히 당신을 비웃고 느낌을 일깨워주는 남자를 주었을 뿐이지. 안 그랬으면 당신은 침대에 인형처럼 뻣뻣이 누워서……."

"그래요!"

그녀는 그의 비아냥거리는 말에 발끈했다.

"당신이 대니얼이었으면 좋겠어요! 좋겠다고요!"

그의 잘생긴 얼굴이 조소를 띠면서 어두워졌다.

"어리석은 바보처럼 뭘 잘못 알고 있군. 당신이 대니얼을 원하는 건 그 작자가 당신을 참고 견디고 싶어하지 않았기 때문이야. 왜 그런지 당신은 알고 있나?"

그의 비웃음은 그녀가 견딜 수 있는 한계를 뛰어넘었다. 그녀는 그를 떨쳐내려 했지만 그는 그녀의 양 손목을 부여잡고 머리 위로 들어올리더니 못박듯 눌러댔다.

"당신 때문이에요."

그녀는 날카롭게 헐떡이며 대답했다.

히스는 그녀의 말에 창백해지면서 아랫입술을 희미하게 일그러뜨렸을 뿐 별다른 반응을 보이지 않았다.

"호오…… 당신도 결국은 시인하는군."

조롱하듯 매끄러운 목소리였다.

"그날 밤에는 내게 정반대되는 말을 해놓고 이제 와서는 내게 모든 책임을 뒤집어씌우시겠다? 속으로는 그런 생각을 하면서도 내 청혼을 받아들이다니 솔직하지 못하군. 당신은 귀여운 사기꾼이야, 레인 부인."

"난 오래 전부터 대니얼을 사랑했어요."

그녀는 분노로 와들와들 떨었다.

"어떻게 감히 겨우 몇 달만에 그 마음이 바뀔 수 있다고 생각해요? 당신은 정절이나 진정한 사랑에 대해서는 이해 자체를 하지 못해요. 당신은 만사가 침대에서 해결될 수 있다고 생각하나 본데……."

"진정한 사랑이라."

그는 경멸하듯 되풀이했다.

"내가 진실을 말해 주지, 루시. 왜 대니얼이 이제는 당신을 원치 않는지에 대한 진실 말이야. 그리고 그 이유에 내가 차지하는 구석은 눈곱만큼도 없어. 대니얼은 당신이 자기 같은 남자를 만족시켜 주기에는 너무 요구하는 게 많을 거라고 마침내 깨달은 거야. 당신은 대니얼이 결코 줄 수 없는 그런 것들에 굶주려 있었어. 그래, 거기에는 침대에서 끝내주게 뒹구는 짓도 포함되지. 대니얼은 그런 욕구를 절대 만족시켜 줄 수 없었을걸. 당신은 대니얼에게서 너무 많은 걸 바랐고 대니얼이 생각할 수 있었던 유일한 무마책은 당신을 그 자리에 잡아두는 길뿐이었지. 하지만 그 방법이 먹히지 않을 게 점점 자명해지자……."

"난 대니얼에게 만족했다구요."

루시는 쉰 목소리로 대꾸했다.

"당신 말은 어느 하나도 진실이 아니에요."

"잘도 아니겠군. 그럼 당신은 대니얼이 없을 때마다 내게 왜 그렇게 열렬한 반응을 보였지? 그렇게 만족했다면서?"

"왜냐하면 당신이 가엾었기 때문이죠!"

"동정? 호오, 에머슨네 집에 불이 난 그날 내게 보였던 그 반응이 동정 때문인 줄은 또 몰랐군."

"당신은 일부러 그랬던 거예요. 다른 사람에게 보이기 위해 날 유혹하려는 계략을 꾸민 거예요."

"나더러 아예 당신을 꾀어내기 위해 방화를 했다고 비난하지 않는 게 놀라울 뿐이군. 당신 말고 다른 사람들 모두의 탓을 하기란 분명 아주 쉽지, 안 그래? 하지만 당신 잘못이기도 하다면 어쩔 테지? 대니얼에게 질투심을 유발시키기 위해 당신 쪽에서 다른 남자를 꾀어 사랑을 나누게 만든 거라면?"

"그렇지 않아요!"

그녀는 분노로 말도 제대로 나오지 않았다.

"그리고 대니얼에게 질투심을 심어줄 필요 따윈 없었어요! 당신이 나타나기 전까지만 해도 매사가 다 순조로웠다구요."

"그래. 모든 게 다 번드르했다는 건 분명하겠지. 삼 년이나 되는 약혼 기간에 말이야. 삼 년이라! 그런데도 여전히 당신은 갓 찍어낸 동전처럼 깨끗하고 손때 타지 않은 몸이었어. 당신 쪽에서 대니얼에게 사랑을 나누자고 간청했다는 데 내기라도 걸겠어. 당신이 대니얼을 죽을 정도로 갈구고 졸랐으리라는 것도 마찬가지야. 아마 대니얼은 명예니 존경심이니 변명을 일삼으며 당신의 청을 미뤘겠지. 뭣 때문에 대니얼은 그렇게 꽁무니를 뺐을까, 루시? 왜 당신을 자기 것으로 만들지 않았지?"

"대니얼은 날 사랑했어요. 그이는 날 존경했다고요!"

히스는 역겹다는 몸짓으로 그녀를 놓아주더니 바닥에 떨어진 바지를 주우려 했다.

"존경과는 하등의 상관이 없어."

그는 잔인한 어조로 말하면서 바지 단추를 채우고 나머지 옷을 그러모아 방에서 나가려 했다.

"대니얼은 마침내 당신을 감당할 수 없다는 사실을 통감한 거야. 자기에

게 그럴 힘과 시간이, 무엇보다도 빌어먹게 당신을 다룰 인내심도 없다는
걸 깨달은 거지. 하지만 당신은 절대 그 점을 인정하지 않을걸. 앞으로도
내심 당신은 대니얼에게 연연하며 이러면 어땠을까, 저러면 어땠을까 꿈만
꿀 심산인 거야. 우리 사이가 얼마나 좋아질 수 있는지 노력하려는 생각일
랑 집어치우고 말이지.”

“난 오늘밤 당신이 날…… 품으려고 할 때 어떤 저지도 하지 않았어요.
싸움을 먼저 시작한 건 당신이라구요.”

“그런 순교자 놀이는 집어치워.”

루시는 알몸에 이불을 단단히 두른 채 아무 말도 하지 않았다. 누비이불
의 가장자리를 너무 세게 잡아서 손가락이 하얗게 변했다.

“성숙해지겠다고 결심이 서면 내게 알려 달라구.”

히스는 아까보다는 어느 정도 절제된 목소리로 문간에서 이렇게 덧붙이
더니 부자연스러울 정도로 가만히 문을 닫았다. 그녀의 심정으로서는 차라
리 꽝 닫는 쪽이 속 편할 것 같았다!

루시는 마지못해 잠에서 깨어났다. 눈을 뜨자마자 압도하듯 몰려들 죄의
식이 두려웠다. 그녀는 창문 너머에서 악랄하게 파고드는 듯한 아침 햇살
을 피하려고 따뜻한 이불을 더욱 폭 뒤집어썼다. 분필가루를 하나 가득 머
금은 입맛이 났다. 그녀는 실눈을 하고 아무도 없는 방 안을 둘러보며 머리
에 손을 얹었다. 기차가 얼굴 한가운데 위를 지나가지 않고서야 이런 두통
이 날 리가 없을 것만 같았다. 그녀는 신음하며 베개에 고개를 파묻고 어젯
밤 일어났던 일을 생각해 보았다. 그녀는 너무나 많은 말을 했다. 다시 주
워담고 싶지만 절대 그럴 수 없는 말들이었다. 분노 때문에 눈이 뒤집혀 생
각도 않고 내뱉은 말들이었다.

마치 그녀가 아닌 다른 사람이 그녀인양 말하고 행동한 것만 같았다. 사
람에게 상처 주는 것을 항상 질색했던 그녀가 설마 그렇게 앙심을 잔뜩 품
은 사나운 여자로 돌변했을 리가 없다. 히스가 퍼부었던 악담들을 떠올려
보니 자존심이 상하긴 했지만 맹렬한 후회는 여전했다. 그의 행동이 나빴

다 해도 그녀의 행동이 정당해지는 것은 아니었다.

루시는 대니얼에 대한 얘기 자체를 그냥 무시했으면 좋았을 거라고 뉘우쳤다. 물론 그녀는 아직도 그를 좋아했다. 다른 남자와 결혼해버린 지금도 대니얼과 그녀 사이가 전부 끝났다고 믿기가 어려웠다. 하지만 그녀는 히스를 비참하게 만들고 싶지 않았고 나쁜 아내가 되고 싶지 않았다. 단지 그에게는 그녀를 동요시켜 여태껏 느끼지도 못한 엄청난 분노를 품게 만드는 기괴한 힘이 있을 뿐이었다.

루시는 천천히 침대에서 일어나 옷장을 뒤졌다. 진한 커피 냄새가 선명하게 코끝에 감돌았다. 히스가 커피를 끓였을 거라는 생각에 그녀의 기분은 곱절로 나빠졌다. 난 저이의 아내인데, 그녀는 죄책감을 느꼈다. 이제부터는 내가 해야 하는 일이야.

히스는 부엌에 홀로 앉아 두툼한 머그잔을 갈색 손으로 감싸쥐고 있었다. 헝클어진 금발을 등받이가 높은 의자에 기대고 있으려니 밤새 뒤척인 뒤끝이라면 항상 따르게 마련인 뭐라 형용할 수 없는 손발 저림이 느껴졌다. 그는 늘 사물의 진실을 인정하는 쪽이었다. 사람이란 자신을 속이지 않는 법을 배운 뒤에나 자신의 운명을 좌우할 힘을 갖게 된다. 그가 자신의 이상으로 진실을 덮어 감춘 것은 전쟁 때뿐이었다. 다른 남부인들과 마찬가지로 그는 너무 완고한 탓에 자신들이 지고 있다는 사실을 인정할 수가 없었다. 완전히 깨지고 모욕을 받기 전까지는, 현실에 대한 각성과 환멸감이 그의 뼛속 깊은 곳까지 좀먹기 전까지는 그럴 수가 없었다.

이제 그는 자기 자신을 위해 또 한 번의 기회를 훔쳐냈다. 다시금 인생을 즐길 수 있는 기회요 누군가를 좋아할 수 있는 기회였다. 그런데 그는 마음과는 달리 그 기회를 내팽개친 것이다. 루시는 그를 증오하게 될 테고 그것이야말로 그가 제일 바라지 않는 바였다. 그는 현관 밖의 작은 포치로 나가 시내로 통하는 길을 내려다보며 뜨거운 커피를 한 모금 길게 마셨다.

그들 사이에는 차이점이 너무나 많았고 접점은 너무나 적었다. 그녀는 고되거나 부족한 생활에 대해 전혀 모른다. 그녀는 야망을 부추기는 공포에 대해서도 몰랐다. 모든 것을 얻었다가 한순간에 잃어버리는 느낌에 대해서도 그녀는 지금의 그를 형성한 갖가지 경험 중 무엇 하나도 알지 못했다. 루시가 그를 이해하지 못하는 것은 놀라운 일이 아니었다. 동시에 그가 그녀에 대해 이해력이 부족한 것도 놀라울 일이 아니다. 하지만 그는 대니얼 콜리어보다는 그녀를 훨씬 제대로 이해했다. 루시에게 상처를 입힐 수 있을 만큼 충분히 그녀를 이해하고 있었으므로 자신의 성질을 잘 다스려야만 했다. 설사 그러다 죽는 한이 있더라도 감정을 드러내지 않고 참아야 했다.

"히스?"

망설이는 그녀의 목소리가 부엌에서 들려왔다. 그는 부엌문 쪽으로 여유만만하게 다가가 문틀에 기대서서 말없이 그녀를 살펴보았다.

루시는 남편의 흐트러진 모습을 보고 기분이 이상해졌다. 그녀는 성인 남자가 이런 상태로 있는 것을 한 번도 본 적이 없었다. 아버지는 매일 아침 옷차림과 얼굴 손질을 끝낸 다음에야 식탁으로 나왔다. 그러나 지금 히스의 얼굴에는 수염 자국이 보였고 머리는 빗질도 하지 않은 상태였다. 루시는 회색 바지와 단추를 푼 셔츠 차림의 나른하면서도 우아한 그의 갈색 몸을 정신이 멍할 정도로 의식했다. 살짝 미소짓는 그의 모습은 침착하면서도 완전히 감정을 억제한 것처럼 보였지만 그 바로 아래에서는 불길이 타오르고 있음을 전혀 어렵지 않게 감지할 수 있었다.

"오늘 아침엔 당신이…… 커피를 끓였군요."

그녀는 그의 눈을 똑바로 보지 않고 낮은 목소리로 말했다.

"이제부터는 내가 할게요. 아내란 모름지기 그런 일을 해야 하는 거니까요."

히스는 아내가 남편에게 할 일에는 그보다 훨씬 중요한 것들이 있다고 지적해 주고 싶었지만 있는 자제심을 모두 쥐어짜서 간신히 참았다.

"좋아. 커피만 마실 수 있다면야 누가 끓이든 무슨 상관이겠소."

그는 단조로운 음색으로 대꾸했다.

"당신은 머그잔을 쓰는군요."

그녀는 필요 이상으로 힘주어 말하며 찬장으로 다가갔고 푸른 색 무늬가 든 하얀 도자기잔이 깔끔하게 정리되어 있는 것을 찾아냈다.

“받침접시에 잔으로 마시는 쪽이 더 좋은가요?”

“아무 쪽이나 상관없소.”

그녀는 자기 몫으로 도자기 잔과 받침접시를 꺼내 커피를 따른 다음 피곤하다는 듯 가볍게 한숨을 쉬며 식탁에 앉았다.

“푹 잤소?”

그녀는 그에게로 눈을 날카롭게 돌리며 그의 질문이 야유인지 아닌지를 가늠하려 애썼다. 하지만 그의 얼굴에는 표정이 전혀 없었다.

“그래요. 어제는 아주 피곤했거든요.”

“나도 마찬가지더군.”

루시는 생각에 잠겨 지켜보는 그의 눈길을 받으며 커피를 마셨다. 그녀는 말없이 주의 깊은 그의 눈길을 받으니 가만히 앉아 있을 수가 없었다.

“뭐가 전부 다 어디에 있는지 찾아봐야겠어요. 특히 주전자랑 팬이랑 요리 기구가…….”

“그럴 필요 없소. 요리와 청소는 플래너리 모녀가 맡고 있으니까. 뭐 당신이 가끔 그럴 기분이 나면 식사를 준비해도 되겠지. 하지만 난 당신을 부엌데기로 삼으려고 결혼한 게 아니야.”

루시는 어리둥절해서 그를 응시했다. 그때 처음으로 그녀는 그가 왜 자신과 결혼했는지 궁금해졌다. 뒤치다꺼리를 해줄 사람을 필요로 한 게 아니라면, 그렇다면 순전히 동정 때문이었을까? 그 생각을 하니 입맛이 좋지는 않았다.

“하지만…… 그럼 뭘 하면서 시간을 때워야 하죠?”

“뭐든지 하고 싶은 대로 해. 시내에 나가도 좋고 집에 있어도 좋아. 아무것도 안 해도 되고 뭘 해도 괜찮아. 당신이 원하는 대로라면 말이야. 당신이 내 일정에 해바라기처럼 맞추는 건 내 쪽에서 원치 않아. 앞으로 몇 달 동안 난 정신없이 바쁠 테니까.”

“괜찮아요. 당신이 저녁식사 시간에 맞춰 집에 오기만 한다면야…….”

“까놓고 말해서 우린 같이 밥 먹을 시간이 많지 않을 거야. 난 정해진 시간에 돌아오지 않으니까. 난…… 사업이 있어서 다른 도시에 출장도 가야 해. 대부분 로웰이나 보스턴 쪽이지만."

사업? 루시는 그 말에 오래 전부터 익숙했고 지금은 그 말을 극도로 증오했다. 남자들에게는 참으로 써먹기 쉬운 평계였다. 자기들이 감추고 싶은 것을 위장하기에 최고로 그럴 듯한 방법이었기 때문이다. 그리고 그녀의 남편 역시 그 단어를 써먹는 방법을 제대로 터득한 모양이었다.

"어떤 사업인데요?"

그녀는 의심스럽다는 듯 물었다.

"출판 관련 일이야. 뭐 못마땅한 점이라도 있나?"

이제 히스의 말투는 냉소적이었다. 수많은 이의의 말이 그녀의 혀끝에서 맴돌았다. 그래요, 못마땅해요…… 앞으로 당신을 절대 보지 않을 거예요…… 우린 절대 진정한 남편과 아내 사이가 되지 못할 거예요…… 당신은 내 감정조차 전혀 신경 쓰지 않잖아요…… 하지만 그녀는 어느 하나도 입 밖에 낼 수 없었다.

"있을 리가 있나요"

그녀는 차갑게 대꾸했다.

6

유부녀가 된다는 것은 루시가 상상했던 것보다 훨씬 엄청난 자유를 의미했다. 여태껏 그녀는 용돈이나 여가 시간을 이렇게 많이 가져본 적이 없었으며 할 일이 이렇게 없었던 적도 처음이었다. 그녀의 평판은 히스와 결혼한 덕에 완전히는 아니더라도 어느 정도는 회복되었다. 돈과 새로운 지위 덕에 그녀는 여태껏 몰랐던 부류의 사람들 사이에서 인기를 얻게 되었다. 시내나 교외에서 대부분의 시간을 지내면서 새로운 친구를 사귀었고 아버지나 옛 친구들이 보면 말없이 고개를 절레절레 흔들 만한 경박한 행동을 일삼았다.

남편과 얼굴을 마주치는 적은 거의 없었다. 사실 해가 떠 있는 시간에는 히스의 얼굴을 보는 적이 극히 드물어 자신이 유부녀라는 사실을 자각하기조차 힘들 정도였다. 하지만 밤이면 상황은 미묘하게 바뀌었다. 그들은 한 침대를 썼지만 사랑의 행위를 나눈 적은 결코 없었다. 그는 밤마다 아주 늦게 귀가하기 일쑤였고 그럴 때면 그녀는 이미 침대의 자기 쪽 영역에서 홀로 잠들어 있었다. 간혹 잠결에 뒤척이다 그가 옆에 눕는 기척을 느끼기도 했지만 두 사람은 잠이 몰려올 때까지 그 자리에 나란히 누워 있기만 했고 결코 서로의 몸에 닿지 않았으며 상대의 영역을 어쩌다가 침범하는 일이 없도록 조심을 기울였다. 왼쪽이 그녀, 오른쪽이 그의 영역이었다. 보이지 않는 선에 의해 갈라진 그들은 아무리 잠결에라도 팔이나 다리로 그 선을 넘는 적이 없었다. 접촉과 의사소통은 극히 부족했지만 히스와 한 침대를 쓰는 것은 점차 루시에게 습관이 되어 끊기가 싫어질 정도였다. 그녀는 그가 없는 동안 선잠은 들지언정 그가 옆에 있다는 것을 알기 전까지는 깊은 잠에 마음놓고 빠질 수가 없었다. 그가 옆에 있다는 것을 알게 되면, 그의 깊고도 고른 숨소리를 듣게 되면, 한밤중에 깼을 때 옆에 있는 그의 검은 윤곽선을 보면 묘하게도 마음이 놓였다.

그가 일찍 귀가하는 밤이면 루시는 등불 밝기를 낮추고 먼저 침대에 들었다. 그녀는 히스가 옷을 벗고 옆에 눕는 동안 항상 눈을 감고 있었지만 그가 잠들면 종종 눈을 뜨고 그의 모습을 하릴없이 살펴보곤 했다. 우아하고 표범 같은 그의 육체미는 이제 그녀의 눈에 익었지만 그래도 이렇게 바라볼 때면 항상 숨이 가빠지곤 했다. 그는 보기 드문 미남이었다. 하지만 결혼 첫날밤 이후 그는 그녀에게 전혀 다가오지 않았다.

그녀는 처음에는 그가 관심을 두지 않아 안도했지만 그 이후에는 이유가 궁금해졌고 이제는 조금씩 원망스럽기도 했다. 이제 그녀는 어떻게 하면 그에게 더 매력적으로 보일지를 궁리하며 시간을 보낼 때가 많았다. 전에는 그도 그녀를 몹시 원하는 것처럼 보이지 않았던가. 그런데 이렇게 감정이 싹 바뀌다니 대관절 무엇 때문일까? 생각한 바가 있어서 그녀를 무시하는 것일까, 아니면 정말로 그녀에게 무관심해진 것일까? 이런 얘기를 그녀 쪽에서 터놓고 할 수는 없었고 그도 그 화제를 입에 올리고 싶어하지 않는 듯했다. 이런 추세라면 결국은 그녀 역시 애비게일 콜리어처럼 성미 고약하고 순결무구 그 자체인 노처녀로 생을 마감하게 될 확률이 높아지는 듯싶었다.

결혼한 지 한두 달 안에 루시는 목요 동아리라는 젊은 멋쟁이들의 모임에 속하게 되었다. 시간이 남아도는데다 몸치장에 열을 올리는 여자들의 모임이었다. 다들 부려먹을 하인과 바빠서 종종 집을 비우는 남편들을 두었다는 점에서 비슷했다. 그들은 자기들의 이름을 널리 알리기 위해 자발적인 후원금을 내서 자선사업이나 음악회를 주관했으며 루시도 그들이 계획하는 수많은 문화 및 사회사업 계획에 좋아라 열심히 참여했다.

그녀는 모임에 나가자마자 환영을 받았다. 그도 그럴 것이 가입에 필요한 모든 조건을 갖추고 있었기 때문이었다. 즉 젊고 멋쟁이고 다른 회원들과 마찬가지로 따분해하고 있었던 것이다. 그들 모두 남편의 얼굴을 거의 못 보고 살았다. 그들은 그녀와 마찬가지로 주체 못할 만큼 남아도는 시간을 쇼핑이며 수다며 패션 잡지를 뒤적이는 데에 써버렸다. 모임의 마무리는 항상 소문 이야기로 끝났다. 여태까지 루시가 남들 앞에서 공개적으로 들어본 적이 한 번도 없을 만큼 은밀하면서도 개인적인 소문들이었다. 그녀는 애인 얘기며 농탕질이나 바람을 피운 이야기를 솔직하게 털어놓는 그들 앞에서 가끔씩 남몰래 당혹감을 느끼기도 했지만 생각 없이 지껄여대는 그들의 모습을 보면 자신과 마찬가지로 거의 다들 속으로는 외롭다는 사실을 알 수 있었다.

"딕시."

콩코드의 은행가 부인인 올린다 모리슨이 어느 날 목요일 저녁 모임에서 발음을 질질 끌며 매끄러운 목소리로 불렀다.

"딕시한테 꼭 들어야 할 얘기가 있어."

"딕시라고요?"

어리둥절해진 루시는 원을 그린 검은 눈썹을 치떴다.

"그래. 난 이제부터 자기를 그렇게 부를 테야. 난 어제까지만 해도 자기가 남부연합 지지자와 결혼했다는 걸 전혀 몰랐지 뭐야. 끝내주게 황홀하겠지?"

"정확히 뭘 알고 싶은 건가요?"

루시는 검은 벨벳 같은 올린다의 눈에서 탐욕스럽게 빛나는 호기심을 보고 미소지었다. 깜짝 놀랄 정도의 미모를 소유한 노골적인 올린다는 어느 누구에게 무엇이든지 거침없이 질문하는 자신감을 갖고 있었다. 진정한 미인만이 그녀처럼 무례한 행위를 감히 저지를 수 있는 것이다.

"그 사람 어떻지?"

올린다가 캐물었다.

"무슨 뜻인지……."

"아아, 그런 길 잃은 어린 양 같은 표정은 집어치워. 자기도 내 말뜻을 알잖아! 그 사람, 침대 속에서도 끝내줘? 남부인들은 말투처럼 다 부드러워, 아니면 중요한 순간엔 반역자의 구호라도 목청껏 외치나?"

그들은 다들 와락 폭소를 터뜨렸다. 얼굴이 새빨개진 루시조차도 그 웃음보에 동참할 수밖에 없었다. 모두가 기대에 차서 대답을 기다리고 있었으므로 루시는 얼음물이 달아오른 뺨을 식혀주기를 바라며 크리스털 잔을 입으로 가져갔다. 사랑의 행위로 화제가 옮겨지면 그녀는 그들 못지 않게 빠삭하고 잘 아는 여자인양 행동해야만 했다.

"이거 하나는 분명해요."

사실과는 다른 믿음을 그들에게 심어줘야 한다니 죄의식 때문에 가슴이 뜨끔했지만 그녀는 무시해버렸다.

"그이 말로는 양키 여자들에 관해 들었던 모든 애기가 내 덕에 거짓이라는 걸 알았다나요."

다시금 웃음보와 띄엄띄엄 박수갈채가 터져나왔다.

"남부에서는 북부 여자들을 전부 얼음덩어리라고 생각한대요."

시의회 의원의 부인인 예쁘장한 미모의 앨리스 그레그슨이 메마른 어조로 거들었다.

"그쪽 여자들과 비교하면야 그렇지."

베타 햄턴이 대꾸했다. 베타는 신랄한 유머감각과 재치의 소유자였다. 마흔둘로 이 모임의 연장자급인데다 경험도 제일 풍부한 축이었다. 왠지 루시가 보기에는 베타의 다 안다는 듯한 미소와 야한 고백이 삶에 대해 구제불능일 정도로 의욕을 잃은 증거처럼 느껴져서 종종 당혹스러웠다. 베타는 사람이나 사물이나 딱히 애정을 품은 대상이 없어 보였다.

"풍토 때문이야. 내 말은 날씨 애기가 아니야, 이 골빈 아낙네들. 사회적인 분위기를 말하는 거지. 이곳 남자들은 전부 완고하고 냉혹해. 여기 사람들이 관심을 갖는 건 오직 하나뿐이야. 북부 남자의 주의를 끌려면 그 귀에 다 대고 돈다발을 흔들어주기만 하면 돼. 하지만 남부인들은…… 완전히 애기가 다르지. 예전에 남부 출신 애인을 뒀던 적이 있어. 내 단언하건대 여자가 아무리 많은 남자를 안다 해도 남부인과 함께 하기 전까지는 진정으로 깨어났다고 할 수 없어.”

“왜요? 왜 그런 거죠?”

올린다가 캐물었다. 베타는 짓궂은 미소를 씩 날렸다.

“남부인들은 모두 특별한 비밀을 간직하고 있거든. 루시에게 물어보라구.”

하지만 비밀을 밝히라는 애원과 장난스러운 우격다짐이 아무리 쇄도한들 루시는 대답하지 않을 작정이었다. 아니 할 수가 없었다. 비밀이라고? 그 비밀이 어떤 것일지 그녀로서는 도무지 상상조차 할 수 없었다. 그녀는 히스와 사랑을 나눠본 적이 한 번도 없었던 것이다. 그녀는 자기 남편에 대해서 거의 아는 것도 없었다! 말없이 고개를 들어 조롱하는 듯한 베타의 회색 눈을 바라보고 있자니 이건 영 사기꾼이 된 기분이었다.

“내 이건 말해 두지.”

베타가 음흉하게 말했다.

“남부인들은 뭐든지…… 무슨 짓거리든…… 아주 느릿느릿 한다구. 맞지, 루시?”

그날 밤 집으로 돌아온 루시는 히스가 이미 돌아온 것을 알고 다소 놀랐다. 저녁식사를 하려고 식탁에 앉은 것도 그들답지 않게 상당히 이른 시각이었다. 루시는 이런 순간이 두려웠다. 그의 맞은편에 앉아 딱딱한 대화를 주고받으며 서로 할 말이 없어 난감해하자니 점점 견디기 어려울 정도로 괴로워졌다. 함께 나누는 식사란 따스하고 아늑하고 친밀해야 하건만 루시에게는 불편하고 냉랭하기만 했다. 그는 한때 그녀를 놀리고 웃음을 가져다주던 그 남자가 아니었다. 그녀의 성질을 돋우고 유혹적인 미소로 볼을 붉히게 만들던 남자가 아니었다. 식탁 맞은편에 앉아 있는 이 남자는 매일

매일 그녀에게 더욱 낯선 사람이 되어갔다. 그 낯선 이의 냉혹한 푸른 눈에는 그녀에 대한 욕망이 한 점도 드러나 있지 않았다. 그는 그녀를 전혀 원치 않는 것 같았고 그의 무관심은 분노보다도 훨씬, 한결 고약했다.

루시는 이렇게 완전하게 관심이 식은 것은 그가 다른 여자를 만난다는 증거밖에 되지 않는다고 짐작했다. 아마도 그는 보스턴에 정부를 숨겨두고 있을지도 모른다. 확신은 할 수 없었지만 그런 생각을 하니 마음이 아팠다. 상황이 어떻게 이 정도로 어그러졌는지는 전혀 알 수 없었지만 이제 와서 둘 사이를 어떻게든 바로잡거나 변화시키기란 너무 늦은 듯했다.

"보스턴에선 어땠어요?"

그녀는 삶은 아스파라거스를 포크로 찍어 입에 가져가며 중얼거렸다.

"내가 하고 싶었던 투자에 좀 어려움이 생겼거든. 내일 다시 가봐야 해."

"그러시겠죠."

의혹이 하나하나 뇌리 속을 스쳐갔으므로 그녀는 입술을 꼭 다물었다. 끊이지 않는 그의 도시 출장은 사업 때문일까, 아니면 다른 여자를 만나기 위해서일까?

히스의 푸른 눈이 그녀를 꿰뚫을 듯 바라보았다.

"당신은 어때? 콩코드의 사람 좋은 부인네들과 유익한 모임이라도 가졌나? 오늘밤의 토론 주제는 정확히 뭐였지? 고아? 아니면 참전용사? 예술학교 학생들을 위한 장학금이나……."

"자선공연 계획을 짰어요."

루시는 그의 비아냥거리는 태도에 발끈해서 점잔빼며 대답했다. 그는 그녀가 최근 친교를 맺기 시작한 여자들에 대해 그다지 좋게 생각하지 않는다는 점을 이전에도 몇 번이나 뚜렷이 밝혔던 것이다.

"음악계를 위한 자선공연이에요."

"호오, 당신이 그렇게 예술 애호가였단 말인가."

"그럼요!"

그녀는 쏘아붙이며 칼과 포크를 탁 내려놓았다. 분노 때문에 일시적이나마 용기가 솟았다.

"당신은 왜 항상 내가 참여하는 모임이나 친구들을 깔보죠? 당신은 내가 하고 싶은 일이면 뭘 해도 좋다고 말했잖아요. 그런 당신이 날 헐뜯을 권리는 없어요. 당신은 사실 어느 것에도 관심이 있는 게 아니잖아요. 그저 날 짜증나게 만들고 싶을 뿐이죠!"

"관심이야 있지. 사실은 당신이 전적인 자유재량을 가져놓고도 그런 별 것 없는 선택을 했다는 점에 어안이 벙벙할 뿐이야. 당신 주위에 바로 그런 무리가 몰려들 줄 내 충분히 예상을 했어야 했는데 잘못했지. 하지만 내심 난 당신 취향도 지금쯤은 좀 개선되어서 그런 작자들을 내쳐버릴 거라고 기대를 했었거든."

"그 사람들은 내 친구예요."

"친구라고? 당신 옛친구들은…… 시내의 존경받는 인사들은 어쩌고? 당신은 그 사람들의 초대와 편지를 죄다 거절하잖아? 당신이 알고 지내던 그 자그마한 금발 아가씨는……."

"그 애 이름은 샐리예요. 그리고 내가 왜 그 애나 예전에 알던 사람들의 초대를 받아들이지 않는지 당신은 알 텐데요. 그때…… 결혼 직전에 내가 말했잖아요. 그 사람들은 전부 내게 너무했어요. 날 눈 깜짝할 새 저버렸다구요. 난 그 사람들이 한 짓을 잊지도, 용서하지도 않을 거예요. 그 사람들이 얼마나 미안해하건 상관없어요."

"조심해, 허니. 격언에도 있지만 너희들 중 죄 없는 자만이……."

"왜 그 사람들 편을 드는 거예요?"

그녀는 아플 정도로 묘하게 쿵쿵대는 심장고동을 무시하려고 필사적으로 애썼다. 그의 애칭은 자연스럽고 무심하게 들렸지만 그에게 그렇게 불린 것은 실로 오랜만이었다. 아아, 그녀에 대한 그의 감정이 아직까지 조금이라도 남았는지 알 수만 있다면 무엇이든 주련만! 그는 그녀의 욱하는 성미나 말싸움에서 우위를 점하려는 헛된 시도에도 전혀 동요하지 않고 침착하게 앉아 있었다.

"난 어느 누구의 편도 들지 않아."

그는 매끄러운 어조로 대꾸했다.

　"하지만 사과를 하겠다는 사람을 외면하는 건 겁쟁이나 하는 짓이지. 그 사람들을 용서하는 데에는 용기가 있어야 해. 하지만 용기라면 당신에게 차고 넘칠 텐데."

　"난 그 사람들의 우정이나 사과 따위에 전혀 개의치 않아요. 베타 햄턴 말로는 그들에 대해서는 깡그리 잊고 그냥 이대로 지내는 편이 좋다……."

　"베타 햄턴? 그 노파가……."

　히스는 말문을 열었다가 불쑥 멈췄다. 루시는 터키석 같은 눈이 뜨겁게 이글거리고 강인한 턱이 돌연 굳어지자 깜짝 놀랐다. 불안감과 뭔지 모를 예감이 오한처럼 그녀의 등골을 달려 내려갔다. 몇 주 동안 그는 너무나도 냉정하고 절제된 태도로 조소를 날려댔다. 하지만 이제 겨우 그녀는 한 번이나마 그에게서 주목할 만한 반응을 이끌어낸 것이다.

　"베타가 또 무슨 소릴 지껄였지?"

　그는 양손을 식탁에 짚고 일어나 그녀 쪽으로 허리를 굽혔다.

　"자기가 남편한테 하듯이 당신한테 날 좌지우지하는 법이라도 가르치던 가? 그녀는 콩코드에서 제일 추잡한 불륜을 저지르는 여자로 유명하지. 그래, 그 여자가 가짜 곱슬머리 위에 모자를 푹 눌러쓰고 메인스트리트를 나다니는 꼴을 본 적이 있지. 돈으로 산 기둥서방 둘을 거느리고 말이야……."

　"그 남자들은 시종이에요."

　루시는 베타의 편을 들었다.

　"베타는 남편이 부자이기 때문에 만약의 경우에 대비해서 경비 차원으로 그 남자들을 데리고 다녀야만……."

　"그럼 설명해 보시지. 왜 베타는 남들 앞에서 그 늠름하고 훤칠한 시종들의 몸을 주물럭거리지 못해 안달인 거지? 그 여자는 고급 갈보에 지나지 않아. 그런 종류의 여자는 당신 같은 사람들을 갖고 노는 것을 낙으로 삼지. 그 여자는 자기처럼 당신 역시 수렁으로 끌어들이기 전까지는 아마 발도 편히 뻗지 못할걸."

　루시는 자리에서 벌떡 일어났다.

　"당신에겐 친구도 하나 없잖아요."

그녀는 악의를 잔뜩 담아 빈정댔다.

"보스턴에 누군지 모를 상대가 하나 있는 것 빼면…… 누군진 모르지만 당신, 그 상대한테 아주 홀딱 빠졌더군요."

"대체 무슨 얼어죽을 소리야?"

"그래 놓고 나한테 친구가 전혀 없기를 바라는 거죠 홍, 천만에요! 당신이 아무리 그래도 내가 베타나 다른 사람들을 만나는 걸 막을 수는 없어요!"

"그럼 만나시지."

히스의 부드러운 목소리에 그녀는 전율했다. 그가 돌아서서 식당을 나가려 하자 루시는 무력한 분노에 휩싸여서 그 뒤에 대고 외쳤다.

"그리고 절대 날 다른 도시로 데려가지는 못해요! 설령 그렇게 된다면 난 극렬하게 반항할 테니까요! 당신 곁을 떠나서 다시 이곳으로 돌아올 거예요!"

그녀의 귀에는 침실로 올라가는 그의 긴장된 발걸음 소리만이 들려올 뿐이었다. 잠시 후 그녀는 기운이 빠지고 지쳐서 식탁 위의 더러워진 접시만을 응시하며 한때는 그렇게도 만족스러웠던 자신의 삶이 어쩌다가 이렇게 완전히 어긋나고 말았는지를 심사숙고했다. 이것은 그녀의 잘못 때문일까? 대니얼을 빼앗기고 그 대신 가증스러운 이방인을 가져야만 할 정도로 그녀가 그렇게 끔찍한 잘못을 저질렀단 말인가?

아마도 히스 쪽에서 날 두고 떠날지도 모르지, 그녀는 멍하니 생각했다. 이런 상태로는 둘 중 어느 쪽도 오랫동안 참고 견딜 수 없었다. 아마도 그는 여태껏 견딜 만큼 견뎠으니 자기 고향인 남부로 돌아가고 싶다고 할지도 모른다. 그 생각을 하자 그녀의 내면에 깃든 것은 얄궂게도 안도감 대신 끔찍한 공허감이었다.

왜 그녀는 더 이상 아무것도 이해할 수 없는 것일까?

《국가와 대의》

그녀는 뭔가 금지된 짓을 저지르는 죄의식을 품고 히스가 쓴 책을 한 권 사서 몰래 집으로 가져왔다. 책은 두껍고 장정이 튼튼해서 그녀가 펼쳤을 때도 표면에 거의 자국이 나지 않았다. 루시는 거실에 혼자 앉아서 자신의 결혼 상대에 대해 뭔가 작은 단서라도 잡을 수 있을까 하는 심정으로 책장을 넘겼다. 전쟁중 연대가 버지니아에 주둔했을 때의 이야기가 대략적인 골자였으며 깔끔한 간결체로 쓰여 있었다. 가끔은 편집을 거치지 않은 일기처럼 자연스럽게 쓰여 있기도 했지만 그 나머지는 간결하고 정확한 산문 형식이었다.

이 책의 어딘가에…… 그에 대한 의문을 풀어줄 대답이 분명 있을 것이다. 종이가 뚫어져라 책을 읽던 루시는 어느새 객관성을 잃어버려 상황을 명확하게 판별할 힘을 상실하고 말았다. 그저 알 수 있는 것이라고는 내용이 진행될수록 그의 도덕관념이 등장하는 부분은 점차 뜸해지고 감정이 어두워진다는 것뿐이었다. 그는 동료들의 영웅적인 행위를 마치 허영심 강한 바보들의 짓거리처럼 묘사해 놓았다. 책 중간 어느 부분에서는 전투중의 묘사를 한참 하다가 한 장이 끝났다. 그리고 다음 장은 이 문구로 시작되고 있었다.

'거버너즈 섬에서 쓰다…….'

"포로 수용소"

그녀는 실상을 알아낸 충격으로 오한을 느끼며 속삭였다. 히스는 그런 곳에 갇혀 있었다는 얘기를 언질조차 주었던 적이 없었다. 북측이나 남측 양쪽 모두에게 포로 수용소는 최고로 혐오스럽고 비위생적이며 위험한 곳이라는 인식이 퍼져 있었다. 수백 명의 사람들이 마구잡이로 수용되었으며 먹지도 못할 음식을 쥐꼬리만큼 배급받아 연명해야만 했다. 질병은 가차없이 수용소를 휩쓸었고 치료할 약도 없었다. 다음 몇 페이지에서 몇몇 구절들이 눈에 띄었다.

'여름옷 차림으로 갇혔다…… 이곳은 몹시 춥다…… 장티푸스로 사람들이 죽어간다…… 홍역도 발생했다…… 포로 교환, 포로 교환…… 소문은 우리를 최고조의 희망과 최악의 절망 사이에서 줄타기를 시킨다…… 마실 물이 없다…….'

루시는 심란해져 더듬더듬 책을 덮었다. 그녀는 히스가 전쟁중에 어떤 일을 겪었는지, 그가 얼마나 오래 수용소 생활을 했는지, 어떻게 풀려났는지 알고 싶지 않았다.

'레인 부인, 당신은 자신이 남자와 그들의 고결함에 대해서 얼마나 무지한지 알게 되면 놀라고 말 거요…….'

그는 아직까지도 포로 수용소 시절을 떠올리는 걸까, 아니면 마음속 깊이 묻어두고 말았을까? 살아남기 위해 히스가 무슨 짓을 했을까? 왜 그는 여태껏 그녀에게 그런 얘기를 일절 하지 않았을까?

그녀는 알고 싶지 않았다. 그에게 동정심을 품고 싶지 않았다. 그를 품에 안고 그토록 오래 전에 일어났던 일을 위로해 주고 싶은 이 끈질긴 충동을 느끼고 싶지 않았다. 전부 과거의 일일 뿐이야, 그녀는 스스로에게 말했다. 그는 이제 위안이나 동정을 필요로 하지 않았고 그에게 접근하기 위한 그녀의 어리석은 시도 따위는 눈곱만큼도 필요로 하지 않는 게 분명했다.

날이 저물고 플래너리 부인이 저녁을 차리러 오자 루시는 거실로 내려갔다. 히스는 늘씬한 다리를 크게 벌리고 소파에 앉아 있었으며 주위에는 깔끔하게 척척 쌓인 신문 더미가 여럿 널려 있었다. 히스는 읽던 신문을 아래로 내리면서 거실을 가로질러 다가오는 그녀를 지켜보았다. 반짝이는 파란 눈은 그녀의 모든 동작을 주도면밀하게 관찰하면서도 전혀 감정을 드러내지 않은 상태였다.

"뭘 읽고 있어요?"

그녀는 신문 더미 중 하나를 슬쩍 건너다보면서 상체를 숙여 맨 위에 놓인 신문을 집었다. 빅스버그에서 발행된 <시민> 신문이었다.

"어머, 이렇게 오래된 걸…… 어머, 이상하네요 이건 보통 쓰는 종이가 아니잖아요."

"벽지 뒷면에 인쇄한 거지."

히스는 한쪽 입꼬리에만 엉거주춤 미소를 띠었다.

"왜요?"

"전쟁 끝무렵이 되자 물자가 부족해졌고 제지공장은 불탔거든. 그래서 어떤 신문사에서는 포장지나 벽지, 윤전기에 돌릴 수 있는 종이라면 무엇

에든 찍어냈어. 잉크가 떨어졌을 때는 구두약으로 찍었고.”

루시는 남부 출판인들의 끈기와 집념에 감탄해서 미소지었다.

“고집에 있어서는 우리 북부 사람들만이 지존은 아닌 모양이네요. 그렇죠?”

그녀는 신문 몇 장을 더 뒤적였다.

“<찰스턴 보도>, 이건 왜 갖고 있어요?”

“기사 표제를 읽어보라구.”

“연방 와해…… 아아, 사우스캐롤라이나의 연방이탈선언 기사군요…….”

“그래. 12월 20일 1시 15분. 그 순간 전 국민은 전쟁이 일어난다는 것을 알게 되었지.”

“그리고 이 신문은…… 이건 왜 갖고 있죠?”

“그것. 아, 그건…….”

히스는 그 신문을 들더니 다시 소파에 편히 기대어 앉았다. 그의 표정은 아련한 추억을 더듬느라 부드러워졌다. 루시는 그의 입가에 부드럽게 맴도는 달콤쌉싸름한 미소에 매혹되어 고개를 갸웃하며 그를 바라보았다.

“우리 아버지가 이 신문 때문에 돌아가셨거든.”

“무슨 소리예요?”

루시는 그의 말에 큰 충격을 받았다.

“본지는 이제까지 연방에 대한 충성을 저버린 길을 걸었으나 현 시점부터는 미합중국의 원칙을 충실하게 추구하는 새 경영 방침에 의해 운영될 것이며…….”

그는 소리내어 읽었다.

“무슨 소리인지 모르겠어요.”

“이건 리치먼드 지방에서 발행되던 신문이야. 아버지의 절친한 친구분이 운영하시던 곳이지. 우리 아버지는 남부연합의 언론을 굳게 믿고 계셨을 뿐더러 충실한 지지자셨거든. 그분은 출판물에 대해 엄청난 경애심을 갖고 계셨으며 남부의 언론이 살아 있는 한 남부는 절대 무너지지 않는다고 장담하던 분이셨소. 신문 편집 직원들이 자기들 회사가 북부연방 군대의 손에 떨어져 양키들의 앞잡이가 되는 것을 막기 위해 전투를 개시하자 아버지는 신문사 사무실로 달려가셨지. 그러다 전투중에 돌아가시고 신문사는 접수되었소 다음날 바로 이 북부연방판 신문이 발행되었지. 북부인들을 막기 위한 분투는 허사가 된 거야. 우리 아버지의 투쟁은 헛수고였던 거고.”

“너무 안됐어요…….”

“그러지 말아요. 더한 개죽음도 있었소 더 천천히 찾아오는 죽음도 있었으니까. 전쟁이 어떻게 끝났는지 영원히 모르신 것이 아버지에겐 잘된 일이야.”

그들은 오랫동안 서로를 바라보았다. 예기치 않았던 부드럽고 따스한 감정이 가슴속에 밀려드는 것을 느꼈다. 루시는 그를 훨씬 더 제대로 이해하게 되었다. 이제 모든 것이 아귀가 척척 들어맞았다.

“저술에 대한 당신 아버지의 신념 때문에…… 그래서 당신은 종군기자가 된 거군요? 그래서 그 책을 썼고, 그래서…… 그래서 신문이나 출판 일에 그렇게 관심이 지대한 거죠?”

히스의 눈길이 그녀를 외면했다. 그는 슬쩍 어깨를 움츠렸다.

“어떻게든 결국은 관심을 가졌을 거야.”

“아버지가 돌아가셨다는 소식은 언제 알았나요? 그 전이었나요, 아니면 후에…….”

“전후라니, 무슨 말이지?”

“거버너즈 섬에 있었던 때 말이에요.”

그는 돌연 실눈이 되어 그녀를 그 자리에 못박을 듯 응시했다.

“그럼 당신도 그 책에 손을 댔군.”

그는 황갈색 머리칼을 마구 헝클며 생각에 잠겼다.

“감상이 어땠지?”

“내 생각엔…….”

그녀는 스스로도 정확한 감상을 집어낼 수가 없어 머뭇거렸다.

“그게, 조금은…… 혐오스럽더군요…….”

“그리고 또?”

히스는 더욱 채근했다. 그는 그녀의 얼굴 위로 명멸하는 감정에 완전히 사로잡힌 듯한 모습이었다. 그는 무엇을 찾고 있는 것일까? 왜 그녀의 표정을 이렇게 열심히 살피는 얼굴을 하고 있을까?

"당신이…… 포로 수용소에 있었다니 안됐더군요"

"감상이라기보다는 위로로군. 그것도 아내가 전하는 위로라. 또 없소?"

"난…… 사실 마음에 들지 않았어요. 그렇게…… 어두울 줄은 예상도 못했거든요. 그 책엔 전혀 관대한 부분이나 희망이 없었어요"

"그래. 나도 그때는 그다지 희망이 없었거든. 관대함도 마찬가지고"

그는 루시의 이마에 점점 고랑이 패이는 광경을 보고 미소를 억눌렀다.

"하지만 그렇다고 지난 몇 년 동안 그 점에서 내가 전혀 발전이 없었다는 건 아니야. 그렇게 걱정스런 표정은 말라구. 플래너리 부인이 이제 저녁 준비를 거의 끝내지 않았을까? 아까부터 계속 배가 고팠거든."

이번 주에는 목요 동아리의 정기 모임 대신 특별히 연주회를 후원하기로 해서 엄청난 인파가 햄턴 저택의 위풍당당한 거실에 몰려들었다. 젊은 음악가들이 독일 작곡가의 작품을 선곡해 연주하는 자리였다. 베타, 앨리스, 올린다를 비롯한 목요 동아리의 회원들은 신랄한 말발에 입이 싼데다 소문의 표적이 된 상대라면 누구든지 만신창이로 만들어놓는다는 점에서 꽤나 유명했다. 음악회가 진행되는 동안 루시는 베타와 올린다 옆에 앉아 있었다. 설사 루시의 옛 친구들이 다가오려 한다 해도 그들의 존재 때문에 물러날 터였다.

평소에는 명랑한 샐리 허드슨 역시 신랄한 말발의 유부녀들에게 놀림감이 될까 봐 두려워서 감히 코빼기도 비치지 못하고 있었다. 루시는 저쪽 건너편에 있는 샐리를 틈틈이 곁눈질하며 예쁘장한 금발 아가씨의 겸연쩍은 미소를 볼 때마다 일어나는 죄의식을 무시하려 애썼다. 그들은 한때 너무나도 절친한 친구였다. 서로에게 모든 것을 털어놓았고 부모나 남자들에 대한 얘기를 주고받으며 깔깔거렸다. 드레스 옷본이나 당밀 과자 만드는 법에 대해 의논도 하고 서로 가슴 아픈 일이 있으면 울어주기도 했다. 하지만 지금 루시는 그들이 언제 서로 아는 사이였던가 싶었다. 난 너무 많이 변해버려서 우리가 다시 친구가 되기는 힘들어. 그녀는 속으로 슬퍼했다. 설령 샐리와 화해한다 해도 이젠 둘이서 나눌 얘기가 없었다. 히스와 그녀가 사실은 아무 관계도 아니며 그들의 결혼 생활은 허울뿐이라는 말은 자존심 때문에 어느 누구에게도 털어놓을 수 없었다. 그렇다고 샐리의 고민을 듣고 싶은 것도 아니었다. 너무나 사소하고 별것 아닌 문제 앞에서는 루시 자신의 문제가 한층 더 끔찍하게 부각되어 보일 것이다.

루시는 선명한 푸른색 야회복의 맞주름에 죽 수놓인 빛나는 흑옥구슬을 멍한 가운데 초조하게 매만졌다. 그녀가 여태껏 입은 옷 가운데 가장 대담한 드레스로 목선이 너무나 깊게 패여 가슴이 짧은 웃옷 바깥으로 쏟아져 나오기 직전처럼 보였다. 이 옷을 고른 이유는 가능한 한 많은 사람들의 이목을 집중시키기 위해서였고 실제로 지금 그녀는 많은 남자들의 눈길을 의식할 수 있었다. 거실 안에서 그녀를 쳐다보지 않는 남자는 오직 한 명뿐이었다. 그는 얌전한 분홍색과 흰색의 주름장식으로 금발에 예쁘장한 외모가 더욱 두드러져 보이는 샐리를 쳐다보고 있었다. 그런 대니얼은 루시가 기억하는 것보다 한결 더 젊어 보였다. 늠름하고 고상하고 정돈된 외모와 차림새를 한 그는 똑바로 자리에 앉아 샐리를 보고 있었다. 그 눈길은 마치, 마치…… 예전에 루시를 바라보던 바로 그 눈길과도 똑같았다.

돌연 루시가 날카롭게 숨을 들이키자 그 기척을 눈치챈 베타 햄턴이 상체를 가까이 가져와 루시의 시선이 향한 곳으로 눈길을 돌렸다.

"애송이 대니얼 콜리어랑 저 노랑머리 멍청이를 왜 그렇게 번갈아 보는 건데?"

"저 둘 사이가 심상치 않은 것 같아요."

루시는 거실 정면의 연주자들에게 시선을 고정시킨 채 뻣뻣한 어조로 말했다.

"흐응."

베타는 심드렁하게 어깻짓을 하면서 다른 쪽으로 몸을 숙여 자기 남편에게 말을 걸기 시작했다.

말을 걸 남편이 옆에 없는 루시는 저녁 내내 그대로 앉아서 궁금증에 까맣게 몸을 태웠고 음악 따위는 한 소절도 귀에 들어오지 않았다. 연주가 끝나자 사람들은 모두 성공적인 음악회였다는 데에 동감했다. 포도주가 나오고 몇몇 사람들이 목요 동아리를 위해 축배를 들었다. 루시는 이런 유쾌한 저녁 시간을 후원해 준 모임에 대해 사람들이 거듭 감사의 인사를 하자 고개를 끄덕이며 미소지었다. 인파가 흩어지려 하기 직전 샐리의 아버지인 허드슨 씨가 붉어진 얼굴에 활짝 미소를 머금은 채 포도주 잔을 들고 사람들 앞에 나섰다. 루시는 왠지 다음 수순이 무엇일지 예상할 수 있었으므로 믿어지지 않는다는 눈으로 샐리를 빤히 응시했다. 샐리는 붉어진 얼굴을 얌전하게 숙이고 있었다.

"나의 벗인 여러분."

허드슨 씨는 나머지 한 손으로 크게 아우르는 몸짓을 했다.

"이런 발표를 하기에는 좀더 적합한 기회가 있으리라 생각합니다. 아마도 콩코드 고유의 방식대로라면 좀더 조용한 개인적 모임 쪽이 어울리겠지요."

허드슨 씨는 잔을 내려놓고 샐리에게 손을 내밀었다. 그녀는 거실 앞쪽으로 나와 아버지 곁에 섰다.

"하지만 우리 가족의 기쁨이자 내게 무엇보다도 특별한 우리 샐리에 대해 오늘밤 우리 모두가 나눠야 할 소식이 있습니다. 내 딸과 콩코드에서 최고로 존경받는 가문 출신인 훌륭한 젊은이의 약혼을 발표하고 싶습니다. 그 청년의 지성과 의무감은 과거 여러 차례나 내게 깊은 감명을 주었지요. 바로 대니얼 콜리어 군입니다. 대니얼과 샐리를 위하여 건배!"

"대니얼과 샐리를 위하여!"

모두가 입을 모아 잔을 들고 건배했다.

대니얼과 샐리.

믿을 수가 없어. 쌉쌀하고 톡 쏘는 포도주가 루시의 입가에서 목덜미로 방울방울 흘러내렸다. 난 금방이라도 깨어나서 다시 루시 콜드웰이 되는 거야. 대니얼은 여전히 내 사람일 거야. 그리고 히스 레인은 콩코드에 온 적조차 없는 걸로 되고 에머슨 씨네 집도 여전히 건재할 거야…… 난 작은 침대 위에 누워 있는 거고 아버지가 당신 방에서 왔다갔다하시는 발소리가 들려올 거야……. 그녀는 물끄러미 바라보는 사람들의 시선을 느꼈고 그들의 호기심어린 눈길을 받고 있으려니 차갑고 냉혹한 현실이 다시금 뇌리에 입력되었다. 그녀는 결코 루시 콜드웰로 되돌아갈 수가 없었다. 이제 영원히 루시 레인이었다. 암사슴처럼 부드러운 샐리의 눈길과 마주치자 루시는 포도주를 더 마시려던 와중에 동작을 멈췄다.

어른스러운 깨달음이 처음으로 그녀의 뇌리 속을 광명처럼 눈부시게 비췄다.

'네 잘못이 아니야, 샐리. 내가 대니얼을 잃은 건 내가 저지른 짓 때문이야. 난 너를 전혀 탓할 수 없어.'

잔 손잡이를 힘껏 부여잡은 그녀의 손이 조금씩 떨렸다. 그녀는 개인적인 건배를 보내듯 포도주 잔을 샐리에게 들어 보이며 미소지었다. 샐리는 갑자기 솟아난 기쁨의 눈물에 눈시울을 붉히며 미소로 화답했다.

따끔거리는 느낌이 루시의 뒷덜미를 훑어 내려왔다. 그녀의 눈이 방 측면의 입구로 쏜살같이 돌아갔다. 히스가 서 있었다. 그녀를 마차에 태워 집으로 데려가기 위해 바로 조금 전 이곳에 왔던 것이다. 그는 누군가 가져다준 포도주 잔을 늘씬한 손가락 사이에 무심하게 들고 아무렇게나 다리를 꼰 채 문에 기대서 있었다. 그의 입에는 얄궂은 미소가 반쯤 서려 있었다.

그리고 그는 그녀에게 잔을 들어 보였다.

찬탄의 몸짓일 수도 있었다. 아니면 그녀가 받은 가운데 최고로 심한 야유일 수도 있었다. 어느 쪽인지 루시는 알 수 없었다. 그녀는 혼란 속에서 남편을 물끄러미 바라보았다. 그의 눈이 그녀의 날씬한 목덜미 선에서부터 풍만한 곡선을 그린 하얀 가슴으로 내려오더니 대담하게도 한동안 흘끔거리다가 다시 그녀의 얼굴로 더듬어 올라왔다. 너무나 따스하고도 세심한 눈길이었으므로 그녀는 마치 남들 앞에서 은밀한 애무라도 받은 양 얼굴을 붉히고 말았다. 그는 섬세한 잔에 담긴 포도주를 마시면서도 계속 그녀를 쳐다보았다. 심장이 격렬하게 고동쳤으며 그를 의식한 나머지 전기충격처럼 찌릿한 느낌이 피부 위를 마구 달려갔다.

"참 신기해."

베타가 생각에 잠긴 어조로 속삭였다. 루시는 히스에게서 황급히 눈길을 돌려 장갑과 푸른색의 작은 핸드백을 챙겼다.

"뭐가요?"

그녀는 나직이 물었다. 너무나 당황한 나머지 좌석들 사이에 프로그램을 떨어뜨려 놓고서도 도무지 주울 수가 없었다.

"자기 남편 말이야. 난 저 사람을 보고 절대 결혼 생활에 안주할 타입이 아니라고 생각했어. 그런데 저런 식으로 자기를 빤히 쳐다보다니 정말 신기하지 뭐야."

"부인 생각이 틀렸던 거죠. 그 증거로 내 손에 반지가 있고요. 그리고 그이가 날 빤히 쳐다보지 못할 이유라도 있나요? 난 그이 아내인 걸요."

"남편들은 저런 눈으로 자기 마누라를 보지 않아."

"우리 남편은 다르답니다."

루시는 반사적으로 옹호조의 말투를 썼다. 그녀는 자신을 심란하게 만드는 잘생긴 남편 쪽으로 조심스럽게 눈길을 돌렸다.

"내 말했듯이…… 신기해."

루시는 베타의 얼굴을 외면하며 목요 동아리의 다른 회원들에게 나지막이 작별인사를 했다. 히스는 하얀 앞치마 차림의 듬직한 하녀에게서 루시의 검은 망토를 받아들었다. 그녀는 장갑을 낀 손으로 그의 팔을 살짝 잡고서 마차 쪽으로 다가갔다.

"그래서 이제 다 끝났군."

그는 마차가 달리기 시작하자 입을 열었다. 경쾌한 말발굽 소리가 그들의 대화에 배경음처럼 울려 퍼졌다.

"그래요. 오늘밤 행사는 성공이었어요."

"내 말은 목요 동아리의 음악회 얘기가 아니야."

루시는 자신 없는 듯 망설이다가 대꾸했다.

"그럼 대니얼과 샐리 얘기겠군요."

"당신이 샐리에게 하는 행동을 봤어. 당신이 그렇게 하다니 참 묘하더군…… 하지만 때때로 당신은 강단 있는 모습을 보인단 말이야.”

“난 그저 건배에 동참했을 뿐이에요.”

“당신의 예전 약혼자와 한때 가장 절친했던 친구의 약혼에 건배를 했다 이거지. 말해 봐, 얼마나 이를 벅벅 갈았지?”

루시가 대답을 거부하자 그는 나직이 웃어댔다.

“용서해 줘. 당신의 고결한 행동에 초를 칠 생각은 아니었어. 하지만 궁금한데…… 그 발표를 듣고 놀랐나?”

“난…… 그 둘이 그렇게 되리라고는 생각도 해본 적이 없어요.”

루시는 과거를 회상하며 말했다.

“우리 셋이 잘 붙어 다녔지만 대니얼은 한 번도 샐리에게 눈길조차 주지 않았던 것 같았거든요.”

“그야 당연하지. 당신이 옆에 있는 한은 그랬을걸. 당신은 남자의 눈길을 완전히 독차지하는 여자거든.”

“그 둘은 참으로…… 빨리도 서로를 재발견했네요. 내가 당신과 결혼한 지 겨우 석 달만에 말이에요.”

“기운내, 허니. 대니얼은 더욱 나쁜 선택을 할 수도 있었다구. 그 아가씨도 좀 호락호락하지는 않지만 그래도 그만하면 충분히 상냥한 성품이야. 대니얼이 필요로 하는 바로 그대로지.”

“왠지 당신은 대니얼이 나보다는 샐리와 짝이 되어 더욱 잘됐다고 생각하는 모양이네요.”

“당신 생각은 반대인 모양이군.”

“나도 대니얼에게 좋은 아내가 될 수 있었어요.”

“호오, 그럴까?”

그녀는 말끔하게 수염을 깎아 정돈한 히스의 옆모습을 노려보았다.

“그리고 대니얼도 내게 좋은 남편이 되었을 거예요. 적어도 내내 날 내 팽개치고 다른…….”

그녀는 아슬아슬한 때에 자신을 다잡았다. 목구멍까지 올라온 비난의 말을 눌러 참기 위해 손이 목덜미께에서 퍼덕거렸다. 덫에 걸린 새가 탈출구를 찾듯 맥박이 몸 속에서 마구 격렬하게 요동쳤다. 순간 그녀는 모든 불평과 욕구불만과 공포를 그에게 쏟아붓고 싶어졌다.

"다른이라니, 무슨 말을 하려던 거지?"

히스는 실눈으로 그녀를 흘끔 곁눈질하며 재우쳐 물었다.

"용기를 내시지, 신다. 하려던 말을 마무리지으라구."

"다른 여자를 만나지는 않았을 거라고요."

그녀는 불쑥 내뱉었다. 그에게 자기 생각을 정확히 말했다는 안도감이 몰려들면서 숨결이 더욱 가빠졌다.

"당신은 내내 밖으로만 나돌았고 어떨 때는 늦은 시간까지 돌아오지 않았잖아요. 그래서…… 난 그런 생각을 했죠."

"벼락맞을. 당신은 내가 일이 아니라 다른 여자 때문에 보스턴에서 빈둥거렸다고 생각했나?"

그는 거칠게 물었다.

"그럼 아닌가요?"

그녀는 작은 목소리로 맞받아쳤지만 속에서는 희망이 작은 불씨처럼 살아났다. 순간 그는 너무나 놀란 표정이었고 심지어 상처까지 약간 입은 것 같기도 했다.

그가 침묵을 지키는 동안 그녀는 조마조마한 심정으로 그의 대답을 기다렸다. 그의 대답이 이렇게까지 중요한 의미가 될 줄은 미처 예상치 못한 바였고 그가 조만간 무슨 말이라도 하지 않으면 그녀는 비명을 지를 것만 같았다.

"내가 언제 어디서 쾌락을 추구하는지가 당신에게 중요하단 말인가?"

"그럼 사실이로군요."

그녀는 문득 몸 속에 확 치미는 분노를 느꼈다.

"당신은 다른 여자들과 놀아났던 거예요……."

"난 부정도 긍정도 하지 않았어. 단지 그 점이 당신에게 중요하냐고 물었을 뿐이야."

"내가 무엇 때문에 상관해야 하죠? 물론 중요할 턱이 없잖아요."

그녀는 날카롭게 대꾸했다. 그의 입가에 깃드는 차가운 미소를 보자 그에게 상처를 줄 수 있는 힘을 갖고 싶어졌다.

"당신은 왜 그렇게 변했죠?"

루시는 불쑥 내뱉듯 말했다.

"전에는 훨씬 사람 좋고…… 친절했는데……."

"당신에게 친절하게 대하려 해도 당신이 허용하지 않았거든."

"난 당신이 뭘 원하는지 모르겠어요."

루시는 욕구불만으로 덜덜 떨었다.

"당신이 왜 이제 와서 달라졌는지 모르겠어요, 이유를 모르겠다구요…… 처음 결혼했을 땐 우리가 잘해 나갈 수 있을 줄 알았는데 지금은……."

"잘해 나간다니 뭘 말이지?"

그는 분위기를 싹 바꿔서 대답을 채근했다. 조금 전만 해도 한껏 야유를 퍼붓던 모습이었건만 지금 그는 완전히 진지한 눈으로 그녀를 들여다보았다. 그녀는 대답을 할 수 없었다. 말이 목에 꽉 걸려버린 상태였으므로 그 자리에 앉은 채 묵묵부답으로 그를 바라보기만 했다. 히스는 고개를 가로 젓더니 다시 길 쪽으로 주의를 돌렸고 그 동안 둘 사이의 긴장감은 더욱더 커져갔다.

"난 우리가 원만하게 지낼 방법을 모색할 수 있을 줄 알았어요."

루시의 귀에 자기 자신이 어색하게 불쑥 꺼낸 말이 들려왔다.

"당신이 다른 여자를 만나러 다닐 줄은 예상도 못했어요. 당신이 그러는 게 싫어요. 너무나 싫다구요."

그녀는 창피해서 고개를 떨구고 그 자세 그대로 얼어붙었다. 자신이 이런 말을 했다니 믿을 수가 없었다. 이제 그는 조롱을 퍼붓겠지. 이제 그는 그녀가 질투한다는 것을 똑똑히 알게 되었다. 그녀는 고삐를 쥔 그의 손에 힘이 들어가는 것을 보았고 다음 순간 말이 나직이 울어대면서 마차가 길 옆으로 접어들었다.

"히스, 뭐 하는 거예요?"

그는 멍이 들 정도로 그녀의 몸을 꽉 움켜쥐었다. 한 손으로는 그녀의 가

낡픈 목덜미를 감싸고 다른 손으로는 그녀의 몸을 자기에게 그대로 끌어당
겼으며 입술은 그녀의 입술을 벌리려 들었다. 그의 입이 난폭하고 열렬하게
다가들자 그녀는 경악한 나머지 덜덜 떨었다. 그녀의 몸이 저항하거나 맞서
싸울 의도가 없어 나긋나긋해진 것을 느낀 그는 부술 듯이 밀어붙이던 입술
에서 힘을 빼더니 천천히 입맞췄다. 그녀는 숨을 쉴 수도, 유인하듯 어루만
지는 그의 혀를 피할 수도 없었다. 그의 입술은 뜨겁고 달콤했으며 그녀의
부드러운 기운을 한껏 들이마셨다. 그가 그녀의 고개를 더욱 뒤로 밀어붙이
자 루시는 축 늘어진 채 그의 어깨에 매달리면서 입술을 마주 움직였다. 그
는 그녀의 목에서 턱으로 손을 옮겨가 무자비한 키스를 퍼부었다.

"얼마 전까지 정부의 시중을 받고 지낸 남자가 이런 키스를 할 것 같아?"
그는 목쉰 소리로 물었다. 그의 숨결이 그녀의 촉촉해진 입술을 애무했
다. 루시는 잠에 취한 듯 눈을 깜박이며 그의 목을 서서히 껴안았다.
"난 몇 달 동안이나 여자를 품은 적이 없어."
히스가 여전히 거칠게 속삭였다.
"당신과 결혼하기 전부터 말이야. 다른 여자 따위는 원치 않았고 당신을
충분히 차지하기 전까지는 앞으로도 마찬가지야. 대체 그때가 언제가 될지
는 모르지만 말야. 매일 밤 난 당신을 원하고 굶주림에 시달린 이 시간만큼
나중에 보상받을 거라고 스스로에게 약속했어. 맙소사, 하지만 더 이상 굶
주리지는 않을 거야."

그는 다시 고개를 숙여 입술을 찾더니 그녀의 부드러운 신음소리를 빨
아들였다. 갑자기 루시는 누구의 소리이고 향기이며 살결인지 구분할 수가
없어졌다. 희미한 포도주 냄새를 풍기는 것이 누구의 입인지 알 수 없었다.
급속도로 쿵쿵대는 소리가 그의 심장고동인지 아니면 그녀의 것인지도 상
관없었다.

"그 동안 다른 여자 따윈 없었어."
히스가 그녀의 입에 대고 말하자 그녀는 전율했다.
"있을 수가 없었지. 난 내 아내에게 완전히 사로잡혀 있었거든. 당신이
내게 줄 수 있는 단 하나의 것을 다른 어느 여자도 주지 못해…… 난 기필

코 당신에게서 얻어내고 말겠어. 천당과 지옥에 맹세코 아무리 오래 기다려야 하더라도 말이야. 아니, 내 말은 남편의 권리에 국한된 게 아니야. 뭐 거기서부터 시작하는 편이 좋을지도 모르지만.”

“히스……”

그녀는 자유로워지려고 아주 약간 움직였다. 혼란스러운 나머지 눈망울 색깔이 짙어지고 흐릿해진 상태였다. 그의 팔이 더욱 조여들었다.

“난 당신이 달라던 시간을 줬어. 하지만 내겐 인내심이 거의 없어, 신. 그나마 있던 것마저 당신이 완전히 닳게 만들어버렸지. 우린 당신 방식대로 노력했고 난 당신이 내게 올 때까지 기다렸어. 그런데 지금 우리 사이의 거리는 내가 허용해서는 안 되는 지경까지 벌어지고 말았어.”

하지만 그녀야말로 그가 다가와 주기를 계속 기다리고 있지 않았던가! 루시는 말문을 잃고 그를 올려다보았다.

“이제부터는 내 방식대로 하는 거야.”

그는 그녀의 자그마한 얼굴을 양손에 감싸안고 말을 이었다.

“당신에게 일말이라도 의혹이 남아 있을까 봐 하는 말인데…… 오늘밤부터 우린 모든 면에서 완벽하게 남편과 아내가 되는 거야. 서로 나눠야 할 얘기도 있지만…… 그런 건 내일까지 미뤄도 돼.”

그의 엄지손가락이 비스듬히 곡선을 그린 그녀의 검은 눈썹을 살짝 문질렀다. 그는 자신을 억제할 수가 없어서 다시 그녀에게로 입술을 가져갔다. 그의 키스에 깃든 육감적인 불길이 그녀의 전신을 꿰뚫고 내려갔다. 술기운이 갑자기 핑 도는 것처럼 머릿속이 아찔해졌다. 그녀는 잠깐 멈추라고 애원하듯 그의 손목을 힘없이 잡아당겼다. 내리누르던 그의 입술이 멈췄다. 히스는 그녀를 내려다보며 달빛어린 그녀의 피부를 손끝으로 어루만졌다. 그는 기습하듯 코끝에 살짝 입맞추더니 그녀를 다시 제자리에 앉혔다. 그녀는 동그마니 앉아 어리벙벙한 채 그를 쳐다보았다.

집에 도착해 저택 정면에 원형으로 난 작은 진입로로 접어들자 히스는 마차에서 내린 다음 따라 내리는 그녀를 도왔다. 그의 두 손이 그녀의 허리 양쪽을 솜씨 좋게 잡았다. 히스는 그녀의 몸을 끌어당겨 까치발로 세운 다음 자기에게 기대게 했다. 체구가 전혀 다른데도 두 사람의 몸은 너무나 아늑할 정도로 꼭 들어맞았다. 따스하게 와닿는 그의 입술을 몇 번이나, 몇 번이나 느끼며 그녀는 눈을 감았다. 뜨거운 기운을 몸 속에 흘려보내는 가벼운 키스였다. 그 느낌은 전보다 훨씬 강했으며 그녀를 달콤한 약기운에 빠뜨렸다. 그가 키스를 멈추자 그녀는 비틀거리며 기댔다. 히스는 그녀의 관자놀이에 드리워진 머리칼을 걷어주며 물끄러미 들여다보았다.

"내가 말을 마구간에 넣어놓을 동안 가서 잘 준비를 해."

그가 중얼거렸다.

"나도 금방 갈 거야."

루시는 발작이라도 일으킨 것처럼 고개를 끄덕거렸다. 그녀는 그가 놓아주자 뒤 한 번 돌아보지 않고 집 안으로 들어갔지만 문이 닫히자마자 손을 입으로 가져갔다. 입술은 멍이 들어 있었다. 그녀는 갖가지 상념이 사방팔방에서 달려드는 가운데 서둘러 이층으로 올라갔다. 어떤 면에서는 떨리고 불안했다. 어떤 면에서는 기다림의 시간이 곧 끝날 테니 이제 더 이상 두려워하거나 의문 품을 일이 없다는 사실에 안심이 되었다. 어떤 면에서는 기대감으로 생기가 넘쳤다. 마침내, 마침내 일은 벌어지게 되었고 그녀는 이렇게 되는 것이 온당하다는 사실을 알고 있었다.

반항이라도 하듯 얇은 누비이불과 시트는 잘 걷히지 않았으나 그녀는 단호하게 획 잡아당겨 임무를 완수했다. 그 뒤에는 등불의 밝기를 줄여 은은하고도 유혹적인 조명으로 바꿔놓았다. 히스가 곧 올라올 테고 그녀의 마음 같아서는 이번에야말로 실패로 끝난 첫날밤과는 모든 면에서 다르게 하고 싶었다. 그녀는 정신나간 여자처럼 드레스 앞섶을 거의 뜯어낼 듯 단추를 풀고 슬리퍼를 차서 벗는 동시에 머리에서 핀을 뽑아냈다. 그녀는 뒤쪽에 수많은 주름장식이 잡혀 있는 뻣뻣한 비단 페티코트를 획 벗어 바닥에 던져버렸다. 페티코트 아래에는 하얀 목면 허리받이가 달리고 강철로 된 가느다란 크리놀린이 있었다. 옷을 죄다 쌓아 놓으니 커다랗고 울퉁불퉁한 핫케이크처럼 보였다. 그녀는 나머지 옷을 벗자마자 모두 다 발로 차서 눈에 보이지 않게 치웠다. 머리에서 핀을 더 빼자 핀들이 사방으로 튀어

달아났다. 에잇, 머리빗은 어디 있는 거야? 그녀는 두 발을 번갈아 껑충거리며 양말대님과 스타킹까지 벗었다. 코르셋과 속바지만 입고서 거울 쪽으로 날 듯이 달려간 루시는 밤색머리가 어깨 위로 찰랑찰랑 부드럽게 늘어질 때까지 빗질을 해댔다.

"망할, 망할, 망할."

그녀는 왠지 재깍대는 시계 소리가 더욱 빨라진 것 같았다. 히스가 금방이라도 올라올 텐데 아직 코르셋이 남아 있다. 풀을 먹인 두꺼운 흰 천과 금속과 고래뼈 심지로 된 물건인데다 앞에는 끈으로 단단히 여며놓기까지 한 거라 시간이 오래 걸릴 듯했다. 보통은 그녀 혼자 힘으로 할 수 있는 한 단단히 묶어서 나비 모양 매듭을 짓곤 했지만 오늘 아침에는 시간이 없어서 그냥 묶어버렸던 것이다. 작고 단단한 매듭을 손톱으로 깨작거려 보았지만 허사였다. 전혀 풀릴 기색이 없었다. 계단에서 히스의 발걸음 소리가 들려오자 그녀는 짜증이 나서 울음이라도 터뜨릴 판이었다. 왜 이렇게 매사가 틀어지기만 하지?

"아직 준비가 덜 됐어요!"

그녀는 평소보다 긴장되고 높이 올라간 목소리로 외쳤다.

"잘됐군. 나도 씻으려면 좀더 있어야 하거든."

루시는 코르셋 심지를 댄 윗배에 손을 얹고 심호흡을 해서 마음을 가라앉혔다. 그리고 다시금 새로이 힘을 내 매듭에 달려들었지만 결국은 포기하고 손톱가위를 찾아 헤매기 시작했다. 서랍을 열어 그 안을 미친 듯이 휘젓자 속의 내용물들이 덜그럭거렸다. 모든 것이 다 있었다. 가위만 빼고

"딱히 찾는 거라도 있어?"

그녀는 휙 돌아섰다. 검푸른 색 로브를 입고 문간에 서 있는 히스는 차분하고 태연해 보였으며 허둥대는 그녀의 모습이 얼마간 재미있다는 표정이었다.

"농담할 기분이 아니에요."

그녀는 팽팽한 어조로 말했다.

"농담할 생각 없어."

그녀는 외면하고 서랍 안을 다시 초조하게 뒤적거렸지만 맨살이 드러난 어깨에 그의 손이 와닿자 움찔하고 말았다.

"뭔데?"

히스가 나직이 물었다. 그녀는 가위 찾기를 포기하고 고르지 못한 한숨을 뿜어냈다. 겨우 코르셋 매듭 가지고 너무 과한 수선을 떨었다는 것을 스스로도 알고 있었다.

"난…… 아아, 뭔가 잘못될 줄 알고 있었어요 이 코르셋 말이에요, 이 짜증나는 물건이…… 매듭이 풀리지가 않아요 그래서 끈을 자를 만한 걸 찾고 있었는데……."

"그게 다야? 돌아서라구. 호오, 당신, 매듭 짓는 솜씨 하나는 끝내주는군. 하지만 조바심 칠 건 전혀 없어."

그는 끈으로 손을 가져가더니 얽혀버린 매듭 풀기에 착수했다.

"불가능해요. 차라리 날 도와서 가위를 찾는 게 빠를 거예요"

그녀가 아랫입술을 깨물자 그는 미소지었다.

"조금만 시간을 줘. 우리 앞엔 긴긴 밤이 놓여 있다구."

그는 고개를 바짝 숙이더니 매듭에 정신을 쏟았다. 비누에 그의 살내음이 뒤섞여 묘하게 매력적인 향기가 풍겨왔다. 그와 가까이 있게 되자 루시의 뱃속이 뭉클해졌다.

"왜 이런 조잡한 걸 입는 거지? 새 옷을 장만할 때 속옷도 같이 주문했을 줄 알았는데……."

"입던 것도 아직 멀쩡해요……."

"미안하지만 내 생각은 달라. 흰색 무지는 당신에게 안 어울려. 게다가 난 당신이 색깔 든 공단과 비단을 입은 모습을 보는 게 좋아. 내가 손을 좀 써야겠군."

"색깔 든 공단 속옷이라고요?"

루시는 양가집 규수가 속옷으로 흰색이나 회색, 혹은 갈색 말고 다른 색을 입는다는 얘기는 생전 들어본 적이 없었다.

"나한테 그런 옷을 사게 만들었다간 봐요…… 알았죠?"

"열 벌은 사야지. 프릴 장식이 물결치고 분홍색 나비 리본이 달린 검은 속바지도 포함해서 말이야."

그는 그녀에게 빙그레 웃음지었다. 머리끝까지 초조한 상태였음에도 그녀는 자신의 입꼬리에 호응하듯 미소가 감도는 것을 느꼈다. 바로 그때 매듭이 풀렸고 히스는 칭칭 감긴 끈을 풀어냈다. 루시는 안도감이 밀려들자 눈을 감고 심호흡을 크게 했다. 갈비뼈가 편해지면서 폐부가 신선한 공기로 가득 찼다. 익숙한 현기증이 머릿속을 덩굴손처럼 홰홰 휘저었다.

"기분이 좀 나아졌어?"

루시는 고개를 끄덕였다. 그리고는 코르셋을 벗겨내는 그에게로 눈길을 들었다. 그녀의 드러난 가슴 봉오리가 푸른색의 부드러운 로브 옷감에 스쳤다. 그가 그녀의 옷을 이렇게 천천히 벗겨주고 거칠게 다루면 깨질 귀중품처럼 취급하자 묘하게도 흥분이 일었다.

그의 손끝이 그녀의 척추를 단번에 쓱 어루만지며 눈에 보이지도 않는 자잘한 솜털을 훑어내리자 전신에 오한이 닥쳤다. 그녀는 마른침을 힘들게 삼키며 속바지 뒤쪽으로 두 손을 가져가 벗기 시작했다. 단추와 씨름을 하고 있으려니 그가 그녀의 몸에 팔을 두르고 손을 잡아주었다. 히스는 그녀의 손을 잠시 지그시 잡고 있다가 옆으로 떨쳐내더니 손가락만 슬쩍 움직여 쉽사리 단추를 풀었다. 속바지가 바닥에 떨어졌다.

히스는 그녀를 훌쩍 안아서 침대로 데려갔다. 루시는 그의 목을 안고 힘차면서도 단단한 그의 몸을 바싹 끌어당겨 한때는 무서웠던 그 느낌을 이제는 음미하기 시작했다. 이렇게 무방비상태로 무장해제된 느낌은 사실 쾌적할 정도였다. 그녀의 평정을 너무나도 쉽게 무너뜨리는 남자에게 안겨 있자니 가슴이 설렜다.

그는 그녀를 침대에 눕히고 로브를 벗어 떨어뜨렸다. 검게 탄 그의 피부는 불빛이 닿으면 그냥 그 자리에 가두어버리는 것만 같았다. 히스는 고개를 숙여 시선으로 그녀의 발끝에서부터 얼굴까지를 죽 훑고 올라왔다. 굶주린 푸른 눈이 그녀의 눈과 마주치자 어두운 불길로 이글거렸다.

"아름다워, 루시."

전에도 그가 똑같은 말을 했었지만 서로를 재발견한 이 순간, 그녀는 마치 그 말을 처음 듣는 것 같았다. 그가 키스하자 루시의 시선이 흔들리면서 속눈썹이 내리깔렸다. 그의 손이 그녀의 머리 아래쪽을 자기 것인양 자신 있게 받쳐들었다. 입술은 그녀에게 반응을 요구했으며 손은 그녀의 몸에서 제일 은밀한 부위들을 집요하게 탐색하고 어루만졌다. 루시가 예상했던 망설임이나 수줍음은 그의 정열 앞에 으스러져 재로 화해버리고 말았다. 그의 머리를 더욱 아래로 끌어내려 깊은 키스를 유도하고 있는 이 팔이 정말로 그녀의 것일까? 저 억눌린 듯 소리 죽인 신음소리가 그녀의 목에서 나온 것이 맞을까? 아아, 그녀는 그의 맨살이 닿는 감촉이 이렇게도 좋을 줄은 꿈에도 생각지 못했다. 아니 생각은커녕 상상도 하지 못했다. 그녀는 그의 몸 전부가 어떤 느낌일지 알고 싶었다. 루시의 손이 그의 등으로 살짝 올라가 육중하고 힘찬 어깨로 향했으며 희미한 흉터 자국을 손바닥으로 어루만지다가 날렵한 허리까지 다시 쓸어 내려왔다. 그녀가 대담하게도 손끝으로 그의 탄탄한 둔부를 슬쩍 매만지자 그는 그녀의 입술에 대고 신음했다.

"너무나 오래됐어. 당신을 너무나도 오래 전부터 원했다구……."

히스는 그녀의 몸 아래쪽으로 내려가 향기로운 가슴 골짜기 사이에 입술을 지그시 갖다댔다. 루시는 꼼꼼하게 탐색을 거듭하던 그의 입술이 젖꼭지를 찾아내 그 민감한 봉오리를 감싸자 숨 넘어가는 소리를 냈다. 그의 혀가 봉오리 제일 끝을 촉촉하게 적시며 어루만졌고 다음 순간 이가 굳어진 살점을 물고 슬쩍 잡아당겼다. 그녀는 그 감각이 박동처럼 허벅지 사이로 부드럽게 전해지자 몸부림쳤다. 무력해진 루시는 자신의 손발을 벌리는 그의 손길을 내버려두었다. 욕망이 너무나 이글거리는 나머지 몸이 떨렸다. 그는 그녀의 몸 모든 곳에 키스했다. 히스의 손이 그녀의 허벅지를 애무했고 그의 몸이 매트리스 아래쪽으로 더욱 내려갔다. 그의 입술이 허벅지 안쪽에 자리잡더니 위로 슬슬 올라왔다. 그녀는 그가 무엇을 하려는지 퍼뜩 알아차렸다.

"히스, 기다려요……."

"쉬잇."

그는 그녀의 다리 맨 윗부분의 삼각주를 콧등으로 문질렀다.

"당신은 내 아내야."

히스는 그녀의 다리 사이에서 불타는 보드라운 부분으로 다가왔다. 그의 혀가 신경다발이 교묘하게 은닉되어 있는 작은 부위 위쪽을 살짝 핥자 루시는 무릎을 올리는 동시에 발뒤꿈치를 매트리스에 깊숙이 박았다. 히스의 양손이 그녀의 엉덩이를 받쳐들더니 섬세한 탐색을 더욱 면밀히 재개했다.

그녀는 잔뜩 쉰 흐느낌 같은 신음소리를 내며 이를 악물고 고개를 옆으로 돌렸다. 춤추듯 미묘하게 움직이는 그의 입술의 움직임이 하나도 빠짐없이 느껴졌다. 그가 그녀에게 하는 행위 외에는 아무것도 의식할 수 없었다. 쾌락이 정신없이 밀려들면서 그의 손에 붙들린 그녀의 엉덩이가 굳어졌다. 갑자기 그의 혀가 몸 안에서 요동치자 그녀는 뜻하지 않게 허리를 한껏 들어올렸다. 오감이 확대되면서 마침내 그녀는 폭발하는 감각 속에 내던져졌다.

루시는 숨 넘어가는 소리를 거칠게 내면서 따스하고 무력한 상태로 둥둥 떠다니는 기분을 맛보았다. 위쪽에서 내려다보는 히스의 얼굴이 정열로 축 내리깔린 눈꺼풀 너머로 보였다. 그녀는 너무 녹초가 된데다 손발에 힘이 없어 탄탄한 근육질인 그의 몸이 자신의 몸 위에 겹쳐지며 자리잡아도 아무런 행동을 할 수가 없었다.

"그냥 힘을 빼."

그의 말이 애무하듯 나직이 귓전에 울려 퍼졌다.

"거칠게 하지 않을게. 당신을 사랑해 줄 수 있도록 허락해 줘……."

뭔가가 그녀의 허벅지를 비집고 들어왔다. 얼떨결에 그녀는 그가 움직이기 쉽도록 다리 자세를 바꿨고 다음 순간 그가 힘차게 밀고 들어오자 날카롭게 숨을 헐떡였다. 고통스러웠다. 또 그가 그녀의 몸 안에 있다는 사실을 깨닫자 충격이 다가왔다. 그가 귓전에 속삭이는 다정한 밀어에 반응하여 그녀는 다리를 더욱 넓게 벌렸다. 그는 더욱 깊이 들어왔고 그녀의 몸 안에서 움직이는 그의 몸은 엄청나게 크면서도 불로 지지듯 뜨거웠다. 그녀는 낯선 감각에다가 불편한 느낌 때문에 움찔했지만 그의 양손이 그녀의 떨리는 몸을 진정시키고 있었다. 그의 목소리는 부드럽고도 묘하게 갈라진 음색이었다.

"당신 몸은 너무나 감미로워…… 신다. 당신 몸이 이런 느낌일 줄 알고 있었지…… 이럴 줄 알고 있었어. 날 안아줘…… 아아, 신……."

그녀를 으스러져라 꼭 끌어안은 그는 절제된 리듬으로 깊이 파고 들어오며 자신의 움직임에 맞추는 법을 알려주었다. 그는 거리낌 따위 없이 너무나도 자유로웠고 그녀의 프라이버시 따위는 가차없이 허물처럼 벗겨버린 채 어떻게 하면 쾌락을 느끼는지 털어놓으라고 자신의 손과 입으로 그녀에게 강요했다. 루시는 어느 누구와도 이런 친밀함을 공유할 수 있으리라고는 여태 상상도 하지 못했으며 오늘밤 이후로는 그 무엇도 예전과 똑같아질 수 없음을 깨달았다. 그녀는 혼란스러워져서 땀으로 번득이는 그의 어깨에 얼굴을 묻고 몸 안에서 잔물결처럼 찰랑이는 열기를 음미했다. 그녀는 그의 몸이 와락 밀고 들어오다가 그 자리에 멈추는 것을 느꼈다. 히스는 일순 굳어지더니 그녀의 목에 얼굴을 파묻었으며 그녀의 베개 양쪽에 짚었던 그의 두 손은 주먹으로 변했다.

그녀는 정신없는 상태에서 그에게로 입술을 가져갔다. 시간이 덧없이 흐르는 가운데 두 사람은 서로 뒤얽혀 애무를 주고받았다. 어떨 때는 급박했고 어떨 때는 나른한 속도였다. 루시는 그의 욕망에 못지 않은 욕망을 내비치며 어제나 내일 따위에는 전혀 신경 쓰지 않고 그의 정열에 똑같은 기세로 화답했다. 히스의 손길을 받을 때마다 그녀는 더욱 그의 일부로 화했고 자정을 넘겨 시간이 지날수록 그녀는 그가 자신에게서 순결 이상의 것을 가져간 게 아닌가 두려워지기 시작했다.

7

루시는 딱히 대답이 나오지 않는 질문 때문에 심란해져 하루 종일 자질구레한 일에 바쁘게 몰두하며 현재의 이 복잡한 상황을 곰곰이 따져 보았다. 아침에 일어나 보니 실망스럽게도 히스는 이미 나간 뒤였다. 한편으로는 그녀 혼자 생각할 시간이 있어서 다행이었다.

지난 밤 이후로 모든 것이 변해버린 것만 같았다. 히스는 그녀의 수많은 환상을 부수고 말았다. 그녀가 그에게서 쾌락을 얻지 못했다면 거짓이 되리라. 하지만 그녀는 자신이 원하는 남자가 오직 대니얼뿐이라고 믿어 왔기에 혼란스러웠다. 그렇다면 대니얼에 대한 그녀의 감정은 그저 습관에 불과했을까? 대니얼과 서로 이해하는 수준에서 그토록 오래 만족하고 지냈던 것은 다른 사람에게 마음을 여는 것보다 그 편이 더욱 안전하고 손쉬웠기 때문일까? 난 대니얼을 진심으로 좋아했어, 그녀는 스스로에게 타일렀다. 하지만 전에는 이런 질문을 품는 것조차 자신에게 허용한 적이 없었으므로 당혹스러웠다. 그 감정은 정말로 사랑이었을까, 아니면 단지 사랑으로 착각했을 뿐 실상은 다른 것이었을까?

그녀의 남편은 더할 나위 없이 사람 속을 뒤집어놓고 예측불허인데다가 여태껏 그녀가 만난 누구보다도 복잡했지만 이제 그녀는 예상과는 달리 남편을 좋아하게 되었다. 그는 입으로는 부인했지만 거의 항상 자기 뜻대로 매사를 관철시켰으며 자기 앞길에 장애물이 있을 경우 신사답게 주저한다거나 점잖 따위를 빼는 적이 전혀 없었다. 히스는 양면성을 갖고 있었다. 그녀의 남편은 신사인 한편 너무나 자연스럽게 악당으로도 돌변할 수 있었으며 그녀는 어느 쪽의 모습이든 그를 제대로 다룰 비결을 터득하지 못한 상태였다.

히스는 저녁식사 시간을 한참 넘겨서 귀가했다. 그가 현관으로 들어서자 루시는 코트를 받아들어 걸었다. 그의 표정은 묘했다. 긴장한데다 다소 피곤해 보였지만 미처 억누르지 못한 활기, 일종의 승리감이 넘쳐흐르고 있었다. 오늘 무슨 일이 있었던 것이다. 그녀는 그의 모습을 보기만 하고도 알아챘다. 왠지 그가 할 말의 내용이 별로 마음에 안 들 것 같은 예감이었다.

“할 얘기가 있어, 루시.”

“좋은 소식, 아니면 나쁜 소식?”

“당신이 어떻게 받아들이느냐에 따라 다르지.”

“어째 별로 바람직한 쪽으로 흐를 것 같지 않네요.”

히스는 슬쩍 미소를 머금더니 소파 쪽을 가리켰다.

“앉는 게 좋겠어. 얘기가 길어질 테니까.”

그의 표정이며 비정상적으로 침착한 어조로 미루어 보아 이 모든 것이 의심할 여지없이 뭔가 중요한 얘기가 있다는 사실을 나타냈다.

“무슨 얘기인데요?”

“내가 보스턴에서 참석했던 모임 전부에 대해서야. 진작에 당신에게 말했어야 했는데 어째 시간이 지날수록 당신에게 접근하기가 힘들어지고…… 우리 사이도 그렇기에 그냥 계속 미루는 쪽이 속편해서…….”

“이해해요.”

루시는 갑자기 자리에 앉았다. 아까 품었던 의혹이 결국 들어맞았다 싶었다. 만약 히스가 보스턴에 딴살림을 차리고 드나드는 것이라면? 아아, 생각하기조차 끔찍한 일이었다!

히스는 그녀의 곁에 앉아 아까 그녀가 마시던 잔을 들더니 그 빈 잔을 천천히 돌리면서 말문을 열었다.

"결과가 어떻게 될지 확실히 몰랐기 때문에 계속 때를 기다리고만 있었는데 지금이 바로 적기야. 그러니 우린 만사를 빨리 처리해야 해."

그녀는 천천히 고개를 끄덕였다. 다른 여자 얘기를 꺼내려는 걸까? 어젯밤 일은 어쩌고 지금에 와서 이런 얘기를 하다니, 잔인한 사람! 아니, 아니다. 설령 여자가 있다 하더라도 굳이 그가 다른 여자 얘기를 그녀에게 할 이유는 없다…… 아니, 있을까?

"<보스턴 이그재미너> 지에 대해서 들어본 적 있어?"

예상과 너무나 동떨어진 이야기에 그녀는 놀라서 어리벙벙한 표정으로 그를 보았다.

"뭐라고요? 그런…… 아뇨, 들은 적 없는 것 같아요."

"그 동안 난 보스턴의 모든 신문에 대해 면밀하게 조사했어. 최고 부수의 판매를 자랑하는 건 약 9만 부 정도인 <헤럴드>고…… <보스턴 저널>은 그 반 정도의 구독자를 보유하고 있지. 나머지는 다 각각 1만 7000부 정도로 고만고만해. <보스턴 이그재미너>는 업계 세 번째로 불릴 수는 있지만 별로 든든한 3위는 아니지."

신문. 그는 그녀에게 신문 이야기를 하고 있었다. 그런데 신문이 대체 무슨 상관이기에?

"아주 흥미롭네요."

그녀는 의무감에서 이렇게 대답했다. 그는 심드렁한 그녀의 태도를 보고 빙그레 웃음지었다.

"<이그재미너>는 <헤럴드>와 <저널>의 연합 전선 때문에 약화되는 추세야. 그 두 업체가 광고주며 구독자를 야금야금 빼돌리는데다 온갖 종류의 꼼수를 써서……."

"히스"

그녀는 초조해져서 그의 말허리를 치고 들어갔다.

"지금 그런 얘기는 하나도 듣고 싶지 않아요. 난 그저 당신이 하려던 애기가 뭔지 알고 싶을 뿐이라고요."

"좋아."

그의 눈에 담긴 무모한 기색이 더욱 짙어졌다.

"<이그재미너> 지가 시장에 매물로 나왔어. 사주와 접촉을 하고 조사를 해보니 경쟁력 있는 사업이 되겠다는 결론이 났지. 그래서 오늘부로 우린 <이그재미너> 지의 새 사주가 됐어."

루시는 상황이 뇌리에 서서히 접수되자 경악하며 그를 응시했다.

"전부요? 신문사를 통째로? 보스턴 지역 신문이라면서요, 히스……."

"사실 전부 산 건 아니야. 겨우 절반이지. 나머지는 데이먼 레드먼드가 가지고 있어. 그 친구는 보스턴에 집이 있는데……."

"레드먼드? 로웰이나 솔턴스털 가문과 필적하는 그 레드먼드?"

"그래, 그 가문이야. 존 레드먼드 3세의 삼남이지. 난 외국에 나갔을 때 데이먼과 알게 되었거든. 바로 전쟁 직전이었어."

"하지만…… 둘 중 한 사람이라도 신문사를 제대로 운영해 본 경험이 있나요?"

루시는 너무 놀란 나머지 듣기 좋게 물어볼 엄두도 낼 수 없었다.

히스는 쓰게 웃었다.

"이 경우라면 경험이 그렇게 도움이 될 것 같지 않다는 게 내 생각이야. 경험 많은 사람일수록 과거의 방식에 안주하고 전통을 고수하려는 경향이 커지거든. 바로 그 점이 내가 지양하는 바야. 세상은 바뀌고 있고 10년 전에 써먹던 방식으로는 더 이상 살아남을 수 없어. <뉴욕 트리뷴>처럼 시대의 조류에 발맞추는 신문들도 있지만 그렇지 않은 나머지 업체들은 도태되고 말 거야. 그런 상황을 유리하게 이용하기에는 지금이 절호의 기회야. 난 기자들과 신문의 수준을 한 단계 끌어올려 새롭게……."

"도박이란 소리잖아요. 만약 잘되지 않으면요? 우리 돈을 몽땅 잃게 되면 어떡해요?"

"그럴 경우엔 언제라도 당신 아버지 가게 이층에서 같이 살면 되잖아."

"그런 농담은 하지도 말아요!"

“걱정 마, 신. 당신을 굶기지는 않을 테니까.”

“그리고 그…… 그 레드먼드라는 사람은 뭐예요? 그 사람을 동업자로
확실히 신뢰할 수 있어요?”

“그 점은 의심하지 않아. 그 친구는 야심만만하고 똑똑한데다 제몫을 다
할 테니까. 사실 오히려 그 친구에게 이 일이 동업 형태라는 사실을 때때로
깨우쳐줄 방법을 찾아야 할 것 같아. 그 친구는 자기 뜻대로 추진하고 관철
하는 성격이거든.”

“흑자로 전환되려면 분명 시간이 좀 걸리겠네요.”

“그건 몇 가지 사항에 달려 있지. 당신이 정말로 궁금하다면 알려줄게.
하루이틀 동안 당신과 함께 장부와 견적서를 살펴보면 돼.”

“고맙지만 됐어요.”

루시는 산수라면 종류 불문하고 절대 흥미를 느낀 적이 없었다. 하지만
그녀에게 그런 애기를 터놓고 하는 그의 적극성은 놀라웠다. 보통 남자들
은 자기 사업 애기를 아내와 의논하고 싶어하지 않는다. 아내는커녕 어떤
여자에게도 마찬가지였다. 여자들이 자기들끼리의 은밀한 이야기나 행동
에 대해 남자들에게 애기하지 않는 것과 매일반이었다.

“난 그저 충분한 생활비나 들어올 수 있다면 족해요.”

“그럴 거야. 좌우간 당신에게 모자며 머리끈을 충분히 사줄 정도는 될걸.”

“그런 거대한 신문사를 운영하려면…… 일도 많이 해야겠네요.”

그녀는 이맛살을 찌푸렸다.

“야근도 좀 필요하겠지.”

그는 시인했다.

“그리고 계속 보스턴과 여기를 오가야 하고…… 그 점은 어떻게 할 거
예요?”

오랜 시간 침묵이 흘렀지만 결국 히스는 들고 있던 술잔에서 눈길을 들
었다. 그의 녹청색 눈이 그녀의 눈을 뚫어져라 마주 보았다.

“그건 불가능해. 콩코드에 살면서 신문사를 운영할 수는 없지.”

히스의 나직한 말에 담긴 속뜻이 마치 진짜 주먹질처럼 그녀를 세차게

후려쳤다. 콩코드에서 신문사를 운영할 수 없다는 말은 곧 그가 이사를 가고 싶어한다는 소리였다.

"신문사를 차지하고 싶거든,"

그녀는 속사포처럼 쏟아냈다.

"콩코드 지방 신문을 사들여요. 아니면 하나 창간하든가요. 굳이 보스턴 쪽 신문을 살 필요는 없잖아요⋯⋯."

"지방 신문으로는 내가 하고자 하는 바를 이룰 수 없어. 난 브룩스네 암탉이 목요일에 달걀을 몇 알 낳았네, 빌리 마틴슨이 어쩌다가 무릎을 벌에 쏘였네 하는 소식 따위나 취재하고 싶지는 않아."

"하지만⋯⋯ 하지만⋯⋯."

"하지만 뭐가?"

히스는 대답을 재촉하며 팔꿈치를 무릎에 괴고 상체를 앞으로 내밀었다.

"당신 출신지가, 그리고 지금 사는 곳이 어디인지를 생각해 봐요. 당신은 보스턴이 어떤 곳인지 몰라요. 당신은 북부 사람들을 제대로 이해할 수 있을 만큼 오래 이곳에 산 것도 아니고⋯⋯."

그녀가 말을 흐리자 그는 잔을 내려놓고 그녀의 손을 잡았다. 따스하고 짜릿한 기운이 감돌았다. 그는 마치 그녀에게서 진실을 짜내려는 듯 그녀의 손바닥을 지그시 내리눌렀다.

"계속해. 이 일에 대해 당신 의견을 그저 추측만 하고 싶지는 않아, 신. 이번에는 싫어. 나한테 말해 줘."

"이 지역이 남부인에게 호의적이지 않다는 사실은 당신이 나보다 더 잘 알 텐데요. 보스턴 사람들은 전쟁의 죄과를 남부인들에게 묻고 싶어해요. 그런데도 당신은⋯⋯ 당신은 북동부 지방의 유력 신문사를 접수할 생각을 하고 있나요? 당신을 지지하는 사람은 하나도 없을 거예요. 사면초가라구요. 수많은 방해공작이 들어올 테고, 그리고⋯⋯ 앞으로 얼마나 어려울지, 운영 자체가 얼마나 불가능할지 차마 말로 꺼낼 수가 없네요. 사람들은 당신이 사명감에서 쓴 기사를 읽고 싶어하지 않을 거예요. 이 근방에는 수많은 지식인들이 살고 있지만 재건운동에 대해서 다들 시각도 다르고 격론만 무성해요. 내가 이렇게 말할 수 있는 건…… 콩코드에서 정치 토론회나 모임에 충분히 많이 참석해 봤기 때문에 내 말이 진실이라는 걸 확신할 수 있기 때문이에요.”

“나도 알아. 그리고 당신 말이 맞아. 쉽지는 않겠지. 하지만 이건 치러야만 하는 전투고 꼭 그곳, 보스턴이어야만 해. 내가 남부 사람들과 당신네 북부 사람들 모두를 위해 더 큰 일을 할 수 있는 곳은 다른 어느 곳보다 바로 이곳이야. 이곳이야말로 모든 결정이 이루어지는 곳이야. 금융과 교육의 중심지이고…… 세상에, 이곳에서 지내기란 미로 속을 헤매는 것과 같다고나 할까. 너무 복잡해서 이해할 수도 없는 논제를 놓고 계속 그 안에서 맴돌기만 할 뿐이야. 그래서 어느 누구도 진실을 똑바로 보려 하지 않지. 그게 실제 상황이야. 전쟁은 끝났지만 무엇 하나 해결된 건 없어. 각 주의 권리, 해방노예들의 문제, 경제, 정치가 돌아가는 상황…….”

“하지만 당신이 무슨 말을 하더라도 들어주는 사람은 없을 거예요.”

루시는 그의 결심이 얼마나 굳은지를 알고 나자 점점 더 불안감이 커져 갔다.

“아무도 귀기울이지 않을 테고…….”

“아아, 듣게 만들 거야.”

그는 준엄한 미소를 지으며 그녀를 안심시켰다.

“그리고 다들 듣게 돼. 왜냐하면 데이먼 레드먼드를 전방에 내세울 테니까. 그 친구를 편집국장에 앉힐 생각이야. 그 친구와 부하 기자들을 통해서 내가 말하고자 하는 모든 요점이 활자화되는 거지. 데이먼은 보스턴에서도 유서 깊기로 손꼽히는 집안 출신이라 지지세력도 영향력도 있어. 난 그 점을 이용할 방법을 찾아야지. 내 신념을 굳이 밀어붙이는 방법은 쓰지 않겠어. 그럴 필요가 없거든. 슬며시 여기저기 끼어들어서 그 사람들이 날 반감 없이 받아들이도록 만들어야지. 어느 누구도 여태껏 본 적조차 없는 신문을 만들 생각이야. 사람들의 마음을 끌고 유혹해서 사로잡는…… 그리고 기존의 언론 관행을 깡그리 뒤엎어야만 한다면 그렇게라도 하겠어.”

그의 말 중 대부분은 그녀에게 마이동풍이었다. 여태껏 어느 누구도 신문에 유혹적이라는 말을 갖다 붙인 적은 없었다. 그리고 그녀는 그가 데이먼 레드먼드라는 사람을 어떻게, 무슨 수로 이용하겠다는 것인지 감을 잡을 수 없었다. 그녀의 주의는 그의 눈 속에 타오르는 불꽃에, 그의 목소리에 깃든 열정에 쏠려 있었다. 그의 결심은 확고하게 굳어졌고 이제 기적이 일어나지 않는 한은 돌이키게 만들 수 없었다.

"이렇게 성급하게 뛰어들지 말고 일이 년 정도 기다리면 안 되나요?"

루시는 애원했다.

"너무 일러요. 당신이 이곳을 충분히 알게 될 때까지 기다렸다가……."

"이제 시작해도 될 만큼은 충분히 알고 있어. 나머지는 조만간 깨우치게 될 거야. 난 더 이상 기다릴 수 없어. 이런 기회는 다시 없다구. 한동안은 절대 없어. <이그재미너>는 발행부수는 적지만 구독층이 탄탄한 좋은 신문이고 평판도 괜찮아. 단지 새로운 지침이 필요할 뿐이야. 뿌리째 뒤흔들어서……."

"왜요?"

그녀는 따져 물었다.

"당신은 왜 모든 걸 뒤흔들어서 뿌리째 뒤엎어야만 하죠? 다른 사람들처럼 그냥 그러려니 살면 뭐가 어때서요?"

"왜냐하면 그냥 그러려니 산다고 해서 다 되는 게 아니거든. 사람이란 삶의 주도권을 쥐느냐 아니면 그냥 휩쓸려 가느냐 둘 중 하나야. 난 쓸려 갈 생각은 절대 없어."

"난 지금 이 상태로도 충분히 행복해요! 난 아무것도 변하지 않았으면 좋겠어요!"

히스는 그녀의 음성에 깃든 공포를 민감하게 깨달았다.

"신다, 당신은 행복하지 않지…… 거짓말은 하려 들지 마. 난 당신을 잘 알아. 어느 누구보다도 더 당신에 대해 잘 알고 있어."

"그건 사실이 아니에요……."

"당신이 무슨 수로 행복하겠어? 당신은 평생 이곳에 콕 박혀 살도록 타고난 사람이 아니야. 당신 아버지와 이웃들은 당신을 절대 어울리지 않는

틀에 끼워 맞추려 애쓰면서 그런 삶이야말로 바로 당신이 원하는 것이라고 주입시켰어. 하지만 당신은 사소하나마 수백 가지 방법으로 저항을 계속했지…… 원래대로라면 건너지 말아야 했던 그 빌어먹을 강을 건너고, 대니얼에게 싸움도 걸었어. 당신이 내게 계속 접근했던 건 바로 주위 사람들의 강요에 맞선 반발심 때문이었다는 걸 내가 몰랐을 것 같아?"

"당신은 나에 대해 아무것도 몰라요."

루시는 일어나서 그를 피해 뒷걸음질쳤다.

"당신이 콩알만한 집에 틀어박혀 바느질이며 동아리 모임 걱정이나 하면서 결코 이루지 못할 꿈에 취해 살아서는 안 될 사람이라는 건 알고 있지. 자기 자리에서 본분이나 다하라는 말 외에는 어느 누구도 당신에게 무엇 하나 요청했던 적이 없었어. 하지만 난 당신에게서 그 이상을 원해."

"당신이 원하는 건 날 고향과 정든 사람들에게서 떼어놓는 거겠죠."

"맙소사, 이 여자야. 누가 북극으로 이민이라도 가자고 했나! 보스턴이라면 그리 먼 곳도 아니잖아!"

"여기와는 완전히 다른 세계예요! 거긴 도회지에 대도시고 이방인들로 득시글거리는데다 내가 아는 사람 하나 없는……."

"결론은 당신에게 선택의 여지가 없다는 거야. 우린 보스턴으로 이사가는 거야…… 이틀 뒤에."

"이틀이라고요!"

"신문사의 소유권을 이전하는 계약서에 오늘 서명했어. 신판 <이그재미너>는 월요일에 나오게 돼 있지. 내일 비콘힐에 집을 보러 가겠어. 그 집이 괜찮으면 곧바로 이사가자구. 하지만 그렇지 않으면 호텔에 살면서 적당한 집을 찾아봐야지……."

"당신이야 보스턴으로 가도 좋아요."

그녀는 반항심이 이글거리는 눈으로 그를 노려보았다. 단호하고도 흔들림 없는 목소리였다.

"거기 살면서 주말이면 날 만나러 와도 되겠네요. 아니, 아예 안 올지도 모르죠 뭐. 당신이 어떤 결정을 내리든 간에 난 여기에 눌러 살 거예요."

그는 그녀의 결심이 어느 정도로 강한지 가늠하듯 바라보았다. 그의 눈이 위험한 빛으로 번득였다.

"곧 죽어도 당신 역시 가는 거야."

"날 콩코드에서 다른 곳으로 데려갈 수는 없다고 전에도 말했었죠!"

"대체 왜 그렇게 이곳에 살겠다고 죽어라 고집을 피우지? 그렇게도 다른 곳이 두려워? 아니면 샐리와 대니얼을 졸졸 쫓아다니면서 평생 거북하게 만들어줄 심산이야?"

"이건 대니얼과는 하등의 관계가 없어요. 난 보스턴에 안 가요…… 날 데려가려고 계속 귀찮게 굴면 당신 곁을 떠나버리겠어요."

루시는 황급히 말을 쏟아내던 와중에 중대한 판단착오를 범하고 말았다. 그와 정면으로 맞서서 다그치며 쏘아붙이던 와중에 그녀는 그의 턱에 힘이 들어가면서 얼굴이 굳어지는 것을 보고 말았다. 단 한 문장의 말로 그녀는 용케 그를 이성의 한계 이상으로 밀어붙이고 만 것이다.

"꽁꽁 묶여서 짐마차 뒤에 실려 가는 한이 있더라도 당신은 가는 거야."

"난 그럼 다시 돌아올 거예요. 날 당신 옆에 붙잡아둘 수는 없어요! 억지로 당신 곁에 살게 할 수는 없다구요!"

그는 둘 사이의 거리를 성큼 좁히더니 그녀의 손목을 움켜잡고 그 손에 끼여진 굵은 금반지가 훤히 보이게 얼굴까지 들어올렸다.

"이거 보이지? 당신이 하기 싫은 일이 죽어라 많더라도 난 당신에게 전부 다 시킬 수 있어. 이 반지야말로 우리가 서로간에 맺은 계약의 증거야. 취소할 수 없다구."

"계약은 언제든지 깰 수 있는 거예요."

그녀는 분노로 얼굴이 시뻘개졌다.

"아하, 아니, 못 깨."

그는 그녀의 손목이 아플 정도로 손아귀에 힘을 주었다.

"당신은 내게 정절을 지키겠다고 약속했어. 나하고 함께 가는 거야."

"모든 걸 다 포기하고 당신 변덕에 장단을 맞추겠다는 약속 따윈 하지 않았다구요!"

루시는 옆에 쌓여 있는 신문 더미를 흘끗 곁눈질했다. 그가 간직한 해묵은 추억과 내력 하나하나가 모인 집약체였다. 그녀는 그 물건이 대변하는 모든 것이 증오스러웠다.

"신문 때문에 이런 짓을 하다니. 사람들이 고작 커피나 마시면서 읽어대는 4센트짜리 소식 때문에 내 인생이 파멸되는군요."

"무슨 인생? 앞으로 50년 동안 이곳에 파묻혀서 세상을 피해 은둔하는 게 인생이란 말이야?"

루시는 분노가 치밀어 올라 신문더미를 집어들고 불 속에 던져버렸다. 눈물도 나오지 않아 가슴만 위아래로 격하게 오르내리는 가운데 그녀는 닳고 헐어빠진 신문지 귀퉁이에 밝은 오렌지색 불이 붙는 광경을 지켜보았다. 순식간에 신문 전체로 불이 화르륵 옮겨 붙었다. 그녀는 타오르는 불빛을 얼굴에 받으며 히스를 쳐다보았다. 그는 불길이 아니라 그녀를 응시하고 있었다. 눈이 험악해지면서 가늘고 하얀 관자놀이의 흉터가 짙은 피부 위로 두드러졌다.

"벌써 진작에 이렇게 했어야만 해요."

그녀는 엄청난 분노와 두려움을 동시에 느끼며 절규했다.

"당신은 내 실수에만 트집을 잡느라 신났죠. 그럼 당신은 어때요? 당신은 평생 지고 갈 짐이 있다는 말은 안 믿는다고 전에 그랬죠. 하지만 당신은 이 8년 동안 과거를 미련하게 짊어지고 온 거예요. 신문을 읽고읽고 또 읽으면서 속으로는 전쟁에 대해 엄청 관심이 많으면서도 겉으로는 시치미를 뗐죠. 내가 아는 사람들은 다들 전쟁을 과거지사로 흘려보냈지만 당신은 아직도 슬퍼하면서 괴로움을 즐기고 있어요. 지금 당신의 이 행동은 전쟁의 연장이라구요! 보스턴의 신문사를 남부인이 운영하다니, 대체 어느 누가 이런 소리를 들어봤겠어요? 미친 짓이에요. 당신은…… 양키에게 맞서기 위해서 그러는 거예요. 난 당신의 정체를 똑똑히 알고 있어요. 그런 남자와는 살고 싶지 않아요. 그러니 도시로 가서 마음껏 계획을 펼쳐봐요. 난 여기 남겠어요."

그녀는 침실 문 앞에 방책을 칠 생각으로 치맛자락을 잡고 날 듯이 계단을 뛰어올라갔지만 미처 목적지에 다다르기도 전에 그에게 따라잡히고 말았다. 그는 뒤에서 그녀의 허리를 부서져라 끌어안더니 귓전에 대고 속삭였다.

"앞으로 이틀 동안 이 집에 작별인사를 하고 보스턴에 가져가고 싶은 건 뭐든 짐을 꾸려. 이미 당신 아버지께는 내가 없는 동안 오셔서 도와달라고 말씀드렸어. 당신이 짐을 안 싼다면 앞으로 반년 동안 입은 옷 그대로 살아야 할 거야. 그리고 그 앙증맞은 몸을 빨리빨리 움직여서 내가 오라는 곳에 오지 않으면 내가 직접 데려가 주지. 성질 죽이고 따르는 편이 좋을 거라는 내 말은 진심이야. 그렇게 알라구."

"안 가요."

그녀는 쉰 목소리로 대꾸했다. 화가 머리끝까지 치솟은 그를 보니 혹시 주먹질을 당하는 게 아닐까 겁이 났다.

그의 목소리가 귓가에서 잘근잘근 울려댔다.

"나하고 같이 사는 건 물론이거니와 행복한 척 명연기를 펼쳐서 세상 사람들에게 당신이 결혼 상대로 탐탁해한 사람은 나밖에 없다는 인상을 심어 줘야 해…… 실상이 그 반대라는 걸 우리만은 알고 있지만 말이야. 그리고 당신은 매일 밤 팔을 벌리고 미소를 띤 채 침대에서 날 기다리는 거야."

"내가 그럴 걸로 생각한다면 당신은 바보예요."

"생각하는 게 아니야. 알고 있는 거지. 당신이 마음에서 우러나서 하든 억지로 해야 하든 그건 상관없어. 어쨌든 당신은 나만이 아니라 다른 사람들을 위해서도 레인 부인 역할을 훌륭하게 연기해야 해."

"그러려면 날 먼저 죽여야 할 걸요!"

"멜로 드라마처럼 굴지 말라구."

"당신을 증오해요. 난 당신이 내 몸에 절대 손을 못 대게 막아야만 했다구요."

그녀는 그에게 퍼부을 가능한 한 최악의 말을 궁리해 보았다. 뭔가 그에게 상처 줄 말을.

"어젯밤이 마지막이에요. 난 당신이 가까이 있는 것도 가증스러워요."

히스는 얼어붙었다.

"도가 지나치군, 루시."

"내 말은 사실이에요!"

그는 조용히 말했다.

"아니야. 그렇지 않아. 무엇이 진실인지 알아보기로 하지."

그녀는 침대로 끌려가자 몸부림치기 시작했지만 그의 완력은 강철 같았다. 그는 그녀를 얼굴부터 매트리스에 내팽개쳤다. 벗어나려는 그녀의 시도에도 불구하고 그는 쉽사리 그녀의 몸에 올라타 더 이상 움직이지 못하게 골반 양쪽을 근육이 탄탄한 허벅지로 죄었다. 그녀는 그가 드레스의 등쪽에 달린 단추를 푸는 것을 느끼고 공포와 분노로 격하게 버둥거렸다.

"당신에겐 이럴 권리가 없어요……."

"나한텐 속속들이 권리가 있어."

그는 그녀의 코르셋 끈을 거칠게 홱 풀어냈고 무거운 심지를 댄 속옷이 양옆으로 벌어졌다. 루시는 뭔가 찢어지는 소리가 들리자 숨을 거칠게 들이켰다. 그는 마치 휴지라도 찢어버리듯 속옷을 뜯어냈고 그녀의 항변은 매트리스에 묻혀버렸다. 그녀는 맨살이 사정없이 노출되는 것을 막기 위해 몸부림쳤지만 무슨 수를 써도 그의 행위를 말릴 수는 없었다.

"당신은 내 아내야. 그리고 이제부터는 내 곁에서 떠나고 싶다는 눈치를 눈곱만큼도 보이지 않는 거야."

"멈춰요!"

그녀는 그의 따뜻한 손이 꼿꼿해진 등줄기에 얹히는 것을 느끼고 뻣뻣이 굳어졌다. 그 손은 더욱 아래로 내려와 그녀의 매끄러운 엉덩이를 감싸쥐었다. 그의 손바닥이 그녀의 말랑한 부분을 문지르자 그녀는 입술을 깨물며 몸이 오그라드는 듯한 반응을 억누르려고 애썼다. 그는 계속 애무를 퍼부었고 결국 그녀는 부지불식간에 신음소리를 내뱉으며 눈을 질끈 감고 땀에 젖은 이마를 시트에 파묻었다.

"당신이 내게 어떤 감정을 느끼는지는 상관없어."

히스는 그녀의 다리 사이로 손을 집어넣었다. 그녀는 마른침을 세차게 삼키며 그에게 대꾸하려 했지만 목에서 비어져 나온 소리라고는 낮게 깔린 신음소리뿐이었다. 그는 그녀의 나머지 옷을 위로 밀어올렸다. 그의 손이 그녀의 보드라운 여성을 마사지하듯 문지르며 믿어지지 않을 정도의 놀라운 기술로 예민한 부위를 찾아 헤맸다. 그는 더욱 은밀한 애무를 퍼부었으며 입술로 목덜미를 집요하게 공격했다. 히스는 그녀의 피부를 지그시 깨물어 반달형 모양의 잇자국을 냈다. 루시는 그가 가차없이 흥분을 불러일으키는 동안 옴짝달싹도 못하고 무력하게 누워 있었다.

히스는 일어나 앉더니 코트와 셔츠를 그 자리에서 벗어버렸다. 옷이 바닥에 떨어지자 그는 그녀를 돌려 눕혔다. 바지만 입은 그의 탄탄한 금빛 육체가 타는 듯한 한순간 그녀의 뇌리에 깊은 낙인으로 남았다. 그녀는 잽싸게 손을 휘둘러 그의 따귀를 때렸지만 그는 한 대 더 맞기 전에 그녀의 손을 붙들었다. 히스는 그녀의 양팔을 한 손으로 잡아 위로 올린 다음 치마를 걷어올리고 자기 바지춤을 풀었다. 허리받이가 마구잡이로 몸 밑에 깔린 나머지 그녀의 엉덩이가 매트리스에서 몇 치 정도 위로 올라왔다. 루시는 미친 듯이 버둥거렸지만 히스의 푸른 눈은 조롱하듯 응시하기만 했다. 순간 그녀는 저항해 봤자 헛수고임을 깨닫고 이를 악물며 억지로 그의 몸 아래에서 힘을 뺐다.

"난 생각도 못했어요. 당신이…… 원치도 않는 여자를…… 완력으로 취할 줄은……."

"당신은 날 원해."

그녀가 미처 대답도 하기 전에 그는 그녀의 몸을 힘차게 뚫고 들어왔다. 그녀는 허리를 그에게로 한껏 치켜들며 얕은 비명을 내질렀다. 쾌락이 물결처럼 덮쳐들어 몸 구석구석에 스며들었다. 그가 더욱 깊이 파고 들어오자 그녀는 깜짝 놀라 몸이 마비되고 말았다. 히스는 그녀의 몸 안에서 딱 한 번 움직이더니 다음 순간 몸을 뺐다. 그녀는 욕망으로 떨면서 홀로 남겨졌다. 그는 상체를 숙여 앞이 늘어진 그녀의 드레스 목선 너머로 코를 들이밀더니 욱신거리며 솟아오른 그녀의 가슴을 찾아 콧등을 비벼댔다. 그가 가슴 봉오리를 살짝 물고 잡아당기자 마침내 루시는 본의 아니게 흥분해서 항의하듯 그의 이름을 숨가쁘게 불러댔다. 그는 다른 쪽 가슴으로 주의를 돌리더니 그녀의 가녀린 손목이 그의 손아귀 안에서 축 늘어질 때까지 혀로 젖꼭지를 지분거렸다.

"당신은 내 아내야."

그는 그녀의 허벅지 사이에 자신의 무릎을 집어넣어 양쪽으로 벌렸다.

"그리고 이제부터는 아내가 남편에게 제공해야 하는 것을 전부 내게 내주는 거라구. 말대꾸하기는 없어. 알았지, 루시?"

그는 승리하고 말았다. 빌어먹을 작자. 그녀는 그를 원했고 그의 행위가 도중에 멎지 않는다면야 무엇이든 약속할 수 있었다.

"난 당신 아내예요."

그녀는 그의 말에 복종해 속삭였다. 그가 다시 와락 몸 안으로 들어오자 그녀는 안도감 때문에 하마터면 목이 메일 뻔했다. 하지만 쾌락이 빠른 속도로 부풀어올라 그녀의 몸 안에서 한소끔 끓어오르는 느낌이 오자마자 그는 다시 빠져나갔다.

"당신은 나하고 함께 가는 거야."

그는 주장했고 그녀는 침묵을 지킨 채 그를 향해 허리를 들어올렸다.

"제발 부탁이에요."

그녀는 신음했다.

"당신은 나하고 함께 가는 거라니까."

"그래요."

그녀는 숨 넘어가는 소리를 냈다.

"그래요, 당신하고 함께 가요."

"그리고 더 이상 거짓말은 없는 거야."

"그래요."

"그럼 어젯밤의 진실을 말해 봐."

그는 천천히 허리를 굴렸다. 그녀는 따뜻하고 묵직한 남성이 자신의 그곳에 닿는 것을 느꼈다.

"말해 보라니까."

"당신을 원했어요."

그녀는 속삭였다.

"지금처럼 말이지."

"그래요."

그는 그녀의 손목을 놓더니 표정 없는 얼굴로 바라보며 일어났다. 루시는 어안이 벙벙해서 그의 눈을 마주 보았고 순간 그가 그녀의 말과 행동에 앙갚음을 하기 위해 이대로 내팽개칠 생각이라는 것을 알아챘다. 그는 상상할 수 있는 한 최고의 은밀한 순간에 그녀의 육체를 뿌리치고 있었다.

"히스, 안 돼요……."

"이제 전부 해결됐어. 좀 자두라구."

그는 냉담하게 말했다.

"앞으로 며칠 동안은 바빠질 테니까."

그는 일어났다. 그녀는 그가 정말로 자신을 내팽개치려 한다는 것을 알았다.

"이러지 말아요. 내 곁에서 떠나지 말아요. 부탁이에요."

하지만 그는 무관심한 듯 계속 내려다보기만 했다. 결국 모멸감에 눈을 감은 루시는 모로 누워 베개에 얼굴을 깊이 파묻으며 한껏 웅크렸다.

별안간 히스는 고개를 숙이고 자제력을 찾기 위해 싸웠다. 그녀에게 따끔한 교훈을 주어야 한다는 점을 명심하려 했다. 하지만 왠지 죄다 엉망으로 헝클어지고 말았다. 그는 나직이 욕설을 퍼부으며 잽싸게 바지를 벗어버렸다. 루시는 몸 옆의 매트리스에 그의 체중이 실리는 것을 느꼈고 다음 순간 그는 그녀를 똑바로 눕히더니 남은 옷을 잡아당겨 벗겼다. 그의 두 손이 떨리는 그녀의 몸 위를 내달렸다.

"미안해, 신."

그는 속삭이며 깊이 뉘우치듯 그녀의 몸을 끌어안았다.

"미안해."

그는 그녀의 허벅지를 벌리려고 손을 아래로 내렸지만 그 문은 이미 그를 위해 살짝 벌어지고 있었으며 그녀의 여성이 굶주린 듯 그의 남성을 향해 다가왔다. 그는 그녀의 몸 안으로 천천히 비집고 들어갔다. 그의 몸이 조용히,

하지만 부드럽게 밀려들어오자 그녀는 흐느낌 소리를 억누를 수 없었다. 그는 주는 방법을 아는 한도 내에서 모든 쾌락을 그녀에게 주고 있었다.

"멈추지 말아요."

그 절박한 애원에 그의 심장이 터질 것만 같았다.

"그래."

그는 부드럽게 속삭이며 그녀의 엉덩이 아래로 부드럽게 손을 들이밀었다.

"멈출 수도 없어."

그는 그녀에게 만족을 주는 것에만 전 신경을 집중시켜 그녀의 몸을 거칠게 들어올리면서 더욱 속도를 높였다. 그녀의 눈을 들여다보는 그의 눈이 눈부신 광채를 발했고 마침내 그녀는 자신의 영혼을 그의 시선 앞에서 숨기기 위해 속눈썹을 내리깔았다.

그는 경험이 부족한 그녀를 조심조심 참을성 있게 이끌어 새로운 영역으로 인도했다. 이제 그가 그녀에게 줄 수 있는 것이라고는 언젠가 그들이 공유할 수 있게 될 모든 것에 대한 암시와 약속뿐이었다. 그녀는 그에게 완벽하게 어울렸으며 히스 외의 어느 누구에게도 속하지 않았다. 그도 그녀의 품 외에는 어느 곳에도 속하지 않았다. 그는 그녀의 육신의 일부가 되어 그녀에 대한 권리를 주장하고 보답으로 자기 자신을 내주었다.

그들은 모든 것이 끝난 뒤 한동안 꼼짝도 않고 있었다. 루시는 그의 팔에 갇혀 다리가 묵직하게 걸쳐진 느낌을 기분 좋게 음미하며 말없이 그의 몸 아래에 누워 있었다. 그녀는 눈을 감았다. 그가 얼마나 손쉽게 항복을 얻어냈는가를 생각하니 굴욕감이 몰려들었다. 아아, 이 사람과는 왜 항상 이런 운명인 걸까? 히스가 그녀를 철두철미하게 이해하는 것처럼 보이는 것은 왜일까? 그는 그녀가 했던 약속대로 실행하는지 감독할 테고 그들 둘 모두 그녀가 약속을 무를 수는 없다는 사실을 알고 있었다.

히스는 그녀의 미간에 깊이 파인 자국을 엄지손가락으로 다독여주더니 다음 순간 입술을 그 손톱만한 부위에 지그시 갖다대 주름이 펴질 때까지 애무했다. 그의 손이 가슴으로 슬며시 내려오자 그녀는 싫다는 듯 약간 뒤척이며 그에게서 몸을 빼려 했다.

"피곤해요."
그녀는 퉁명스레 내뱉었다.
"아니면 쌩쌩한 척하는 것도 레인 부인의 역할에 포함되어 있나요?"
"빌어먹을!"
그는 그녀의 옹고집 때문에 버럭 화가 나서 입술이 벌어지고 그녀의 팔이 그의 몸에 서서히 휘감길 때까지 입술로 그녀의 말을 막았다. 그때서야 그는 고개를 들고 한숨을 쉬었다.
"여기를 떠나기가 당신에게 쉬운 일이 아니라는 건 알아. 하지만 내게 기회를 한번 줘. 그 동안만 날 믿고 자존심일랑 접어달라구."
"당신은 내게 어떤 대안도 제시하지 않았잖아요. 그냥 불쑥 결정 사항만 들이미는 건 마치……."
"대안이 없으니까. 모든 게 다 궤도에 올랐다구. 이젠 돌이키고 싶어도 그럴 수가 없어."
루시는 침묵에 잠겼다. 선택이야, 그녀는 생각했다. 이 사람의 옆을 지킬 수 있을지…… 아니면 영원히 떠날지에 대한 선택.
선택 따위는 없었다. 그녀 쪽에서 물러나는 것 외에는 방도가 없었다. 그녀는 그의 곁을 떠날 수가 없었고 내심으로는 떠날 마음이 없다는 것을 알고 있었다. 하지만 그렇다고 그의 기세등등한 행태를 견디기가 수월해지는 것은 아니었다. 그녀의 침묵을 반항의 연장선상이라 해석한 히스는 단호한 표정으로 입매에 힘을 주며 남아 있는 반항심을 억누르겠다는 의도로 그녀를 가까이 끌어당겼다.
"히스!"
그녀는 그에게서 벗어나려고 용을 쓰며 항변했다.
"피곤하다고 했잖아요. 그리고……."
"잊지 마."
그는 그녀의 입꼬리에 대고 말했다.
"내가 했던 말을…… 레인 부인."
루시는 한 마디도 잊지 않고 있었다. 앞으로 그녀가 맡아야 할 역할을 일깨워주는 그의 오만한 태도에 성미가 발끈 치솟았다. 하지만 다음 순간 묘안이 떠오르면서 그녀의 얼굴에 즐거운 미소가 번졌다. 그녀는 자기에게 유리하게끔 모든 상황을 뒤집기로 작정했다. 만약 보스턴으로 이사가서 매사를 참고 견뎌야 한다면 더 이상 불평 한마디 없이 그렇게 하리라. 히스는 그녀가 마지못해 그에게 맞춰주리라고 예상하고 있을 터였다. 그렇다면 그 이상을 해내야 했다. 그녀는 완벽하게 연기를 해내 그를 어리둥절하게 만들 것이다. 그는 그녀가 상냥하고 고분고분하고 순종적이기를 원했다. 흠, 그렇다면 그녀는 그가 어리벙벙할 정도로 들척지근하게 굴면서 꾹꾹 눌러 참고 성녀가 따로 없게 행동할 작정이었다. 그러면 마침내 그를 완전히 손아귀에 넣고 주무를 수 있게 되리라. 그때부터는 히스 쪽에서 자존심을 접게 만들 방법을 찾아봐야지. 그 생각은 그녀의 손상된 자아에 치료약 역할을 했다. 그녀는 적지 않은 만족감을 느끼며 그 묘안을 곱씹었지만 그것도 그의 손과 입술이 다가와 모든 생각을 몰아내기 전까지뿐이었다.

저 멀리서 문을 두드리는 소리가 그녀의 귓전에 아련히 들려왔다. 누군가가 짜증날 정도로 끈질기게 그녀의 이름을 부르고 있었다.
"루시, 루시……? 루시……!"
"히스"
그녀는 잠결에 웅얼거리며 그의 팔을 찾아 매트리스 위를 더듬었다.
"나가봐요…… 누군지 모르지만 제발 그만 하라고…….."
그녀는 손끝에 빈 공간 말고는 아무것도 잡히지 않자 말을 끊었다. 히스는 그곳에 없었다.
"루시!"
바깥에서 목소리가 또 들려오자 루시는 그 소리의 주인이 아버지라는 사실을 깨달았다. 그녀는 진담에 가까운 욕설을 중얼거리며 따스한 침대에서 겨우 일어나 비틀비틀 창가로 다가갔다. 맞았다. 방문객은 바로 그녀의 아버지였다. 청명한 가을날의 밝은 햇살에 아버지의 머리가 하얗게 빛나 보였다. 서늘한 바람이 낙엽을 우수수 떨어뜨렸다. 반쯤 열린 창문 너머에서 바스락대는 나뭇가지 소리가 스며 들어왔다. 그녀는 움찔 떨며 옷장으로 다가가 두툼한 로브를 꺼내 입고 맨발인 채 아래층으로 내려갔다. 현관문을 열고 아버지를 안으로 들이자마자 그녀는 끔찍하다는 듯한 시선의 대상이 되었다. 아버지의 얼굴 전체에는 못마땅하다는 기색이 솔직할 정도로 뚜렷이 나타나 있었다. 아버지는 딸의 머리부터 발끝까지를 훑어보더니 그 모습을 두고 혀를 끌끌 찼다.

"아버지, 제발요. 지금 막 일어났거든요. 그래서 아직 커피도 못 마셨……."

"오전 열한 시인데 이제 막 일어났다고? 내가 아는 한 너는 이 시간까지 잤던 적이 없지 않느냐. 앓거나 다른 사정이 있지 않는 한은……."

"어젯밤 늦게 잠들었거든요."

루시는 눈을 비비고 하품을 하며 부엌으로 들어갔다. 통틀어서 두세 시간 정도밖에 쉬지를 못했다. 히스가 만족할 줄을 몰랐기 때문이었다.

"커피를 끓이는 동안 부디 앉아 계세요."

아버지가 뒤를 따라 부엌으로 들어오자 그녀는 고개만 돌려 말했다.

"한 잔 드시겠어요?"

"그러마."

대답한 아버지는 식탁에 자리를 잡고 콧수염을 손끝으로 쓸면서 딸을 지켜보았다.

"네가 손수 일을 하지 않고 하녀를 둘 부린다고 들었다."

그 말은 누가 들어도 엄하게 꾸짖는 어조였다.

"그런데도 네가 부엌으로 가는 길을 잊지 않고 찾는 걸 보니 반갑구나."

루시는 아버지에게 등을 돌린 채로 헝클어진 머리채를 손으로 대충 쓸어내렸다.

"그 여자들은 정오가 지나야만 와요. 아버지가 부리시는 여자는 어때요? 도움이 되나요?"

"청소는 웬만큼 하더구나. 하지만 요리는 네 솜씨만 못해."

"고맙군요."

루시는 아버지가 뚱하니 시인하자 방긋 웃었다. 커피 주전자를 불 위에 올려놓던 도중 팔 안쪽에 작게 난 붉은 자국이 눈에 띠었다. 아마 수염에 쓸린 자국일 거라고 추측하며 그녀는 목줄기 아래쪽으로 손끝을 가져갔다. 그곳에는 더더욱 확실한 증거가 남아 있었다. 아마 히스는 오늘 아침 그렇게 일찍 떠나지만 않았더라면 그녀를 보듬어 안고 나른한 미소를 보였을 것이다. 어쩌면 지난밤의 일을 놓고 그녀의 귀에 뭔가를, 아마 놀리는 말을 속삭였을지도 모른다.

"네가 콩코드를 떠나야 한다니 유감스럽구나."

아버지가 불쑥 말했다.

"네 남편이 어젯밤 우리 집에 들러서 얘기를 했단다. 하지만…… 어쩌면 너도 새롭게 시작하는 편이 나을지도 모르지."

"아마 그럴 거예요. 이곳 사람들이 명예를 더럽힌 저의 행각을 잊어줄 날은 올 것 같지 않거든요. 콩코드 사람들은 기억력이 좋잖아요. 안 그런가요?"

그녀는 돌아서서 아버지에게 씩 미소를 날렸다.

"앞으로 50년 뒤의 제 모습이 눈에 선해요. 메인스트리트를 지나가고 있으려면 누군가가 숙덕대겠죠 '저 여자가 루시 레인이야…… 저 여자가 68년에 무슨 짓을 했는지 기억나?' 그때쯤이면 저도 늙어서 스캔들로 얼룩진 제 평판을 재미있어하며 즐기겠지만요."

"그런 얘기에서 웃음을 찾다니 적절치 못하구나."

"그이 말로는 자신을 웃음거리로 삼는 법도 배워야 한댔어요."

"넌 사려 깊고 진지한 성격이 되도록 교육을 받았어."

"좋은 아내란 남편을 즐겁게 해줘야 한다는 주입식 교육을 받았죠."

그녀는 찬장으로 다가가 잔과 접시를 두 벌 꺼냈다. 이제야 그녀는 콩코드를 떠난다는 생각이 처음처럼 진저리쳐지지 않는다는 것을 깨달았다. 아마 히스의 말이 옳을지도 모른다. 결국 막상 상황이 닥치고 나니 자신이 과연 평생 한 도시에서만 눌러 살고 싶은지조차 확신할 수 없었다.

"루시."

아버지는 엄격한 얼굴로 이맛살을 찌푸렸다.

"난 널 제대로 키우려고 최선을 다했다. 네가 그 남자와 결혼하면서 여태껏 소중히 여기던 모든 가치를 죄다 저버릴 줄은 예상도 못했구나. 네 남편에게 어떤 취급을 받든 간에, 설사 네 남편이 널 네가 속한 곳에서 떼어 놓으려 하더라도…….”

“그이는 저한테 잘해 줘요.”

루시는 잽싸게 대꾸했다. 재미있던 기분이 서서히 가셨다.

“그리고 이곳을 떠나 이사가는 게 조금 두렵기는 하지만 결국 전 그이와 결혼했고…… 그러니 그걸로 끝이에요. 전 그이에게 속해 있어요. 그이가 어디로 옮겨가더라도 마찬가지죠.”

말을 이어나감에 따라 점점 루시는 자신이 그저 무의미하게 입 발린 소리만 내뱉는 것이 아님을 깨달았다. 한 마디 한 마디 모두가 진심이었다.

아버지는 한숨을 쉬더니 딸을 바라보며 고개를 내저었다.

“네가 떠난다니 믿어지지가 않는구나. 난 네가 계속 콩코드에 눌러 살 줄만 알았거든.”

아버지의 목소리에는 비난하는 기색이 희미하게 맴돌고 있었다.

“난 항상 생각하길 너와 대니얼이…….”

“저도 마찬가지 생각이었어요.”

루시는 아버지의 말을 끊었다. 커피를 따르는 손이 떨렸다. 아버지가 반대해도 그녀는 절대 흔들리지 않을 것이다. 아버지는 대니얼을 배신한 그녀의 행위를 당신 자신에 대한 배신 행위로 간주하고 계셨다. 그리고 당신이 주입시키려고 애썼던 모든 가치를 루시가 저버렸다고도 생각하고 계셨다. 루시는 앞으로 부녀 사이에 언제까지나 이 앙금이 남는 게 아닐까 의심스러워졌다.

“하지만 어쩌면 이렇게 된 게 최선일지도 몰라요.”

그녀는 부드럽게 말했다.

“최선? 그렇게 말할 수 있단 말이냐? 콜리어 가문에 시집가서 콩코드에 사는 대신 결국은 결혼 상대로 그…… 그…….”

“그 생각은 더 이상 해봤자 소용없잖아요. 이제 와서 왜 히스에 대해 안 좋은 말을 하시는 거죠? 아버지가 제게서 완전 손을 떼려 하셨을 때는 그이의 배경도 크게 다르지 않다고 보셨잖아요…….”

“난 한 번도 네게 말대답을 허용한 적이 없다만.”

아버지는 그녀의 신랄한 어조에 깜짝 놀랐다.

“네가 아무리 결혼을 했더라도 난 그런 행실은 두고보지 못한다.”

“죄송해요.”

루시는 당당하게 아버지의 눈을 마주 보았다.

“하지만 그이에 대한 험담은 어떤 말도 듣지 않겠어요.”

“네 남편에 대해 험담한 적 없다.”

“그이가 대니얼보다 못하다는 식으로 빗대 말씀하셨잖아요…… 그 말은 전혀 사실이 아니에요. 전 샐리의 자리가 조금도 부럽지 않아요. 대니얼을 남편으로, 애비게일을 시누이로 모셔야 하잖아요. 그랬으면 비참해졌을 거예요! 대니얼은 결코 절 이해하지 못했을 테고 아마도…….”

“그건 중요치 않아.”

아버지는 음울한 표정으로 커피잔을 들여다보았다.

“이제 다 흘러가버린 일 아니냐.”

아버지는 단단히 설교를 하려고 작심을 하고 오신 게 분명했지만 왠지 그러지 않기로 마음을 바꾸신 모양이었다.

“더 말해 봤자 좋을 것 없겠지.”

“그래요, 아버지.”

그녀는 단호하게 대답했다.

“벌어진 일은 어쩔 수 없죠. 우리 모두 자신이 내린 결정을 믿고 따라야 해요.”

　루시는 플래너리 모녀의 도움을 받아 이틀 동안 집을 청소하고 옷가지며 식기, 비콘힐의 집을 정다운 가정으로 만들기 위한 갖가지 자잘한 가재도구를 챙겼다. 가구는 대부분 그냥 두고 가 집과 함께 묶어 팔기로 했다. 히스의 부탁대로 아버지는 제일 무거운 짐을 싸는 것을 도와주었으며 루시를 몸소 보스턴까지 데려다주기 위해 새로 고용한 점원의 손에 가게를 맡기기까지 했다.

히스가 떠나고 없던 이틀 동안 루시는 그의 베개에 얼굴을 묻고 남자다운 내음을 들이마시며 그의 자리에서 잤다. 그에 대한 그리움은 놀랄 정도로 강렬했다. 그 때문에 루시는 당장 눈앞에 산적한 일감에 모든 주의를 쏟아 그가 없다는 사실을 마음속에서 지워버려야만 했다. 작은 집이었지만 깨끗이 비우기란 예상보다 힘들었다. 평생 처음, 그녀는 나고 자란 고향을 떠나는 것이다. 여태껏 겪었던 그 모든 일에도 불구하고 그녀는 아직 고향에 강한 애착을 품고 있었다. 새로운 집과 새 인생을 향해 나아가는 것은 겁도 나고 막연했고 불확실했다. 유일하게 확실한 것은 히스가 있는 곳에 그녀도 있고 싶다는 마음이었다. 히스가 없으니 콩코드는 텅 빈 것처럼 보였고 집도 마찬가지였다. 그녀는 틈만 나면 그가 지금 무엇을 하고 있을지를 궁금해했다.

아버지는 루시를 도시로 데려다주기 위해 지붕과 문이 달린 사륜마차를 대여했고 짐짝과 꾸러미는 모두 짐마차에 실어 일 달러의 품삯에 고용된 호즈머 집안의 아들이 뒤에서 몰고 오는 중이었다. 루시는 콩코드를 떠날 때 뒤돌아보지 않았다. 무릎 위에 놓인 조그만 레이스 손수건에만 초점을 맞추고 때때로 눈가를 훔치며 울음이 터질 것만 같으면 꾹 참았다. 어린 시절을 두고 떠나는 느낌이었다. 마차 바퀴가 계속해서 굴러가 그녀를 친숙하던 모든 것에서 떼어내 나아가자 가슴이 아려왔다.

하지만 보스턴에 가까워지자 루시는 필요 이상으로 드레스 매무새를 놓고 수선을 떨기 시작했다. 마차에서 내릴 때 리본 하나라도 비뚤어져 있기를 원치 않았다. 히스는 항상 그녀의 옷차림에 관심을 두었고 이틀 동안이나 히스를 보지 못했으니 특히 더 매력적으로 보이고 싶었다.

마차는 커다란 집 앞에 멈춰 섰다. 이중 경사가 진 지붕에 화려한 연철 울타리에 둘러싸인 정원이 있었다. 예상했던 것보다 훨씬 큰 집이었고 콩코드의 집에 비하면 곱절은 되는 크기였다. 루시는 아버지의 도움을 받아 마차에서 내리면서 말문이 막혀 집을 물끄러미 바라보기만 했다. 이런 집에서 살게 된다니 믿기가 힘들었다. 히스는 그녀에게 이런 집이라고는 전혀 암시도 주지 않았던 것이다.

아버지조차 감탄했다는 인상을 숨기려 하지 않았다.

"이것 봐라."

아버지는 보도 가장자리를 발로 쳤다. 반들반들 윤이 나는 집 앞 보도에는 벽돌로 정교한 무늬가 아로새겨져 있었다.

"이게 바로 부촌의 길이란 거구나."

아버지는 뭔가 생각하는 듯한 눈으로 딸을 흘끔거렸고 순간 아버지의 머릿속에 숫자가 돌아가는 광경이 루시의 눈에도 거의 보일 지경이었다.

"네 남편에게는 뭔가 한두 가지 비밀이 있는 것 같구나. 대체 어떤 종류의 투자를 하고 있는 게냐? 혹……."

"철도 관련 투자예요."

루시는 흘러내린 머리칼을 귀 뒤로 넘기며 손수건 모서리로 번들대는 콧등을 훔쳤다.

"그리고 아버지가 절 쳐다보시는 의미가 만약 결혼 전에 그이의 재산에 대해서 조금이라도 알고 있었느냐고 물으시는 거라면 대답은 노예요."

"그런 생각은 전혀 하지도 않았다."

아버지는 모욕을 당했다는 표정이었다.

"다행이네요."

그녀는 무뚝뚝하게 대꾸했다.

"아버지가 절 그렇게 보신다고 생각하면 전 정말 싫을 거예요 그이가 대니얼보다 돈이 좀더 있다는 이유 때문에 교묘하게 그이를 붙잡으려 할 정도로 제가 계산속이 빠르다고 생각하신다면……."

"돈이야 대니얼보다 훨씬 많지."

"그거야 그렇죠……."

"콜드웰 씨?"

아버지의 뒤에서 목소리가 들렸다. 호즈머 집안의 아들이 마차 뒤에 짐마차를 세워놓고 있었다.

"짐을 내려야 하나요?"

"네 남편은 어디 있지?"

딱히 대답을 기대하는 질문은 아니었다.

"우릴 맞으러 나와야 할 것 아니냐."

"분명 바쁜가 봐요. 안으로 들어가서 그이를 찾아올게요."

루시는 잽싸게 대답하고 아버지와 청년이 어느 상자부터 내릴지 의논을 하는 사이 현관 앞 계단을 올라갔다.

집은 현재 상태에도 불구하고 호화로웠다. 거의 다시 손을 봐야만 할 우아한 외제 호두나무 가구가 집 여기저기에 놓여 있었다. 마루는 박박 닦아야 할 정도였지만 생채기나 패인 자국 하나 없었으며 높은 천장은 광채도 찬란한 상들리에로 장식되어 있었다. 커다란 창문 덕에 채광도 좋았으며 술 달린 커튼을 달면 멋질 것 같았다. 그럴싸한 대리석 벽난로도 있었지만 벽들은 죄다 휑해 그림으로 채워야만 했다. 온통 물걸레질을 하고 먼지를 털고 깨끗이 다듬어야만 했다. 하지만 이곳은 아름다운 집이 될 수 있었다. 사랑하지 않고는 못 배길 집이었다.

루시가 일층을 지나가려니 처음으로 방들이 몇 개 나타났는데 그곳에서는 남자들이 부지런히 낡은 커튼을 떼어내고 이 빠진 타일을 뜯어내며 치수를 재기도 했고 사다리에 올라가 망치질을 하기도 했다. 히스의 모습은 전혀 보이지 않았다. 어쩌면 좋을지 몰라 문간에서 머뭇거리고 있노라니 인부 중 하나가 주의를 그녀 쪽으로 돌렸다.

"아가씨?"

인부는 그녀가 다가가자 황급히 모자를 벗었다.

"아가씨가 아니라 레인 부인이에요."

그녀는 미소지으며 자기소개를 했다.

"남편을 찾고 있어요. 혹 그이가 어디 있는지 아시나요?"

"네, 레인 부인."

그는 이층으로 통하는 계단 쪽을 공손한 태도로 가리켜 보였다. 위층의 한 방에서 뭔가 크게 문지르는 소리가 들려오고 있었으므로 루시는 그쪽으로 가보았다. 방에 들어서자마자 남편이 눈에 들어왔다. 그녀는 멈춰 서서 미소지었다. 그녀가 지켜보는 것도 모른 채 히스와 옹골찬 인부는 묵직하고 커다란 서랍장을 구석에서 들어 옮겼다. 강인한 히스의 어깨와 등 근육이 얇은 흰색 셔츠 아래에서 움찔거렸고 황갈색 바지는 그의 팽팽한 엉덩이와 허벅지에 딱 달라붙었다. 루시는 그가 얼마나 미남인지를 깨달을 때마다 가끔 심장고동이 이상하게 흐트러지곤 했다. 그를 바라보고 있으려니 여자로서 일종의 찬탄감이 느껴졌다. 어쩌면 음흉한 심정에 가까울지도 몰랐다. 그는 때로는 사람 속을 아주 긁기도 하지만 반면 절대 바꿔버리고 싶지 않은 매력이 있었다.

두 남자는 힘이 들어 씨근거리며 육중한 가구를 방 한가운데에 내려놓고 지긋지긋하다는 듯 살펴보았다.

"이놈을 왜 두고 갔는지 알 만하군."

히스는 팔까지 내려온 소매를 걷어올리며 한마디했다.

"너무 무겁지요?"

인부가 거들었다.

"너무 보기 흉해."

"이놈을 아래층으로 가져가서 복도를 지나 바깥으로 내가려면 일손이 두엇 더 필요하겠는데요."

"차라리 창문 밖으로 던져버리는 게 쉽겠지."

히스의 대꾸에 인부가 키득거렸다.

"보도는 안 돼요. 던지지 말아요."

루시는 미소지으며 말했다. 돌아선 히스는 터키석 눈으로 그녀의 모습을 훑어내렸다. 돌연 침묵이 흐르더니 다음 순간 서로에 대한 의식으로 불꽃이라도 일 듯한 분위기가 되었다.

"벌써 왔군."

"좀 일찍 도착했죠."

히스는 그녀에게서 간신히 시선을 돌려 옆의 남자를 흘깃 곁눈질했다.

"플래니건, 내 아내라네."

루시와 서로 붙임성 있게 고갯짓을 주고받은 다음 플래니건은 딱딱하게 헛기침을 했다.

“저기, 전…… 아래층에서 일들을 제대로 하는지 보러 가야겠습니다.”

인부가 방을 나가자 루시는 망설이면서 히스에게로 다가갔다. 그가 왜 이렇게 뚫어져라 쳐다보는 건지 궁금했다.

“집 안에 사람들이 많네요.”

루시는 말문을 열었다.

“모레면 다들 갈 거야. 보수하고 개조해야 할 곳이 좀 있거든.”

“지금까지 본 바로는 예쁜 집이던데요.”

“아직 가구가 그다지 많지 않아. 침대 하나에 탁자하고 의자가 몇 개, 그리고 이것…….”

그는 굶주린 듯한 눈길을 간신히 그녀에게서 돌려 씁쓸한 표정으로 서랍장을 바라보았다.

“이건…….”

“괴상하다고요?”

“완화된 표현이군.”

“눈을 버린다고요?”

그녀는 그에게로 한 걸음 다가갔다.

“훨씬 나은 표현인데.”

그가 그녀에게 전혀 다가오지도 않았는데 그에게 키스를 한다면 부적절할까? 절대 그럴 리 없다. 그녀는 충동적으로 그의 가슴을 짚고 까치발로 서서 깨끗하게 면도한 뺨에 입술을 지그시 갖다댔다.

“지난 이틀 동안 만사가 어떻게 돌아갔나요? 엄청나게 바빴어요?”

그녀가 물었다. 그의 팔이 자동적으로 그녀의 허리에 감겼다. 그녀가 강요에 의해서가 아니라 자진해서 그에게 다가온 것은 이번이 처음이었다. 위로 쳐든 그녀의 얼굴을 내려다보고 있으려니 그가 내뱉었던 말들이 이 작은 의식을 즐기는 그의 감흥을 방해했다.

‘당신은 나만이 아니라 다른 사람들을 위해서도 레인 부인 역할을 훌륭하게 연기해야 해…….’

히스는 그 무엇보다도 바로 이 말이 가장 후회스러웠다. 그는 자기 못지 않게 그녀 역시 그 말을 똑똑히 기억하고 있으리라는 것을 알고 있었다. 하지만 그녀의 부드러운 개암빛 눈에는 상냥하고 순진한 기색 외에는 아무것도 보이지 않았다. 그는 자신의 감을 억지로라도 믿고 싶었다. 하지만 그녀는 연기를 하고 있는 것일까? 그렇다면 보나마나 그 자신이 그녀에게 강요한 역할일 것이다.

'당신은 날 위해 레인 부인 역할을 연기하는 거야…….'

그는 인상을 쓰면서 고개를 숙여 그녀의 입술을 굶주린 듯 탐하며 그녀의 반응이 진짜라는 확신이 단단히 들 때까지 입 안 깊은 곳을 자신의 혀로 탐색했다. 마법 같은 감미로움이 둘 사이에 피어올랐다. 술보다 훨씬 짜릿한 느낌이었다. 루시가 자신의 품안에서 힘을 빼자 히스의 긴장도 누그러졌다. 입술이 떨어졌을 때 그녀의 얼굴은 상기되어 있었고 눈은 멍했다.

"아버지가 아래층에 계세요…… 그릇이랑 상자랑 짐마차도…….”

"5분 정도는 기다리셔도 괜찮아.”

"하지만…….”

"아버지는 계속 그 자리에 계실 테니까.”

히스는 그녀의 모자 아래로 고개를 들이밀고 다시 입술을 찾았다. 루시는 그의 허리를 거쳐 등을 살짝 끌어안고 자기 몸의 구석구석을 그에게 딱 밀착시키며 그의 정열에 못지 않은 보답을 해주었다. 마침내 히스는 신음하며 몸을 빼냈다.

"당신을 안으니 너무 좋군.”

그는 중얼거리며 그녀의 얼굴을 감싸쥐고 자잘한 키스를 연거푸 퍼부었다.

"망할. 둘만 남게 되려면 한참 있어야 할 거야. 당신 아버지와 다른 사람들을 죄다 이곳에서 쫓아내고 나면 저녁식사 시간이 될 테고…….”

"저녁은 건너뛸 수 있잖아요.”

"호오, 레인 부인…….”

그는 짐짓 충격을 받은 양 느릿느릿 말했다. 그녀는 재미있다는 듯 도박꾼처럼 미소짓는 그의 시선을 받자 얼굴을 붉혔다.

"나도 그랬으면 좋겠어. 하지만 우리가 집안 일을 해줄 사람을 구하기

전까지 앞으로 며칠 동안은 외식을 해야 한다고 데이먼에게 말했더니 오늘
밤 파커 하우스에서 같이 식사를 하자더군."
　루시는 땅이 꺼져라 한숨을 쉬었다. 끝이 보이지 않을 정도로 긴긴 저녁시
간을 머릿속으로 그려보니 실로 원통한 느낌이었다. 둘만 남게 되려면 한참
을 기다려야 하리라. 그녀는 단둘만 남기를 절박하게 원했다. 이 새로운 시
작이 앞으로 정확히 어느 선까지 이어질지 알고 싶어 못 견딜 지경이었다.
　"그래서 우린 외출해야 해."
　그는 놀리듯 눈을 빛내며 집게손가락으로 그녀의 턱 아래를 부드럽게
토닥였다.
　"하지만 나중에 보상은 충분히 해주지. 난 약속을 꼭 지키거든."
　"신사로서 말인가요?"
　"물론이지."
　"좀더 신뢰할 수 있는 증거가 필요해요."
　그녀가 교태를 부리듯 곁눈질하자 그의 얼굴이 기쁨으로 빛났다.
　"나중에."
　그는 중얼거리며 내키지 않는다는 듯 그녀를 놓아주었다.

　데이먼 레드먼드는 더도 덜도 아니라 루시가 생각했던 딱 그대로였다.
파커 하우스로 간 히스와 그녀는 조용하고 자리가 좋은 테이블로 안내받았
다. 루시는 자리로 다가가며 그때서야 처음으로 데이먼을 찬찬히 살펴보았
다. 이곳은 재력과 영향력 있는 사람들의 회합 장소로 이 나라에서는 드물
게 하루 중 어느 때라도 프랑스식 일품요리를 먹을 수 있는 곳이었다. 이곳
을 찾는 고객이라면 정해진 식사시간이 아닌 다른 때라도 언제든 식사를
할 권리가 있다는 전제를 깐 방침이었다.
　데이먼은 능숙한 몸짓으로 그녀의 손을 잡고 입술을 갖다대며 그 자리에
적절한 인사말을 하나도 빠짐없이 정중하게 입에 올렸다. 그의 혈통과 오만
한 자신감은 레드먼드 집안 대대로 점점 공고히 쌓인 속성이었으며 설령 부
대자루로 옷을 해 입어도 두드러지게 나타나 보일 터였다. 그는 히스와 거의

비슷할 정도로 키가 컸고 칠흑 같은 검은머리와 엄한 표정 때문에 초연하면서도 늠름한 인상을 주었다. 미소를 지으면 매력이 배로 늘어났지만 저녁 내내 그의 미소는 번득이는 검은 눈과는 달리 겉돌았다. 그는 매력적인 유머감각의 소유자였지만 태도에는 마치 끊임없이 재고 따지고 평가하듯 어딘가 타산적인 면이 있었다. 저녁식사 상대로 삼기에는 좀 불편하지만 신문 편집자로서는 그다지 나쁘지 않은 성격이라고 루시는 결론지었다.

보스턴에 관한 애기를 잠시 나누고 음식 주문을 한 다음 데이먼은 루시를 돌아보았다.

"콩코드에서 이사와서 보스턴에 새 둥지를 트느라 과로하지 않으셨으면 좋겠군요, 레인 부인."

"전혀요. 사실 아주 쉬운 일이었어요."

그녀는 놀리듯 히스에게 미소를 던지며 이렇게 덧붙였다.

"제가 새집 정리에 시간을 들이는 동안 두 분도 <이그재미너> 지를 정상 궤도에 올려놓으실 수 있기를 빌 뿐이에요."

"불행하게도 그러려면 시간이 좀 걸릴 겁니다."

데이먼은 술을 한 모금 마시고 심드렁한 눈길로 실내를 휘릭 훑어보았다. 루시는 이 남자가 그녀의 앞에서 일이나 신문사 관련 애기 따위는 전혀 할 생각이 없다는 사실을 깨달았다. 뒤늦게야 그녀는 히스가 파커 하우스로 오던 도중 타일렀던 말을 떠올렸다. 데이먼은 여자들을 머리가 빈 족속으로 생각하는 경향이 있다고 했다. 그녀가 돌아보자 히스는 거의 눈에 띄지 않게 어깨를 으쓱하며 '내가 애기하지 않았소'라는 표정을 지어 보였다.

"예전 사원들을 그렇게 많이 해고할 필요가 있었나요?"

그녀는 <이그재미너> 지를 화제로 삼겠다고 단단히 결심하며 물었다.

히스는 그녀가 데이먼에게 본때를 보여주겠다고 작정한 것을 의식하고 천천히 미소를 머금으며 대답했다.

"대부분은 편집부 직원이야. 그리고 기자들의 대부분도 내보내야 해. 우리들에겐 위험도 무릅쓰지 않는 새 인재가 필요하거든."

"그런 사람들을 어디서 찾아내려고요?"

데이먼은 그녀의 질문에 불편한 기색이 되었다.

"여기저기 다 있지요."

그는 건성으로 대답했다. 히스는 재미있어했다.

"내 아내에게는 어떤 화제도 삼가야 할 필요가 없네, 데이먼."

그의 눈길이 기대에 찬 루시의 얼굴로 슬쩍 옮겨졌다.

"기자들은 보통 군소 출판사에서 발굴하지, 신. 하지만 운이 좋다면 다른 곳에서도 우리가 원하는 친구들을 찾을 수 있을 거라고 봐."

그는 비밀모의라도 하듯 목소리를 낮추더니 그녀에게 윙크했다.

"운이 좋다면 <저널>이나 <헤럴드>에서 인력을 빼 오게 될 거야."

"정말인가요? 윤리에 어긋나는 짓 아니에요?"

"물론이지. 하지만 우리 손으로 인력을 양성하는 것보다 훨씬 싸게 먹히고 골치도 덜 썩이거든. 기자들에게 있어서 사전 훈련이란 없어. 오직 경험뿐이지. 경력자를 확보할 수만 있다면 그만큼 더 진도를 나가게 되는 거야."

"그 사람들을 지금 있는 직장에서 빼내려면 어떤 대가를 제공해야 하나요? 임금을 올려주나요?"

"그것도 있고 합당한 작업 환경을 조성해 주는 거지. 도전할 거리는 물론이고."

"어떤 종류의 도전이죠?"

데이먼이 티나지 않게 말허리를 잘랐다.

"얘기가 깁니다, 레인 부인. 부인께서도 따분한 건 분명 싫으실 테지요."

"그 반대랍니다, 레드먼드 씨."

그녀는 그의 검은 눈을 똑바로 쳐다보았다.

"전 남편의 사업에 관련된 일이라면 모두 다 관심이 있어요."

"관심이라."

히스는 메마른 어조로 거들었다.

"난 집사람의 그런 관심을 거의 꺾지 않지."

"분명 그렇군."

데이먼은 중얼거리더니 냉담한 침묵 속으로 빠져들었다.

"기자들은요……?"

루시는 남편에게 물었다. 히스는 당황하지 않고 질문을 퍼붓는 그녀의 태도가 기특하다는 듯 빙그레 웃었다.

"우선 언제부터인가 유행이 되어버린 이 우스꽝스러운 미사여구체를 죄다 들어내야 해. 난 멋만 잔뜩 부리거나 고상해빠진 문구 따위는 전혀 원치 않아. 난 평균 수준의 독자가 이해하는 데 어려움이 없을 정도의 수준에 맞추려고 해. 그리고 전반적으로 기자들은 너무 의심이 없어. 보고들은 것을 그대로 기사로 쓴단 말이야. 질문을 던지거나 더 깊이 파고들거나 분석하는 일도 없어. 하지만 독자들 중에는 자기들이 읽은 내용을 어떻게 해석해야 할지 모르는 사람도 상당수야. 신문의 의무 중에는 독자들이 뉴스를 이해하도록 돕는 것도 있다구."

"하지만 사건을 당신 나름대로 해석해버릴 수도 있는데 그럴 경우를 어떻게 방지하죠?"

"으음, 그건 항상 견해의 문제야. 이론적으로만 따지면 신문은 항상 객관적이고 당파를 초월해야만 해. 하지만 그런 신문은 거의 없지. <이그재미너>는 그 면에서 새로운 기준을 세우게 될 거야. 거기에 따라 몇 주 안에 우리가 놀랄 만한 성공을 거두느냐 아니면 파산하느냐가 갈리게 되지."

루시는 까르르 웃었다.

"꽤나 낙관적이네요. 보스턴에 도착한 당일로 파산 얘기를 꺼내 겁을 주다니요."

그녀는 데이먼을 바라보았다.

"당신도 이 새 방침에 찬성하시나요, 레드먼드 씨?"

데이먼은 고개를 까딱 움직였다.

"일반 대중층을 노린 신문이라도 이윤이 계속 나서 발행할 수 있다면야 상관없지요."

"일반 대중들도 분명 아주 고마워할 거예요."

그녀는 상냥함이 뚝뚝 떨어지는 목소리로 대꾸했지만 히스가 경고하듯 식탁 아래에서 발로 쿡쿡 찌르자 입을 다물고 말았다.

8

"데이먼 레드먼드라는 그 남자 완전 속물이에요!"

침대로 올라간 루시는 언짢다는 듯 가슴 앞에 팔짱을 척 꼈다.

"말을 하고 싶으면 그때마다 허락을 구하라고 내게 우기지 않은 게 놀라울 정도예요! 당신 그 사람과 함께 일할 수 있겠어요? 그는 직원들을 죄다 일주일 안에 내보낼 거예요. 그 참아줄 수 없는 태도하며……."

"직원들 상대라면 그 친구보다는 내가 주로 맡게 될 거야."

히스는 등불 밝기를 낮추고 셔츠 단추를 풀었다.

"난 그 친구에게 잘 맞춰 나갈 수 있어. 그 친구도 분명 나름대로 장점이 있다구."

"예를 들자면요?"

"데이먼은 머리가 뛰어나고 긴급시에 판단력도 냉철해. 그 친구의 사설이야말로 내가 우리 신문에서 필요로 하는 요소야. 명확하고 분석적이고 생각을 하게 만드는 글이지. 그리고 까놓고 말해서 데이먼에겐 조만간 우리에게 필요해질 친구며 지인들이 줄줄이 있어."

"그런데 그 사람은 왜 이런 귀찮은 일에 발벗고 나선 거죠? 레드먼드 가문 사람이라면 돈 걱정을 하고 살 필요가 없잖아요."

"그 점이 바로 미묘한 문제지."

히스는 셔츠를 벗더니 침대 가장자리에 앉아 장화까지 벗었다. 그의 몸무게로 시트가 그녀의 골반 양쪽에 팽팽하게 걸렸다. 루시는 은밀하게 감싸이는 그 느낌 때문에 가볍게 전율했다. 은은한 조명에 파묻힌 방 안은 아늑했으며 옆에 있는 남편의 존재가 그녀의 마음을 안정시켰다.

"그 친구가 이런 귀찮은 일에 뛰어든 진짜 이유는 그들 가족이…… 데이먼의 말을 빌리자면 '재정적으로 곤란한 상태'이기 때문이지. 만약 우리 신문이 돈 되는 사업이 되지 못한다면 레드먼드 집안은 보스턴의 유력 가문답게 처신할 넉넉한 재정수입원이 없어지게 돼. 이 사실을 아는 사람은 많지가 않아. 그러니……."

"물론 어느 누구에게도 입도 뻥긋하지 않을게요."

루시는 생각에 잠긴 채 잠옷 소매를 쥐어뜯었다.

"그 사람이 그렇게 오만하지만 않다면 좀 불쌍하다는 생각도 들 것 같아요. 그럼 그 집안 전체가 돈을 벌기 위해 그에게 의지한다는 거잖아요? 내내 그런 고민에 시달려야 하다니 그 사람도 힘들겠네요."

그녀는 짓궂은 눈으로 남편을 눈여겨보면서 혀를 끌끌 찼다.

"생각해 봐요, 그의 성공과 실패가 웬 급진적인 남부인의 손과 신문 사업을 하겠다는 정신나간 생각에 전적으로 달려 있다니……."

"그런 말을 하다니 두고봐, 아가씨!"

돌연 루시는 그 자리에 깔리고 말았다. 그가 이불 아래로 손을 들이밀어 복수의 대가를 받아내려 하자 그녀는 몸부림을 치며 키득거렸다.

"하지 말아요! 하지 말아요! 난 간지럼은 못 참아요!"

그녀는 깔깔 웃고 새된 비명을 지르며 반항했다.

"히스, 그만두지 않는다면……."

"어쩔 건데?"

그는 모로 누워 그녀에게 빙그레 웃음지었다.

그의 미소는 아름다웠다. 그녀는 그의 따스한 푸른 눈과 마주치자 숨이 막혔지만 다음 순간 목쉰 소리로 쿡쿡 웃어댔다.

"나도 당신을 간질여줄래요."

"나한텐 효과가 없어."

"어디 내기할래요?"

그녀는 시험삼아 그의 황갈색 옆구리부터 겨드랑이 아래에 이르기까지 가볍게 손가락을 꼬물거렸다. 그는 멀쩡했다.

"봤지? 전쟁중에 하도 부상을 많이 당해서 살갗이 거칠어졌거든. 그래서 난 더 이상 간지럼을 타지 않아."

그녀의 얼굴이 금세 어두워졌다.

"정말이에요?"

그는 나직이 껄껄댔다.

"아니야, 허니. 농담이었어. 난 전쟁 전에도 간지럼이라고는 타지 않았거든."

"그런 농담 싫어요."

그녀의 눈길이 전쟁으로 남겨진 상흔을 죽 훑어보았다.

"상처가 왜 이렇게 많아요?"

"남자들은 전쟁터에서 다 그렇게 되는 거라구, 허니. 전쟁 때면 남자들은 전부 다……."

그는 바지 단추를 끄르는 그녀의 손길이 느껴지자 도중에 말을 끊었다. 다시 입을 여는 그의 목소리는 약간 고르지 못했다.

"전부 다 상대방을 맹렬하게 공격하거든. 신다, 대체 지금 무슨 짓…… 아아, 맙소사, 기분이……."

"전쟁 때면 어느 정도 상처를 입는다는 건 나도 알아요."

그녀는 상체를 숙여 그의 목줄기 아랫부분에 입맞췄다. 혀가 움푹 팬 부분으로 잽싸게 날아들었고 그 동안 그녀의 손은 그의 바지 속으로 더욱 깊이 파고 들어갔다. 그녀는 마른침을 꿀꺽 삼키는 목젖이 그녀의 입술 아래에서 꿈틀대는 것을, 손바닥 아래에서 남성이 급속도로 깨어 일어나는 것을 느꼈다.

“하지만 당신 모습을 보니 마치 당신이 주요 표적이었던 것만 같아요.”

“그건, 그건 맨 처음 보이는 것이 있으면 무조건 그 쪽에 발포하기 때문이야. 난 그저 대부분의 사람들보다 조금 더 큰 표적이었을 뿐이지…….”

“훨씬 크죠.”

루시는 새치름하게 동조했다. 그는 목 졸린 듯한 웃음소리를 내며 그녀의 손목을 잡고 탐구심이 왕성한 손가락을 자신에게서 떼어냈다.

“꼬마 악마 같으니. 당신은 오늘밤 아주 톡톡 튀는군. 안 그래?”

“난 당신을 위로하고 상처를 다독여주려고…….”

“이젠 완전히 나은 상처라구. 고맙군요, 부인. 당신이 하루 종일 날 보살피겠다고 주위를 맴돌지 않는 게 다행이군. 당신 특유의 위로는 내 진을 완전히 빼놓는단 말이야. 전쟁 말기에는 예쁜 여자 생각만 해도 눈앞에 별이 보일 정도였지.”

“오호, 그럼 친하게 지내던 버지니아 미녀들이 그리웠겠네요.”

새로운 생각이 뇌리를 스치자 루시의 은은하던 미소가 사라졌다.

“그럼…… 그럼 특별히 보고 싶던 여자라도 있었나요?”

그가 대답하기 전까지 아주 짧은 망설임이 있었다.

“특별한 여자는 한 명도 없었어.”

호기심이 더욱 날카롭게 솟아올랐다.

“히스, 나하고 결혼하기 전에 당신이 알던 여자 가운데…….”

“기억이 안 나.”

“뭐라고요?”

“그 여자들에 대해서 하나도 기억나는 게 없다구.”

“나한테 말하고 싶지 않다는 소리로군요. 하지만 난 정말 알고 싶은 걸요. 만약 그 여자들이…….”

“허니, 과거의 여자들에 대해서 굳이 뭘 물으려 들지 마. 신사라면 자기 아내에게 그런 이야기를 하지 않아.”

“하지만 당신은 이제 신사가 아니잖아요. 자기 입으로 그래 놓고서.”

“어쨌든 그 얘기는 하지 않기야.”

"히스……."

"내가 당신에게 대니얼과 어떻게 사귀었냐고 묻는다면 당신도 똑같은 심정일 거야. 당신도 기억이 안 난다고 하겠지."

"난 똑똑히 기억한다구요!"

그는 어림없다는 듯 얼굴을 찡그려 보이며 한쪽 팔꿈치로 상체를 일으키고 그녀를 내려다보았다.

"호오? 그럼 뭘 기억하고 있지? 달빛 속에서 메인스트리트를 산책했던 추억이나 키스 한두 번? 아마 그 이상일 리는 절대 없을 텐데."

"저기……."

그녀는 속눈썹을 내리깔고 그를 물끄러미 바라보았다.

"이 말은 해야겠는데, 당신처럼 키스했던 사람은 한 명도 없었어요."

히스는 루시의 가운 리본을 만지작거리기 시작했다.

"그건 당신이 죄다 냉혈인간 양키들만 알고 지내서 그런 거야."

"세상에, 당신은 싸잡아 말하길 참 좋아하네요. 난 양키 맞아요. 하지만 냉혈인간은 아니라구요!"

그녀는 냉혈인간이란 부분에서 그의 느려터진 말투를 완벽하게 재현하더니 다음 순간 방긋 웃어 보였다.

"아니면 당신 혼자 계속 그렇게 주장해 볼래요?"

"갈수록 아주 건방져지는군, 루시 레인."

"어디 내 콧대를 한 번 꺾어보라구요."

"내가 못 그럴 줄 알고?"

이후 몇 주 동안 그들의 새로운 시작은 루시가 간절히 빌어 마지않던 희망을 어느 정도 이루어주었다. 둘 다 각자 정복해야 할 나름의 세계가 있었으므로 목전의 일에 열심히 매진했다. 낮은 짧고 바빴으며 밤은 정열로 가득 찼다. 어떤 면에서는 겉보기에 완벽했다.

하지만 그들 사이에는 여전히 벽이 있었다. 그리고 그 벽은 절대 화제에 오르지 않았기 때문에 무엇보다도 가장 고약한 요소였다. 그 벽은 입에 오르내리는 적도 없이 막연하게 항상 그 자리에 존재했으므로 루시는 가끔 전혀 예상치 않았던 때에 벽에 부딪히곤 했다. 그녀가 전쟁 전 히스의 삶에 대해 더 알아내려 할 때마다 그는 열 가지도 넘는 갖가지 핑계를 대며 대답을 피하곤 했다. 그녀를 놀려대거나 사랑을 나누거나 때로는 화제를 바꾸려고 싸움조차 거는 적까지 있었다. 그녀가 지나치게 개인적인 질문을 하거나 캐물을 때도 결과는 똑같았다. 그럴 때면 히스는 그녀에게 무의미한 대답만을 하거나 전혀 대답조차 하지 않았다. 루시는 그가 깊은 속내를 보여주거나 비밀과 고통을 함께 나눌 생각이 없다는 사실을 깨닫고 상처받았다. 물론 그는 그녀와 같이 있는 것을 아주 좋아했으며 그녀를 보호해 주었지만 사랑까지 주고 싶어하지 않는다는 것은 분명했다.

그래서 순수한 자기보호 본능에서 루시 역시 나름의 벽을 유지했다. 그가 그녀에게 마음을 전혀 열지 않는다면 그녀 역시 그에게 내면을 허락하지 않을 것이다. 그녀는 상냥하고 애정이 넘치게 굴었으며 그와 깔깔대고 얘기를 나누는가 하면 사랑의 행위 때는 절대 빼는 일 없이 그에게 반응했다. 하지만 그녀는 혼자만의 생각이나 내밀한 열망에 대해서는 절대 말하지 않았다. 그녀는 그를 지나치게 가까이 접근시키지 않았다.

둘 중 누구에게도 사랑은 존재하지 않았다. 앞으로도 마찬가지였다. 사랑은 벽 바깥에서 기다리고 있었다. 입장을 거부당한 사랑은 달갑지 않은 공포의 대상이었다. 그래서 그들이 함께 하는 순간은 때때로 공허했다. 가끔은 웃음만으로도 충분치 않았다. 가끔은 쾌락만으로도, 아니 심지어 애정만으로도 충분치 않았다.

히스는 하인을 고용하고 훈련시키는 것은 물론이거니와 집을 재단장하고 가구를 들여놓는 일 모두 루시에게 전권을 주었다. 그는 여러 대형 백화점에 외상 거래를 터놓고 있었으므로 루시는 곧 주요고객이 되었다. 가는 백화점마다 머리가 펑펑 돌 정도의 물건을 사들였더니 이제는 루시가 백화점 입구로 들어서기만 하면 도어맨과 매장의 전 직원들이 기쁨에 호들갑을 떨며 인사를 던질 정도였다.

몇 번이나 그녀는 어떤 결정을 내려야 할지 혼자서 고심했다. 집은 그곳을 방문할 보스턴 사람들의 보수적인 취향에 맞춰 차분하게 장식해야만 했다. 하지만 히스는 전형적인 뉴잉글랜드식 집에서는 살 생각이 없다는 점을 분명히 못박았다. 그의 취향은 단연코 현대적이었다. 루시는 두 가지 양식을 적당히 절충시켜야 했지만 그 절충이란 것이 참으로 어려웠다.

그녀는 요즘 유행하는 화려한 실내장식을 딱히 선호하지는 않았으므로 단색에 차분한 무늬를 골랐다. 커튼은 여름 날씨를 고려해 얇고 깔깔한 모슬린으로 했고 그 바로 위에는 추울 때 칠 무늬 없는 벨벳 커튼을 달았다. 가족용 거실은 푸른색과 장미색을 기조로 삼아 레이스 커튼과 이국적인 양단으로 장식했다. 손님용 거실은 진보라색과 짙은 빨강, 에메랄드그린색을 써서 훨씬 밝아 보였으며 번쩍번쩍 윤이 나는 호두나무 가구가 배경에 당당히 자리잡았다.

시간을 제일 많이 잡아먹은 곳은 침실이었다. 루시는 상아색에 검푸른색, 연한 복숭아색을 중심색으로 정했다. 높은 기둥이 달린 구식 침대 틀에는 커튼에 어울리는 색깔의 휘장을 걸쳐놓았다. 어머니의 것이었던 도자기 상은 벽난로 선반 위의 가운데 자리를 차지했다. 루시는 집 안을 거닐며 세세한 구석구석까지 만족감을 느꼈다. 이미 이곳은 그녀에게 가정 같은 느낌이었다. 우아한 방마다 환영하는 분위기가 소리 없이 풍겨나와 그녀는 행복한 미래가 기다리고 있다는 느낌을 받았다.

히스는 <이그재미너>의 사무실에 자리를 잡은 이후 얼마 되지 않아 자신이 선택한 길이 예상에 비해 훨씬 까다롭고 심지어는 뒤엉켜 있기까지 하다는 사실을 깨달았다. 대부분의 보스턴 사람들은 새로운 생각이나 새로운 접근을 일단 의심의 눈으로 보았고 그것은 곧 히스가 혁신과 단계적인 발전 사이에서 미묘하게 균형을 잡아야 할 필요가 있다는 소리였다. 그의 눈에는 자유주의적이지만 다른 사람들에게는 진보적이라는 사실을 그는 점점 뚜렷이 깨닫게 되었다. 그래서 그는 데이먼의 판단에 의존하는 법을 배웠다.

데이먼은 뉴잉글랜드 사람들의 생리를 천성적으로 이해하고 있었다. 그는 충분히 창의성이 넘쳤지만 또한 어느 정도 이상이면 너무 과한지도 알았다. 데이먼은 이 지역의 일반 독자들에 대해서 꿰뚫고 있었으며 그의 사설은 기대에 어긋나지 않게 뛰어났다. 적절하고 직설적이면서도 양식이 있었다. 데이먼은 기술적인 면에서는 거의 흠잡을 데가 없는 숙련된 편집자였다. 하지만 불행하게도 그는 부하 직원들에게 인기가 없었다. 남들의 장점을 더욱 북돋워주는 재능이 없었던 것이다. 그는 너무 쌀쌀맞았고 다른 사람들이 진도가 느리면 짜증을 냈으며 고집이 셌다. 히스가 받고 자란 교육에 따르면 그 성격은 전형적인 뉴잉글랜드인의 오만함이었다. 하지만 명칭이 무엇이든 간에 어쨌든 그런 성격 때문에 데이먼은 다른 사람들과 겉돌았다.

반대로 히스는 매력을 숨쉬기나 식사, 수면처럼 필수적인 것으로 아는 사회에서 자라났으므로 발끈한 성미를 다독이고 상처 입은 자존심을 달래주는 비결을 완전 터득하고 있었다. 직원들에게 바라는 결과를 얻기 위해 그는 화합의 대가답게 당근을 교묘하게 사용해야 했다. 히스는 장래가 촉망되는 기자들과 셀 수도 없는 시간 동안 의논을 거듭하면서 그들의 기사와 아이디어에 대해 토론하고 그들이 결국 그가 원하는 결론에 도달할 때까지 단계적으로 이끌어갔다. 칭찬의 효용성을 알고 있는 그는 칭찬을 남발하지 않도록 조심하면서도 동시에 인색하지 않았다.

힘있고 정확한 취재야말로 <이그재미너>를 성공으로 이끄는 비결이 될 터였다. 일단 토대는 튼튼히 갖춰졌으니 거기서부터 차곡차곡 해나가면 되었다. 히스는 일요판도 발행하고 지면을 혁신해 광고를 1면이 아니라 안쪽 면에 배치할 생각도 갖고 있었다. 그리고 표제도 더 키우면 어떨까 싶었다. 단지 넓이만 늘리는 것이 아니라 표제의 크기 자체를 곱절로, 아니면 심지어 세 배로 크게 하는 것이다. 그러면 <헤럴드>나 <저널>보다 훨씬 눈에 뜨일 테니 세 가지 신문을 나란히 놓았을 때 제일 먼저 시선을 잡아끄는 것은 <이그재미너>가 될 것이다. 그의 노력이 실제로 결실을 볼 수 있는지는 몇 달이 걸려야 드러날 테지만 적어도 발행부수는 현상 유지되었고 가

끔은 심지어 조금씩 상승세를 타기도 했다. 또한 히스의 지도 덕에 기자들
은 서로 힘을 합쳐 일하는 방법을 빠르지는 않지만 확실하게 차근차근 배
워나갔다. 심지어 처음 일을 시작했을 때는 순종 혈통 말처럼 팔팔해서 아
예 따로 놀던 데이먼조차 모난 구석이 깎여나가기 시작했다.

"레인 사장님, 절 부르셨습니까?"

"그렇네."

히스는 펜을 내려놓고 책상 위로 상체를 약간 숙이며 가슴 앞에 팔짱을
꼈다.

"앉게, 바틀렛."

"네, 사장님."

"요전에 우리가 개인 인터뷰 요령에 대해 논의했던 것 기억나나?"

"네, 사장님."

"개인 인터뷰란 이 업계에 있어 상대적으로 새로운 분야이기 때문에 진짜
뛰어나게 잘하는 신문사는 없어. 시카고 선만 예외일까, 아니면 <뉴욕 트리
뷴> 정도? 하지만 우리 <이그재미너>에서도 앞으로 인터뷰의 중요성이 점
점 커질 걸세, 바틀렛. 사람들은 남에 대한 기사를 읽는 걸 좋아하거든."

"그 말씀은 기억납니다만……."

"그리고 그 점에 입각했을 때 자네의 결과물은 꽤…… 만족스러웠어.
그래서 슐레프 시장 인터뷰를 자네에게 맡긴 거야."

젊은이는 히스의 푸른 눈이 날카롭게 번득이며 자신에게 못 박히자 앉
은자리에서 불편한 듯 꼼지락거렸다.

"사장님, 그 점에 대해서는 드릴 설명이……."

"바틀렛, 기억하고 있는지는 모르겠지만 내가 했던 말은 또 있지."

"뭐였지요?"

"사람들은 구닥다리 기사를 읽고 싶어하지 않아."

히스는 잠시 사이를 뒀다가 효과를 노리고 손바닥으로 책상을 탁 쳤다.
그 바람에 바틀렛이 자리에서 움찔했다. 히스는 자신의 요점을 납득시키기

위해서라면 일부러 연극처럼 행동하는 것도 마다하지 않았다.

"염병할, 슐레프가 하버드에 다녔다는 사실을 모르는 사람이 누가 있나? 시장이 보스턴 곳곳에 새 거리를 조성했다는 사실을 모르는 사람이 누가 있지? 시장이 이 주의 역사 관련 모임이라면 빼놓지 않고 활발히 참여한다는 사실을 누가 모르느냐고? 그런 사연을 주워담아 대체 뭘 하자는 건가? 자네가 쓴 인터뷰 기사를 읽어보니 이 점이 아주 극명하게 드러나더군. 자네는 시장이 왜 소방서를 말끔하게 짓는 대신 역사 따위에나 더 관심과 시간을 쏟는지 그 이유를 안 물어본 거야! 슐레프는 왜 시민 공원에 대해서 손 하나 까딱 않지? 모릴 관세 법안에 대해서 시장은 어떻게 생각하지? 그 법안으로 빈곤층이 어떤 영향을 받을 거라 생각하느냐고? 재건운동을 법제화하는 데 대한 보스턴 사람들의 시각에 관해서는 어떻게 생각하지? 이 중 자네가 시장에게 던진 질문은 하나도 없었어!"

"하지만 사장님…… 그 자리엔 다른 사람들도 동석하고 있었습니다."

"그래서?"

꾹 참는 히스의 모습은 심상치가 않았다.

"그게 무슨 상관이란 말인가?"

"신사란 사람들이 다 보는 앞에서 타인을 무안주지 않는 법입니다."

"바틀렛."

히스는 기가 막히다는 듯 신음했다.

"맙소사! 무안을 주는 게 바로 자네가 할 일이야. 이해 못하겠나? 그래, 못하겠지."

그는 한숨을 쉬며 잠시 생각에 잠기더니 다음 순간 소심한 기자 쪽을 재차 바라보았다.

"좋아. 이 정도는 자네도 이해하고 알아듣겠지. 슐레프에게 다시 가게. 가서 한두 가지 확실히 해둘 점이 있다고 말을 꺼내."

"하지만……."

"필요하다면 이 사실을 시장에게 단도직입적으로 깨우쳐주게. 여론이 나빠지는 건 시장도 원치 않는 바 아니냐고 말이야. 질문을 하게 되면 소방

서나 관세 법안에 대해서 물어보게. 아니면 그 정도로 논란거리가 될 정도
의 질문을 하게나. 자네가 그런 곤란한 질문에 답을 하나만…… 딱 하나만
들고 돌아온다면 자네 봉급을 10퍼센트 올려주지. 충분히 알아들었나?”
　“네, 사장님!”
　“그럼 가보게. 봉급 인상이 탐나거든 아주 엄청난 질문을 하는 편이 좋아.”

　이제 집 단장도 거의 끝나고 일손도 갖춰져 마부와 요리사, 집사가 한
명씩에 하녀가 두 사람 들어왔으므로 루시에게도 여가시간이 생겼다. 그녀
는 쇼핑길에 알게 된 한 여자에게서 뉴잉글랜드 여성 클럽이 후원하는 금
요 강연회와 점심 만찬에 초대받았다. 그녀는 몹시 즐거워하며 많은 사람
들을 사귀었고 다른 사교모임이나 살롱 토론회에도 점차 참석하기 시작했
다. 이곳의 모임은 그녀가 콩코드에서 참석하던 동아리 모임과는 하늘과
땅 차이였다. 유행이나 작은 마을의 추문, 연애 사건은 보스턴의 살롱에서
는 절대 입에 오르지 않았다. 이곳 여자들은 문학과 정치에 대해 논했으며
저명한 사회 명사나 강사들의 강연을 경청했다. 그리고 시시비비를 가리거
나 미래에 일어나야 할 변화에 대해서 정중한 논쟁을 벌였다.
　루시는 사상이나 정보에 목말랐던 사람처럼 지식을 마구 흡수했다. 가끔
그녀는 <이그재미너>와 다른 신문사들이 격론을 벌이는 최근의 쟁점에 대
해 상당한 식견을 보여 히스를 놀라게 하는 적도 있었고 그럴 때마다 기분
이 좋았다.
　때때로 히스는 데이먼을 저녁식사에 초대했는데 그럴 때는 주로 그들이
밤늦게까지 야근을 한 날이었다. 이따금씩 데이먼과 식사를 같이 하다 보
니 맨 처음 파커 하우스에서 만났을 때보다는 훨씬 유쾌한 자리가 이루어
졌다. 그도 남편에게 거리낌없이 대하는 루시의 태도며 신문에 대한 왕성
한 호기심에 익숙해지자 히스와 그녀의 토론에 끼어드는 법을 터득하게 되
었다. 데이먼은 그녀가 재미있어할 만한 기사를 화제로 꺼내고 장난기 어
린 유머로 그녀를 웃겼다. 그는 그녀와 함께 있으면 훨씬 긴장을 풀고 경계
심도 늦췄으며 미소도 한결 거리낌없이 지었다. 그 즈음부터 그녀는 히스

에게 그날 강연회에서 들었던 말을 전하거나 모임과 관련해 열린 행사 얘기를 하다가 문득 데이먼 쪽을 곁눈질하면 그의 칠흑 같은 눈이 심란할 정도로 뚜렷이 자신에게 못 박혀 있는 것을 느끼곤 했다. 루시는 데이먼 때문에 난처했다. 당당한 혈통과 저명한 가문의 이름에도 불구하고 그는 집도 가족도 없는 듯했다. 그는 결혼 전의 히스처럼 고독한 외톨이였다. 그에게서 그런 낌새를 챘기 때문에 루시는 무의식중에 그에게 소심하나마 동정의 손길을 내밀었고 결국 그녀에 대한 그의 마음을 여는 데 성공했다.

데이먼의 영향력 덕분에 그녀와 히스는 보스턴의 신임 경찰청장 부임을 축하하는 만찬 겸 무도회에 초대받게 되었다. 데이먼은 자신의 영향력이란 것을 가볍게 치부하고 루시의 감사를 받아들이려 하지 않았다. 하지만 공식적으로 그런 파티에 초대받으려면 보스턴에 온 지 1년은 되어야 했다.

데이먼은 어느 날 밤 저녁식사 때 찾아오더니 어느 누구 할 것 없이 다들 가고 싶어하는 그 파티의 초대장 두 장을 코트 안주머니에서 꺼냈다.

"어머나, 레드먼드 씨!"

그녀는 경탄해서 환한 미소를 지으며 초대장을 물끄러미 들여다보았다.

"이런 친절을…… 이런 상냥한 배려를…… 저어, 난 이런 초대장이 이렇게 돌 수 있다는 것도 몰랐어요! 대체 어디서 이걸……."

"순전히 이기적인 이유에서 드리는 겁니다."

데이먼은 어깨를 으쓱하더니 평소처럼 실질적인 말투로 대답했다.

"전 그런 종류의 저녁시간이라면 신물이 날 정도라 큰 행사일수록 유난히 지루하다는 사실을 터득했지요 그래서 두 분의 힘을 빌어 지루함을 좀 덜어볼까 했던 겁니다."

루시는 쓴웃음을 지으며 히스에게 초대장을 건네주었다.

"레드먼드 씨가 다른 속셈이 있다고 시인을 하신 지금 우리가 과연 이 초대장을 선물로 받아들여야 할까요?"

히스는 눈을 반짝이며 대답했다.

"허니, 당신은 어떨지 몰라도 난 선물이라면 다 좋다는 사람이야."

만찬 겸 무도회가 열리는 날 루시는 옷차림과 머리손질에 시간을 충분히 들이기 위해 금요일마다 열리는 주간 강연회를 빼먹었다. 그녀는 하녀의 도움을 받아 머리를 감고 레몬 주스를 탄 물에 헹궜다. 준비가 다 끝난 뒤 루시는 거울을 들여다보며 집게손가락 끝에 물을 묻혀 둥글고 검은 눈썹을 매만진 다음 입술을 깨물어 핏기가 돌게 했다.

"그러지 말라구. 내가 해주지."

히스의 목소리가 문간에서 들려오자 그녀는 고개를 돌려 미소를 보냈다. 흑백의 정장을 입은 그의 모습은 숨이 멎을 듯 멋졌고 옷 색깔 때문에 녹청색 눈과 해묵은 골동품처럼 진한 금빛 머리칼이 강조되어 보였다.

"뭘 해준다는 거예요?"

그는 대답 대신 그녀에게 다가와 맨살이 드러난 어깨를 양손으로 잡았다. 입술을 가져온 그가 세차게 키스를 퍼붓자 그녀의 입술이 벌어졌다. 그의 혀끝이 그녀의 입천장을 깃털로 쓸 듯 가볍게 어루만지더니 제일 민감한 부위를 찾아내 그곳을 천천히 애무했다. 마침내 루시는 고르지 못한 웃음소리와 숨 넘어가는 소리를 내며 몸을 빼냈다.

"히스! 당…… 당신 도움이 필요했다면 내가 말로 했을 거라구요"

그녀는 황급히 거울 쪽으로 돌아섰지만 내심으로는 히스 때문에 이렇게 쉽사리 동요하는 자기 자신을 질책하고 있었다. 그녀의 볼이 불타듯 빨개졌고 입술은 장밋빛으로 부드러워졌다.

"당신이 혈색을 좀 돋우고 싶어하는 줄 알았지."

"그건 맞아요! 하지만 그렇다고 지금 막 당신과 잠자리에서 일어난 것처럼 보이고 싶지는 않았다구요"

그는 혼자웃음을 지으며 그녀의 뒤로 다가가더니 허리를 잡았다.

"시간만 있다면……."

"그래요, 나도 알아요"

루시는 화난 척 그의 손을 찰싹 갈기고 화장대의 분첩을 집었다.

"준비를 마저 마쳐야 하니까 5분만 날 혼자 내버려둬요"

히스는 짐짓 그녀의 말에 따르는 척하며 우스울 정도로 앙증맞은 금박 장식 의자에 느긋하게 앉더니 그녀의 동작 하나하나를 지켜보았다.

너무나 유연하고 우아하고 완벽해. 루시는 내심 생각하며 마지막으로 그를 한 번 쳐다본 다음 거울 쪽으로 다시 눈길을 돌렸다. 아마 어떤 이들은 둘이 완벽한 결혼 생활을 영위한다고 생각할지도 모른다. 그들은 정열로 인해 더욱 굳게 다져진 친밀한 우정을 서로에게 품고 있었다. 그들 사이는 기본적으로 자유스러웠다. 적극적으로 서로의 성장을 부추기며 어느 정도는 서로에게 정직하기까지 했다. 그런데 왜 그녀는 점점 더 커져가기만 할 뿐 줄어들 징조도 보이지 않는 불만으로 괴로워하는 것일까?

루시는 목덜미에서 경쾌하게 흔들리는 길다란 줄 마노 귀고리를 한 다음 작게 한숨을 쉬었다.

"이제 갈 준비가 끝났어요."

"신다."

빛깔이 짙어진 히스의 눈이 진지하게 바라보고 있었다. 그가 천천히 다가왔으며 그의 망설이는 어조를 감지하고 그녀의 맥박이 빨라졌다.

"가기 전에 하고 싶은 게 있어. 몇 주 전부터 생각을 했는데…… 사실은 결혼 직후에 했어야 하는 일이야."

"무슨 말인지 도무지 상상도 안 가네요."

그녀는 떨리는 미소를 지었다.

"그냥 슬쩍 넘기려 해서 미안하다고 사과하는 거야."

둘의 눈이 마주치자 히스의 목소리가 잦아들었다.

"뭘요?"

정적이 흘렀다.

그는 그녀의 손을 잡았다. 작고 우아한 손은 그에게 잡혀도 저항하지 않았다. 그는 여전히 그녀의 눈에서 시선을 떼지 않은 채 그 손바닥에 입맞췄다. 수염을 깎은 상태인데도 그녀의 손가락이 따끔거렸다.

나한테 부드럽게 대하지 말아요…… 그녀는 절규하고 싶었다. 당신이 부드럽게 나오면 방어할 대책이 없단 말이에요.

뭔가 차갑고 매끄러운 것이 그녀의 약지를 슬쩍 둘러싸더니 관절에 살짝 걸렸다가 끝까지 완전히 들어갔다. 여전히 그에게 굳게 잡힌 손으로 눈길을 돌린 루시는 커다란 다이아몬드를 보았다. 물방울 모양에 갖가지 광채로 반짝이는 다이아몬드 약혼반지였다.

"당신……."

그녀는 입을 열려 했지만 나온 음성은 겨우 숨소리에 불과했다.

"이럴 필요는 없었어요……."

"이미 오래 전에 당신에게 주었어야 했는데……."

"하지만 난 생각조차 해본 적 없는 걸요……."

"나도 알아. 약혼기간이 짧았지. 그래서 시간이 없었어."

"히스…… 어째야 좋을지 모르겠어요……."

"마음에 들어?"

"네, 네. 그럼요."

"다른 게 더 좋다면 얼마든지……."

"아니에요. 아름다운 반지예요. 이……."

그녀의 눈은 다이아몬드보다도 더욱 눈부시게 빛났다. 그녀는 그에게 왜 반지 생각을 했는지, 왜 이제 와서 주는지 묻지 않았다. 그녀가 원했던 대답과는 다를지도 모르기 때문이었다.

"고, 고마워요."

눈물이 그녀의 뺨에 흘러내리자 그가 입술로 닦아주었다.

"당신을 울릴 생각은 없었어."

"내가 운다구요?"

그녀는 웃음으로 목이 메인 채 그의 코트 주머니를 뒤져 손수건을 찾았다. 하지만 미처 눈물을 닦기도 전에 그들의 입술은 어찌할 바를 모르고 절박하게 얽혀들었다. 눈물에 뒤섞인 그녀의 당혹감은 불길처럼 집요한 그의 키스 앞에 산산조각 나 즉시 사라져버렸다. 욕망이 활활 타올라 그녀의 몸 깊은 곳까지 퍼져 올라왔다. 히스는 고개를 더욱 깊이 숙이더니 그녀를 탄탄하고 힘찬 가슴에 꼭 끌어안았다. 뭔가 따스하고 부드러운 느낌이 그녀의 몸 안에서 피어오르기 시작하더니 한 겹 한 겹 벌어지면서 그녀를 고통스러울 정도의 무방비 상태로 만들어 펼쳐놓았다.

그가 입술을 떼고 고개를 한두 치 정도 뒤로 빼자 그녀의 눈에 황갈색 머리칼이 이마 위로 흐트러져 내려온 그의 모습이 들어왔다. 그녀는 떨리는 손으로 그 머리칼을 다독여주었다.

"히스"

그녀는 너무나도 푸르른 그의 눈 때문에 현기증을 느끼며 속삭였다.

"이제 가는 게 좋겠어."

그가 조용히 말하자 그녀는 천천히 고개를 끄덕였다.

저녁 시간은 데이먼이 예측했던 것과는 달리 전혀 지루하지 않았다. 손님들 중에는 저명한 사업가며 무역상, 은행가, 보스턴 지역의 정치가 등등이 포함되어 있었다. 식사중의 대화는 여자들 때문에 제한되었으며 정치나 최근의 사건 등에 대한 진정한 토의는 나중에 남자들끼리만 있을 때로 미뤄졌다. 하지만 이야기는 흥미진진했다. 루시는 왼편의 여자와 오른편의 신사와 번갈아 대화를 나눴다. 히스와는 자리가 다소 떨어져 있었고 루시와 거의 마주 보고 앉은 데이먼은 뛰어나게 세련되어 보이는 금발 여자와 얘기를 나누고 있었다. 데이먼의 모습은 평소처럼 쌀쌀맞아 보였다. 루시는 그를 냉담한 상태에서 끌어내겠다고 굳게 마음먹고 장난기어린 말을 몇 마디 계속 던졌다. 마침내 그는 그녀가 기대했던 반응을 보여 친근한 논쟁에 끼어들었다. 나중에 무도회가 시작되자 데이먼은 식사 도중 자기를 놀린 루시에게 보복을 해야 한다면서 두 번째 왈츠를 같이 추겠다고 히스에게 우겼다.

"정말 능숙한 춤 솜씨로군요."

루시는 왈츠를 추면서 그에게 장난꾸러기처럼 방긋 웃어 보였다. 세련된 춤이라면 히스에게 필적할 사람은 없었지만 데이먼의 스텝은 거의 흠잡을 데 없이 완벽했다.

"레드먼드 집안 사람들의 공통된 특기인가요?"

데이먼은 그녀의 쾌활한 개암빛 눈에 매혹되어 굴복한 나머지 정중한 겉모습을 포기하고 미소지었다. 루시는 그가 미소를 더욱 자주 지었으면 싶었다. 웃을 때마다 데이먼은 매력 만점에 숨막힐 정도의 미남이 되었던 것이다.

"우리 집안 사람들은 전부 다 한 사람에게 배웠죠. 레드먼드 집안은 최근 3대에 걸쳐 어릴 때부터 시뇨르 파판티에게 춤 교습을 받도록 강요당했어요. 이탈리아인 백작인데 트레몬트스트리트에 무용 교실을 열어서……."

"들은 적이 있어요."

"놀랍지도 않군요. 그 사람은 명성이 상당히 자자하니까요."

"아주, 아주 엄격한 사람이라고 들었는데요……."

"맞아요. 무용실에 들어갈 때마다 우린 허리까지 깊이 숙여서 큰절을 했고 시뇨르 파판티는 바이올린 활을 공중에 이렇게…… 치켜들고 우리를 굽어보았죠. 그리고 자기 마음에 들지 않으면 어깨를 탁탁 내리쳤어요."

루시는 그의 애처로운 표정에 웃지 않을 수 없었다.

"가엾은 레드먼드 씨. 종종 그렇게 맞으셨나요?"

"매번 맞았죠."

"아버지한테 가서 말씀하시지 그랬어요."

"우리 아버지는 원칙주의자셨거든요."

데이먼은 대수롭지 않게 말하며 빙그레 웃었다.

"그랬다면 아마 불평을 한다고 오히려 아버지께 더 맞았을 거예요."

갑자기 동정심이 밀려들어 루시는 그의 미소에 화답하지 못했다. 깊이를 알 수 없는 감정이 뭔가 언뜻 데이먼의 검은 눈 속에서 빛났다. 음악이 빨라지면서 회전도 빨라지자 장갑을 낀 그의 손끝이 힘을 넣어 그녀의 등을 더욱 지그시 붙들었다.

"아까 식사중에 얘기를 나누던 여자분은 누구죠?"

"알리샤 레드먼드예요."

"레드먼드요?"

"먼 친척이죠. 난 형제 중 유일하게 미혼이기 때문에 가족들은 알리샤와 짝을 지으면 나쁠 것 없다고 말하더군요. 당신은 어떻게 생각하시죠?"

"끔찍해요."

그녀는 냉큼 대답했다. 그녀의 단호한 말투에 그는 미소지었다.

“왜요?”

“말 않는 편이 좋을 것 같아요. 그냥 개인적인 말인데 당신이 기분 상할 지도 모르잖아요.”

“그 반대랍니다. 다들 내게 그런 말을 해주는 적은 거의 없거든요. 그래서 그럴 경우 내 반응이 어떨지 알아볼 기회가 전혀 없었어요.”

“저기, 그럼…….”

루시는 다소 목소리를 낮췄다.

“당신에겐 그분과는 다른 타입의 여자가 필요하다고 생각해요. 그 여자분은 붙임성이 많아 보이지는 않더군요. 좀더 쾌활한 쪽이 좋지 않으세요? 당신은 아까 그분과 같이 있을 때 별로 웃는 것 같지 않던데요.”

“네, 웃지 않았지요.”

데이먼은 생각에 잠겨 대답했다.

“하지만 난 자라나면서 쾌활함이 아내에게 필요한 자질이라는 가르침을 받아본 적이 없어요. 그리고 가문을 이을 의무를 다하는 데 미소는 사실 필요조건이 아니니…….”

“어머, 그렇지 않아요!”

루시는 열성을 다해 말했다.

“당신 결혼 상대는…… 상대는 자연스럽고 명랑하고 당신에게 웃음을 주는 사람이어야 한다는 게 내 주장이에요. 또 당신을 두려…….”

데이먼은 빙긋 웃었다.

“무슨 말을 하려던 거였지요? 날 두려워하지 않는 사람이어야 한다고?”

그녀는 얼굴을 붉혔다.

“진심은 아니었어요.”

“하지만 대체 누가 날 두려워한단 말입니까?”

그는 다정하게 놀리듯 물었다.

“당신이 사람을 보는…… 방식 때문이에요.”

“대체 어떤 방식이기에 겁을 준다는 거죠?”

“정확히 말해 겁이 아니에요…….”

루시는 그의 눈에서 웃음기가 사라진 것을 보고 말을 멈췄다.

"말해 봐요."

갑자기 그는 도움을 청하는 것처럼 보였다. 그녀만이 말해 줄 수 있는 비밀을 묻는 것만 같았다. 그녀는 그의 목소리에 나지막이 깔린 애원의 기색에 홀린 듯 말없이 그를 응시했다.

"당신이 쳐다볼 때면……."

그녀는 중얼거렸다.

"사람들은 자기 실수를 의식하게 돼요 그래서…… 당신에게 좋은 인상을 주기 위해 평소의 자기답지 않은 행동을 하고 말죠. 하지만 난 당신이 사람들에게 그런 느낌을 줄 의도가 아니었다고 생각해요."

"네, 그런 의도는 없었습니다."

그가 고개를 젓자 까마귀처럼 새까만 그의 머리에서 불빛이 노닐었다.

"당신을 두려워하지 않는 여자가 필요해요. 아마 그런 종류의 여자만이 당신을 속속들이 이해할 수 있을 테니까요."

묘할 정도로 은밀하고 개인적인 대화였다. 루시는 볼이 붉어지는 것을 느끼고 자신이 입을 함부로 놀린 게 아닐까 걱정했다.

"고맙습니다."

데이먼은 조용히 말했다.

"당신의 정직함을 고맙게 생각합니다."

그 뒤에는 춤이 끝날 때까지 침묵이 흘렀고 거의 끝무렵에 가서야 루시는 고개를 들어 다시 그의 눈을 보았다.

"레드먼드 씨, 한 가지 더 개인적인 얘기를 할 게 있어요."

"해버리시죠."

"친구들과 있을 때는 날 루시라고 부르시면 좋겠어요 히스도 분명 괘념치 않을 테니까요."

짧은 찰나 그녀는 그의 눈에 떠오른 표정을 보았다. 고뇌하는 표정, 열망, 아니 그게 아니라…… 외로움일까? 하지만 그 표정은 금세 감춰졌다.

"나까지 친구로 끼워주시다니 참으로 친절하시군요."

그는 부드럽게 말했다.

"당신의 우정을 받아들이겠습니다. 만약…… 내 우정도 보답으로 받아주신다면 말입니다. 하지만 당신의 이름을 그냥 부르는 건 삼가는 게 좋을 것 같군요."

"원하신다면요."

루시는 미소지으며 대답했다. 하지만 그녀는 데이먼 레드먼드의 우정을 얻어내기가 얼마나 힘든지, 얼마나 많은 사람들이 그의 우정을 얻으려다가 실패하고 말았는지 알지 못했다. 그녀는 그가 일단 그런 맹세를 하면 평생 소중히 여기리라는 것도 몰랐다. 데이먼 같은 남자에게 있어 우정이란 사랑보다도 훨씬 지속성이 강한 유대였다. 하지만 이때의 루시는 자신이 훗날 데이먼의 우정을 얼마나 필요로 하게 될지 꿈에도 알지 못했다.

춤이 끝난 뒤 데이먼은 저녁 내내 눈에 띌 정도로 루시와 거리를 두었다. 하지만 루시는 거의 알아채지 못했다. 그도 그럴 것이 곧장 히스가 그녀를 독점하고 모든 주의를 그 자신에게만 쏟을 것을 강요했기 때문이었다. 그녀와 무도회장을 빙빙 도는 그의 동작은 벨벳처럼 매끄럽고 유연했으므로 그녀는 발이 바닥에 거의 닿지 않는 느낌이었다. 그녀가 히스와 춤을 추기 시작하면 음악과 동작은 어느새 꿈처럼 아름답게 변했고 모든 것이 찬란하게 빛나는 느낌이었다. 열대의 바다처럼 따스한 녹청색을 띤 그의 눈이 그녀를 천천히 애무하듯 훑어내렸으며 종종 미소지을 때마다 그의 하얀 치아가 눈부시게 빛났다. 루시는 마법에 걸린 듯 아찔한 상태에서도 최선을 다해 그를 가차없이 놀려댔다. 그녀는 수줍은 듯 속눈썹을 내리깔고 그를 흘끔거렸으며 그에게 상체를 가까이 가져가 속삭이는 척하면서 풍만하고 부드러운 가슴을 그의 가슴에 슬쩍 문질렀다.

이 미남미녀 부부를 보고 있던 사람들에게는 단지 둘이 신중하게 대화를 나누는 것으로 보였을 테지만 막상 들었다면 최소한 한 명 이상의 귀가 불타버렸을 정도의 이야기였다. 루시는 짐짓 느린 남부 사투리를 써서 히스에게 나지막이 말을 걸었다. 주위 사람들에 대한 짓궂은 품평을 하고 허튼 소리를 종알대며 지금 자기가 검은 비단 속바지를 입고 있다는 식으로 애매한 말을 흘렸다.

"검은 비단 속바지도 없으면서 뭘 그래."

히스의 눈이 그녀의 장난기 때문에 재미있다는 듯 빛났다.

"없긴 왜 없어요 일부러 맞췄다구요 당신이 그때 낡은 흰색 무지는 싫다고 했잖아요. 또 코르셋도 어울리는 걸로 입고……."

"내가 믿을 줄 알고? 하마터면 속아넘어갈 뻔했군."

"나중에 보면 내 말을 믿을 거예요"

그녀가 흐뭇한 듯 웅얼거리자 그는 대놓고 껄껄 웃었다.

"오늘밤엔 대체 어떻게 된 거야?"

"별 것 아니에요 단지 뭔가 결정을 내렸거든요"

"호오? 뭘 결정했기에?"

"개인적인 거예요. 말할 수 없어요"

"아하, 그럼 그 결정엔 나도 관련이 있는 게 분명하군. 그러니까 비밀로 하는 거지."

"속속들이 관련이 있죠"

그녀는 그의 숨을 멎게 만드는 미소를 지었다.

9

루시는 크리스마스 캐롤을 흥얼거리며 한아름 안은 호랑가시나무와 씨름을 하다가 난간 맨 위에 위태위태하게 올려놓고 균형을 잡았다.

"베스."

그녀는 계단 맨 위쪽에 있던 하녀를 불렀다.

"저 커다란 붉은색 리본에다가 이 나뭇가지를 묶을 수 있겠어? 그래, 그럼 그 아래쪽으로도 줄줄이……."

"뒤로 떨어지시겠어요."

베스는 장식을 더욱 가까이에서 보려고 계단 가장자리에서 아슬아슬 균형을 잡는 루시가 걱정스러운지 주의를 주었다.

"떨어지긴 왜 떨어져."

루시는 안심시키듯 말했다.

"마님, 차라리 제가 나무를 들 테니 리본을 묶으시는 게 어때요?"

"베스, 걱정할 필요 없다니까."

그들의 대화는 현관문을 쾅 닫는 소리에 중단되고 말았다. 둘 다 계단 아래를 내려다보았다. 히스가 무릎까지 내려오는 코트 자락에서 눈을 떨어내더니 손목을 솜씨 좋게 휘릭 꺾어 갈색 모직 모자를 구석으로 날렸다. 시선을 든 그는 관객들이 계단 위에 아슬아슬하게 서 있는 모습을 보자 거의 인사 같지도 않게 고개만 까딱했다.

"저기……."

루시가 불렀다.

"당신 크리스마스 기분이 영 엉망인 모양이네요."

히스는 뭐라고 중얼거리더니 이층으로 올라왔지만 아무 말도 없이 그녀의 옆을 지나쳤다. 그는 베스와 가까워지자 잠시 멈춰 섰다. 하녀는 주인을 피해 잔뜩 움츠린 채 동그란 회색 눈으로 눈치를 보고 있었다.

"올드 포레스터 한 병하고 잔 하나 가져와."

그는 딱딱거렸다.

"지금 당장."

하녀는 입매를 달달 떨더니 아래층으로 줄행랑을 쳤다.

"히스, 무슨 일인데 그래요?"

루시는 그의 퉁명스러운 태도에 화도 나고 당혹스럽기도 해서 따져 물었다.

"무슨 안 좋은 일이 있었는지는 몰라도 날 무시하고 베스를 겁줄 필요까진…… 히스, 어디 가는 거예요?"

그녀는 침실로 가는 그의 뒤를 따랐다. 대체 무슨 일이 있었기에 그가 이러는지 상상조차 가지 않았다.

"오늘 신문사에서 곤란한 일이라도 있었어요?"

그는 메마르고 즐거운 기색이라고는 하나도 없는 웃음소리를 냈다.

"틀린 말은 아니지."

"퇴근이 이르네요……."

"말하고 싶지 않아. 그리고 묻는 말에 대답할 기분도 아냐. 빌어먹을 하녀는 대체 어디 있어? 염병할. 대체 당신은 느림보 달팽이라도 부리는 건가?"

"데이먼과 싸웠어요?"

루시는 그가 얘기하고 싶어한다는 것을 알고 참을성 있게 물었다. 그렇지 않다면 집에 들어왔을 때 그런 볼 거리를 제공했을 리가 없었다. 히스가 문을 쾅 닫는 것은 항상 이제 다음 차례가 대화라는 신호였다.

"데이먼이라."

히스는 정나미가 완전히 뚝 떨어졌다는 어조로 말했다.

"그 자식과 싸운 게 맞지. 제기랄."

"그런 말을 쓸 필요는 없잖아요."

"그 자식은 내가 무엇 때문에 그런 노력을 하는지 이해해 주는 줄 알았어. 하지만 오늘 난 깨달은 거야. 그 녀석은 내가 생각하던 것과 다른 사람이야. 몇 달이나 같은 편에서, 같은 목적을 위해 일했으면서도 그 녀석은 바로 그 사무실 안에 꼿꼿이 서서 마치 낯선 사람처럼 말하는 거야······ 문 열어. 하녀가 위스키를 가져왔군."

"먼저 나한테 그 얘기를 해주지 않겠어요?"

그녀에게 돌아온 대답은 확고부동하게 노려보는 녹청색 눈길뿐이었다. 루시는 한숨을 쉬며 문으로 다가갔다.

"고마워, 베스."

베스가 두려운 듯 고개를 끄덕이자 루시는 문을 발로 밀어 닫고 쟁반을 화장대에 내려놓았다.

"베스는 여기 온 지 일주일밖에 안 돼요, 히스. 당신이 화내는 데에 아직 익숙하지 않아서 겁을 먹은 거예요. 그러니 당신이 좀 자제를 하려고 노력하면······."

"빨리 익숙해지는 게 하녀에게도 좋을걸. 안 그러면 다른 일자리를 찾아봐야 할 거야."

히스는 직접 술을 따르더니 잠시 비아냥을 멈추고 술을 쭉 들이마셨다.

"데이먼이 당신에게 무슨 짓을 했기에 이렇게 화가 났어요?"

"데이먼은 우리가 그렇게 골치 썩이고 있는 쟁점들에 대해서 전혀 관심이 없어. 사물을 보면 장단점을 골라낸 다음 그 중 유리한 쪽에 가서 붙는 거야. 옳고 그름은······ 단지 녀석에게는 방정식에 불과했어. 내가 어디 그런 녀석과 손을 잡고 일할 것 같아!"

"그건 분명 사실이 아닐 거예요. 데이먼은 정직하고 도의심이 있는 사람이라고 확신해요."

"잘도 있겠군!"

히스는 잔을 비워버리고 넘치는 것도 아랑곳하지 않은 채 다시 술을 철철 따랐다. 루시는 그가 이렇게 단시간 내에 많은 술을 마시는 모습을 본 적이 없었다.

"무슨 일로 싸움을 했는데요?"

갑자기 모든 투지와 분노가 그에게서 싹 사라진 것 같았다. 그는 고개를 저으며 독한 술을 한 모금 더 마셨다. 그의 손가락이 잔을 부서져라 쥐고 있었다. 루시는 침대 가장자리에 앉아 침묵을 지키면서 남은 술을 마시는 그의 모습을 지켜보았다. 그는 고통 속에서 몸부림치고 있었다. 그가 스스로 벽의 일부를 무너뜨릴 때까지 그녀는 그에게 어떤 것도 해줄 수 있는 힘이 전혀 없었다. 나한테 안아달라고 말해 줘요, 여기 내 품이 있어요 언제든지 당신을 안아줄 채비가 되어 있다구요 여기 내 마음이 있어요……말만 해요.

히스는 창가로 다가가더니 스스로 택한 고립 상태에서 침묵을 지켰다. 그리고 심호흡을 하더니 다시 고개를 저으며 하릴없이 어깨를 들썩했다.

"오늘……."

그는 운을 떼었지만 나머지 말은 소리가 되어 나오지 못하고 증발해버렸다. 그가 위스키 병 쪽으로 성큼성큼 다가오자 루시는 선수를 쳐서 먼저 다가가 그의 뻗은 손을 살며시 잡았다.

"그만 마셔요."

그녀는 그를 올려다보았다. 히스는 그녀의 눈에서 뭔가를 보고 병에서 손을 떼었다. 그는 천천히 창가로 돌아갔지만 그 틈에 루시는 그의 얼굴에 언뜻 스친 비참한 표정을 보고 말았다. 크게 동요한 루시에게 그를 위로해 주고 싶은 욕구가 급작스럽게 솟아났다.

"오늘 무슨 일이 있었는데요?"

"안 좋은 소식이 있었어."

“재건운동에 관한 거예요?”

히스를 이렇게까지 뒤흔들 수 있는 다른 게 있으리라고는 도저히 생각되지 않았다.

“그것 말고 뭐가 있겠어?”

“히스, 내가 계속 추측만 하게 내버려두지 말아요. 말해 달라구요.”

“우린 마침내 어느 정도의 발전을 이뤘어. 오늘까지는 말이지. 정부는 남부에 대한 지배의 손길을 계속 늦추는 중이었어. 우선 조지아부터…….”

“그래요.”

그녀는 침묵을 메우기 위해 서둘러 끼어들었다.

“나도 조금은 알아요. 조지아와 다른 몇몇 주의 의회 재가입이 허용되었다면서요.”

“그리고 군 주둔 관련법도 철폐되었지. 마침내 말야. 그래서 난 나머지 남부도 죄다 선례를 따르게 될 줄 알았어. 그럼 이제 전쟁은 진짜로 끝나는 거야. 거리에서 더 이상 군인들을 찾아볼 수 없고 독재적인 지배나 군정 통치도 종식되는 거야. 남부인 주제에 북부를 지지하는 껄렁패 녀석들도 이제 없어지겠지. 우린 우리 땅을 돌려 받게 돼. 시민의 권리도 되찾고…… 우리가 누릴 자격이 있는 권리지.”

히스는 한숨을 쉬며 창틀에 이마를 갖다댔다.

“조지아가 정부의 지배에서 자유로워지면 당신 말대로 다 이루어질 거예요.”

“아니야.”

그는 말을 툭 던졌다.

“오늘 조지아는 주 의회의 모든 흑인들에게 퇴거를 명령했어. 정부는 그 조치를 공공연한 반역 행위로 받아들였지.”

“어머나, 히스…… 아아, 그럴 수가.”

그녀는 믿어지지 않아 그를 쳐다만 보았다.

“그럼 정부도 조지아에 대해 더욱 가혹하게 나올 텐데…….”

“이미 그렇게 했어. 조지아는 의회에서 탈퇴당했고 수정헌법 제15조가 비준되기 전까지는 재가입할 수 없게 됐어. 그래서 군 통치도 다시 재개되었지. 이 일로 남부 전체가 얼마나 뒷걸음질치게 되었는지 당신은 알까?"

"알아요."

루시는 조용히 말했다.

"그리고 당신이 고향인 남부의 사람들을 옹호하기 위해 목소리를 내고 싶어한다는 것도 알고요. 당신은 서로가 서로를 이해하도록 돕고 싶은 거예요. 하지만 애초부터 데이먼이 남부를 위해 목소리를 내줄 거라고는 기대할 수 없었어요."

"그런 부탁을 한 것도 아니야. 난 단지 중도적인 사설을 원했을 뿐이야. 전혀 급진적이지 않고……."

"그런데 데이먼이 쓰지 않겠다고 했나요?"

"아아, 잘 썼지. 그 이상 갈 수 없을 정도로 정부의 비위를 딱딱 맞췄더군. 그리고 자기 입으로도 그렇게 말하던걸."

"데이먼을 설득시키려고 해봤나요?"

"차라리 내 머리로 벽돌 벽을 깨는 편이 덜 고통스러울 거야. 녀석은 꿈쩍도 하지 않더군."

"그래서 당신 성미가 폭발한 거군요."

루시는 침울하게 말했다.

히스는 쟁반 쪽으로 다가가 위스키를 또 한 잔 따르더니 어디 감히 말리겠느냐는 듯 그녀를 말없이 힐끗 곁눈질했다. 루시는 현명하게도 침묵을 지켰다.

"난 직접 사설을 쓰겠다고 했지. 데이먼은 내가 정말로 그렇게 한다면 신문사를 그만두겠다더군."

"히스."

루시는 그의 계획과 희망이 죄다 눈 녹듯 사라져버릴지도 모른다는 생각을 하자 욕지기가 났다.

"사설란을 지금처럼 끌고 나갈 수는 없어, 신."

그는 꽉 잠긴 목소리로 말하더니 세 잔째 술을 입에 털어넣었다.

"그랬다간 내가 신봉하는 모든 것을 배신하는 게 되고 말아. 그리고 현 상황 전체를 무시할 수도 없어. 그게 바로 신문의 역할이야. 이런 쟁점을 기사화하는 것 말야. 그게 내가 원하는 신문의 역할이라구."

그녀는 무릎에 두 손을 포개고 가만히 바라보았지만 머릿속과 마음속은 혼란의 도가니였다. 그녀가 무슨 일을 할 수 있을까? 그에게 무슨 말을 해 줄 수 있을까?

날카로운 폭발음이 들려와 그녀는 퍼뜩 놀랐다. 히스가 잔을 난로 안으로 던져버린 것이다. 잔은 수백 개의 조각으로 산산이 부서졌고 그 바람에 허물어진 통나무에서 불꽃이 화르륵 피어올랐다. 그녀가 움찔한 것은 어느 정도는 그의 분노 때문에 겁이 났기 때문이었다.

"당신을 도울 방법을 내게 말해 줘요."

그녀는 낮은 목소리로 말했다.

"난 어떻게 해야 할지 모르겠어요."

그녀는 그가 다가오는 것을 의식했다. 그의 그림자가 온기를 차단하며 그녀에게 드리워지는 것이 느껴졌다.

"나 역시 몰라."

그는 쉰 소리로 말했다. 술기운 탓에 사투리가 더욱 두드러지게 들렸다.

"내가 아는 건 그저 이 모든 게 신물이 난다는 거야. 이제 난 조류를 멈출 수 있는 건 아무것도 없는데도 한 치라도 나아가려고 투쟁하는 데에 지치고 말았어. 결정을 내리는 것도 지겨워. 내가 남부를 떠난 건…… 패배가 지겨웠기 때문이었지. 아아, 맙소사, 신다, 당신에게 하지 않은 얘기가 많아……."

그는 한숨을 쉬며 무릎을 꿇고 그녀의 치마폭에 고개를 파묻었다. 그의 두 손이 향기를 머금은 비단 치마 위에 축 늘어졌다. 루시는 얼어붙고 말았다. 공포와 경악 속에 그녀는 그의 금발을 내려다보았다. 느긋하고 비웃음의 대가인데다 성질 급한 히스 레인이 지금 그녀의 무릎에 고개를 떨군 채 치맛자락을 움켜쥐고 있었다.

갑자기 그녀는 더 이상 무슨 말을 해야 할지 몰라 두렵지 않았다. 모든 말이 한꺼번에 입으로 쏟아져 나왔다. 그녀는 상체를 그에게로 숙이고 머리칼을 매만져주며 다정하고도 빠른 어조로 중얼거렸다.

"물론 지쳤겠죠 당신은 너무나 열심히 노력했어요…… 당신이 내게 모든 걸 다 말하지 않았다는 것도 알아요…… 그건 중요하지 않아요"

"내가 떠난 건…… 그들의 기상이 꺾이지 않는 한 상황이 언제까지나 끝나지 않기 때문이었어. 그곳에 남아 그 광경을 지켜볼 수가 없었어."

"그래요…… 그래요, 물론 지켜보기 힘들죠."

그녀는 굳이 그의 말을 반박하거나 그를 설득하려 들지 않고 그저 달래기만 했다. 지금 그는 피곤하고 좌절한 상태였다. 그래서 잠깐이나마 아무 생각도 할 필요 없는 몇 시간을 원하는 것이다. 그녀는 그 기분이 어떤지를 기억하고 있었다. 대니얼에게 채이고 나서 그에게로 달려갔던 그날 밤의 기분을 잊지 않고 있었다. 그때 히스는 그녀를 도와주었다. 그녀에게 그의 힘을 기꺼이 나눠주었다. 그녀에게도 역시 그를 똑같은 방식으로 지탱해 줄 힘이 있을까?

"어쩔 수가 없었어……."

"쉬잇…… 모든 게 다 잘될 거예요."

"당신은 그 기분이 어떤지 이해 못해."

"아니, 이해해요. 나도 안다구요."

그녀는 서늘한 손가락을 그의 뒷덜미에 댔다.

"아니야, 돌아갔을 때 난 봤어…… 다들 그곳에 있었지. 렌…… 렌도 그곳에 있었어. 클레이는 부상을 당한 몸이었지…… 등이…… 썩고 있었어. 그 사람들은 날 필요로 했지. 난 도움을 줄 수 있었어. 내가 모두를 돌봐야만 했던 거야. 렌에게 손가락 하나라도 대서는 안 되었어. 그럴 수 없었다구."

"히스? 렌이 누구예요? 누구 얘기를 하고 있는 거죠?"

그는 고개를 저을 뿐 그녀의 작은 손을 잡고 그 손등을 관자놀이의 상처에 갖다댔다.

루시는 인상을 크게 쓰며 대체 누군지 모를 렌과 그 사이의 감정이 어떤 것이었을지를 추측해 보았다. 사랑? 증오? 그녀는 그가 과거에 다른 여자를 깊이 사랑했을 수도 있다는 사실을, 루시에게는 주지 않은 그 모든 것을 그 여자에게 주었을 수도 있다는 사실을 받아들이려고 몸부림쳤다. 아마도 그 상대가 렌일지도 모른다. 루시는 질투심이 어느 정도까지 깊어질 수 있는지 지금에서야 깨달았다.

"렌은 인정하지 않았을 거야…… 렌은 날 필요로 했는데……."

소매로 눈을 훔치는 히스의 동작에 그녀의 가슴이 꽉 메어졌다. 다음 순간 그는 다시 그녀의 무릎 사이 아늑한 틈새에 고개를 떨궜다. 그가 말을 계속할지도 모른다는 희망과 더 이상 듣고 싶지 않다는 생각 사이에서 갈팡질팡하면서 그녀는 침묵을 지키고 그의 말에 귀를 기울였다.

"렌은 날 필요로 하지 않았어. 절대로."

루시는 손등으로 그의 관자놀이를 머뭇머뭇 문질러주었다.

"난 당신을 원했어."

그는 노래하듯 부드럽게 털어놓았다.

"처음 당신을 보았을 때부터였지. 내가 그 얘기한 적 있어?"

"아뇨, 없어요."

"비가 오는 날이었어. 당신은 길을 건너는 중이었지. 같이 건너는 사람들 중에 제일 꼴찌였는데 그건, 그건 당신이 주위의 모든…… 물웅덩이를 피해 갔기 때문이었지. 난 당신을 원했어."

"히스……."

"내가 당신을 강에서 발견했을 때 당신은 계속 날 대니얼이라고 불렀어. 하지만 나였어. 당신을 안고 있던 건 나였다구……."

"나도 알고 있었어요."

"하지만 당신은 계속……."

그는 한숨을 쉬더니 다음 순간 침묵에 빠졌다. 그가 힘을 빼자 그녀의 무릎에 얹힌 머리와 팔이 더욱 묵직해졌다. 루시는 그가 이대로 잠든다면 혼자 힘만으로는 절대 침대로 옮길 수 없다는 것을 알고 있었다. 다른 사람을 불러서 도움을 받아야 한다는 생각이 들자 그녀는 기운을 차리고 행동에 착수했다.

“히스, 똑바로 앉아서 내가 당신 장화를 벗기게 좀 도와줘요.”

“아니야, 그럴 필요 없어…….”

“있어요. 왜냐하면 당신 손으로는 절대 벗지 못할 테니까요.”

히스는 욕설을 웅얼웅얼 입에 담으며 그녀의 따스하고 부드러운 무릎에서 벗어났다. 그는 침대 위로 올라가 한쪽 발을 그녀에게 내밀었다. 그녀는 장화를 단단히 쥐고 벗기려 했지만 히스가 도운답시고 움직이는 바람에 발가락이 꼬물거려 상당한 방해만 될 뿐이었다. 몇 분이나 씨름을 한 끝에 장화가 한 짝씩 연이어 벗겨졌다. 그녀는 계속해서 그의 옷을 벗기는 중노동에 몰입했다.

“자, 팔을 그 소매에서 빼요.”

“못 해.”

“히스, 조금만 노력해서…….”

“못 해. 당신은 단추도 안 풀었잖아.”

“당신이 자주 술을 마시는 사람이 아니라 다행이네요. 당신과 내내 이런 씨름을 하고 싶지는 않거든요.”

“당신 별로 잘하지는 못하는군.”

그녀가 그의 바지춤에서 셔츠 자락을 빼내려 하자 히스는 자기 것이라는 양 그녀의 머리채를 휘어잡았다.

“신다.”

그가 고르지 못한 목소리로 불렀다.

“내가 전에 내 아내인 척 연기해야 한다고…… 당신에게 말했지…… 하지만 내 말뜻은…… 내 말뜻은 그게 아니었다는 걸 알아줘……. 그저 당신이…….”

“알아요.”

그녀는 그가 그런 걱정을 한다는 사실 때문에 막연하게나마 놀라서 중얼거렸다. 그는 정말로 그 점을 염려하고 있었던 걸까? 그에게 보이는 그녀의 반응이 단지 의무감에서 생성된 것이 아닐까 궁금하게 여겼을까? 이 구제불능 남자 같으니, 그녀는 갑자기 밀려드는 따스한 느낌 속에서 생각했다. 어떤 면에서는 나에 대해 척척박사이면서도 다른 면에서는 어떻게 그렇게도 날 모를 수가 있죠?

그녀의 눈길이 그의 눈길과 마주쳐 얽혀들었다. 그의 하늘빛 눈이 더운 여름날의 창공처럼 이글거렸다. 그녀는 그 반응으로 몸 깊은 곳에서 부드럽게 욱신대는 기운을 느꼈다. 그는 몸을 굴려 놀라울 정도로 손쉽게 그녀를 덮쳤다.

"당신은 좀 자야 해요."

그녀는 그의 단단한 맨가슴을 밀어내려 했다.

"아냐."

그는 말을 할 틈을 주지 않고 위스키 맛이 나는 뜨거운 키스를 세차게 퍼부었다. 그녀는 손바닥 아래 격렬하게 쿵쿵대는 그의 심장고동을 느꼈고 할까말까 망설이던 거부의 말은 연기처럼 사라져버렸다. 끊어질락 말락 하던 자제력이 툭 끊어지고 말았다. 그의 입술이 그녀의 입술을 거칠게 요구하며 마구 밀려들었다. 그는 그녀의 몸 위에 올라타고 그녀의 고개를 두 손에 감싸안았다. 히스는 절박하고 거칠었다. 멍이 들 정도로 그녀를 세차게 껴안고 생명을 들이마시기라도 하려는 듯 키스했다. 그는 구사일생 끝에 살아난 생존자처럼 자신이 알고 있는 오직 한 가지 진실에 매달렸다.

그녀는 마침내 그를 사랑한다는 사실을 자인했다. 사랑이 그녀의 몸 안 구석구석에 샘솟아 가슴을 채우고 목으로 스며나왔으며 현기증이 일 때까지 머릿속에서 소용돌이쳤다. 그의 어깨를 스치는 그녀의 손끝에서도 사랑이 흘러나오는 것 같았다. 그도 그녀의 입술에서 그 맛을 느끼고 사랑이 그녀의 몸 속에서 전율하는 기적을 감지할 수 있을 터였다. 그 사실을 알아채는 데 얼마나 많은 시간이 걸렸는지 깜짝 놀랄 정도였다. 그녀의 평생은 이 순간을 위한 전주곡에 불과했다.

"당신이 필요해, 신."

그는 신음하며 그녀의 입술을 계속 또 계속 탐했다. 그녀의 숨결을 앗아가버릴 정도로 맹렬하고 거친 입맞춤이었다. 그의 손이 갑자기 드레스 앞섶을 난폭할 정도로 간단히 뜯어버렸다. 이번에는 그녀의 코르셋 끈도 쉽게 풀렸다.

몸을 움찔거려 나머지 보디스와 코르셋 심지에서 벗어난 루시는 맨 가슴이 그의 탄탄하고 그을린 살결에 밀착되자 부르르 떨었다. 그의 손이 탐욕스럽게 그녀의 몸을 요구했다. 욕망이 넘치면서도 확신 넘치는 그의 손길은 그녀의 젖꼭지를 문질러 단단하고도 민감한 봉오리로 만들었다. 그의 고르지 못한 숨결이 그녀의 목덜미를 깃털처럼 간지럽혔고 그녀는 고개를 돌려 입술로 그의 야윈 뺨을 문지르며 서툴게 그의 입술을 찾았다. 마침내 그의 키스를 받자 반쯤 숨막힌 신음소리를 냈다.

그들은 이제껏 남편과 아내로서 서로의 은밀한 부분을 셀 수도 없을 만큼 여러 번 알아냈다. 그는 여태껏 부드러움과 정열을 겸비한 포옹으로 그녀를 보듬었지만 이렇게 사납고 격렬했던 적은 한 번도 없었다.

"당신을 원해요."

그녀는 그의 어깨에 대고 속삭였다. 그녀는 몸을 길게 쭉 뻗어 그에게 밀착시키고 극도로 크게 부풀어오른 그의 남성에 자신의 여성을 지그시 갖다댔다.

"당신에게 필요한 거라면 뭐든지 주고 싶어요, 당신이 원하는 거라면 뭐든지……."

그의 손이 그녀의 엉덩이를 슬그머니 지나 다리 사이에서 맥박치듯 욱신대는 부드러운 부분으로 다가왔다. 그는 손끝을 그녀의 몸 속으로 슬쩍 밀어넣고 매끄러운 열기를 어루만졌다. 루시는 교성을 지르며 떨리는 허벅지를 더욱 벌리고 무의식중에 애원하듯 그의 목덜미에 얼굴을 묻었다. 그리곤 땀이 배인 손바닥으로 딱딱한 등을 어루만지다가 그의 손끝이 은밀한 동굴을 탐색하자 그의 근육에 손가락을 깊이 박았다. 전부터 그는 그녀의 예민하고 연약한 피부를 항상 염두에 두고 애무했으며 마치 그녀를 아프게 할까 봐 두렵다는 듯 어딘가 자제하는 구석이 있었다. 하지만 이제 모든 속박은 사라져버렸고 모든 세심함은 자취를 감췄다. 그는 허리를 아래로 내려 그녀의 몸 안으로 세차게 뚫고 들어갔다. 쾌락이 충격파처럼 그녀의 몸을 휩쓸었다. 그녀는 신음하며 뒤척였다. 그녀의 몸이 더욱 팽창되어 그의 몸을 단단히 굶주린 듯 붙들어 잡았다. 그들은 끝없이 밀려오는 감미로운 물결에 잠겨 더욱 은밀하게 서로의 몸을 휘감았고 키스와 탐색하는 손길로 서로를 얽어맸다. 히스는 그녀의 다리가 자신의 허리에 휘감기도록 했다. 그는 그녀의 이름을 마치 밀어인양 속삭였고 그의 입술은 그녀의 얼굴에 난 눈물 자국을 따라왔다. 그들은 각자의 비밀을 포기하지 않을 것이다. 아아, 하지만 사랑은…….

사랑은 말이 되어 나오지 않았지만 부정당하지도 않았다. 서로가 딱 들어맞아 한 몸이 된 둘이 움직일 때마다 새로운 발견이 뒤따랐고 순간순간마다 감정은 영원해졌다. 앞으로도 지속되기를, 그녀는 마음속으로 어둠에게 간청했다. 앞으로도 영원히 지속되기를.

그의 선잠을 깨운 부드러운 목소리는 그가 무시하려고 온갖 노력을 다했는데도 끈질기게 귓가에 달라붙었다.

"일곱 시예요, 히스. 일어나요…… 더 이상 자게 놔두지 않을 테니 눈을 떠요. 아침 준비가 곧 다 될 거예요."

아아, 젠장할. 일어나면 하루 종일 얽히고 설킨 업무를 해결하고 입맛 떨어지는 결정을 내리고 언성을 높여야 하는데다가 아침식사 생각만 해도 구역질과 불쾌감 때문에 뱃속에서 뭔가가 움찔 졸아드는 느낌이었다. 그는 뺨에 부드럽게 와닿는 루시의 입술을 느끼고 엎드려서 다 죽어가는 소리를 냈다. 그녀는 그가 베개를 끌어당겨 헝클어진 머리 위에 뒤집어쓰기 전에 냉큼 빼앗아버렸다. 그녀의 말은 그의 귀에 제대로 들리지 않았지만 뭔가 동정하는 말 같기도 했다.

루시는 그의 곁에 앉아 등골을 손가락으로 죽 훑어내리더니 등 한복판에 입맞춤을 하고 어깨를 주무르기 시작했다.

"까탈 부리지 말아요."

그녀는 느린 손놀림으로 그의 굳어진 근육을 박자 맞춰 안마했다.

"내가 깨우지 않으면 당신은 하루를 몽땅 까먹게 되는데 그러면 사태가 얼마나 더 고약해질지 당신도 알잖아요. 오늘 아침엔 신문사에 일찍 가야 해요. 옮겨야 할 산도 있고 할 일도 많으니…….”

“날 침대에서 일으키려는 거라면 말이지 할 일이 많다는 얘기 말고 일단 다른 전술을 쓰는 게 좋을 거야.”

히스는 투덜댔다. 그리고 그녀가 그의 견갑골 사이에서 쑤시는 근육을 찾아내자 그는 한숨을 쉬었다.

“아아아…… 좀더 아래…… 으으으음.”

“금방 끓인 커피를 가져왔어요. 침대 탁자 위에 놓아두었어요…….”

“어어어.”

“목욕을 하면서 커피나 좀 마시지 그래요? 내가 갖다줄게요.”

그는 내키지 않는 듯 끄덕이더니 두개골에 내리꽂히는 고통을 느끼고 움찔하며 신음과 더불어 일어나 앉았다. 루시는 차분한 포도주색에 푸른 줄무늬가 들어간 비단 로브를 말없이 그에게 건네주었다. 그는 로브를 입더니 일어나서 끈을 매주는 그녀를 내려다보았다. 그녀가 끈 매기를 마치자 히스는 그녀를 껴안고 목덜미에 얼굴을 묻었다.

“오늘은 아무 데도 안 갈 거야.”

그의 목소리는 살에 묻혀서 불분명했다.

“왜요?”

그는 가자미눈을 하고 창 쪽을 쳐다보았다. 루시가 아까 크림색 벨벳 커튼을 걷어놓아 아침 햇살이 방 안에 비춰들고 있었다.

“햇살이 너무 쨍쨍해.”

루시는 쿡쿡 웃었고 그가 욕실로 향하려 하자 그를 놓아주었다. 그녀는 옷차림과 머리 손질을 이미 다 끝낸 뒤였으므로 오늘 아침에는 히스의 뒤 치다꺼리를 하는 것 외에는 할 일이 없었다. 그녀는 황홀할 정도로 행복했다. 히스에게 사랑을 과잉으로 퍼붓지 않기가 몹시 힘들었다. 그녀는 사랑으로 그의 벽을 무너뜨리고 싶었다. 그의 주위에 사랑으로 울타리를 둘러주고 싶었다. 하지만 사랑이란 말을 입에 올리는 것만으로도 부담스러운 요구가 될 텐데 그는 아직 그런 상황을 받아들일 준비가 되어 있지 않았다. 그녀는 할 수 있는 한 최대한 감정에 고삐를 조여야 했다. 그가 의중의 말을 털어놓고 해줄 때까지 참을성 있게 기다릴 작정이었다. 사실 어젯밤 그의 말과 행동으로 미루어보면 그가 그녀를 좋아한다는 사실은 알 수 있었다. 그는 그녀가 필요하다고 말했다. 그 말에 얼마나 믿어지지 않을 정도로 기분이 좋던지!

그녀는 기쁨이 넘쳐흐르는 얼굴을 자제하고 평소의 수준에 근접하게끔 표정관리를 한 다음 김이 펄펄 오르는 블랙커피 잔을 들고는 쏟아지지 않게 조심조심 접시로 잔을 받쳐들고 욕실로 들어갔다. 히스는 또 잠든 것처럼 눈을 감은 채 법랑 욕조의 돌돌 말린 가장자리 장식을 베고 있었지만 눈을 뜨더니 커피를 받으려고 손을 내밀었다. 시험하듯 한 모금, 그리고 또 한 모금을 마신 다음 그는 그녀에게 잔을 돌려주었다.

"나쁘지 않군."

그는 비누를 들어 거품을 싹싹 냈다.

"아마 조금만 더 있으면 아침식사 생각도 날 거예요."

"그럴 가능성은 없다고 봐."

그를 내려다보는 그녀의 미소는 동정심으로 충만했다.

히스는 그녀를 외면하더니 비누에만 온통 주의를 기울였다.

"저기…… 어젯밤 내가 너무 많이 지껄인 게 아니라면 좋겠군."

태연한 어조였다.

"그다지 기억이 나지 않아."

루시는 렌이 누구인지는 모르지만 어쨌든 그녀에 대한 불길한 생각을 머릿속에서 몰아냈다. 렌 생각은 하고 싶지 않았다. 게다가 렌이 누구인지는 중요하지 않았다. 렌이란 여자는 히스의 과거일 뿐이지만 루시는 그의 아내인 것이다. 루시는 그의 현재이자 미래였으며 그녀는 그 무엇도 그 누구도 이 만족스러운 상태를 교란시키도록 방치하지 않을 작정이었다.

"아뇨."

그녀도 그 못지 않게 태연한 말투로 되받았다.

"별로 말한 것도 없는 걸요."

"아하."

안도감을 서툴게 숨기며 그는 목욕을 계속했다. 루시는 신중한 태도로 그의 유연한 몸을 즐겁게 구경했다. 그는 가슴에 하얀 비누거품을 내고 헹구더니 잠시 후 커피를 한 모금 마신 다음 쓴웃음을 지었다.

"당신, 남부인이 보스턴에서 신문사를 경영하려 한다니 미친 짓이라고 내게 했던 말 기억나? 당신 말이 아마……."

"틀린 말이었어요."

"응?"

"완전 틀린 말이었어요."

그는 회의적인 눈길로 물끄러미 쳐다보았다.

"마치 계단에서 중간에 한 단을 빼먹고 지나간 느낌이군. 언제 그런 결론을 내렸지?"

"신문을 읽기 시작한 뒤부터요. 난 당신 발상이 좋아요. 신문이 추구하는 방침이 마음에 들어요. 다른 사람들도 똑같이 느끼기 시작할 거예요. 당신이 광고주를 몇 명만 더 끌어올 수 있다면 이윤이 남기 시작할 게 분명해요."

그의 눈꼬리가 미소로 주름졌다.

"날 믿어주어 고맙군. 하지만 불행하게도 우리 신문은 제2의 남북전쟁으로 끝장날 수도 있어."

"그럼 당신은 타협할 방법을 찾아야 해요. 당신과 데이먼이 여태껏 심각한 의견충돌을 빚은 적은 없는 것 같으니……."

"없긴 왜 없어. 우리의 충돌은 정치적, 사회적, 도덕적 성향이 전적으로 다르다는 사실에서 기인한 거야."

"분명 당신이 부풀려 생각하는 거예요."

"당신은 나만큼 데이먼을 잘 알지 못해."

히스는 음울한 어조로 말했다.

"만약 안다면 이 사설에 얽힌 갈등이 다시 재연되리라는 데에도 동감할 거야. 왜냐하면 이 사태는 어제 조지아에서 일어났던 일 때문만이 절대 아니야. 데이먼의 신념이 나와 정반대이기 때문이지. 우리 둘은 그 점에서 결코 서로 맞지 않을 거야."

“접점을 찾아볼 수 있잖아요. 당신들 둘 중 어느 누구도 다시금 싸우고 싶지는 않을 테니 당신 쪽에서 데이먼에게 그 점을 일깨워주도록 해요. 당신은 내가 아는 사람 중 최고로 설득에 뛰어나요. 당신이 데이먼에게 말을 잘해서 좀더 온건한 입장을 견지하도록 만들 수 있다는 걸 난 알아요.”

“대체 설득에 뛰어난 게 어느 쪽이지?”

그는 욕조의 마개를 뽑아 물을 버리고 수건을 찾았다. 머리를 거칠게 닦더니 욕조 밖으로 나와 수건을 허리에 둘렀다.

“만약 내가 그렇게 말해도 사설을 새로 쓰지 않는다면? 내가 내 방식대로 사설을 쓰면 데이먼은 신문사를 그만둘 거야.”

“그렇겠죠.”

“데이먼이 없으면 신문사가 망할지도 몰라.”

“그렇게 되면 모두의 손실이에요. 하지만 내가 걱정하는 건 당신뿐이에요. 당신은 자존심을 지키기 위해서는 무슨 짓이든지 해야 직성이 풀리는 사람이죠. 자신의 신념이나 남부 사람들을 배신했다고 생각하면 결코 자신을 용서하지 않을 거예요. 이 신문은 당신 신문이에요. 당신이 원하는 방식으로 운영해요. 단 당신이 소유하고 있는 한 말이에요.”

그가 그녀의 턱 옆쪽을 손끝으로 애무하자 그녀의 등골이 살짝 떨려왔다.

“미리 말해 두지만 신문사를 잃게 되면 우리 집도 팔아야 할 거야.”

“좋아요.”

“가구도 물론이야.”

“상관없어요.”

“그리고…….”

“우리가 가진 것 모두 저당을 잡히고 팔고 물물교환하면 되잖아요. 하지만 내 다이아몬드를 놓고 한마디라도 했다간 남은 결혼 생활 내내 후회하게 될 걸요. 이 반지는 내 거예요. 그러니 절대 빼지 않을 거라구요.”

그는 그녀의 격한 반응을 보고 빙그레 웃었다.

“당신 반지에 대해서는 입도 뻥긋하지 않을게, 허니.”

그가 고개를 숙여 키스하는 바람에 그녀의 드레스 허리춤과 가슴팍에 젖은 손자국이 남았다. 하지만 루시는 그의 진심어린 키스에 완전히 취해 잔소리를 할 계제가 아니었다.

"커피 맛이 나네요."

그녀는 그의 입술이 떨어지자 속삭였다. 그는 그녀의 입꼬리에 가볍게 입을 맞췄다.

"아침 다 됐어?"

"아까부터 당신 준비가 다 끝나기만 기다렸는 걸요."

"그럼 내가 옷을 입는 동안 내려가 있지 그래? 몇 분 안에 금방 갈게."

"빨리 내려와요."

그녀는 문간에서 잠시 멈춰 서서 벌거벗은 것과 거의 매한가지인 그의 몸을 위아래로 훑어보았다. 그 모습이 그녀의 피를 들끓게 만들었다. 그녀는 유혹하듯 입꼬리를 일그러뜨렸다.

"빵이 식는다구요."

루시가 계단을 다 내려왔을 때 마침 누군가 현관문을 고압적으로 똑똑똑 두들겼다. 집사가 손님을 맞아들이려고 현관으로 나갔다. 평소와 달리 괴롭다는 듯한 표정이었으므로 루시는 그가 아직 아침을 먹던 중이었다는 사실을 알아챘다.

"내가 열겠어요, 소워스."

"하지만 마님……."

"누구일지 짐작이 가거든요. 다시 부엌으로 가도 좋아요."

집사는 고마워하며 냉큼 사라졌다. 루시는 문을 열었다. 그녀의 직감대로 손님은 데이먼 레드먼드였다. 그는 언제나와 다름없이 머리부터 발끝까지 말끔한 옷차림이었지만 눈에는 핏발이 섰고 얼굴은 피곤으로 찌들어 있었다. 그는 지지대가 없으면 똑바로 설 수 없는 듯 문간에 기대서 있었다.

"안녕하세요."

그녀는 인사를 건넸다.

"그 점에 있어서는 우리 모두 다 각자 의견이 다르겠지요, 레인 부인."

"어머나, 저런."

그녀는 미소지으며 그를 안으로 들였다.

"아침 좀 같이 드세요."

"고마운 말씀입니다만……."

"적어도 커피만이라도 드세요."

그녀가 달래자 그는 지친 듯 미소지었다.

"여태껏 부인 앞에서 거절이란 걸 할 수 있는 사람이 있었습니까? 내가 보기엔 없었을 것 같군요."

데이먼은 더 이상 군말 없이 코트를 그녀에게 건네주고 아침식사를 하는 식당으로 따라 들어왔다. 그도 역시 히스처럼 그 사설 때문에 심란했을 것이 분명했으므로 루시는 측은감을 느꼈다. 그는 기껏해야 한두 시간밖에 못 잔 것처럼 보였다.

"그이도 금방 내려올 거예요."

그녀는 데이먼이 맞은편에 앉자 말했다.

"세수하고 옷차림을 다 갖추면 곧……."

그녀의 말꼬리가 흐려지면서 침묵이 깃들었다. 그녀는 그의 검은 눈이 그녀의 드레스 윗도리에 잠시 쏠렸던 것을 눈치챘다. 루시가 내려다보니 히스의 젖은 손자국이 아직까지도 뚜렷이 남아 있었다. 그것도 바로 가슴 아래 부분이었다. 그녀는 두 볼이 확 달아오르는 것을 느꼈다.

"그이가 목욕하는 데 좀 도와달라고 해서요."

어색한 변명이었다.

"그렇겠군요."

데이먼은 공손한 태도를 잃지 않은 채 대답했지만 그녀에게는 그의 검은 눈에 감도는 광채가 보였다.

"그이는 꽤 기분이 좋은 편이에요. 모든 사정을…… 고려했을 때 말이에요."

데이먼이 온 이유가 타협을 위해서인지 아니면 배를 버리기 위해서인지 알기 전까지는 그녀 쪽에서 더 이상 털어놓을 수 없었다.

데이먼은 즉시 진지해졌다.

"신문사에서 불쑥 얼굴을 맞댈 수는 없었습니다. 내 생각엔 사전에 여기에서 얘기를 나눈다면……."

"아주 좋은 생각 같아요."

"우리의 차이점을 메울 수 있는 좋은 기회가 있을 거라고 믿고 싶었습니다."

"그이는 아주 이성적인 사람이에요, 레드먼드 씨. 장담하지만 그이는 두 사람의 입장을 절충해 적절한 타협을 하고 싶어해요."

"죄송하지만 레인 부인."

데이먼은 뻣뻣한 어조로 입을 열었다.

"어제는 그런 인상을 받지 못했는데요."

"분명 많은 사람들은 그이를 아주…… 진보적이라고 생각하죠."

"아주 재치 있게 말을 고르시는군요."

"아마 진보적인 면이 지나칠지도 몰라요. 하지만 그이는 자기 행동에 대해 강한 신념을 갖고 있고 고향인 남부 사람들에게 크나큰 책임감을 느껴요. 분명 당신도 그 점을 이해해 주시겠죠."

"난 부인과 논쟁을 하려고 온 게 아닙니다."

"내가 하려는 말은요."

루시는 부드럽게 주장했다.

"당신이 그이 입장을 어느 정도 이해하고 접근한다는 인상을 풍긴다면 그이도 당신의 말에 훨씬 더 귀를 기울이려 들 거예요. 당신도 이미 알겠지만 그이는 대놓고 맞서서 억누르려 들면 더욱 고집을 세울 사람이거든요."

"조언 감사합니다."

데이먼은 중얼거렸다.

"그 점을 잊지 않도록 노력해야겠군요."

베스가 여분의 접시와 식기를 가지고 들어오자 그들은 그만 화제를 바꾸기로 암묵적인 결정을 내렸다. 하녀는 데이먼의 앞에 식기를 배열할 차례가 되자 손놀림이 살짝 흐트러졌다. 하녀가 그의 거무스레하고 매력적인 얼굴을 너무 자주 흘끔거리는 바람에 루시는 하마터면 좀 제대로 일을 하라고 잔소리를 할 뻔했다. 하지만 데이먼은 하녀의 관심을 알아채지 못한 듯싶었다. 그의 주의는 완전히 루시에게 쏠려 있었고 그의 그런 태도는 그녀에게 우쭐한 기분을 심어줌과 동시에 당혹감을 안겨주기도 했다. 루시는 그에게 바구니에 담긴 갓 구운 머핀을 건네주면서 제일 큰 것을 집으라고 꾸짖었다. 그녀는 그가 두 개를 자기 접시에 놓자 흐뭇해서 미소지었다.

"나 말고 다른 사람이 이렇게 이른 시각부터 입맛이 있다는 걸 보니 반갑네요."

"그거야 내가 지금 아무리 개인적인 위기에다 재정 상태가 결단날 처지에 처해 있다 해도 그게 곧 굶어죽어야 한다는 뜻은 아니니까요."

데이먼은 김이 무럭무럭 오르는 머핀을 쪼개 버터를 발랐다.

"아주 실질적이군요."

"물론이지요. 레드먼드 집안에서 그 점을 빼면 남는 게 없으니까요. 캐보트 집안은 퉁명스럽고 포브스 집안은 까다로운 옹고집이지요. 로렌스 집안은 구두쇠고 로웰 집안은 차갑습니다. 레드먼드 집안은 실질적이지요."

"나도 실질적인 성격이 되도록 교육받고 자랐어요."

그녀는 커피에 크림을 듬뿍 넣고 천천히 저었다.

"내게 있어서는 매사가 언제나 아주 조직적이었고 예측 가능했어요. 결정을 내리는 데 어려운 점이 없었죠. 문제가 있어도 항상 쉽게 풀렸고요."

그녀는 회상하듯 고개를 젓더니 킥킥 웃었다.

"그러다가 히스를 만났고 그 이후로는 무엇 하나 예전과 똑같을 수 없었어요. 더 이상 간단한 건 아무것도 없었죠. 가장 분별 있는 행동조차 엉뚱한 것으로 보이도록 만드는 남자 옆에서 실질적으로 굴기란 어렵더군요."

"그 친구는 우리와는 약간 다른 차원에서 사물에 접근하지요."

데이먼은 씁쓸한 어조로 인정했다.

"아주 복잡한 차원이지요. 사실 지금쯤은 나도 이런 문제를 피하는 방법을 고안해냈어야 옳습니다. 하지만 여태껏 그 친구를 이해하는 데 있어 그다지 큰 성공을 거두지 못했지요."

루시는 자신과 데이먼이 히스를 다루는 데 똑같은 애로점을 안고 있다는 사실을 발견하고 흥미를 느꼈다. 실질적인 면이 지나치게 과한 사람들은 히스를 이해 차원을 넘어선 사람으로 생각하곤 했다. 그녀도 한때는 그를 이해하려고 노력하는 것이 중요하다고 생각한 적이 있었다. 하지만 히스를 딱 끼워 맞출 범주는 존재하지 않았다. 퍼즐로 치면 조각이 너무나 많았던 것이다. 그냥 있는 그대로의 그를, 그의 모호한 점과 그 모든 것을 받아들이는 편이 더 나았다. 그리고 그가 그녀 같은 사람을 필요로 한다는 사실로 만족하는 것이 나았다. 그의 세계에 균형을 잡아주기 위해서는 그녀처럼 지조가 굳은 사람이 필요했다.

바로 그때 식당에 들어서던 히스는 예상치 않았던 손님에게 눈길을 주며 멈춰 섰다. 루시는 무의식중에 숨을 멈춘 채 남편과 데이먼의 얼굴을 번갈아 바라보았다.

"자네가 여기 있는 건 놀랄 일이 아니로군."

히스는 메마른 어조로 한마디했다.

"양키가 적진으로 쳐들어올 때 머뭇거린다는 얘기는 한 번도 들어본 적이 없으니 말야."

데이먼은 하얀 냅킨의 모서리를 쥐더니 항복의 백기처럼 늘어뜨렸다.

"여쭤보러 왔습니다, 장군님. 평화협상을 할 가망성이 있는지 말입니다."

히스는 슬쩍 미소지으며 루시의 옆자리에 앉았다.

"없지는 않지. 우선 그 머핀을 내게 건네주는 걸로 시작해 보게."

"알겠습니다, 장군님."

루시는 숨을 토해냈고 협상이 진행되면서 절충안이 논의에 붙여지자 미소를 머금었다. 식탁에 앉은 두 남자 중 어느 쪽도 자존심을 위해 야망을 희생시킬 만큼 고집불통은 아니었다. <이그재미너>는 두 사람에게 돈 이상의 의미가 있었다. 잉크와 종이, 단어나 문장 이상의 의미였다. <이그재미너>는 세속적인 두 남자에게 이상주의자가 될 유일한 기회를 제공한 대상이었고 그들은 그 기회를 그냥 포기할 생각이 전혀 없었다.

루시는 히스를 몇 시간이나 달랜 끝에 레드먼드 저택의 화려한 연례 파티에 참석하는 대신 콩코드의 호즈머 집안에서 열리는 크리스마스 이브 파티에 가게 되었다. 소도시에서 맞는 크리스마스는 도회지에서 지내는 것과는 달랐다. 화려한 볼 거리는 확실히 덜하지만 콩코드의 크리스마스는 전통적이면서도 특별했다. 모든 집은 솔방울과 호랑가시나무로 장식을 했고 문간에는 커다란 나비 리본과 작고 동그란 감자를 달았으며 겨우살이 가지에 긴 리본을 묶어 드리웠다. 오랜 관습에 따라 누구든 그 밑을 지나는 사람은 키스를 받아야만 했다.

옛 친구들을 몇 달만에 처음 만나는 자리였으므로 루시는 옷차림에 더욱 신경을 썼다. 소매 끝이 길다란 잎사귀 모양인 초록색 벨벳 드레스를 입고 금실로 호화롭게 수를 놓은 허리띠를 맸다. 히스가 루시를 에스코트해 콩코드의 작은 집에 도착하자 호즈머 가문 사람들은 놀랄 만큼 환대해주었다. 호즈머 부인은 루시의 벨벳 드레스를 보고 호들갑을 떨며 아들 셋 중 하나를 불러 레인 부부에게 에그노그를 대접하라고 일렀다. 호즈머 씨는 히스를 한쪽으로 데려가 다른 손님들에게 소개시켰다.

"루시."

꿰뚫을 듯 날카로운 호즈머 부인의 눈매는 평소보다 부드러웠다.

"루시가 보스턴으로 가버린 뒤엔 영 소식을 듣지 못했어. 도회지에서 사는 건 어때?"

"남편도 저도 바쁘지만 그래도 꽤 체질에 맞는 것 같아요."

루시는 호즈머 씨가 히스를 옆방으로 안내하는 모습을 넌지시 지켜보았다.

"분명 그렇겠지. 게다가 루시 남편의 벌이가…… 신문 말이야. 솔직히 우리 중 어느 누구도 그렇게 잘될 줄은 예상하지 못했어. 루시도 알지?"

"그럼요."

루시는 희미한 미소를 띠었다.

"그이가 신문사를 인수했다고 해서 저도 놀랐는 걸요."

"어머나, 정말?"

반신반의하듯 올라가는 호즈머 부인의 목소리로 미루어 보아 루시의 말을 일체 믿지 않는 게 분명했다.

"어쨌든 루시 남편은 보스턴에서 꽤 거물이 된 모양이야. 그런 배경을 가졌는데도 말이지."

"그래요?"

루시는 에그노그 잔을 받아들며 대답을 슬쩍 피했다.

"그렇게 말씀해 주시다니 너무 친절하시네요."

"루시는 우리 모두가 처음 생각했던 것보다 훨씬 더 일이 잘 풀렸어."

루시의 허를 찌르는 말이었다.

"제가 뭘 어떻게 했기에 그런 생각들을 하셨는지 모르겠네요."

그녀는 조심스레 말을 골라 했고 호즈머 부인은 얼굴을 붉힐 염치는 있었다.

"나야 루시를 믿었지."

그녀는 루시의 어깨너머로 지금 막 도착한 손님 한 쌍을 보았다.

"어머나. 이거이거 콩코드 최고의 미남미녀 한 쌍 아냐! 샐리, 잘 왔어. 저기……."

호즈머 부인은 당황한 나머지 얼굴이 시뻘개져서 루시를 보다가 대니얼과 샐리 쪽으로 시선을 옮겼다. 루시는 돌아서서 침착하게 둘을 마주 보았다. 몇 달만에 보는 대니얼이었건만 그녀가 예상했던 충격은 느껴지지 않았다.

"메리 크리스마스."

그녀는 입꼬리를 살짝 올렸다.

"정말 미남미녀 한 쌍이로구나."

"루시!"

샐리는 외치며 다가와 그녀를 와락 끌어안았다. 그녀의 눈부신 금발 고수머리가 앞뒤로 하늘하늘 흔들렸다.

"너 진짜 근사하구나! 드레스 정말 너무 멋져! 그리고 그 머리도……."

"시끄럽게 재잘대지 마, 샐리."

대니얼이 멍하니 말했다. 뭔가를 찾는 듯한 검은 눈이 루시의 눈과 마주쳤다. 루시는 미소를 눌러 참을 수가 없었다. 대니얼은 변한 데가 없었다.

“둘 다 건강해 보이는구나.”

그녀의 시선이 샐리의 예쁘장한 금발에서 대니얼의 엄격한 얼굴로 옮겨
갔다. 그는 늠름하면서도 자기관리를 확실히 한 모습이었다. 반달 모양의
콧수염은 더욱 무성하게 길러 끝을 동그랗게 꼬아놓은 모양이었다. 그런
수염은 그 또래 남자들이 하기엔 너무 중후해 보였지만 그에게는 완벽하게
어울렸다. 모두 다 한 벌인 코트, 조끼, 색이 같은 재킷과 바지 정장이 그의
여위고 호리호리한 몸을 감싸고 있었다. 그는 언제나처럼 침착하고 자신
있는 모습으로 그녀에게 쌀쌀맞은 미소를 지었지만 눈으로는 그녀의 모든
변화를 포착하고 있었다. 그녀는 그에게 막연한 정 외에는 어떤 감정도 더
이상 느끼지 못했지만 그래도 자신의 최고 모습을 보여줄 수 있고 지금 옷
차림에서 결점 하나 잡아낼 수 없다는 것이 기뻤다.

그가 아직도 그 끔찍했던 때를, 평판이 땅에 떨어진 그녀가 제발 차버리
지 말아 달라고 간청했던 때를 기억하고 있을지 그녀는 궁금했다. ‘지금 당
신의 모습 같은 여자는 원하지 않아…….’ 그는 그렇게 말했었다. 그때 그
녀는 그의 말뜻을 이해하지 못했다. 하지만 지금은 알고 있었다.

그 뒤로 얼마나 시간이 흘렀는지! 루시는 대니얼과 결혼하지 않은 것이
너무나 고마워서 다리가 다 떨릴 지경이었다. 그는 좋은 남자고 친절한 사
람이었다. 감정도 차분하고 기복이 없었으며 성격도 전적으로 고상했다.
하지만 대니얼의 아내가 되었다면 그녀는 지금 소중히 여기고 있는 히스의
여러 면들을 절대 경험하지 못했을 것이다. 거기에는 그의 정열, 격정, 맹
렬함과 상냥함, 그리고 다정한 놀림, 절박한 요구, 야망, 심지어 그의 비밀
까지도 포함되었다.

그녀를 바라보던 대니얼의 표정이 마치 머나먼 옛날을 회상하듯 미묘하
게 바뀌었다. 대니얼의 앞에 이렇게 서서 한때 그를 사랑했다는 사실을 떠
올리자니 루시는 묘한 기분이었다. 하지만 이제 그들 사이에는 깊은 골짜
기가 패여 있었다.

“곧 결혼하겠군요?”

“내년 봄에 할 거야.”

그는 나직이 대답했다.

"아하."

그녀는 천천히 고개를 끄덕이며 작게 속삭였다. 항상 그랬다. 항상 내년이었다. 그는 그런 약속으로 루시를 3년 동안 묶어두었다. 그녀는 갑자기 동정심이 치밀어서 샐리 쪽을 돌아보았다.

"대니얼이 약속을 꼭 지키게끔 단단히 단속하렴."

샐리는 그 간단한 말 속에 숨은 말뜻과 미묘한 경고를 눈치채지 못하고 쾌활한 웃음을 지었다. 하지만 대니얼은 그녀의 말뜻을 놓치지 않고 살짝 얼굴을 붉혔다.

"물론 그럴 생각이야."

샐리는 키득거리며 대답했다. 루시는 미소짓고 그 둘을 남겨둔 채 자리를 떴다. 갑자기 히스를 찾고 싶어졌다.

그녀가 고개를 꼬고 노랑과 연두로 장식된 작은 손님용 거실을 살짝 들여다보았을 때 누군가가 등뒤에서 다가와 탄탄한 팔로 그녀의 허리를 휘감고 빈 방으로 단숨에 끌어들였다. 조롱하는 듯한 부드러운 목소리가 은밀하게 애무하듯 그녀의 귓속을 파고들었다.

"못 보고 지내면 그 사이 사랑은 새삼스레 깊어지게 마련이지. 얼마나 감동적이었는지."

루시는 상대가 누구인지 알자 긴장을 풀었다.

"놀랐잖아요."

히스는 그녀를 품안에서 돌려세웠다. 그녀는 그의 얼굴에 깃든 자조하는 듯한 기색과 초조감에 가까운 표정을 볼 수 있었다. 그 이유는 단박에 짐작이 갔다.

"혹시 내가 샐리와 대니얼에게 말을 거는 모습을 봤어요?"

"그 친구가 대니얼이었나? 얼굴이 하도 털투성이라 알아보기가 힘들더군."

"그 사람의 콧수염을 놀려댈 필요는 없잖아요."

히스는 갑자기 그녀를 놓아주었다.

"미안하게 됐군. 당신이 전부터 콧수염을 좋아했다는 걸 잊고 있었어."

"대체 뭣 때문에 속상해하는 거예요?"

그녀는 대답을 기다리지 않고 반쯤 열린 문으로 향했다.

"우리가 없는 걸 사람들이 알아챌 거예요. 사람들에게 오해를……."

그는 그녀의 팔을 굳세게 쥐고 휙 돌려세웠다.

"둘이서 무슨 얘기를 했는지 알고 싶은데."

놀란 나머지 그녀의 눈이 휘둥그레졌다.

"당신이 왜 이렇게 화난 기색인지 영 모르겠군요."

"대니얼이 당신을 어떤 눈길로 쳐다봤는지 몰랐다고는 말 못하겠지."

"대니얼이 날 어떤 눈길로 쳐다보든 내가 어떻게 할 수 있는 건 아니잖아요."

그녀는 항변하면서 점점 힘이 들어가는 그의 손아귀에서 팔을 잡아 빼려 했지만 소용없었다.

"그리고 당신도 그 녀석을 빤히 쳐다보는 품이…… 눈은 완전 별처럼 반짝이고 숨이 가빠서……."

"아니에요!"

"그림이 너무 완벽하더군. 뉴잉글랜드풍의 크리스마스지. 어린 시절부터 알고 지냈던 두 연인이 옛 추억을 나누는……."

"말도 안 돼요!"

"당신들 둘은 미남미녀 부부가 되었을 거야. 서로 너무나 잘 어울려."

"내 생각은 달라요."

그녀는 잽싸게 말하면서 그가 덮칠 듯 몸을 수그리자 제지하듯 그의 가슴에 작은 손을 얹었다.

"그래?"

그의 눈에서 활활 타오르는 질투심은 도무지 꺼질 기색이 보이지 않았다.

"그래요. 난 그런 종류의 남자는 전혀 좋아하지 않아요. 일단 그 사람은…… 그 사람은 너무 작달막해요. 난 대니얼이 그렇게 키가 작은지 예전에는 전혀 몰랐어요. 그리고 머리도 너무 색깔이 짙어요. 난 더 밝은 머리색이 좋아요. 훨씬 밝은 쪽이요."

히스의 손아귀 힘이 아주 약간이나마 늦춰졌으므로 루시는 용기를 얻어 계속 말을 이었다.

"대니얼은 너무 말이 없고 너무 행동이 뻔하고…… 너무 뻣뻣해요. 그 사람과 5분만이라도 더 한자리에 있어야 한다면 난 따분해서 쓰러지고 말 거예요. 대니얼은 입씨름도 욕설도 좋아하지 않고 과음을 하는 적도 성질을 내는 적도 없어요. 그 사람은 검은 비단 속바지가 좋다고 말할 부류의 남자도 아니에요."

"모두가 칭찬하는 훌륭한 집안 출신이잖아."

"다른 사람이 어떻게 생각하건 난 신경 안 써요."

히스는 그녀를 더욱 바짝 끌어당겼다. 난폭한 분위기가 그대로 묻어나왔다. 그의 손가락이 어깨를 파고들 듯 붙들었지만 멍자국이 날 만큼 거칠지는 않았다. 하늘색 눈에 숱 많은 금빛 속눈썹을 드리운 채 그는 그녀의 입매를 물끄러미 내려다보았다.

"당신은 어린 시절부터 줄곧 대니얼을 원했잖아."

그는 퉁명스럽게 말했다.

"내 취향이 성숙한 쪽으로 바뀌기 전까지는 그랬죠."

"대니얼은 신사야."

"그래요. 그 점이 무엇보다도 제일 큰 단점이죠."

반쯤 열린 문으로 누군가 무심결에 볼지도 모른다는 걱정 따윈 완전 내팽개친 채 그는 그녀가 까치발을 해야 할 정도로 끌어올려 안더니 키스했다. 서두르지 않고 부드럽게 다가드는 그의 입술이 점점 격렬해지자 그녀는 숨막힌 듯 탄성을 뿜어내며 입술을 벌렸다. 검붉은 불꽃이 그녀의 혈관을 타고 흘렀으며 감미로운 기운이 그녀의 피부에 홍조를 퍼뜨렸다. 그의 손이 부드러운 드레스 안쪽을 더듬어 들어와 맨 가슴을 감싸쥐자 그녀의 무릎은 거의 솜방망이가 되었다. 가슴 끝이 그의 손 안에서 생명을 얻어 따끔거리더니 아린 느낌과 함께 단단한 봉오리가 되었다.

"히스, 당신이야말로 내가 원하는 모든 것이에요. 다른 누구도 아니에요…… 어느 누구도."

“내가 당신을 오늘밤 여기에 데려온 건 단지 당신이 오고 싶다고 해서야.”

그의 목소리는 부드러운 동시에 거칠었다.

“난 콩코드에 두 번 다시 발을 들이지 않는다 해도 아쉽지 않아.”

“하지만 난 여기에서 자랐어요. 가끔은 찾아올 필요가 있다구요.”

히스의 입술이 그녀의 목에서 특별히 민감한 부분을 집중 공략하자 루시는 그의 어깨에 머리를 떨궜다, 고개가 너무 무거워져서 더 이상 지탱할 수 없었다.

“그렇게 고약한 시골 구석도 아니고…….”

“이곳에서 최고의 것은 당신뿐이었어. 내가 이곳에 그렇게 오래 머물러 있었던 건 다 당신 때문이었지.”

그녀는 떨리는 미소를 지었다.

“정말이에요?”

“강에서 그런 사건이 있고 나서 이틀 동안 같이 지낸 뒤 난 당신이 대니얼에게 얼마나 굳게 결속되어 있는지 기다리면서 지켜보기로 마음먹었지.”

“당신 행동은 기다리면서 지켜보는 것 이상이던데요.”

“당신을 혼자 내버려둘 수가 없을 것 같았어.”

“당신의 자제심 부족이 내 약혼을 파기시킨 핑계는 되지 못해요.”

그는 깃털처럼 부드럽게 그녀의 입술에 입맞추며 입꼬리에서 머뭇거렸다.

“후회해?”

그녀는 가슴을 그의 손 안에 밀어붙이며 그를 더욱 꼭 끌어안았다.

“내가 후회하지 않는다는 걸 다 아니까 그런 질문을 하는 거죠?”

히스는 그녀의 살결에 대고 미소지으며 보디스에서 머뭇머뭇 손을 빼냈다.

“어쨌든 대답해 봐.”

갑자기 솟구친 힘으로 그녀는 그에게서 홱 벗어났고 그가 잽싸게 다시 잡으려 하자 그 손을 피하며 까르르 웃었다. 임시방편으로 작은 원탁 뒤로 피신한 그녀는 원탁 가장자리를 두 손으로 살짝 짚고 놀리는 눈길을 던졌다.

“당신은 명령 내리기를 정말 좋아하죠. 안 그래요?”

“그리고 난 당신이 그 명령을 따라주기를 좋아하지.”

그는 한 쪽 옆에서 다가드는 척하다가 그녀가 반대쪽으로 홱 돌아나가자 팔을 쭉 뻗어 붙들려 했다. 그는 그녀를 손쉽게 제지할 수 있었지만 그녀가 몸부림을 쳐서 빠져나가도 막지 않았다. 그는 방 반대편으로 도망치는 그녀를 의기양양하게 지켜보며 재미있다는 듯 입꼬리를 일그러뜨렸다.

"난 내가 따르고 싶을 때만 당신 명령에 따라요."

그녀는 그가 다가오자 구석으로 더욱 뒷걸음질쳤다.

"아까 질문에나 대답해 봐."

그는 명령하며 위협하듯 인상을 썼다.

"대니얼이 아니라 나하고 결혼해서 후회한 적 있었어?"

그녀의 퇴로가 벽에 막혔다. 그녀는 한마디도 하기를 거부했으며 웃음기만이 눈에 넘실거리고 있었다.

"레인 부인, 당신이 대답을 미룰수록 등에 매를 맞을 위험은 더 커진다구."

루시는 건방지게 씩 웃었다.

"눈에 훤하네요. 당신이 페티코트자락이며 허리받이를 다 젖히고……."

"허니, 여태껏 내 앞에 놓였던 수많은 난관 중에서 당신 허리받이를 벗기는 건 난관 축에 들지도 못해."

"어떻게 자기 부인에게 감히 그런 말을 할 수가 있죠?"

그녀는 그의 옆을 노려 빠져나가려 했지만 그는 그녀의 허리를 붙들고 홱 돌려세웠다. 둘 사이의 은밀하던 즐거움은 문간에서 들려온 목소리 때문에 돌연 방해를 받고 말았다.

"루시?"

호즈머 부인이 못마땅한 티가 역력한 얼굴로 둘을 빤히 쳐다보고 있었다. 그녀는 자기 집에서 이런 농탕질이 벌어지는 것을 절대 좋게 보지 않았다. 세 아들에게 나쁜 본보기가 되는데다 적절치 못한 것이라면 질겁하는 그녀의 심기를 거스르는 일이기도 했기 때문이다.

"루시, 아버지가 지금 막 오셨어. 루시를 찾고 계셔. 지금 당장 크리스마스 인사를 드리지 않는다면 분명 아버지가 몹시 실망하실 거야."

“장담컨대 폐인이 되실걸.”

히스가 루시의 귓가에 대고 중얼거렸다. 루시는 키득키득 나오려는 웃음을 참는 것이 고작이었다.

“감사합니다, 호즈머 부인.”

그녀는 남편의 손아귀에서 살짝 빠져나와 적당히 꾸짖는 눈길로 남편을 보았다.

“지금 당장 아버지께 가야겠어요.”

“그래야지.”

히스가 상냥하게 히죽히죽 웃자 호즈머 부인은 의심스럽다는 듯 그를 빤히 쳐다보더니 나가버렸다. 그제서야 그의 표정이 언짢게 변했다.

“좋아. 당신 아버지한테 보여드리자구. 내가 당신 딸에게 어떤 악영향을 끼쳤는지 말야.”

“아버지는 전혀 그렇게 생각하지 않으실 걸요. 아버지는 타락한 딸이 당신 덕에 구제됐기 때문에 당신을 숭배하신다구요.”

“그럼 그 딸은? 딸은 어떻게 생각하지?”

“그 딸은…….”

루시는 말을 끊고 위를 잽싸게 올려다보았다.

“그 딸은 자기가 겨우살이 가지 아래 서 있는데 당신이 몰라보다니 직무 태만이라고 생각하고 있어요.”

부드럽고 나른한 그의 웃음소리를 듣자 그녀의 명치끝에서 감미로운 오한이 퍼져 나갔다. 그는 그녀의 눈을 물끄러미 응시하며 손을 들어 문틀에서 겨우살이를 하나 꺾더니 그 작은 녹색 가지를 주머니에 집어넣었다.

“나중을 위해서.”

그는 그녀에게 미소지었다.

10

히스는 혹독한 기후에 아직 적응하지 못한 상태였으므로 외출을 할 때마다 날씨에 대해 욕설을 퍼붓곤 했다. 북부의 겨울 추위는 뼛속 깊이 스며들고 바람은 몇 겹이나 껴입은 옷을 너무나도 쉽사리 뚫고 들어왔다. 루시는 평생을 매사추세츠에서 살았으니만큼 혹독한 겨울 날씨에 익숙해져 있어 별 감흥이 없었다. 하지만 히스에게는 거의 견디지 못할 정도의 날씨였다.

1월 들어 한겨울이 되면서 추위가 더욱 기승을 부리는 바람에 조금만 오래 바깥에 있으면 견디기조차 불가능할 정도가 되었다. 히스는 방마다 죄다 불을 피우고 난로에 장작을 꽉꽉 채우라고 고집했지만 루시는 그 때문에 괴로웠다. 그녀는 엄격한 근검정신을 주입받으며 자라났으며 특히 난방에 관해서는 더했던 것이다. 하지만 히스를 만족시키고 다독이기 위해 그녀는 눈 하나 깜짝 않고 석탄과 장작을 펑펑 써대는 법을 억지로 익혔다.

특히 지독한 강추위가 맹위를 떨치던 일주일 중 어느 날 보스턴의 좁은 길가마다 죽 쌓였던 눈이 부분적으로 녹은 상태에서 기온이 다시 급강하하는 사태가 벌어졌다. 이래서는 아무리 좋게 말해도 나다니기가 불쾌할 정도였고 도시의 일부 구역은 아예 통행조차 불가능한 상태가 되었다. 히스는 싸락눈과 비 때문에 머리색이 검어질 정도로 폭 젖어 완전히 동태가 되어서 퇴근했다.

"모자를 안 썼네요."

루시는 눈살을 찌푸리며 그를 도와 코트를 벗겼다.

"오늘은 쓰는 걸 잊어버렸어."

그는 이를 딱딱 맞부딪히며 침울하게 말했다.

"안 좋은 실수를 했지."

"정말 그렇네요."

그녀는 동조하며 걱정스러운 눈으로 그를 살폈다.

"왜 이렇게 물에 빠진 생쥐 꼴이 됐어요?"

"워싱턴스트리트가 완전 빙판길이 되어서…… 마차가 지나갈 수가 없었어. 모퉁이까지 걸어가야만 했거든. 얼음지옥처럼 춥더군."

"손이랑 얼굴이 꽁꽁 얼었네요."

그녀는 작은 손바닥으로 그의 손과 얼굴을 비벼대 온기를 불어넣어 주려고 애썼지만 소용없었다. 그는 잠시 빙그레 웃었다.

"손하고 얼굴만이 아니야."

그녀는 너무 걱정이 되어서 웃음도 나오지 않았다. 그녀는 그를 재촉해 이층으로 데려갔고 당장 젖은 옷을 벗은 다음 따뜻한 로브로 갈아입으라고 시켰다. 히스는 마치 추위에 떠는 고양이처럼 난로 앞에 오랫동안 서서 불기를 쬐었다.

그들은 황금빛 불길이 구석구석에 그림자를 길게 드리우는 침실의 난로 앞에 작은 탁자를 갖다놓고 거기에서 저녁을 먹었다. 루시는 오늘 들었던 강연 내용을 히스에게 들려주어 그를 즐겁게 해주었다. 브랜디를 마시며 가만히 귀를 기울이는 히스의 모습은 오늘 저녁 따라 더욱 생각에 잠긴 것만 같았다. 그의 늘씬한 손가락은 브랜디 잔을 감싸쥐고 있었으며 엄지손가락으로는 잔 가장자리를 슬슬 문질렀다. 이럴 때면 그의 움직임은 루시가 몇 시간이나 지켜보아도 질리지 않을 정도로 나른하고도 우아했다.

"그래서 그때 고언 하원의원이 말하길…… 히스, 내 말 듣고 있어요?"

"듣고 있어."

그는 나른한 말투로 대답하며 의자에 몸을 더욱 깊이 파묻고 맨발을 그녀의 의자 가장자리에 올려놓았다. 촛불 빛에 비친 그녀의 얼굴을 넋 놓고 보고만 있던 그는 힘겹게 주의를 돌려 대화에 집중했다.

"고언 하원의원이 뭐라고 했다고?"

"우리나라의 해운산업을 보호하고 해군을 다시 양성해야 한다고 했어요."

"좋은 말이군. 안 그래도 전쟁이 끝난 이래 계속 그쪽은 등한시되어 왔거든."

"그리고 또 말하길 예전에 나무로 배를 만들던 50년대에는 우리나라가 유리했지만 지금은 강철로 배를 건조하기 때문에 영국이 우리를 훌쩍 앞질러 나갔대요. 고언 하원의원은 미국의 해운산업에 더 많은 보조금을 지급하고 조선업계에서 수입하는 모든 물건에 관세를 매겨야 한다더군요."

"계속해 봐."

그는 부드럽게 말하며 턱을 괴고 그녀를 지켜보았다.

"나머지 내용에도 관심이 있다면 당신이 읽을 수 있도록 내가 강의 내용을 좀…… 필기해 뒀거든요."

그녀는 한껏 무심한 척 가장하며 어깨를 으쓱했다.

"아니면 그냥 말로 설명할 수도 있고요. 어느 쪽이나 상관없어요."

"필기라."

히스는 즉시 호기심이 끓어올랐다. 그녀의 속셈이 무엇인지 궁금해졌다. 꽤나 무관심한 척 연기하는 그녀를 보고 있자니 입가에 떠오르려는 미소를 참느라 진이 빠질 정도였다.

"그래, 읽어보고 싶군."

루시가 바란 반응이 바로 이것이었다. 그녀는 일말의 망설임도 없이 벌떡 일어나 화장대로 갔던 것이다.

"여기 있어요."

그녀는 서랍을 열고 얇은 종이 한 뭉치를 꺼냈다.

"그냥 좀 끄적거려 본 것뿐이에요."

종이를 미처 다 건네기도 전에 루시는 오만가지 후회에 사로잡혔다. 그가 읽기 전에 다시 빼앗아버리고 싶었다. 대체 무슨 바람이 불어서 강의내용을 정리했는지 도무지 알 수가 없었다. 아침에는 너무나 좋은 발상처럼 보였건만 갑자기 지금은 그 발상에 따라 행동했던 것이 몹시 후회되었다. 단지 히스가 부하 기자들이나 그들의 성과며 실수에 대해 항상 얘기를 해주었기 때문에 그녀는 자기에게도 기사를 쓸 능력이 있는지 알고 싶었던 것이다. 괜히 설쳤다가 히스를 당혹스럽게 만들면 어쩌나 하고 루시는 비참한 마음으로 생각했다. 섣불리 입을 열었다가 지금보다 더 바보처럼 보일까 봐 두려워 루시는 아무 말도 할 수가 없었다. 그녀는 등뒤로 돌린 손을 마구 쥐어짰다. 너무 초조해서 그냥 앉아 있을 수가 없었다.

히스는 첫 페이지를 절반쯤 읽다가 날카로운 일별을 그녀에게 흘끔 던졌다.

"이건 그냥 끄적거린 거라고 할 수 없겠는데, 신."

그녀는 태연한 척 어깨를 들썩였고 그가 다시 읽기 시작하자 시선을 돌렸다. 히스는 다 읽더니 탁자 위에 조심스럽게 종이를 내려놓았다. 그녀가 속내를 파악할 수 없을 정도로 묘한 얼굴이었다.

"완벽해. 고칠 점을 하나도 찾을 수 없어. 이걸 쓰는 데 얼마나 걸렸지?"

"아아, 뭐 한두 시간 정도요."

사실은 오후 내내 매달렸지만 그에게 그런 것까지 알릴 필요는 없었다.

"구조며 길이, 문체…… 전부 제대로 되어 있어."

그는 말을 끊고 묘하게도 어정쩡한 미소를 지었다.

"데이먼과 내가 이 정도의 결과물을 뽑아내려면 우리 기자들을 얼마나 닦달해야 하는지 알아?"

그의 칭찬을 듣고 기분이 확 좋아진 그녀는 얼굴에 자꾸 얼빠진 미소가 떠오르려는 것을 애써 참아야 했다.

"그냥 한 번 써보고 싶었어요."

"이 글을 데이먼에게 갖다줘야겠어."

"그럼 <이그재미너>에 싣는다는 말이에요?"

"그래, 그렇지."

"그 정도로 잘 썼다고는 생각하지 않아요."

그녀는 뒤로 뺐다.

"지금은 겸손 차릴 때가 아니야."

그는 딱 잘라 말했다.

"이 정도면 충분해."

"그렇게 생각해요?"

그녀는 활짝 웃었다.

"당신이 그러고 싶다면 데이먼에게 갖다줘요. 하지만 누가 썼는지는 알리지 말고 그냥 대충 머릿글자로 필명을 달아요. 데이먼이 마음에 들지 않는다고 하면 굳이 누가 썼는지 알릴 필요 없잖아요."

"누가 썼는지 말하지 않겠어."

그는 약속했다.

"하지만 아마 데이먼도 짐작하지 않을까."

"그냥 내 감정을 생각해서 기운을 북돋워주려는 거예요, 아니면 정말 기사가 마음에 들어요?"

"당신 감정을 생각해서가 아니야."

히스는 기사를 내려다보며 맨 위 페이지를 손끝으로 쓰다듬었다. 그녀의 명쾌하고 빈틈없는 글 솜씨를 보고 느꼈던 놀라움이 아직까지도 채 남아 있었다. 그녀가 썼다는 것을 알아차렸을 때 자랑스러운 심정이 그의 가슴 속을 스쳐 지나갔었다.

"사실 놀랐다는 사실 자체가 부끄럽다는 걸 인정해야겠군."

"부끄럽다고요?"

"내가 이런 일로 놀라서는 안 되는데. 특히 당신 때문에는 말야."

그는 일어나 다가오더니 그녀의 턱을 집게손가락으로 받치고 얼굴을 들어올렸다. 그녀는 신혼 때의 그 아가씨와 지금의 자기 모습이 얼마나 다른지 알고 있을까? 일 년 전 그녀에게는 뭔가 특별한 분위기가 있었고 그 때문에 그는 자신의 의지와는 상관없이 그녀에게 매혹되었다. 하지만 차마 이름 붙일 수 없던 신비로운 분위기는 이제 훨씬 더 강력한 뭔가로 발전했다. 그녀가 그 힘의 사용법을 알게 되는 날이 오면 하늘만이 그를 도울 수 있으리라.

"어디서 당신 같은 여자가 나왔을까."

그는 천천히 미소를 머금고 그녀의 로브를 벗겨낸 후 엄지손가락으로 그녀의 가슴 위쪽 곡선을 어루만졌다. 그녀가 반응하듯 희미하게 떨리는 신음소리를 냈다.

"계속 말하느라 피곤하지?"

그는 속삭이며 그녀의 귓불을 일부러 깨물었다.

"그럼 누워서 놀자구, 신다. 오늘밤 당신을 즐겁게 해줄 새로운 게임이 있어."

그녀는 그의 매혹적이고도 짓궂은 미소에 홀린 나머지 서슴지 않고 그를 따랐다.

루시의 기사는 신문에 실렸고 얼마 되지 않아 히스는 하나 더 써보라고 부추겼다. 두 번째는 처음보다 훨씬 더 쓰기가 힘들었지만 히스가 그녀의 망설이는 질문에 얼마나 적극적으로 답해 주는지 알게 됨에 따라 그녀는 점차 수줍어하지 않고 그의 도움을 요청하게 되었다. 그는 그녀와 나란히 앉아 어떻게 하면 글이 더 나아질지 이것저것 지적해 주었으며 그 동안 그녀는 제일 마음에 드는 단락을 들어내는 데 대한 분노를 겨우겨우 눌러 참았다. 그리고 그녀는 그가 자신의 일에 얼마나 뛰어난지, 그리고 그에게는 기사 교열 및 검토를 귀찮은 일이 아니라 즐거운 일로 탈바꿈시킬 능력이 있다는 것을 깨달았다. 데이먼이 히스의 편집 능력을 그렇게 칭찬했던 것도 놀랄 일이 아니었다.

히스는 글을 쉽게 풀어 쓰는 능력이 있었다. 그것은 값진 재능이었다. 글을 쓰는 대다수 사람들은 자신이 의도하는 바를 정확히 집어 말할 재주가 없었다. 하지만 히스는 달랐다. 그는 자기가 하고 싶은 말을 정확하게 파악하고 있었으며 그 요점을 다른 모든 사람들에게도 제대로 이해시키고 싶어

했다. 그의 생각에는 <이그재미너> 지도 동일한 방침을 추구해야만 하며
창의성이 풍부하고 다소 저속해야만 했다. 그는 기자들이 대담하기를 원했
다. 그리고 다른 신문사의 기자들이 아직 듣지 못한 소식을 취재해 올 것을
부하 기자들에게 요구했다. 그의 의견에 따르면 모름지기 뉴스란 현재의
기준에 비교할 때 급진적인 내용이어야만 했다. 대부분의 신문들은 단순히
논설의 집합체에 불과했지만 <이그재미너>는 기자의 노력이 중요하다는
점을 전례 없이 역설했다. <이그재미너>는 뉴스거리 사건이 일어나기를
기다리는 것이 아니라 직접 나가 발로 뛰어 뉴스거리를 찾고 만들어내고
그 의미를 정의했다. 히스가 원하는 바를 이해하는 기자들 몇몇은 그의 기
대치에 부응하기 위해 열심히 일했다.

　루시는 히스와 사는 덕에 그런 이점들을 모두 누릴 수 있었다. 그녀는
그를 더욱더 이해하게 되었다. 신문사 사람이란 통상 그 시대의 산 증인이
었다. 하지만 그녀는 히스가 그 이상이 되고 싶어한다는 것을 알고 있었다.
그렇다고 그가 그런 얘기를 입 밖에 낸 것은 아니었지만. 그는 종이에 쓰인
글이 갖는 소박한 힘으로 사건이나 사람, 결정들에 대해 영향을 미치게 되
기를 바랐다. 그가 신봉하는 대의는 그 외의 다른 어떤 방법으로도 풀 수
없었다. 그러므로 최우선 목표는 <이그재미너>를 보스턴 최고로 발빠른
동시에 힘있는 신문으로 만드는 것이었다. 루시는 가능하다고 믿었으며 그
목표를 위해 자기 힘을 보탤 생각이었다. 그녀는 말 만들기에 재능이 있었
으며 커가는 자신감 덕에 단어 선택 솜씨도 더욱 늘었다.

　그녀는 히스의 일을 공유할 수 있어서 너무 좋았다. 그들이 순수하게 지
적인 대화로 의견을 나눌 수 있다는 것은 때로 뿌듯함을 안겨주었다. 루시
의 과거 경험으로 미루어 보면 대부분의 남자들은 여자들의 지적인 면모를
알고 싶어하지 않았다. 하지만 히스는 그녀의 지성에도 전혀 주눅들지 않
았다. 그는 그녀와 생각을 주고받기를 즐겼다. 사실 그는 그녀에 관한 한
모든 것을 즐기는 것 같았다. 심지어 가끔씩 그녀가 반기를 들거나 성질을
부리는 것조차도 포함해서 말이다. 그래서 일부러 그녀를 새침하고 얌전한
허울에서 끌어내 말다툼을 하도록 유도하곤 하기도 했다. 그는 그녀와 입

씨름을 벌이거나 그녀를 놀려놓고 화를 풀어주기를 너무나 좋아했다. 히스는 그녀의 모든 정열로 통하는 열쇠를 쥐고 있었다. 결혼 전 그녀의 생활을 돌이켜보면 마치 현재 삶에서 김을 빼놓은 것 같은 모습이었다. 그때의 그녀는 행복을 알고 있었을까? 아니, 그보다는 대체 알고 있는 것이 하나라도 있었을까?

1월 26일, 버지니아가 수정헌법 제15조를 받아들여 연방정부에 재편입되었다. 그 소식으로 모든 신문사 직원들이 이리 뛰고 저리 뛰느라 일진광풍이 한 차례 정신없이 몰아쳤다. 상원에서 공식 서약을 요구했기 때문에 버지니아가 충성의 맹세를 하긴 했지만 과연 신뢰성이 있는지 모두가 그 점을 논란으로 삼았다. 그리고 2월에는 미시시피가 수정조항을 비준했으며 잇달아 흑인을 표적으로 한 십여 차례의 폭력 사건이 발생함으로써 주 전체가 완전히 발칵 뒤집힐 지경이 되었다. 그 바람에 또 기사 거리가 폭주했다.

히스는 이제 야근이 일상화되었으며 매일 밤 녹초가 되어 귀가했다. 일 속도를 좀 늦추고 쉬라는 루시의 애원은 무엇 하나 먹혀들지 않았다. 그는 피로를 모르는지 전 직원에게 거의 자기와 같은 수준을 요구하며 밀어붙였다. 그는 일요일에도 신문을 발행했고 매일 두 면을 더 증면했다. 그 결과 <이그재미너>의 전 직원은 구독자가 5천 명으로 급상승하는 만족스러운 결과를 누렸다. <보스턴 저널>과 맞먹는 수준이었다. 히스와 데이먼은 신문사의 발전에 뛸 듯이 기뻐했다. 이제 그들은 더 이상 단지 살아남는 정도가 아니라 충분한 경쟁력을 갖추게 되었다.

루시는 히스가 성공을 거두어 기뻤다. 하지만 동시에 그의 끊임없는 업무 때문에 걱정이 되기도 했다. 그는 매일같이 눈만 뜨면 일에 몰두했고 주말이면 그녀와 사교행사에 참석했으며 마치 마음만 먹으면 쉽게 조정할 수 있는 것인양 잠까지 줄였다. 데이먼조차 마지막으로 방문했을 때 히스의 속도를 따라갈 수가 없다고 시인했던 것이다. 진을 뺄 정도로 빡빡하던 일정은 언제부터인가 슬슬 조금씩 대가를 요구하기 시작했다.

"신."

히스는 침실로 성큼성큼 걸어 들어오며 넥타이를 바로 맸다.

"준비 거의 다 됐어? 오늘은……."

그는 그녀가 아직 로브 차림으로 침대 가장자리에 앉아 있는 모습을 보자 우뚝 멈춰 섰다.

"오늘밤은 안 가요."

그녀는 완고하게 말했다. 그의 입매가 짜증난다는 듯 굳어졌다.

"허니, 선택의 여지가 없다고 내가 이미 설명했잖아. 오늘 모임은 AP 만찬이야. 거기 참석자 중엔 내가 얘기를 해봐야 하는 사람도……."

"데이먼도 갈 거라면서요. 데이먼이 상대할 수 있잖아요."

"입씨름할 시간 없어."

"그럼 안 하면 되잖아요."

그를 바라보던 그녀는 붉어지는 눈시울을 감추지 못했다. 그는 평소 때와 다름없이 늠름하고 흠 하나 잡을 데 없는 옷차림이었지만 언제나 풍겨나오던 그 특유의 생명력과 광채는 과로 때문에 증발해버린 상태였다. 게다가 푸른 눈 아래에는 희미하게 그늘도 져 있었다. 표정도 거칠고 피곤에 절어 있었다. 그는 뭐가 그렇게 불만이기에 죽을 정도로 일에 매진하는 것일까?

"난 주말마다 나가는 게 싫어요."

그녀의 목소리에 울음기가 섞였다.

"우린 그냥…… 그냥 같이 앉아 있을 시간조차도 없었잖아요."

"언제까지나 이런 상태가 계속되는 건 아니야."

히스는 나직이 타일렀다.

"지금 당장은 내가 챙겨야 할 일이 많은 것뿐이고……."

"하지만 전부 당신 혼자서만 해야 할 필요는 없잖아요!"

그녀는 울부짖었다.

"당신은 절대 남을 믿고 일을 맡기지 못해요. 그건…… 그건 오만이에요. 당신만이 그 일을 해낼 유일한 사람이라고 생각하는 건 오만이라구요!"

"루시……."

그는 그녀의 눈에서 흐르는 눈물을 보고 한숨을 쉬더니 관자놀이를 문질렀다.

"좋아. 내 일을 줄일 방법을 몇 주 안으로 찾아볼게."

그 말도 그녀를 만족시키지는 못했다. 그러기는커녕 그녀는 더욱 크게 울고 싶은 마음만 들었다.

"당신이 얼마나 더 이런 식으로 버틸 수 있는지 모르겠지만 난 못……
못해요!"

그는 욕지거리를 나직이 뇌까리며 신발과 코트를 벗고 넥타이를 풀더니 침대 모서리에 앉아 그녀를 무릎 위로 끌어당겼다. 루시는 그의 가슴에 동그마니 기대고 젖은 얼굴을 그의 목덜미에 파묻었다.

"쉬잇…… 괜찮아."

그는 그녀를 꼭 안으며 머리칼에 대고 속삭였다.

"오늘밤에는 어디에도 안 가. 둘 다 집에 있을 거야."

"난 예…… 예전만큼 행복하지 않아요."

"알아, 안다구, 허니. 내가 노력할게. 앞으로는 모든 게 다 좋아질 거야."

"당신은 예…… 예전만큼 많이 웃지도 않잖아요."

"이젠 웃을게. 내일부터 당장 시작하지."

"당신은 신문에만 힘을 전부 쏟고 내, 내가 차지할 수 있는 건 녹초가 된 당신뿐이에요……."

"맙소사."

그는 미소지으며 그녀의 머리에 대고 콧등을 문지르더니 귓불 뒤에 패인 부드러운 부분에 키스했다.

"미안해. 그렇게 울지 마, 귀여운 사람. 쉿……."

그는 중얼거리며 그녀를 끌어안고 눈물이 그칠 때까지 머리카락을 어루만져주었다. 그와 함께 침대에 눕자 기쁨과 안도감이 일시적으로나마 그녀에게 와락 몰려들었다. 그가 옆에 있고 그녀가 이렇게 그에게 안겨 있는 한은 무엇 하나 잘못된 것이 없었다.

"나하고 같이 있어요."

그가 움직이려는 기척을 느끼고 그녀는 그를 더욱 꼭 끌어안았다.

"가지 말아요. 그냥 이렇게 잠깐 쉬어요. 그러고 나서 나중에 여기서 저녁을 먹어요.”

아직 이른 저녁이었으므로 루시는 그가 거절할 줄 알았다. 히스에게는 매일 밤 잠자리에 들기 전에 훑어봐야 할 신문이며 기사가 있었던 것이다. 하지만 그녀가 혼자서 일어나 불 밝기를 줄였을 때도 그는 놀랍게도 유순히 말을 들었다. 그녀가 다시 침대로 돌아왔을 때 그는 잠꼬대하듯 웅얼거리며 그녀를 끌어안고 가슴에 고개를 얹었다. 루시는 그의 몸무게가 반가웠다. 그녀는 그의 황갈색 머리칼을 손가락으로 슬슬 빗어내리며 멍하니 난로불을 쳐다보았다. 잠든 그의 몸은 긴장이 풀린 나머지 무겁게 축 늘어져 있었다. 하지만 이번 잠은 평소 때처럼 평화롭고 만족스럽게 선잠이 든 것과는 달랐다. 불길할 정도로 꼼짝 않는 잠이었다. 기진맥진해서 깊이 든 잠이었다. 수면 부족이 얼마나 심했는지 그는 금세 잠의 포로가 되고 말았으며 침실 문을 부드럽게 두드리는 소리에도 전혀 뒤척이지 않았다.

“베스?”

루시는 문간을 바라보며 낮은 목소리로 응대했다.

“무슨 일이야?”

베스가 조심스럽게 문 밖에서 들여다보았다.

“마님, 마부가…….”

“수고해서 고맙다고 전하고 오늘밤엔 더 이상 할 일이 없다고 해줘.”

루시는 미소도 짓지 않은 채 말했다.

“마차를 치우라고 해. 그리고 오늘밤에는 더 이상 우리 쉬는 데 아무런 방해도 없도록 단단히 신경 써줘.”

그녀는 자신의 태도가 필요 이상으로 퉁명스럽다는 것을 알고 있었지만 하녀는 기분 상한 것 같지 않았다.

“네, 마님.”

루시는 계속 지켜보고만 있으면 남편의 안락한 수면이 보장되기라도 한다는 듯 자정이 넘도록 깨어 있었다. 아마 언젠가는 웃으며 회상할 수 있을 것이다. 이 몇 시간이 얼마나 긴장되고 불안했던가를, 이유 모를 공포에 시달리며 바깥에서 도사리고 있는 세상으로부터 그를 보호하려는 듯 꼭 끌어안았던 일을. 아마 언젠가는 추억을 더듬으며 까르르 웃을 수 있으리라. 하지만 지금은 아니었다. 지금은 아니다.

"당신 열이 있다구요."
그녀는 옷을 입고 나갈 채비를 하는 그를 졸졸 쫓아다니며 주장했다.
"그럴지도 모르지."
히스는 감정 없는 어조로 딱 잘라 말했다. 그는 면도한 얼굴을 닦고 침실로 다시 나왔다.
"겨울이잖아. 요즘은 전부 조금씩 열이 난다구. 그런다고 내가 일을 손에서 놓을 수는 없어."
루시는 속이 터진다는 듯한 소리를 냈다.
"당신이 이렇게 고집 부릴 줄 알았더라면 자고 있을 때 침대에다 아예 묶어버릴 걸 그랬어요!"
그는 빙그레 웃더니 기지개를 켰다. 요 몇 주 사이에 제일 활기찬 느낌이었다.
"어젯밤에 그냥 집에 있었던 게 다행이야. 어느 정도의 휴식이야말로 내게 딱 필요한 거였어."
"당신은 더 쉬어야 해요. 하룻밤 잤다고 해서 몇 주 동안 혹사한 몸이 회복될 거라고 꽉 믿고 있군요. 흥, 그게 아니라구요!"
루시는 그가 얼마나 속 편한 모습인지를 눈치채고 더욱 짜증이 났으므로 계속 바가지를 긁어대는 것 외에는 말릴 방법을 생각할 수가 없었다.
"그리고 만약 오늘밤 일찍 돌아오지 않으면, 또 어제 한 약속들을 죄다 지키지 않으면……."
"바가지 긁지 말라구, 허니."
그는 그녀의 콧등에 살짝 입맞춘 다음 아래층으로 내려갔다.
루시는 주먹을 불끈 쥐고 시장통의 아낙네처럼 언성이 새되게 올라가려는 것을 간신히 눌러 참았다.
"아침식사는요?"

그녀는 겨우겨우 이성으로 성미를 자제할 수 있었다.

그의 걸걸한 목소리가 복도에서 들려왔다.

"시간이 없어, 신. 오늘밤에 보자구."

데이먼의 노크소리가 문간에서 들려왔다. 한 번 한 번 두드릴 때마다 거기에 맞춰 히스의 머릿속에서도 공명이 일어났다.

"그렇게 쾅쾅 두들길 필요는 없지 않나."

그는 얼굴을 찡그리며 말했다. 데이먼이 짐짓 겁을 먹은 척하며 사무실로 들어왔다.

"미안하네. 오늘 아침에는 별로 방해를 받고 싶지 않은가 보군. 그저 사설 기사에 대한 자네 생각을 다시 확인하고 싶었을 뿐이네."

"별 문제가 있었다는 기억은 없는걸. 그 내용의……."

히스는 잠시 말을 끊고 눈을 문질렀다.

"젠장, 그게 대체 뭐더라…… 하이램 건이던가?"

"아니, 그건 어제였지."

호기심이 어린 침착한 검은 눈으로 데이먼이 가만히 눈여겨보자 히스는 불가사의하게도 짜증이 솟구치는 것을 느꼈다.

"쿠바 폭동에 관한 거네."

"좋아, 좋아. 그렇게 가라구."

"알았네."

데이먼은 나가려다 잠시 발을 멈추고 목소리를 한결 낮췄다.

"부인 덕에 어젯밤 집에 묶여 있었나?"

"그런 거지."

히스는 되는 대로 대꾸했다.

"잘된 일이군. 요즘 자네는 숨 돌릴 시간도 갖지 않았잖아. 걱정 말게. AP 만찬에 안 갔다고 아쉬워할 건 없어. 자네도 알지만 그런 일 처리 같은 건 내가 할 수 있으니까. 자네가 고삐를 좀 풀어준다면 나도 약간 어깨 힘을 뺄 수 있겠지."

히스는 마치 제대로 듣지 못했다는 듯이 올려다보았다. 열 때문에 눈이 흐릿해진 나머지 푸른 홍채가 놀랄 정도로 탁한 색으로 변한 상태였으므로 데이먼은 날카롭게 숨을 들이키며 그 자리에 얼어붙었다.

"세상에, 맙소사."

데이먼처럼 웬만해선 동요하지 않는 사람이 이런 말을 했다는 것은 다른 사람의 경우 대경실색해서 고함을 지르는 것과 맞먹었다.

"자네 몸이 안 좋군. 사람을 불러서 마차로 집까지 데려다주겠네."

"바보짓 하지 말게. 난 그저…… 물만 마시면 돼."

히스는 팔로 고개를 떨구더니 책상에 스르륵 엎어졌다.

"이래 놓고 날 바보라고 불렀다 이거지."

데이먼이 중얼거렸다.

"놀랍군."

데이먼은 나갔다가 5분도 채 안 되어 되돌아왔다. 그 동안 히스는 차가운 책상 표면에 볼을 댄 채 힘을 다시 그러모으려고 안간힘을 짜내고 있었다. 데이먼이 나갔다 돌아온 순간이 히스에게 있어서는 성서 더미에 맹세코 적어도 한 시간은 지난 것 같은 느낌이었다.

"밖에 마차를 대기시켜 놓았네. 아마 자네를 여기에서 데리고 나가려면 두세 사람은 필요할 거야. 그러니……."

"내 발로 나가겠어."

히스는 고개를 들고 으스스할 정도의 푸른 눈으로 데이먼을 빤히 쳐다보았다.

"자네에겐 도움이 필요해."

"필요 없어…… 저 사람들 앞에서는."

<이그재미너>의 직원들을 이르는 말임을 데이먼은 알아들었다. 히스는 그들 앞에서 천하무적인 모습만을 보이고 싶어했다. 데이먼은 반론을 제기하고 싶은 충동을 느꼈다. 히스 혼자 걸어 나가게 내버려두는 것은 무모한 짓일지도 모른다. 하지만 데이먼은 남부인의 천성인 자존심을 이해하기 시작했다. 그리고 그 용감한 어리석음에 묘한 경의감마저 느꼈다. 또한 지금

바로 이 요구에 따르지 않는다면 히스가 앞으로도 영원히 불평불만을 해대리라는 것도 알고 있었다.

"좋아. 그럼 도움 없이 혼자 나가보게."

데이먼은 망설이며 입을 열었다.

"하지만 내가 옆에서 같이 걷겠어. 만약 자네가 쓰러질 때를 대비해서 말이야. 자네가 나한테 쓰러지면 내 쪽의 피해가 상당할 걸세. 그럴 경우 자네를 상대로 소송을 제기하겠어."

히스는 양키가 어쩌고 하며 칭찬 같지 않은 말을 웅얼대더니 유연한 몸짓으로 단번에 일어났다. 하지만 주위가 어른어른 흔들리자 책상 모서리를 붙들었다.

"이 고집쟁이 반역자."

데이먼은 입에서 새어 나오는 속삭임을 참을 수가 없었다.

"대체 자기 몸을 어떻게 건사했던 건가?"

루시는 주먹으로 화급하게 문을 두드리는 소리에 퍼뜩 놀라 현관 복도로 쏜살같이 뛰쳐나갔다. 마침 소워스가 사람을 안으로 들이고 있었다.

"히스!"

그녀는 소리쳤다. 축 늘어져 문간에 기대 서 있는 남편의 모습을 보니 공포로 속이 뒤집힐 것만 같았다. 히스의 볕에 그을린 얼굴이 희멀겋게 떠 있었다. 데이먼이 히스 옆에서 부축해 주고 있었다.

"괜찮아."

그는 갈라진 목소리로 꺽꺽거렸다.

"이 친구 병이 났습니다."

데이먼은 무뚝뚝하게 대답하며 집사를 향해 히스를 집 안으로 데려가게 도와 달라는 표시를 했다.

"우리 가문의 주치의를 불러오라고 사람을 보냈어요 아마 금방 이리로 올 겁니다."

"난 그냥 좀 쉬면 돼……."

"빌어먹을 남부인들 같으니. 하여튼 굴복해야 할 때를 결코 모른다니까."

데이먼답게 냉정한 말투였지만 목소리에는 원초적인 애정에 가까운 기색이 배어 있었다.

세 사람이 달려든 끝에야 히스를 침실로 데려가 눕힐 수 있었다. 소워스는 그 일이 끝나자 의사를 맞이하려고 아래층으로 내려갔다. 평소의 루시라면 다른 사람 앞에서 남편의 옷을 부분적으로나마 벗겨야 한다는 생각만으로도 당황해서 홍당무가 되었겠지만 지금은 전혀 망설이지 않고 그의 코트와 신발을 척척 벗겨냈다. 데이먼이 흑단 같은 눈으로 주의 깊게 지켜보고 있다는 사실은 머릿속에 거의 들어오지도 않았다. 히스는 덜덜 떨고 있었다. 루시는 걱정이 되어 그를 말로 다독여주고 이불을 목까지 꼭 덮어주었다. 그녀의 손이 그의 어깨선을 되풀이해서 어루만졌다.

"마님?"

그녀는 베스의 목소리를 알아듣고 그 자세 그대로 대답했다.

"누비이불을 갖다줘."

"벽돌을 불에 달궈서 플란넬에 싸면 어떨까요?"

"그래, 그래. 어쨌든 빨리 서둘러."

루시는 입술을 깨물었다. 하녀는 날 듯이 방을 나가 아래층으로 내려갔다. 히스는 루시의 손바닥에 뺨을 들이대며 눈을 감고 무시무시할 정도로 금세 잠에 빠졌다. 그녀는 울고 싶었다. 그의 피부가 타는 듯했다. 그런데 어떻게 춥다면서 떨 수가 있을까? 그녀는 데이먼을 곁눈질했다. 개암빛 눈이 죄의식과 비참함으로 어두워져 있었다.

"그이는 요즘 너무 과로했어요. 내가 그이를 말렸어야 했는데……."

"그럴 수 없었을 겁니다."

데이먼이 조용히 말했다.

"우리 전부 그러려고 했지요. 하지만 이 친구는 악마에게 쫓기기라도 하는 기세였어요. 그런 지가 꽤 됐지요. 부인도 이 친구를 말릴 수는 없었을 겁니다."

아무리 친절하고 믿음직해 보이더라도 루시에게 있어 의사는 항상 공포감을 안겨주는 존재였다. 그들이 그 자리에 있다는 사실은 곧 상태가 뭔가 심각하게 안 좋다는 의미였다. 의사들은 늘 필요 이상으로 무신경해 보였고 루시가 생각하기에 그들은 고통과 죽음을 너무나 많이 접하기 때문에 보통사람들과 동떨어진 존재였다. 데이먼이 불러온 이밴스 의사는 대부분의 다른 의사들보다는 훨씬 견딜 만한 사람이었다. 할아버지처럼 자상한 태도의 의사는 루시의 공포를 이해한 듯 히스의 경우에는 열과 피로 외에는 별 문제가 없다면서 안심시켜 주었다. 약을 처방하고 수면을 방해하지 않도록 지시한 뒤 노의사는 기운차게 금세 자리를 떴다. 루시는 현관까지 나가 그를 전송했다.

"히스는 어떻습니까?"

데이먼의 목소리가 등뒤에서 들려왔다. 돌아본 그녀는 그가 거실에서 기다리고 있었다는 것을 그제야 알았다.

"걱정했던 것보다는 훨씬 괜찮아요."

그녀는 천천히 대답했다.

"휴식을 취하기만 하면 된대요. 얼마나 마음이 놓이는지 모르겠어요. 당신에게 얼마나 고마운지 말로는 다……."

"별 것 아닙니다."

루시는 그의 무심한 어조에 속지 않았다. 데이먼은 감정을 숨기려고 노력하고 있을지 모르지만 그녀는 히스를 이층으로 옮겨갔을 때 그가 걱정하는 것을 목격했고 또한 그녀에게 다정하게 대해 주는 그의 태도도 의식하고 있었다.

"고맙게 생각해요."

그녀는 다시금 말했다. 뭔가 더 말하고 싶었지만 데이먼이 당혹스러워할까 봐 두려웠다.

"이제 신문사로 돌아가야겠습니다."

"가기 전에 뭐라도 드시거나 한잔 안 하시겠어요?"

그녀는 그가 점심을 걸렀다는 것을 깨닫고 물었다.

"차라도 드릴까요?"

"고맙지만 됐습니다. 할 일이 많거든요."

"그건 남편이 했을 법한 말 같네요."

그녀의 말에 데이먼이 미소를 지었다.

"과로를 좋아하는 그 친구의 취향이 전염된 게 틀림없습니다."

그녀는 딱하다는 듯 쿡쿡 웃었다.

"그럼 조심하세요. 당신까지 잃게 되는 건 원치 않으니까요."

"그러지요."

그의 검은 눈에 깃들었던 미소가 그녀를 내려다보는 동안 달콤쌉싸름한 표정으로 변했다.

"내 대신 저 친구에게 말 좀 전해 주십시오, 레인 부인. 신문은 걱정하지 말라고 저 친구 대신 제가 죄다 맡아 잘해 낼 테니까요."

"그이가 당신을 믿고 모든 것을 맡기리라는 걸 전 알아요."

"그럼 부인은요?"

그 질문이 입에서 나온 순간 데이먼의 표정이 자조하듯 굳어졌다. 루시는 그가 왜 묻는지 알 수 없었지만 그 역시 이유를 알지 못하고 있다는 느낌을 받았다.

"나도 당신을 믿어요."

그녀는 부드럽게 말했다.

"실례하겠어요. 그이에게 가봐야겠어요. 소워스가 배웅해 드릴 거예요."

루시는 호기심과 혼란한 마음을 안은 채 뒤 한 번 돌아보지 않고 이층으로 올라갔다. 그녀의 본능은 데이먼 레드먼드에게서는 무엇 하나 두려워할 것이 없다고 가르쳐주고 있었지만 그는 경계하며 지키고 있던 비밀을 그녀에게 들킬까 봐 두렵다는 듯 꽤나 조심스럽고도 정중하게 그녀를 대했다.

그녀는 그날 밤 선잠을 잤다. 히스가 조금이라도 움직이면 그때마다 예민하게 잠에서 깨어나 약을 먹였으며 추워서 덜덜 떨면 누비이불을 더욱 꼭 덮어주었다. 불안감 때문에 피곤한데다 수면부족이 겹친 바람에 그녀는 동틀 녘이 가까워오자 잠깐 졸았다. 시트가 땀으로 선뜩하니 흠뻑 젖은 것을 알고 그녀는 공포에 질려 깨어났다. 히스의 머리카락도 뿌리까지 땀투성이였다. 그녀의 가운도 새벽 냉기가 스며들어 축축하게 달라붙어 있었다.

"히스?"

그녀는 침구를 바꿀 수 있을 때까지 온도를 따뜻하게 유지해 주려고 이불을 꼭 덮어주었다. 그의 고개가 베개 위에서 움직였고 숱 많은 눈썹이 잠깐 들려 올라가 열에 들뜬 실눈이 나타났다.

"아니, 싫어."

그는 담요를 밀쳐내려고 애쓰며 중얼거렸다.

"더워, 덥다구……."

"나도 알아요"

그녀는 다정하게 말하면서 그의 이마를 짚었다. 불에 달군 숯처럼 뜨거웠다.

"가만히 누워 있어요 가만 있어요, 날 위해서요"

그는 뭐라고 애매하게 웅얼거리더니 눈을 감고 얼굴을 돌렸다.

다행히도 한 번 결혼한 적이 있던 베스는 사람 몸을 만지는 데 대해 거부감이 없었다. 실리적으로 척척 일을 해나가는 그녀의 능력은 헤아릴 수 없을 만큼 귀중했다. 히스가 괜찮은지 돌보고 마른 새 시트로 가는 것을 도와준 베스가 루시는 참으로 고마웠다.

"의사 선생님 말씀으로는 겨우 하루이틀 갈 거랬는데."

그녀는 새 리넨 천을 한아름 방으로 안고 들어오며 하녀에게 말했다.

"잘됐네요"

베스는 대답은 그렇게 했지만 침대 위에 미동도 않고 누워 있는 히스를 보는 눈길은 의심스럽다는 투였다.

"베스도 남편이 이런 병에 걸려서 간호해 본 적 있어?"

루시는 심란한데다 얼굴도 창백했지만 어떻게든 엄청나게 침착한 말투로 질문을 했다.

"네, 마님."

"둘째 날이면 열이 항상 이렇게 심한 거야?"

"꼭 그렇지는 않아요"

눈이 마주친 순간 루시는 하녀의 얼굴에서 진실을 읽어냈다. 히스의 열은 베스가 여태껏 보았던 어떤 병세보다도 더 심각했던 것이다.

"나…… 나중에 수프를 조금 끓여서 그이에게 먹여봐야겠어. 아주 묽게 끓여서 말이야."

루시는 의사의 진단이 틀렸고 히스의 병이 위중한 상태일지도 모른다는 마음속의 목소리를 무시하며 천천히 입을 열었다. 그래, 하루이틀 정도 앓고 나면 히스의 병세도 좋아질 것이다.

하지만 그 다음날도 열은 내리지 않았으며 히스는 더 이상 제정신이 아니었다. 끊임없이 열에 시달린 그는 땀을 쫙 쏟나 싶으면 다음 순간 오한으로 덜덜 떨었다. 루시는 그의 몸을 스펀지로 닦아주고 시트를 갈아주며 약을 먹이는 과정을 끊임없이 되풀이했다. 그녀는 다시금 이밴스 의사를 불렀고 의사는 이번에는 첫번째 왕진 때보다 더 오랜 시간 진찰을 했다. 그는 엄숙한 표정을 하고 루시를 침대 한 켠으로 부르더니 나직이 말했다.

"조만간 열이 내리지 않으면 얼음찜질을 해줘야 합니다. 체온이 이렇게 높으면 위험해요."

그들은 생고무에 가황 처리를 한 방수 시트를 매트리스 위에 깔고 얼음과 눈을 그의 주위에 다져 깔았다. 하지만 무슨 수를 써도 열은 내리지 않았다.

루시는 어두운 방에서 홀로 히스의 곁에 앉아 있었다. 열에 들떠 정신이 왔다갔다하는 그는 그녀에게 있어 낯선 남자였다. 그의 입술은 그녀가 알지 못하는 이름 모양을 그렸고 그 목소리에는 광기가 스며 있었다. 병으로 고통받고 이리도 격렬하게 떠는 이 남자는 히스가 아니었다. 금발에 눈웃음을 치는 그녀의 남편이 아니었다. 그가 그녀를 알아보는 것은 아주 잠깐 잠깐씩에 불과했고 그나마 점점 드물어졌다. 그는 질문을 했지만 대답을 알아들은 것 같지 않았다. 그의 기억은 그녀를 알지 못하던 과거에만 머무르는 것 같았고 그가 그녀의 이름을 한 번도 입에 올리지 않았다는 사실은 그녀의 마음에 상처를 주었다.

데이먼은 레드먼드 집안의 하녀를 한 명 보내 히스의 병구완을 돕게 했

다. 하지만 루시는 침상을 거의 떠나지 않았다. 낯모르는 사람의 손에 그를
오랜 시간 맡겨둘 마음이 나지 않았다. 그녀는 베스의 거의 으름장에 가까
운 강요에 못 이겨 식사를 하고 조금씩 잠을 잤다. 하지만 한 시간 한 시간
이 지날수록 남편이 그녀의 곁에서 조금씩 떠나가고 있다는 사실을 알면서
무슨 수로 잠을 청한단 말인가?

그는 지금이 전쟁중이고 자신이 포로 수용소에 있다고 종종 착각하는
모양이었다. 그런 증세가 처음 나타났을 때 루시는 한참 그의 이마에 수건
을 얹어주고 있었다. 문득 시선을 내려보자 그녀를 빤히 올려다보는 그의
모습이 눈에 들어왔다. 그의 눈은 번들번들 묘하게 빛나고 있었다. 그녀의
심장이 울렁거렸다. 그가 그녀를 알아본 것 같았기 때문이었다.

"물."

그는 중얼거렸다. 그녀는 떨리는 손으로 그의 고개를 살짝 일으켜 입술
에 잔을 대주었다. 히스는 갈증이 난 듯 벌컥벌컥 마시더니 마치 독이라도
받아먹었다는 양 메스꺼운 듯 캑캑거렸다.

"우린 이런…… 시궁창 신세를 질 만한 짓은 하지 않았어."

그는 숨 넘어가는 소리를 냈다.

"우리가 어느 편이든 간에…… 우린…… 동물이 아니라구."

멍하니 잔을 받아 치운 그녀는 그의 목소리에 깃든 증오 때문에 뒷걸음
질쳤다. 히스는 주체할 수 없는 듯 마구 떨었다.

"담요가 없어…… 이 사…… 사람들이 죽어가는 게 안 보여? 냉혈동물
양키 같으니…… 네놈들은 우리 음식 중에서 제, 제일 먹을 만한 걸 빼돌
려서 그 이익을 착복하지…… 우리에겐 비계하고 물렁뼈만 남겨주고……."

그는 그녀를 북부 경비병이라고 생각하고 있었다.

"종이……."

그는 색색댔다.

"종이."

"종이요?"

"더 줘. 식량과 맞바꾸자구. 거래를…… 하겠어."

그는 글을 쓸 종이를 달라고 하고 있었다. 전쟁에 대한 기록을 하기 위해서였다. 그가 계속 큰 소리로 지껄여대자 루시는 소리내어 흐느껴 울기 시작했다.

"히스."

눈물이 그녀의 얼굴을 타고 흘러내렸다.

"나예요…… 루시예요. 당신을 사랑해요. 내가 안 보여요? 날 모르겠어요?"

그녀의 울음소리가 귀에 가 닿았는지 그는 잠시 잠잠해지더니 혼란스러운 듯 뒤척였다.

"그러지 마. 울지 말라고."

"그칠 수가 없어요."

"제발, 렌. 당신을 위해서라면 뭐든지 할게. 가지 마, 렌…… 당신이 내게 얼마나 필요한지 잘 알잖아. 그러지 마……."

루시의 얼굴이 백짓장처럼 질렸다. 마치 배를 정통으로 얻어맞은 느낌이었다. 또 렌이라고 했다. 히스의 목소리에 깃든 고통이 그녀의 심장에 깊이 저며들었다. 그녀는 떨리는 손으로 마른 천을 찾아들어 얼굴을 훔친 다음 눈물을 빨아들이기 위해 헝겊 모서리를 눈꼬리에 갖다댔다.

"어머니, 전 열일곱이에요……."

그는 부드럽게 중얼거렸다.

"이젠 어엿한 남자라구요. 어머니 생각은 잘 알아요. 어머니…… 하지만 그 아가씨를 사랑해요."

갑자기 귀신의 웃음처럼 메마른 웃음소리가 터져나왔다.

"몹시 아름다운 여자예요. 어머니도 그 점에 대해서는 토를 달지 못하실 거예요. 그럼요……."

허리를 숙이고 그의 뜨거운 이마에 물수건을 대주려니 등이 아팠다.

"렌……."

그는 물수건을 밀쳐버리고 그녀의 손목을 잡았다.

"빌어먹을. 당신은 그 녀석을 사랑하지 않잖아. 아아, 맙소사……."

그의 손가락에 힘이 들어갔으므로 그녀는 움찔해서 손목을 빼내 아픈 곳을 문질렀다. 히스는 누운 채로 펄쩍 뛰더니 관자놀이로 천천히 손을 가져가며 외쳤다.

"내가 여기 온 건 당신에게 상처를 주기 위해서가 아니야. 난 절대 당신에게 상처를 주지 않아."

맙소사, 하느님. 루시는 아찔해져서 생각했다. 이 고난을 이겨낼 수 있게 도와주소서.

"마님, 레드먼드 씨가 오셔서 뵙고 싶다고 하시는데요."

루시는 대충 세수를 하고 막 수건으로 닦으려던 중이었다. 지금은 데이먼이 보내준 간호사 겸 하녀가 히스의 곁을 지키고 있었다.

"옷을 갈아입어야겠어."

루시는 중얼거리며 자기 모습을 내려다보았다. 몸이 끈끈하고 피곤했으며 머리가 흐트러져서 목이며 얼굴까지 늘어진 것같이 느껴졌다.

"아주 잠깐 들르신 거라던데요. 신문 일 때문이래요."

"갈아입을 시간이 없겠네. 그럼 빨리 빗이나 찾아줘."

루시는 감각이 없어진 듯 멍하니 머리를 빗고 얼굴을 내밀 수 있을 정도로만 매무새를 다듬었다. 그녀가 아래층의 거실로 들어서자 데이먼은 즉시 일어났다. 데이먼의 모습을 보기만 해도 이상하게 위안이 되었다. 그는 너무나도 분별이 있고 침착했으므로 그의 존재만으로도 이 집에 드리워져 있는 악몽의 기운이 옅어지는 것 같았다. 그녀의 모습을 보고도 그의 얼굴에는 어떤 충격이나 실망감도 나타나지 않았다. 오직 차분한 표정뿐이었다.

"방해해서 죄송합니다. 차도는 좀 있는지요?"

그는 조용히 물었다.

"아뇨. 아직 없어요."

"부인 가족 중에 누구라도 불러서 옆에 둬야 할 필요가 있습니다. 내가 고향으로 사람을 보낼까요?"

"가족이라고는 아버지밖에 없어요. 그리고 아버지는 도움을 주지 못하

실 거예요. 불편하기만…… 하실 거예요. 그리고 난…… 지금 당장은 아
버지를 보고 싶지 않아요."
　그녀는 어색하게 목청을 가다듬었다.
　"베스 말로는 신문이 어쩌고 하던데요."
　"그렇습니다. 히스가 노동부에 대한 기사를 살펴본다고 집에 가지고 왔
을 겁니다. 혹시 그 친구가 기사를 어디 두었는지 아시나요?"
　"그이 책상 서랍에 있을 거예요. 기다려주신다면 가서 찾아볼게요."
　"그래 주시면 감사하겠습니다."
　서재에 놓인 히스의 책상에는 차곡차곡 쌓아올린 서류며 깔끔하게 잘라
뜯은 봉투, 마구잡이로 쌓아놓은 참고 서적들이 즐비했다. 그 광경을 보고
루시는 못 말린다는 듯 미소지었다. 책상 앞에 앉아 있는 그의 모습을 마지
막으로 본 것은 너무 늦게까지 잠자리에 들지 않는다고 그를 꾸짖으러 왔
을 때였다. 그때 그는 그녀의 일장연설을 끊기 위해 그녀를 무릎에 앉히고
능란한 키스로 입을 막았다. 지금 이 순간 그녀는 그의 키스를 한 번이라도
받을 수 있다면 무엇이든 내줄 수 있었다. 그가 그녀를 보고 이름을 불러준
다면, 그녀가 누구인지 알아주기만 한다면 그 무슨 짓인들 마다하지 않을
것이다.
　그녀는 서랍들을 여닫으며 기사를 찾았다. 이 작은 용무가 좌절감과 피
곤 외에 다른 것을 생각할 거리를 마련해 준 것이 반가웠다. 두 번째 서랍
의 오른편 뒤쪽에 작은 봉투 한 묶음이 끈으로 묶인 채 처박혀 있었다. 맨
위에 히스의 주소와 이름이 여자다운 꼬불꼬불한 필체로 쓰여 있었다.
　그녀는 죄의식을 느끼며 편지를 물끄러미 바라보았다. 전에는 한 번도
그의 책상을 뒤져본 적이 없었다. 그 묶음을 그냥 무시하고 언제 보았냐는
듯 행동하는 것이 옳은 일이리라. 그녀는 얼굴을 붉혔다가 다음 순간 창백
해지며 방 안을 수상쩍게 둘러본 다음 꺼내달라고 유혹하는 듯한 편지 묶
음을 집어들어 드레스 주머니에 슬쩍 넣었다. 그냥 잽싸게 훑어보기만 해
야지. 누가 보냈는지만 알아보려는 거야. 난 그이의 아내라구. 그녀는 속으
로 말했다. 난 이 편지에 대해 알 권리가 있어. 우리 사이엔 어떤 비밀도

존재해서는 안 돼. 그리고 그이도 나에 대해서 모든 걸 다 알고 있다구! 그
럼에도 불구하고 서랍을 닫고 기사를 다시 찾아 헤매는 동안에도 그녀의
양심은 계속 찔렸다. 그녀는 기사를 발견하자 거실로 돌아가 데이먼에게
갖다주었다. 그 동안 내내 편지 때문에 불룩 튀어나온 주머니가 엄청나게
신경 쓰였다.

"고맙습니다."

데이먼은 아까와는 다른 눈으로 그녀를 보며 말했다. 그가 그녀의 얼굴
에서 죄의식을 보았을까? 그녀가 히스의 책상에서 뭔가 발견했다는 것을
알아챘을까? 아마 그의 표정은 좀전과 다름없을지도 모른다. 단지 그녀의
상상이 지나친 탓일 수도 있다.

"내가 필요한 일이나 도와줄 일이 있다면 말만 하십시오."

"그렇게 할게요."

루시는 대답했다. 갑자기 그를 빨리 집에서 내보내고 싶어서 초조해졌
다. 혼자 남아 편지를 찬찬히 살펴볼 수 있을 때까지 가만히 기다릴 수가
없을 것 같았다.

데이먼이 떠나고 혼자 남게 되자 루시는 거실의 입구에 휘장을 치고 푹
신한 의자에 앉았다. 의자 등받이에 고개를 기댄 그녀는 한숨을 쉬고 뻑뻑
한 눈의 고통을 달래기 위해 잠시 눈을 감았다. 자신이 이런 짓을 하고 있
다니 도저히 믿기가 힘들었다. 남편이 위층에서 무기력하게 앓고 있건만
그녀는 이곳에 내려와서 그의 개인적 편지를 뒤져보고 있다니. 이러면 안
돼…… 이러면 안 돼. 하지만 난 알아야만 해. 그녀는 잽싸게 끈을 풀고
봉투를 뒤적이기 시작했다. 전부 다 동일한 필체였다. 전부 다 한 여자가
쓴 편지였다. 렌이 쓴 것일까?

아니었다. 맨 위의 봉투에서 편지를 꺼내 아래에 적힌 이름을 본 순간
그녀의 어깨가 안도감으로 축 늘어졌다. 에이미였다. 히스의 이복동생 이
름이었다. 줄이 삐뚤빼뚤하고 아이처럼 조심스럽게 쓴 펜글씨를 보면 쓴
장본인이 어리다는 것을 알 수 있었다. 맨 처음 편지는 이미 일년도 더 된
것이었다. 편지를 훑어본 루시는 글이 프라이스 농장과 그곳에 사는 사람

들의 현 상황에 관한 에이미 나름대로의 감상과 고찰로 가득 차 있다는 사
실을 알 수 있었다. 히스의 이복형인 클레이란 이름이 제일 자주 나왔고 렌
에 대한 언급도 조금 있었지만 렌이 누구인지는 나와 있지 않았다. 루시는
초조한 몸짓으로 편지를 봉투에 다시 쑤셔넣고 다음 편지로 손을 내밀었
다. 편지를 차례차례 읽던 중 그녀는 갑자기 눈에 확 들어오는 구절이 있어
그 부분에 눈길을 주었다.

더 이상 오빠 이름을 입에 올리면 안 된다고 오늘 어머니가 말씀하
셨어. 하지만 렌하고 난 아직도 몰래 오빠 얘기를 해. 렌 말로는 오빠
가 그립대. 심지어 둘 사이에 그런 일이 있었는데도 말이야.

클레이 오빠는 등이 많이 아파. 힘이 하나도 없어.

어머니는 내내 화가 나 계셔. 아빠와 결혼한다고 영국을 떠나 이곳
으로 오는 게 아니었다고 말씀하셔. 이제 아빠가 돌아가셨으니 어머
니는 다시 영국으로 돌아가고 싶어하셔. 가엾은 클레이 오빠는 어머
니가 자기 때문에 이곳에 남아 계셔야 한다는 걸 알고 있어.

렌이 오빠에게 맨 처음 받았던 꽃을 보여줬어. 자기 성경책 속에 끼
워 말려 갖고 있었어…….

렌과 클레이 오빠가 또 싸웠어…….

난 가끔은 렌이 좋지만 렌은 화를 너무 잘 내. 이제 클레이 오빠하
고는 아무것도 같이 하고 싶지 않대. 난 어머니가 한 가지 점에서는
옳았다고 생각해. 렌은 클레이 오빠에게 좋은 아내가 아니야.

루시는 숨을 멈추고 마지막 문장을 다시 읽었다. 렌이 클레이의 아내라

고? 그렇다면 히스가 자신을 사랑한다는 사실을 알면서도 클레이와 결혼
했음이 틀림없었다. 하지만 왜 히스를 버리고 클레이를 선택했을까? 농장
때문에? 돈 때문에? 아마 히스가 서자이기 때문이겠지. 그래, 분명히 그 때
문이리라.

클레이 오빠랑 렌에게 오빠가 보낸 편지 얘기를 했어. 클레이 오빠
는 오빠가 양키 여자랑 결혼했다는 말을 듣더니 크게 웃었어. 오빠한
테 어울리는 짓이라고 했어. 렌은 잠시 심란해하더니 급기야는 화를
냈지. 내가 보기에 렌은 아직도 오빠를 사랑해. 왜 양키 여자랑 결혼
한 거야? 그 여자 엄청난 부자야?

렌은 더 이상 클레이 오빠랑 한방을 쓰지 않아. 이제 렌은 오빠가
집에 올 때면 묵는 그 방에서 자.

내 생각엔 클레이 오빠가 죽어가고 있는 것 같아……

루시가 편지에 정신없이 집중하고 있는데 베스의 목소리가 들려왔다.
"마님?"
"무슨 일이지?"
루시는 자신의 날카로운 목소리를 듣고 그 즉시 부끄러워졌다. 하지만
도둑질을 하다가 현장에서 들킨 기분이었으므로 죄의식을 숨길 수 있는 유
일한 방법은 짜증뿐이었다.
"주인님께서 부르세요"
루시는 즉시 후다닥 일어났다. 편지가 그녀의 무릎에서 바닥으로 폭포수
처럼 우수수 떨어졌다. 그녀는 난감한 듯 편지들을 곁눈질했다.
"제가 주울게요"
"아니, 아니야. 내가 나중에 할게. 그냥 여기 놔둬."
루시는 떨리는 손끝으로 입술을 지그시 누르며 망설였다. 그녀의 눈이

순간적으로 계단 쪽을 보았다. 갑자기 두려워졌다. 왜 지금 히스가 그녀를 부르는 것일까? 혹시 히스가 그녀의 이름을 부르는 것을 한 번 더 듣게 해 주시려는 하느님의 뜻일까? 만약…… 그녀는 미친 듯이 도리질을 쳤다.

간호하던 하녀는 엄숙하면서도 동정하는 표정으로 루시를 침실 입구에서 맞았다.

"상태가 더 악화되었어요."

"내가 돌보겠어요. 우리 둘만 있게 해줘요."

그녀가 다가가자 히스는 살짝 몸부림을 치더니 신음했다.

"루시…… 루시를 불러줘……."

그녀는 그의 까칠한 볼에 부드럽게 손바닥을 갖다댔다.

"나 여기 있어요."

하지만 그는 그녀의 손길이 닿은 것을 알아채지 못했는지 연거푸 그녀의 이름을 불러댔다. 루시는 허리를 깊이 수그리고 그에게 나직이 말을 걸었다. 그녀는 그의 기나긴 헛소리 중간중간에 그를 애칭으로 부르며 그가 마침내 진정할 때까지 달래주었다. 그녀는 목과 등이 아파서 도저히 견딜 수 없을 때까지 그의 얼굴에 손을 대고 그의 몸 위로 상체를 숙인 채 그 자세를 유지했다. 그녀는 모든 것에 지쳐 있었다. 끊임없이 신경을 곤두세워야 했고 희망은 말라붙은 상태였다. 외톨이인 것에도 지쳤다. 남편을 되찾고 싶었다. 다시는 그를 못 되찾을지도 모른다는 끝없는 공포심을 참고 견디는 것도 신물이 났다.

루시는 자신의 팔을 베개삼아 천천히 고개를 떨궜다. 눈을 감자 어둠 속에 형형색색의 빛이 점점이 떠올랐다. 잠이 든 그녀의 꿈속에 과거의 단편적인 기억들이 둥둥 떠올랐다…… 히스가 속이 뻔히 보이는 그녀의 속셈을 두고 껄껄대며 웃었다…… 그녀와 사랑을 나누었다…… 그녀의 무릎에 얼굴을 파묻고 만취한 상태에서 고백을 했다…… 촛불 빛 속에서 그녀에게 미소를 보냈다…… 그녀가 울자 안아주었다. 그녀를 안고 있던 그의 팔이 사라져버리는 것만 같아 그녀는 그를 보내지 않으려고 몸부림쳤지만 그는 그녀가 찾지 못할 정도의 어둠 속으로 더욱더 깊이 흘러가 버렸다. 혼자 남은 그녀는 암흑 속을 정신없이 둘러보며 돌아다녔지만 소용없었다. 그는 사라지고 없었다. 그녀는 그를 잃고 말았다. 그리고 한 번도 그에게 사랑한다고 말하지 못했다…….

루시는 숨 넘어가는 소리를 내며 눈을 떴다. 심장이 쿵쿵거렸다. 악몽이었다. 그녀는 눈을 깜박이며 팔에서 고개를 들고 히스를 바라보았다. 그의 속눈썹이 파리한 얼굴 위에 마치 검은 부채처럼 드리워져 있었다. 반사적으로 그녀의 손이 그의 옆얼굴을 더욱 세차게 감싸쥐었다. 그의 턱 아래에 닿은 그녀의 엄지손가락이 찬찬히 고동치는 맥박을 감지했다. 그의 피부도 서늘하게 느껴졌다.

이것도 아직 꿈속일까? 아니면 정말로 열이 내린 것일까? 그녀는 몸을 덜덜 떨었다. 눈앞의 광경을 믿을 수가 없었다. 그의 상태를 다시금 점검해 보자 맥박도 안정되었고 그녀의 손끝을 스치는 숨결도 부드러웠으며 열은 기적처럼 내린 뒤였다. 환희가 온몸에 물결쳐 그녀는 피곤함도 뻐근한 몸도 다 잊고 말았다. 그는 다시 그녀의 것이 되었다.

11

"히스, 뭐 하고 있어요?"

루시는 침실 한가운데에 우뚝 멈춰 섰다. 집에 돌아오자마자 그의 증세를 살펴보러 올라오는 길이었다. 몇 주만에 처음으로 침대에서 일어나 거의 옷차림을 다 갖춘 그의 모습을 보는 것은 충격이었다. 그는 커프스 단추를 잠그며 냉소가 담긴 눈으로 힐끗 쳐다보았다.

"옷 입는 중으로 보이지 않아? 어때?"

"아직 일어나면 안 돼요."

"난 보름이나 꼬박 침대에 묶여 살았어. 약도 몇 병이나 해치웠는지 모르고 하루에 열네 시간은 기본으로 잤어. 앞에 놓아주는 병자용 사료 역시 한 숟갈도 안 남기고 먹었다구. 그만 하면 몇 시간 동안은 침대에서 일어나도 된다고 봐."

그들의 눈이 마주쳤다. 그의 눈은 냉정하고 단호하게, 그녀의 눈은 조심스럽게 애원하듯 빛나고 있었다. 루시는 아무리 꾸짖고 간청하고 설득해도 전혀 먹힐 여지가 없다는 것을 알고 어쩔 수 없다는 듯 양손을 들어 보였다.

"당신은 항상 자기 한계를 시험하고 싶어하죠. 하지만 이번에는 너무 일러요.”

“선택의 여지가 없어. 더 이상 병자놀이나 할 수는 없다구. 신문사에 문제가 생겼어.”

“레드먼드 씨가 해결할 수 있잖아요…….”

“어제 당신이 클럽 모임에 갔을 때 데이먼이 찾아왔었어. 그 친구도 최근 힘들어하더군.”

히스는 자기 자신에게 정이 떨어진다는 듯 입매를 일그러뜨리며 말을 이었다.

“주된 원인은 내 몫까지 일해야 했기 때문이었어. 데이먼은 오늘 다시 올 거야. 내가 복귀할 때까지 일을 진행시킬 방법에 대한 제안서를 가져온다고 했거든.”

“레드먼드 씨가 어제 왔다니 몰랐네요.”

그녀는 갑자기 따돌림을 당했다는 생각이 들어 서러워졌다.

“알릴 필요가 없었거든.”

히스는 부드럽게 대꾸했다. 그녀는 짧은 숨을 나직이 들이마셨다.

“당신 일이라 이거군요. 뭐 캐볼 뜻은 아니었어요. 당신은 여태껏 내가 당신을 꼼짝 못하게 붙잡아뒀다는 식으로 느낀 게 분명하군요.”

“그런 말은 하지 않았어.”

하지만 둘 다 그것이 사실임을 알고 있었다. 루시는 천천히 화장대 앞에 앉아 머리를 빗는 척했다. 미간에 주름이 잡히면서 눈썹이 한데 모였다.

‘저이는 자유가 없어서, 혼자만의 사생활이 없어서 거의 미칠 지경이었던 거야. 하지만 지난 몇 주 동안 내가 달리 어떻게 할 수 있었겠어? 무슨 수로 내가 참견에 걱정에 잔소리를 안 하고 배길 수 있었겠어?’

그에 대한 사랑이 이렇게 깊지만 않았던들 좋았으련만. 그녀는 하마터면 그를 잃을 뻔했었기 때문에 이제는 그를 혼자 두고 오랫동안 자리를 뜨기가 두려웠다. 그와 함께 할 수 있는 순간순간을 죄다 누리고 싶었다. 그의 모든 생각을 알고 그를 독차지하고 싶었다. 소유욕을 억누르고 있던 족쇄가 풀렸으니 이제 그녀는 언젠가 질투 심한 악처가 될지도 모를 일이었다.

그에게 숨통을 틔울 여지를 줘야 했다. 그러지 않았다가는 그가 그녀에게서 등을 돌리는 사태가 빚어질지도 몰랐다.

그녀는 고개를 돌려 히스를 바라보며 억지로 밝게 미소지었다.

"저녁식사를 한 사람분 더 차릴까요?"

그도 미소로 화답했지만 눈매와는 겉도는 웃음이었다.

"그래 줘."

그가 방에서 나간 뒤에도 루시는 그가 서 있던 자리를 계속해서 물끄러미 응시하고만 있었다. 히스 레인, 북동부 신문업계의 거물은 그녀가 예전에 결혼했던 남자와 비교할 때 모습이나 말투에서 너무나 다른 사람 같았다. 이제 그는 장난기가 줄어든 반면 더욱 권위적이 되었다. 태평하던 분위기 대신 권력과 책임감이라는 무시무시한 기운이 느껴졌다. 심지어 햇살 같던 금발마저도 겨울을 나면서 잿빛어린 갈색으로 색이 진해져 실제 나이인 스물일곱보다 더 들어 보였다. 그에게서 풍기는 신비로운 분위기는 한층 증폭되었다. 그는 한결 압도적이고 불가사의해진 반면 예전보다 접근하기 힘들어졌다.

그녀는 병에서 회복되는 동안 히스가 주위의 수선이며 보살핌을 재미있어할 거라고 기대했었다. 하지만 그녀의 예상은 완벽하게 틀렸다. 다시금 그녀가 그에 대해서 얼마나 모르고 있는가에 대한 증거였다. 그는 애지중지 보살펴주는 그녀의 손길이나 동정심을 거의 못 견뎌했다. 때때로 그녀는 그의 상태가 괜찮은지 알아야만 안심이 되었기에 그를 어루만지거나 뺨에 입맞추지 않고는 못 배길 때가 있었다. 하지만 그는 그녀의 애정어린 행동에 반응을 나타내지 않았다. 창백하고 말수 없고 절제된 태도로 놀랄 만큼 군말 없이 침대 구금 생활을 받아들였다. 조금 전까지는.

루시는 이밴스 의사에게 살짝 문의를 해보았지만 히스의 행동은 정상에서 전혀 벗어난 것이 아니며 발병 전의 건강한 상태로 돌아가려면 몇 주는 걸릴 거라는 답변만 들었을 뿐이었다. 하지만 그의 육체적인 상태는 그녀가 알아챈 히스의 변화, 그의 수수께끼 같은 분위기, 그답지 않은 과묵함의 원인 중 일부일 뿐이라는 것이 루시의 확실한 느낌이었다. 다른 원인 쪽은 훨씬 더 심란했다. 마치 그는 열병을 앓던 중 뭔가 깨달음을 얻은 것만 같았다. 뭔가 자신에 대한 것을 인식해 아직까지 극도로 괴로워하는 것 같았다. 하지만 그는 그런 말을 그녀에게 하지 않았다. 사실 그는 가끔 그런 말이 나올 가능성조차 차단하는 것만 같았다.

렌. 어느 누구도 그 이름을 서로에게 얘기하지 않았지만 그 이름은 둘 사이의 침묵 속에 항상 드리워져 있어 그들이 한때 공유했던 거리낌없는 주고받음을 방해했다. 루시는 히스가 열병에 시달렸던 때의 일을 기억하고 있는지 어떤지 알 수 없었다. 그는 렌의 이름을 그렇게 자주 입에 올렸던 것을 알까? 아니 그런 의심이라도 품고 있을까?

이런 의혹은 그녀에게 뚜렷이 무관심한 태도를 보이는 그 때문에 더욱 해소될 길이 막막했다. 그들은 각방을 썼고 매일 밤 다른 침대에서 잤다. 예전처럼 같이 자도 괜찮을 정도가 되었음에도 히스는 딱히 현 상황을 바꾸라고 지시하지 않았다. 루시는 주인용 침실로 자연스럽게 돌아가려고 대충 계획을 짜고 있었지만 그런 생각은 요 며칠 동안 완전 무산되어 버렸다. 그녀가 상황을 이런 식으로 너무 오래 방치해 두었던 탓에 이제 와서 히스의 침대로 돌아가기는 어려웠고 어색하기도 했다. 원래 그녀의 정당한 소유였던 자리를 되찾기 위해 그를 유혹까지 해야 할 필요가 정말로 있을까? 설마 그럴 리가. 하지만 왜 거부당할지도 모른다는 두려움을 떨치지 못하고 있을까? 그녀는 확실한 대답을 몰랐다. 그가 다시금 그녀를 원한다는 식의 말을 입에 올릴 때까지 기다리는 것은 겁쟁이나 쓰는 방식이었다. 하지만 그녀의 자신감은 짓뭉개진 상태였고 더 이상의 큰 손상을 무릅쓰고 싶은 생각은 없었다.

데이먼은 <이그재미너> 일로 히스에게 자문을 구하러 종종 들렀다. 그는 루시와 히스 사이가 삐걱거린다는 것을 눈치챘을지도 모르지만 한마디도 하지 않았다. 그의 걱정 대상은 신문인데다 최근에는 그게 그 무엇보다도 우선과제로 부상했던 것이다. 지시를 내리고 동기부여를 해주는 히스가 자리에 없자 신문사의 직원들은 다루기 힘들어지고 업무에도 조심성이 덜해졌다. 엄격한 감독인 데이먼은 요구만 하고 빈정대기도 잘했으며 남들의 약점을 참고 보지 못했다. 그는 자신에게 히스 같은 인내심도, 또 기자들에게서 최고의 결과물을 뽑아내기 위해 서로서로 경쟁을 붙이는 능력도 없다는 점을 선선히 시인했다.

히스가 사무실로 복귀하던 날 모든 직원들은 무한한 안도감과 함께 그를 환영했다. 그의 낯익은 발소리가 편집실에 울려 퍼지자 문안 인사와 질문 보따리가 한꺼번에 그를 향해 들이닥쳤다. 그는 양손을 들어 공세를 막아내며 허물없는 미소를 지어 보였다.

"내 사무실에 있겠네. 한 번에 한 사람씩 얘기를 나누지. A부터 시작해서 Z까지 차례로 들어오라구…… 아직까지 알파벳 순서가 머릿속에서 가물가물한 사람을 위해 하는 말이야."

데이먼은 히스가 자신의 책상 앞을 지나치자 검은 눈썹 한 쪽을 치켜떴다.

"좀더 그럴 듯한 복귀식을 예상했는데 빗나갔군."

히스는 밝은 미소를 지으며 멈춰 서서 그를 내려다보았다.

"일장연설이라도 해야 했다는 건가?"

"별로. 단지 자네가 게으른 몸을 채찍질해 신문 사업으로 복귀하기로 결정했다는 게 반가울 뿐일세. 자네는 지난 몇 주 동안 제대로 밥값을 하지 못했으니까."

"어제 신문을 읽으니 내가 없는 동안 자네가 일처리를 어떻게 했는지 보이기에 이제 복귀해야겠다고 결정을 내렸지."

"자네 같으면 어제 신문보다 더 잘 만들 수 있다고 생각하나?"

데이먼은 레드먼드 집안 사람들이 보았다면 자랑스러워할 만큼 깔보는 표정으로 물었다.

"훨씬 잘 만들 수 있네. 어제는 신문에서 신시내티 레드 스타킹스 기사가 어디 있는지 찾느라 눈에 쥐가 다 날 지경이더군."

"그런 소식 정도가 기사 거리가 될 만하다고는 보지 않네만. 구기 동호회가 프로로 전향했다는 정도의……."

"뉴욕에서 서부해안 지방까지 8개월에 걸쳐 순회 경기를 가진다던데. <저

널>에서 다 읽었어. 그쪽은 야구 관련 주간 칼럼을 싣기 시작했다구."

"야구 따위는 기사가 되지 않아."

"망할, 된다구. 야구는 미국의 상징이야. 바틀렛을 시켜서 레드 스타킹스에 대한 한 면짜리 특집을 만들어야겠어."

"다음 주에는 롤러 스케이트겠군."

데이먼은 툴툴댔다.

"자네의 수준 높은 의견이 어떻든 간에 사람들은 스포츠 기사를 좋아한다구."

"사람들의 선호도에 대한 또 새로운 이론이로군. 스포츠에 대해서 굳이 뭘 쓰려거든 크리켓을 소재로 삼으라구. 신사들이 하는 경기잖아."

히스는 짐짓 지겹다는 듯 인상을 썼다.

"전형적이군. 이 전형적인 보스턴 사람 같으니. 자네가 나 없이 어떻게 신문사를 이끌어갔는지 도무지 모르겠어."

"진실을 알려줄까? 난 자네가 없는 동안 평화와 정적을 즐기며 지냈거든."

데이먼의 말에 그들은 서로 인상을 써 보였다. 모든 것이 정상으로 돌아와서 기뻤다. 그들 주위의 편집실 전체에 새로운 활력이 철철 넘쳐났다. 레인과 레드먼드 이 팀에 필적할 만한 상사는 없었다.

루시는 기나긴 하루 일과에다 지겨운 시사 문제 토론회에 시달려 녹초가 된 탓에 저녁식사 내내 드물게 조용했으며 히스 역시 신문사 관련 일 생각에 사로잡혀 있었다. 그 결과 식사는 짧고도 사무적인 채로 끝났으며 그 뒤 루시는 책을 읽으러 거실로 들어갔고 히스는 서재로 가서 일을 했다.

도료를 칠한 놋쇠 시계가 벽난로 선반 위에서 열두 시를 가리키자 히스는 마침내 펜을 내려놓고 책상 위의 물건들을 정리했다. 거실 문 앞을 지나가던 그의 눈에 루시의 포도주색 드레스가 힐끗 들어왔다. 그는 충동적으로 고개를 들이밀고 그녀가 무엇을 하는지 살폈다. 작은 소파 위에 웅크리고 누워 깊이 잠든 그녀를 보자 그의 입가에 미소가 감돌았다. 잡지는 바닥에 떨어진 채였고 그녀의 두 손은 무릎 위에 늘어져 있었다. 잠든 그녀의 모습은 어리고 또 너무나 무방비해 보였다. 그녀에게로 다가가 물끄러미 바라보던 그의 얼굴에서 미소가 사라졌다.

그녀를 안아본 것도 오래 전이었다. 갑자기 그녀를 안고 싶은 마음이 너무나 강하게 치솟았다. 그녀를 으스러져라 끌어안고 싶었다. 그는 지난 몇 주 동안 자신이 왜 둘 사이에 거리를 둬야 할 필요가 있다고 느꼈는지 그녀가 이해하지 못한다는 것을 알고 있었다. 그는 그 빌어먹을 자존심 때문에라도 그녀에게 의존하고 싶지 않았다. 그리고 앓는 동안 눈만 뜨면 모든 시간을 그녀에게 지배당했다는 사실 역시 감내하기가 힘들었다. 욕구불만의 목표물로 그녀를 이용하게 될 사태를 막기 위해 그는 그녀와 거리를 두고 지냈다. 아마 그녀는 그래서 상처를 받았을지도 몰랐다. 하지만 그녀를 학대하는 것보다는 그쪽이 훨씬 친절한 처사였다.

이렇게 서서 그녀를 내려다보고 있으려니 그의 푸른 눈이 후회로 그늘졌다. 지난 몇 주 동안 그녀가 그의 생리적 요구를 자기 요구인양 죄다 챙겨주고 돌봐준 것은 결국 그녀의 강함을 증명하는 증거였다. 그리고 그는 새삼스레 떠오른 그녀의 단호한 일면도 마음에 들었다. 아마 많은 남자들은 아내의 그런 성격을 부추기다니 그에게 제정신이 아니라고 말하리라. 하지만 가끔 그는 자신이 그녀에게 억지로 책임을 떠맡겨버린 게 아닐까 하는 의심이 들기도 했다. 평생 금지옥엽처럼 지냈던 그녀에게서 그런 안락함을 빼앗는 것이 정당할까? 그녀는 지금과 달리 살아갈 수도 있었지만 그래도 그보다는 지금의 이 생활에서 훨씬 더 행복을 느낄까?

"루시, 아가씨…… 나 때문에 사는 게 녹록치 않았지. 그렇지?"

그녀는 깊이 잠든 나머지 그의 말을 듣지 못했다. 히스는 애수어린 미소를 지으며 허리를 굽혀 그녀를 안아들었다. 긴장이 풀린 그녀의 몸은 믿어지지 않을 정도로 따스했다. 그녀는 잠에서 깨자 싫다는 듯 웅얼거리며 몇 번 눈을 깜박였다.

"괜찮아, 신…… 내가 이층으로 데려다줄게."

그의 말을 절반 정도 알아들은 그녀는 피곤한 듯 한숨을 쉬고 그의 목에 얼굴을 들이대더니 그대로 다시 잠들었다. 히스는 그녀를 이층 침실로 데려갔다. 똑바로 세우고 드레스를 벗기자 그녀는 투정을 부리듯 나직이 뭐라고 웅얼댔지만 히스는 개의치 않았다. 루시는 자꾸 떨어지려는 고개를 힘없이 들고 손등으로 눈을 비비며 하품을 했다. 아이 같은 그녀의 몸짓을 보자 히스의 가슴은 메어졌다. 그는 즉시 잡아먹을 듯 달려드는 욕망을 가차없이 억눌렀다.

그들의 앞에는 평생이라는 시간이 남아 있지 않은가. 하룻밤 정도는 그녀를 기다릴 수 있었다. 그는 그녀의 코르셋을 풀고 터무니없이 기기묘묘한 장치들을 바닥에 내팽개친 다음 속옷만 입은 그녀를 안아 침대에 눕혔다. 그녀가 이불 안으로 파고들더니 죽은 듯이 조용해지자 그는 미소지었다.

그는 옷을 다 벗고 그녀의 옆에 누운 다음 한 손은 그녀의 아랫배에 대고 나머지 손은 그녀가 베고 누운 베개 밑으로 집어넣어 끌어안았다. 그들의 몸에서 발산되는 온기가 이불 속에서 뒤섞이자 그는 더 없는 편안함에 휩싸여 한숨을 내쉬었다. 남자란 그 무엇도 아닌 바로 이 느낌 때문에라도 결혼을 해야만 했다. 매일 밤 같은 여자와 잠자리에 들고 그녀의 내음과 육체와 그녀의 숨쉬는 버릇에 익숙해지는 것은 중독성이 농후했다. 여태까지는 한 번도 어떤 버릇을 가져본 적이 없던 그였건만 지금은 꽤 많은 버릇이 생기고 말았으며 그 모든 것은 루시를 중심으로 형성된 습관이었다.

그는 이제 신문사에서 퇴근해 돌아왔을 때 루시가 현관에서 맞아주는 데에 길들여지고 있었으며 간혹 그녀가 현관에 없으면 짜증이 나는 동시에 불안했다. 마치 뭔가 중요한 의무를 소홀히 한 기분이었다. 그는 그녀가 세워놓은 집안 살림 규칙을 좋아했다. 매주 일요일마다 후식으로 먹는 사과파이, 항상 저녁 식탁을 밝혀주는 촛불, 그가 신문과 기사에 관해 고민을 털어놓을 때마다 끈기 있게 들어주는 그녀의 태도도 다 좋았다. 그는 그녀를 '버릇 교정기'라고 부르며 놀리기를 좋아했다. 예의범절을 중시하는 그녀의 태도는 토박이 뉴잉글랜드인의 특징으로 그녀가 언제까지나 몸에서 떼지 못할 습관이었다. 언젠가 그들이 아이를 낳아 기르게 되면 그는 그녀가 아이들의 말을 고쳐주고 의자에 똑바로 앉으라고 가르치는 모습을 즐거이 지켜볼 것이다. 그러고 나면 슬쩍 그녀의 등뒤로 돌아가 딸들에게 리본

이나 장신구를 사는 데 쓰라고 용돈을 쥐어주고 아들들에게는 남부 사람답
게 욕하는 법을 가르칠 것이다.

그는 그녀를 더욱 꼭 끌어안으며 향기롭고 부드러운 머리칼에 자신의
얼굴을 묻었다. 상냥한 루시. 새침하고 실질적이고 정열적이지만 아직까지
자기 자신이 얼마나 유혹적인지, 그리고 그가 얼마나 그녀를 필요로 하는
지 꿈에도 모르는 아가씨. 그의 손이 자기 것이라는 양 그녀의 몸 위에서
움직였다. 그는 그녀의 낯익은 감촉을 느끼고 안심했다.

루시는 데구르르 굴러 누우며 기지개를 켰다. 그녀는 자신이 눈을 뜬 곳
이 어디인지를 알게 되었던 그 순간부터 시작된 만족감에 푹 빠져 헤매는
중이었다. 지난밤에 대해서는 아래층에서 잠이 들었고 히스가 여기로 안아
서 데려왔다는 것 정도로 드문드문 기억날 뿐이었다. 오늘 아침 그녀가 눈
을 뜨기도 전에 히스가 출근만 하지 않았던들! 하지만 그녀는 이곳으로, 자
기 자리인 바로 이 침대로 돌아와 남편의 다정한 손길을 새삼스레 회상하
고 있었다. 오늘밤이면 그들의 육체적 관계가 재개될 것이라는 데에는 의
심의 여지가 없었다. 기나긴 금욕 기간을 어떻게 벌충할지 상상하자 그녀
는 얼굴을 붉히며 엎드려 방긋 웃었다. 그녀는 그와 모든 것을, 모두 다 하
고 싶었다. 유일한 의문은 어디서부터 시작하느냐뿐이었다. 민망한 생각이
었다. 그녀는 몇 분 더 그 자세로 누워서 그의 베개에 감도는 남자 내음을
들이마시며 지금이 오늘밤이라면 좋겠다고 아쉬워했다.

초반 반나절은 느긋한 속도로 흘러갔다. 하지만 그녀는 왠지 뭔가 돌발
적인 사태가 일어날 것 같다는 묘한 느낌을 받았다. 그 예감은 거의 공포에
가까웠고 전혀 이성적인 근거가 없는데도 왠지 내내 뇌리에서 떠나지 않았
다. 왜 오늘은 모든 게 조금씩 다른 것처럼 느껴질까? 루시의 불안감은 정
오가 조금 지난 뒤에 현실로 나타났다. 베스가 거실로 달려 들어와 히스가
지금 막 현관 계단을 올라오는 중이라고 알렸다. 루시는 바느질감을 내려
놓고 쏜살같이 현관으로 달려갔다. 무슨 긴급 사태가 생기지 않은 한 히스
가 이런 시각에 귀가할 리가 없었다.

"신. 사무실로 전보가 한 통 왔었어."

그는 거두절미하고 입을 열었다.

"설명할 시간이 많지가 않아…… 지금 당장 출발해야 해."

"출발이라고요? 어디로요?"

"버지니아야."

그는 괴롭다는 듯한 눈으로 복도를 흘깃 둘러보더니 그녀의 팔을 잡고 재촉해 이층으로 같이 올라갔다.

"침실로 가자구. 당신이 짐 꾸리기를 도와주면 그 동안 사정을 설명할 수 있으니까."

"왜요? 무슨 일이 있었어요?"

루시는 그의 넓은 보폭에 맞춰 계단을 오르려고 애를 쓰며 숨가쁘게 물었다.

"그곳에서 큰일이 있었거든. 내 이복형인 클레이가…… 저기, 어제 마침내…… 마침내 세상을 떠났어."

"어머나, 히스…… 안됐군요. 장례식은 언제죠?"

"오늘 아침에 벌써 치렀다더군."

"그렇게 빨리요? 제대로 준비할 시간도 거의 없었겠네요."

"내 생각엔 그냥 조촐하게 치른 것 같아."

히스는 음울하게 말하더니 침실로 들어가자 그녀의 팔을 놓았다.

"염병할, 갈색 여행가방은 어디다 뒀지?"

루시는 서둘러 입구로 다가가 베스를 불렀다.

"베스, 레인 씨의 머릿글자가 쓰여 있는 갈색 가죽가방 좀 찾아주겠어? 계단 아래에 트렁크랑 같이 있을 거야."

그녀는 히스에게 돌아섰다.

"아니, 셔츠를 그렇게 접으면 안 돼요. 다 구겨지거든요. 내가 할게요. 그리고 제발 욕 좀 그만 해요. 세상에, 셔츠를 몇 벌이나 가져가는 거예요? 오랫동안 거기 묵을 생각은 아니잖아요? 안 그래요?"

"기간은 나도 모르겠어."

히스는 넥타이를 바로잡으며 준엄한 말투로 대꾸했다.

"전보는 이복여동생인 에이미가 쳤더군. 의붓어머니인 빅토리아는 만사를 죄다 에이미에게 내팽개쳐놓고 곧바로 영국으로 떠나겠다는 심산인 것 같아."

"아들이 죽은 지 며칠밖에 되지 않았는데요? 딸을 그냥 두고 떠난다고요? 제정신이 아닌 것처럼 들리네요."

"바로 맞혔어. 당신이 빅토리아의 특징을 한 마디로 정확히 지적했군. 빅토리아는 한 번도 제정신인 적이 없었지. 그리고 사람이건 사물이건 어떤 대상에게도 염병할…… 애정을 품어본 적이 없어. 유일하게 애착을 가졌던 사람이 클레이지. 이제 클레이가 세상을 떴으니 빅토리아가 이 땅에 있을 이유는 하나도 없어. 영국에 살고 있는 가족이 빅토리아를 받아주겠지."

그의 입매가 쓴웃음으로 일그러졌다.

"빅토리아 걱정은 할 필요 없어. 전부터 곤란한 일이 생겨도 빠져나가는 솜씨가 일품이었으니까. 반면 에이미는 혼자야. 몰락한 농장을 떠맡아서 팔아치워야만 하고 결정을 내려야 할 일이 백 가지는 넘을 텐데 말이야."

"혼자라고요? 렌이 있잖아요?"

히스는 그 자리에 얼어붙었고 방 안은 완벽한 정적에 잠겼다. 그는 마치 그녀의 개암빛 눈 안쪽을 들여다보겠다는 양 날카롭게 꿰뚫을 듯이 빤히 응시했다.

"당신이 렌을 어떻게 알지?"

히스는 불쑥 물었다. 확실히 지금 그에게는 조심조심 상황을 풀어나갈 여유가 없는 것 같았다.

"잠꼬대로 한두 번 그 이름을 부르더군요."

어떻게 그럴 수가 있어요? 당신들 둘 사이에 있었던 일을 어떻게 내게 비밀로 감추려 들 수가 있냐고요? 그녀는 그에게 비명을 지르고 싶었다. 갑자기 화가 버럭 치밀었다. 왜 당신은 내게 정직하지 못한 거죠? 그녀의 귀에 들려오는, 단순한 호기심에서 비롯된 듯한 이 침착한 목소리가 자신의 것이라니 믿어지지가 않았다.

"추측컨대 렌은 당신 형수겠죠? 아니면 밝히고 싶지 않은 깊고 어두운 비밀이라도 되나요?"

"내 형수 맞아."

히스는 무뚝뚝하게 대답하고는 다시 넥타이를 바로잡는 데에 주의를 쏟았다.

"내 질문에 대한 대답은요? 렌은 지금 에이미와 함께 있지 않나요?"

"아마 그럴지도. 저기, 이 바지 좀 접어주겠어? 그래, 둘은 함께 있어. 하지만 렌은 이 나라에 친척이 있을 테니 어디인지는 모르지만 그곳에서 살 공산이 커. 그러니 지금 우리가 걱정해야 할 대상은 에이미뿐이야."

"나도 에이미 말고는 다른 누구도 걱정할 생각이 없었어요."

루시는 냉담하게 말하며 바지를 깔끔하게 접어 개켰다. 그녀의 시선은 바지를 향한 채였지만 히스가 그녀에게서 뭔가를 찾듯 다시금 오래오래 바라보는 것을 느낄 수 있었다.

"그래서 어쩔 생각이에요? 농장을 팔면 그 다음에는……."

"에이미는 어려, 신. 그리고 자기 어머니와는 머리부터 발끝까지 달라. 빅토리아는 도움이 안 되는 부모야. 랠리에 사는 프라이스 집안 사람들에게 에이미를 맡아줄 수 있냐고 부탁할 수는 있을 거야. 하지만 우리 아버지는 가문에서 내놓은 자식이었기 때문에 아무리 시간이 흘렀다 해도 그 딸을 엄밀히 말해 열렬하게 환영하지는 않을 거야. 아마 에이미를 입학시킬 학교를 찾아야 할지도 모르지……."

"남부에서요?"

루시는 마음이 내키는 것은 아니었지만 에이미가 너무나 불쌍하게 생각되었다. 히스는 모르지만 그녀는 에이미의 편지를 모조리 읽어보았으므로 그 조심스럽고 아이다운 필체를 단서삼아 그 소녀에 대해 대충은 파악하고 있었다. 그녀는 에이미에게 동정심을 느꼈다. 그런 어린 나이에 외톨이가 된다면 끔찍할 것이다.

"하지만 방학이나 휴일에는 어디서 지내나요? 남부에 달리 갈 곳이 있나요, 아니면 완전히 혼자예요?"

"그럼 대안이 있나?"

히스는 무표정한 얼굴로 물었다. 루시는 한숨을 쉬며 바지 한 벌을 더 접었다. 고민을 하느라 이마에 주름이 갔다.

"마치 대안이 뭔지 전혀 모른다는 것처럼 묻네요. 동생을 이 근처의 기숙학교에 보내는 편이 훨씬 실리적이라는 걸 당신도 완전히 파악하고 있잖아요. 여기에서 쉽게 갈 수 있는 곳이라면 당신도 계속 에이미를 지켜볼 수 있고요. 에이미는 당신 동생이에요. 당신이 방학 때 에이미를 여기로 부르고 싶다면 난 반대하지 않겠어요."

골치 아프게 걱정할 일이 덤으로 생길지도 모를 일이고 루시 자신도 히스와 둘이 있는 시간을 방해할 사람이 주위에 없는 편이 더 좋으리라는 것은 알고 있었다. 하지만 히스의 삶의 아주 작은 일부분에 에이미를 들이는 것조차 그녀가 거부할 수 있을까? 루시에게 두 남매 사이를 가로막을 권리가 있을까? 물론 없었다.

"에이미를 여기로 데려오는 게 어때요?"

그녀는 조용히 물었다. 그의 눈에 갑자기 떠오른 광채로 미루어 보아 그것이야말로 그가 원하던 바가 분명했다.

"고마워."

루시는 어깨를 으쓱하며 그를 외면했다. 지금 그녀는 이렇게 욕구불만으로 가득 찬 심란한 마당에 감사 따위 받고 싶지 않았다.

"일주일 이상은 걸리지 않을 거야, 신다."

"나도 같이 가도 상관없어요."

그가 그 제안을 거절할 줄 알면서도 그녀는 일부러 말했다. 정말로 그와 같이 가고 싶다는 마음보다는 땐죽을 걸려는 마음에서 해본 말이었다. 하지만 그 말을 하지 않는다면 숨통이 막힐 것만 같았다. 아아, 왜 그녀는 친절하고 상냥하고 이해심 많은 여자가 되지 못하는 걸까? 왜 그녀는 그를 위안하는 대신 계속 화만 내고 있을까?

"우리 중 한 명만 가는 것도 충분히 고생스러워. 당신은 여기 있으면서 매사가 다 원활하게 돌아가는지 지켜줘."

"신문사 일은 어떡해요?"

"그냥 내버려두고 가기가 정말 싫어."

그는 좌절감으로 신음했다.

"염병할, 정말 싫군. 하지만 이번에도 또 데이먼에게 맡길 수밖에 없지."

"잠옷 셔츠도 필요할 거예요."

그녀는 가죽가방 속의 내용물을 훑어보며 단조로운 목소리로 말했다.

"당신이 잘 때 뭘 걸치는 걸 싫어하는 줄은 알지만 여행을 떠나는 마당이니……."

"나한테 잠옷 셔츠라는 게 있었다는 것도 몰랐군."

"있어요."

그녀는 쌀쌀맞게 대꾸했다.

"한 벌이에요. 어디 있을 거예요. 당신 손수건을 찾다가 한 번 봤거든요."

그녀는 잠시 사이를 두었다가 의도적으로 이렇게 덧붙였다.

"집 안에서 이것저것 발견되는 물건을 보면 종종 얼마나 놀라운지 몰라요."

침묵. 루시는 가죽가방 속의 내용물을 지나치다 싶을 정도로 꼼꼼하게 다시 정돈했지만 그녀 자신이 의심을 품은 눈길의 목표물이라는 사실을 의식하고 있었다. 다음 순간 그녀는 고개를 들었고 뭔가 묻는 표정으로 눈썹을 조금, 아주 조금 치켜올렸다. 히스는 당장이라도 몇 마디 따끔한 말로 그녀의 서투른 야유를 억지로 끝장낼 것 같은 얼굴이었지만 그러는 대신 서랍장 안을 뒤져 양말 몇 켤레를 침대 위에 내던졌다.

"내가 없는 동안 뭐 필요한 게 있거든 이 거리 아래쪽에 사는 마컴 씨 댁으로 가봐. 데이비드는 내게 한두 가지 신세를 진 게 있으니까 무슨 문제가 생기면 그 집으로 가라구."

"레드먼드 씨 댁도 있잖아요?"

"데이먼은 신문사 일만 해도 충분히 바쁠 거야."

"하지만 전에 당신이 아팠을 때 레드먼드 씨는 나더러 혹 도움이 필요하면……."

"안 돼."

그는 날카롭게 말허리를 잘랐다.

"군말하지 마. 데이먼을 귀찮게 굴지 말라구. 그리고 이 일로 내 뜻을 거스르지도 마."

루시는 그의 고압적인 태도에 완전히 속이 뒤집어졌다. 짐을 다 싸고, 떠나기 직전 마지막으로 그의 지시를 받고, 모든 준비가 다 끝나 작별인사를 할 시간이 될 때까지 그녀를 지탱해 준 것은 오직 분노였다. 마차가 바깥에서 기다리고 있었다. 그들은 둘 다 아직 현관 안쪽에 서 있었고 하인들은 불편한 듯이 헛기침을 하며 복도에서 자리를 비켰다. 루시는 순간적으로 분노가 죄다 사라지는 것을 느꼈다. 그녀는 히스의 코트 칼라에만 눈을 못 박은 채 둘 사이의 침묵을 비참할 정도로 뚜렷이 의식했다. 그녀는 자기 쪽에서 침묵을 깨야 한다는 것을, 둘 사이에 아무 말도 오고가지 않은 채로 그를 떠나보내서는 안 된다는 것을 알고 있었다.

"당신이 버지니아에 갔던 것도 참 오래 전이군요."

그녀는 딱딱한 어조로 말했다.

"3년 됐지."

"당신이 거기 더 머물고 싶어하지 않으리라는 걸 무슨 수로 알죠?"

그녀는 메마른 어조로 물었지만 그 말에는 진심어린 걱정도 한줄기 스며 있었다.

"왜냐하면 거기 사람들은 뉴잉글랜드식 사과파이를 만들 줄 모르거든."

그녀는 반쯤 진심을 담아 웃었다.

"별로 그럴 듯한 이유가 아니잖아요."

"진짜 이유지."

그는 목쉰 소리로 말했다.

"왜냐하면 난 당신과 결혼했을 때 선택을 한 거거든. 그리고 그게 내가 원하는 바라고 확신해."

"나도 마찬가지예요."

그들은 둘 다 지난밤의 일을, 그리고 오늘밤 있었을 일을, 둘이 같이 지낼 수 있었을 시간을 떠올렸다.

"하필이면 때가 이렇게 공교로울 줄이야."

히스는 준엄한 어조로 한마디했다.

"당신은 한 번도 나하고 떨어져 지낸 적이 없었죠."

그녀는 그를 볼 수가 없었다.

"이렇게 오랫동안은 한 번도 없었어요."

"할 수만 있다면 나도 가지 않을 거야."

"빨리 돌아와요."

"알겠습니다, 부인."

그의 손이 그녀의 어깨에 감겼다. 그는 고개를 숙여 키스했다. 처음에는 가볍고 애정어린 입맞춤으로 끝낼 생각이었지만 그녀의 입술이 그의 입술에 맞닿아 전율하자 그의 목 깊은 곳에서 낮고 부드러운 신음소리가 새어나오더니 다음 순간 그는 그녀를 보듬어 안았다. 그녀는 갑자기 둘 사이에 타오른 열기에 놀란 나머지 몸을 빼려 했지만 그는 더욱 힘을 주어 끌어안았다. 그의 입술이 억지로 그녀의 입술을 벌렸다. 감미로우면서도 저항할 수 없는 쾌락이 어느새 그녀의 전신에 방울방울 흘러들었다. 심지어 그가 놓아준 뒤에도 그들의 몸은 눈에 보이지 않는 전류로 결합되어 있는 것만 같았다. 그가 뒤로 물러났을 때 그녀는 둘 사이의 끌어당기는 힘을 감지했다.

히스는 욕구불만과 좌절감에 휩싸여 뭔가 중얼거리더니 부자연스러울 정도로 현관문을 조용히 닫고 잽싸게 떠났다. 떨면서 창가로 다가간 루시는 마차가 거리 저편으로 나아가는 동안 그의 뒷모습을 계속해서 물끄러미 눈으로 쫓았다.

그는 거의 보름이나 집을 비웠다. 그 동안 그녀는 데이먼을 보지 못했고 짧은 카드만을 받았을 뿐이었다. 조의를 표하며 뭔가 필요한 게 있을 경우 알려주었으면 한다는 내용이었다. 루시는 히스가 왜 그렇게 요지부동으로 데이먼과 말도 하지 못하게 뜯어말렸는지 이유를 알 수 없었다. 설마 히스가 질투를 할 턱이 있을까? 분명 그는 그녀와 데이먼 사이에 우정 말고는 아무 감정도 없다는 것을 알지 않던가. 하지만 그가 워낙 그 문제에 딱 선을 그었으므로 그녀는 너무도 궁금했다.

루시는 히스가 에이미와 돌아올 때를 대비해 부지런히 준비를 했다. 집 안 구석구석을 빠짐없이 청소하고 소녀가 자기 마음에 드는 침실을 고를 수 있게끔 남는 방을 죄다 준비해 두었다. 하지만 아무리 일을 많이 하더라도 가끔 정신을 차려보면 여전히 생각에 잠겨 백일몽을 꾸거나 의기소침해진 상태인 적이 많았다. 고독은 끊임없이 그녀의 가슴에 아릿한 통증을 가져왔다. 매일매일이 달팽이 기어가듯 흘러갔으므로 그녀는 지난달의 사건들을 곱씹거나 이랬으면 어땠을까, 저랬으면 어땠을까 하는 상상으로 남는 시간을 채웠다. 그것은 그녀 자신과 이 결혼 생활에 대해 어떤 결정을 내리는 계기가 되었다. 이제부터 그녀는 히스에게 정직하기로 했다. 그에게 사랑한다고 말하기로 했다. 그가 그 말을 해줄 때까지 기다릴 이유가 없었다. 아마 그는 앞으로 50년 동안 자신의 사랑을 굳이 말로 표현하지 않고도 지낼 수 있을 것이기 때문이었다.

그가 그녀를 사랑하는 것은 분명했다. 그들은 서로에게 육체적으로나 정신적으로나 너무나 친밀했으므로 그가 그녀를 사랑하지 않을 리는 없었다. 그녀를 두고 떠나던 날에도 그는 그녀 곁을 떠나고 싶지 않다고 시인하지 않았던가! 그것도 그렇거니와 다른 모든 정황 역시 그의 감정이 그녀 못지않게 깊다는 사실을 설명해 주고 있었다. 루시는 거리낌없이 그에 대한 자신의 감정을 털어놓고 싶었고 그가 버지니아에서 돌아오면 상황을 바꿔볼 생각이었다.

히스로부터 토요일 정오경 보스턴에 도착한다는 전갈이 왔으므로 루시는 그날 오전 내내 몸단장으로 시간을 보냈다. 너무 신경이 곤두서고 흥분한 나머지 손이 덜덜 떨려 옷차림이며 머리 손질을 하는데도 베스의 도움을 받아야 했다. 분홍색 드레스를 입은 루시는 옷 색깔에 어울리게 홍조를 만들려고 볼을 꼬집은 다음 거울 앞에서 몇 분이나 이리저리 거닐어보았다. 너무 들떠서 독서나 자수 따위를 할 수가 없었던 것이다. 마침내 햇내기 하녀가 침실문을 두드렸지만 루시가 문을 벌컥 열자 오히려 놀라서 펄쩍 뒷걸음질쳤다.

"다들 오셨어?"

"마차가 지금 막 도착했어요, 마님."

"그럼 아래층으로 가자구나. 코트를 받아드는 순서는 프라이스 양이 먼저야. 그 다음이 주인님이고."

루시는 심장이 천둥처럼 크게 뛰는 것을 느끼며 계단을 내려갔다. 소위스는 그녀가 다 내려올 때까지 기다렸다가 문을 열었다. 처음 한순간 그녀가 의식할 수 있었던 것은 치맛자락이며 짧은 망토가 작게 사각거리는 소리뿐이었지만 다음 순간 그녀의 주의는 현관으로 들어서는 히스에게 전적으로 쏠렸다.

"신다."

그는 그녀를 보고 멈춰 섰다. 미소가 반쯤 천천히 드리워져 입꼬리가 위로 올라갔다.

남부 방문은 기적을 일으킨 것만 같았다. 그는 그녀의 기억 속에 남아 있던 콩코드 시절 초반의 근사하고 짓궂은 악당으로 다시금 돌아온 뒤였다. 걸음걸이는 활력으로 넘쳤고 눈에는 웃음이 가득했다. 피부는 햇빛에 타서 구리색이 되었으며 머리카락에는 연한 금색 광택이 반질반질 돌았다. 아아, 그녀는 그가 얼마나 늠름하고 잘생겼는지 그 동안 잊고 있었다. 남부란 대체 어떤 곳이기에 이렇게 마법과도 같은 효과를 그에게 발휘한 것일까? 사람 때문일까? 아니면 태양, 그리고 기후?

"돌아온 걸 환영해요."

그녀는 겨우겨우 입을 열었다.

"그 동안 어떻게 지냈지?"

그의 억양은 전보다도 훨씬 더 중후해져 윤기가 흐르면서 느릿느릿했다. 그녀는 그 소리가 너무나 좋았다. 보고 싶었어, 그의 눈길이 그녀에게 말하는 듯했다. 침묵에 담긴 말이 그녀의 맥박을 고르지 못한 속도로 마구 뛰게 만들었다.

"잘 지냈어요."

그녀는 막 미소를 띠려던 중이었지만 옆에서 뭔가 움직이는 기척이 나자 그곳에 눈길이 사로잡혔다. 그녀는 환영의 말을 혀끝에서 굴리며 돌아보았다. 늘씬한 금발 소녀였다. 호리호리하고 매력적이고 겸손했다. 에이미였다. 소녀의 얼굴은 히스보다 훨씬 더 부드러웠지만 눈매며 입매가 비슷했다. 소녀는 수줍은 동시에 자신 없는 눈길로 루시를 바라보았다.

그런데 또 다른 여자가 한 명 있었다. 루시는 즉시 누구인지 알 수 있었다. '하지만 이이가 어떻게 이런 짓을? 어떻게 이럴 수 있지?'

속절없는 엄청난 분노, 상처, 격분…… 이런 감정들은 아직 뒷전에 있었다. 지금 당장은 완전히 경악해서 아무 느낌도 없었다. 루시는 온몸이 마비 상태로 접어들면서 자신의 얼굴이 파랗게 질리고 표정이 싹 사라져 굳어지는 것만을 느낄 수 있었다. 그 편이 분노보다는 나았다. 그리고 공포보다도 한결 나았다. 렌에게 그녀의 얼굴 표정을 덜 들킬수록 더 바람직했다.

"미리 제대로 알려주지 못해서 미안해."

히스는 짐짓 자연스럽게 말했다.

"마지막 순간에 일행이 한 명 더 늘었거든. 루시, 내 동생 에이미와 형수인 라렌 프라이스 부인이야."

"에이미…… 프라이스 부인…… 만나서 반가워요. 안 좋은 일을 겪으셔서 정말 안됐어요."

루시는 기계적으로 중얼거렸다. 그녀에게로 다가오는 렌의 발걸음은 너무나도 유연하여 마치 치맛자락이 바닥 위를 미끄러져 스치는 듯했다. 날씬하고 보기 드물게 아름다운 렌은 한 자리에 있는 다른 여자들을 꼴사납고 어색하게 만들 정도의 미모를 지니고 있었다. 눈은 아련한 회색이었으며 그 주위에는 길고도 끝이 말려 올라간 속눈썹이 티 하나 없이 윤기나는 피부에 그림자를 드리웠다. 연갈색 곱슬머리가 어깨 바로 위에서 찰랑찰랑 굽실거렸다. 키는 중간 정도였지만 실버들같이 날씬한 덕분에 훨씬 더 커 보였다.

"히스의 부인이시군요……."

그녀는 서늘하고 하이얀 손으로 루시의 손을 부드러우면서도 지그시 잡았다.

"히스는 당신이 이렇게 예쁘다고 가르쳐주지 않았어요. 부디 렌이라고 불러주세요. 그러실 거죠?"

루시는 상대방 여자의 손이 떨리고 있다는 것을 느끼고 놀랐다. 분명 렌은 초조해하고 있었다. 아니면 기분이 안 좋거나. 혹은 둘 다일 수도 있었다. 하지만 속마음을 비춰주는 손 떨림 외에는 전혀 그런 낌새를 내비치지 않고 있었다. 그녀의 얼굴 표정은 고요했으며 미소는 다정하고도 사랑스러웠다. 에이미가 히스에게 보냈던 편지 속의 여인과는 전혀 닮은 데가 없는 것 같았다.

"에이미."

렌은 루시의 손을 놓고 말없이 뒤에 서 있는 소녀에게 고개를 돌렸다.

"새언니를 두려워하면 안 돼. 이리 와서 묵게 해주셔서 고맙다고 인사해야지."

에이미는 유순하게 루시에게로 다가왔다. 하지만 눈을 아래로 내리깔고 양손을 앞에서 초조하게 조물락거리는 채였다. 낯선 사람들을 만나서 두려운 것 같았다. 아니면 아마 두려운 대상은 루시 하나뿐일지도 몰랐다. 앞으로 올케언니인 양키 여자와 사이 좋게 지내야 한다는 것 때문에 소녀가 열심히 고민중이라는 것은 확실했다.

갑자기 루시는 렌에 대해서, 히스와 그녀 자신의 질투심에 대해서 까맣게 잊어버린 채 늘씬하고 수줍어하는 소녀를 바라보았다. 소녀가 너무나 불쌍하게 여겨졌다. 에이미는 얼마 전 오빠를 잃고 어머니에게 버림을 받은 몸이었다. 그리고 지금은 낯선 땅에, 그것도 북부에 와 있었다.

'너무나 외톨이로 보여. 두려워하는 것처럼 보여. 내가 이 아이 입장이라 해도 낯선 사람 앞에서 괜스레 귀여운 척 킥킥대고 싶지 않을 거야.'

"분명 상당히 피곤하겠네요."

루시는 사실을 설명하듯 침착한 어조로 말했다. 에이미는 경계하듯 흘끔 올려다보았다. 소녀의 눈은 히스와 똑같은 녹청색 계열로 히스만큼 눈이 움푹 들어가거나 그 정도로 눈썹 숱이 많은 것은 아니었지만 나름대로 아주 눈길을 끌었다.

"네. 전 여행을 좋아하지 않거든요."

“나도 마찬가지예요.”

루시는 대답했고 그 동안 에이미의 눈은 그녀의 세련된 옷차림을 세세한 부분까지 하나하나 파악하고 있었다. 에이미와 렌의 옷은 깨끗하고 관리 상태도 좋았지만 천을 뒤집어 다시 만들었다는 점이 루시의 눈에 안 보일래야 안 보일 수가 없었다.

“오빠 말로는 작은 분이라고 했어요.”

에이미는 한마디했다.

“그래서 항상 굽이 든 슬리퍼를 신으신다고 오빠가 말해 줬어요.”

“에이미!”

소녀의 인물평은 렌으로부터 꾸지람을 들었다. 그러나 루시는 미소지었다.

“굽 있는 슬리퍼를 신는 건 맞아요. 항상 신죠.”

“죄송해요.”

루시에게 사과하는 렌의 회색 눈에는 당혹감에 가까운 표정이 어려 있었다.

“아직 저렇게 어린애랍니다.”

“나보다 큰 사람을 감히 어린애라고 부를 수는 없겠는데요.”

루시는 에이미의 조심스러운 미소를 의식하며 대꾸했다.

루시는 너무나 동요한 나머지 그 이후 몇 분 동안 무슨 일이 있었는지 제대로 기억할 수가 없었다. 그녀는 차분하고 정중한 태도를 잃지 않았으며 손님들이 각자 자기 방에 짐을 푸는 동안에도 용케 미소를 한두 번 더 지을 수 있었다. 히스는 세수하고 옷을 갈아입으러 모습을 감췄고 루시는 방에서 그와 이야기를 나누기 전에 생각을 그러모아 정리하려고 무진 애를 썼다. 에이미의 방 앞을 지나던 그녀는 열린 문틈으로 소녀가 침대 가장자리에 앉아 있는 모습을 보았다. 소녀는 벽지에 일렬로 늘어선 장미꽃 무늬를 멍하니 응시하는 중이었다.

“에이미?”

루시는 미동도 않는 소녀의 모습을 보고 놀랐다.

“뭐 필요한 거라도 있나요? 뜨거운 차라도…….”

“고맙지만 괜찮아요”

소녀는 조심스러운 눈길로 루시를 바라보았다.

“예쁜 방이네요”

부드러운 연노랑색을 기조로 삼은 방은 파스텔 색조의 꽃으로 장식되어 있었다.

“이 방이 마음에 든다니 기쁘네요”

루시는 천천히 방 안으로 들어가 창가로 다가갔다. 에이미가 말벗이 생겼다면서 환영할지 아니면 억지로 밀고 들어왔다고 생각할지 궁금했다.

“여기 온도가 너무 덥지 않아야 할 텐데요 히스는 방마다 숨이 막힐 정도로 불을 활활 피워놓기를 좋아해서요 만약 상쾌한 공기를 쏘이고 싶다면 창문을……”

“아니에요 이 정도가 좋아요”

에이미는 약간 몸을 떨었다.

“매사추세츠는 춥군요”

“봄에는 더 마음에 들 거예요”

“오빠 말로는 이 지역에서 제가 갈 만한 학교를 찾아주겠다더군요”

“그 생각이…… 마음에 들지 않아요?”

에이미는 터키석 같은 눈을 깜박이지도 않고 그녀를 빤히 바라보았다.

“전 개의치 않아요 전 독서를 좋아해요 공부하는 것도 좋아하고요”

고무적인 일이었다.

“매사추세츠에는 이 나라 최고의 여학생 교육기관이 몇 군데 있어요”

루시는 따스한 어조로 설명했다.

“웰즐리에도 여성을 위한 고등교육 기관이 생겼으니까요 몇 년 안으로 완성될 거예요 만약 공부를 계속하고 싶다면 남자들처럼 대학을 갈 수도 있어요”

마지막 말이 에이미의 주의를 끈 모양이었다.

“혹시 페미니스트세요?”

그녀는 구미가 당긴 것이 분명했다.

"어떤 면에서는요."

루시는 시인했다.

"난 여자들에게도 공부하고 배울 권리를 허용해야 한다고 믿어요. 여자들의 두뇌가 열등한 취급을 받는 것은 안 될 일이라고 생각해요."

"엄마와 렌은 남자들이란 자기보다 똑똑한 것 같은 여자하고는 결혼 안 한댔어요."

"그 얘기를 들으니 아가씨 오빠에 대해서 뭔가 알 것 같군요."

루시는 중얼거렸다.

"뭐라고요?"

"아아, 아니에요. 아무것도 아니에요. 단지 그이와 할 얘기를 머릿속으로 생각했을 뿐이에요."

"렌에 관해서요?"

직관력을 지닌 차분한 녹청색 눈을 보자 루시는 가끔 히스가 그녀에게 보여주던 으스스할 정도의 직감을 떠올렸다.

"이것저것요. 그이와 보름 가까이 얘기를 나누지 못했거든요. 그 동안 쌓인 이야기가 많아요."

"오빠는 렌이 동행할 거라는 사실을 몰랐어요."

에이미는 대충 넘기려는 루시의 말에 속지 않았다.

"아무도 알지 못했어요. 우리가 떠나려는 날 아침에 렌은 갑자기 친척들이 자기를 받아주지 않을 거라고 말하더군요."

그래서 지금 자기가 오고 싶은 곳에 자리잡으신 거로군. 루시는 열불이 확 치솟았다. 남자들이란 여자들에게 너무나도 쉽게 넘어가고 만다! 눈물 몇 방울과 남부 특유의 상냥하고도 연약한 척이면 만사형통이다. 렌에게는 우스울 정도로 쉬운 일이었을 것이다. 그 결과 지금 루시는 그녀와 한 지붕 아래에서 지내게 되고 말았다! 이 웬 일급 코미디의 소재거리란 말인가.

"낮잠이라도 좀 자두지 그래요?"

루시는 소녀의 눈 아래 희미하게 진 잿빛 그늘을 눈치채고 차분하게 권했다.

"저녁식사 전에 단장할 여유도 있게끔 깨워줄게요."

에이미는 엄숙하게 고개를 끄덕이더니 문을 닫고 방을 나가는 루시의 일거수일투족을 지켜보았다.

히스는 침실에서 그녀를 기다리고 있었다. 새 옷으로 갈아입었고 갓 감은 머리는 젖어서 윤기가 반질반질했다. 그들은 웃음기도 없이 서로를 빤히 응시했고 보이지 않는 신호가 둘 사이를 오가는 것만 같았다. 그는 긴장하고 있었다. 그녀는 크게 분노하고 있었다. 그는 고집을 피울 태세였고 그녀도 마찬가지였다. 그들은 몇 주 동안이나 사랑을 나누지 않았으므로 한때는 활짝 열려 있던 모든 의사소통 수단이 지금은 단단히 봉인되어 버린 상태였다. 열망과 분노가 어우러져 그들 사이에 울타리를 쳐놓고 있었다.

"아래층 서재에서 얘기를 나누고 싶군요."

루시의 목소리는 팽팽했다.

"거기라면 다른 사람들 귀에 들릴 여지가 적을 테니까요."

"고함을 지르겠다고 마음을 단단히 먹은 게 분명하군."

그는 메마른 어조로 대꾸했다.

"그런 사태가 되지 않기를 바랄 뿐이에요. 하지만 당신이 어떻게 해도 내 말을 듣지 않는다면 소리를 질러야겠죠. 그리고 당신이 이 일을 대수롭지 않다고 결론 내리고 날 비웃는다면 저 문을 박차고 나가버리겠어요. 그리고 그 여자가 이 집에서 사라지기 전까지 돌아오지 않겠어요."

그의 표정에서 웃음기가 일시에 자취를 감췄다.

"조심해서 당신 성미를 건드리지 않겠소, 레인 부인…… 당신도 내게 똑같이 배려해 준다면 말이야. 그럼 서재로 자리를 옮겨서 이야기를 계속할까?"

석양 무렵의 햇살이 등불 빛과 뒤섞여 서재를 분홍색 기운으로 가득 채웠다. 자기 몫으로 술을 한 잔 따르던 히스는 루시가 손을 내밀자 입꼬리를 일그러뜨리며 똑같은 술에 물을 약간 첨가해 건네주었다. 루시는 이가 잔 가장자리에서 달그락달그락 소리를 내지 않을 때까지 한 모금씩 마셨다.

그녀는 눈을 감고 술이 몸 안을 태울 듯하며 뱃속으로 내려갈 때까지 기다
렸다가 뭐라 형용할 수 없는 온갖 감정이 복합되어 번득이는 눈으로 그를
바라보았다.

“어떻게 저 여자를 여기에 데려올 수가 있었죠?”

“기회만 있었더라면 렌도 같이 올 거라고 당신에게 미리 일러뒀을 거야.
하지만 막상 떠나려던 날 아침에……”

“그 여자가 자기 친척들과 어떤 문제가 있었는지는 에이미에게 들었어
요. 뭐 유감이더군요. 나도 렌의 친척들과 공통점이 많아요. 왜냐하면 나도
그 여자하고 같이 살고 싶지 않으니까요.”

히스는 고개를 뒤로 젖히더니 남성적이면서도 한껏 우아한 동작으로 남
은 위스키를 단번에 넘겼다. 그의 눈이 그녀의 눈길과 얽혀들더니 강렬한
시선을 보내왔다.

“렌은 우리 집에서 그렇게 오랫동안 지내지 않을 거야. 빅토리아는 영국
으로 떠나면서 에이미와 렌도 같이 데려가고 싶어했지. 영국에는 빅토리아
를 받아줄 가족이 있었으니까. 하지만 둘 다 거절했어. 에이미는 내가 와서
거둬주리란 걸 알고 있었거든. 그리고 렌은…… 글쎄, 내 추측으로는 단순
히 다른 나라로 가기 싫어서가 아니었을까. 어쨌든 별로 깊이 생각하지는
않더군.”

루시는 그의 목을 졸라버릴 수도 있을 것 같았다.

‘생각하고 또 생각했겠지. 렌은 자기 행동의 목적과 결과를 정확히 꿰뚫고
있었다구요. 당신을 계속 옆에 둘 수 있다는 걸 알고 있었다구요. 그 여자는
당신을 되찾을 수 있는지 시험해 보고 싶었던 거라구요! 이 바보 멍청이!’

“하지만 이제 렌은 영국행을 진지하게 고려중이야. 그러니 우리가 에이
미를 정착시킬 곳을 찾을 때까지 며칠 동안만 여기 있을 거야. 그 뒤엔 이
곳을 떠서 빅토리아의 곁으로 가겠지.”

“그럼 그냥 계속 남부에 남아서 마음을 정했으면 되잖아요. 왜 안 그런
거죠?”

“묵을 곳이 없었어. 나도 에이미를 위해서 렌이 여기까지 따라오는 게

좋겠다고 생각했지. 당신과 나는 에이미에겐 낯선 사람이고 렌은 유일하게 알고 지내던…….”

“아아, 두 번 말하면 숨가쁘죠.”

루시는 말을 자르며 휙 돌아서서 창가로 다가갔다.

“당신이 렌을 여기로 데려온 건 에이미를 위해서가 아니에요. 당신은 렌에게 며칠 동안 호텔 방을 잡아줄 수도 있었다구요.”

“호오, 그거야말로 정말 신사다운 행동이겠군. 얼마 전에 과부가 된 젊은 여인을 호텔에 덜렁 남겨두고…….”

“그리고 당신이 렌을 이곳에 데려온 건 당신이 잘난 신사라서가 아니라는 사실을 우리 둘 다 알고 있죠.”

“그럼 내가 렌을 여기 데려온 이유가 뭔지 어디 생각을 말해 보시지.”

그는 들척지근한 어조로 말했다.

루시는 성에가 어린 차가운 창틀에 이마를 지그시 갖다대며 목이 메어와 마른침을 꿀꺽 삼켰다.

“당신이 열병을 앓았을 때…….”

그녀가 말문을 열자 방 안은 죽은 듯이 고요해졌다.

“당신은 과거로 돌아간 걸로 착각하는 모양이었어요. 전쟁 전후의 시기로요. 당신은 전쟁 얘기와 부모님 얘기, 친구들 얘기를 하다말다 했어요. 그리고 무엇보다도…… 그 여자 얘기를 했어요. 렌 말이에요.”

그녀는 목 졸린 듯한 웃음소리를 냈다.

“난 그 이름이라면 지긋지긋해요. 너무나 많이 들었단 말이에요. 당신은 렌에게 클레이와 결혼하지 말라고 간청했어요. 렌이 얼마나 아름다운지도 말했고 또…… 그 여자를…… 사랑한다고도 말했어요…….”

그녀는 천천히 돌아섰다. 히스의 얼굴은 마치 석상처럼 철저하게 무표정했다.

“전에는 왜 그 여자 이름조차 내게 말하지 않았죠?”

그녀는 낮고 가느다란 목소리로 물었다.

“그럴 필요가 없었으니까.”

“무슨 일이 있었던 건가요? 렌은 왜 클레이와 결혼했죠?”

“클레이는 프라이스 가문 사람이었으니까. 프라이스 가문의 적자였으니까. 프라이스 가문은 전쟁 전에는 영향력이 상당한 대가문이었지. 난 서자에 불과했어. 렌과 나는 서로 좋아하게 되었지만 실수로 그만 렌을 이복형에게 소개시키고 말았어. 얼마 가지 않아 둘은 약혼을 해버리더군.”

세상에, 맙소사. 만약 그런 짓을 한 렌을 용서했다면 히스는 그녀를 깊이 좋아하고 있음이 분명했다. 루시는 억울하고 기가 막혀서 속이 활활 타는 것 같았다. 어떻게 그는 그런 짓을 당해 놓고도 아직까지 렌을 원할 수 있을까?

“렌이 당신 대신 형을 선택했는데도 당신은 렌을 탓하지 않나 보군요.”

그녀는 날카롭게 지적했다.

“그때는 원망했지.”

미소 비슷한 기운이 그의 입술에 서렸다.

“젠장, 그래. 지독하게도 원망했지. 저주도 하고 렌을 되찾을 수백 가지 방법을 강구해 보기도 했어. 하지만 시간이 흐르면서 감정도 변했지. 지금은 렌이 한 짓을 이해해. 난 힘이 없어서 남에게 의존해 살 수밖에 없는 여자의 처지가 어떤지 결코 깨닫지 못했어…… 렌은 자기가 내릴 수밖에 없었던 유일한 결정을 내렸던 거야. 다른 선택을 할 자유가 없었지. 분명 클레이는 돈도 명예도 있었으니 능력 없던 나와는 달리 렌에게 줄 게 많았고.”

“당신은 지금 렌 대신 변명을 늘어놓고 있군요. 렌이 꼭 클레이를 선택해야만 했던 건 아니었어요. 클레이의 이름, 돈, 가문…… 이런 것들 때문에 마음을 고쳐먹어서는 안 되는…….”

“당신이 그런 것 때문에 렌을 욕하리라고는 생각지 못했는데. 렌이 클레이와 결혼했던 바로 그 이유 때문에 당신도 대니얼과 결혼하려고 하지 않았나.”

“절대 그렇지 않아요!”

루시는 기가 막혀서 숨이 넘어갈 지경이었다.

“거기엔 큰 차이가 있어요. 난 대니얼을 사랑했다구요.”

"그랬나?"

히스는 천천히 고개를 젓더니 피곤하다는 듯 미소지었다.

"더 이상은 상관없는 일이야. 난 포로 수용소에 있을 때 마침내 모든 것을 이해했거든. 거기서 많은 것을 배웠지. 특히 힘이 없는 상태가 어떤 것인지를. 난 내게 어떤 일이 일어나더라도 제어할 힘이 없었어. 그런 적은 평생 처음이었지. 렌도 똑같은 신세였던 거야. 당신도 마찬가지고."

"난 더 이상 힘이 없지 않아요!"

"그래, 그렇지. 당신은 변했어. 하지만 렌은 달라. 렌은 아직까지도 무력해."

"렌은 참 운도 좋군요."

루시는 차가운 눈으로 대꾸했다.

"당신이 이렇게 다 알아서 옹호해 주니 말이에요."

히스는 욕설을 퍼붓더니 머리카락을 마구 흐트러뜨렸다. 그는 불쑥 돌아서서 술을 한 잔 더 따랐다.

"어쩌면 렌과 대화거리를 찾기가 힘들지 않을 거예요. 렌과 나는 공통점이 이만저만 많은 게 아니잖아요. 안 그래요, 히스?"

그녀는 그가 잔을 내려놓고 눈을 똑바로 마주 볼 때까지 계속해서 뚫어져라 응시했다.

"대체 무슨 말을 하는 거지?"

"렌과 나한테는 당신이라는 공통점이 있다는 거예요, 히스."

이것이 정말로 그녀의 목소리일까? 독기로 가득 찬 들척지근한 이 목소리가?

"하지만 대체 어느 정도였나요? 렌은 당신에 대해 얼마만큼 다 꿰뚫고 있죠? 나하고 다를 바 없나요? 당신들 두 사람은 잠자리까지 같이 한 애인 사이였나요?"

그는 그녀를 알아보지 못하겠다는 듯 쳐다보기만 했다.

"그런 질문을 하다니, 염병할."

"잠자리를 같이 했던 사이였나요?"

"아니야."

그는 여태껏 그녀가 보았던 그 어떤 모습보다도 격노한 표정이었다.

"아니, 그때도 아니었고 지금도 아니야."

"그렇게 노려볼 것까지는 없어요. 렌을 여기 데려와서 이 모든 상황을 자초한 건 당신이잖아요. 당신 머리에서 나온 생각이라구요. 그러니 그런 질문을 했다고 날 탓하면 안 되죠."

"당신이란 여자, 믿을 수가 없을 정도로군."

그는 낮은 목소리로 말했다. 칭찬하는 말은 절대 아니었다.

"당신이 좀더 억세져야만 한다고 생각했던 때가 한 번이라도 있었던 게 놀라울 뿐이야."

"그럼 좀더…… 힘이 없는 쪽이 좋은가요?"

루시조차도 그를 너무 몰아붙였다는 점을 시인해야만 했다. 히스는 그녀를 외면하고 돌아서더니 주먹을 꽉 움켜쥐었다. 너무 화가 나서 앞도 제대로 보이지 않는 것 같았다. 조금 두려워진 루시는 그를 내버려두고 문 쪽으로 향했다가 문득 멈춰 서서 그의 굳어진 등을 힐끔 쳐다보았다.

"이 상황을 끝간 데 없이 질질 끄는 건 원치 않아요, 히스. 며칠 동안은 그 여자가 이곳에 묵는 걸 참을 수 있지만 그게 전부예요. 만약 어느 쪽이 이곳에서 더 오래 버티는지 겨루는 경기로 변해 버린다면 그 여자가 이긴다는 걸 장담하죠. 왜냐하면 난 꾹꾹 눌러 참고 견딜 수가 없으니까요."

"대체 당신 어떻게 된 거야?"

'당신을 사랑하기 때문이죠. 당신을 잃을까 봐 두렵기 때문이에요.'

"당신에게 정직하고 싶은 거예요."

"정직 좋아하시네. 왜 전부 다 시시한 질투심 때문이라고 인정하지 못하는 거야? 그리고 당신이 정말로 그렇게 불안해한다면 날 그만큼 믿지 못한다는 소리로군. 난 당신에 대해 잘 알고 있다고 생각했지만 실상은 그게 아니었던 거야. 난 우리 결혼 생활이 제대로 굴러갈 수 있을 만큼 당신을 충분히 이해하고 있다고 생각했었어."

"당신이 렌을 이곳에 데려오기 전까지 우리 결혼 생활은 나무랄 데 없이 잘 굴러가고 있었어요. 이런 종류의 요구를 내게 하는 게 합리적이라고 생각해요? 공정한 짓이라고 생각하냐고요?"

"아니, 그렇지는 않아."

그는 거칠게 말했다. 그녀는 그가 의외로 시인하자 당황하고 말았다.

"그럼…… 대체 당신이 내게 왜 이런 짐을 지우는 건지 이해가 가지 않아요."

히스는 오랫동안 침묵을 지켰다. 그러다가 입을 연 그의 어조는 너무나 고요하고 실질적이었으므로 루시는 자신이 마치 성질이 나서 난리를 친 아이 같은 기분이 들었다.

"내가 하는 모든 일에 대해 당신에게 일일이 이유를 알려줄 수는 없어. 하지만 나도 당신에게 모든 행동을 정당화시키라고 요구하지 않아. 우리 사이가 항상 공정하게 굴러간다고 누가 그랬나? 결혼이란 그런 게 아니야. 우리 사이엔 어떤 계약도 없어. 내가 당신에게 할 수 있는 보장은 당신 손에 반지를 끼워주었을 때 다 해주었어."

12

이런 상황에서도 사람 좋은 여주인 노릇을 잘도 해낸다고 루시는 생각했다. 그녀는 어느 누구도 그녀의 살림 솜씨나 접대 태도에 대해 흠 하나 잡을 수 없게끔 최선을 다했다. 그리고 겉으로 넷 사이에는 불협화음의 전조조차도 찾아볼 수 없었다. 대화는 극도로 정중하게 이루어졌고 다들 너무나 조심스러웠기 때문에 어떨 때는 일부러 예의바른 척하는 장난을 치는 것 같기도 했다. 먼 훗날 언제 돌이켜 보아도 혐오스러울 일주일이었지만 한편으로는 아주 유익한 기간이기도 했다. 그녀는 남부와 북부 여인들의 커다란 차이점을 비롯해 새로운 것들을 수없이 익혔던 것이다.

에이미와 렌은 일종의 기교와 매력을 소유하고 있었다. 루시의 입장에서는 질리기도 하고 부럽기도 한 심정으로 그저 경탄할 수밖에 없는 솜씨들이었다. 다른 재능들도 많았지만 특히 그 둘은 남들에게서 찬사를 이끌어 내고 내뱉는 숨결마다 아첨을 곁들이는 능력이 있었다. 아직 십대에 불과한 에이미조차도 그런 기교를 완전히 터득한 것처럼 보였다. 대화의 물꼬가 어디서 트였든 간에 그 흐름은 항상 그들 쪽으로 돌아가곤 했다. 북부 여자들이라면 눈을 쟁반만큼 뜨고 '어머나, 전 정말 숙맥이에요'라든가 '난 정말 아는 것도 없고 알지도 못해요'라는 말을 남자들에게 지껄일 심보조차 내지 못했을 테지만 렌은 그런 짓을 서슴없이 해치웠다. 그럴 때마다 루시는 황당하고 열도 받았지만 그런 태도가 매력적이라는 사실만은 인정해야만 했다.

루시는 남자들의 심리에 대해서는 절대 명함도 내밀지 못할 실력이었지만 어떤 남자라도 지위고하를 막론하고 렌을 매력적이라고 생각하리라는 것은 확신했다. 히스는 그런 여자를 높이 사는 것일까? 루시는 그 생각을 하자 기운이 쑥 빠졌다. 만약 히스가 중요한 사안에 대해 토론하고 싶어하지 않는 여자를 원했다면 대체 왜 루시의 사고능력을 계속 북돋워주었던 것일까? 만약 그가 자기 말마다 실실대고 맞장구쳐줄 사람을 원했다면 왜 그녀에게 말다툼을 붙였던 것일까? 그런 행동은 전부 일종의 시험이었고 그녀는 결국 통과하지 못한 것일까?

히스가 이렇게 수수께끼처럼 여겨졌던 적은 처음이었다. 그녀가 그와 연관지어 생각했던 모든 것—그의 태도, 유머 감각, 그의 신념—이 두 남부 여인과 함께 있을 때면 왠지 묘하게 달라지는 것만 같았다. 그들과 같이 있을 때면 그는 달라졌다. 평소 같으면 그는 요점 없는 수다에 짜증을 냈다. 그런데 왜 지금은 이 시시한 잡담 따위를 참고 견디는 것일까?

월요일 아침, 히스는 워싱턴스트리트의 사무실로 일찍 출근했고 에이미도 식탁에서 일찍 일어났으므로 아침식사 식당에 남은 사람은 루시와 렌 둘뿐이었다.

루시는 커피에 설탕을 더 넣어 조심스럽게 저으면서 안 보는 척하며 상대편 여인을 꼼꼼히 뜯어보았다. 연분홍색 드레스를 입은 렌의 모습은 사랑스러웠고 놀라울 정도로 완벽했다. 렌은 희미한 미소로 화답하며 루시를 응시했다.

그들이 듣는 사람 없이 둘만 얘기를 나누게 된 것은 이번이 처음이었다.

"우리 둘만 버림받은 것 같네요"

루시는 숟가락을 내려놓고 커피를 살짝 한 모금 마셨다.

"난 둘이서만 남게 되어 기뻐요 혼자 있을 때 당신에게 다시 감사하고 싫었거든요. 에이미와 내게 친절하게 해주셨으니 말이에요. 우리 때문에 당신 집에 어떤 분란도 일어나지 않기를 바라고 있어요.”

루시는 미묘하면서도 교묘한 그 말에 화답해 미소지었다.

“부디 걱정 마세요. 어떤 분란도 일어나지 않았으니까요.”

“그 말엔 털끝만큼도 진실이 담겨 있지 않잖아요.”

렌은 꿀처럼 달콤한 목소리로 까르르 웃으며 말했다.

“예상치 않았던 손님의 존재란 항상 골칫거리죠. 하지만 난 조만간 영국으로 떠날 테니 그때면 당신도 가정과 남편을 다시금 오롯이 독차지하게 될 거예요.”

히스의 아내라는 그녀의 지위를 교묘히 깎아내리는 렌의 말뜻을 알아채고 루시는 등줄기를 딱딱하게 굳혔다.

“나야 당신들이 우리 집에 온 걸 환영해요. 그리고 남편이 자기 친척들과 함께 있고 싶어한다면 그거야 전혀 개의치 않는답니다.”

루시는 친척이란 말을 대수롭지 않은 척 강조했다. 렌에게 그 말을 음미할 시간을 조금 준 뒤 그녀는 태연한 어조로 말을 계속했다.

“영국에서 산다니 정말이지 너무나 가슴이 설레겠네요.”

“나도 그런 기분이 든다면 좋을 텐데요. 하지만 타지로 이주한 남부인이란 항상 눈뜨고 못 볼 존재지요. 사실 히스를 아니까 하는 말인데 그이가 이곳에서 어떻게 견디고 지내는지 도무지 이해할 수가 없다니까요.”

그녀의 맑은 회색 눈은 움찔하는 루시의 표정을 하나도 놓치지 않고 포착했다.

“당신도 히스가 농장의 대지에 당당하게 서 있던 모습을 보았어야 했어요…… 그이는 주위를 둘러보고 심호흡을 하더니 햇살을 다시금 얼굴에 받는 느낌이 얼마나 좋은지 말했어요. 가엾은 사람. 전에는 안색이 그렇게 파리한 적이 한 번도 없었는데요. 완전히 꼬챙이처럼 말랐더군요. 하지만 버지니아에서 일이 주 정도 지내자 다시금 거의 제모습을 회복했지요. 엄마가 항상 하시던 말씀이 떠오르더군요. 남부인이란 남부 외에는 어디에서도 살지 못할 팔자라고요. 히스가 무슨 생각을 품고 북부로 이주했는지 영 모르겠어요 여기 사람들은 히스 같은 남자를 이해하지 못해요 뭐 그렇다고 당신이 히스를 즐겁게 해주는 법을 모른다는 건 아니고…… 하긴 그이는 당신에게 완전히 정신이 나갔더군요 그이를 북부에 잡아둘 정도로 행복하게 해줄 수 있는 사람이 있다면 그건 분명 당신일 거예요”

“여태까지는 꽤 훌륭하게 해냈죠”

루시는 변명하는 목소리가 되지 않도록 무진 애를 써야만 했다.

“그이는 노력한 끝에 이곳에서 자기만의 독특한 지위를 확립했어요 <이그재미너> 신문을 성공시킨 그이의 성과는 비범할 정도예요”

“아아…… 그 신문 말이군요 뭐, 자기 아버지의 꿈을 좇고 있는 게 분명해요 하지만 언젠가 그이도 자기 자신의 꿈을 좇기로 결심하리라 믿어요”

“그이는 지금 하는 일에서 충분히 행복을 느끼는 것 같던데요”

“어머나…….”

렌은 뉘우치듯 눈을 내리깔았다.

“그이가 행복하지 않다는 뜻으로 한 말이 아니었어요 물론 그이는 행복하죠 물론이에요”

렌의 목소리에는 루시의 이성이 날아갈 정도로 짜증을 돋우는 뭔가가 깃들어 있었다. 마치 기분이 안 좋다면서 위로해 달라고 조르는 아이에게 말을 거는 듯했다. 루시의 짜증이 어느 정도 역력했는지 렌은 호소하는 듯한 미소를 지었지만 사실은 상당히 만족한 듯한 웃음이었다.

루시는 딱 맞는 말을 찾으려고 머리를 마구 굴렸다. 그와 결혼한 것은 바로 그녀, 루시이고 앞으로도 그 자리를 고수할 생각이라는 점을 렌에게 밝혀줄 말이 없을까?

‘난 그의 아내예요 당신이 아무리 그 사실을 변경시키고 싶어해도 그럴 수는 없어요 그리고 당신이 나 못지 않게 히스에 대해 속속들이 알았다면 결코 클레이와 결혼하기 위해 그이를 저버리지 않았을 거예요’

그런 생각이 그녀의 자신감을 어느 정도 되찾아주었다.

“당신이 히스의 행복을 걱정하는 거야 온당한 일일 수밖에요 당신은 그이의 형수고…….”

"그리고 그이를 오래 전부터 알고 지냈거든요"

"그렇지만 지금의 그이가 어떻게 지내고 있는지는 잘 알지 못하잖아요. 그이의 삶은 그이가 원한 바로 그대로 굴러가고 있어요. 그이는 다른 누구의 꿈도 아니라 바로 자기의 꿈을 좇고 있다고요. 새로운 꿈이죠. 그이의 예전 꿈은 오래 전에 죽어버렸어요"

렌의 미소가 흔들렸다.

"결코 변하지 않는 것도 있기 마련이죠."

이제는 주름살이 잡혔다. 루시는 자신의 일평생 가장 격렬한 전투 중 하나가 아침 식탁을 사이에 놓고서 벌어질 줄은 여태껏 결코 상상도 하지 못했다. 그것도 신중하게 말을 골라가며 조근조근 벌이는 전투일 줄은 더더욱 몰랐다.

"히스는 많은 것이 변했어요"

"그이는 언제까지나 남부인일 거예요"

렌은 상냥한 태도로 억지를 썼다.

"하지만 그렇게 확고한 건 아니에요. 그이는 바로 그 변할 줄 아는 재능 덕에 이곳에서 성공을 거두었거든요. 이제 그이에게도 뉴잉글랜드 사람다운 기질이 스며들었답니다."

대화의 진지한 성격에도 불구하고 루시는 자기 말에 거의 미소짓고 싶은 기분이었다. 히스가 만약 이 대화를 듣는다면 그 자리에서 죽어버리고 말 것이다.

"당신이야 그렇게 생각하면 기쁘겠지요."

이제 렌은 눈에 띄게 떨고 있었다.

"아마 그 말이 사실일지도 모르죠. 하지만 당신은 그이가 원하는 바를 몰라요. 지금 그이는 두 세계 사이의 중간에 있는 거예요. 난 그이가 진정 어느 쪽에 속하는지를, 그리고 언젠가는 원래 세계로 돌아오리라는 걸 알고 있어요."

"그럼 나도 항상 그이 곁에 있을 거예요"

루시는 눈 하나 깜박이지 않고 상대 여자를 쳐다보았다.

"난 그이가 가는 곳이라면 어디든지 따라갈 테니까요."

"당신은 그이가 속한 곳에 낄 수 없어요. 백 년을 머물러도 마찬가지예요."

갑자기 렌의 자제력이 부서지면서 목소리가 경멸감으로 날카로워지는 바람에 우스울 정도로 유치한 말투가 되었다.

"어떻게 그이를 손에 넣어 결혼했지요? 당신은 그이가 알고 지내던 다른 여자들과는 하나도 비슷하지 않아요. 그이는 당신 같은 종류의 여자에게는 눈곱만큼도 관심을 보인 적이……."

"그거야 그이가 결혼하고 싶다는 마음을 먹기 전까지였지요."

렌은 말문을 잃었다. 그녀는 굳어진 루시의 조막만한 얼굴을 바라보더니 다음 순간 마치 덧문을 탁 닫아버린 것처럼 무표정이 되었다.

"부디 내 사과를 꼭 받아주세요, 루신다. 벌컥 화를 낼 생각은 절대 없었어요…… 난 내가 무슨 말을 지껄이는지도 몰랐어요. 난…… 클레이가 죽은 뒤부터 심란한 상태거든요. 평소의 나 자신이 아니에요."

루시는 경계하듯 조심스레 고개를 끄덕이며 의자를 물리고 일어났다. 렌도 천천히 그녀를 따라 일어났다.

"오늘 아침에 했던 얘기는 전부 잊기로 해요. 다른 사람에겐 입도 뻥긋하지 않겠지요? 그래 주시면 좋겠어요."

"그럴 필요가 없다면요."

렌은 입술을 깨물었다. 무방비 상태에 어쩔 줄 모르는 듯한 표정이었다.

"내가 지껄인 말을 용서해 주세요. 어떤 바보라도 당신이 히스에게 좋은 아내라는 사실은 알 수 있을 거예요."

"용서할 게 하나도 없는 걸요."

루시는 고뇌하는 렌 앞에서 정중하게 대할 수밖에 없는 자신의 입장이 역겨웠다. 아아, 진짜 속내를 입 밖에 낼 수만 있다면!

"당신은 힘든 나날을 겪어왔으니까요. 남편을 잃는다는 게 어떤 건지 나로서는 상상하는 것 외에는 알 도리가 없네요."

그녀는 일부러 뜸을 들이다가 쐐기를 박았다.

"사실 그런 생각만 해도 지금 내가 누리는 모든 것에 더욱 감사하는 마음이 된답니다."

"당신이 히스에게 감사한다는 말을 들으니 반갑네요. 그이는 아주 특별한 남자예요. 난 전부터 그렇게 생각했어요."

"에이미의 말에 따르면 당신도 아주 특별한 남자와 결혼했다지요."

"그래요. 클레이는 아주 대단한 사람이었죠."

렌의 얼굴에는 거의 감정이 드러나지 않았다.

"한때는 클레이와 히스도 서로를 좋아했다고 말할 수 있었을 거예요. 하지만 전쟁 때문에 두 사람은 변해버렸지요. 클레이와 히스는 각자 반대편 길을 걷게 되었어요. 그 둘의 변화 때문에 우리들 모두가 놀랐답니다."

루시는 상대편 여인의 눈에 나타난 묘한 은색 광채 때문에 오한을 느끼면서도 고개를 끄덕이고 돌아섰다. 아마 방을 나가면서 렌의 부드러운 입가에 드리워진 미소를 보았더라면 한층 더 심란해졌을지도 모르는 일이었다.

그날 밤 루시는 상황이 예상했던 것보다 한결 심각해지고 있다는 점을 남몰래 인정해야만 했다. 그녀는 절박할 정도로 히스와 단둘이만 있고 싶었지만 그럴 시간도, 기회도 없었다. 손님들은 그의 주의를 완전히 독점한 것처럼 보였고 그녀는 그가 집에 돌아온 이후 채 열 마디도 대화를 나누지 못한 상태였다. 저녁 때 모두가 자기 방으로 돌아가자 루시는 그와 이야기를 나눌 심산으로 목욕을 마친 뒤 로브를 살짝 걸치고 침실로 향했다. 하지만 군데군데 어둠이 내려 깔린 복도에서 마침 렌의 날씬한 윤곽선을 딱 보고 말았다. 잠자리에 들 준비를 하는지 히스가 방 안에서 서랍을 여닫는 소리가 한 풀 꺾여 들려왔다. 렌은 경악하고 있는 구경꾼 따윈 의식하지 못한 채 방문을 조용히 열었다.

순수한 분노가 루시에게 와락 밀어닥쳤다. 대체 렌은 자기가 무슨 짓을 한다고 생각하고 있을까? 대체 무슨 목적을 이루려고 저러는 것일까? 이건 너무 심했다! 루시는 평생 한번도 남에게 달려들어 드잡이를 하고 싶은 충동을 느껴보지 못했지만 지금 이 순간은 렌의 머리를 예쁘게 장식한 저 찰랑찰랑한 밤색 고수머리를 하나하나 뽑아버리고 싶었다.

"렌."

루시는 그녀를 불렀다. 나직하면서도 쏘아붙이듯 딱딱한 목소리를 듣자 상대 여자는 문 안으로 들어서려던 동작 그대로 딱 멈춰버렸다.

"내가 뭐 도와줄 일이라도 있나요?"

"어머나……."

렌은 얼굴이 새빨개지더니 난처한 듯 주위를 둘러보았다.

"세상에, 그게 저기…… 내 방으로 가는 길을 못 찾겠지 뭐예요. 방이 너무 많아서요, 그래서…… 모퉁이를 잘못 돌았나봐요. 너무나 미안해요……."

문이 완전히 활짝 열렸고 다음 순간 히스가 맨발로 문간에 서 있었다. 셔츠 단추를 풀어헤친 바람에 가슴과 탄탄한 복부의 상당 부분이 드러나 보였다. 렌을 보더니 다음 순간 흘끔 루시 쪽을 바라보는 그의 눈길에 놀란 기색이 일렁거렸다.

"어떻게 된 거지?"

"렌이 복도 반대편에 있는 자기 방 위치를 잊어버렸다는군요."

루시는 부드럽게 말했다.

"분명 혼동했을 거예요. 문들이 이렇게 많으니까요. 게다가 집이 좀 큰가요."

그녀는 상대 여자를 바라보았다.

"당신 방은 저쪽이에요, 렌. 다음 번에는 계단을 올라오자마자 오른쪽으로 꺾어지는 걸 잊지 않도록 해요."

렌은 얼굴을 붉히더니 사과의 말을 웅얼거린 다음 치맛자락을 바스락거리며 자기 방으로 가버렸다. 그 뒤에서 은은한 꽃내음이 떠돌았다. 루시는 우아하고 여자다운 뒷모습이 사라질 때까지 기다렸다가 비난하듯 히스를 뚫어져라 쳐다보았다.

그는 팽팽한 한숨을 내쉬었다.

"시작하지 말라구."

그녀는 그를 내버려둔 채 침실로 휑하니 들어갔다. 턱을 높이 치켜들고 화장대로 향한 그녀는 묵직한 은제 빗을 집어들더니 요란하게 헝클어진 밤색머리를 억센 빗살 때문에 두피가 긁혀 아플 정도로 빗어댔다. 히스는 침대에 앉더니 말없이 그녀를 지켜보았다. 그의 눈이 비단에 감싸인 그녀의 몸 위를 거리낌없이 방황하다가 그녀의 얼굴로 돌아갔다.

"렌의 방향감각이 왜 저렇게 형편없는지에 대해 당신 설명을 들어야 할 것 같군요."

루시는 이를 갈며 말했다. 빗을 내동댕이친 그녀는 자기 전의 일과대로 머리채를 몇 가닥으로 갈라 땋기 시작했다.

"이 모든 상황이 우스꽝스러워요. 그런데도 꾹 참고 견디다니 내가 바보죠."

히스가 나직이 뭐라고 중얼거리자 그녀는 도끼눈을 떴다.

"뭐라고 했어요?"

그는 차가운 푸른 눈으로 그녀를 응시하더니 등골이 오싹할 정도의 목소리로 말했다.

"그 둘은 며칠만 지나면 떠날 거야. 에이미가 다닐 학교를 몇 군데 골라 두었으니 그 애는 다음 주면 학교에서 공부를 시작할 거라구……."

"문제는 에이미가 아니에요. 내가 이 집에서 내보내고 싶은 사람은 에이미가 아니라구요."

"렌은 에이미가 학교에 들어간 다음날 영국으로 떠날 거야."

"왜 지금은 못 가나요?"

"왜냐하면 렌은 에이미가 안전하게 자리를 잡는지 알기 전까지는 마음 편하게 지낼 수가 없으니까……."

"당신이 렌 걱정을 해주는 것만큼 내 마음의 평화에도 신경을 써준다면 고마울 텐데 말이죠."

루시는 격렬한 어조로 말허리를 잘랐다.

"당신 마음의 평화가 그렇게 염병할 정도로 약해빠진 줄은 미처 몰랐는데."

"난 단지 당신들 둘 사이가 어떻게 되고 있는지 알고 싶어요. 그리고 내 기분이 어떤지 뻔히 아는 당신이 그 여자를 계속 이 집에 붙들어두고 있는 이유도 말이죠!"

"우리 사이는 아무것도 아니야!"

히스의 성미가 벌컥 폭발했다.

"세상에, 왜 당신은 계속 렌을 나한테 떠넘기려고 하지? 마치 당신은 내게 도전을 걸어서……."

"무슨 도전을 건단 말이에요?"

"루시."

그는 짜증과 불만을 한꺼번에 터뜨리지 않으려고 온 신경을 집중시킨 채 말했다.

"난 무슨 일이 있었는지는 몰라. 당신은 눈에 띄게 비참해 보이고 당신 때문에 우리 둘 다 사는 게 지옥 같아. 난 당신을 너무나도 똑똑히 알고 있지만 지금의 이 모습은 당신이 아니야. 당신은 내가 아는 여자 중에 드물게 상식이 있는 여자야…… 하지만 지금 여기 있는 당신은 아무것도 아닌 일에 사정없이 바가지를 긁고 있다구."

"아무것도 아니라고요?"

그녀는 통렬한 어조로 외쳤다.

"어떻게 거기 마음 편하게 앉아서 아무것도 아니라는 말을 할 수가 있죠?"

"그럼 좋아. 내가 제대로 이해할 수 있도록 도와줘."

그는 부드럽게 말했다.

"내가 그 여자와 오늘 아침에 나눈 대화를 당신이 들을 수만 있었다면 아마 엄청나게 많은 걸 이해할 거예요."

그의 눈길이 날카롭게 변했다.

"무슨 소리야?"

루시는 갑자기 오늘 아침 렌이 했던 말이 사실일지도 모른다는 공포에 와락 사로잡히고 말았다. 만약 그 말이 조금이라도 사실이라면 그녀야말로 이렇게 마음 편히 앉아서 그의 얼굴에 대고 이런 말을 지껄일 수는 없는 것이다.

아아, 만약 렌의 말이 옳다면? 만약 히스가 과거에 품었던 꿈을 저버릴 수 없다는 것을, 아직도 그 꿈이 손닿는 곳에 있다는 사실을 알게 된다면? 만약 히스가 남부 외의 다른 곳에서는 절대 행복해질 수 없다고 결론내린

다면? 루시는 고향이 그에게 어떤 약효를 가져다주었는지 그 증거를 눈으로 똑똑히 보았다. 보스턴을 떠날 때는 창백하고 여위었던 그가 버지니아에서 돌아왔을 때는 완전히 다른 사람으로 변해 있지 않았던가.

"렌이 뭐라고 했지?"

히스는 거칠게 질문을 되풀이했다.

더 이상 루시는 그의 질문 앞에, 자신의 의혹 앞에 당당히 맞설 수가 없었다. 후퇴해서 시간을 들여 생각할 필요가 있었다.

"렌에게 직접 물어보시죠. 난 피곤해요. 좀 쉬어야겠어요."

그녀는 화장대에서 일어나 문으로 다가갔다. 더 이상 그와 한 방에 있을 수가 없었다.

히스는 그녀가 인기척도 눈치채지 못할 정도로 잽싸게 다가오더니 어깨에 손을 얹어 그녀를 휙 돌려세웠다.

"거기 서. 말해 봐."

"더 이상 할 말 없어요. 나한테 손대지 말아요! 자러 갈 거예요."

"물론 자러 가야지, 레인 부인. 하지만 여기에서 자는 거야. 이 방에서 말이야."

"싫어요!"

그녀는 하도 화가 나서 숨 넘어가는 소리를 내며 움직임을 봉쇄하는 그의 손아귀에서 벗어나려고 난폭하게 몸부림쳤다. 그는 그녀의 몸을 짧게, 하지만 격하게 흔들어댔다. 그의 손가락이 그녀의 피부에 파고들 듯했다.

"진정해, 이 꼬마 말벌 같으니. 그렇게 버럭버럭 역정을 내지 말란 말이야. 당신을 내 무릎 위에 엎어놓는 건 일도 아니라구."

"흥! 그러면 모든 게 해결되겠죠."

그녀는 목이 메어 외쳤다. 신물이 속에서 넘어오는 것만 같았다.

"놔줘요! 당신이 그 여자를 이 집에 데려왔잖아요. 그래 놓고도…… 내가 기뻐하기를 바라잖아요. 흥, 그럴 수 없어요! 내가 왜 그런 짓을 참아야 하냐고요…… 그럴 필요가 없어요. 여긴 내 집이고 난 당신 아내예요. 그리고 난 그 여자가 이 집에 있는 게 싫어요! 내 말 듣고 있어요?"

그녀는 점점 새된 목소리가 되었다.

"그 여자를 이 집에서 내쫓아요. 난 그 여자를 내쫓았으면 좋겠다고요!"

그녀는 분노한 와중에도 히스가 그녀의 창백해진 얼굴과 독기어린 말투에 깜짝 놀랐다는 것을 어렴풋이나마 알 수 있었다.

'이이는 무슨 생각을 하고 있을까?'

루시는 갑자기 녹초가 되어 꿀 먹은 벙어리처럼 그를 응시하기만 했다.

'난 이성을 잃고 말았어. 이이를 하도 다그친 바람에 이이는 내게 정이 떨어졌어. 나 스스로도 멈출 방법을 모르겠어. 어째야 좋지? 다음엔 어떻게 해?'

그의 눈은 어둡고 혼란스러운 표정이었다. 그가 그녀의 얼굴에서 본 것은 공포였다. 그로서는 이해할 수 없는 공포였지만 그는 어쨌든 그 공포를 덜어줄 방법을 망설이지 않고 찾았다. 그는 마치 거친 삭풍으로부터 안전하게 지켜주듯 그녀를 잽싸게 끌어안았다. 그녀는 몸부림을 쳐 떨어지려 했지만 그는 팔에 더욱 힘을 주어 위로하듯 탄탄한 가슴에, 셔츠 위에 더욱 꼭 끌어안았다. 루시는 전율하며 몸에서 힘을 빼고 따스한 남자 내음을 들이마셨다. 그때서야 그녀는 단순한 접촉이지만 이렇게 그의 몸으로 보호받는 것을 자신이 얼마나 필요로 하고 있었는지 깨달았다. 이 세상의 다른 어느 누구도 그녀에게 이런 천상의 기쁨을 가져다줄 수는 없었다.

"히스……."

"조용히. 진정해."

그녀는 관자놀이에 그의 까칠한 수염 자국이 와닿자 기분이 좋아졌다. 끝도 없이 힘이 뿜어나오는 그의 몸을 끌어안자 그녀의 공포가 녹아 없어지기 시작했다. 그녀는 말없이 그에게 기댔고 자신이 짐의 일부를 어깨에서 덜어 그에게 얹어주기 전까지는 그가 이대로 놓아주지 않으리라는 것을 깨달았다. 그에게 잠깐이나마 이렇게 보살핌을 받고 매사를 주도할 권한을 쥐어주니 마음이 놓였다.

그는 그녀가 말할 준비가 되었다는 것을 느끼자 팔에서 약간 힘을 뺐다.

"내가 필요로 할 때면 당신은 날 위해 강해졌지."

그의 목소리는 나직하고 차분했다.

"이제 나도 당신을 위해 강해지도록 해줘. 당신이 두려워하는 이유를 말해 줘. 그럼 난 당신이 두려워할 필요가 없어지도록 모든 걸 설명해 줄게."

그녀는 어디서부터 말을 꺼내야 할지 종잡을 수 없었다.

"그 두 사람과 함께 있으면 당신은 내가 아예 알지도 못하는 사람이 되고 말아요. 당신은 너무나…… 너무나 거만한 남자로 변해버리고 그 둘은 당신을 우러러보면서 당신 말 하나하나에 완전히 매달리죠. 마치…… 마치 당신이 모든 걸 다 안다는 것처럼……."

"미안해."

그는 분개하고 당혹한 그녀를 향해 애처로운 미소를 지었다. 렌과 에이미에 대한 그의 이런 행동이 루시에겐 낯설 것이라는 점을 미리 예상하지 못한 부주의는 그의 책임이었다. 전쟁 전 버지니아에 살 때의 그는 남자와 여자 사이의 행동에 그 외의 다른 양상이 있으리라고는 전혀 의식하지 못하고 지냈다. 남자란 당연히 하나도 모르는 것이 없다는 듯한 허식을 유지해야만 했고 당연히 여자란 그 남자를 털끝까지 속속들이 믿는다는 듯이 굴어야만 했다. 남부 여자란 상대 남자를 속으로는 어떻게 생각하든 간에 그 남자의 허영심을 뭉개버리는 짓 따위는 결코 꿈에서도 생각지 않는다. 모든 것이 유쾌하고 편안하면서도 아주 쉬운 일이었다.

그는 자신의 가치 체계가 예전에 바뀌었다는 점을 루시에게 어떤 식으로 이해시킬지 궁리해 보았다. 여자에게서 정직을 갈망하게 되는 때가 그에게도 도래했던 것이다. 그것은 사랑에 빠졌다고 상상했던 여자를, 렌을 잃고 말았던 그때였다. 온갖 말을 지껄이고 행동을 한 끝에 그는 생각할 시간을 가졌고 이제 더 이상은 아이처럼 취급해야 하는 여자 따위는 달갑지 않다는 결론을 내렸다. 또한 그는 숭배의 대상이 되는 것도 원치 않았다. 그는 파트너가 될 수 있는 여자를 원하게 되었다.

"설명하기가 힘들어."

그는 천천히 입을 열었다.

"남부에서는 그런 식으로 대화가 이루어지거든. 남자와 여자는 각자 그런 역할을 당연히 수행해야만 해. 일종의 습관이야."

"당신은 아주 즐기고 있는 것처럼 보였어요."

히스는 목쉰 웃음소리를 냈다.

"앞으로 당신이 내 자존심에 맞춰주기를 바랄 것 같아서 두려워? 아니야. 사실은 나도 점점 그런 짓이 귀찮아지고 있어."

"나한테는 그렇게 보이지 않았다구요."

그의 양손이 그녀의 등을 달래듯 위아래로 쓰다듬었다.

"내 말은 절대 사실이야."

"남부 사람들은 남부 말고는 어느 곳에서도 살 수 없다고…… 들었어요."

"난 지금 여기에 살잖아."

"당신과 동류인 사람들이 그렇지 않겠어요……?"

"나와 동류?"

그는 되풀이하더니 그녀가 이해할 수 없는 이유 때문에 나직이 웃어댔다.

"전혀. 난 남부 사람들이 그렇지 않아. 당신이야말로 내가 원하는 여자야. 데이먼이야말로 내가 같이 일하고 싶은 사업 파트너고 우린 각자 자기 일에 전념하고 싶어하는 좋은 친구이자 이웃이야. 그 점에 있어서 더 이상 개선해야 할 여지 따윈 찾을 수가 없는데."

"하지만 버지니아에서 돌아왔을 때 당신 모습은 이곳을 떠날 때보다 한결 행복하고 튼튼해져서……."

"당신이 있는 집으로 돌아와서 행복했던 거야, 이 꼬마 얼간이. 당신 곁으로 돌아오고 싶어서 몸이 달 지경이었어. 심지어 내가 렌을 달고 돌아왔을 경우 당신 심기가 불편해지리라는 것을 알면서도 말이야."

"그래도 난 그 여자가 여기 있는 게 싫어요."

"내 맹세하지. 가능한 한 빨리 렌을 내보낼게. 그럼 당신은 다시는 렌을 볼 필요가 없어. 그럼 이제 렌을 두려워할 일은 아무것도 없다고 앞으로도 스스로에게 다짐할 수 있겠지?"

그녀는 고개를 까딱하고 그의 품에서 벗어나려 했다.

"기다려."

그는 그녀의 팔꿈치 아래를 붙들었고 그녀가 한 발짝 물러나는 것까지는 허용했지만 절대 놓아주지는 않았다.

"어디 가려는 거야?"

"침실로요. 제발 입씨름하지 말아요."

그는 고집을 부리는 그녀 때문에 버럭 성질이 났다.

"여기에서 자."

"안 돼요…… 여기서 자면 무슨 일이 벌어질지 난 알아요. 그러고 싶지
않아요. 오늘밤에는 싫어요."

"신, 벌써 몇 주나 됐어. 아니, 몇 달이야."

"내 잘못이 아니에요! 당신이 아팠기 때문이고 그 뒤에는…….

"펄펄 뛰지 마. 난 전혀 당신 비난을 하는 게 아니야. 우린 지난 한두 달
동안 힘들게 지냈지만 그렇게 된 건 어느 누구의 잘못 때문도 아니야. 상황
이 우리를 그렇게 몰았고 이번엔 또 시간이 원흉이었지. 하지만 이제는 떨
어져 지내야 할 이유가 없고 더 이상은 참고 견디고만 싶지 않아."

그의 목소리가 그녀를 꾀듯 더욱 부드러워졌다.

"당신은 우리 사이가 어땠는지를 잊고 있었지? 오늘밤엔 내가 당신을
돌봐줄게. 당신에게 옛날 일을 깨우쳐줄게. 그리고 나면 당신도 매사에 한
결 느긋해질 거야. 내 장담하지."

"안 돼요."

그녀는 비참한 심정으로 대답했다.

"내 감정은 공허하고…… 증발한 상태예요. 오늘밤은 당신에게 줄 것이
전혀 남아 있지 않아요. 그렇게 오랜 시간이 흐른 뒤 처음 갖는 우리의 시
간인데 이런 식으로 치르고 싶지는 않아요. 좋게 끝나지 않을 거예요. 온당
치도 않을 거고요."

"루시……."

"제발요. 오늘밤은 그냥 날 혼자 내버려둬요."

그는 머뭇거리며 그녀를 놓아주었다.

"난 죽어도 애원은 하지 않을 거야."

"나도 당신이 애원하기를 원치 않아요. 그저 혼자 있고 싶을 뿐이에요."

　그는 그녀를 문간까지 따라오더니 문 손잡이에 손을 얹고 순간적으로 그녀의 퇴로를 막았다. 그녀는 터키석 같은 그의 눈동자를 지그시 올려다보며 자신의 가슴을 양팔로 감싸안았다. 자신이 그런 소란을 벌였다는 것이 당혹스럽게 느껴졌고 그가 그냥 보내지 않을 것 같아 조금은 불안했다.
　"우리가 보스턴으로 이사온 직후 몇 달 동안을 떠올려 봐."
　그의 눈길은 그녀의 허세를 벗겨내고 마음속까지 꿰뚫어보는 듯했다.
　"한동안 우린 사이가 좋았잖아. 아주 좋았지."
　"그, 그래요 그랬었죠."
　그녀는 터키석 같은 그의 눈동자에 어린 강렬한 표정 때문에 넋이 나간 나머지 말을 더듬었다.
　"우린 서로 너무나 달랐지만 그래도 당신은 내 행동이나 말에 보복하려고 꽁무니를 뺐던 적은 없었어."
　"그래요! 무, 물론 그럴 리가……."
　"신, 만약 당신의 이런 짓이 일종의 형벌이라고 생각했다면 난 지금 절대 당신을 놓아주지 않을 거야."
　그는 고뇌하는 그녀의 얼굴에서 대답을 읽더니 만족한 양 고개를 살짝 끄덕였다. 그는 문 손잡이에서 손을 내리고 문을 열어주었다.
　"가라구. 당분간은 자기 자신을 속이며 지내시지."
　그녀는 고맙게 생각하며 로브 자락을 한층 단단히 여미고 옆에 붙은 침실로 줄행랑을 쳤다.

　"아아, 여기 있었군요."
　서재로 들어간 루시는 에이미가 열심히 책장을 뒤적이고 있는 광경을 보고 미소지었다. 에이미는 루시를 보자 겸연쩍은 듯 손길을 멈췄다.
　"렌은 낮잠을 자던데 아가씨는 보이지가 않아서요."
　"여기에서 책을 좀 구경할 수 있을까 해서요……."
　"책을 정말 좋아하는군요 그렇죠?"
　"소설을 좋아해요."

에이미가 대답하자 루시는 미소를 지었다.

"뭘 골랐는지 좀 보여줘요. 으음…… 몇 권은 내가 제일 좋아하는 책이 군요. 《눈에 갇히다》, 《숨겨진 손》, 《폭풍의 언덕》……. 그런데 《세인 트엘모》를 읽어본 적 있어요? 없다고요? 내가 찾아줄게요. 그 책은 꼭 읽 어야 해요. 정열적인 장편 연애소설인데 가난한 아가씨가 성공해서 부자가 되는…… 이쪽 책장에 있는 책들만 훑어본 것 같네요."

"저 반대편 책장 쪽은 따분해 보였거든요."

"맞아요."

루시는 코를 찡긋했다.

"저쪽은 그이의 책장이에요. 이쪽이 내 책장이죠."

"신간 서적을 정말 많이 갖고 계시네요."

에이미는 장정 상태가 좋은 책들이 깔끔하게 일렬로 꽂혀 있는 모습을 경건한 눈으로 지켜보았다.

"어렸을 때 아버지는 좀더 실질적인 일을 하지 않고 책 사는 데에만 돈 을 너무 많이 쓴다고 종종 나를 나무라셨어요."

루시는 그때를 회상하며 방긋이 웃고는 히스의 의자에 앉았다.

"내가 아무리 많은 책을 사들여도 히스는 절대 아무 말도 하지 않으니 고마운 일이죠."

"클레이 오빠는 저더러 책을 너무 많이 읽는다고 잔소리를 했었어요. 집 에 책을 살 만한 여유가 없었거든요. 다른…… 물건을 사야 할 필요가 있 었기 때문예요."

"진료비 말인가요?"

루시는 클레이의 등 질환과 끝이 없던 병치레에 대해 상세히 써보냈던 편지를 떠올리며 부드럽게 물었다.

"그리고 일손도 고용해야 했거든요. 가족들 힘만으로는 제대로 일할 수 가 없었어요."

에이미는 히스의 책상에 책을 내려놓고 모서리에 기대섰다.

"농장에는 고작 클레이, 렌, 어머니 그리고 저뿐이었어요. 어느 누구도 그런 일에는 솜씨가 없었죠. 그래서 품삯을 주고 이웃집 소년을 고용했어요. 그 애는 게을렀지만 일단 하면 제대로 일을 했거든요.”

“안됐네요.”

루시는 충동적으로 소녀의 손을 토닥여주었다.

“뭐가요?”

“그런 힘든 일을 겪었다는 것이…… 그리고 읽을 책도 없었고…….”

“그때는 그렇게 상황이 고약하다고는 생각지 않았어요. 나중에 거리를 두고 관조할 수 있게 되기 전까지는 사태가 얼마나 심각한지 전혀 알 수 없으니까요. 물론 히스 오빠가 옆에 있어서 도움을 줬더라면 훨씬 편했을 거예요. 하지만 오빠는 그곳에 없었어요. 뭐 오빠 잘못은 아니에요. 오빠도 돕고 싶어했거든요. 오빠는 전쟁 뒤에 농장으로 왔지만 가족들은 오빠가 계속 묵도록 가만두지 않았어요. 오빠가 이런 얘기를 안 했나요?”

“별로요.”

루시는 에이미로부터 얼마나 진실을 짜낼 수 있을지 머릿속으로 계산을 거듭하는 중이었다. 에이미가 계속 입을 열도록 할 수만 있다면 정보가 술술 쏟아질지도 몰랐다.

“그이와 이복형, 렌 사이에 문제가 좀 있었다는 것 정도는 알아요…….”

“어머니도 문제였죠. 어머니는 절대 히스 오빠를 좋아하지 않으셨거든요. 그 이유는 아시죠? 그렇죠?”

“그건 그이가…… 그이가…… 다른 여자의 자식이라서요?”

루시는 조심스럽게 되물었다.

“맞아요. 클레이 오빠와 저는 프라이스의 성을 갖고 태어났죠. 어머니는 저희 둘만 진짜 자식들이라고 입버릇처럼 말씀하셨어요. 그리고…….”

에이미는 주위를 둘러보며 목소리를 낮췄다.

“히스 오빠는 태어나지 말았어야 할 자식이라고요. 어머니는 그런 말을 오빠 앞에서 수도 없이 하셨어요.”

“그럼 그이는 뭐라고 했나요?”

“그냥 씩 웃기만 했어요. 오빠가 그렇게 웃으면 어머니의 화가 머리끝까지 치밀어 올르셨죠 아아, 어머니는 히스 오빠가 곁에 있기만 해도 견디지를 못하셨어요. 아빠가 히스 오빠더러 우리 집을 방문하도록 했을 때 어머니는 며칠 동안 펄펄 뛴 뒤에야 진정하실 수 있었죠."

"아가씨와 클레이는 히스를 어떻게 생각했나요?"

"전 처음부터 히스 오빠를 좋아했어요. 클레이 오빠는 그렇지 않은 것 같았지만 그렇다고 둘이 싸운 적은 한 번도 없었어요. 렌이 나타나기 전까지는 한 번도요."

"렌은 대체 어떤 사람이죠?"

루시는 너무 열을 띠거나 초조한 어조가 되지 않도록 애쓰며 물었다.

"이웃집 여자였나요?"

"꼭 그런 건 아니었어요. 하지만 같은 군에 사는 여자였죠. 렌의 성은 스탠튼이에요. 딸 넷 중에 둘째였는데 제일 예뻤어요. 모두가 그렇게 말하더군요. 렌은 남자들과 시시덕대고 희롱하기를 좋아했지만 같은 군의 어떤 남자에게도 딱히 관심을 보이지는 않았어요."

루시는 열중해서 듣느라 몸을 앞으로 내밀었다. 관심을 보이는 루시의 태도에 힘입어 에이미는 내키는 대로 말하기 시작했다.

"그 외중에 히스 오빠의 엄마가 돌아가셨어요. 열일곱 살이었던 오빠는 우리와 함께 살게 됐죠. 어머니는 아마 자살이라도 하고 싶으셨을 거예요. 오빠와 한 지붕 아래에서 살며 꾹 참아야 했으니까요. 하지만 아빠는 어머니 말을 들으려 하지 않으셨어요. 아빠는 히스 오빠라면 사족을 못 쓰셨거든요. 그래서 어머니는 히스 오빠의 존재를 참고 견뎌야만 했어요. 하지만 어머니의 친구들은 전부 어머니를 이해하고 안쓰럽게 여겼던데다 사실 어머니는 오빠 얼굴을 그다지 많이 볼 일이 없었어요. 오빠는 항상 친구들과 함께 사방팔방을 쏘다녔거든요."

"말썽을 부리고 다녔나요?"

"그랬을 거라고 생각해요. 히스 오빠는 좀…… 거칠었어요. 오빠는 항상 골치 아픈 일에 말려들었지만 매력을 총동원해서 겨우 빠져나왔나 싶으면 또 사고를 치곤 했어요. 겉보기로는 모두가 히스 오빠를 좋아하는 것 같왔지만 어느 누구도 오빠가 자기 딸에게 구애하는 건 원치 않았죠…… 그 이유를 아실 거예요. 렌은 히스 오빠가 배경만 제대로 갖췄더라면 우리 군 최고의 인기 있는 남자가 되었을 거라고 말하곤 했어요. 오빠는 승마도 욕도 사격도 어느 누구보다 뛰어났으니까요. 그리고 또 머리도 아주 비상했죠. 제가 듣기로는 아가씨들은 모두 오빠를 찍었다고 해요. 렌 말로는 우리 군 경계선 안의 누구보다도 늠름하고 잘생긴 남자였다나요. 하지만 그래도 다들 오빠와 함께 있는 모습이 너무 자주 사람들 눈에 뜨일까 봐 겁을 냈어요. 자기들 평판이 엉망이 된다 이거죠."

루시는 정보를 아무 말 없이 머릿속에 빨아들였다. 히스는 처음부터 항상 아웃사이더였다. 버지니아에 있을 때조차도 마찬가지였다. 이제부터 그녀는 그가 이곳에서 자기 자리를 확립하기 위해 도전할 당시 전혀 두려움이 없었던 것에 결코 놀라지 않을 터였다. 그가 남부로 돌아가고 싶다는 뜻을 한 번도 비치지 않았던 것도 놀랄 일이 아니었다. 그는 사실 어느 곳에도 속했던 적이 없었던 것이다.

"히스와 렌은 어떻게……."

루시는 질문을 하려다가 차마 말을 다 이을 수가 없음을 깨달았다. 히스와 렌이라고 둘을 뭉뚱그려 말하기만 해도 목이 막혔던 것이다. 그 둘을 한데 묶어서 생각하는 것조차도 싫었다. 하지만 둘 사이에 있었던 일을 알아내기 위해서는 어쩔 수가 없었다. 에이미는 그 짧은 말로도 루시가 알고 싶어하는 바를 정확히 이해한 모양이었다.

"히스 오빠는 처음 렌을 보았을 때부터 한시도 떨어지지 않고 내내 귀찮게 굴었어요. 스탠튼 가문 사람들은 오빠가 자기 딸에게 구애하는 걸 달갑게 여기지 않았지만 시집을 보내야 할 딸이 넷이나 있었고 오빠는 상당한 유산이 들어올 몸이었거든요. 하지만 그 뒤 렌은 클레이 오빠를 만나게 되었죠. 정말이지 오빠들은 서로 많이 닮았어요. 단지 클레이 오빠는 프라이스 가문 사람이고 히스 오빠는……."

"서자였지요."

루시는 딱 잘라 말했다.

"클레이 쪽이 분명 훨씬 나은 먹잇감으로 보였겠죠."

"렌은 클레이 오빠를 사랑했어요."

에이미는 올케를 감싸듯 말했다.

"클레이 오빠는 잘생겼고 사람 좋고 또…….."

"나도 그 점은 확신해요."

루시는 황급히 자신의 실수를 무마시키려 했다.

"미안해요. 내 생각하고는 다르게 말이 튀어나가 버렸어요. 부디 계속 얘기해 줘요…… 렌이 클레이를 만난 뒤에 어떻게 되었는지 막 얘기하려던 참이었어요."

"둘은 결혼했어요. 히스 오빠는 그 결혼을 막으려 했지만 소용없었어요. 오빠들은 싸웠고 히스 오빠는 클레이 오빠에게 무슨 말을 했대요. 무슨 말인지는 모르지만 어쨌든 두 사람은 그 뒤로 절대 사이가 좋아지지 않았어요. 결혼식이 끝나자 히스 오빠는 너무나 난폭해져서 어느 누구도 손댈 수 없는 상태가 되었죠. 폭음에 거친 짓에…… 마침내 아빠는 오빠를 외국으로 보내버리셨어요. 여행을 하면 오빠도 좀 신사다워지지 않을까 싶으셨던 거죠. 그런데 그 뒤 전쟁이 터졌어요."

"전쟁이 끝난 뒤에는요? 가족들은 왜 히스를 농장에 살지 못하게 한 거죠?"

"거의 클레이 오빠 때문이었죠. 클레이 오빠는 등을 다쳐서 전쟁이 끝난 뒤로는 계속 병치레를 했거든요. 클레이 오빠는 히스 오빠가 돌아와서 같이 살게 되면 농장의 주인인 자기 자리에다가 렌까지 빼앗을 거라고 생각했던 거예요. 어차피 어머니는 히스 오빠가 농장에 있는 걸 싫어하셨고…… 렌은…… 그때 현관 앞에서 히스 오빠와 말다툼을 했어요. 오빠에게 온갖 욕을 하더군요. 오빠는 화가 나서…… 그래서……."

"그래서요?"

루시는 두려우면서도 동시에 이야기에 홀딱 빠져서 재촉해 물었다. 에이미의 얼굴이 붉게 물들었다.

"히스 오빠는 렌이 클레이 오빠와 결혼한 게 돈과 농장 때문이라고 비웃었어요. 돈은 남부연합의 지폐라 죄다 쓸모 없게 되었고 농장은 몰락 직전이었죠. 오빠는 렌을 아주 크게 비웃었어요. 그러자 렌은 누군가 현관 난간에 걸어두었던 승마용 채찍을 집어들고 오빠를 때렸어요. 그래서 오빠 관자놀이에 흉터가 남은 거예요. 눈 바로 옆에……."

"세상에."

루시는 경악하며 손으로 입을 가렸다. 렌에게 느꼈던 모든 질투심은 홍수처럼 밀려드는 히스에 대한 동정심 앞에 삼켜지고 말았다. 에이미의 설명을 듣고 생생한 영상이 떠올랐을 때 그녀가 움찔한 것은 순전히 이타적인 동정심 때문이었다. 사랑했던 사람에게서 그런 심한 상처를 입다니. 그것도 히스처럼 자존심이 엄청나게 센 사람이. 렌은 그에게 영원히 지워지지 않는 자신의 자취를 남겨놓은 것이다. 그 상처가 그저 피부에만 남는 흉터라고 확신할 수만 있다면 얼마나 좋을까! 아니면 영혼에까지 깊이 자국이 남아 아직까지 낫지 않은 상처일까? 그녀는 그 해답을 영영 찾지 못할까 봐 두려웠다.

"에이미는 저녁식사 뒤에 당신과 이야기를 나누고 나더니 기분이 좋아 보이더군요."

루시는 히스가 구불구불하고 단호한 필체로 쓴 편지의 교정을 보던 중 말했다. 그들은 그의 책상 앞에 함께 앉아 있었다. 부드럽게 재깍거리는 시계 소리로 자정이 임박했음을 알 수 있었다. 밤이 되었으므로 난로불은 재를 뿌려 묻어둔 상태였다. 어둠에 잠긴 집은 점점 서늘해지고 있었지만 루시는 히스와 함께 밝게 타오르는 등불을 벗삼아 일하고 있으려니 그저 안락하기만 했다.

"에이미도 윈드럽 아카데미가 마음에 들 거야. 여기저기에서 추천하는 곳이거든. 교육 내용이나 다른 모든 면에서 말이야. 에이미 같은 학생들이 실력 발휘를 충분히 할 수 있을 만한 곳이라는 확신이 들더군."

"그 '에이미 같은 학생'이란 말은 남부에서 온 이주자를 뜻하는 건가요?"

그는 빙그레 웃더니 유혹에 저항할 수 없다는 듯 그녀의 곱슬머리 한 가닥을 잡아당겼다.

"그래, 바로 그런 뜻이지."

"에이미가 자기 어머니와 같이 사는 대신 이곳에 있는 것을 후회할지도 모른다는 생각은 안 해봤어요?"

"물론. 전혀 후회하지 않을 거야."

루시는 편지를 내려놓고 손등으로 멍하니 종이를 쓸어 매만졌다.

"에이미를 학교에 데려갈 때 확실히 말해 둬요. 이 집으로 돌아오고 싶으면 언제라도 와도 좋다고요."

"그럴 거야. 그리고 당신과 거래 하나 할까. 당신이 내일 에이미를 쇼핑에 데려가서 필요한 것을 사준다면 난 그 다음날로 에이미를 학교에 얌전히 데려다주겠어. 그럼 이번 주 끝무렵에는 모두가 떠나게 되니…… 맙소사, 말로 꺼내기가 두려울 지경이군…… 모든 게 정상궤도로 돌아올 거야. 그런데……."

히스는 그녀를 잡아끌어 같이 일어났다.

"아직 초저녁이니……."

"사실 밤이 꽤 깊었어요. 그래서 난 선 채로 잠들어버릴 것만 같아요……."

루시는 신경질적인 웃음으로 대답하며 그에게서 손을 빼려 했다.

"난 당신을 깨우는 법을 알지."

그는 고개를 숙였지만 그녀는 황급히 피했다.

"히스, 지금은 안 돼요."

그녀는 그럴 수 없었다. 할 수 없었다. 렌이 한 지붕 아래 있는 이상은 안 되는 일이었다. 그랬다가는 더럽혀진 느낌이 들 것이다. 그녀는 렌이 완전히 떠나버렸다는 확신을 가져야만 했다. 그래야만 렌의 그림자가 그나 그녀의 마음속에 남아 사랑의 행위를 방해할 위험이 없어지는 것이다.

히스는 움직임을 딱 멈췄고 기분 좋던 유머감각은 눈에 띄게 자취를 감췄으며 표정은 음울하고 분개하는 티가 뚜렷했다.

"대체 언제까지 이 상태가 지속되는 거지?"

그는 부드럽게 물었다.

"내가 반쯤 미쳐버릴 때까지?"

“난 하고 싶은 생각이…….”

“당신에게 하고 싶은 생각이 없다는 건 똑똑히 알고 있어. 하지만 난 빌어먹게 하고 싶은 마음이라구. 그리고 그 점은 내 문제 못지 않게 당신 문제이기도 해.”

그의 오만한 태도에 발끈 화가 치솟은 나머지 루시는 가슴 앞에 팔짱을 척 끼고 그를 노려보았다. 요즘 들어 그녀의 성미는 괄괄해졌다. 자기절제가 왜 이렇게도 불가능해진 것일까?

“그럴 기분이 아닌데 스스로에게 강요할 수는 없잖아요, 히스.”

“그럼 기분이 나는 척이라도 하지 그래.”

그는 빈정거렸다.

“아니면 그건 당신이 항상 써먹고 있던 수법인가?”

루시는 재빠르게 마음을 베어드는 잔인한 말에 완전 경악해버렸다. 그녀는 히스가 그런 말을 한 즉시 후회했다는 것을 알아챌 수 있었다. 그의 얼굴 전체에 후회하는 빛이 역력했다. 하지만 그녀는 그에게 전혀 말을 꺼낼 틈을 주지 않고 차갑게 대꾸했다.

“당신이 그렇게 간절하다면 뭐 해버리죠. 바로 여기에서 하면 어때요? 자, 시작해요. 하지만 빨리 해치우라구요.”

그들은 격렬한 시선을 오랫동안 교환했고 어느 쪽도 물러서지 않았다.

“다시는 내 쪽에서 부탁하지 않겠어.”

히스는 마침내 딱 자르는 듯한 목소리로 말했다.

“다시는 당신을 귀찮게 굴지 않도록 하지. 당신이 그럴 마음이 들었거나, 아니면 준비가 되었거나, 혹은 보름달이 떴거나, 그것도 아니면 대체 당신이 염병하도록 기다리는 게 뭔지는 모르겠지만 어쨌든 결정이 나면 알려 달라구.”

그는 방을 나서려다가 잠시 걸음을 멈추고 한마디 더 덧붙였다.

“그럼 나도 그때 가서 고려해 보도록 하지.”

그녀는 나가는 그의 뒷모습에 발길질을 먹여주고 싶은 충동을 꾹 눌러 참았다. 하지만 그런 말을 해놓고도 그녀 쪽에서 먼저 행동에 나설 거라고 생각한다면 그는 아주 진득하니 오래오래 기다려야 할 것이다!

　창 밖을 내다보던 루시는 몇 주 안으로 봄을 알리는 첫 신호가 울려 퍼지리라는 것을 깨달았다. 봄은 항상 망설이며 오지만 절대 오래 머물지 않는다. 날씨는 곧 무덥고 푹푹 찌는 여름으로 무르익어 가리라. 그녀는 미소 지으며 해변가에 있는 히스의 모습을 머릿속에 그려보았다. 그의 눈은 푸른 바다를 배경으로 해서 눈부실 정도로 푸르게 보일 것이다. 여름이 오면 그에게 며칠 동안 회사를 쉬고 케이프코드로 놀러가자고 꼬여낼 방법을 몇 가지 궁리해야지. 그들은 아직 신혼여행도 가지 않았으니 케이프코드야말로 완벽한 장소가 될 것이다. 그녀는 미래를 설계하는 즐거움에 도취되어 얼굴을 붉히고 있었지만 아침식사용 식당의 반질반질한 바닥 위를 지나 다가오는 렌의 부드러운 발걸음 소리를 듣고 입구 쪽을 쳐다보았다.
　"떠나기 전에 아침식사를 좀 하고 가시죠."
　루시는 렌에게 친절하게 대하기가 그다지 어렵지 않다는 것을 깨달았다. 이제 렌이 반 시간도 못 되어 그녀의 인생에서 영원히 사라질 것임을 알기 때문이었다.
　"커피만 마시면 될 거예요."
　렌은 침착하게 자리에 앉았다.
　"뱃속을 꽉 채운 채로 긴 여행길에 나서는 건 좋아하지 않거든요."
　"확실히 앞으로 갈 길이 멀긴 하죠."
　렌은 아무 말도 하지 않았다. 검은색 장막처럼 드리워진 속눈썹 사이로 루시를 지켜보고만 있을 따름이었다.
　"분명 히스는 오늘 아침 일찍 출근해야 했던 것을 유감스러워할 거예요."
　루시는 은주전자에서 커피를 따르며 가볍게 말을 이었다.
　"그 바람에 당신 배웅도 못 하게 되었으니까요. 하지만 어제 에이미를 학교에 데려다주느라 빠진 근무시간을 벌충해야 했거든요."
　"나도 그이가 오늘 아침 일찍 출근해야 했다는 건 알고 있어요. 어젯밤에 작별인사를 나누었거든요."

렌의 말투는 다정한 작별인사를 오래오래 나누는 영상을 불러일으켰다. 루시는 짜증이 났으므로 렌은 조금만 있으면 떠날 몸이라고 다시금 자신에게 깨우쳐야만 했다. 시계바늘이 혹 제자리에 얼어붙은 것일까? 아니면 시간 자체가 느리게 흘러가는 것일까?

"우리 둘 다 당신이 영국에서 잘 지내길 빌어요……."

"나도 당신이 잘 지내길 빌겠어요."

루시가 내민 커피 잔을 받아드는 렌의 차가운 회색 눈이 불가사의한 빛으로 번득였다.

"난 당신이 정말 마음에 들어요, 루신다. 아마 믿기 어려운 말이겠지만 내가 당신을 좋아하는 건 사실이에요. 당신은 싫어하기가 힘든 사람이거든요. 당신을 만나기 전까지는 히스를 사로잡은 것으로 보아 시궁창처럼 음흉한 사람인 줄로만 알았지요. 내 생각이 틀렸어요. 히스는 당신이 쾌활하고 앙증맞아서 결혼한 거예요. 그리고 당신 미소는 상냥해요…… 히스가 이 추운 곳에서, 아주 차가운 사람들 사이에서 유일하게 찾을 수 있었던 따스한 대상이겠지요. 당신은 적재적소에 있었기 때문에 그이를 붙잡을 수 있었어요. 그건 당신에게 굉장한 행운이었죠. 하지만 난 아직 당신에 대한 동정심을 버릴 수가 없네요. 당신들 둘은 어울리지 않는 짝이고 그 점은 언제까지라도 변하지 않을 거예요."

"그이가 나와 결혼한 이유는 한 가지밖에 없어요. 내가 그이를 행복하게 해주기 때문이지요. 그 점 역시 언제까지 변하지 않아요."

"내 말이 맞는지 틀리는지는 시간이 증명해 주겠죠……."

"당신이 틀렸다고 증명해 줄 거예요."

"그럴 수도 있죠."

렌은 커피에 손도 대지 않은 채 식탁에서 일어났다.

"그래도 난 당신에게 행운을 빌어주고 싶네요, 루신다. 당신이 안됐어요. 왜냐하면 난 당신이 그이에게 어떤 감정을 갖고 있는지 누구보다도 충분히 이해하기 때문이에요."

루시는 얼어붙은 채 창 밖의 풍경에만 시선을 고정시켰고 렌이 말없이 그 자리를 떠날 때까지 철저히 무시했다.

　"월요일이란."
　데이먼은 마치 저주의 말이라도 읊듯 준엄하게 말했다.
　"달력에서 매장시켜야 할 날이야."
　그와 신문사 직원 중 제일 어린 축에 꼽히는 바틀렛은 맥빠진 편집실 안을 둘러보고 있었다. 기자들 몇 명은 자기 자리에서 나른한 듯 뭔가를 끄적거리고 있었으며 나머지는 참고서적을 뒤적이거나 신문사용 마차가 돌아와서 취재를 나갈 수 있게 되기를 기다렸다.
　바틀렛은 지루해서 숨이 막힐 정도가 되자 한숨을 뽑어냈다.
　"지금 당장은 고약한 뉴스라도 환영입니다."
　"이 업계에서는 고약한 뉴스가 곧 좋은 뉴스지. 하지만 자네 여태껏 월요일에 좋은 기사거리를 찾았던 적 있나? 물론 없을걸. 자연재해라도 일어나 달라고 비는 건 너무한 짓일까? 소형급 허리케인은? 매사추세츠 같은 주에서라면 적어도 정치 스캔들 한 건 정도는 있어야 하지 않느냔 말이야."
　그는 바틀렛을 돌아보았다.
　"자네의 인물 인터뷰는 어때? 로웰 부인이 자기가 여는 자선경매에 대해서 취재에 응하겠다고 했나?"
　"아뇨, 그게……."
　"그럴 줄 알았지."
　데이먼은 음울한 만족감을 표시하며 대답했다.
　"히스가 무슨 말을 하건 간에 난 그 부인이 응하지 않을 줄 알고 있었어. 로웰 가문 사람들은 광고나 선전이라면 어떤 종류의 것이든 혐오하거든. 어머니 말씀으로는 숙녀는 평생 단지 세 번 신문에 나는 법이라고 하셨지. 태어났을 때와 결혼했을 때와 죽었을 때라고 말이야."
　바틀렛은 무슨 대꾸를 해야 할지 영 알 수가 없었다.
　"그렇겠군요."
　"레드먼드 씨!"

사회부의 젊은 보조 기자인 조지프 데이비스가 데이먼에게 다가오려다 하마터면 어떤 기자의 책상에 걸려 넘어질 뻔했다.

"레드먼드 씨……."

"왜? 뭣 때문에 그렇게 흥분했나? 취재할 만한 새 기사거리를 찾았다는 말은 말게."

"도어맨 말이 레인 씨를 찾는 사람이 오셨다고 전해달라더군요."

"그 남자에게 전해. 레인 씨는 지금 만나실 수 없지만 명함을 남겨두고 가신다면……."

"남자가 아닌데요."

데이비스는 숨을 쌕쌕거리며 대답했다.

"레인 부인이 오셨어요."

데이먼의 흑단빛 눈이 호기심으로 빛났다. 그는 바틀렛과 그 자리에 서 있는 데이비스를 아무 말 없이 내버려둔 채 잽싸게 성큼성큼 편집실 입구로 다가갔다. 금단추에 위엄 있게 자세가 꼿꼿한 도어맨이 옆으로 비켜서자 루시의 모습이 보였다. 도어맨은 데이먼과 루시 단둘만이 복도에 남게끔 문을 닫았다. 에메랄드그린의 드레스와 머리에 앙증맞게 얹힌 작은 벨벳 모자 차림의 루시는 음울한 빛깔을 한 사무실 벽과 비교하면 열대 지방의 작은 새 같았다. 데이먼은 그녀를 본 순간 안 좋은 일이 일어났음을 직감했다. 그녀는 미소 띤 얼굴이었지만 긴장으로 굳어져 있었다.

"레드먼드 씨, 일하는 도중에 방해해서 죄송해요."

그는 그녀의 가냘픈 손을 잡고 손등에 살짝 입술을 갖다댔다.

"이 이상 더 유쾌한 방해는 생각할 수도 없습니다. 전에는 이곳에 왔던 적이 한 번도 없지요, 안 그렇습니까? 말해 보십시오. 기사를 직접 배달하는 연습을 시작한 건가요?"

"저기, 아니에요. 난……."

그녀는 그를 올려다보더니 까르르 웃었다.

"당신은 내가 그 기사를 쓴다는 사실을 모르는 걸로 되어 있을 텐데요. 히스에게 들었나요?"

“물론 아닙니다. 하지만 그 즉시 알아챘지요. 그 기사를 읽고 있으려니 당신이 직접 읽어 내려가는 목소리가 귀에 들릴 정도였습니다. 글재주가 놀랍더군요. 자아, 당신에게 더욱 엄청난 찬사를 쏟아붓기 전에 내가 어떻게 도와주면 될지 말해 봐요.”

“남편과 이야기를 하고 싶어요.”

“안됐지만 히스는 지금 사무실에 없습니다.”

“어디 있나요?”

“나가서 여기저기 돌아다니고 있겠지요. 일처리도 하고 뉴스감이 될 만한 게 없나 살펴보기도 하고…….”

루시가 고개를 숙이면서 작은 핸드백을 단단히 움켜쥐자 데이먼의 말꼬리가 흐려졌다.

“무슨 문제라도 있습니까?”

그는 부드러운 어조로 물었다.

그녀는 고개를 들고 불편한 듯 미소를 지어 보였다.

“아니, 그런 건 아니에요. 아마 내가 아무것도 아닌 일을 가지고 흥분했는지도 모르겠어요. 아무 일도 아니라는 건 확실해요. 하지만…… 하지만 오늘 시사클럽에 갔다가 소문을 들었거든요. 그래서 남편에게 물어봐야만 했어요. 당신은 그이가 언제쯤 돌아올지 알죠? 아마 이 모든 게 전부 아주 어리석은 일일지도 모른다는 건 알지만, 그래도 즉시 그이를 찾아야만 할 것 같은 느낌이에요. 내게 있어서는 아주 중요한 일이라…….”

“무슨 소문입니까?”

데이먼은 흥분해서 조잘대는 그녀의 말을 참을성 있는 태도로 도중에 끊었다. 그녀는 입을 열었다가 다시 돌연 다무는 등 계속 망설였다.

“레인 부인…… 여기에 올 정도로 마음이 편치 않은 일이었다면 화급을 다투는 일이겠지요. 아마 내가 지금 당장 해결할 수 있을지도 모릅니다.”

“당신은 우습다고 생각할지도 몰라요…….”

“당신이 심란해질 만한 일인데 어째서 우습겠습니까. 제발 내게 말해보십시오.”

"너무 놀라운 일이었어요…… 그래서 그 얘기를 들었을 때 뭐라고 말해야 할지 모르겠더군요. 분명 다들 날 바보라고 생각했을 거예요. 난 무슨 말인지도 모르는 채 뭐라고 웅얼거렸어요. 그러고 나서 모임이 한참 진행 중인데 그냥 나와버렸죠."

"대체 들었다는 얘기가 뭡니까?"

"당신도 히스의 형수를 분명 알고 있겠죠. 라렌 프라이스 부인 말이에요. 그 사람은 지난 주에 며칠 동안 우리 집에서 묵었고……."

"그래요."

데이먼은 메마른 어조로 대꾸했다.

"어느 정도 말은 들었습니다."

"그 여자는 이틀 전 영국으로 떠났어요. 더 이상 보스턴엔 없어요. 그런데 오늘 우리 클럽 회원 중 한 명인 커밍스 부인 말로는 누군가 어제 렌을 보았다는 거예요……."

"하지만 말이 안 됩니다. 어느 누구도 프라이스 부인의 얼굴을 모르지 않습니까. 대체 누가 프라이스 부인을 알아본단 말입니까?"

"지난 주에 하루 날을 잡아서 프라이스 부인과 히스의 여동생과 함께 쇼핑을 갔던 적이 있거든요. 그때 몇몇 사람들에게 둘을 소개했어요…… 당신도 C. F. 호비 백화점에만 가면 아는 사람들을 얼마나 많이 만나게 되는지 알죠? 그러니까 누구인지는 모르지만 어쨌든 어제 렌을 보았다고 하는 사람은 그들 중 한 명임에 틀림없어요…… 아아, 전부 웃기는 얘기죠. 내가 한 말처럼 말이에요. 렌이 여기 있을 이유는 없잖아요. 그리고 난 그 말을 한마디도 믿지 않아요. 왜냐하면 히스는 내게 거짓말을 하지 않으니까요. 하지만…… 하지만……."

"하지만 어쨌든 히스에게 물어봐야겠다고 생각했다는 거군요?"

"그래요."

데이먼의 태도에 뭔가가 깃들어 있었다…… 너무나도 조심스럽고 너무나도 정중한 그 태도에서 루시는 그가 그녀에게 뭔가를 숨기고 있다는 느낌을 받았다.

"제안을 하나 할까요."

그는 매력적인 미소를 지으며 말했다. 지나치게 힘이 들어간 미소였다.

"집으로 돌아가서 그곳에서 히스를 기다리면 어떻습니까? 그 친구가 오늘 저녁 일찍 퇴근하도록 내가 책임지고 엄하게 단속할 테니까요. 그러면 당신도 모든 걸 깨끗이 해결할 수 있고……."

"그이는 이 시간에 사무실을 비우는 적이 별로 없잖아요. 그렇지 않나요?"

루시는 그의 말을 자르고 끼어들었다.

"그거야 상황에 따라……."

"그렇죠?"

그녀는 따져 물었다. 그의 검은 눈이 그녀의 눈과 마주쳤고 다음 순간 데이먼은 머뭇거리며 대답했다.

"그 친구는 지금 업무처리중입니다."

끔찍한 의혹이 갓 그어댄 성냥처럼 뇌리 속에서 화르륵 타올랐다.

"그이는 어디 있죠?"

13

루시는 이렇게 안절부절못하는 데이먼의 모습을 여태껏 본 적이 없었다.

"모릅니다."

"데이먼."

그녀는 일부러 그의 성이 아니라 이름을 불렀다. 낮고 끈질긴 목소리는 긴장감으로 가득 차 있었다.

"당신은 내게 우정을 주었고 난 그 우정에 의지할 수 있다고 생각했어요. 당신 도움이나 조건을 구하는 게 아니에요…… 그저 내 앞길을 방해하지 말아 달라고 청하는 것뿐이에요. 당신은 그이가 어디 있는지 알죠. 만약 말해 주지 않는다면 내 힘으로 어떻게든 찾겠어요. 이 도시의 거리를 죄다 뒤지고 다니면서……."

"그럴 수는 없습니다. 위험한……."

"그래서 내 힘으로 그이를 찾아내겠어요. 하지만 내 친구라면 남편을 찾는 일을 막는 것은 당신 도리가 아니에요."

"우정을 놓고 거래를 하다니 공정치 못합니다."

"난 남편을 잃지 않으려고 싸우는 거예요. 그런 데엔 규칙 따윈 없어요

아마 당신도 결혼하면 자신이 얼마만큼 절박해질 수 있을지 좀더 잘 알게
될 거예요…… 당신을 위해서 그럴 일이 없기만을 빌지만요. 자아, 히스는
어디 있죠?"

"레인 부인…… 말할 수 없습니다."

"알았어요."

그녀는 단호하게 눈을 빛내며 담담한 어조로 말했다.

"그럼 난 가겠어요. 적어도 어디부터 찾아보면 되는지 정도는 넌지시 흘
려줄 수 있겠죠? 롱워프 근처인가요? 장터인가요? 아니면……."

"맙소사, 안 돼요, 루시. 안 됩니다. 더할 나위 없이 끔찍한 일이 당신에
게 벌어질 수도 있어요. 그랬다간 난 자신을 결코 용서하지 못할……."

"만약 내게 무슨 일이 일어난다 해도 절대 당신 탓을 하지 않겠어요. 히
스도 마찬가지일 거라고 생각해요. 자아, 뒤져봐야 할 영역이 상당히 넓으
니 빨리 시작을 해야겠군요. 그럼 안녕히."

"기다려요."

데이먼은 놀라움과 격분이 뒤섞인 눈길로 그녀를 바라보았다. 그녀가 이
렇게 부당한 압력을 넣거나 그를 교묘하게 조종할 수 있을 거라곤 꿈에도
생각해 본 적이 없었다. 그녀가 혼자 밖으로 나갔다가 해로운 일을 당한다
면 그가 책임감을 느끼리라는 것을 두 사람 모두 잘 알고 있었다. 그는 모
든 행동을 신사답게 하라는 교육을 받고 자라났으며 그 교육이 너무나 완
벽했던 나머지 어떤 상황에서도 당황한 적이 없었다. 하지만 맙소사, 신사
라면 이런 사태에 직면했을 때 어떤 행동을 해야 한단 말인가?

"그 친구는 파커 하우스에 있습니다."

마침내 그는 스스로가 혐오스럽다는 표정으로 말했다.

"점심식사중이지요."

루시는 쓰디쓴 미소를 지으며 천천히 고개를 주억거렸다.

"물론 그렇겠죠. 때를 가리지 않고 일품요리를 들 수 있는 곳이니. 왜 진
작 알아채지 못했을까요."

그는 그녀가 돌아서려 하자 그녀의 손목을 살짝 잡았다.

"거기 서요, 루…… 아니, 레인 부…….."
"파커 하우스로 갈 거예요. 날 막아봤자 아무 소용 없어요."
"당신이 거기 가봤자 되는 일은 아무것도 없습니다."
"그이가 그 여자하고 함께 있는지 내 눈으로 봐야겠어요."
"그 친구가 설명을 할 때까지 기다려요. 그 친구를 몰아붙이려 들지 말아요."
"더 이상 당신이 걱정할 일은 아니에요."

그는 그녀의 손목을 놓아주고 칠흑처럼 검은 머리칼을 손으로 빗어내리며 어떻게 해야 할지 미친 듯이 생각을 짜냈다.

"기다려요, 바로 이 자리에서. 사회부장에게 전권을 맡기고 금방 돌아오겠어요. 나하고 같이 갑시다. 움직이지 말아요. 아무 데도 가지 말아요."

사무실로 들어간 그는 기자들 사이를 헤집으며 지나가 몇 마디 퉁명스러운 지시를 황급히 내린 다음 부리나케 돌아왔다. 그러나 복도에는 다시 자기 자리에 서 있는 도어맨 외에는 아무도 없었다.

"그분은 어디 계시나?"

데이먼은 다소 거칠게 물었다.

"저도 모르겠습니다, 레드먼드 씨. 레인 부인께서는 레드먼드 씨가 사무실로 들어가신 직후에 나가셨습죠."

데이먼은 난폭하게 욕설을 퍼부으며 밖으로 나갔다. 신문사 마차가 마침 막 도착한 참이었다. 그는 운 나쁜 기자를 소형 마차에서 끌어내다시피 하고는 파커 하우스로 잽싸게 가라고 마부에게 명령했다.

히스는 냉담한 녹청색 눈으로 렌을 응시하며 검은 눈썹을 치켜떴다. 그녀는 난처해하거나 애원하는 기색이 전혀 없는 눈으로 그를 마주 보았다. 완벽한 달걀 모양을 한 그녀의 얼굴은 레스토랑의 묵직한 포도주색 실내 장식을 배경으로 하여 더욱 하얗고 깨끗해 보였다. 웨이터가 테이블 주위를 조용히 돌면서 부드러운 하얀 식탁보 위에 물방울 하나 흘리는 일 없이 물잔을 채워주었다. 웨이터가 자리를 뜨자 히스는 나직이 말했다.

"나 혼자 생각이라면야 당신이 보스턴에 살아도 괜찮겠지. 우리 집과 바로 한 거리에 살아도 괜찮지만 그래 봤자 내겐 아무런 차이점도 없어. 난 상관하지 않아. 아마 동정심이 별로 없다고 비칠지도 모르지만…… 그래도 난 상관하지 않아."

"당신 말을 듣자니 그 마음속에 내게 대한 감정이 전혀 없다고는 확신할 수 없는데요"

"정말로? 뭐 상처 한두 군데야 있겠지. 하지만 그 이상은 전혀 없어."

"분노조차도 없어요?"

그녀는 그를 열심히 지켜보며 물었다.

"그 얘기는 믿기가 어려운 걸요"

"오랫동안 화가 나긴 했었지. 하지만 당신이 왜 그런 짓을 했는지 슬슬 이해가 되기 시작했어. 당신이 왜 클레이와 결혼했는지, 전쟁이 끝난 뒤 당신이 농장에서 왜 나를 원치 않았는지……."

"난 당신을 원했다구요! 원했어요!"

절박하고 강렬한 어조가 그녀의 음성에 스며들었다.

"난 오래 전부터 그날로 돌아갈 수만 있다면, 그래서 다르게 살아갈 수만 있다면 하고 바랐어요. 그렇게 된다면 내가 했던 모든 말을 도로 삼킬 거예요 그 말들은 무엇 하나 내 진심이 아니었어요 당신을 상처 입히지도 않을 거예요 난 절대 당신에게 상처를 줄 생각이 없었어요 하지만 그때 난 당신 감정을 걱정하는 것 말고도 생각할 일이 너무 많았어요 우린 모두가 이기적이 되어야만 했어요…… 당신도 이기적이었잖아요!"

"나도 이기적이었지."

히스는 부드럽게 말을 받았다.

"그럼 당신은 이해해 주는……."

"난 오래 전에 당신을 이해하고 용서했다니까."

"그런데 무엇 때문에 지금 우리가 함께 하지 못하는 거죠?"

그녀는 당황해서 물었다.

"우선, 난 결혼했으니까."

　"당신 결혼 생활을 파탄내라는 게 아니에요. 난 결혼반지를 바라는 게 아니라구요. 그저 당신을 원할 뿐이에요. 난 여기 살면서 당신이 필요로 할 때면 언제든지 당신을 환영할게요. 내 품은 항상 활짝 열려 있어요……."
　"그런 건 나한텐 필요 없어. 분노를 모두 흘려보냈을 때 당신을 원하는 내 마음도 끝장나 버렸거든."
　히스는 퉁명스럽고 무정하게 굴어야만 하는 이 상황이 싫어서 말을 끊었다. 하지만 렌은 그에게 다른 선택의 여지를 남겨놓지 않았다.
　"당신 생각도 그때 그만됐지."
　"그런 말, 난 믿지 않아요."
　"당신이 믿든 말든 나야 상관없어. 당신이 앞으로 24시간 안에 보스턴을 떠나기만 한다면 말이야."
　"하지만 내가 떠나는지 아닌지 상관이 없다면서……."
　"내 아내에겐 상관이 있거든. 중요한 건 그 점뿐이야. 만약 내가 당신을 떠메고 다음 배편이나 기차에 억지로 태워야 한다면 난 그렇게라도 할 거야. 당신은 세상 어디에서 살아도 된다구…… 단 매사추세츠만 제외하고."
　"당신 대체 어떻게 된 거예요? 루신다는 언제까지나 당신을 행복하게 해줄 수 없어요. 조만간 당신은 자기를 이해해 주는 다른 사람을 원하게 될 거예요. 당신이 자라난 곳 출신인 사람을, 흘러간 옛 시절에 대해 당신과 이야기를 나눌 수 있는 사람을요. 당신은 그 여자와는 공유한 과거가 없어요. 하지만 난 다르다구요."
　히스는 그녀에게 대답할 말을 백 가지는 생각해낼 수 있었다. 그녀를 이해시킬 수 있는 수많은 할말이 있었다. 옛 시절이 그에게 얼마나 보잘 것 없는 의미인지, 루시가 그를 얼마나 속속들이 이해하고 있는지, 그리고 그녀가 손끝 하나만 움직이더라도 그를 행복하게 만들 수 있다는 것 등등을. 또 이곳에서 그의 삶이 얼마나 즐거운지를, 그 삶이 그에게 가져다준 목적의식과 성취감에 대해서도 말해 줄 수 있었다. 하지만 렌이 진실로 이해할 필요가 있는 것은 한 가지뿐이었다.
　"난 루시를 사랑해, 렌."

"당신은 한때 나를 사랑했었어요."

"당신에게 이끌리긴 했지. 난 당신을 좋아했어. 하지만 그 감정은 사랑이 아니었어. 참된 감정이 아니었지."

"그 외의 감정은 어느 것도 내게 있어서 참되지 않았어요."

"그럼 당신이 안됐군. 언젠가는 당신도 그런 사람을 찾게 되길 바라겠어. 하지만 당신과 나 사이엔 아무 가망이 없어, 렌. 난 평생 루시를 찾아 헤맸던 거야. 이제 루시를 차지했으니 어느 누구도 차선의 선택밖에는 될 수가 없어."

"차, 차선이라고요? 그 여자에 비해서?"

"그렇지. 그 점은 추호의 의심도 하지 말라구."

"히스…… 히스, 이해할 수가 없어요."

그녀의 완고한 기세가 흔들리기 시작했고 숱 많은 속눈썹이 난처해진 나머지 펄럭거렸다.

"대체 그 여자의 어디가 좋다는 거예요? 그 여자가 무슨 수를 썼기에 걸려들고 만 거죠? 그 여자가……."

렌은 할말을 찾으려고 버둥거렸지만 허사였다.

"그 여자가 나보다 더 예뻐요? 당신은 그렇게 생각해요? 그 여자가 신문에 대해 당신과 얘기하기를 좋아해서 그런 건가요?"

그녀를 바라보는 그의 눈에는 진심어린 동정이 깃들어 있었다.

"당신이 볼 수도, 만지지도, 느끼지도 못하는 것을 어떻게 설명해야 할지 모르겠군. 당신은 이해하지 못할 거야. 루시의 행동이나 말 때문이 아니야. 루시의 외모 때문도 아니고 물론 난 아내의 외모에서 전혀 결점을 찾을 수가 없지만 말이지. 때때로 사람들은 아무런 이유 없이 상대를 사랑하게 되지. 그렇게 되면 도저히 어떻게 손쓸 방법이 없어."

그녀는 식탁보를 내려다볼 뿐 아무 말도 하지 않았다. 하지만 그는 그녀의 침묵에 깔린 속내를 정확하게 읽어냈으므로 내일 아침이면 그녀가 보스턴을 떠나리라는 것을 알았다.

루시의 마차가 파커 하우스에 닿은 것과 때맞춰 신문사용 마차 역시 뒤

를 따르듯 도착했다. 데이먼은 보도로 뛰어내리더니 눈 깜짝할 새 루시가
탄 마차 문 앞으로 다가갔다.

"루시, 날 들여보내 줘요. 잠시만 얘기를 들어줘요. 제발 부탁이오."

루시가 망설이면서도 승낙하자 데이먼은 즉시 마차에 올라탔다. 깜깜하
고 조용한 마차 안에 둘만 남자 데이먼은 그녀의 곁에 앉아 잽싸게 자신의
패를 머릿속으로 훑어보았다. 대체 그녀에게 무슨 말을 할 수 있을까?

"식당에 들어가지 말아요."

그는 마침내 말했다. 하지만 그녀의 눈에 깊이 새겨진 비참한 표정을 알
아차리고 자신이 마치 혀가 묶인 바보 천치가 된 느낌을 받았다.

"나도 들어가고 싶지 않아요."

그녀는 갈라진 목소리로 대답했다.

"히스와 렌이 함께 있는 모습을 보게 될까 봐 두려워요. 그렇게 되면 내
겐 달리 선택의 여지가……."

"둘은 저 안에 같이 있어요…… 내 말대로입니다. 그러니 굳이 들어가
서 소란을 피울 필요 없어요."

"데이먼…… 왜 그이가 렌과 함께 있는 거죠? 왜 내게 말하지 않았던
걸까요? 어째야 좋을지 모르겠어요."

그녀는 울음이 터지려 하자 손수건을 찾아 핸드백 안을 더듬더듬 뒤졌
다. 그녀의 눈물은 그에게 견디기 힘들 만큼 의미가 큰 것이었다. 그는 자
기 주머니에서 손수건을 꺼내 그녀에게 주면서 잠시 숨죽여 흐느끼는 그녀
의 울음소리에 귀를 기울였다. 요 몇 년 사이 그는 이보다 더 무력한 기분
을 느낀 적은 없었다. 그는 조심조심 그녀를 끌어안았다. 남매 사이인양 거
세지 않은 포옹으로 정열이라고는 눈곱만큼도 내비치지 않는 몸짓이었다.
그녀가 계속 울자 그의 손이 그녀의 뒤통수로 다가가 보호하듯 가볍게 어
루만졌다. 짧은 찰나 그는 눈을 감고 자신을 속이며, 고통스러우면서도 사
치스러운 기분에 몸을 맡겼다.

너무나 위험한 게임이었다. 그는 루시가 그의 어깨에 기대 우는 것을 느
끼자마자 그녀를 위로하여 했던 자신의 행동을 후회했다. 하지만 루시의

눈물을 외면할 수 있다면 그 즉시 그의 심장고동도 멈추게 되리라. 그는 히스의 우정이 자신에게 어떤 의미가 있는지를 생각했다. 그 자신의 도의심과 명예에 대해서도 생각했다. 그리고 루시의 행복에 대해서도 생각했다. 그의 앞에 놓인 길은 오직 하나뿐이었다.

"당신이 생각해 봐야 할 게 있습니다."

그는 일부러 밝은 목소리를 냈다.

"지금 우리 둘이 이러고 있는 것을 완전 제3자가 본다면 히스와 렌 못지않게 훨씬 더 큰 죄를 짓고 있다고 생각할 수도 있어요."

그녀는 깜짝 놀라 눈을 동그랗게 뜨고 그에게서 몸을 뺐다.

"이건 곧."

데이먼은 담담한 어조로 말을 이었다.

"겉모양만으로 상황을 판단해서는 안 된다는 말이지요."

"무슨 말을 하려는 거예요?"

"실제 상황이 꼭 겉보기대로는 아니라는 겁니다. 섣불리 결론을 내리려 들지 말고 남편에게 설명을 듣도록 해요. 그 친구는 그런 기회 정도는 충분히 가질 권리가 있습니다. 한낱 오해 때문에 호된 꼴을 당해야 할 만한 나쁜 짓은 하지 않았다고요."

"전혀 이해할 수 없는 점이 한 가지 있어요."

루시는 젖은 뺨을 손수건 모서리로 닦았다.

"그이는 내게 거짓말을 했어요. 렌이 아직 보스턴에 있다는 말을 하지 않았어요. 그건 거짓말을 한 거예요."

"나 같아도 그랬을 겁니다. 만약 당신을 잃게 될지도 모른다고 생각했다면요."

데이먼의 이런 대답이야말로 루시가 가장 예상치 못했던 반응이었다.

"당신은 절대 그랬을 리가 없어요. 당신은 신사잖아요. 당신이 거짓말을 하리라고는 믿지 않아요…… 그렇지 않나요?"

그는 한숨을 쉬었다.

"그런 높은 기대를 한몸에 받는 사람들의 고민은 말입니다 루시, 그런 기준에 맞춰 살기가 항상 쉽지만은 않다는 거예요. 우리 모두는 실수를 하게 마련입니다…… 하지만 내 입장에서 보건대 히스는 그 누구보다도 실수를 적게 하는 사람이라고 단언할 수 있어요.”

“그이가 내게 거짓말을 했는데도 용서해 주어야 한다는 건가요?”

“이런 식으로 생각해 봐요. 히스는 렌이 보스턴에 있다는 사실을 당신이 모를 거라고 철석같이 믿고 있는데, 왜 굳이 위험을 무릅쓰면서까지 그 얘기를 당신에게 해야 할까요? 당신이 모르고 있는 편이 당신 마음에 상처가 되지 않았을 겁니다.”

“당신은 그이의 정직하지 못한 점을 정당화하려 들고 있어요!”

“난 그 친구가 당신에게 말을 하지 않은 이유를 설명하려는 겁니다. 히스는 자기 혼자 이 문제를 해결할 수 있다고 생각한 거지요. 당신에게 알리지 않고 당신을 보호하겠다고…….”

“난 그런 종류의 보호 따윈 필요 없어요.”

“그럼 히스에게 그렇게 말하십시오. 그 친구도 귀담아 들을 겁니다.”

“당신이 어떻게 알지요?”

루시는 갑자기 코를 팽 풀며 물었다.

“난 그 친구처럼 자기 아내 이야기에 귀를 기울이는 사람을 본 적이 없습니다.”

“그이는 단지 내 기분을 맞춰주는 거예요.”

“아니, 아닙니다. 전혀 그렇지 않아요. 루시…….”

데이먼은 침울한 웃음소리를 냈다.

“세상에, 내가 당신에게 무슨 말을 했는지 알게 되면 그 친구는 날 죽이려 들 겁니다. 하지만 당신은 알아둬야 할 필요가 있고 당신에게 계속 숨기는 것은 온당치 못해요. 루시, 히스는 원래 매사추세츠에 몇 달 이상은 결코 있을 생각이 없었습니다. 그 친구가 이곳에 눌러앉게 된 것은 다 당신 때문이었지요. 당신이란 이유 때문에 그 친구는 콩코드에 집을 사고 결국은 <이그재미너> 신문까지 사들인 겁니다. 당신이란 이유 때문에 그 친구는 남부로 돌아가는 대신 뉴잉글랜드에서 살기로 결심한 거라고요.”

"뭐, 뭐라고요? 그럴 리가 없어요."

"성서에 대고 맹세합니다. 히스는 뉴잉글랜드를 떠나기 전에 날 찾아왔어요. 찾던 것을 못 찾았기 못했기 때문에 이곳을 영원히 떠날 거라고 말했지요. 그래서 난 그 친구를 보는 것도 이번이 마지막이라고 생각을 했습니다. 그 친구의 모습은 마치 뿌리를 잃어버린 사람 같았지요. 많은 참전용사들이 그런 변화를 겪곤 하지요. 방황하기 시작하는 겁니다. 어떤 사람들은 남은 평생 내내 선로 위를 걷기도 하고 열차 앞에 몸을 던지기도……."

"히스는 절대 그런 증세에 시달릴 사람이 아니에요."

"맞습니다. 하지만 그 친구의 표정에는 뭔가가 있었습니다. 뭔가 안정되지 못하고…… 집이 없는 듯한…… 제대로 설명할 수가 없군요. 당신도 직접 두 눈으로 봤어야 내 말이 이해될 겁니다. 하지만 그 친구를 다음 번에 만났을 때 그런 표정은 씻은 듯 사라져버렸더군요. 한 달 뒤에 돌아온 히스는 콩코드에 집을 샀다고 했습니다. 그러더니 우리들 둘을 위한 묘안이 있다면서 <이그재미너>를 사들이자는 어처구니없는 말을 하는 겁니다. 그때는 정말 아닌 밤중에 홍두깨 같은 이야기였지요."

데이먼은 나직이 웃음지었다.

"난 돈 문제에 있어서는 바보가 아닙니다, 루시. 그리고 그때는 돈이 많지가 않았어요. 그래서 앞으로 할 일에 대해서는 신중하게 살펴볼 생각이었죠. 하지만 히스가 끝내 날 설득해 신문사를 사들이도록 만들지 않았다면 난 망했을 겁니다. 그러더니 그 친구는 당신과 함께 나타나 당신을 아내라고 소개했지요."

"잠깐만요…… 당신 말로는 그이가 콩코드에 집을 샀을 때 이미 결혼을 결심했었다는 소리인가요?"

"5월 말이었지요. 그때 당신 이름까지 내게 알려주었는 걸요."

"하지만…… 하지만 그때는 우리가 만나기도 전이었어요."

루시는 완전히 놀라버렸다. 그녀의 기억은 그가 그녀를 얼어붙은 강물에서 건져 올렸던 1월로 날 듯이 되돌아갔다. 히스는 그 전해 여름에 콩코드에 집을 샀었다.

"그이는 내가 거리를 지나가던 때나…… 아버지의 가게 창문 너머로 본 게 다예요 그런데 당신은 그이가 이미 마음을 정한 뒤였다고……."

"그 친구는 당신을 보자마자 마음에 들었던 게 분명해요"

데이먼은 천천히 미소를 머금었다.

"내가 당신에게 하려는 얘기는 그 친구의 행동 전부가 다 당신을 위해서였다는 겁니다. 당신이야말로 히스의 모든 행동의 원인이었어요 그런 점에서라면 내가 <이그재미너>의 편집국장을 맡게 된 것도 당신 덕분이지요 당신이 아니었다면 히스는 절대 내게 신문사를 사들이자는 얘기를 하지 않았을 테니까요."

데이먼은 수수께끼 같은 눈길로 그녀를 찬찬히 바라보았다.

"이제 속속들이 기분이 좋아졌나요? 아니라고요? 그럼 한 가지 더 말하지요…… 겉으로는 어떻게 보이든 간에 히스가 당신 말고 다른 사람을 택하리라 생각하는 건 바보뿐입니다. 히스에게 있어서 당신에게 견줄 수 있는 여자는 세상에 한 사람도 없어요. 그 친구는 그 사실을 평생 낙인처럼 간직하고 살 거예요."

"당신은 어떻게 그토록 히스의 감정에 대해 확신하는 거죠?"

데이먼은 극히 조심스럽게 다음 말을 고르는 기색이었다.

"히스는 당신을 만난 이후로 변했어요 내가 전에 알던 그 친구는 다른 사람이었습니다."

"어떤 면에서 달랐나요?"

"그 친구는 아주…… 나태하게 살고 있었지요 술도 내내 엄청 마셔댔습니다. 그리고……."

데이먼은 잠시 말을 끊더니 깊이를 알 수 없는 어두운 눈으로 그녀를 바라보았다.

"킹비 담배 한 상자를 피워 없애는 것과 마찬가지로 여자들을 이용했다가 내버렸지요."

루시의 볼이 물들었다.

"킹비라면……."

"한 갑에 스무 개비짜리 담배지요. 질보다 양을 따지는 남자들이 좋아하는 담배예요. 손이 가는 대로 하나하나. 내가 당신을 곤란하게 만든 것 같군요. 하지만 내 말뜻을 이해하긴 했네요…… 히스가 다른 여자에게 눈길이라도 주는 모습을 본 적이 있습니까?"

"내가 옆에 있을 때는 그런 적이 없었어요. 하지만……."

"당신이 없다 해도 마찬가지입니다. 난 그 친구가 당신에게 전적으로 충실하다는 데 내 목숨이라도 걸 수 있어요. 우리 둘이 함께 있을 때 아름다운 여자들이 지나간 적도 많지만 그 친구는 어느 누구에게도 눈길 한 번 주지 않았습니다. 그 이유는 바로 당신 때문이지요."

"당신은 날 달래려고 이러는 거예요. 하지만……."

"그게 아닙니다. 내가 하려는 말은 그런 남자를 여태껏 본 적이 없다는 겁니다. 그러니까…… 아니, 이 말은 그 친구 입으로 하도록 해야겠군요. 난 이미 지나치게 선을 넘고 말았으니까요. 말해 봐요, 이제 어떻게 할 겁니까? 식당으로 들어갈 겁니까, 아니면 집으로 돌아가겠습니까?"

"모르겠어요."

"당신이 집으로 돌아간다면 히스가 사무실로 돌아왔을 때 내가 그 친구와 이야기를 나누겠습니다. 렌이 시내에 아직 있다는 사실을 당신이 알게 되었다고 말해 두지요. 그 다음부터는 당신이 알아서 해야겠지요."

루시는 고개를 끄덕이며 그에게로 눈길을 돌렸다. 그녀는 그의 시선에서 차분한 호의만을 느낄 수 있었을 뿐 그 저변에 어떤 감정이 깔려 있는지는 전혀 생각지도 못했다.

"데이먼…… 오늘 당신에게 그런 말을 해서 미안해요. 난 우리의 우정을 채찍처럼 이용해 당신을 좌지우지했죠……."

"어쨌든 효과가 있지 않았습니까."

데이먼은 어깨를 으쓱했다.

"저기, 다른 건 몰라도 오늘 한 가지 일은 해냈어요……."

"뭡니까?"

"우리가 마침내 서로를 이름으로 부르는 사이가 되었거든요"

그녀의 순진한 미소는 그에게 쾌락과 동시에 고통을 안겨주었다. 그녀를 위해서라도 그는 그녀를 오빠다운 애정 이상의 감정으로 대해서는 절대 안 되었다. 그의 내면 깊은 곳에서는 마음의 짐을 덜고 싶다는 욕망이 불타고 있었음에도 불구하고 그는 그녀가 아무것도 의심하지 않자 안도했다.

"그렇죠, 데이먼?"

그녀가 재촉하듯 묻자 그의 입술이 자조하듯 일그러졌다.

"그럼 그렇게 합시다, 루시."

그는 마차문을 열고 경례를 척 올려붙이더니 가볍게 보도로 내려섰다.

시간이 늦었지만 히스는 아직도 집에 돌아오지 않은 채였다. 루시는 맥 빠진 침묵 속에서 저녁을 먹고 위층으로 올라가 목욕을 했다. 뜨거운 물에 어깨까지 푹 잠근 채 눈을 반쯤 감고 이런저런 생각에 잠겼다. 히스가 어떤 상태가 되어 돌아오든, 몇 시에 현관문을 들어서든 간에 무슨 일이 있어도 그와 대화를 나눌 작정이었다. 그들은 서로를 이해해야만 했다. 더 이상 이런 불확실한 상태로는 살 수 없었다. 그의 입을 억지로 열게 만들어야 한다 해도 주저하지 않을 작정이었다. 어쨌든 오늘밤 이후 그녀는 그의 진실한 감정을 알게 될 것이고 그 또한 그녀의 감정을 알게 될 터였다.

루시는 머리를 감고 수건으로 둘러싼 다음 조심스럽게 욕조에서 나왔다. 로브를 찾을 수가 없어서 가슴에 수건을 하나 더 두르고 탱탱하게 솟아오른 가슴 사이에 모서리를 집어넣었다. 침실은 기분 좋게 따뜻했다. 그녀는 머리를 말리려고 난로불 앞에 무릎을 꿇고 앉았다. 불기가 얼굴에 기분 좋게 와닿자 그녀는 유혹에 못 이겨 벽난로의 창살 쪽으로 슬금슬금 다가갔다. 그녀는 젖고 흐트러진 머리카락을 가볍게 빗질하다가 간간이 손을 멈추고 엉킨 가닥가닥을 풀어냈다.

부드러운 머리채 한 다발을 빗어내린 다음 다른 머리채 쪽으로 손을 내밀던 그녀는 머리의 일부가 호화롭게 장식된 난로 창살의 가장자리에 엉켜 버렸다는 것을 깨달았다. 그녀는 짜증난다는 듯 신음을 내뱉으며 요지부동으로 풀리지 않는 머리칼을 잡아당겼지만 꿈쩍도 하지 않았다. 그녀는 바닥에 무릎을 꿇은 채 완전히 덫에 걸린 상태가 되고 말았다. 더욱 세게 잡아당겼더니 머리카락 몇 올이 뽑혀나갔다. 날카로운 아픔 때문에 그녀는 욕지거리까지 입에 담고 말았다. 너무나 열이 치받았지만 얼마 가지 않아 그녀는 너무나 우스워졌고 어처구니없게도 입에서는 웃음소리가 킥킥 새어나왔다. 아픈 두피를 문지르며 한쪽으로 고개를 기울인 그녀는 도와 달라고 사람을 불렀다.

"베스! 베스, 내 말 들려! 누가…… 아아, 세상에, 이럴 수가…… 베스!"

"신? 대체 뭐 하고 있는 거야?"

루시는 낮고 남자다운 목소리에 대답하듯 몸을 틀며 체념의 한숨을 쉬었다. 히스가 집에 돌아온 것이다. 원래 계획대로라면 그들 사이의 차이점에 대해 위엄 있게 그와 대화를 나눌 작정이었건만. 좀전의 그녀는 머릿속에서 당당하고 침착하면서도 포용력 있는 모습으로 그와 이야기하는 자신을 그려보고 있었다. 하지만 지금은 거의 벌거벗은 채 젖은 수건 더미를 깔고 앉아 있었다.

"머리를 말리던 중이었어요. 그런데 얽히고 말았어요."

그녀는 자기가 너무 엉뚱한 바보 같은 느낌이 들어 또 속절없이 키득거리기 시작했다. 히스는 그녀가 왜 즐거워하는지 전혀 모르는 모습이었다. 문을 닫고 단 세 걸음만에 그녀에게로 다가온 그의 얼굴은 냉철하고도 무표정했다. 그는 잽싸게 엉덩이를 바닥에 붙여 앉더니 그녀의 손을 벽난로의 창살에서 떼어냈다.

"손 치워. 내가 하지."

"무사히 풀어낼 차원을 넘었어요."

그녀는 웃음 때문에 떨리는 목소리로 알려주었다.

"그렇게 많이 얽힌 것도 아니니까…… 뭐 잘라내야 할 도구가 필요하다면……."

"가만 있어."

그녀는 너무나 웃겼지만 무진 애를 써서 꾹 참고 진지한 표정을 지으며 한 번에 두세 가닥씩 머리칼을 풀어내는 그의 모습을 지켜보았다.

“등이 아파요.”

그녀가 말했다.

“아까부터 10분 동안은 여기에서 무릎을 꿇고 있었거든요. 게다가 머리가 젖어서 무거워요.”

히스는 대답 없이 침묵만 지킨 채 천천히 그녀의 머리를 풀었다. 그녀도 말없이 그를 지켜보았지만 그러다 보니 등이 정말로 슬슬 아프기 시작했다.

“히스, 등이 쑤셔요.”

“나한테 기대.”

“당신 몸이 다 젖을 거예요.”

반쯤은 건성인 그녀의 항의를 무시한 채 그는 곁에 주저앉아 그녀의 몸에 팔을 두르더니 그 자세 그대로 창살을 향해 손을 내밀었다. 그녀로서는 그의 가슴에 등을 기대고 앉는 수밖에 달리 방법이 없었다. 그녀는 천천히 그의 어깨에 고개를 기댔다. 그가 더할 나위 없이 조심조심 머리카락을 풀어내는 도중 그의 군센 턱이 그녀의 관자놀이에 간간이 스쳤다. 그에게서는 면도 비누 냄새와 고급 리넨 냄새, 야근을 했다는 증거로 풍기는 인쇄소 잉크 냄새, 따스하면서도 남자다운 살 내음이 떠돌았다. 그 복합적인 냄새야말로 그녀가 오직 히스에게서만 떠올릴 수 있는, 마음이 편안하고 쾌적해지는 향기였다.

“데이먼과 얘기를 나눴어.”

루시의 눈이 민첩하게 움직였지만 자세 때문에 그의 얼굴을 볼 수는 없었다.

“데이먼이 전부 다 이야기했나요?”

“그 친구를 아니까 하는 말인데 전부 다는 아닐 거야. 하지만 충분할 정도로는 했지.”

“히스, 나 묻고 싶은 게 있어요……”

“그럴 거야. 하지만 내가 먼저 당신에게 묻고 싶은 게 있어.”

“뭐든지 원하는 대로 물어봐요. 난 우리 사이가 탁 트이고 서로에게 진실했으면 좋겠어요.”

“나도 그러기를 바라고 있어. 난 절대 당신에게 거짓말을 한 적이 없어.”

“당신은 내가 들어야만 하는 사실을 숨기고 있었잖아요. 그건…… 거짓말은 아니지만 진실하다고는 볼 수 없어요.”

“진실을,”

히스는 나직이 말했다.

“당신에게 그대로 말할 수는 없었어. 아마 당신은 렌이 보스턴을 아직 떠나지 않았다는 사실을 알면 완전히 무너졌을 거야. 난 당신 반응을 추측하는 것이라면 평소에는 전문가였지만…… 렌이 관련되었을 경우에는 그렇지 못했어. 그래서 렌의 편지를 받았을 때, 렌과 나 둘만 따로 이야기할 기회가 있기 전까지는 렌이 결코 떠나지 않으리라는 사실을 알았을 때 나 혼자서 매사를 처리하는 것이 최선이라고 생각했어. 신, 당신 눈에 어떻게 비쳤을지는 나도 알아. 하지만 당신, 설마 정말로 그렇게 믿는 건 아니겠지. 렌과 내 사이가…….”

그는 돌연 말을 끊었다. 루시는 그가 무슨 말을 하려던 것인지 알았다.

“안 믿어요.”

그녀는 간단하게 대답했다. 그가 안도하며 긴장을 푸는 것이 느껴졌다.

“당신이 앞으로 바람을 피울지 모른다는 것도 안 믿어요. 설령 당신이 다른 여자를 사랑한 적이 있었다 해도 말이에요. 당신은 그러기에는 너무 도덕적이니까요. 당신은…….”

“난 렌을 사랑하지 않아.”

“저…… 전에도 사랑한 적은 없었다고 생각해요.”

“절대 그런 적 없었어.”

“그렇지만 렌이 아직 여기 있다는 사실을 내게 숨기려 했던 건 안 될 일이에요.”

“그때는 그렇게 하는 게 최선의 방법처럼 보였거든.”

“나도 이해해요.”

그녀는 조심스럽게 대답했다.

“하지만 렌이 떠났다고 생각한 마당에 아직 보스턴에 있다는 사실을 알게 되자 잠시나마 난 두려워졌어요. 당신을 신뢰할 수 없다는 것 때문이었죠. 우리가 서로에게 정직해지기를 두려워하고 있다면…… 우리 결혼 생활은 허울에 불과해요.”

“그런 말 하지 마.”

히스는 그녀의 머리채를 쥐고 있던 손을 놓더니 그녀의 가슴 바로 아래로 가져갔다. 그가 등을 끌어당기는 바람에 하마터면 그녀의 가슴이 수건 아래에서 드러날 뻔했다.

“당신은 날 믿어야만 해. 난 세상에서 나 자신보다 당신의 행복을 더욱 소중히 여기는 유일한 사람이라구.”

그녀는 그의 손에 자신의 손을 포갰다. 부드러우면서도 단호한 그의 목소리를 듣자 그녀의 심장이 두근대기 시작했다.

“당신도 날 똑같이 신뢰할 수 있었으면 좋겠어요. 오늘밤 당신에게 그 무엇보다도 이 얘기를 하고 싶었어요. 당신도 만약 그럴 마음이라면 지난 몇 주 동안은 그냥 깨끗이 잊고 내일부터 새 출발을 하도록 해요.”

“그럼…… 그게 다야? 언쟁도 없고 또…….”

“언쟁을 하고 싶어요?”

“적어도 소규모의 전쟁 정도는 예상했었지.”

“이번 일로는 아니에요. 언쟁을 벌일 일은 아무것도 없어요. 우리 둘 다 원하는 바가 똑같잖아요. 안 그래요?”

그녀는 그의 손등을 자신의 손바닥으로 애무했다. 그의 곁에 있다는 크나큰 기쁨 때문에 전신이 따끔거렸다.

“분명 그렇지.”

“하지만 한 가지만 알고 싶어요…… 렌은 왜 떠나지 않은 거죠? 렌이 우리 집을 떠날 때 난 절대 당신을 놓치지 않겠다고 못을 박아뒀는데 말이에요.”

“렌은 옛 시절이 아직도 내게 큰 의미를 갖고 있는지 알고 싶어했어.”

“그래서 뭐라고 말해 줬어요?”

“아무 의미도 없다고 했지.”

“렌이 당신 말을 믿었으면 좋겠네요.”

"믿을 거야. 왜냐하면 또 다른 말도 했거든."

"뭐라고요?"

"당신을 사랑한다는 말도 했지."

그는 전율이 그녀의 몸을 훑고 지나가는 것을 느꼈다. 그는 그녀의 보드라운 머리채에 뺨을 비벼댔다.

"루시, 아름다운 나의 아가씨…… 난 당신이 그 사실을 오래 전부터 알고 있었다고 생각했는데. 하지만 사실은 이미 오래 전에 내 입으로 똑똑히 밝혔어야만 했어. 난 벌써 1년 전부터 당신을 사랑하고 있었다구."

루시는 갑자기 입꼬리로 흘러내리는 눈물을 혀로 핥았다.

"당신이 나에 대해서 모르는 점이 한 가지 있어요."

"뭔데?"

"난 그런 말을 종종 들어야만 하는 여자예요."

"사랑해."

그는 되풀이했다. 그 목소리에는 웃음기가 담겨 있었다.

"매일 낮, 매일 밤 들어야만 해요. 또 말해 봐요…… 제발요."

그는 그 말을 되풀이했다. 그녀의 귓등과 목줄기와 보드랍게 패인 그녀의 육체에 대고 속삭이더니 고개를 숙이고 그녀의 몸에 간신히 걸쳐져 있던 수건을 풀기 시작했다.

"아앗!"

머리카락이 걸리자 루시는 잽싸게 머리로 손을 가져갔다. 히스는 즉시 그녀의 자세를 고쳐주며 욕지거리를 뇌까리더니 난로의 쇠창살에 아직까지도 얽혀 있는 머리채로 다시금 주의를 돌렸다. 히스는 굶주린 듯 초조해했고 루시는 그녀 역시 충족되지 못한 정열로 욕구불만에 시달리면서도 낄낄거리기 시작했다.

"서두르지 않으면 내 머리에 듬성듬성 빈 자리가 생기겠어요."

"난 웃을 기분이 아니야, 신."

그는 인상을 썼지만 그녀의 웃음은 더욱 심해질 뿐이었다.

"어, 어쩔 수가 없어요…… 우린 그렇게 오랫동안…… 원했는데……

이제 만사가 좋게 해결되었건만 기다려야 하다니…… 그래서……."

그는 그녀의 말을 키스로 막았다. 몇 주 동안이나 원하던 키스였다. 밀려드는 욕구 속에 그녀의 웃음이 녹아들어 사라졌다. 그녀는 애원하는 듯한 부드러운 신음을 살짝 토했고 그는 입술을 더욱 거세게 내리누르며 탐색을 계속했다. 그의 손이 그녀의 머리칼을 바쁘게 풀어헤쳐 마침내 죄다 해방시키자 그의 목구멍 깊은 곳에서 만족한 듯 가르릉대는 소리가 울려 나왔다. 그는 루시를 안고 비틀비틀 일어나 키스를 계속하며 침대로 향했다. 그러면서도 기적처럼 도중에 넘어지거나 그녀를 떨어뜨리지 않았다.

"난 이런 기쁨을 당연한 것으로 치부하지 않을래요."

루시는 속삭이며 고개를 돌리고 그의 옷을 벗기는 데 주의를 쏟았다.

"당신 옆에 가까이 있을 수 있고…… 당신을 사랑할 수 있다는 기쁨을요……."

그의 입술이 그녀의 목줄기를 야할 정도로 촉촉하게 더듬었다.

"전에는…… 당신을 만나기 전에는…… 사랑에서 우러난 행위를 한 적이 결코 없었어…… 우리가 처음 키스를 나누었을 때 난 당신과 함께 하는 경험이 예전과 비교해 얼마나 다를지 알게 되었지."

"겨우…… 키스 한 번만으로 알게 되었다고요?"

"그 키스가 어땠는지 기억나게 해주지."

히스는 옷을 용케 죄다 벗어버린 다음 그녀를 끌어안고 그녀의 온몸이 발갛게 홍조를 띨 정도의 말을 속삭여주었다. 다음 순간 예상과는 달리 그들의 동작은 느려지고 나른해졌으며 경건한 분위기마저 깃들었다. 둘 사이에 다시는 벽이 존재하지 않으리라는 것을 알고 있었으므로 절박함은 깡그리 사라지고 말았다. 그의 머리가 가슴으로 다가오자 루시는 떨면서 어슴푸레 빛나는 그의 금발을 움켜쥐었다. 그의 입술이 보드라운 분홍색 꼭지점을 포획하더니 부드럽게 빨아들여 일으켜 세웠다.

그녀는 얼마나 느낌이 좋은지 그에게 말해 주고 싶었다. 하지만 말은 그녀의 힘이 닿는 한계를 제멋대로 벗어나더니 그녀의 입술과 혀를 교묘히 피해 달아났다. 그래서 그녀는 그의 등을 손끝으로 가볍게 긁듯 어루만졌

다. 다음 순간 그녀는 언뜻 어리는 그의 환한 미소를 보았고 이어서 그의
입이 그녀의 가슴 아래 연약한 피부로 옮겨가 방황을 재개했다. 루시는 곡
선미 아래쪽의 향기로운 그 부분에서 그의 혀가 희롱하듯 펄럭이는 것을
느꼈다. 그녀의 무릎이 그의 몸무게 때문에 벌어지려 했다. 그녀는 기꺼이
그에게 몸을 열어주었다. 몸 안에서 그를 느끼고 싶은 열망에 그녀의 몸은
팽팽해진 동시에 불타고 있었다.

그녀는 그의 따스한 손바닥이 그녀의 굽힌 무릎을 살짝 감싸고 넓게 벌
리는 것을 느꼈다. 그의 머리가 그녀의 허벅지 사이에 자리잡았고 다음 순
간 그의 입술이 더할 나위 없이 부드럽고도 가장 은밀한 그녀의 일부분을
열고 들어왔다. 그의 혀가 떨고 있는 그녀의 살점을 어루만졌고 손은 그녀
의 골반뼈 위를 원 모양으로 천천히 문질렀다. 그녀는 힘없이 히스의 이름
을 불렀지만 그 목소리는 겨우겨우 소리 비슷한 것이 되어 나올 뿐이었다.
그녀의 피가 놀랄 만한 힘으로 솟구치기 시작했다. 들을 수 있는 것이라고
는 몸 속의 피가 귓전에 왕왕대며 울리는 소리뿐이었고 다음 순간 절정이
격렬하게 덮쳐와 그녀를 휩쓸었다.

히스는 천천히 입을 떼더니 다시 그녀의 머리 쪽으로 고개를 가져와 목
줄기에 키스했다.

루시는 이 남자를 처음 만났을 때는 언젠가 그가 그녀의 생각을, 마음을,
육체를 전적으로 소유하게 되리라고는 상상조차 해보지 못했다. 하지만 아
마도 그녀는 알고 있었을지도 몰랐다. 사랑이 시작되는 것이 언제라고 누
가 말할 수 있을 것인가? 처음 눈길이 마주친 순간, 첫 키스, 처음으로 한
약속…… 그것은 아무 상관없었다. 그녀는 눈에 진심을 담아 그를 바라보
았다. 너무나도 부드러운 미소가 그녀의 입꼬리에 감돌았다.

"사랑해요, 히스. 당신을 사랑해요."

그는 그녀의 몸 위로 올라왔다. 벽난로에서 퍼져 나온 불빛이 상처투성이
지만 매끄러운 그의 피부 위에서 노닐었다. 불빛과 금빛, 활력과 힘…… 그
는 그녀에게 있어 경이 그 자체였다. 루시는 히스가 그 자신을 온통 내주었
다는 사실을 기뻐하며 음미했다. 그는 그녀의 몸을 꽉 채우며 천천히 들어왔

다. 그녀는 허리를 들어 그의 몸을 더욱 깊이 받아들였다. 그들의 육체가 결합되어 있는 동안 끝없는 시간 역시 그들의 차지였다. 그녀는 묵직하고도 강렬하게 밀고 들어오는 그의 몸짓에 완벽하게 박자를 맞춰서 사랑이 갖는 부드러운 힘으로 화답했다. 순간 그의 근육이 딱딱하게 굳어졌고 그는 마지막으로 세차게 그녀의 몸을 파고들었다. 그의 열기가 그녀의 몸을 태울 듯 안으로 천천히 흘러들어왔다. 그들은 서로의 몸 사이에 조금이라도 틈이 생길까 봐 주저하듯 꼭 끌어안았다. 그녀는 그의 머리칼을 쓸어서 다듬어주며 촉촉하니 소금기를 머금은 그의 관자놀이에, 뺨에, 입술에 입맞췄다.

그녀는 그에게 더욱 꼭 달라붙었다. 이불 밑에는 서로의 온기가 뒤섞여 감돌고 있었다.

"지금 와서 생각하니 우리가 같이 지내지 못했던 그 수많은 밤들이 더욱 안타까워요."

"난 아니야. 우린 둘 다 깨달아야 할 점이 있었어. 생각해야 할 것도 있었고."

"내가 그립지 않았다는 소리예요?"

그녀는 짐짓 화가 치민다는 듯 따져 물었다.

"진정하라구."

그는 쿡쿡 웃으며 그녀를 자신의 옆구리로 바싹 끌어당겼다.

"젠장, 왜 아니겠어. 당신이 그리웠지…… 난 천장만 멍하니 바라보거나 방 안을 왔다갔다하면서 그 수많은 밤의 대부분을 보냈다구. 하지만 우리 사이를 내 자존심 때문에 가로막은 것이 얼마나 고집불통 바보짓이었는지를 깨닫기 위해서는 혼자 있는 시간이 필요했어."

"당신 자존심이라고요?"

"내가 아팠던 그 주에…… 난 내가 당신에게 얼마나 많이 의지하고 있는지를 깨달았어…… 내 자존심에 혹독한 채찍질이 되었지."

그의 목소리에 잘못을 부끄러워하는 기미가 어렸다.

"난 남자란 항상 매사를 도맡아 처리하고 주도권을 쥐어야 한다고 배우며 자라났어. 그런데 갑자기 난 다른 모두의 도움 없이는 꼼짝도 못하는 상태가 된 거야. 특히 당신의 도움 없이는 말이야. 그래서 난 우리 사이에 거리를 두어야겠다는 필요성을 느꼈어. 내가 좀더…… 좀더 주도권을 되찾을 때까지는 말이야.”

“그 점을 잘 기억해 둘게요.”

그녀는 꽤나 엄숙한 척하며 대답했지만 그가 간질이려는 듯 손을 움직이자 비명을 질렀다.

“건방진데. 난 당신에게 진지한 얘기를 하려던 거였는데 응답이라곤 건방진 대답뿐이군.”

“히스…….”

그녀는 그의 몸 위에 엎드려 가슴에 고개를 댔다.

“시작부터 이럴 수 있었다면 좋았을 텐데요. 우리 사이에 그렇게 엄청난 분노가 존재했었다니 지금은 거의 믿어지지가 않아요. 그리고 내가 정말로…… 당신과 친밀해지기를 두려워했었다는 것도…….”

“그때는 우리가 서로를 잘 몰랐어. 나도 더욱 인내심을 갖고 당신을 대했어야 했지. 결국 난 당신을 대니얼에게서 빼앗은 거니까…….”

“당신은 내게 좋은 일을 해준 거예요.”

“사실이야. 하지만 당신은 그 당시에는 그 점을 몰랐지.”

“자만 덩어리.”

그녀는 애칭이라도 부르듯 말하면서 그의 쇄골뼈를 따라 자잘한 키스를 퍼부었다.

“당신을 대니얼에게서 빼앗은 방법에 대해서는 앞으로도 언제까지나 조금은 죄의식을 느낄 거야. 그보다는 다른 방법을 썼어야 했어. 에머슨네 집에 불이 났던 그날 새벽…… 난 당신을 평판이 위태로울 만한 상황에 끌어들이면 필히 누군가가 보게 되리라는 사실을 알고 있었어. 단지 그 장본인이 대니얼과 샐리였다는 점이 우연의 일치였지.”

“그 일 때문에 죄의식을 품지 말아요.”

“하지만 당신은 내가 괜찮은지 걱정되어서 보러 온 거였는데 그런 당신에게 나쁜 짓을 했으니…… 내가 당신을 유혹한 건 절대 우발적인 짓이 아니었어, 신…… 고의적인 행동이었지. 당신은 자기 자신이 무슨 짓을 하고 있는지도 제대로 몰랐고…….”

“난 내가 무슨 짓을 하고 있었는지 똑똑히 알고서 한 거예요.”

그녀가 차분하게 말하자 그는 놀라 침묵을 지켰다.

“어느 누구도 당신을 살펴보러 혼자 가라고 내게 강요하지 않았어요. 그리고 그 이후에 일어난 일에 대해서는…… 난 당신에게 저항하지 않았어요. 오히려 당신을 원했죠. 만약 그 일이 그때 일어나지 않았다면 이후에 언젠가라도 일어나고 말았을 거예요.”

“그 말을 들으니 우리가 처음 만난 뒤 이틀 동안 당신 평판을 위태롭게 만들지 않았던 게 후회되는군. 당신 쪽에서 조금만 틈을 보여줬어도 당장 그렇게 했을 텐데 말이지.”

“악당.”

루시는 어둠 속에서 미소지었다.

“당신은 항상 내 얼굴이 빨개질 정도의 눈길로 쳐다보았기 때문에 그 이후 난 우리 둘만이 같이 있었던 때가 자꾸 기억나는 걸 어쩔 수 없었어요. 만약 당신을 다시는 못 만났더라도 그 이틀만은 절대 잊어버리지 않았을 거예요. 그리고 당신과 함께 했다면 어땠을지를 언제까지나 궁금하게 생각했겠죠. 당신도 궁금하게 여겼을까요?”

“아마 평생 그 기억에 사로잡혀 헤어나지 못했겠지.”

그의 목을 살며시 끌어안은 루시는 히스의 입술에 대고 속삭였다.

“신기하지 않아요? 운명이 우리를 결국 한데 이어줬다는 점이 말이에요.”

“우리가 함께 있게 된 것에 대해 운명에게 너무 많은 공을 돌리지 말라구. 난 처음부터 당신을 원했어. 그리고 남자들 중에는 자기가 원하는 것이 있으면 어떻게든 얻어낼 방법을 찾는 사람이 있다구. 아무리 운명이 도와주지 않더라도 말이야.”

그녀는 그의 말을 완전히 믿었다. 히스 레인은 바로 그런 남자였다.

< 끝 >